말로 찾는 열두 달·
거부하는 몸짓으로 이 젊음을

이어령 전집
02

말로 찾는 열두 달·
거부하는 몸짓으로 이 젊음을

베스트셀러 컬렉션 2
권두에세이×세대론_미학 산문과 최초 세대론

이어령 지음

21세기북스

상상력과 흥의 근원에 관한 깊은 탐구

박보균 | 문화체육관광부 장관

이어령 초대 문화부 장관이 작고하신 지 1년이 지났습니다. 그러나 그의 언어는 여전히 우리 곁에 남아 새로운 것을 볼 수 있는 창조적 통찰과 지혜를 주고 있습니다. 이 스물네 권의 전집은 그가 평생을 걸쳐 집대성한 언어의 힘을 보여줍니다. 특히 '한국문화론' 컬렉션에는 지금 전 세계가 갈채를 보내는 K컬처의 바탕인 한국인의 핏속에 흐르는 상상력과 흥의 근원에 관한 깊은 탐구가 담겨 있습니다.

선생은 우리 시대를 대표하는 지성이자 언어의 승부사셨습니다. 그는 "국가 간 경쟁에서 군사력, 정치력 그리고 문화력 중에서 언어의 힘, 언어력言力이 중요한 시대"라며 문화의 힘, 언어의 힘을 강조했습니다. 제가 기자 시절 리더십의 언어를 주목하고 추적하는 데도 선생의 말씀이 주효하게 작용했습니다. 문체부 장관 지명을 받고 처음 떠올린 것도 이어령 선생의 말씀이었습니다. 그 개념을 발전시키고 제 방식의 언어로 다듬어 새 정부의 문화정책 방향을 '문화매력국가'로 설정했습니다. 문화의 힘은 경제력이나 군사력같이 상대방을 압도하고 누르는 것이 아닙니다. 문화는 스며들고 상대방의 마음을 잡고 훔치는 것입니다. 그래야 문화의 힘이 오래갑니다. 선생께서 말씀하신 "매력으로 스며들어야만 상대방의 마음을 잡을 수 있다"라는 말에서도 힌트를 얻었습니다. 그 가치를 윤석열 정부의 문화정책에 주입해 펼쳐나가고 있습니다.

선생께서는 뛰어난 문인이자 논객이었고, 교육자, 행정가였습니다. 선생은 인식과 사고思考의 기성질서를 대담한 파격으로 재구성했습니다. 그는 "현실에서 눈뜨고 꾸는 꿈은 오직 문학적 상상력, 미지를 향한 호기심"뿐이었다고 말했습니다. 그는 마지막까지 왕성한 호기심으로 지知를 탐구하고 실천하는 삶을 사셨으며 진정한 학문적 통섭을 이룬 지식인이었습니다. 인문학 전반을 아우르는 방대한 지적 스펙트럼과 탁월한 필력은 그가 남긴 160여 권의 저작물로 남아 있습니다. 이 전집은 비교적 초기작인 1960~1980년대 글들을 많이 품고 있습니다. 선생께서 젊은 시절 걸어오신 왕성한 탐구와 언어의 발자취를 따라가다 보면 지적 풍요와 함께 삶에 대한 진지한 고찰을 마주할 것입니다. 이 전집이 독자들, 특히 대한민국 젊은 세대에게 문화 전반을 아우르는 교과서이자 삶의 지표가 되어줄 것으로 확신합니다.

100년 한국을 깨운 '이어령학'의 대전大全

이근배 | 시인, 대한민국예술원 회원

여기 빛의 붓 한 자루의 대역사大役事가 있습니다. 저 나라 잃고 말과 글도 빼앗기던 항일기抗日期 한복판에서 하늘이 내린 붓을 쥐고 태어난 한국의 아들이 있습니다. 어려서부터 책 읽기와 글쓰기로 한국은 어떤 나라이며 한국인은 누구인가에 대한 깊고 먼 천착穿鑿을 하였습니다. 「우상의 파괴」로 한국 문단 미망迷妄의 껍데기를 깨고 『흙 속에 저 바람 속에』로 이어령의 붓 길은 옛날과 오늘, 동양과 서양을 넘나들며 한국을 넘어 인류를 향한 거침없는 지성의 새 문법을 만들기 시작했습니다.

서울올림픽의 마당을 가로지르던 굴렁쇠는 아직도 세계인의 눈 속에 분단 한국의 자유, 평화의 글자로 새겨지고 있으며 디지로그, 지성에서 영성으로, 생명 자본주의…… 등은 세계의 지성들에 앞장서 한국의 미래, 인류의 미래를 위한 문명의 먹거리를 경작해냈습니다.

빛의 붓 한 자루가 수확한 '이어령학'을 집대성한 이 대전大全은 오늘과 내일을 사는 모든 이들이 한번은 기어코 넘어야 할 높은 산이며 건너야 할 깊은 강입니다. 옷깃을 여미며 추천의 글을 올립니다.

시대의 언어를 창조한 위대한 상상력

'이어령 전집' 발간에 부쳐

권영민 | 문학평론가, 서울대학교 명예교수

이어령 선생은 언제나 시대를 앞서가는 예지의 힘을 모두에게 보여주었다. 선생은 한국전쟁이 끝난 뒤 불모의 문단에 서서 이념적 잣대에 휘둘리던 문학을 위해 저항의 정신을 내세웠다. 어떤 경우에라도 문학의 언어는 자유가 되어야 한다는 신념으로 문단의 고정된 가치와 우상을 파괴하는 일에도 주저함 없이 앞장섰다.

선생은 한국의 역사와 한국인의 삶의 현장을 섬세하게 살피고 그 속에서 슬기로움과 아름다움을 찾아내어 문화의 이름으로 그 가치를 빛내는 일을 선도했다. '디지로그'와 '생명자본주의' 같은 새로운 말을 만들어 다가오는 시대의 변화를 내다보는 통찰력을 보여준 것도 선생이었다. 선생은 문화의 개념과 가치의 중요성을 일깨우고 그 새로운 방향을 제시하면서 삶의 현실을 따스하게 보살펴야 하는 지성의 역할을 가르쳤다.

이어령 선생이 자랑해온 우리 언어와 창조의 힘, 우리 문화와 자유의 가치 그리고 우리 모두의 상생과 생명의 의미는 이제 한국문화사의 빛나는 기록이 되었다. 새롭게 엮어낸 '이어령 전집'은 시대의 언어를 창조한 위대한 상상력의 보고다.

일러두기

- '이어령 전집'은 문학사상사에서 2002년부터 2006년 사이에 출간한 '이어령 라이브러리' 시리즈를 정본으로 삼았다.
- 『시 다시 읽기』는 문학사상사에서 1995년에 출간한 단행본을 정본으로 삼았다.
- 『공간의 기호학』은 민음사에서 2000년에 출간한 단행본을 정본으로 삼았다.
- 『문화 코드』는 문학사상사에서 2006년에 출간한 단행본을 정본으로 삼았다.
- '이어령 라이브러리' 및 단행본에서 한자로 표기했던 것은 가능한 한 한글로 옮겨 적었다.
- '이어령 라이브러리'에서 오자로 표기했던 것은 바로잡았고, 옛 말투는 현대 문법에 맞지 않더라도 가능한 한 그대로 살렸다.
- 원어 병기는 첨자로 달았다.
- 인물의 영문 풀네임은 가독성을 위해 되도록 생략했고, 의미가 통하지 않을 경우 선별적으로 달았다.
- 인용문은 크기만 줄이고 서체는 그대로 두었다.
- 전집을 통틀어 괄호와 따옴표의 사용은 아래와 같다.
  『　』: 장편소설, 단행본, 단편소설이지만 같은 제목의 단편소설집이 출간된 경우
  「　」: 단편소설, 단행본에 포함된 장, 논문
  《　》: 신문, 잡지 등의 매체명
  〈　〉: 신문 기사, 잡지 기사, 영화, 연극, 그림, 음악, 기타 글, 작품 등
  '　': 시리즈명, 강조
- 표제지 일러스트는 소설가 김승옥이 그린 이어령 캐리커처.

차례

말로 찾는 열두 달

III

거부하는 몸짓으로 이 젊음을

Ⅲ 세계의 청년 문화

말로 찾는 열두 달

나의 이웃들에게 이 책을

당신은 시인입니다. 아무리 부정을 해도 분명 당신은 시인입니다. 그렇지 않고서는 당신의 방 창문의 불빛이 여태껏 켜져 있을 리가 없습니다. 남들이 편한 이불 속에서 코를 골고 있을 때에, 당신은 눈을 뜨고 시계 소리를 지키고 있습니다. 남들이 그 소리를 듣고 있지 않을 때라도 슬쩍 한 두어 개 속이지 않고 정말 시계는 제 시간의 수만큼 종을 치는지, 당신은 지금 그것을 헤고 있는 것입니다.

당신은 시인입니다. 아무리 부정을 해도 분명 당신은 시인입니다. 그렇지 않고서는 아침에 그 수도꼭지를 제일 먼저 틀어놓을 리가 없습니다. 밤새도록 가슴속에 고여 있던 울음소리를 최초의 햇살과 함께 터뜨리는 작은 새들이여, 그리고 밤새도록 참고 있던 그 정결한 빛깔을 가장 이른 새벽바람 속에 흩어놓는 작은 꽃이여. 지금 당신은 열심히 잠겨 있는 모든 수도꼭지를 열고 다닙니다.

당신은 시인입니다. 아무리 부정을 해도 분명 당신은 시인입니다. 그렇지 않고서는 해시계처럼 정오의 들판 위에 그렇게 수직의 자세로 서 있을 리가 없습니다. 태양이 당신의 정수리에 와 찍힐 때, 모든 나무의 그림자가 소멸되고 도시의 소음들은 빛의 속에서 일제히 익사하고 맙니다. 태양이 당신의 정수리에 와 찍힐 때, 모든 나무의 그림자가 소멸되고 도시의 소음들은 빛의 홍수 속에서 일제히 익사하고 맙니다.

당신은 시인입니다. 아무리 부정을 해도 분명 당신은 시인입니다. 그렇지 않고서는 저녁에, 연기가 피어오르는 저녁에, 혼자서 경마장의 빈자리에 앉아 있을 리가 없습니다. 모두들 떠난 자리에서 찢겨진 마권을 줍고 있는 당신, 허망한 욕망의 숫자들에 짝을 맞추어보고 있는 당신. 시인이 아니고서야 그렇게 긴 그림자를 가지고 있을 리가 없습니다.

당신은 시인입니다. 아무리 부정을 해도 나는 당신의 비밀을 알고 있습니다. 어느 때 몰래 울었는가를, 이 시대의 사람이여. 당신은 아무리 속이려 해도 안 됩니다. 당신은 강철의 편이 아니며 사슴을 사냥하는 사냥꾼들의 편의 아니며 퍼레이드를 하는 자들의 편이 아닙니다.

당신! 약한 짐승처럼 쫓기고 있는 당신! 말하십시오. 당신은 시인이라고. 그러한 당신을 위해서 여기 이 작은 언어들을, 노래 부를 수조차 없는 작은 이야기들을 당신에게 바칩니다. 한 뼘 뜰에

서 10년 동안이나 그늘에서 가꿔온 이 작은 나무를 당신들을 위
해서 심습니다.

1982년 11월 5일
이어령

I

이들을 위하여

분노의 주먹을 쥐다가도 결국은 자기 가슴이나 치며 애통해하는 무력자無力者들을 위하여, 지하실처럼 어두운 병실에서 5월의 푸른 잎을 기다리는 환자들을 위하여, 눈물 없이는 한 술의 밥숟가락도 뜨지 못하는 헐벗은 사람들을 위하여, 위선에 지치고 허위의 지식에 하품을 하고 사는 권태자를 위하여, 돈이나 권력보다 더 소중한 사랑이 있다는 것을 알면서도 하는 수 없이 사람들의 뒷전을 쫓아가는 소시민들을 위하여, 폭력을 거부하며 불의를 향하여 '아니'라고 고개를 흔드는 사람들을 위하여, 요한처럼 광야에서 홀로 외치는 예언자들을 위하여, 쓰레기터에 살면서도 아름다운 것을, 참으로 아름다운 것을 목마르게 갈구하는 미의 순교자들을 위하여, 무기고나 식량 창고보다는 영혼의 언어가 담긴 한 줄의 시를 더 소중하게 생각하는 사람들을 위하여, 개를 개라 부르고 구름을 구름이라고 명백하게 부를 줄 아는 대중들을 위하여, 텅 빈 공허가 깔려 있는 월급봉투와 아내의 시장바구니 속에서도 내일의 꿈을 찾는 사람들을 위하여, 민들레와 진달래와 도라지, 박꽃, 냉이꽃 들이 매연 속에서 시들어가는 것을 고향처럼 지켜보고 있는 이들을 위하여, 오늘보다는 내일을 위해 허리띠를 조르는 사람들을 위하여, 나날이 무거워지는 저금통처럼 자기 머릿속에 지식을 축적해 가려는 사람들을 위하여, 사람들이 다 기진맥진하여 절망의 흙구덩이 속에 무릎을 꿇을 때 뜻밖에 나타난 기병대의 그 나팔수 같은 사람들을 위하여…….

그리고 미래의 입법자, 심야에서도 눈을 뜬 불침번, 도굴자를 막는 묘지의 파수꾼, 소돔성城의 롯과, 칠백의총에 묻힌 의병, 이렇게 남과 다른 생을 살고자 하는 이웃들을 위하여 우리는 역사의 새로운 언어와 문법을 만들어가는 이 작은 잡지를 펴낸다.

그리하여 상처진 자에게는 붕대와 같은 언어가 될 것이며, 폐를 앓고 있는 자에게는 신선한 초원의 바람 같은 언어가 될 것이며, 역사와 생을 배반하는 자들에겐 창 끝 같은 도전의 언어, 불의 언어가 될 것이다.

종鐘의 언어가 될 것이다. 지루한 밤이 지나고 새벽이 어떻게 오는가를 알려주는 종의 언어가 될 것이다.

(1972. 10.)

서리가 내리는 밤에도 당신은

소포클레스는 노령에 자기 자신이 쓴 비극보다도 더 참담하고 원통한 일을 겪었다. 상속권이 손자에게로 넘어갈 것을 두려워했던 장남 이오폰이 소포클레스를 미치광이라고 법정에 제소한 것이다. '노망이 들어 재산을 관리할 충분한 자격이 없다'는 것이 그 이유였다.

이렇게 친아들로부터 고소를 당한 80 고령의 그 소포클레스의 심정은 어떠했을까? 그리고 위대했던 이 비극시인을 존경의 눈초리로 바라보던 그 대중들이 이제는 한낱 망령 난 늙은이로서 그를 대했을 때, 노시인의 자존심은 또 어떠했을까? 그러나 법정에서 소포클레스는 그러한 슬픔과 모멸의 아픔보다도, 자기 자신의 능력을 증명해 보이는 것이 더욱 절실한 문제였다.

그를 증명해 보이는 것은 눈물이었을까? 노여움에 떨리는 주먹이었을까? 질타인가? 애원인가? 그런 것은 모두 무력하기 짝이 없는 일이다. 소포클레스가 비정한 무리를 향해 결코 자기가 무능자가 아니라는 것을, 노망한 한낱 늙은이가 아니라는 것을, 여전히 위대한 비극의 시인, 자기가 바로 소포클레스임을 증명해 보이는 방법은 단지 그의 시 자체일 뿐이다.

그래서 이 노시인은 그 당시에 집필 중이었던 비극, 「코로노스의 오이디푸스」라는 작품의 한 구절을 커다란 소리로 낭송했다는 것이다.

상상해보라. 그의 고향 코로노스의 아름다운 정경―나이팅게일이 울고 황금색으로 빛나는 코로노스의 꽃들과 이슬을 머금은 수선화―저 빛나는 코로노스, 준마를 길러내는 코로노스, 바다의 정精 네레우스에 이끌려 가는 숱한 뱃사공을 낳은 코로노스―노시인의 입술에서 흘러나오는 그 극적인 시구가 법정으로 울려 퍼졌을 때, 그래도 사람들은 그를 가리켜 노망한 늙은이라고 불렀겠는가.

침묵이, 감동이 그리고 다시 움트는 존경의 뜨거운 박수가 있었을 것이다. 그는 시로써 자신을 증명했다. "만약 내가 소포클레스라면 내가 지적 무능력자일 리가 없다. 내가 만약 지적 무능력자라면 여기에 서 있는 나는 이미 소포클레스가 아니다"라는 말대로, 그는 결코 자기가 노망한 늙은이가 아니라는 것을 그의 시로써, 창작의 언어로써 밝힌 것이다.

우리는 남의 나라 이야기를 하고 있는 것이 아니다. 2천 5백 년 전 먼 옛날이야기를 하자는 것이 아니다. 오늘날, 시인들은 그리고 지식인들은 법정에 서 있는 저 소포클레스의 마음으로 글을 써야 할 입장에 있다. 결코 자기가 무능력자가 아니라는 증거를 보이기 위해서는 자기 생명의 무인拇印이 적힌 신분증명서 같은 언어를 만들어내야 하는 것이다.

11월. 무서리가 내리는 추운 밤이다. 그러나 이렇게 삭막한 밤에도 자신의 푸른 생명을 증명할 줄 아는 언어와 그 슬기를 가진 자들은 외롭지 않은 법이다. 두렵지 않은 법이다. 서리가 내린 뒤 황량한 벌판에 까마귀 떼가 좀 시끄럽게 운다고 해서 두려울 것이 있겠는가.

(1972. 11.)

설인의 발자국

당신도 아마 그 이야기를 들은 적이 있을 것이다. 얼어붙은 빙하와 만년설萬年雪—천지가 하얀 침묵으로 뒤덮인 히말라야의 그 설선雪線 부근에 이상한 설인들이 살고 있다는 신비한 전설 말이다. 티베트 사람은 오래전부터 그 설인을 '칸미'라고 불러왔으나 그것이 사람인지 짐승인지 또 그 눈구덩이에서 무엇을 먹고 어떻게 살아가는지, 지금까지 그 정체는 수수께끼인 채로 남아 있다.

단순한 전설만이 아니다. 히말라야의 등반대들은 멘룬 빙하 부근에서 혹은 마나슬루봉 근처에서 이따금 이 설인들의 발자국을 발견하여 세상을 놀라게 했다.

인간이 이르지 못하는 저 빙하의 계곡, 하얀 눈더미 위에 문득 나타난 그 생명의 흔적—생각해보라. 더구나 그것은 네 발 달린 짐승이나 새 발자국이 아니다.

꼿꼿이 서서 두 발로 걸어간 인간의 발자국, 모든 것이 죽어 있는 히말라야의 설빙 속에서도 아, 그 뜨거운 생명은 있는 것이다.

생명이 있으면 그 발자국이 남는 것이다.

눈보라가 지우고 얼음이 뒤덮어도 남는 발자국이 있어 생명의 교신이 이루어지는 것이다. 결코 탐험가의 호기심만을 자극하는 일은 아니다.

히말라야의 등반대가 아니라도 우리는 때때로 이 설인들의 발자국을 상상해볼 수 있다. 생명을 얼어붙게 하는 추위나 눈발 속에서도 우리와 36도 5분의 체온을 지키며 살아가는 설인은 세계의 어려움 속에서 절망을 느낄 때, 비정의 생을 목격할 때 그리고 혼자서는, 도저히 혼자서는 견디기 어려운 그런 시각에 어쩌면 당신의 빈 의자 곁에 와 앉아 있을는지도 모른다.

누구는 그 설인의 살갗이 갈색이라고도 하고 다색茶色이라고도 하고 회색이라고 하지만, 그것의 털빛은 어떤 것이라도 좋다. 아니다. 설인은 실재하지 않는다 해도 좋다.

다만 전설 속에 살아 있는 거인이라 해도 당신은 침묵의 백설 위에 찍힌 설인의 발자국을 볼 것이다.

12월, 천지가 눈에 덮이는 겨울이다. 뜨거운 피가 없이는 살아가기 힘든 계절인 것이다.

그러나 한 줄의 시를 읽고 한 토막의 소설 그리고 한 모서리의 생의 의미를 찾는 당신은 생명의 흔적을 남기리라. 지워지고 덮어도 덮이고 지워져도 그 뜨거운 생의 발자국은 남는다. 그 설인의 발자국처럼 어느 등반대원들이 그것을 발견하여 이곳에 한 인간이 살아 있노라고 말하게 될지 누가 아는가.

(1972. 12.)

우리에게 주소서

우리에게 주소서. 많은 것들은 원하지 않나이다. 추위도 더위도 다 참고 견디겠나이다. 슬픈 일이 있어도 냉수를 마시듯 그렇게 마시겠나이다. 동상에 걸린 손가락이 근지러워질 때라도 잠자코 있겠나이다. 저녁에, 쓸쓸한 저녁에, 자기 발자국 소리만을 들으며 혼자 골목길을 빠져나가는 그런 시각의 외로움이라 해도 괜찮습니다. 정말 괜찮습니다. 가끔 바둑을 두다가 지고 이기듯이 그런 것들은 곧 잊을 수 있습니다. 사람들은 잘 참고 잘 잊어버립니다. 당신의 은총이 내리시지 않는다 해도 고난에 익숙한 우리들, 욕심을 부리어 당신 앞에서 보채지는 않겠나이다.

참으로 먼 곳에 계신 당신, 볼 수도 만질 수도 없는 당신⋯⋯ 그러나 이것만은 우리에게 주소서. 때때로 저 순결한 흰 눈송이를 내려주듯이, 때묻지 않는 순결의 언어를 내려주소서. 태아가 이 세상에서 맨 처음 배운 그런 말로 우리들의 꿈을 말하게 하소서. 지금 내리는 저 눈송이처럼 하얗고 하얀 그 언어로 당신에게

기도를 드리게 하시고, 참으로 사랑하는 사람에게 사랑을 말할 수 있게 하소서.

수다스러운 지상의 언어가 아니라, 지적도처럼 등기된 그런 언어가 아니라, 잔칫집에서 만난 사람들처럼 의미 없이 서로 인사를 나누는 그런 언어가 아니라, 은행 창구에서 돈을 헤며 이야기하는 그런 언어가 아니라, 앵무새 같은 언어가 아니라…… 우리에게 주소서. 상처를 덮고, 오물을 덮고, 내 논과 네 논의 사이를 갈라놓는 논두렁 길을 덮고 파랗고 까만, 색깔이 서로 다른 지붕을 덮고 천지 창조의 첫날처럼 땅이 굳기 이전의 그런 세계로 들어가게 하는 눈송이 같은 언어를 주옵소서.

그러나 녹지 않게 하옵소서. 눈은 순수하나 흙 묻은 발에 밟히면 곧 때묻고 맙니다. 아이처럼 그렇게 찬란하지 않습니다. 밤새, 우리가 철없이 잠든 그 틈에, 기적처럼 하얗고 하얀 순결의 언어를 내려주옵소서.

정월입니다. 설날처럼 새로운 그 언어를 내려주시기만 한다면 괜찮습니다. 슬픔도 찬물처럼 마시며 지내겠나이다.

(1973. 1.)

낙타여 시인의 언어여

    낙타는 어째서 눈썹이 긴가? 낙타는 사막을 가기 때문이다. 허허벌판에 모래바람이 분다. 불타는 사자의 눈이라 해도 혹은 그것이 아름다운 사슴의 눈이라 해도 사막의 지평을 바라볼 수는 없다. 모래 언덕에서 뜨거운 모래바람이 앞을 가릴 때 오직 길을 잃지 않고 앞으로 갈 수 있는 것은 낙타뿐이다.

    낙타는 어째서 등에 커다란 혹을 짊어지고 다니는가?

    낙타는 사막을 지나가기 때문이다. 가도 가도 목이 타는 모래밭이다. 한 포기 풀도 없고 한 뼘의 그늘도 없다. 땅을 파도 물 한 방울 솟지 않는 죽음의 땅, 이 갈증의 길을 가려면 자신의 육신 속에 물을 저장해두지 않으면 안 된다. 표범은 날쌔지만 갈증을 이길 수 없고, 침팬지는 영리하지만 그 뙤약볕을 이겨내지 못한다.

    낙타는 가끔 운다. 낙타는 왜 슬퍼 보이는가? 사막의 길을 가기 때문이다. 표지판도 방향도 없는 모래 한복판에서 낙타는 긴 목을 빼고 가야 할 먼 지평의 구름을 본다. 모래바람이 부는 목타는 길이다. 쉬어갈 녹지는 너무나도 멀다. 그러나 선인장처럼 가시 같은 의지가 인도한다. 해도 달도 믿을 것은 못 된다.

낙타 같은 언어를 갖고 싶다. 사자의 눈이나 사치한 사슴의 뿔 같은 언어보다도 사막을 건너가는 그런 낙타의 언어로 시를 쓰고 싶다. 지평을 바라볼 수 있는 기다란 목으로, 사풍砂風속에서도 앞을 내다볼 수 있는 긴 눈썹으로 그리고 혀를 말리는 갈증을 제 스스로 적셔가는 등 위의 혹으로 내 생의 길을 걷고 싶다.

시는 푸른 초원에서만 살 수 있는 양떼가 아니다. 시는 맑은 호수에서만 살 수 있는 백조도 아니다. 더더구나 늪에서 뒹굴며 사는 하마는 아니다.

시인의 언어는 낙타이다. 멀고 먼 푸른 녹지를 향해서, 오늘의 모랫길을 걷는 낙타이다. 목타는 생의 모래밭, 우물이 없어도 비가 내리지 않아도, 그늘이 없어도 제 몸으로 목을 적시며 살아가는 낙타이다.

낙타여! 시인의 언어여, 다시 무거운 생의 짐을 지고 일어나라. 아무리 지평이 멀어도, 너는 갈 수가 있다. 갈증을 이기고 모래바람을 막으며 너는 저 생명의 녹지를 향해 갈 수가 있다.

(1973. 2.)

봄의 시학

친구여, 창문을 열라. 3월이 아닌가.

햇볕이 들지 않아도 바람은 이미 녹색의 향내를 품고 있다. 응달진 어느 산골짜기에 차가운 얼음이 남아 있다 해서 누가 그것을 한탄할 것인가? 혹은 친구여! 당신의 작은 뜨락에 심어놓은 목련이 지금껏 잠들어 있다고 너무 근심하지 말라. 손바닥을 펴보면 햇병아리의 잔솜털 같은 3월의 감촉이 당신의 피부에 와닿는 것을 느낄 것이다.

서두르지 말아라. 남해를 건너온 따뜻한 바람들은 때문은 당신의 솜옷을 벗길 것이고, 사흘 동안이나 내리는 가랑비들은 닫혔던 들판을 다시 열 것이다. 다만 친구여, 노래가 서툰 것을 한할 것이다. 꽃보다 아름답지 않고, 어린 새순처럼 참신하지 않고, 봄비처럼 부드럽지 못하며 다시 열기를 내뿜는 태양이나 제자리로 돌아온 성좌처럼 정직하지 못함을 서러워하라.

당신의 언어는 계절처럼 절로 눈을 뜨지는 않을 것이다.

그러므로 친구여. 3월이면 봄이 오는 그 순서와 죽어 있던 대지가 어떻게 생기를 되찾는가를 배워야 할 것이다. 굴뚝에서 매운 연기가 나오지 않아도 방이 절로 더워지는 이치를 알아야 하며, 부채질을 하지 않아도 청순한 바람이 대청마루를 가득 채우는 그 비법을 익혀야 한다. 만약 당신의 언어가 한 포기의 풀처럼 저 광활한 자연의 혈맥에 맞닿아 있다면, 언젠가는 구근球根처럼 싹이 돋을 것이다. 봄을 믿는 자보다는 봄을 느끼는 사람이 행복하다. 봄을 느끼는 사람보다는 봄을 노래할 줄 아는 사람이 더욱 행복하다.

　친구여. 지금은 서툴지만, 어느 땐가는 우리의 노래가 철새들이 비상하는 율동처럼 자유롭게, 공간을 날 수 있게 하라. 지금은 향내가 없지만, 목련처럼 노래가 이 공간을 가득 채워야 할 것이다.

　얼었던 연못이 풀리면 개구리처럼 울어라. 그 많은 새들과 그 많은 짐승들처럼 봄의 일체감을 생명의 기쁜 율동으로 옮겨놓을 수 있는 시학을 배워라.

　친구여, 3월이 아닌가? 동면하던 언어들이 기지개를 켜며 일어나는 저 간지러운 유혹을 당신은 뿌리칠 수는 없을 것이다. 운명선運命線처럼 손바닥에 뚜렷이 그어지는 저 봄의 촉감을 움켜잡아라.

(1973. 3.)

문화의 은유법으로서의 꽃

꽃은 평화의 상징이 아니라 비생명적인 모든 것에 대한 저항의 언어다. 빛깔을 갖는다는 것, 대지大地가 잿빛으로 바뀌어갈 때 하나의 빛깔을 갖는다는 것, 그것은 사치가 아니라 죽음을 거역하는 장렬한 투쟁이다.

매연의 악취 속에서도 향기를 내뿜는다는 것은 눈물겹기까지 한 생명의 데몬스트레이션이다.

꽃은 허식이 아니다. 부지런한 뿌리의 노동 속에서 가꾸어진 땀의 결정이다. 딱딱한 돌과 음흉한 땅벌레들을 피해 맑은 수분을 퍼올리고 거친 흙더미에서 양분을 획득한 그 슬기의 깃발이다.

꽃은 열매를 맺기 위해서 피어나는 것이 아니라 다만 자기 표현을 위해서 밝은 색채와 유현한 향취를 갖는다. 그랬을 때만이 정말 꽃은 꽃답게 필 수가 있다. 열매는 자기표현에 대한 하나의 보상일 따름이다.

꽃은 열매처럼 먹을 수도 없으며 씨앗처럼 땅에 뿌려 몇 배의 그 수확을 얻지도 못한다. 우리는 다만 그것을 쳐다볼 뿐이다. 냄새 맡는 것이다. 그것은 마음이나 머리의 빈자리를 메우기 위해서 피어난다.

열매만을 소중히 생각하는 시대에서는 꽃의 의미가 망각되기 쉽다. 식탁에 오르지 못한다는 구실로 사치스러운 품목 속에 끼이기 쉽다. 샤일록의 방에서는 꽃이 추방되기도 한다.

꽃은 문화의 은유법이다. 우리는 꽃이 미소하고 있는 것처럼 보이지 않고 가끔 분노하듯이 피어 있다고 생각되는 적이 많다. 아스팔트의 길가에, 혹은 철골만이 서 있는 어느 공장 굴뚝 밑에 한 송이 꽃이 피어 있는 우연! 꽃이 있기에 아직도 우리는 태곳적 생명의 긍지를 갖고 살 수가 있다.

꽃은 문화의 은유법으로서 지금도 우리 곁에서 졌다가도 또 그렇게 다시 탐스럽게 피고 있는 것이다.

(1973. 4.)

십자가와 식탁

예수는 혼자서 다만 혼자서 외롭게 십자가에 못 박혀 죽었다. 모든 인간의 괴로움, 원죄의 무거운 짐을 혼자서 걸머지었다. 길에서 십자기를 같이 짊어지자고 했을 때에도 그는 그것을 거부하였다. 그러나 식사만은 혼자서 하지 않았다. 그는 여럿이 자리를 같이해서 먹기를 희망하였다. 그것이 바로 「최후의 만찬」이었다. 죽음을 홀로 감수하는 사람조차도 빵을 먹고 술을 마시는 데에만은 타인이 필요했던 까닭이었다. 예수의 십자가 옆에는 최후 만찬의 또 다른 식탁의 의미가 있었다는 것을 잊어서는 안 된다.

종교의 의미를 말하려는 것이 아니다. 개인과 집단의 관계는 바로 십자가와 만찬의 식탁처럼 역설적인 상관성을 지니고 있다는 사실이다.

예술가는 예수처럼 위대하지는 않지만, '십자가와 식탁'의 의미를 동시에 지니고 있다는 점에 대해서는 같은 길을 걷고 있다고 해도 과언이 아니다.

작가는 언어를 그의 식탁 위에 놓는다. 그리고 그의 친한 이웃들이 함께 착석해주기를 원한다. 빵과 술이 되는 그 언어는 발 그 자신의 육체요 피인 것이다. 함께 먹고 함께 마시는 그리고 주고 또 받아먹는 그 만찬의 관계야말로 언어의 커뮤니케이션이다. 희열이다. 말은 혼자 말하기 위해 있는 것이 아니다. 너와 나를 이루는 통로이며 내가 타인으로 확대되어가는 파문이다.

그러나 작가가 벌이는 향연의 식탁은 세속적인 잔치, 로마의 왕들이 벌이던 그런 만찬과 구별되어야 한다. 작가의 언어는 커뮤니케이션에서 끝나는 것이 아니라 동시에 다만 혼자서 짊어지는 십자가이기도 한 까닭이다. 십자가는 그를 떠나게 한다. 많은 이웃들로부터 그를 떠나게 만든다. 술잔을 같이 기울이던 사람도, 빵을 함께 찢던 사람도 그 자리에 함께 이를 수 없다는 것을 그는 안다. 식탁이 커뮤니케이션이라면 십자가는 그 커뮤니케이션의 단절이다. 식탁이 역사요, 사회요, 집단이라면 십자가는 개인의 본질이요, 사랑이요, 죽음인 것이다.

그러므로 〈최후의 만찬〉처럼 작가는, 시인은 하나의 식탁 위에 그의 언어를 마련하고 있는 사람인 것이다. 따스함과 눈물이 함께 있는 향연의 분위기 속에서 교감과 단절의 모순 그리고 그 긴장 속에서, 한 조각의 빵과 한 방울의 술을 마신다. 최후 만찬—이것이 인간을 위해서 예술이 베풀 수 있는 최대의 잔치일는지도 모른다.

(1973. 5.)

응석 문화의 종언

누구나 어렸을 때 응석을 부렸던 기억이 있을 것이다. 정직하게 말하자면 그것은 하나의 기억이라기보다도 무의식적인 체험이라고 말하는 것이 옳을는지도 모른다. 어머니에게 그리고 아버지에게, 자기보다 힘이 강한 모든 사람들에게 아이들은 응석을 피움으로써 자기의 감정을 표현하고 자기의 욕망을 성취하려고 한다. 응석은 유아의 한 문화 형태인 것이다. 응석은 자기를 지배하는 어떤 힘에 대하여 자기 자신을 내맡기는 행위, 그 힘 속에 휩쓸려 안기려는 몸짓이다. 근본적으로 응석 뒤에 숨어 있는 의식은 의존성이며, 달콤한 기대, 맹목적인 믿음 그리고 낙관성이다.

응석을 부리는 아이들을 관찰해보면 알 것이다. 넉넉히 혼자 걸을 수 있으면서도 일부러 비틀거린다. 아프지도 않은데 훌쩍거리며 운다. 일부러 말을 서툴게 한다. 응석 속에는 자신을 못나게 하는 끝없는 퇴행 작용이 깃들어 있다. 왜 아이들은 응석을 부리는가? 부모의 사랑을 믿기 때문이다. 안길 수 있는 어머니의 젖가슴이 있기 때문이다.

응석을 부리는 아이들의 눈엔 모든 환경이 사랑과 정에 넘쳐 있는 것으로 보인다. 그러므로 의붓자식은 응석이란 것을 모른다. 고아는 응석을 부리지 않는다. 받아주는 사람이 없기 때문이다. 그들은 기대하지 않는다. 현실은 차가우며, 가혹하다. 그것을 알게 될 때 응석의 문화는 끝난다. 그래서 성인의 문화가 시작되는 것이다. 응석을 받아주지 않는 인간의 환경, 슬프지만 그런 현실을 느낄 때 제 스스로의 능력으로 자신의 보행을 결정짓는다.

우리는 오랫동안 자연에 대해서, 운명에 대해서, 역사와 그 모든 현실에 대해서 응석을 부려왔다. 눈웃음만 치면 자연은 우리에게 휴식을 주고 역사는 정의를 가져다주며, 신神은 '만나'처럼 은총을 내려주는 것으로 알았다. 문학도 따지고 보면 '응석의 언어'로 뭉쳐진 것이었다. 좋은 작가, 좋은 시인은 자연 앞에서 응석을 잘 피우는 그런 기교의 발명가였다. 그러나 지금 누가 우리의 응석을 받아주겠는가? 모든 것은 내 편이 아니다. 딱딱하고 비정하며 조리도 관심도 없는 세계의 복판에 내가 서 있다. '응석의 문화'를 거부할 때가 온 것이다.

아니다. 응석을 받아주던 달콤한 저 정감의 시대는 갔다. 우리가 대면하고 있는 것은 바위다. 폭우이다. 애원을 해도 통곡을 해도 반응이 없는 강철이요, 콘크리트이다. 말랑말랑한 응석의 언어가 아니라 우리 자신이 선택해야 할 것은 강철보다도 콘크리트보다도 강强한 그런 성인의 언어이어야 할 것이다.

(1973. 6.)

침묵과 소음

숲속을 걷는다. 태초와 같은 침묵이 있다. 나는 지금 어디에 있으며, 어디를 향해 걷고 있는지 모른다. 몸의 체중도, 호흡도, 친숙한 인간들의 언어도 잠시 잊는다. 내가 침묵 속에 있는 것까지도 의식할 수 없다. 그대 발밑에서 한 마리의 까투리 혹은 한 마리의 멧새가 별안간 날갯짓을 하고 날아오른다. 그 울음소리와 퍼덕이는 날개 소리가 침묵을 깨뜨린다. 그때 비로소 나는 나의 침묵을 깨닫는다. 산의 정적을 느낀다. 소음이 있을 때 비로소 침묵이 생겨나는 것이다. 산속에서 울려 나오는 종소리는 침묵을 내쫓는 것이 아니라 거꾸로 침묵을 불러들인다. 소음이 없는 침묵은 다만 죽어 있는 정적에 지나지 않는다.

언어는 침묵을 깨뜨리는 한 마리의 까투리처럼 그렇게 돌연히 나타나야 한다. 그리고 그것은 날아야 한다. 숨어 있던 언어가 숲길을 헤집고 하늘을 향해 일제히 날아오를 때, 사람들은 침묵 속에 있는 자신을 깨닫게 된다. 그들은 새롭게 숲의 오솔길을 볼 것이며, 나무 이파리에 얽히는 여름의 투명한 일광과 능선 위에 맞닿은 허공의 구름들을 볼 것이다.

언어는 침묵 속의 소음이어야 한다. 침묵을 불러일으키는 소리음이어야 한다. 인간의 생은 하나의 소음, 인간의 죽음은 하나의 침묵―생과 사의 다리 위에 걸쳐진 시인들의 언어야말로 이 두 세계를 동시에 화합시킨다. 침묵이 무엇인지를 모르는 까마귀와 참새들은 잠시도 쉬지 않고 지저귄다. 시장의 언어인 것이다.

그러나 시인은 침묵이 무엇인지를 안다. 그는 침묵을 마련하기 위해서 날갯짓을 한다. 한 마리의 까투리처럼 숲속에 은신하여 정적을 견딘다. 누가 만약 발소리를 내며 고요한 숲길에 이르면 예고 없이 그것은 튀어나와야 한다.

그때 사람들은 알 것이다. 내가 어디에 있으며 내가 어디로 향해 걷고 있었나를……. 명상의 말은 깨뜨려지고 거기에서 새로운 털북숭이의 생명이 그 알로부터 태어난다.

시인이여, 침묵 속의 소음이여. 음흉한 까투리처럼 날아올라라. 너의 소음으로 그 침묵을 헤집어 침묵을 깨어나게 하라. 그래서 몽유병자처럼 산책하는 이들의 발걸음을 잠시 멎게 하라.

(1973. 7.)

반대어의 창조

　정확한 말뜻을 알기 위해서, 우리는 그 반대어를 공부하지 않으면 안 된다. 대낮의 의미를 찾기 위해서는 한밤의 어둠을 이해해야 하며, 여름의 참뜻을 발견하려면 먼저 겨울의 추위를 머릿속에 그러보지 않으면 안된다.

　반대어가 없을 때 그 말은 안개 속에 파묻혀버린다. 사람들은 불행이 무엇인지는 잘 알면서도 행복이 과연 어떤 것인가는 잘 모른다. 다만 그것은 불행의 반대어로서만 존재할 뿐이다. 그러나 이 반대어가 있기 때문에 사람들은 불행의 의미를 한층 더 뚜렷이 알고, 어디엔가 불행의 어둠과는 다른 찬란한 행복의 빛이 있다는 것을 상상할 수 있다.

　반대어가 존재하는 한 인간에겐 절망이란 것이 없는 것이다. 악마가 있으면 신이 있고, 병이 있으면 건강이 있다. 속박이 있으면 자유가 있고, 순간이 있으면 영원이 있다. 악마와 병과 속박과 순간의 세계 속에서도 인간이 아침의 심호흡처럼 건너편 세계를 희구하며 살 수 있는 까닭은 그 대립되는 반대어를 지니고 있기 때문이다. 거꾸로 우리가 신의 영광과 건강의 자유의 행운 속에서 삶을 누린다 하더라도 만약 그와 상대되는 세계의 괴로움을 모를 때에는 그 참된 즐거움을 느낄 수가 없다. 지옥을 모르는 사람들은 또한 에덴의 행복도 모르는 사람이다.

시인이나 작가는 반대어를 창조해주는 사람이다. 기쁜 것에 대해서는 괴로운 것을, 괴로운 것에 대해서는 기쁜 것을……. 그는 언제나 반대어를 만들어줌으로써 우리가 갖고 있지 않은 것을 우리들 앞에 보여준다. 그래서 그는 사물의 의미를 온전케 한다. 대낮으로 밤을 더욱 어둡게 하며 밤중의 언어로 대낮을 더욱 밝게 해주는 것이다. 이 반대어의 기능, 그것은 상상과 창조의 원초적인 작업의 첫발이다.

(1973. 8.)

II

한 톨의 곡식

　하찮은 한 톨의 곡식이라도 손바닥 위에 올려놓고 가만히 들여
다보면 천 근의 무게를 느끼게 된다. 이 작은 낟알 속에서 우리는
봄의 환희와 들뜬 그 욕망들이 웅성거리던 대지의 움직임을 듣는
다. 꽃샘추위에도 다시 얼어붙지 않고 고운 꽃술을 간직했던 가
냘픈 한 그루 꽃나무의 의미를 본다.

　여름의 천둥소리와 폭풍우 그리고 화살처럼 땅 위에 꽂히는 따
가운 햇볕 속에서 혹은 가뭄이나 홍수 속에서 성장을 향해 발돋
움친 고난의 역사를 알 수 있다. 그늘이 아쉽던 휴식의 유혹,
목 타는 갈증에의 형벌, 낮잠을 거부하며 지평地坪을 응시하던 충
혈의 긴장─벌레들은 또 얼마나 많이 푸른 잎을 갉아먹고, 자갈
은 또 얼마나 뿌리의 노동을 방해했었던가?

　거기에는 또 슬프고 외로운 가을의 낙엽이 쌓이기도 한다. 성
숙은 영광의 시간 위에서 죽는다. 열매가 맺으면 나뭇잎이 진다.
이 아이러니의 슬픔 속에서 숱한 별똥이 떨어지는 아픔을 견디었

다. 그러다가 또 겨울인 것이다. 침묵이 대지를 회색의 외투로 덮을 때, 우리는 깊은 땅굴 속에 먹이를 저장하는 곤충처럼, 열매를 쌓아두어야 할 곳간을 찾는다. 얼음과 눈 속에서 미끄러지지 않도록, 한 해의 노동으로 가꾼 지성의 열매와 언어의 낟알들을 소중히 운반해 가야 된다.

그러나 노새의 걸음걸이는 답답하며 썰매의 날은 무디다. 짐 실은 수레를 끄는 야윈 노새의 등을 채찍질하는 손도 동상에 걸려 있다.

이것이 한 해의 의미인 것이다. 농부가 곡식을 거두어들이는 한 해의 그 변화 많은 노동인 것이다. 우리는 작은 밭을 하나 마련했고 여기에 언어의 씨앗들을 뿌렸다. 벌써 한 해가 지나고 이제는 또 새 밭에 새 씨앗을 뿌리는 철이 돌아왔다. 슬픔도 없으며 웃는 축제의 여유도 없다. 갈고 또 갈아야 할 것이다.

그 밭에서 우리는 피와 땀이 한 알이 곡식으로 바뀌어가는 기적들을 지켜봐야 할 것이다. 벗이여 당신은 알 것이다. 하찮은 한 톨의 곡식이라도 손바닥 위에 놓고 가만히 들여다보면, 천 근 같은 무게를 느낄 것이다. 봄, 여름, 가을, 겨울…… 어떻게 그 많은 계절이 우리 곁을 지났는가를 아는 사람은 한 톨의 곡식을 버리지는 않을 것이다.

(1973. 10.)

신화의 부활

물이라면 좋겠다. 노루의 발자국도 찍힐 수 없는 심산유곡의 그런 옹달샘 같은 물이라면 좋겠다. 그러면 우리들의 언어를 씻어줄 것이다. 피문은 환상의 손 때문에 맥베스 부인夫人처럼 밤마다 가위에 눌려 잠을 깨는 사람들을. 그리고 또 씻어줄 것이다. 농화장濃化粧 뒤에서만 이야기하는 우리 연인들의 갑갑한 얼굴을, 기름에 결은 아버지의 손을, 지폐 냄새가 니코틴처럼 배어 있는 인간의 폐벽肺壁을 씻어줄 것이다. 어머니가 빨래를 하듯이, 더럽혀진 우리의 속옷을 눈처럼 하얗게 씻어줄 것이다.

불이라면 좋겠다. 화산처럼 지층 속에서 터져나오는 창세기 때의 불 같은 것이었으면 좋겠다. 태우리라. 헤라클레스가 독으로 부푼 육체의 고통을 없애기 위해 장작불 위에 몸을 던졌듯이, 아픈 세균들을 태워버리리라. 어둠 속의 요괴들과 굶주린 맹수들이 우리의 잠자리를 기웃거리는 위험한 밤의 공포들을, 불살라버리리라.

바람이라면 좋겠다. 우리들의 이 굳어버린 언어들이, 최초로
바다에 뜬 아르고스의 배를 운반한, 그런 바람이라면 좋겠다. 우
리의 어린 것들이, 구름처럼 가볍게 항해를 하면서, 지도에도 없
는 황홀한 섬을 방문할 것이다. 또 계절을 바꾸어, 나무 이파리마
다 희열의 꽃잎을 피울 수도 있을 것이다. 잠들게 하고 망각하게
할 수도 있을 것이다.

활이라면 좋겠다. 백발백중으로 표적을 맞히는 그 옛날 필록테
테스의 활이라면 정말 좋다. 힘껏 잡아당겨, 과녁을 향해 쏜다.
우리들의 언어는 빛처럼 날아갈 것이다. 물의 정화력을 가지고
불의 정복과 바람의 변화를 가지고 언어는 화살처럼 허공을 날아
간다. 그러면 그것이 꽂히는 것을 볼 것이다. 우수를, 체념을, 모
욕과 울분을, 내일을 차단하는 그 모든 것을 넘어뜨리고 또 넘어
뜨린다.

이 허무 속에서, 아! 깃발처럼, 과녁을 뚫는 생명의 그 승리를
볼 것이다.

(1973. 11.)

그런 슬픔이 아니라는 것을

섣달그믐 날, 종소리 같은 것으로 한 해의 슬픔을 씻을 수가 있다면, 묵은 달력을 찢는 것으로 저 퇴색한 벽을 새롭게 할 수 있다면, 망년회의 한잔 술을 잊을 수가 있다면, 크리스마스 케이크를 싼 포장지 같은 것으로 모든 우환을 싸버릴 수가 있다면, 코를 풀듯이 답답한 밀어들을 풀 수 있다면, 화분갈이를 하듯이 의식을 바꿀 수가 있다면, 연을 날리는 아이들처럼 한숨으로 납덩이 같은 생활을 치켜올릴 수 있다면, 낡은 신발짝을 버리듯이 기억을 버릴 수 있다면…….

춘향이처럼 형장에서도 십장가를 부를 수 있다면, 김유신처럼 천관녀에게로 가던 자기 애마의 목을 단칼에 벨 수 있다면, 성삼문처럼 독야청청하거나 화젓가락의 단근질 속에서도 호통칠 수 있다면, 고난의 이야기도 참고 듣기만 하면 콩쥐팥쥐처럼 권선징악의 해피엔딩으로 끝나게 된다면 혹은 흥부의 박에서 기적의 보석이 쏟아져 나온다면, 홍길동처럼 둔갑술로 자기 몸을 없앨 수 있다면…….

　없앨 수 있다면, 부끄러움과 비탄과 파리한 제자신의 몸뚱이를 없앨 수 있다면, 그래서 우화등선羽化登仙한다면, 그래서 대나무 밭에 달이 뜬다면, 그래서 무릉도원이라면……. 붓을 꺾어버리고 글을 쓰지 않아도 좋을 것이다. 시인은 밤을 지키며 찬 마루방에서 떨지 말라. 햇솜을 둔 이불 속으로 들어가라. 그렇게 될 수만 있다면 책을 덮고, 썰매를 타거라. 광대처럼 줄이나 타거라. 혹은 저녁놀이 떨어지는 그 시각에 중학교 학생처럼 하모니카를 불어라.

　그런데도 당신이 아직 언어를 버릴 수 없어 흰 종이 위에서 시계 소리를 듣고 있다면 알게 될 것이다. 우리에게 글을 쓰게 하는 그 슬픔은 제야의 종소리 같은 것으로 말끔히 씻어버릴 수 있는 그런 슬픔이 아니라는 것을…….

(1973. 12.)

'지성의 석유'를 위해서

메주가 뜨고 있는 시골 안방, 할머니의 잠드신 머리맡을 비추는 작은 그 석유 등잔불에도 세계사의 바람이 분다. 깜박거리고 있다.

그러나 우리는 안다. 오래전부터 안다. 지성의 언어는 석유보다도 더 근원적인 생명의 '에너지'였음을.

그런데도 당신은 어째서 유류 파동만을 근심하는가? 한탄하지 말아라. 네온사인 꺼진 도시의 밤거리가 쓸쓸하다고……. 따스하던 아파트의 방이 툰드라의 빙원氷原처럼 썰렁하다고……. 바퀴 달린 것들이 서서히 멈춰가는 정적의 두려움을 느낀다고……. 말하지 말라. 한 방울의 석유를 아쉬워하기 전에 먼저 언어의 위기, 그 에너지의 궁핍을 생각해야 된다.

삶의 언어들이 빈혈에 걸려 쓰러지고 정의와 진리의 언어들이 양식良識의 송유관으로 더 이상 흐르지 않게 될 때, 우리는 암흑 속에 묻힌 도시를 보리라. 사랑이 얼어붙고 의식의 창마다 성에

가 끼는 추위를 느끼리라. 모든 활동력이 피댓줄이 끊긴 발동기처럼 공전하리라.

지성의 언어도 석유처럼 지층 깊숙이 매장되어 있는 것이다. 다만 제삼기의 지층 속에만 있는 것이 아니라 양심이 있는 곳이면, 인간적인 긍지가 있는 곳이면, 아름다움을 아는 심미의 마음이 있는 곳이면 어디에고 깊은 마음을 파기만 하면 샘솟는다.

그런데도 한 방울의 석유보다도 지금 우리는 지성의 언어가 결핍되어 있는 그 추위와 암흑을 괴로워해야 된다. 오직 석유만을 걱정하고 있는 사람들은 모를 것이다. 세계의 역사가 지금 지성의 언어, 자유의 언어, 양심의 언어에 굶주려 혹독한 추위와 어둠과 죽음 같은 정적 속에서, 아우성치는 목소리를 듣지 못할 것이다.

근심하라. 사막에 꽃을 피우는 것은 석유가 아니다. 거친 땅에 평화의 푸른 캐비지를 심는 것은 석유가 아니다. 마이더스의 손에 다시 인간의 피가 흐르게 하고 늑대가 사슴들의 호수를 흐리지 않게 하는 힘은 석유가 아니다.

생명의 에너지는 언어이다. 아파하는 시인의 언어이다. 사물을 정시하는 지식인의 언어이다. 이 언어들이 송유관을 흘러 개개인의 집에 불을 켠다. 그 마음에, 그 몸짓에, 그 걸음걸이에 힘과 빛을 던진다.

석유가 없음을 한恨하기 전에 먼저 울어라. 언어의 고갈을.

(1974. 1.)

어떻게 증명하랴!

 내가 짐승이 아니라는 것을 어떻게 증명하랴? 훈훈한 둥우리나 땅굴만 있으면 불면의 밤이란 것을 모르는 한 마리 짐승이 아니라는 것을 어떻게 증명할 것인가? 철이 바뀌면 털을 갈면 된다. 겨울에는 긴 잠을 잘 것이다. 강한 놈이 나타나면 도망치고, 약한 놈을 만나면 잡아먹는다. 배만 부르고 날씨만 따뜻하면 결코 포효하는 법이 없다. 사냥꾼의 겨냥에서 자기 몸만 피하면 된다. 공포의 본능과 야성의 욕망 사이를 뛰어다니기만 하면, 가시 같은 것에 발바닥을 찔렸기로 아플 것이 없다.

 어떻게 증명하랴. 나의 영혼이 혼혼한 짐승의 그 잠과 다르다는 것을 어떻게 증명하랴. 짐승들에겐 내면의 상처라는 것은 없다. 쓰라리고 아린 상처의 아픔은 언제나 살가죽 위에만 있다. 불안도 자유도 환희도 털끝으로만 느끼는 법, 살가죽만 든든하면 아픈 것을 모른다. 내 아픔이 짐승들이 그런 외상이 아니라는 것을 어떻게 증명하랴.

먹이를 채기 위해서만 표범은 화살처럼 난다. 칡뿌리를 뒤지기 위해서만, 여우의 코는 예민해진다. 독수리의 날개는 지상으로부터 비상하는 자유가 아니라 땅에 구속되어 있다. 토끼와 뱀이 있는 지상에 매여 있다. 사자여! 너는 가축이다. 너의 보행은 처음부터 굶주림의 사슬에 묶여 있었으니 너의 용맹이 너의 환경을 개선하지는 않는다. 숲의 거대한 순응자이다. 포식捕食하기 위해서만 너는 너의 길을 선택하고 지배한다. 너를 명령하는 것은 너의 근육이고 그 굶주림이다.

어떻게 증명하랴. 내가 한낱 포식하기 위해서만 이빨과 발톱을 갈고 있는 짐승이 아니라는 것을. 어떻게 증명하랴. 살덩이만 던져주면 유순한 강아지처럼 무릎을 꿇는 가축이 아니라는 것을.

내가 인간이라는 것을, 내가 내 주인이라는 것을 어떻게 증명하랴. 먹을 것, 입을 것 그리고 잠잘 곳만 있으면, 기지개를 켜며 잠들어버리는 짐승이 아니라는 것을. 그리고 그런 편안을 위해서 친구를 팔고 자식을 팔고 고향을 팔고 고향 그러다가 눈물마저 팔아버리는, 그런 한 마리 게으른 짐승이 아니라는 것을 정말 어떻게 증명하랴.

그것을 증명하기 위해서 시를 읽고 시를 쓰고 시를 행동한다. 주먹을 쥐고 한숨을 쥐고 한숨을 쉬고 눈물을 흘린다. 그것을 증명하기 위해서 오늘도 사색하고 행동하고, 행동하고 사색한다.

(1974. 2.)

저 번뜩이는 바늘을 들고

가난한 어머니는 새 옷을 장만해주지 못한다. 다만 그 애정은 더러운 옷을 빨아주고 기워주는 작업으로밖에 나타내질 못한다. 그러기에 가난한 어머니는 더욱 고달프다. 세탁과 바느질. 때를 씻어내고 흠집을 깁는 어머니의 손은 동상凍傷에 부풀어 있다. 그 언 손이 어린것들의 내일 입을 옷을 마련하기 위해서 아픔을 참는다.

어려운 시대에 글을 쓰고 있는 사람들은 가난한 어머니의 그 빨래와 바느질을 모방하지 않으면 안 된다. 오염을 막는 것이다. 새 진리를 발견하기보다는 이미 있는 진리 위에 묻은 때를 씻어내는 일이다. 언어는 세탁비누처럼 정화력을 지녀야 한다. 창조의 언어보다는 이 정화의 언어가 더욱 시급해진다. 생활한다는 것은 때를 묻힌다는 이야기이다. 때는 처음 묻을 때만이 눈에 띈다. 오염의 두려움은 내가 오염되어 있다는 의식까지도 오염시키고 만다는 사실이다. 비누는 본연의 빛을 캐내는 연장이다. 비누

거품은 허망하게 꺼지지만, 그 소멸 뒤에는 순백의 빛깔을 다시 찾는 그리움의 발언이 있다.

다시 결합시키는 것. 어려운 시대에 글을 쓰는 사람들은 가난한 어머니의 그 바느질에서 시학을 배우지 않으면 안 된다. 마멸해가는 것이다. 생활한다는 것은 해어져간다는 것을 의미한다. 찢기고 구멍 난 생의 의상을 다시 꿰매주는 바늘의 언어, 실의 언어, 이 봉합의 힘을 배우지 않으면 안 된다. 갈가리 찢긴 도시와 인간의 마음을 재결합시키는 예리한 바늘을 손에 들어야 한다. 어두운 밤을 새우며 인내심 있게 한 바늘 한 바늘을 움직여가는 작업이 있어야 한다.

많은 것은 원치 않는다. 위대한 창조의 세계를 꿈꿀 수가 없다. 어려운 시대에서 글을 쓰는 사람들은, 창조의 언어에 도달하기 전에 비누 같은 정화의 언어, 바늘 같은 봉합의 언어를 먼저 소유하지 않으면 안 될 것이다.

새 옷을 마련해주지 못한다 해서 너무 서러워하지 말라. 때묻고 남루한 의상이라도 우리의 어린것들에게 내일 입힐 옷을 마련하기 위해서 빨래터로 가자. 그리고 반짇고리를 뒤져 바늘을 찾아라. 눈물이 흘러도 참아라. 눈물 자국으로 애써 빨고 꿰맨 그 옷이 얼룩질까 두렵다. 이렇게 해서 초라할망정 우리들이 다시 입을 수 있는 생의 의상을 마련해가야 하는 것이다.

(1974. 3.)

벌써 4월이라고 말하지 말라

벌써 4월이라고 말하지 말라. 꿀벌은 꽃잎보다도 먼저 깨어나 그 노동을 시작하였다. 겨울이라 해서 땅속의 구근球根들이 죽어 있었던 것이 아니다. 봄을 설계하는 그 건축은 겨울의 침묵 속에서 마련되었고, 삭풍 속에서도 수액은 4월의 강하처럼 흘렀더니라.

벌써 4월이라고 말하지 말라. 꽃나무들은 계절의 통신을 받지 않고서도 지금 일제히 문을 열었다. 게으른 사람아! 눈을 비벼라. 당신이 홀로 잠에 취해 있을 때, 두더지는 땅속에서 기어나오고, 종달새는 이른 아침 구름 위에 떴다. 놀라지 말라. 천지가 창조되던 그날부터 이미 4월은 있었느니라.

벌써 4월이라고 말하지 말라. 철새들의 그 민감한 날개는 예언자처럼 남해의 바람보다 일찍 이곳에 왔다. 누가 모세의 지팡이를 부러워할 것인가. 당신의 손을 들어 허공을 치라. 홍해바다가 갈라지듯이, 딱딱한 돌덩어리에서 샘물이 흘러나오듯이 생명의 기적이 쏟아지는 것을 볼 것이다. 참새도 앉지 않던 앵두나무 가지에 꽃이 피는 것을 볼 것이다. 얼음이 녹은 자리에서 입김이 서리는 파란 잔디의 새싹들을 볼 것이다. 스케이트를 지치던 웅덩이에서 송사리 떼가 노는 것을 볼 것이다.

영하의 수은주 밑에서 억눌리고 억눌려서 다시는 고개를 쳐들 수 없던 온갖 식물들이, 온갖 짐승들이 함성을 지르며 4월의 벌판으로 일제히 집합하는 것을 볼 것이다.

벌써 4월이라고 말하지 말라. 외로운 시인들은, 박해 받는 시인들은, 돌림 받는 시인들은, 꿀벌보다도 먼저 4월의 노동을 시작했더니라. 두더지보다도 먼저 넓은 하늘을 보았으며 철새보다도 일찍 추운 겨울의 강들을 건너왔느니라. 시인들은 계절보다도 먼저 부활했느니라.

벌써 4월이라고 말하지 말라. 시인은 농부처럼 이미 자기 밭을 갈고 있다. 말하지 않아도 안다. 시인들의 언어는 가장 민감한 철새의 깃털처럼 봄을 예언한다. 삼동의 벌판 속에서도 씀바귀처럼 생명의 의지는 봄을 부른다.

벌써 4월이라고 말하지 말라. 시인은 언제나 봄의 생명들을 호명해왔느니라.

(1974. 4.)

나뭇잎, 그 시의 생명력

사랑하십시오. 가장 연약한 꽃, 4월에도 그리고 이 5월에도 아직 피지 못하고 있는 그런 꽃들을 사랑하십시오. 나비도 찾아오지 않고 바람도 불지 않아 다만 갈증만으로 뒤꼍에 혼자 돌아서 있는 꽃나무의 기약을 사랑하십시오.

웃으십시오. 흔들리는 어린 이파리를 향해 웃으십시오. 무성한 숲이 당신 앞에 있습니다. 생명의 근원은 나무뿌리처럼 땅속에 숨어 있고 생명의 그 줄기는 나무 이파리에 가리어 보이지 않습니다. 그러나 나뭇잎들은 그것을 겉으로 표현합니다. 그러나 조심하십시오. 벌레들은 나무 이파리를 탐내고 바람은 나무 이파리를 흔듭니다. 뿌리와 그 줄기는 영원한 땅과 하늘을 이야기하지만 이파리들은 오늘을 말합니다. 호수에 고인 물이 여러 갈래의 물줄기로 갈라져 흐르듯이 이파리 하나하나로 새 생명들이 분화해가는 그 성장成長을. 그것은 녹색의 폭탄입니다.

참으십시오. 눈물이 흘러도 참으십시오. 분노가 치밀어도 참으십시오. 하품이 나더라도 참으십시오. 명주실 한 올마다 얽히지 않게, 비단을 짜는 새 며느리처럼, 그런 밤의 인내가 필요합니다. 그러나 용서하지는 마십시오. 생의 이 비단을 더러운 손으로 얼룩지게 하고, 참을성 많은 당신의 작업을 방해하는 심술 사나운 시어머니의 그 서슬 푸른 가위를 잊지 마십시오.

그리고 말하십시오. 당신이 어떻게 그 긴 날을 살아왔는가를. 말하십시오. 겨울을 잘 견딘 나무만이 초록빛이 5월을 누릴 수 있다는 것을 증언하십시오. 시가 허위보다 강하다는 것을 말하십시오. 근육의 힘은 묘지로 향하지만 당신의 시는 묘비명처럼 오랜 세월을 두고 불멸의 이끼로 남는다는 것을 말하십시오.

따내고 떼어내도, 샘물처럼 새롭게 솟아오르는 나뭇잎의 새순을 존경하십시오. 사랑하십시오. 웃으십시오. 참으십시오. 그리고 말하십시오. 나뭇잎은 시, 시를 살아나게 하는 녹색의 폭탄, 황홀하게 짜여가는 생명의 비단 그리고 묘비명의 파란 이끼, 그것을 사랑하십시오.

(1974. 5.)

시와 전쟁

전쟁은 끝나는 것이 아니다. 소낙비가 멈추는 것처럼 또는 비통한 음악이 사라지는 것처럼 전쟁은 아주 끝나버리는 것이 아니다.

폭풍의 다음에는 무지개가 뻗치지만 전쟁은 종말하지도 않을 뿐만 아니라 평화의 찬란한 예고를 마련한 적도 없다.

전쟁은 끝나는 것이 아니라 다만 잠들어 있을 뿐이다. 위험한 짐승이 어두운 동굴에서 동면을 하듯이 꼬리를 감추고 운동을 멈출 뿐이다. 잠자는 동안에도 그 이빨은 자라나고 발톱은 더욱 날카로워진다. 어느 계곡엔가 바위틈에 숨어 있는 가재의 집게처럼, 잎사귀에서 나방의 꿈을 꾸고 있는 유충의 음모처럼, 땅속을 포복하는 두더지처럼. 아니다, 서서히 자라나고 있는 암종癌腫처럼 전쟁은 보이지 않는 풍경 뒤에서 은밀히 야간 행진을 하고 있을 것이다.

그래서 아들을 많이 둔 우리들의 어머니는 오뉴월 밝은 태양빛 속에서도 근심의 주름살을 펴지 못한다. 두고두고 그때의 이야기를 하신다. 10년이 넘고 20년이 넘어도 포탄에 찢기운 살구나무 가지를 이야기하신다. 죽은 자식의 나이를 헤듯이 영원히 사라져버린 것들을 다시 손꼽아보신다. 입어보지 못한 혼수와 잘 가라고 인사말도 없이 나가버린 아버지의 뒷모습과 신방에 촛불도 켜지 못한 채 먼 나라로 출가해버린 어린 딸의 옷고름을 이야기하신다.

오늘도 이야기하신다. 지뢰地雷 덮인 길을 걸어가듯이 조심스럽게 기억을 더듬는다. 그러기에 전투가 멈춘 지금, 하늘을 향한 포신砲身은 구름을 보고 있는 것이 아니다. 먼 지평을 향해 열려 있는 참호의 총구는 6월의 꽃과 푸른 잔디를 보고 있는 것이 아니다. 아팠던 기억들을 겨냥하면서 잠을 깨고 일어나려는 전쟁의 그 하품 소리를 듣는다.

6월의 시인이여, 전쟁을 잠들게 하라. 엉겅퀴에 피는 꽃과도 같은 그런 언어로 피와 눈물을 매장하거라. 다시는 대홍수가 일어나지 않으리라는 신의 약속처럼 무지개를 그려라. 그리고 우리들 어머니를 편안하게 하라. 포성만큼이나 컸던 6월의 오열을 아직도 잊지 못하고 있는 우리들의 딱한 어머니를 위해 등을 두드려드리듯이 시를 써라. 시인이여, 밤마다 가위에 눌려 일어서는 6월의 어머니들을 위해서 초원에 묻힌 녹슨 지뢰의 꼭지를 뽑아내거라. 그렇게 시를 써라.

전쟁은 너의 노래가 시작되는 데서 비로소 끝난다.

(1974. 6.)

천년을 두고 기다리는 비

"목이 탑니다"라고 말한다. 땡볕이 창끝처럼 황톳길을 찌르는 이 한여름에 "어머니, 불길같이 타오르는 갈증을 더 참을 수 없어요"라고 말한다. 나무 그늘이 없다. 바람이 없다. 엿이 녹듯이 온몸이 늘어져서 이제는 한 치도 더 걸을 수가 없는 벌판—참새도 울지 않는다.

"답답합니다. 어머니 속이 탑니다. 비는 왜 오지 않는가요. 땅은 저렇게 갈라져서 마귀의 입김 같은 지역을 내뿜고, 우물을 들여다봐도 유리조각 같은 모래알이 다만 눈을 아리게 하는데 어찌하여 어머니, 비는 내리지 않는가요. 우리가 무슨 죄를 지었습니까. 남의 집 담 너머를 넘겨다본 적이라도 있었습니까. 지아비가 있는 여인들의 몸을 탐내본 적이라도 있었단 말입니까. 한 숟갈의 밥을 더 뜨기 위해서 어린애의 밥그릇을 훔치고, 하루를 더 살기 위해서 노인들의 수염을 건드린 적이 있었던가요. 무슨 죄를 지었기에 어머니, 우리에게 몸을 숨길 한 뼘의 그늘도 주지 않는가요." 이렇게 말할 때 어머니는 대답하신다.

"애야, 너에게 무슨 죄가 있겠니. 인력거를 타고 거드름을 피울 힘도 없는 네가 무슨 죄를 지었겠니. 엽전 한 닢도 없는 네가 남을 무슨 수로 괴롭히겠니. 힘없는 네가 누구의 얼굴에 침인들 뱉을 수 있었겠느냐. 억울해도 분해도 서러워도 어린애처럼 어머니밖에는 부를 줄 모르는 네가 신에겐들 불경한 마음을 품었겠느냐. 그러나 애야, 걱정하지 말아라. 목이 타더라도 가슴이 미어져도, 땀방울을 식힐 한 자루의 부채가 없을지라도 애야, 슬퍼하지 말아라." 어머니는 말씀하신다.

'언젠가는 물기를 머금은 바람이 불어올 것'이라고 말씀하신다. '천사의 나팔소리처럼 천둥 벽력이 온누리를 뒤흔들고 댓줄기 같은 시원한 빗줄기가 쏟아질 것'이라고 말씀하신다. '잠든 새들이 놀래어 다시 깨고 날갯깃을 퍼덕거리는 대지의 소리가 들려올 것'이라고 말씀하신다. '하늘은 결코 그렇게 오랫동안 인간을 잊지는 않을 거다'라고 말씀하신다.

"어머니 목이 마릅니다. 그것이 언제입니까?"라고 묻는다. 그러나 말씀하신다. "애야 그날이 언제냐고는 묻지는 말아라. 천년을 두고 기다려온 비인데 그것이 언제냐고는 묻지는 말아라."

(1974. 7.)

바닷속의 생명들

육지는 생명을 표면으로 노출시킨다. 나무와 풀과 모든 곡식은 지표 위에서 꽃을 피우고 열매를 맺는다. 짐승들은 땅 위에 그 발자국을 남긴다. 아무리 작은 곤충이라도 흙을 헤집고 땅 위에 그 더듬이를 내민다. 대지의 생명은 이렇게 안에서 밖으로 스며 나온다.

그러나 바다는 그렇지가 않다. 바다는 내면 속에 생명을 간직하고 있다. 비밀처럼 어두운 해저에서 산호의 가지는 자라고 어군들은 수평 밑에 가라앉아 유영한다. 해초, 진주패 그리고 말미잘…… 바다의 생명들을 닻처럼 겉에서 속으로 조용히 내려간다. 풍선처럼 잘 떠오르는 해파리라 하더라도, 온몸을 해면 위로 노출시키지는 못하리라.

페르시아의 왕 크세록세스는 희랍을 치려고 바다 위에 가교를 놓은 적이 있었다. 그러나 폭풍이 일어 완공된 이 가교가 모두 파괴되자 노한 왕은 그 바다를 처형하라 명령하였다. 곤장 3백 대의 형벌을 가하고 족쇄 한 벌을 바닷속으로 던져 넣었으며 낙인을 찍었다고 전한다. "이 쓰디쓴 물이여. 임금님께서 너에게 이 벌을 가하는 거다." 이렇게 선고문을 내리기도 했다.

하지만 바다는 결코 처형되지는 않을 것이다. 크세록세스의 그 많은 군대와 보물과 권세로도 저 바다를 매질할 수도, 묶어둘 수도, 더더욱 낙인 같은 것을 찍을 수도 없을 것이다.

바다는 생명을 내부 속에 간직하고 있는 까닭이다. 땅처럼 그 것은 파헤쳐지지도 않으며 낙인의 시뻘건 불에 끄슬리지도 않는다. 크세록세스는 모든 것의 표면을 지배할 뿐, 닻이 가라앉는 해구海溝의 은밀한 생명의 밭을 유린할 수 없을 것이다. 계절과 폭풍일지라도 오직 그 표면 밖에는 흔들어놓지 못한다. 바다의 역사는 조류처럼 내면으로 흐르는 것이기 때문에 지표의 힘은, 다만 물거품이 되어 떠오를 뿐이다.

시인의 언어는 바닷속에서 자란다. 소리 없는 해조海藻의 율동, 조개들의 깊은 잠, 연륜 없는 산호의 성장…… 시인의 언어는 바닷속을 흐르는 조류이다. 지표의 언어가 아니다. 그것은 크세록세스가 처형할 수 없었던 언어의 생명이다.

(1974. 8.)

III

원두막의 파수꾼

어렸을 때 당신도 그런 경험이 있었을 것이다. 반딧불이 흐르는 시골 원두막에서 참외밭을 지키던 여름밤의 그 기억 말이다. 작은 밭이다. 아직도 단맛이 들지 않은 선 개똥참외와 애호박만 한 수박을 지키기 위해서 당신은 어둠을 지켰을 일이다. 원두막의 파수꾼은 개구리 소리나 마을의 먼빛에서 들려오는 다듬이 소리에만 정신을 팔 수 없다. 자기의 노동 속에서 결실해가는 땀의 열매들을 지키기 위해서, 풀숲을 헤치고 나타나는 발자국 소리, 그것이 아무리 미세한 소리라 할지라도 침입자의 몸집을 알아차려야 한다.

빼앗기지 말아야지. 내 밭에서 뻗어가는 그 덩굴들이 침입자의 발에 짓밟히지 말아야지. 비록 작은 것이라 할지라도 원두막의 파수꾼은 자기 밭을 지키기 위해 뜬눈으로 밤을 새우고 또 밤을 새운다.

시인이여, 언어의 덩굴이 뻗어가는 시인의 밭이여. 그것이 선

참외라 할지라도, 아직 단맛이 들지 않은 애호박 같은 수박이라 할지라도, 우리는 우리의 언어를 지켜가야 할 일이다. 2년 동안 우리는 원두막의 파수꾼이 되어, 비록 초라한 밭떼기일망정 순결의 열매가, 사랑의 이파리가, 진리의 순이 꺾이지 않도록 그 작은 우리들의 영토를 지켜왔다.

피곤하고 또 잠이 우리를 유혹한다 해도, 우리는 이 가난한 막사를 떠나지 않겠다. 힘이 없더라도 예민한 짐승처럼 귀를 세우고 어둠을 꿰뚫어보기 위해, 원두막 사다리를 더 높은 곳에 올려야겠다. 많은 발자국 소리를 들었다. 선 참외와도 같은 언어들은 근심할 때, 무더운 여름밤은 동짓달의 밤보다도 더 길었다.

그러나 보아라. 시인의 밭에 말갛게 씻기운 아침이 오고 푸성귀에 이슬이 맺힐 때, 당신들은 볼 것이다. 하룻밤 사이에 더욱 무거워지고 더욱 감미로운 물이 괴어가는 그 열매들을 맛볼 것이다. 아니 모르겠다. 이 작은 언어의 밭이 어떤 보상을 주지 않아도 좋다. 외로운 원두막의 파수꾼들은, 땀의 열매를 지키기 위해 오늘밤도 사방 벽이 없이 트인 마루 위에 선다.

(1974. 10.)

금붕어와 거문고

먹는 것을 기준으로 한다면 아무리 아름다운 금붕어라 할지라도, 그것은 진흙 속의 미꾸라지만도 못할 것이다. 굶주린 사람에게 있어서는 금붕어를 식별할 눈이 없다. 왜냐하면 목구멍으로만 모든 것을 계산할 것이기 때문이다.

추운 방에서 떨고 있는 사람에겐, 아무리 아름다운 소리를 내는 거문고라 할지라도 한 토막의 장작개비만도 못할 것이다. 추위로 언 몸에는 거문고 소리를 식별할 수 있는 귀가 없다. 어느 것이 더 화기가 있느냐로 모든 것을 따지려 들기 때문이다.

단순한 비유가 아니다. 지금은 금붕어를 잡아먹고, 거문고를 패어 아궁이에 쑤셔 넣는 시대이다. 아름답다는 것은 사치가 되고 죄가 되는 시대이다.

어떻게 할 것인가? 굶주리고 헐벗은 사람들을 위해서, 우리는 금붕어를 버리고 미꾸라지를 얻을 것인가? 거문고를 내던지고 장작개비를 주울 것인가? 당신은 시의 무력함을 알아야 한다. 당신이 부르는 노래가, 가을날, 곡식이 여무는 그 가을날, 옥수수 수염을 흔드는 서풍만도 못하다는 부끄러움을 느낄 것이다.

한탄할 일이다. 우리가 쓰는 시는 입에서 녹는 아이스크림이 아니다. 혓바닥에서 목구멍으로 넘어가는 비스킷이 아니다. 장미를 노래하든 감자를 노래하든 시는 분명히 먹을 수 없는 것임을 우리는 안다.

거문고를 내던져야 할 것인가? 감방의 죄수들은 춥다. 거리에서 잠드는 노숙자들은 한 점의 모닥불을 아쉬워한다. 노래는 비껴가고, 흐느끼는 한숨처럼, 단지 허공을 울릴 뿐이다.

그러나 우리들의 금붕어는 다시 꿈틀거리고, 거문고의 줄은 다시 퉁겨져야 한다. 먹을 수 없는 고기, 땔 수 없는 나무가 언젠가는 눈짓해줄 것이다. 추위와 굶주림이 없는 땅이 어떠한 곳인가를 이야기해줄 날이 올 것이다. 그 때문에 이 시대에 금붕어를 기르는 것은, 거문고를 타는 것은 사치도 죄도 아니다.

짐승이 아니라 사람이라는 것을 확인하고 또 확인한다.

(1974. 11.)

나를 시인이라고 부르지 말라

겨울에 얼어죽은 한 마리의 새를 본다.

나를 시인이라고 부르지 말라. 나의 입김이 지순해지고, 지열처럼 따스해지기를 빌고 있는 동안 그리고 저 새들이 다시 하늘을 향해 일제히 날아오를 때까지도 나를 시인이라고 부르지 말라.

저것이 한때 알을 까고 노래를 부르고 산의 능선 위에 공기처럼 가볍게 떠다녔다고는 믿어지지 않는다.

쓰레기통 옆에서 아이들이 우는 소리가 들린다. 그 아이들은 굶주리고, 자선을 구걸하는 손마저도 얼어 있다. 잠 속에서도 아이들은 고향의 지붕을 꿈꿀 수가 없다. 나를 시인이라고 부르지 말라. 아이들의 울음소리가 끝날 때까지…… 그리고 내 노래가 녹색의 지붕, 그 서까래에 울려 퍼지고 그들이 편한 잠을 잘 때까지 나를 시인이라고 부르지 말라.

낙엽처럼 찢겨 떨어져가는 기旗가 있다. 삭풍은 인간의 기를 압도하고 또 압도한다. 액소더스―어둠의 골짜기를 지나고 얼음 벌판을 지나는 이 행렬 위에 갑자기 저 구름처럼 그렇게 펄펄 나부낄 때까지는 나를 시인이라고 부르지 말아라.

관 속에 누운 시체처럼 사전의 갈피 속에서만 잠들어 있는 금제의 언어들이, 바위에 짓눌린 잡초처럼 가슴 어디에선가 시들어가고 있는 양심이 그리고 겨울의 호수에 얼어붙은 백조의 날갯깃처럼 꼼짝도 못 하는 행동이, 아! 한 계절을 지나 다시 꿈틀대기까지는, 절대로 나를 시인이라고 부르지 말아라.

지금 고개를 숙이고 훌쩍거리는 것은, 다만 부끄러워서가 아니다. 다만 슬퍼서가 아니다.

그러나 언젠가는 나를 시인이라고 불러다오. 1년 2개월 한숨밖에는 쉰 적이 없지만, 언젠가는 꼭 불러다오.

'그는 시인이었다'라고……

(1974. 12.)

세배를 드리는 이 아침에

　세배를 드릴래요. 무릎을 꿇고 세배를 드릴래요. 옛날 어릴 적
그 마음으로 세배를 드릴래요. 그러나 동전을 던져주시지 마십시
오. 그보다는 못난 이 자식들에게 용기를 주십시오. 어떻게 한 해
를 살까. 그것을 가르쳐주십시오. 땅굴을 파며 두더지처럼 비굴
하게 살지 않으려면, 그래서 광명한 햇빛이 비껴 흐르는 그 벌판
에서 기를 펴고 살려면 어떤 용기가 필요한가를, 그것을 가르쳐
주십시오.

　많은 세월을 살아온 당신들의 슬기를, 우리에게도 나누어주십
시오. 추악한 주름살만이 늘어가는 그런 세월이 아니라 말갛게
말갛게 씻겨 이제는 파란 이끼가 끼는 바위처럼 의젓하게 나이를
먹는 슬기를 귀띔해주세요.

　떡국 같은 것을 끓이지는 마세요. 수정과도 차리지 마세요. 아
실 겁니다. 그런 음식으로는 이 허기를 채울 수 없습니다. 전설
속에서만 따는 불로초도 원치 않아요. 인삼 녹용도 다 숨겨두세

요. 그 대신 텅 빈 마음을 채우는 몇 마디 후회의 말…… 속에서 나이를 먹지 않는 몇 마디 말을 가르쳐주세요.

세배를 드리는 날이면 늘 추웠었지요. 벽장 위에 그린 산수화 속에서도 눈이 내리고 복 많이 받으라던 덕담에도 하얀 입김이 서렸었지요.

불을 주십시오. 뜨거운 불을 주십시오. 다시 피를 끓게 하고 이 염통 속에서도 아궁이에 지핀 장작개비처럼 활활 타오르는 불꽃이 일도록 불을 주십시오.

세배를 드릴래요. 복이 무엇인지를 우리는 모릅니다. 스무 해 동안 서른 해 동안, 되풀이 되풀이해서 복 많이 받으라는 말씀을 들었지만, 대체 그 복은 어디에 있습니까. 아니면 저금통장이나 첩첩이 잠근 철제 캐비닛 속에 있는 것입니까.

허탕친 복권 조각이 길거리에 찢기어 널려 있다가, 이리 밟히고 저리 밟히는 것처럼, 우리들의 복이란 늘 그런 것이었지요. 세배를 드릴래요. 아버지 어머니, 복건을 쓰던 어릴 적 그 모습대로 세배를 드릴래요. 동전이 아니라, 던져주세요. 복이란 말은 아예 마시고 어떻게 또 한 해를 살아야 할지 그 용기와 슬기와 열정을 일러주세요. 핫옷을 입어도 춥고, 먹고 또 먹어도 허기진 이 자식들에게 눈짓해주세요. 서설 같은 새해의 축복을.

(1975. 1.)

강물이 말랐다 해서

내가 어릴 적에 부르던 그 노래는 지금 어디에 있을까. 하늘에서 맴돌다가 거미줄에 걸린 나비처럼 어느 철조망에 얽혀 있는가. 또는 볕이 안 드는 콘크리트 지하실 바닥 속에 갇혀 있는가. 그것도 아니라면 사그라져가는 옛날 초가집 처마 밑에서 참새들처럼 알을 까고 있는 것일까. 아주 넓은 바다와 사막을 넘어, 한번도 구경한 적이 없는 낯선 나라에서, 풍금 소리 같은 바람이 되어 울리고 있을까.

내가 어릴 적에 부르던 그 노래는 지금 다 잃어버렸지만 그리고 다시 부를 수도 들을 수도 없지만, 어디엔가 그것은 남아 있을 것이다.

강물이 다 말라버렸다 해도, 그 목마른 모래바닥에 더 차고 맑은 지하수가 흐르듯, 그 노래는 어디에 숨겨져 있을 뿐 아주 잃어버린 것은 아닐 것이다.

시인은 그 노래를 찾아내기 위해서 오늘도 흰 종이 위에서 비밀의 길목을 찾는다. 다 타버리고 꺼져버린 등촉에서 불빛을 보고 죽어간 사람들의 무덤에서 옛날의 목소리를 듣듯이 행복한 시인은 어릴 적에 부르던 노래를 다시 듣는다.

더러운 사람들 틈에서 살아가기란 정말 힘든 일이지만 그리고 자유를 **빼앗기고** 돈을 **빼앗기고** 사랑과 말까지 몽땅 **빼앗긴다** 해도, 시인은 넉넉히 살아갈 수 있다.

강물이 다 말라버렸다 해서 결코 강이 사라진 것은 아니다. 옛날 부르던 노래가 허공 속에서 사라져버렸다고 해도 아주 없어진 것은 아니다. 어둠이 자유를 삼키고 폭력이 사랑을 터뜨려버렸다고 해도 자유와 사랑은 자취를 감춰버리고 마는 것은 아니다.

어디엔가 있을 것이다. 미로迷路의 길이라도 시인은 상실 뒤에 남아 있는 여운과 잔광과 지하수를 찾아낼 수가 있다. 누구도 말소하지는 못한다. 참된 시인의 기억과 상상력 속에서 노래는 언제나 메아리치고 강물은 마르지 않고 흐른다.

(1975. 2.)

종을 만드는 마음으로

대장장이가 한 개의 범종을 만들듯이 그렇게 글을 써라. 온갖 잡스러운 쇠붙이를 모아서 그는 불로 그것을 녹인다. 무디고 녹슨 쇳조각들이 형체를 잃고 용해되지 않으면 대장장이는 결코 그것에 망치질을 못할 것이다. 걸러서는 두드리고 두드리고는 다시 녹인다. 이렇게 해서 정련된 쇳조각은 하나의 종으로 바뀌고 비로소 맑은 목청으로 울 수가 있다. 이미 그것은 망치로 두드리던 둔탁한 쇳소리가 아니다.

사냥꾼이 한 마리의 꿩을 잡듯이 그렇게 글을 써라. 표적을 노리는 사냥꾼의 총은 시각과 청각과 촉각과 그리고 후각의, 말하자면 모든 감각의 연장이다. 묶여 있는 것이 아니라 항상 움직이고 숨는 것을 향해 쏘아야 한다. 또 자기 앞으로 돌진해 오는 것들을 쏘아야 한다. 표적에서 빗나간다 하더라도 사냥꾼은 총대를 내리지 않고 새로운 숲을 향해 달려간다.

목수들이 한 채의 집을 짓는 마음으로 글을 써라. 오랜 시간이 지난 다음, 집이 제 모습으로 완성되면 목수들은 거꾸로 연장을 챙겨야 한다. 자기가 살 수도 없는 집을 정성스럽게 다듬고 못질하고 대들보를 올린다. 그러나 목수는 자기가 만든 집이라고 해서 그것을 자기 집이라고 우기지는 않는다. 다 만들면 떠나야 한다. 그것이 목수의 일이다.

글을 쓰되 종을 만드는 대장장이처럼, 쇠로 하여금 쇠의 성질을 바꾸게 하고 글을 쓰되 꿩을 잡는 사냥꾼처럼 민첩하고 사납거라. 그러나 글을 쓰되, 목수가 그렇게 하듯이 만들면 그것으로부터 떠나라. 남들이 거기에서 먹고 자고 일하도록 그 대문 열쇠를 남에게 맡기거라.

글을 쓰는 사람들이여, 정치를 하는 사람들처럼 편법을 쓰지 말 것이며 장사를 하는 사람처럼 장부의 차인 잔고를 계산하듯 쓰지 말 것이며 여자가 화장을 하듯이 하루를 위해 변덕스러운 치장을 하지 말 것이다. 그렇게 글을 써라. 철새들처럼 계절을 따라 이동하는 시류의 말을 따르지 말고 천년을 울리는 종소리처럼 그렇게 쓰거라.

(1975. 3.)

4월에 죽은 내 아우야

4월에 죽은 내 아우야. 너는 첫 담배를 배우기도 전에 먼저 검은 총구에서 내뿜는 그 초연을 마시는 법을 배워야 했지! 그래서 우리는 어른처럼 네가 눈물을 참는 것을 보았었다. 어깨를 펴고 아주 의젓하게 고개를 추켜들고 똑바로 걸어가는 것을. 그래 너는 죽은 것이 아니라, 그냥 똑바로 걸어가고 있었던 거야. 다만 돌아오지 않는 것뿐, 다만 네 일기장이 덮였을 뿐, 다만 네가 네 빈 의자에 와서 앉아 있지 않았을 뿐. 너는 지금도 걸어가고 있는 것이다.

4월에 죽은 내 아우야. 너는 첫사랑을 하기도 전에 죽는 연습을 했었지. 매일같이 위험한 죽음을 럭비공처럼 옆구리에 끼고 돌진하다가, 돌부리에 채어 쓰러지는 것을. 그러나 우리는 보았었다. 네가 다시 일어서는 것을. 쓰러졌다가는 다시 일어서고, 또 쓰러져서는 이를 악물고 일어나는 모습을. 정말 그랬지. 너는 죽은 것이 아니라, 지금도 어느 거리에선가 먼지를 털고 자꾸 일어나고 있는 거야.

4월에 죽은 내 아우야. 네가 첫 이력서를 쓰기도 전에 너는 유서를 쓰는 법을 배웠지. 우리는 네 선혈의 문자를 읽고 있지만 지금 네가 다 말하지 못한 사상과 행동들이 장미나 베고니아나 혹은 진달래 같은 그런 야생화처럼 해마다 다시 피어나고 있다.

4월에 죽은 내 아우야.

너는 죽은 것이 아니라 걷고 있다. 너는 죽은 것이 아니라 쓰러진 자리에서 일어나고 있다.

너는 죽은 것이 아니라 꽃처럼 다시 핀다. 단지 죽은 것은 네가 아니라 세월이다. 망각은 바람처럼 불고 시인들의 문자는 좀이 먹는다. 추도사를 믿지 말아라. 묘비명을 생각지 말아라. 시인은 오로지 네 무덤만을 장식하지만, 역사는 너를 나사로처럼 부활시킨다. 너는 미래의 시, 미래의 사랑, 미래의 우리 이력서.

4월에 죽은 내 아우야, 너처럼 우리의 시가 아름답고 뜨겁지 못함을 한탄한다.

(1975. 4.)

이제는 더 뛰지 말 것이다

아프리카에는 이상한 미신을 믿고 사는 종족이 있다 한다. 열병에 걸린 환자는 무조건 앞을 보고 전속력으로 뛴다는 것이다. 병이 자기를 쫓아오지 못하도록 빨리 달아나면 된다는 생각 때문이다.

가뜩이나 신열로 들뜬 환자가, 가뜩이나 숨이 찬 그 환자가, 가뜩이나 사지의 힘줄이 풀려진 병약자가 이렇게 질주를 한다는 것은 도리어 죽음을 재촉하는 일로 보인다.

그러나 남의 일 같지 않다. 문명 사회에서 사는 사람들도 대개 다 그런 행동을 한다. 가난의 자리에서 떠나기 위해서, 폭력의 위험에 사로잡히지 않기 위해서 그리고 불행한 모든 운명으로부터 벗어나기 위해서 저렇게들 뛰고 있지 않은가? 혓바닥을 늘어뜨리고 헐떡거리는 가쁜 숨을 내쉬며 아침이나 저녁이나 뛰고 있다. 그래서 누구나 도피자들은 토인들의 눈처럼 그렇게 슬퍼 보이는가 보다.

그러다가 더욱 가난해지고 더욱 위험해지고 더욱 운명의 함정에 깊숙이 빠져든다. 어디를 향해서 뛸 것인가? 아무리 뛰고 또 뛰어도 토인들은 자기의 숲을 떠나지는 못할 것이다. 새 지평이나 섬에 이르기 전에 그들보다 먼저 앞질러 서 있는 열병을 본다.

나의 시인들아, 이제는 더 뛰지 말자. 그러나 주저앉지도 말아라. 차라리 체온계를 입에 물고 하얀 수은이 가리키는 눈금을 읽을 것이다. 너의 신열을 그래프에 그리며, 36도 5분의 행복했던 일상의 체온을 추억하라. 마치 산맥처럼 오르내리는 신열의 그래프 선보다 더 높은 산정에 올라 너의 고통을 굽어볼 일이다.

나의 시인들아, 도피는 미신이다. 아직 낳지도 않은 어린 생명들에게 미리 이름을 지어놓듯이, 시인이여 치유의 날을 위해 언어를 예비해두라. 그날이 영영 오지 않더라도, 36도 5분이 인간의 평상체온임을 알려주거라. 열병에 들뜬 사람들의 질주를 멈추게 하고, 다시 그들을 빈 집으로 돌아오게 하라. 환자의 머리맡에는 등불이 켜져 있어야 할 것이며 열을 식히는 얼음주머니가 있어야 한다. 너의 언어는 얼음처럼 차고 또 등불보다 더욱 환하거라.

(1975. 5.)

하늘이 너무 푸르러서

백기를 꽂고 무릎을 꿇어버리기에는 하늘이 너무 푸르다. 생활은 막다른 골목, 숨막히는 좁은 수채 속에서 배회하고 있는데 어쩌자고 하늘은 저렇게도 넓기만 한 것인가?

아내의 때묻은 동정이 체념하라고 한다. 월부로 산 바지가 그냥 눈감고 외면하라고 한다. 허물어져가는 블록 담과 6월에 피는 채송화 같은 것들이 잊어버리라고, 잊어버리라고 한다. 그러나 하늘이 너무 푸르러서, 야생의 짐승처럼 눈을 뜨고 일어서는 가슴을 도저히 잠재울 도리가 없다.

피가 논두렁 물처럼 순하게 흐르는 것이라면, 내 곤한 잠 속에 취해 하늘을 보지 않아도 되었을 것이다. 만약 그 허파에 구멍이 많아, 가지만 흔들고 마는 미풍처럼 숨결이 쉽게 새어나갈 수만 있다면 구두끈을 매듯 땅만 보고 능히 살아갈 수 있었을 것이다.

아무리 달래고 또 달래도 피는 분수처럼 솟구쳐 흐르고 숨결은 쇠를 녹이는 풀무처럼 뜨겁고 가쁘다. 자꾸 꿈틀거리며 터져나오는 그 생명의 억센 힘을 어떻게 한 치 두께도 못 되는 이 얇은 살 가죽으로 덮어씌우라고 하느냐. 지방기가 많은 사람들은 하늘의 높이를 재지 않고서도 근심 없이 살아가는데, 무슨 죄로, 우리는 짧은 그 여름밤도 다 잠으로 채우지 못하는 것일까.

생각해다오. 우리가 지금도 우연히 부질없는 시를 쓰고 있는 까닭을 생각해다오. 번연히 떨어지고 말 낙엽이지만 열심히 새싹을 기르는 나무의 어리석은 의지를 생각해다오. 모든 죄는 하늘이 너무 푸른 탓이다.

그것이 높고 넓은 탓이다.

(1975. 6.)

구름의 시학

북구北歐의 신화에 의하면 구름은 거인의 뇌로 만든 것이라고 한다. 거짓말이 아닌 것 같다. 그것은 수증기가 응축한 것이 아니라, 하나의 상상력 그리고 하나의 사고가 머물고 있는 집이다. 그러기에 그것은 잠시도 정지하지 않고 항상 움직이며 또 변모한다.

구름은 고정되어 있는 일체의 형식을 거부한다. 그러면서도 일정한 기류와 계절을 표현한다. 여름의 뭉게구름과 가을의 깃털구름은, 여름의 장미와 가을의 국화 이상으로 계절의 의미와 그 성격을 더 정확하게 반영하지 않던가.

구름은 소멸할지언정 죽지 않는다. 우리는 여태껏 구름의 시체를 본 적이 없다. 단지 그것은 비나 눈으로 혹은 한 줄기 섬광이나 천둥소리로 바뀌어갈 뿐이다.

은유 속에서 의미가 변성되는 언어이다.

구름은 무력하다고 하지 말라. 손에 잡히지도 않고 묶어둘 수도 없으며, 바위나 돌처럼 그것은 실존하지도 않는다. 그러나 그것은 분명 환각이 아니다. 식물을 자라게 하는 힘의 근원, 온갖 동물의 호흡을 조정하는 근원의 생이다.

구름은 지상에서의 도피라고 부르지 말아라. 지상과 허공의 한가운데, 그렇다. 허공에의 상승과 지상에로의 하강 바로 그 경계선에서 위치한다. 구름은 텅 빈 하늘의 마음과 동시에 꽉 찬 지상의 마음을 소유하고 있는 융합의 언어이다.

언어여, 시여. 인간의 상상력과 그 모든 사념이여. 그것에 형태를 부여하면 너희들은 구름이 될 것이다.

구름의 언어는 쇠망치로 파괴되지 않는다. 철책으로 가둘 수가 없다. 대포로 겨냥할 수도 없고 진흙으로 오염시킬 수도 없다.

분노하는 먹구름의 천둥소리를 들어라. 여름 하늘에 경쾌한 압운押韻을 밟으며 굴러가는 순백의 뭉게구름을 보거라. 그것은 온갖 감정의 형태, 상상력의 조화, 자유로운 사념의 확장이다.

역사를 역사 위에서 지배하는 것은 구름의 시학이다.

(1975. 7.)

공허를 메우는 방법

포탄이 가슴 한복판을 뚫고 지나간 것 같다. 그 허공을 채우기 위해서, 잠시 바위를 본다. 태초의 그 길고 긴 수면. 그것이 안으로 굳어서 응결해버린 행복한 그 중력이 무턱대고 부러워진다.

그러나 피가 많아서, 아무래도 인간은 피가 많아서 바위같이 견고한 피부로 자기의 내면을 감쌀 수는 없다. 걸핏하면 바깥바람이 문풍지처럼 가슴을 울리고 숨통을 타고 내려오는 빗방울이 내장 깊숙이 스며든다. 도저히 그것을 막을 길이 없다.

거미는 자신의 체액으로 자신이 살 집을 짓는다. 그래서 거미는 허공 속에서도 자신의 세계에 매달려서 살 수가 있다.

언어는 거미줄만도 못한 것일까? 밤새 찾은 하나의 명사 그리고 하나의 동사는 우리가 매달려 살기에는 너무 약하다. 아주 작은 독나방의 나래 소리에도 금시 찢기고 만다.

음악이여! 신속히 달아나버리는 음악이여. 굴뚝을 빠져나가는 연기처럼 네가 지나가버리고 난 다음 마음속의 공동空洞에 남는 것은 그 울음뿐이다.

바위와 거미줄과 음악도 다 아니다. 대체 이 침묵의 허공을 채울 수 있는 것은 무엇인가? 원시인들이 살고 간 태고의 하혈河穴과도 같고, 바람 빠진 풋볼과도 같고, 다시는 아무것도 캐낼 수 없는 폐광의 터널 속과도 같고, 늑대의 살육당한 작은 토끼 굴과도 같고, 불어도 울리지 않는 녹슨 트럼펫과도 같은 이 텅 빈 이 마음을 무엇으로 채울 수가 있는가?

"땅 위에 넘어진 아이는 땅을 원망해서는 안 된다. 넘어진 아이가 다시 일어서려면 바로 그 땅을 짚고 일어날 수밖에 없기 때문에……." 어느 현자의 이 낡은 격언을 우리는 또다시 믿어야 할 것인가.

포탄이 가슴 한복판을 뚫고 지나간 것 같은 공허를 채우기 위해서 넝마주이처럼 남들이 버리고 간 사어死語들이라도, 다시 주워야 한다.

(1975. 8.)

아파체타의 돌

옛날 페루의 풍속이다.

무거운 짐을 지고 가는 나그네들은 길가에 마련된 돌무더기에, 돌 하나씩을 쌓아놓고 간다. 그것을 아파체타라고 부른다. 가뜩이나 무거운 짐을 지고 가는 사람에게 어찌하여 그런 설상가상의 고역을 치르게 하는 풍속이 생겨났을까?

그러나 페루 사람들은 오히려 그것을 즐겁게 생각하였다. 자기가 쌓은 돌 무게만큼 자기의 짐 무게가 가벼워진다고 믿었기 때문이다. 자기의 죄를 덜기 위해서 양의 생명에 피를 흘리는 속죄의식과 같은 심리일 것이다.

페루의 나그네들을 비웃어서는 안 된다. 아무리 돌을 쌓은들 그들의 짐이 겨자씨만큼이라도 덜어질 리야 있겠는가? 그 때문에 발걸음은 더욱 무거워지고, 갈 길은 더욱 더디어질 것이다.

그러나 시를 쓰는 사람들은 페루의 나그네들을 비웃어서는 안 된다. 당신의 언어는 아파체타의 돌과도 같은 것이다. 죽은 나무를 향해 '꽃이 피었노라'고 소리 높이 부른다 할지라도, 그것은 결코 눈을 뜨지 않을 것이다. 서럽다고 해도, 외롭다고 해도, 당신을 에워싼 그 서럽고 외로운 상화의 의미는 바뀌지 않는다. 언어와 관계없이 계절은 가고 태양은 진다. 수없이 무거운 짐들은 당신의 어깨를 짓누르리라.

그러나 돌을 던지듯 언어를 던지는 그 상징의 행위 속에서, 짐이 가벼워지는 마음을 당신은 분명 느낄 수 있다. 죽은 나무에서 싹이 트고 한숨에서 고뇌의 구름이 걷히는 것을 볼 수 있을 것이다.

짐의 무게는 저울로만 달 수 있는 것이 아니기 때문이다.

아파체타는 자라나는 탑이다. 무거운 짐을 멘 끝없는 나그네의 긴 행렬처럼 아파체타의 돌도 늘어만 간다. 그 돌의 높이만큼 어깨의 짐이 가벼워진다. 그러기에 그들은 긴 여로에도 쓰러지지 않는다. 많은 밤을 지나서 언젠가는 정말로 짐을 푸는 목적지에 이를 수가 있다.

페루의 풍속을 닮은 당신이여.

주저앉지 말라.

그리고 언어의 돌을, 가장 무거운 중량을 가진 무거운 돌을 들어, 그 탑 위에 얹어라. 무익해 보이는 이 상징의 풍속은 바로 우리들 시인의 풍속이기도 한 것이다.

(1975. 9.)

IV

신 포도주를 다오

감로주가 아니다. 신 포도주를 우리에게 다오. 행복한 주연에 초대된 저 사람들이 값진 술은 다 마셨다. 다만 우리에게 남아 있는 것은 신 포도주—고난의 언덕에서 목말라하던 예수의 타는 그 입술에 쏟아부었던 신 포도주뿐이다.

부드러운 양고기가 아니다.

남들이 다 뱉는 가시 많은 생선, 힘줄이 많은 질긴 고깃덩이를 다오. 우리들의 축연에는 등불도 밝히지 말고 춤도 추지 말 것이며, 장고 소리도 울리지 말 것이다.

그리고 가슴을 찢게 해다오. 후회와 슬픔과 부끄러움으로 가슴을 찢게 해다오. 자장가처럼 잠재우고, 머리를 쓰다듬는 위로의 말일랑 아예 거둬라. 우리가 원하는 것은 월계수가 아니라, 야위어가는 잡초의 이파리—하늘로 치솟는 박수 소리가 아니라 땅을 치는 통한의 소리이다. 밑으로 밑으로 가라앉는 소리.

세 해를 그렇게 살아왔다. 그러니 마시지 못하는 술, 씹을 수 없는 음식 그리고 남들이 가꾸지 않는 잡초의 천태를 우리에게 달라. 남들이 감미로운 잠에 취해 있을 때, 우리의 눈은 뜬 채로 그냥 있게 하고, 남들이 모두 넓은 행길에서 앞을 다투어 뛰어갈 때, 우리의 육신은 이 어두운 골목에 그냥 머물러 있도록 하라.

그러니 우리들의 이 잔치가 음침하다고 해서, 가난하다고 해서, 쓸쓸하다고 해서 눈살을 찌푸리지 말라. 우리는 당신들에게 엄지손 공주가 끝내는 행복을 누리게 된 동화의 성城을 지어주지 못했다. 든든한 갑옷을 입은 바보 온달처럼 공주의 슬기로운 마음을 증명해 주지못했다. 우리는 유리 구두를 들고 찾아온 신데렐라의 왕자가 아니다.

아―동화가 아니다. 해피엔딩의 동화가 아니다. 먼지와 쓰레기를 치는 하녀, 맨손으로 종기를 짜는 시골의사, 남의 슬픔을 대신 울어주는 문상객 혹은 문신 속에 그려진 독수리, 자기 차례를 기다리는 병원 대기실의 의자…… 그런 역할만으로 우리는 예까지 왔노라, 헐떡이는 숨결로, 예까지 달려왔노라.

새해를 맞는 이 잔칫상을 위해서, 감로주가 아니다. 신 포도주를 다오.

(1975. 10.)

밤에도 들리는 시신의 소리

눈을 감아도 소리가 들린다. 어둠은 모든 형태와 빛깔을 정복할 수 있지만 결코 소리를 죽일 수는 없다. 소리의 세계에는 암흑이 존재하지 않는다. 정적마저도 소리를 파괴할 수 없다. 정적은 지속하는 또 하나의 소리인 까닭이다.

당신이 암흑의 거리를 지날 때 당신의 모습은 볼 수 없어도 그 발소리는 들을 수 있다. 모두 잠들어 있는 순간에도 당신이 숨쉬는 소리를 들을 수 있다. 우리는 당신이 눈앞에 나타나지 않는다 해도 아주 떠나버린 것이 아니라는 것을 안다. 잠시 쉬고 있거나, 어디엔가 숨어서 우리를 지켜보고 있다는 것을 안다.

나뭇잎이 떨어져 뒹굴거나 차가운 서리가 들판에서 곤충들을 다 몰아낸다 하더라도, 정말 그렇다. 겨울이 강물까지 얼어붙게 하더라도, 우리는 소리를 들을 수가 있다. 겨울 바람 소리에 섞여서 나직한 아주 나직한 소리로 울려오는 당신의 기침 소리를 들을 수 있다. 강 밑바닥에서 여전히 줄기차게 뛰노는 당신의 맥박

소리를 짚을 수가 있다.

쇠고리로 잠근 방 안에서도 문풍지 소리처럼 창문 틈으로 새어 들어오는 당신의 노크 소리를 들을 수 있다.

겨울의 추위는 모든 생물로부터 핏기를 빼앗아가고, 생물의 물기가 있는 것이면 무엇이든 얼어붙게 하지만, 소리만은 정복할수 없다. 소리의 세계는 추위가 존재하지 않는다.

새소리가 얼어붙는 것을 보았는가? 나목일망정 그 가지가 흔들리는 소리가 얼음처럼 굳어버리는 것을 보았는가? 소리는 어디에서든지 들려온다. 지붕 위에서도, 마루 밑에서도, 아궁이나 굴뚝에서도, 소리는 추위와 관계없이 사방에서 들려온다.

그래서 우리는 당신이 웃는 목소리와 흐느끼는 울음소리를 계절과 관계없이 밤낮의 구별 없이 어디에서나 어느 시각에서나 듣는다. 오히려 밤에도 그리고 겨울에는 더 많은 소리가 있다. 등화 관제로 빛을 감추어버리는 그런 때에도 당신이 입맛을 다시고 팔을 펴고 눈을 비비는 소리를 듣는다.

우리에게 언어의 열정을 가르쳐준 당신. 길고 긴 겨울밤에는 더 많은 소리를 달라. 그 소리에 의해서만 멈추지 않고 우리는 글을 쓸 수가 있다.

(1975. 11.)

다시 밭을 가래질하며

영어의 Verse는 시를 가리키는 말이지만, 그 어원을 살펴보면 동시에 그것은 '가래질한다'는 의미이기도 하다. 농부가 밭을 가는 것과 시인이 시를 쓰는 행위가 어찌하여 같은 뜻을 지니고 있는 것일까?

당신은 그 상징의 의미를 알고 있을 것이다. 흙은 산화하여 굳어버리고 표토의 양분은 농작물에 의해서 다 흡수되어버린다. 밭을 그대로 두고 이제 새 곡식과 채소를 심을 수 없다는 것을 농부는 잘 알고 있다.

나락을 거두고 채소를 다 캐고 나면, 새해를 위해서 농부는 쟁기질을 한다. 흙을 뒤엎는 것이다. 안에서 침묵하고 있던 흙을 겉으로 들어내고, 겉의 흙들을 표토 깊숙이 다시 잠재운다. 새 흙과 헌 흙을 반전시킨다.

이렇게 해서 농부의 밭은 다시 새로워지고, 그 변혁된 흙에서 새로운 씨앗들이 돋아날 수 있다.

시인은 우리들의 체험의 밭을 간다. 시를 쓴다는 것은, 가래질을 한다는 것이다. 일상의 나날들 속에서, 우리의 생은 산화되고 굳어버리고 양분을 손실해서 불모지가 되어간다. 어제 보던 벽, 변화 없는 길, 우리는 똑같은 시각에, 똑같은 경로로 하루에 도달한다. 피로하고 권태로우며 기계적인 일상의 그 체험들은 마치 늘 보는 간판의 문자들처럼 판에 찍혀버린 것들이다.

생의 열매를 따지 못할 것이다. 우리들의 생은 이슬이 맺힌 싱싱한 배추밭이나 이랑을 덮는 5월의 보리밭처럼 신선하지 못할 것이다. '잘 잤느냐'고 '밥 먹었느냐'고 '또 보자'고…… 늘 같은 인사말처럼 하루가 오고 하루가 지난다.

시인은 이 밭을 쟁기질해야 된다는 것을 알고 있다. 밭의 흙을 뒤엎어서 새 흙을 얻는 방법을 알고 있다. 딱딱하게 굳어버린 일상의 흙에 쟁기질을 해서 이제껏 깊숙이 침묵하고 있던 흙들을, 검고 살진 흙들을 끌어내는 지혜를 알고 있다.

시인은 농부처럼 빈 밭을 간다. 새로운 계절에 대비하여 씨앗을 뿌리고 채소를 심기 위해서 그래서 생의 풍요한 수확을 거둬들이기 위해서 먼저 가래질을 해야 한다는 것을 안다. 그 가래질 속에서만 생은 하품을 하지 않고, 팽팽한 경작의 긴장 속에서 뿌리를 내릴 수 있다.

(1975. 12.)

그런 마음으로

마치 기적처럼 하얗게 눈이 내린 날 아침, 아무도 걷지 않은 길 위에 첫 발을 디디는 그런 마음으로. 흰 공책의 첫 장에 최초의 글씨 한 자를 막 적어가는 그런 촉감으로. 멀고 먼 이국에서 날아 들어온 항공 우편의 겉봉을 뜯는 긴장으로. 서먹했던 여인으로부터 '당신'이라는 호칭을 처음 들었을 때의 그 두근거리는 심장으로. 새집을 짓고, 이사를 간 다음 날 그 최초의 귀가 그래서 처음으로 제 집 초인종을 누르는 멋쩍고도 설레는 그런 몸짓으로. 어린 자식이 돌상 앞에서 난생 처음으로 걸음마를 시작할 때 손뼉을 치는 그런 소리로. 오랫동안 누워 있던 병원 침대에서 일어나 퇴원 수속을 하려고 찾아간 간호원에게 문병객이 놓고 간 포인세티아의 꽃 화분을 미련 없이 안겨주는 선심으로. 배를 타고 떠나는 마음으로, 낡은 봇짐을 꾸리는 마음으로, 쓰레기를 태우는 마음으로, 아직 본 영화가 시작되기 전 두서없이 엇갈리는 예고편의 영상들, 경마장의 말들이나 혹은 1백 미터 경주의 육상 선수들이 일렬로 늘어선 출발 직전의 포즈. 비상하려고 막 날개를 펴는 백로, 그런 것들을 바라보는 시선으로.

트럼펫에서 터져나오는 첫 번째의 음향, 문밖에서 들려오는 노크 소리. 무료한 시각에 문득 울려오는 전화 벨소리. TV 주말 영화가 시작되는 타이틀 뮤직. 무대의 일막이 오른 동라 소리—아 그런 한순간의 소리를 들을 때의 마음으로—.

그런 마음으로 당신이여. 이 첫해를 맞이하게 하소서. 무수한 발에 짓밟힌 눈길을 너무 많이 보아온 까닭입니다. 태엽이 풀려가듯 그렇게 끝나가는 것들, 낙서로 채워진 노트, 상투적인 글이 적힌 안내장. 근계謹啓로 시작되는 인삿장들, 시시하게 끝나버리는 영화의 엔드 마크, 사그라져가는 것들, 감격 없이 되풀이되어가는 그 모든 것들을 우리가 너무 많이 겪은 까닭입니다. 달력 첫 장을 찢을 때, 우리의 권태도 찢게 하시고, 침묵을, 허탈을, 무기력을 찢게 하소서. 한 번만이라도 좋으니 그런 마음으로 이날을 맞이하게 하소서.

(1976. 1.)

갖고 싶은 것들

　창유리에 허연 성에가 끼는 겨울날에도 작은 향수병처럼 매달리는 프리지어의 꽃을 몇 송이만 갖고 싶다. 그냥 보는 것이 아니라 남들이 모르는 안 호주머니 깊숙이 넣어두고 싶다. 그리고 또 언제나 같은 음악만을 들려주는 오르골 상자를 갖고 싶다. 그것은 흘러가버린 '어제'를 담고 있는 상자이다. 물방울 같은 소리들이 서서히 정지해가는 그 침묵의 끝에 새끼손가락을 적셔보고 싶다.

　무엇이든 매끄럽고 작은 것을 갖고 싶다. 모래알 같은 것. 차돌멩이, 눈깔사탕, 조끼 단추 그러한 것들의 촉감은 공포의 저 우람한 빌딩을 잊게 한다. 탱크 같은 덤프트럭의 진동을 잊게 한다.

　스펀지를 갖고 싶다. 말랑말랑한 탄력 속에서 살아 있는 것들의 피부를 느끼게 한다. 구두창에도 계단에도 철제 책상 위에도 가장 부드러운 스펀지를 대고 싶다.

　하모니카나 호루라기를 갖고 싶다. 불면 소리나는 것, 입김이 그냥 새어버리는 것이 아니라, 빡빡한 음향으로 바뀌어가는 엷은 저항의 소리를 울려보고 싶다. 아직 폐가 건강해서, 썩지 않은 두 쪽의 폐가 모두 성해서, 볼 수만 있다면 어렸을 때처럼 심심한 오후가 되면 귀를 막고 불겠다. 모든 사람이여 들어라! 그렇게 말하고 싶다.

양털 가죽을 갖고 싶다. 싸늘하게 식어가는 것들을 포근히 감싸주어야지. 병아리가 부화하듯, 꿈틀거리며 무엇인가 깨어나겠지. 그런 양털 가죽으로 죽어가는 것들을 포옹해주었으면 좋겠다.

갖고 싶다. 취하지 않는 술을, 입안에서 녹지 않는 신화 같은 별사탕을, 먹어도 먹어도 배가 부르지 않는 무슨 과실 같은 것들. 호도, 잣, 빨간 매화 열매, 앵두.

그리고 갖고 싶다. 번쩍이는 것들을. 하찮은 먼지라도 햇볕 속에서는 번쩍인다. 새금파리, 운모, 유액이 칠해진 하얀 사기그릇, 무엇이든 번쩍이는 것들을 갖고 싶다. 정말 갖고 싶다. 몇 개의 언어들, 사전이나 옛날 시인들의 시화집에서 씌어진 그 언어들—사랑, 행복, 평화 그리고 자유란 말들을.

(1976. 2.)

식물인간들

사람들은 모두 괜찮다고 한다. 비 오는 날엔 우산이 있으니까 괜찮다고 한다. 잠이 오지 않는 날이면 술 한잔이 있으니까 수면제가 있으니까 괜찮다고 한다. 계를 탈 순번이 가까웠으니 내일의 지불은 괜찮다고 한다. 독감에 걸려도 괜찮다고 한다. 텔레비전 광고를 보면 좋은 약이 많다니까 약방은 다방보다도 많으니까 괜찮다고 한다. 광대가 줄을 타다 떨어져도 그것은 서커스니까 괜찮다고 한다. 아이가 자동차에 치어도 그것은 암이 아니니까 괜찮다고 한다. 철새들이 죽어도 그것은 사람이 아니니까 괜찮다고 한다. 도시의 어스름한 골목길에서 속옷을 벗어야 하는 계집애들이 눈물을 흘리고 또 흘려도, 나에겐 약혼자가 있으니 괜찮다고 한다.

온실을 가진 사람은 근심하지 않는다, 겨울잠에서 깨어나지 못하는 가로수의 가지들을. 지붕을 가진 사람은 근심하지 않는다, 노숙자 위에 내리는 저녁 이슬을. 고양이를 기르는 사람은 근심하지 않는다, 밤마다 대들보를 긁는 극성스러운 쥐들을. 떼를 지어서 밀려가고 밀려오는 사람들은 근심하지 않는다, 혼자서 여행하는 사람들을. 식당이나 극장이나 호텔이나 비행기표나 무엇이든 예약을 끝내놓은 사람들은 근심하지 않는다, 비상벨 소리처럼 심장이 두근거리는 사람들을.

모두 괜찮다고들 한다. 죽음까지도 보험에 들었으니 괜찮다고 한다. 손톱을 다듬다가, 귀를 후비다가, 양말을 갈아신고 넥타이를 매다가, 커피를 마시며 신문을 읽다가 혼잣말처럼 괜찮다고 괜찮다고 중얼거린다. 어제오늘 일이 아니니 괜찮다고 한다. 모두 옛날이야기를 하듯이 말들을 한다. 만화책을 보듯이 말들을 한다. '어서 오십시오'라고 백화점 문지기들처럼 말들을 한다. 오늘도 해가 뜨니 괜찮다고 내일도 해가 뜨니 괜찮다고. 10년이나 잠을 자는 식물 인간들처럼 이야기를 한다.

그런데도 누군가가 울고 있다. 해가 뜨는데도, 바람이 부는데도, 우산이 있고, 술이 있고, 수면제가 있고, 봄이 오고 있는데도 누군가가 지금 울고 있다.

(1976. 3.)

이제야 알겠네

4월이 되니까 알겠네. 그토록 아프게 떨리던 가지에 편도화 봉오리들이 터져나오는 것을 보니 알겠네. 겨울은 그렇게 무서운 것이 아니었다는 것을.

얼음은 돌이 아니라는 것. 하늘과 땅은 차가운 바람만이 부는 공간이 아니라는 것. 창문은 언제나 닫아두어야만 하는 벽이 아니라는 것. 종달새 소리를 들으니 그것을 알겠네.

정말 알겠네. 사람들이 세상을 산다는 게 미끄럽고 황량한 겨울 들길을 건너가는 것일 수는 없지 않겠나. 금제禁制하고 명령하고 포복하기 위해서만 두 다리가 뻗쳐 있는 것은 아닐 걸세. 외투깃 속으로만 기어들어가라고 목이 붙어 있는 것은 절대로 아니라는 말이네.

더러는 웃어야 하네. 햇볕이 따사로우면 거지라도 양지에서 이를 잡는 그런 즐거움은 있지 않던가. 꽃들이 눈을 뜨듯이, 대기의 축복 속에서 비록 0.2의 흐린 시선이라 할지라도 하늘을 바라볼 권리가 있는 걸세. 눈치나 보려고, 곁눈질만 하려고, 안경을 쓴 것은 아니라는 걸세. 보기 위해서, 더러는 거짓말처럼 행복한 새들이 날아오르는 것을 보기 위해서 우리들의 시선이 있다는 것을 이제야 알겠네.

말하지 말게. 큰 소리로 말하지 말게. 4월이라고 봄이라고 꽃이 피고 있다고 말하지 말게.

아지랑이는 손으로 만져볼 수도 코로 냄새를 맡을 수도 없지만 가만히 바라보면 분명 저렇게 꿈틀거리며 존재하는 것이니까 섣불리 말로 증명하려 들지 말게.

움트는 것. 터져나오는 것. 솟구쳐 오르는 것. 위로 위로 상승하는 것. 부풀어오르는 것. 껍질을 벗는 것. 무엇이든 안에서 겉으로 노출되는 그 힘들. 그런 것들을 사랑해야 할 걸세.

4월이 되니까 알겠네. 우리들의 영혼은 종달새처럼 가볍게 날아오를 수 없지만 편도화 봉오리들이 터져나오는 것을 보니 이제야 정말 알겠네.

(1976. 4.)

뿌리의 노동과 이파리의 환희

글이 씌어지지 않는 시각엔 병원으로 가시오. 중환자실. 임종하는 사람들의 모습을 보시오. 그가 최후의 숨을 내쉴 때 일생 동안 찾아다니던 가장 중요한 말을 발음하려고 손짓을 하며 입을 움직이려고 애쓰는 표정의 그 흔적을 보게 될 것이오. 그러나 그의 자리에는 오직 경련만이 있을 것이오. 텅 빈 하얀 철제 침대 위에 끝내 발음하지 못한 그 유언들이 떠돌고 있을 때, 당신은 어떻게 하겠소. 그들은 시인의 성대를 필요로 할 것이오.

글이 써지지 않는 시각엔 술꾼들이 모두 떠나고 난 폐점의 선술집으로 가시오. 술잔에는 아직 몇 방울의 술이 남아 있을 것이고, 빈 의자 위에는 아직 그들이 다 말하지 못한 감정의 찌꺼기들이 맴돌고 있을 것이오. 다 마셔버리지 못한 고독과 젓가락으로 끝내 잡지 못한 환희가 한 움큼씩 빠져나간 머리카락 같은 침묵으로 엉켜 있을 것이오. 그것들을 주워야 하오. 그것들을 하나의 문법으로 조립해야 할 것이오.

글이 씌어지지 않는 시각엔 고아원으로 가시오. 애들은 춤을 배우기도 하고, 미끄럼틀에서 웃음을 연습하고 있을지도 모르오. 그러나 한결같이 그들은 고향이라는 말, 아버지라는 말, 어머니라는 말, 누나와 동생이라는 말, 그러한 말들 앞에서는 실어증에 걸려 있을 것이오. 당신은 쓸 수 있을 것이오. 변변치 않아도 시인의 언어는 고향의 말이 될 수 있을 것이오.

그래도 글이 씌어지지 않거든, 거리로 나가시오. 5월에는 가로수마다 신록이 피어나고 있을 것이오. 손가락질을 하듯이 돋아나는 푸른 순들을 보시오. 수직으로 꼿꼿이 올라가는 파란 수액들이, 어디에서 그 많은 힘을 가지고 오는가를. 뿌리의 노동과 이파리의 환희. 그렇소, 당신의 언어도 뿌리와 이파리를 가져야 하오. 글이 씌어지지 않는 시각엔 5월의 가로수를 향해 걸어가시오.

(1976. 5.)

대지의 점성술사

'광부는 대지의 점성술사'라는 아름다운 은유가 생각난다. 별은 하늘에만 있는 것이 아니라 땅속에도 있다. 인간의 시선에서 멀리 떨어져 있는 저 지하의 어둠 속에 잠들어 있는 보석들. 다이아몬드, 사파이어, 루비 그러나 그것은 비밀처럼 빛을 감춘 채 침묵하고 있다.

광부의 곡괭이가 그것을 캐내기까지, 그것은 그냥 암흑의 흙이며 돌이다. 심연으로부터 그것들을 들추어낼 때만이 진짜 불꽃으로 빛날 것이다.

삶은 지표地表에서 구할 것이 아니다. 땅의 외부로 노출되어 있는 물질들은 보석처럼 빛날 수가 없다. 자갈이거나 부패되어 버린 나무 조각에 지나지 않는다.

언어의 광부여, 당신들의 삽과 곡괭이는 더 깊은 곳을 파야 한다. 현실을 갈퀴질할 것이 아니다. 갈퀴로 긁을 수 있는 것은 가랑잎에 지나지 않는 것이다. 당신의 지성과 감성은 암흑의 지층으로 향해야 할 것이고 그 심연 속에 잠들어 있는 것을 깨워야 할 것이다.

그렇게 해서 얻어진 보석의 값어치는 무엇인가? 지표의 자갈이나 먼지와는 어떻게 다른가? 그것을 물어야 한다.

생의 내면 속에 있는 것일수록 빛이 있다. 심연으로부터 파낸 것일수록 불변의 형태를 지닌다. 바람을 이겨낸 자이며 습기와 벌레의 부식으로부터 자유로워진 자이다. 존재의 밑바닥에서 얻어진 생의 의미는 대개 금강석처럼 단단한 것이고 열정이 결정된 루비처럼 빛나는 것이다.

언어의 광부여. 대지의 점성술사여. 곡괭이를 들어 다시 캐거라. 그래서 깊숙이 잠들어 있는 열을 캐내어 당신의 손바닥에 정말 영원한 별의 광채가 놓여져 있음을 증명해야 할 것이다. 누구의 눈에도 띄지 않는 보석을 저 허무의 심연으로부터 캐내기 위해서, 다시 곡괭이를 들어 딱딱한 생의 암반을 찍어라.

(1976. 6.)

여름에 본 것들을 위하여

한여름에 그리고 흰 영사막처럼 모든 풍경이 정지하고 있을 때, 아이들이 웃통을 벗고 모래밭 길로 뛰어 달아나는 것을 본 적이 있는가. 창끝 같은 예리한 햇빛이 검은 피부에 와 찍히는 것을 본 적이 있는가.

하늘로 뻗쳐 올라가다가 그냥 사라져버린 하얀 자갈길을 본 적이 있는가.

매미 소리에 취해버린 나무 이파리들이 주정을 하듯 진동하는 것을 본 적이 있는가.

보았는가? 여름 바다를. 시의 첫 구절과도 같고, 터져버린 기구와도 같고, 녹슨 철책을 기어올라가는 푸른 담쟁이 넝쿨과도 같고, 원주민끼리의 잔치와도 같은 그 여름 바다를.

번쩍거리는 풀섶으로 숨어버린 것은 무엇이었을까. 공룡의 새끼를 닮은 도마뱀의 꼬리였던가. 옛날 아주 옛날에 창공을 향해 쏘았던 잃어버린 그 화살촉이었던가. 그렇지 않으면 그보다도 먼

몇천만 년, 조상들이 멧돼지를 사냥하다 버리고 간 돌칼이었던가.

우리가 여름에 본 것들은 절대로 환각은 아니었다. 우리들은 깨어 있었고 천 번이나 만 번이나 여름 태양이 출혈을 하는 그 뜨거운 빛의 세례를 보고 있었다. 돌까지도 아득한 옛 생명을 끌어안고 사는 화석처럼 보였고 식물 채집통에서 해방된 풀들은 모두 양치류처럼 톱니가 져 있었다. 다만 잠들어 있던 것은 시간뿐이었고 우리는 대낮 속에서 분명 낮잠을 잔 것이 아니었다.

원시의 기억들이다.

흙 속에 매장된 흰 뼈들이 유리처럼 투명하게 풍화되어 부서지는 시간들이다.

여름에 본 것들을 잡아두기 위해서, 도시의 시인들이여, 하품을 하지 말라. 그리고 낮잠을 거부하라.

(1976. 7.)

불의 익사자

태양에 그슬린 화초에 물을 주게. 그래도 8월의 권태가 가시지 않거든 손톱을 깎게. 어느새 또 자란 잡초처럼, 깎아도 깎아도 자라나는 성장의 의지는 슬프도록 위대한 것일세. 아픔도 없이 딱딱한 각질이 잘려나가는 소리를 듣는가? 장맛비에 낙숫물이 떨어지는 소리처럼 그냥 들을 수는 없을 걸세.

그래도 심심하거든, 호주머니나 서랍을 뒤져 청소를 하게. '무고들 한가?' '어떻게 지내는지 궁금하네.' 이런 글귀가 적힌 옛날 친구의 편지들이 나오거든 지체 없이 불살라버리게. 찢겨진 극장표와 시효가 지난 청첩장과 이제는 기억조차 할 수 없는 누군가의 전화 번호. 그리고 또 있을 걸세. 잉크가 말라버린 볼펜과 빈 성냥갑. 버려버리게. 지나가버린 시간처럼 털어버리게.

아직도 8월의 길고 긴 권태가 남아 있거든, 물로 씻어버리게. 강이나 바다로 가게. 주간지의 표지 같은 그런 길들인 강이나 바다가 아니라, 악어와 상어가 사는 물이라야 할 것이네. 바람이 부는 날이면 더욱 좋을 걸세. 옛날 공후인의 백수광부처럼 강물로 뛰어들 때, 누군가가 쫓아와 불러도 듣지 말게. 배 같은 것은 타지 않는 것이 좋을 걸세. 그리고 건너가야 하네. 강 저편 쪽으로 바다 저편 쪽으로 헤엄쳐서 건너가야 하네.

아니다. 그래도 권태는 어느 허파의 한구석엔가 남아 있을 것이다. 물방울 속에 갇힌 텅 빈 공기처럼 공허는 물속에서도 부풀어 오를 것이다.

그래! 물로도 안 되거든 불로 씻어버리게. 촛불 같은 불꽃이 아니라, 화산처럼 폭발하는 불이어야 하네. 옛날 희랍의 엠페도클레스처럼 화산의 분화구 속으로 몸을 던지게. 눈을 뜨게나. 손톱 끝의 세균과, 옆구리에 묻은 기름때와, 몸속에서 회충처럼 자라고 있는 온갖 탐욕들이 말갛게 말갛게 씻겨나가는 불의 소용돌이를 봐야 하네.

불의 익사자여. 행복한 엠페도클레스여. 화산의 분화구 속에서 당신이 본 것은 무엇인가? 불의 심연 속으로 추락해갈 때, 당신은 모슨 소리를 들었는가. 남겨놓은 것은 다만 벗겨진 외짝 신발. 그렇게도 황급히 뛰어들던 숨가쁜 발자국 소리밖에는 알 수가 없다.

장맛비처럼 8월의 권태가 가시지 않는 날이면, 어서 가게나. 불의 익사자를 위해서 노래를 부르게. 피닉스처럼 불로 정화된 영혼이 다시 날갯짓을 할 때까지, 엠페도클레스가 벗어 던지고 간 외짝 신발을 버리지 말게.

(1976. 8.)

지붕, 그 초혼의 자리

옛날 사람들은 '몸'과 '집'을 같은 것으로 보았다. 그러니까 인체는 아홉 개의 창문을 지닌 집이었고 척추는 그 집을 떠받치고 있는 기둥이라고 생각했다. 그 비유의 질서로 보면 또 머리는 지붕이 된다.

그러고 보면 어째서 옛날 사람들이 지붕을 그처럼 신성시했는지 이해가 간다. 어느 나라의 어느 종교든 사원의 아름다움이 집약되어 있는 곳은 바로 지붕이다. 세속적인 집이라 해도 옛날의 건축은 모두 지붕의 양식에 따라 결정된다. 초가지붕이든 기와지붕이든 우리들의 그리운 그 옛집들도 다 그렇지 않은가! 우선 눈앞에 떠오르는 집들은 기둥이 아니라 대문이 아니라 하늘과 맞닿은 지붕의 형태이다. 거기에 박넝쿨이 올라가 있거나 빨간 대추나 고추가 널려져 있거나 혹은 파란 이끼가 끼어 있는 기왓장들이 고랑져 있다.

사람이 죽었을 때 그 넋을 마지막 부르는 자리도 바로 지붕이다. 초혼제招魂祭를 지낼 때 사람들은 지붕 위에 올라가 죽은 자의 이름을 부르는 것이다.

영혼은 '머리' 속에 있고 '지붕' 위에 있다. 한 치라도 더 높아서 하늘에 가까운 자리 그곳이 바로 영혼이 머무는 자리이다.

그러나 현대인들은 지붕의 아름다움을 그 건축물로부터 없애버렸다. 평지와 다를 것이 없는 빌딩의 옥상은 아무리 높이 있어도 지하실의 어두운 창고와 다를 것이 없다. 현기증이 나도록 저 높은 저 많은 빌딩들을 보면서도 우리는 하늘을 생각할 수가 없다. 아름다운 지붕이 없기 때문에 근본적으로 그것은 땅과 하늘을 이은 수직의 자세를 갖고 있지 않다. 현대의 건축물들은 단지 땅을 덮고 있는 물체 이상의 의미가 없는 것이다.

영혼의 시대가 사라져가고 있다. 생각하는 시대가, 한 치라도 하늘에 가까워지려고 발돋움치는 상승의 시대가 지붕과 함께 사라져가고 있다. 지붕은 우주의 하늘이었고 인체의 머리였지만 오직 그것이 기능의 자리로만 변화해버려 이제 영혼은 그 둥지를 칠 자리를 잃어버리고 말았다. 시인들이 해야 할 것이다. 그 문명의 건축물에 지붕을 해 잇는 역할을 해야 할 것이다.

옥상이 아니라 지붕이어야 한다. 평지처럼 납작해진 우리들의 머리에, 건물들만이 뒹굴고 있는 그 자리에, 시인들은 죽어버린 혼을 다시 부르는 초혼제의 자리를 마련해주어야 한다.

(1976. 9.)

V

무당은 왜 칼날 위에서 춤을 추는가?

무당들은 왜 시퍼런 작도날 위에 올라서서 춤을 추는가? 그것은 편편한 흙길이 아니다. 넓은 마당이 아니다. 선선한 마룻바닥이거나 누워서 잠자던 방바닥이 아니다. 그것은 소용돌이 위에 걸려 있는 머리카락 같은 다리 혹은 숨막히는 좁은 굴속, 현기증나는 위험한 벼랑이다.

그런데 왜 무당들은 평탄한 땅을 두고 시퍼런 칼날 위에서 춤을 추는가. 흥행사의 채찍 밑에서 벌어지는 곡예가 아니다. 피가 많은 몸을 지니고 신령들이 사는 세계로 들어가기 위해서는 머리칼 같은 칼날의 다리를 건너야만 한다. 이웃집에 나들이 가듯이, 짚신짝을 끌고 늘 다니던 동리길을 걷듯이 그렇게 신들린 세계로 이를 수는 없을 것이다. 시퍼런 작도날은 지금껏 내가 살아오던 일상의 시간과 낯익은 그 공간을 단절하는 칼날이다. 관습에 젖어버린 편안한 세계를 끊어버리지 않고는 혼령과의 대화를 할 수가 없다. 부재하는 것들의 몸짓과 그 목소리를 들을 수가 없다.

선뜩한 칼날, 그 뾰족한 칼끝은 이 세속이 끝나는 자리이며 신령들의 세계가 시작하는 자리이다. 이곳에서 저곳으로 넘어가는 문지방은 그처럼 좁고도 위태롭다.

그것을 넘어서는 긴장 없이는, 그 위험 없이는 그리고 시련 없이는 저 세계로 건너갈 수가 없다. 옛날에는 애가 자라 어른이 되려면 반드시 통과제례initiation를 겪어야만 했다. 죽었다 다시 살아나는 고통과 시련을 치러야만 어른이 되는 새 세계의 문을 열었다. 이쪽에서 저쪽으로 넘어가기 위해서 무당들이 작도 칼날 위에 서는 것 같은 상직적인 제례祭禮를 치러야만 한다. 언제나 새로운 것은 그렇게 시작된다. 헌 옷을 벗어버리고 새 옷을 바꿔 입듯이 그렇게 정신의 허물을 벗을 수는 없다.

이제 우리도 이 통과제례를 올려야 한다. 고난의 시대 속에서 이 다리를 건너간다. 외로움과 고난과 위태로움 그리고 칼날 위를 밟고 지나는 긴장이 있다. 이것을 치러야만 다시 우물물 같은 상상력과 생명력을 얻을 수가 있다.

그러나 춤을 출 것이다. 작도날 위에 올라선 무당처럼 뛸 것이다. 그리고는 볼 것이다. 신령들이 침묵으로 이야기하는 소리들을, 중력도 없이 공기처럼 스쳐가는 그 몸짓들을. 먼 과거와 먼 앞날을 이야기하는 영험한 언어들을 전해줄 것이다.

우리는 지금 그 문지방 위에 섰다. 칼날 같은 문지방 위에 섰다.

(1976. 10.)

부재의 공간을 만드는 빗자루

누구의 잔치에도 초대받지 않으리라. 높이 세운 칼라에 풀을
빳빳하게 먹이지 않을 것이며 흑색 턱시도를 입지 않을 것이다.
악수하기 위해서 손을 내밀지는 않겠다. 술잔을 들고 미켈란젤로
를 이야기하거나, 더더구나 키신저와 아민과 알리와 그리고 아랍
의 석유에 대해서 말하지는 않을 것이다. 의미를 사냥하기 위해
서 그들은 겨냥을 한다. 가늠쇠를 가진 언어들은 언제나 표적을
찾는다. 냄새를 맡고 추적을 하고 매복의 자세를 취한다. 잔치에
초대된 사람들은 모두 몰이꾼들이다.

바람, 구름, 하늘, 그들은 텅 빈 공간을 좋아하지 않는다. 말과
말 사이의 비어 있는 침묵, 몸짓과 몸짓 사이의 머뭇거리는 정지,
빈 병이나 빈 상자들 같은 그런 공간을 죽이기 위해서 사람들은
잔치를 벌인다.

초대받은 손님으로 가지는 않을 것이다. 잔치가 끝나고 다들
떠나가고 난 뒤, 비를 들고 청소부 차림으로 나타나리라. 지문이

묻은 유리컵, 엎질러진 술방울, 젖어 있는 종이 냅킨. 종지부가 찍히지 않은 몇 마디의 낱말들과 함께 사람들이 앉았다 간 자세로 그렇게 의자들은 놓여 있을 것이다. 그들이 피우러 간 담배 꽁초와 그리고 파란 연기들이 얼마 동안은 머뭇거리고 있을 것이다.

이 부재의 공간을 비질하기 위해서 당신은 비로소 그 자리에 참여한다. 모든 것을 애초의 그 빈자리로 돌려주기 위해서 당신은 노동을 해야 한다.

아직 남아 있는 잔들을 다시 비우고, 먹다 만 음식을 거두어 접시를 거울처럼 닦아내야 한다. 창을 열어 오염된 공기들을 바꾸고 타다 만 촛불을 꺼서 그 공간을 원래의 밤으로 돌려줘야 한다.

턱시도를 입은 손님이 아니라 당신은 빗자루를 든 청소부이다. 잔치가 끝날 때에야 당신의 노동은 시작된다. 부재의 공간을 비질하기 위해서 당신은 땀을 흘린다. 천지의 모든 것, 신과 작은 풀잎까지도 모두 이 빈 공간으로부터 태어난다는 것을 당신만은 알고 있기 때문이다.

당신은 시인인 것이다.

(1976. 11.)

겨울의 기침 소리

겨울의 시인들은 모두 감기에 걸려 있다. 그래서 그들이 시를 쓰는 것은 바로 그들의 기침 소리이기도 하다.

겨울밤에는 문풍지를 울리는 바람 소리나 강에서 얼음 죄는 소리만이 들려오는 것이 아니다. 가만히 엿듣고 있으면, 어디선가 기침 소리가 들려온다. 기침 소리는 허파의 가장 깊숙한 밑바닥에서 울려나오는 소리이다.

그 소리는 아직도 허파 속에 생명이 숨쉬고 있다는 선언이며, 겨울잠에서 깨어나라는 경고의 목소리이다. 기침 소리는 무슨 음악처럼 박자나 화음이나 음계 같은 것으로 울려오지 않지만 혹은 언어처럼 명사와 동사 그리고 그것을 수식하는 형용사와 부사 같은 문법으로 이야기하는 것은 아니지만, 어떤 미열과 고통, 미세한 바이러스를 거부하는 분노 같은 힘들이 묘하게 어울려 번져가는 생명의 리듬이 있다.

겨울밤에 기침 소리를 듣고 있으면, 어느 병원에서였던가. 석회벽石灰壁에 걸려 있던 원색의 인체 해부도가 떠오른다. 심장과 가장 가까운 거리에 있는 두 개의 허파는 마치 이른 봄에 피어나는 떡이파리와도 같다. 강이 흐르듯 빨갛고 파란 형맥들이 막 피어나는 그 이파리들을 따뜻하게 감싸주고 있다.

겨울밤에 기침 소리를 듣고 있으면, 옛날 어린 시절, 음악 교실에서 울려오던 풍금 소리가 생각난다. 허파는 페달처럼 움직이고, 하나 가득 바람을 불어넣고 또 불어넣어 여러 색채의 소리를 만들어낸다. 가장 나지막한, 저음부 기호로 울려오던 풍금 소리가.

당신이 기침을 할 때, 우리는 눈이 내리고 있는 숲속의 외딴 집을 생각한다. 춥고 긴 겨울 동안 길은 막히고 의사를 부르러 간 썰매만 돌아오지 않는다. 도시의 문들은 모두 닫혀 있고 의사는 어디선가 추위를 견디기 위해 위스키를 마시고 있을 것이다.

용서하라, 내가 지금 당신의 기침 소리를 듣고 도와줄 수 있는 것은 이마의 열을 식히기 위해 단지 물수건을 갈아주는 일뿐이다. 그리고 당신의 기침 소리에 전염되어 가슴이 찢어지도록 헛기침이라도 해보는 일이다.

그러나 안심하라, 우리는 기침 소리를 듣고 있다. 생명의 절규와도 같고 근엄한 경고와도 같은 그 소리에서 봄의 떡이파리처럼 피어나는 허파, 풍금 소리처럼 울리는 그 허파를 생각한다.

아! 지금 우리는 살아 있지 않은가.

(1976. 12.)

불을 껐다 다시 켜듯이

불을 껐다 다시 켜듯이 그렇게 새해는 오십시오. 집짓기를 허물었다 다시 쌓는 어린아이처럼 새해는 그렇게 시작되어야 합니다. 먼 나들이를 갔다 돌아온 사람을 만난 듯, 새해에는 그렇게 인사를 합시다. 그렇지요. 우주가 처음 만들어지던 날로 돌아가는 겁니다.

아직 소원을 말해서는 안 됩니다. 꿈도 비밀로 해둡시다. 지금은 그냥 원점에 서는 것으로 충분합니다. 그러니까 눈이 내려야지요.

외로웠습니까? 그 위에 눈을 내리게 하십시오.

억울했습니까? 그 위에 눈을 내리게 하십시오.

답답하고, 화나고, 두렵고, 허전하고 또 가난했습니까? 거기에도 눈이 내리게 하십시오. 하얗게 덮어버리는 것입니다.

그 위에 첫 발자국을 찍어야 합니다. 옛날 임금님의 옥새보다도 더 장엄하고 위엄 있는 생명의 두 발자국을 뚜렷하게 찍어야 됩니다. 누가 감히 그것을 지울 수가 있겠습니까.

새해 첫날은 모두가 다 왕입니다. 제각기 찬란한 태양을 왕관처럼 쓰고 대관식을 올리는 날입니다. 저리 가라고 호령하십시오. 눈물이나 한숨이나 하품 같은 것은 어제와 함께 물러가라고 하십시오.

자! 가슴을 펴십시오. 그리고 출발의 자세로 몸을 추키고 앞을 보십시오. 어렸을 때의 운동회 날이 생각나지 않습니까! 아직 출발의 신호탄은 터지지 않았습니다. 하늘에는 깃발이 나부끼고 있어요. 행진곡과 응원가의 북소리가 들려옵니다. 하얀 운동장이 기다리고 있습니다. 스코어 보드에는 아무런 숫자도 적혀 있지 않습니다.

머큐로크롬을 바른 무릎의 상처도 다 나았습니다. 붕대를 감았던 손목도 이제는 저리지 않습니다. 단지 뛰기만 하면 되는 것입니다.

새해의 언어는 사전에 적혀 있지 않습니다.

날개깃을 펴는 침묵,

마른 잎 사이에서 새싹이 움트는 들판,

해 뜨기 전의 우물터,

포장지에 싸인 상자,

개봉하기 전의 편지 봉투,

그런 것들 속에서만 새해의 언어는 정렬되어 있습니다. 한번도 발언된 적이 없는 말. 다만 새벽처럼 태어나는 말—그러한 말로 이야기합시다.

"우리는 지금 이곳에 있고, 모든 것은 우리들 뒤에 있다."

그렇지요. 새해는 불을 껐다 다시 켜듯이 그렇게 오는 겁니다. 인당수에 빠져 죽은 심청이가 향기로운 연꽃 위에 새 목숨으로 태어나 앉아 있듯이 우리들의 새해는 저 컴컴한 바닷속으로부터 솟아나는 것이지요. 그리고 모든 사람의 눈을 뜨게 하는 잔치를 벌이는 것입니다.

(1977. 1.)

투르프 박사의 해부강의

렘브란트의 「투르프 박사의 해부강의」라는 그림은 누구나 한 번쯤은 본 적이 있을 것이다. 다시 그것을 기억해주기 바란다. 거기에는 해부 실습을 위한 시체까지 합쳐 아홉 명의 사람이 있다.

그러나 그 그림을 자세히 관찰해보면 우리는 세 개의 다른 시선과 마주치게 된다는 사실을 알 수 있다. 실습대 위에 알몸으로 눕혀진 시체는 딱딱한 물체처럼 굳어 있다. 굳게 감겨져 있는 그 눈은 이미 아무것도 보지 않는다. 닫혀져버린 그 시선은 영원한 정지를 나타낸다.

당신은 그때 살아 있다는 말, 움직인다는 말, 추구하고 받아들이고 창조한다는 말이 하나의 시선이었다는 것을 느끼게 될 것이다. 닫혀진 시선, 이미 아무것으로도 향해 있지 않은 시선, 더 정확하게 말한다면 죽음이란 곧 빼앗겨버린 시선인 것이다.

그것과 가장 대조를 이루는 것은 시신을 바라다보고 있는 일곱 학생들의 시선이다. 그들은 지금 강의를 듣고 있는 중이며 미지의 세계와도 같이 해부된 시체와 직면해 있는 순간이다. 인체의 비밀과 마주친 그들의 시선은 당혹과 호기심과 주저와 긴장이 가득 차 있다.

살아 있는 자의 시선은 이렇게 화살처럼 팽팽하다. 시신을 향해 쏠린 일곱 명의 시선에 하나의 긴장감을 주기 위해서 렘브란트는 그들의 얼굴을 화살표 모양으로 배치해놓았다. 세 방향에 흐르는 시선들이 화살촉처럼 한 점으로 집약되어 닫혀진 시선의 그 시신 위로 쏟아져 흐르고 있다. 당신은 거기에서 생과 사의 숨막히는 대응을 볼 것이다.

그러나 그때 당신은 강의를 하고 있는 투르프 박사의 또 다른 시선을 보게 될 것이다. 그것은 시체처럼 닫혀진 시선도 아니며 학생들의 긴장된 동적인 시선도 아니다. 투르프 박사의 시선은 시체와 학생들로부터 동떨어져 있다. 이미 놀라움도 두려움도 호기심도 없다. 익숙해 있는 전문가의 그 시선은 시체와 직면해 있지 않다. 산 자와 죽은 자 한가운데서 살고 있는 관념의 시선인 것이다.

다시 기억해주기 바란다. 그리고 지금 당신은 어떤 시선으로 이 삶을 바라보고 있는가. 실습대 위 시신의 닫혀진 시선인가. 거룩한 투르프 박사의 그 태연한 시선인가.

아니다. 그것을 거부하라. 당신의 시선은 화살촉같이 날아가야 한다.

(1977. 2.)

새벽의 바리에이션

랭보의 새벽을 생각해본다. 눈을 비비고 일어나듯이 어둠 속에서 모든 사물은 서서히 그 형태를 나타내기 시작한다. 낡고 병들어버린 것이라 할지라도 새벽녘에 보는 것은 껍질을 벗긴 과일처럼 싱싱하고 새롭다. 환한 대낮보다도 새벽이 더 아름다운 이유는 아직 그 밝음 속에 어둠이 남아 있기 때문이다.

새벽이 한 마리의 새로 바뀐다면 그것은 어떤 몸짓으로 있을 것인가를 생각해본다. 하늘 위에서 날고 있을까? 아니면 나뭇가지 위해서 쉬고 있을까? 그렇지 않다. 그것은 나뭇가지 위에서 하늘을 향해 막 날아오르는 비극의 순간 속에 있다. 깃털은 바람에 부푼 돛처럼 전율하고 그 눈은 지극히 높은 하늘을 향해 열려져 있다.

가지를 떠나는 새이다.

새벽이 한 송이의 꽃으로 바뀐다면 어떤 모양을 하고 있을까를 생각해본다. 봉오리진 꽃이나 활짝 피어난 꽃은 다 같이 새벽의 의미를 지니고 있지 않을 것이다. 그것은 반쯤 피어난 꽃이라야 한다. 뇌관을 건드린 순간 폭탄처럼 안에서 밖으로 막 폭발하고 있는 꽃, 반쯤 피어난 그 꽃만이 새벽의 향내를 풍길 것이다.

새벽이 계절로 바뀐다면, 그것은 3월이어야 할 것이다. 아지랑이 속에 잔설이 있고 시냇물 소리에 얼음이 떠 있다. 길고 긴 겨울 속에 문득 나타난 손. 털장갑을 끼지 않은 맨손가락처럼 봄의 새순들이 솟아나는 3월. 그 온기 속에 추위가 남아 있기에 3월은 한여름보다도 뜨겁다.

새벽과도 같은 사람을 생각해본다. 그는 지금 움직이고 있다. 언어의 덫으로는 잡을 수가 없을 것이다. 이름 지을 수 없는 그의 표정과 몸짓은 완료형의 글로는 기술되지 않는다.

종지부나 콤마를 찍을 수 없는 영원한 현재형의 문장과도 같다. 그는 악하지도 않으며 선하지도 않다. 단지 눈을 뜨는 순간 속에서 살고 있다.

새벽은 3월이고 시인이고, 반쯤 열린 꽃이고, 가지를 떠나는 새이다. 활시위를 떠나는 화살이다. 그리고 새벽은 종말이자 시작인 것이다.

그렇게 살고 싶다.

(1977. 3.)

행주치마 위에서 꽃피는 시학

물과 불은 영원한 대립자이다. 물을 차갑고 또 지하를 향해 끝없이 하강하려 하지만 불을 뜨겁고 동시에 천하를 향해 부단히 상승하려고 한다. 이 두 개의 다른 의지는 결코 서로 만나 이웃을 이루는 일이 없다.

물론 불의 숨을 죽여 그 불꽃의 춤을 꺼버리려 하고, 불은 물을 증발시켜 연기처럼 허공에 흩어놓으려 한다.

그러나, 요리를 만드는 자리에서만 물과 불은 화평스러운 협력자가 된다. 요리는 물과 불의 조화에 의해서만 만들어진다. 물이 없을 때 밥을 타버릴 것이고 불이 약할 때 그것은 설어버리고 말 것이다. 물과 불의 조화가 승리했을 때만이 비로소 그 밥은 제 맛을 갖게 된다. 모든 요리가 그러하다. 날것을 익힌다. 어느 한쪽으로 치우치면 날것이 아니면 타버린 숯이 된다.

요리가 만들어진 것처럼 그것을 맛보는 행위에도 물과 불의 대응처럼 이과 혀의 조화가 있어야만 한다. 이는 딱딱하고 혀는 부드럽다. 이는 음식을 씹되 그 맛을 모르고 혀는 맛볼 수는 있으되 맛이 우러나도록 씹을 수는 없다. 딱딱한 이와 부드러운 혀의 대응관계에서만 음식은 우리를 즐겁게 하고 건강하게 한다.

시를 만든다는 것 그리고 그 시를 맛본다는 것, 그것은 일상의 그 요리법과 똑같은 법칙을 가지고 있다. 물과 불처럼 영원한 대립, 끝없는 모순의 생이 어느 한쪽을 제압하지 않고 융합되었을 때 한 편의 시는 빚어진다. 눈물과 웃음, 병과 건강, 자연과 인공, 탄생과 죽음…… 한자리에 함께 착석할 수 없는 부조리한 생이, 시 속에서만은 통일을 이룬다.

빛과 기쁨만으로는 시가 씌어지지 않는다.

어둠과 슬픔만으로는 시가 탄생되지 않는다.

물과 불의 기적 같은 만남, 이 행복한 결합이 그 요리법이요, 시학이다.

시를 맛보기 위해서는 딱딱한 논리의 이가 있어야 하고 혀의 부드러운 감성이 있어야 한다. 그래서 그것은 우리 일상의 양식이 된다.

물과 불이, 이와 혀가, 그 대립과 갈등이 우리들의 밥상 위에서만은 비로소 젓가락처럼 나란히 짝을 이룬다. 평범한 요리의 기적을 언어의 기적으로 바꿔라.

시학은 행주치마 위에서도 꽃핀다.

(1977. 4.)

생명의 가위바위보

　레오나르도 다빈치의 걸작 〈최후의 만찬〉에는 식탁에 올려놓은 예수의 두 손이 그려져 있다. 한 손은 주먹을 쥐고 있고, 또 한 손은 손바닥을 펴 보이고 있다. 아이들이 장난하는 가위바위보로 치자면 예수는 유다를 향해 주먹과 보자기를 동시에 내민 셈이다.

　주먹은 바위와 같다. 손가락은 성문의 빗장처럼 굳게 안으로 잠겨져 있어, 이미 외부의 아무것도 받아들이려 하지 않는다. 그러기에 주먹은 거부이며 도전이며 징벌의 의지를 나타낸다. 우리는 거기에서 응고해버린 분노를 볼 뿐이다.

　그러나 유다의 배신에 대해서 예수는 오직 주먹만을 쥐었던 것은 아니다. 반대로 한 손은 부드럽게 열려져 있다. 모든 것을 받아들이고 키우는 5월의 대지처럼 그 손은 펼쳐져 있다. 텅 빈 하늘이거나 경계선이 없는 바다이다. 눈물을 받아들이고 아픔을 받아들이고…… 증오나 악까지도 그 손바닥 위에서는 용해되어버린다. 빈 뜨락과도 같은 손바닥에서 우리는 너그러운 사랑을 본다.

예수는 두 주먹을 쥐지도 않았고 두 손을 모두 펴지도 않았다. 주먹과 보자기…… 그러기에 그는 생의 가위바위보에서 이길 수가 있었다.

주먹의 언어와 보자기의 언어를 동시에 가질 수 있는 시인은 예수처럼 슬프고도 행복하다.

그리고 비로소 우리는 그 끔찍한 가위를 이길 수가 있다. 모든 것을 분할하고 토막내고 갈가리 찢어버리는 가위의 언어를 막을 수 있다. 단지 방어하는 것만이 아니라, 우주와도 같은 보자기의 품안에, 자신이 내민 주먹까지도 감싸버린다.

시인이여, 주먹을 쥐어라. 분노의 주먹을 쥐어라. 주먹처럼 단단한 언어로써 시인들은 벽을 무너뜨려야 한다. 그 의지로, 그 분노로 유다의 악을 징벌해야 한다. 그러나 잊지 말아야지. 마치 어린것들의 머리를 쓰다듬듯이 폐허에 새 종자를 뿌리듯이 한 손일랑 부드럽게 펴야만 한다.

넓고 텅 빈 손바닥의 그 언어가 있을 때만이 딱딱한 주먹의 언어는 폭력의 벼랑으로 떨어지지 않는다.

시인의 마지막 구제도 그러하리라. 주먹과 보자기를 내미는 가위바위보. 그렇게 해서 운명의 놀이에서 이길 수가 있다.

(1977. 5.)

본다는 것의 의미

영어를 처음 배울 때 Look와 See의 뜻이 어떻게 다른지 몰라서 혼란을 겪게 되는 경우가 많다. 누구나 그랬을 것이다. 우리에겐 의지를 갖고 바라보는 것이나 그냥 보는 것이나 다 같이 '본다'이다. '본다'는 그 한 마디 동사밖에는 없다.

영어만이 아니라, 한자를 봐도 그 뜻은 여러 가지로 구분되어 있다. 견見이 있는가 하면 간看이 있다. 글자의 형태를 분석해봐도 간看은 그냥 보는 것이 아니라 눈目(목) 위에 손手(수)을 얹고 자세히 살펴본다는 뜻을 지니고 있다. 그밖에도 관觀이 있고 또 시視가 있다. 그것들은 눈으로 본다기보다 이미 마음으로 보는 추상의 세계를 나타낸다.

눈은 카메라의 렌즈가 아니기 때문이다. 망막 위에 어떤 영상들이 스쳐 지나간다 하여 곧 그것이 보는 행위라고는 할 수 없다. 시력이 좋다 하여 사물의 의미를 정확히 볼 수 있는 것도 아니며, 눈이 멀었다 하여 세상이 그냥 캄캄한 것도 아니다.

잘 보이지 않는 것을 보려고 할 때 간자看字의 경우처럼 사람들은 눈 위에 손을 얹는다. 그것이야말로 본다는 것이 하나의 행동이라는 사실을 증명하는 일이다.

우리에게 가장 부족한 것이 있다면 바로 눈 위에 손을 얹고 사물을 지켜보려는 그 적극적인 의지이다. 친한 사람끼리라도 시선이 마주치면 거북해한다. 눈과 눈이 마주치면 겸연쩍어서 곧 시선을 피해버리는 것이다. 그리고 끔찍한 일, 민망스러운 일, 더러운 것과 흉측한 것…… 그런 것들을 꿰뚫어 볼 만큼 독하지 않기에 으레 외면을 해버린다. 그래서 '본다'는 동사가 그렇게도 빈약했던가?

언어는 하나하나가 모두 눈동자를 가지고 있다. 시인이 하나의 말을 선택한다는 것은 하나의 시선을 선택한다는 의미이기도 하다. 그것은 보이지 않는 것, 숨겨져 있는 것까지도 들추어내는 눈이다. 현미경이며 동시에 확대경이다. 언어의 문 그래서 시인은 제우스까지도 꼼짝 못 하게 한 100개의 눈동자를 가진 아르고스보다도 더 환한 내면의 공간을 지켜볼 수 있다.

뛰는 것만이, 손을 흔드는 것만이 행동하는 것이 아니다. 사물을 향해서 눈을 뜰 때, 새롭게 눈을 뜰 때, 우주는 천지 창조의 첫째 날처럼 빛을 발한다. 시인의 눈은 어둠까지도 검은 보석처럼 빛나게 한다.

(1977. 6.)

두 개의 머리와 하나의 아픔

'만약에 두 개의 머리를 가지고 태어난 아이가 있다면 그 아이를 두 사람이라고 할 것인가? 한 사람이라고 할 것인가?'『탈무드』경전은 이러한 가설을 만들어놓고 생에 대한 다양한 시점을 논하고 있다. 그러나 우리들의 관심을 끄는 것은 그것을 식별해내는 기준과 그 방법에 대한『탈무드』의 명쾌한 해답이다.

한쪽 머리에 뜨거운 물을 붓고 다른 쪽 머리의 반응을 살펴보면 알 수 있다는 것이다. 만약에 똑같이 비명을 지르고 괴로워한다면 그것은 한 사람일 것이고, 반대로 한쪽이 아파하는데도 그냥 모른 채 웃고만 있다면 그것은 서로 다른 별개의 두 인물로 보아야 할 것이다.

몸뚱어리가 하나이고 흐르는 피가 한 줄기라 할지라도 아픔을 같이 느낄 수 없으면 그것은 분명 타인이라고 할 수밖에 없다.

타인을 사랑한다는 것은 타인의 고통까지도 내가 받아들인다는 것을 의미한다. 고통을 통해서만 사랑을 증명할 수 있고, 네가 남이 아니라는 것을 느낄 수가 있기 때문이다.

그러기에 시의 언어는 바로 아픔의 언어이기도 한 것이다.

시인의 그 언어로 타인의 신경과 내 신경을 이어준다. 뜨거운 물을 붓는 것 같은 그 괴로움은 어디에나 있다. 한 번도 가보지 못한 공장의 그 어두운 조업실 속에도 있고, 병동의 철제 침대 위에도 있고, 버짐이 핀 판잣집 아이들의 얼굴 위에도 있고, 풀을 뽑는 농사꾼의 손가락 마디에도 있다.

사람들이 사는 장소만이 아닐 것이다. 시인의 신경은 거미줄처럼 우주의 모든 것을 향해 뻗쳐 있다. 그래서 사태 난 산과 벌레들의 울음소리와 산길 위에 흩어진 새의 깃털, 녹슬어가는 양철지붕, 깨어진 콘크리트의 기둥 그리고 오염된 물의 흐름 속에서 그것들의 아픔을 느낀다. 생명 없는 것, 물체의 마멸까지도 자신의 피부가 벗겨져나가는 것 같은 쓰라림을 준다.

타인의 아픔을 받아들이는 것, 그것만으로는 부족하다. 모든 사람이 신경을 가진 시의 언어에 의하여 타인들의 고통을 나의 아픔으로 느낄 수 있게 해야 한다. 그것이 바로 시가 주는 공감이요, 사랑의 무한한 확산이다.

내 머리에 뜨거운 물방울이 떨어지지 않는다 해도 시인이여 비명을 지르고 아파하라. 그 아픔의 둘레만큼 당신은 커질 것이고, 바깥에 있는 것들은 작은 당신의 심장 속으로 뛰어들 수가 있을 것이다. 그래서 이미 당신은 모든 사람, 모든 사물 앞에서 타인일 수는 없을 것이다.

(1977. 7.)

바다를 말하게 하라

숨쉬고 꿈틀대는 것만이 살아 있는 것은 아니다. 뿌리, 허파, 아가미…… 그런 것이 없다고 해서 죽어버린 것은 아니다. 밤이 낮이 되고 겨울이 여름이 되는 시간과 계절의 변화 그리고 샘물이 강으로 흐르고 강이 바다로 고였다가 다시 구름이 되어 소낙비가 되는 것…… 이렇게 순환하는 것이면 모두 생명체처럼 살아 있는 것이다.

그것은 내쉬고 들이마시는 우리의 호흡 운동이나 동맥과 정맥을 타고 혈액이 순환하는 것과 근본적으로 다를 게 없다. 그러므로 정말 죽어 있는 것은 바로 그 순환의 정지 상태를 의미한다.

바다가 숨쉬고 있는 것을 우리는 보지 않았는가? 마당에 심은 풀과 나무처럼 철을 따라 바뀌어가는 바다의 성장, 그 순환을 보지 않았는가. 여름 바다가 여름의 숲과 마찬가지로 팽창하고 번득거리고 햇빛 속에서 진한 향내를 진동하는 것을 보지 않았는가. 그러다가 이윽고 푸른 파도가 하얀 뭉게구름으로 바뀌는 것을…… 일광의 포옹 속에서 더 이상 그 희열을 참지 못하고 하늘로 빨려 올라가는 수평선. 바닷물은 가볍게 증발하여 안개와 구름이 되어 다시 대지를 적신다.

그러나 지금 이러한 바다의 순환이 끊기어가고 있다. 바다에 내버린 폐유들이 지중해를 그리고 태평양 연안을, 우리의 조상들이 파랗게 칠해놓았던 지도의 모든 바다를 유막油膜으로 덮어씌우고 있다. 바다의 피부는 모든 공장과 탱크와 화물선 들이 뱉어놓은 기름으로 그 땀구멍이 막혀버렸다.

바다가 갇혀버린 것이다. 바다가 죽어버린 것이다. 바다는 호흡을 하지 못하고, 순환하는 동맥은 끊겨버렸다. 바다로 이른 물들은 다시 비가 되고 숲속의 작은 옹달샘으로 돌아가지 못한다. 그래서 런던에도 뉴욕에도 뉴델리나 홍콩에도 비는 내리지 않는다. 세계가 갈증을 느낀다.

바다의 죽음만이 아니다. 새벽이 되지 못하는 밤, 겨울이 되지 못하는 여름, 움트지 않는 구근球根들…… 내려갔다가는 다시 오르지 못하고 올랐다가는 다시 내려올 줄 모르는 인간의 모든 욕망과 행동들, 정신의 바다도 죽어버린 것이다. 시인은 바다를 헤엄쳐가는 사람이어서는 안 된다. 깨워라. 바다를 다시 눈뜨게 하고 그 심장을 다시 흔들어라. 바다와 구름 사이를 막아놓는 폐유를 걷어버리고 증발과 결정結晶의 순환하는 그 언어로 바다를 다시 말하게 하라.

(1977. 8.)

생의 점화사

태양은 깨어 있는 불꽃이지만, 혼자서도 타오르는 불꽃이지만, 우리들 지상의 불꽃들은 그렇지가 않다. 대체로 잠들어 있다. 그것은 어느 지층 깊숙이 흙으로 덮여 있거나 잠겨져 있다. 우리가 흔히 보는 성냥골 같은 존재이다. 열 개의 성냥에는 열 개의 불꽃이 잠들어 있고 백 개비의 성냥에는 백 개의 불꽃이 갇혀 있다. 누군가가 그것을 긋지 않으면 그 열기의 화염은 영원히 고체인 채로 빛을 발하지 않을 것이다.

불은 견고하고 매끄러운 차돌멩이 안에도 있고, 말라죽은 나무 토막 안에도 있고, 안개 같은 공기 속에도 있다. 다만 그것이 부딪히고 마찰을 일으킬 때에만 불꽃은 눈을 뜨고 일어난다.

심지어 불은 액체 속에도 있다. 한 방울 한 방울의 기름 속에는 무수한 불씨들이 떠다니고 있다. 그러나 발화점에 이르기까지는 그것은 그냥 흐르고 고이는 단순한 물에 지나지 않는다.

원래 하늘에서 훔쳐다준 물건이라서 그러한가. 지상의 불들은 들키면 큰일나는 강물처럼 모두 깊숙한 곳에 감춰져 있다. 마음 속에 있는 인간 자신의 불도 성냥갑 속에 싸여 있는 성냥골처럼, 싸늘하게 응결되어 있다. 혹은 기름처럼 혈관 속을 흘러가고 있다.

누가 이 잠들어버린 불꽃들을 깨울 것인가? 누가 저 딱딱한 물체 속에 감금되어 있는 불꽃들을 깨울 것인가? 무슨 수로 그것들이 발화점에 이르도록 흔들어주고 마찰시키고 열기를 가할 것인가? 누가 그것을 번개 치게 하며, 누가 태양처럼 사철 깨어 있게 할 것인가?

매체가 있어야만 할 것이다. 혼자서는 그 깊은 잠에서 깨어나지 못하리라. 부싯돌을 치듯이, 성냥불을 긋듯이, 니트로글리세린을 진동시키듯이, 시인들은 불꽃의 잠을 깨우는 사람. 언어의 마찰로, 그 증대되는 열기와 진동으로 모든 불을 깨운다. 이미 생은 검은 석탄이 아니다.

그래서 딱딱한 고체와 축축한 액체 그리고 생의 그 진흙들이 언제나 깨어 있는 태양처럼 색의 화염으로 불타오르는 빛을 볼 것이다. 번쩍거리며, 꿈틀거리며, 뜨거운 입김으로 터져 나온다. 깨어 있는 불꽃들―시인은 그리고 그들의 언어는 불의 매체이다. 저녁이 올 때, 추운 겨울이 올 때, 성냥불을 긋고 가스등에 불을 댕기는 마술의 점화사點化師인 것이다.

(1977. 9.)

VI

일제히 방향을 바꾸어 날아가는 새떼처럼

본 적이 있는가? 어느 아침에 하늘로 날아가던 새들이 일제히 방향을 바꾸어 급선회하는 그 삽상한 변화를. 까맣게 사라져가던 점들이 황금빛으로 번뜩이면서, 가깝게 다가오고 있는 그 긴장. 그때 당신은 한 세계가 바뀌고 운명이 달라지는 새로운 순간의 자세를 볼 것이다.

남루한 거지들이 제왕 같은 황금빛 관을 쓰고, 옆으로만 기어가던 게들이 이제는 똑바로 집게발을 세워 수평선을 향해 꼿꼿이 앞으로 나가고, 흩어졌던 꽃잎들이 다시 본래의 나뭇가지로 돌아가 제자리를 찾고, 늑대와 토끼가 나란히 누워 초원에서 낮잠을 자고, 월요일 다음에 일요일이 오고 목요일 다음에 예고 없이 토요일이 오는 놀라운 달력, 그리고 별안간 장송곡이 결혼 행진곡으로 바뀌고, 도시가, 우울한 우리들의 육중한 그 도시가 마법의 융단처럼 가볍게 허공으로 떠오르는 경쾌한 변모.

당신은 그 순간에 그러한 환각을 볼 것이다.

우리들의 언어도 그렇지 않은가? 새들처럼 떼지어 날아간다. 상상력으로 부푼 깃털을 세우고 끝없이 날개를 펄럭이면서, 지상의 중력에서 벗어난다. 그것은 구름과는 달리 자신의 의지에 의해 방향을 잡는다. 언어가 없었더라면 우리는 파충류처럼 배를 땅에 끌면서, '높이'가 무엇인지를 모르면서 '평면' 속에 영원이 갇혀 지냈을 것이다.

우리를 감금하고 제압하는 장애물을 뛰어넘기 위해서 우리들의 사고와 행동은 날개를 갖고 있는 언어로 바뀐다. 역사轢死하지 않는 도시의 새들처럼 신호등 없는 하늘을 자유로이 건너며 굴뚝보다 높은 자리에서 거리의 지도를 굽어본다. 시인은 언어의 새 떼에게 모이를 주고 있기 때문에 사자나 코끼리를 키우는 사육사보다 강하다.

3차원을 나는 도시의 새들아. 벌써 여름이 지나갔다. 제비처럼 신속히 날아가는 비상법飛翔法. 발톱을 숨기고 침묵처럼 조용히 떠 있는 소리개의 비상. 날개를 펴고 무지개처럼 내려오는 공작새의 화려한 비상.

시인의 새들아! 여름의 긴긴 대낮 속에서 우리는 그 비상법飛翔法을 터득했다. 이제는 떼지어 날아가던 새들이 일제히 방향을 바꾸어 급선회하는 눈부신 순간을 보여주어야 할 때이다. 정체하지 말거라. 여기는 땅이 아니다. 동과 서, 남과 북이 훤히 뚫려 있는 입체의 공간.

언어는 시인의 새. 높고 빠르게 그리고 유유히 새로운 방향을 여는 비상법으로 돌연히 다가오는 상쾌한 너의 깃소리를 들리게 하라.

(1977. 10.)

당신들이 정상에 이르기 위해서는

　당신들이 이 높은 정상에 이르기 위해서는 가을의 풀벌레들처럼 밤에도 쉬지 않고 울어야만 한다. 편히 잠든 사람들의 코 고는 소리나 잔칫날에만 부르는 그런 노래여서는 안 된다. 섬세하고 아름다운 소리를 내려면 우선 제 몸을 풀섶에 가릴 줄 알아야 한다. 그리고 별이 사라진 하늘에서도 그 빛의 흔적을 볼 줄 알고 단풍 든 이파리에도 연둣빛 바람 소리를 느낄 줄 아는 감성의 더듬이가 있어야만 한다.

　당신들이 이 높은 정상에 이르기 위해서는 세상을 받아들이는 그 육체가 바람을 가득 채운 고무공처럼 탄력을 지니고 있어야만 한다. 부서지거나 금세 짜부라드는 궤짝이어서는 안 된다. 튀어올라야만 한다. 벽에 내던진 것만큼 튀어나오는 반작용, 억누를 지라도 다시 제 살결로 부풀어오를 줄 아는 자생의 힘을 지녀야 한다.

　당신들이 이 높은 정상에 오르기 위해서는 예언자의 수정구 같은 눈을 가지고 있어야만 한다. 단순히 거울이어서는 안 된다. 숲이나 도시나 사람의 얼굴을 그저 반사하는 것만으론 부족하다. 지금은 없는 미래의 풍경, 광선보다 빠른 직감의 영상들을 수정안에 가둬야 한다. 그래서 당신들 앞에 기념사진을 찍듯이 늘어선, 저 슬프고 남루한 사람들의 모습을 찬란한 무지개처럼 변형시켜야 한다.

당신들이 이 높은 정상에 이르기 위해서는 당신들 언어의 혈액형이 O형과도 같아야 한다. 당신의 심장으로 당신의 정신만을 키워서는 안 된다. 누구에게나 피를 수혈할 수 있는 그런 혈액형의 언어로, 타인의 언어까지도 길러내야 한다. 모든 빈혈자에게 피를 나눠주는 사람. 편협하지 말거라. 동류同類의 피만을 가리지 말거라.

아니다. 당신들이 이 정상의 외롭고도 명예로운 그 만년설 위에 하나의 발자국을 남기기 위해서는 표범과도 같은 의지가 있어야 한다. 하산의 유혹과 따뜻한 잠을 뿌리치고 오직 한 치라도 높은 바위가 있으면 뛰어올라라. 얼어서 죽을지라도 당신들이 선택한 봉우리 위의 구름을 꿈꿔야 한다.

(1977. 11.)

한 해를 보내는 소설의 미학

옛날 소설의 미학은 끝을 어떻게 맺느냐에 있었다. 모든 이야기는 그것이 매듭을 짓는 자리, 그 종지부 위에서 완성되는 까닭이다. 아무리 복잡한 줄거리가 얽히고설킨다 하더라도 결국 '그녀는 결혼을 하게 되었는가?', '보물을 손안에 넣었는가?', '싸움은 승리로 끝나는가?', '범인은 체포되었는가?' 하는 질문에 명쾌한 해답을 내리는 것이다.

그러나 현대 소설은 이야기의 종말을 거부하는 데서부터 새로운 미학의 물꼬를 끌어들이고 있다. 그것이 바로 모파상과 앙드레 지드의 차이이다. 『사전꾼』은 끝이 없는 소설이다. 제임스 조이스의 『피네간스 웨이크』나 이상의 『실화失花』는 소설의 첫 부분이 도리어 끝 부분을 차지하고 있다.

경험은 완결되는 것이 아니기 때문에 우리들의 이야기에는 종지부란 없다. 흐르는 경험, 끝없이 형성되고 성장하는 이야기의 한 토막 속에서만 우리들의 생과 가까운 진실이 있다. 인간의 생에 있어서는 죽음까지도 종말일 수가 없다. 그래서 우리들은 우리들의 이야기를 과거형으로 서술하지 않고 항상 지금, 이 자리에서 부딪치는 이야기로 그리려는 현재형의 의지를 지닌다.

생은 막다른 골목길을 지나는 것은 아니다. 종착 시간의 역을 향해 달려가는 야간열차가 아니다. 그런 것이 아니라 그것은 벌판이어야 한다. 벌판의 한복판 위에 그 생은 있다. 그 공간 어디에 시작이 있고 어디에 끝이 있던가?

우리들은 경기장에서 풋볼을 차고 있는 것이 아니다. 15회전을 뛰는 권투선수가 아니다. 그런 경이에서는 종료시간을 알리는 호루라기와 스코어 보드의 숫자로 모든 것은 끝나버린다. 하지만 대체 이 생의 경기에선 누가 호루라기를 불 것인가?

한 해를 보내는 마음도 그럴 것이다. 현재의 소설 미학처럼 종결을 거부하는 의지로 한 해를 끝나게 해야 한다. 손을 펼 때, 아무것도 쥐어진 것이 없다 해서 서러워할 것이 없다. 박수도 치지 말 것이며 책장을 덮지도 말 것이다.

단지 하나의 괄호를…… 단지 하나의 접속사를…….

(1977. 12.)

빛의 갑옷

새해의 설날 새벽 햇살이 맨 처음 비추는 곳은 어디인가? 아직도 캐시미어 침구 속에서 파묻혀 자는 팔자 좋은 어느 영감님들의 아랫목인가? 0의 자리가 열 자리 스무 자리로 늘어선 두꺼운 어느 회사의 장부책인가? 보랏빛 육체를 가진 타이스 같은 미녀의 화장대인가? 포신砲身이나 공장 굴뚝이 늘어선 산허리인가? 고층 빌딩 위에 세워진 수신탑인가? 혹은 그 유리창인가? 세계를 향해 점호를 하듯이 큰기침을 하는 권력자의 견장인가?

아니면 새해의 설날 새벽 햇살이 맨 처음 비추는 곳은 우유 배달부의 부풀어 터진 손가락인가? 고드름이 언 판잣집 추녀 밑이나 구멍 뚫린 연탄재와 녹슨 콜라의 병마개를 버린 쓰레기터인가? 불기가 식어가는 화롯불 위인가? 그렇지 않으면 고아원이나 양로원의 빈 뜰 위인가?

그렇지는 않을 것이다. 새해의 설날 새벽 햇살은 행복한 자의 지붕 위에도 불행한 자들의 댓돌 위에도 맨 처음 비춰지지는 않을 것이다.

그것은 미지의 바다를 향해 첫 출범하는 선박의 돛대 위거나 닫혀 있다가 비로소 열리는 교도서의 문고리이거나 새벽 기차의 기적을 울리는 기관수의 우람한 팔뚝 혹은 눈을 헤치고 황토빛 위에 뿌리를 드러낸 보리밭 고랑, 최초로 엄마란 말의 o자 모음의 첫 발음을 배운 우리 어린것들의 입술 위에…… 젖내 나는 모든 언어의 발음 위에 이 새해의 첫 빛은 내릴 것이다.

아니다. 그보다도 먼저 그 햇빛이 화살처럼 와서 꽂히는 곳이 있다. 그건 당신, 나목 위의 빈 까치집 둥우리 같던 당신의 그 마음일 것이다.

오랜 날을 빈손을 쥐었다 폈다 하다가 이제야 막 몇 마디 말의 의미를 발견하고 흰 종이 위에 최초의 문자를 쓰기 위해 첫 획을 긋는 당신. 시인의 그 흰 종이 위일 것이다.

당신은 '빛의 갑옷'을 만들기 위해서 얼마나 많은 날을 기다려 왔던가?

'빛의 갑옷'을 입고 이 거리로, 이 시장으로, 이 광장으로 나타나기 위해 당신은 얼마나 많은 모멸과 가난과 부끄러운 밤을 지녀야 했던가?

이제 새해가 온다. 첫 아침의 첫 햇살이 내린다. 당신의 돛대 위에, 기적을 울리는 팔뚝 위에, 보리밭 고랑과 엄마란 말을 배우는 젖먹이 어린애의 입술 위에 그 빛은 쏟아지고 있다. 빛의 갑옷을 위해서 당신의 새해가 왔다.

(1978. 1.)

생의 씨름판을 그리는 구도

　단원檀園의 풍속도첩을 펼쳐보면 씨름판을 벌이고 있는 그림 한 폭을 발견하게 된다. 한판의 승부를 놓고 팽팽하게 맞서는 씨름꾼의 모습은 하나의 점과도 같다. 그냥 점이 아니라 원의 중심, 온갖 힘이 집중된 바로 그 힘의 응결체이다.

　그렇다. 구경꾼들은 둥그런 원을 이루고 그 씨름꾼을 에워싸고 있다. 구도만이 그런 것이 아니다. 360도의 둘레를 이루고 있는 구경꾼의 모습은 이미 시선의 한 초점으로 화해 있으며 그 공간의 긴장을 자아내는 기폭점으로 존재하게 된다.

　신기한 일이다. 서양의 리얼리즘이라면 틀림없이 그 씨름꾼은 알몸으로 그려져 있을 것이다. 역사力士의 힘을 강조하기 위해서 튀어나온 근육은 입체적으로 그려지고 뻗쳐 있는 힘줄은 철사처럼 꼬여져 있었을 것이다. 그러나 단원의 씨름꾼들은 옷을 입고 있으며 근육이나 힘줄의 사실적 표현은 어디에도 강조되어 있지 않다. 그런데도 알몸으로 그려진 역사보다도 훨씬 더 생동하는 힘과 긴장감을 불러일으키는 것은 신기한 일이다.

그러나 우리의 감동은 거기에서 끝나지 않는다. 구경꾼을 원으로 만들고 씨름꾼을 그 중심점으로 배치한 그 추상적인 구도가 사실 이상의 역동감을 일으킨다는 것은 단지 리얼리즘의 기법만을 바꾼 데 지나지 않는다. 단원의 그 그림이 리얼리즘 이상이라는 것은 바로 그 기하학적인 긴장감을 풀어주고 또 그것을 건너뛰는 제3의 시선에 도달해 있기 때문이다.

씨름꾼을 향해서 사방에 쏠려 있는 구경꾼들의 팽팽한 시선을 가위처럼 끊어버리는 또 하나의 시선, 그것은 바로 엿목판을 들고 서 있는 엿장수의 시선이다. 엿장수는 다른 관객처럼 씨름꾼을 보고 있는 것이 아니라, 바로 그것을 구경하고 있는 구경꾼을 바라보고 있기 때문이다. 그 엿장수의 예외적인 제3의 시선으로 단원은 이 씨름판의 긴장에 하나의 웃음을, 구제를, 초월을 던져준다.

오늘의 한국문학, 그 도식화된 리얼리즘에는 씨름꾼과 그를 응원하는 구경꾼의 긴장만이 있을 뿐 엿장수의 '제3의 시선'이 부재하다. 단원의 미학으로 오늘의 우리들 생의 씨름판을 그려보지 않겠는가?

(1978. 2.)

결핍이 만드는 풍요의 꽃들

점쟁이나 예언자 가운데 눈먼 소경들이 많다. 눈이 멀었기 때문에 남들이 보지 못하는 것을 더 잘 볼 수가 있다. 그래서 "눈을 감아라, 그러면 그대는 보게 되리라"라는 격언도 생겨나게 된다.

성 테이레시아스가 외견外見의 세계를 빼앗긴 장님이었기 때문에 도리어 깊은 진실을 보다 깊이 이해할 수 있었던 것처럼 베토벤은 청각을 상실했기 때문에 더 많은 소리를 들을 수 있었다고 바그너는 말한다.

아라비아 사람들은 황량한 사막 속에서 잔다. 그러나 『아라비안나이트』를 읽어보면 참으로 많은 꽃과 나무 이야기, 풍성하고 아름다운 녹지와 정원 이야기가 나온다. 아름다운 자연을 빼앗긴 땅이기에 도리어 그들은 어떤 자연도 가질 수 없는 신기한 화원을 그 모래 위에 만들어낼 수가 있었다.

하프는 수렵민들이 활을 보고 생각해낸 악기라고 한다. 활은 짐승을 잡기 위한 도구이다. 거기엔 미학도 없고 꿈도 없다. 오직 뛰어 달아나는 사슴의 염통을 겨누는 살육의 현실만이 있다. 그러기에 활과 활시위는 가장 평화롭고 꿈 많은 악기의 이미지로 변한다. 가장 괴로운 노동의 도구가 휴식의 악기가 되는 것은 초동이나 목공의 톱에서도 발견할 수가 있다.

말을 배운다는 것은 무엇인가? 눈앞에 먹을 것이 있을 때에는 아무 말도 하지 않는다. 그저 먹기만 하면 된다. 눈앞에 없기 때문에, 배가 고프기 때문에, 목이 마르기 때문에, 아이들은 젖이란 말, 밥이란 말, 물이란 말을 발음한다. 모든 것이 충족되어 있어 결함이 없는 세계, 그것은 언어가 필요 없는 세계이다.

시인이여, 상실과 결핍과 부재를 두려워하지 말라. 눈을 빼앗겨도 당신은 더 훌륭한 것을 볼 수 있고 귀가 멀어도 더 섬세한 소리를 들을 수 있다. 당신의 사막, 당신의 활은 황홀한 화원과 마음을 기쁘게 하는 악기가 된다.

그래서 당신의 언어는 모든 부재를 없애고, 결핍의 어둠에 빛을 던진다. 어떤 불행도 시인을 처형할 수 없다. 벌써 3월, 그러나 3월에 맨 처음 피어나는 어떤 꽃도 당신들의 겨울 벌판 속에서 개화하던 그 꽃보다는 더 이르지도 않으며 더 뜨겁지도 않을 것이다.

(1978. 3.)

알을 깨는 두 방법

알은 불안하다. 그래서 '달걀을 지고 성 밑으로 지나지 못한다' 는 속담도 생겨난 것 같다. 알의 껍질은 그렇게 얇고 힘이 없다. 알처럼 파괴되기 쉬운 것은 없다. 그것은 저항하지 못한다. 단지 둥근 모습으로 침묵할 뿐이다. 조금만 굴러도 유리창이 깨지는 그런 소리조차 내지 못한 채 균열이 간다.

그러나 알 속에서 생명을 꺼내려는 사람에게는 알의 껍질처럼 두꺼운 것도 없다. 알이 부화해 스스로 껍질을 깨뜨리려면 얼마 나 많은 시간과 열을 필요로 하는가? 며칠이고 며칠이고 자리를 뜨지 않고 품어주어야만 한다.

우리가 만약 곡괭이로 벽을 허문다면 그것이 아무리 두꺼운 콘 크리트라 할지라도 하루 이틀의 노력이면 될 것이다. 육중한 청 동의 문이라 하더라도 다이너마이트나 혹은 산소용접기만 있으 면 금세 헐어버릴 수가 있다.

생명을 꺼내는 알의 껍질은 얼마나 단단한가? 적어도 그 껍질에 금이 가려면, 그래서 그 벽이 무너져 새의 노란 부리와 솜털이 바깥 공기와 접하려면, 무수한 밤과 대낮을 지나야만 한다.

알을 깨서 먹으려는 사람에겐 그 껍질이 연약하게만 보이지만, 알에서 생명을 꺼내려는 사람에게는 그것이 콘크리트의 벽보다도 두껍고 단단하다.

사물들은 알처럼 모두 껍질을 가지고 있다. 외부와 내부와 경계선, 그것들은 얇은 피막 하나로 자신의 생명과 의미를 감추고 있다. 사람들은 이 사물의 의미를 꺼내기 위해서 폭력을 쓴다. 아주 쉬운 방법으로 그 의미를 캐내려 한다. 저것은 구름이고, 이것은 꽃이고, 그것은 강이라고 말한다. 그것은 마치 알을 손으로 두드려 깨는 일과도 같다.

다만 시인만이 기다릴 줄 안다.

사물들의 의미를, 그 생명적인 의미를 꺼내기 위해서는 며칠이고 몇 해이고 참을성 있게 그것을 품어주어야만 한다는 것을 알고 있다. 시인들은 그 부화의 방법으로 자연과 인간과 역사의 의미들을 찾아내는 사람이다.

세계는 그렇게 해서 그가 감추었던 노란 부리와 털북숭이의 몸을 드러낸다. 그래서 우리는 그것들이 스스로 병아리처럼 소리를 내는 것을 듣는다. 의미의 알이 얼마나 두꺼운 껍질을 가졌는가를 알았을 때 비로소 당신은 시인이 된다.

(1978. 4.)

거꾸로 내다본 가랑이 사이의 풍경

아이들의 놀이는 단순한 놀이에서 끝나지 않는다. 자기 자신을 성장시키려는 무의식적인 본능의 투영인 것이다. 줄넘기는 다리의 발육을 위한 것이고 수수께끼의 놀이는 지능의 개발, 그리고 전쟁놀이 같은 싸움놀이는 생존의 예행연습이요, 용기의 시험이라 할 수 있다.

그런데 본 적이 있는가. 심심할 때 아이들이 이따금 허리를 굽혀 가랑이 사이로 풍경을 바라보는 것을…… 혹은 철봉대 위에 박쥐처럼 거꾸로 매달려 세상을 바라본다. 누구나 어렸을 때 그런 장난을 해본 경험이 있을 것이다. 가랑이 사이로 내다본 풍경은, 거꾸로 매달려서 바라본 세상은, 전연 색다르게 느껴진다. 세상은 더욱 아득하게 보이며 사물들의 윤곽은 지금껏 바라보던 그것보다 훨씬 아름답고 신선하고 뚜렷하게 보인다.

자세가 달라지면 지금껏 길들여졌던 감각 기능도 달라진다고 카실러는 그 이유를 설명하고 있다. 말하자면 습관화된 감각을 바꾸면 같은 시각이라도 그 대상을 받아들이고 느끼는 반응에 변화가 일어난다는 이야기이다.

아이들은 왜 늘 바라보던 집, 낯익은 거리와 산, 이런 것들을 가랑이 사이로 바라보는 놀이를 하는 것일까. 그것은 습관적인 감각으로부터 벗어나 새로운 시각으로 그 풍경과 환경들을 관찰하고 싶은 무의식의 욕망 때문이다.

때문은 일상의 습관에서 벗어나려는 본능, 새로운 감각으로 새로운 인상을 얻으려는 무의식적인 충동…… 그것이야말로 육체나 정신이 성장해가는 데 필요한 놀이이다.

어른이 되었을 때 우리는 어떻게 하는가. 늘 보는 그 거리, 늘 만나는 그 얼굴. 낯익은 목소리와 수천 번 수만 번이나 보아온 도시의 창들. 어떻게 할 것인가? 감각은 부동자세와 같은 고정된 틀에 박혀 있고, 그 의식은 되풀이되는 동일한 쳇바퀴에서 맴돈다. 그때 어떻게 할 것인가.

허리를 굽혀 정반대의 역도逆倒된 자세를 해야 할 것이고 박쥐처럼 거꾸로 매달려 서서 보던 그 풍경들을 새 시선의 감각으로 관찰해야 한다. 그러나 당신은 어린아이가 아니다. 놀이가 금지된 어른이고, 또 그런 것만으로는 정말 저 풍경들이 생생한 빛을 회복하지도 않을 것이다.

그렇다. 당신은 시를 쓰거나 시를 읽을 것이다. 습관에서 벗어나는 역설과 일상의 회화에 의해서 아직 순치되지 않은 새로운

이미지의 언어와 만나야 할 것이다. 가랑이 사이로 바라본 역도逆
倒된 풍경, 어렸을 적의 그 풍경을 우리는 시를 통해서 때때로 확
인해야 한다.

(1978. 5.)

물끄러미 바라본다는 것

윤선도尹善道의 시조 「강촌 온갖 꽃이 먼 빛에 더욱 좋다」는 것이 있다. 그는 꽃을 보기 위해서 도리어 꽃으로부터 멀어지려고 한다. 테니슨의 시 「금 간 벽」에 나오는 시와는 정반대이다.

테니슨은 꽃을 잘 보기 위해서 그 비밀과 본질을 알아내기 위해 꽃을 뿌리째 뽑아 손으로 움켜쥔다. 그리고 그것을 노려본다. 그 뿌리와 이파리의 모든 것을 알기만 하면 신神과 인간의 무엇인가도 다 알 수 있을 것이라고 믿고 있기 때문이다. 테니슨의 이 현미경식 관찰 속에서 꽃은 시들고 만다. 포충망 속에 잡혀 나프탈렌 방부제 위에 핀으로 꽂힌 표본상자의 그 나비가 이미 나비가 아닌 것처럼.

윤선도의 시선은 뚫어지게 사물을 꿰뚫어 보려는 테니슨의 그것과 다르다. 꽃을 보면서도 꽃을 보고 있는 자신의 의지, 이를테면 그 목적과 의미마저도 없애려고 한다. 그것이야말로 물끄러미 바라보는 시선인 것이다.

물끄러미 바라본다는 것은 대체 무엇인가? 어떤 시선인가? 나무꾼이 목재감을 고르기 위해 숲을 헤맬 때, 그들은 나무를 물끄러미 바라보는가? 약초를 캐려는 사람이 풀을 물끄러미 바라보는가?

아니다, 목적과 의미는 다 다를지라도 그들은 똑같이 그런 눈으로 사물을 바라보려고는 하지 않을 것이다. 그들은 그 나무와 풀과 온갖 사물들을 노려볼 것이다.

파괴가 시작되는 시선이다.

윤선도는 바로 이 노려보는 시선을 거부하고 물끄러미 보려고 했기 때문에 더욱 아름다운 꽃의 존재와 만날 수가 있었다. '원시遠視'의 시학—그때 오히려 꽃과 나무는 시인의 품속에 안기게 된다. 도끼를 든 핏발 선 나무꾼들의 눈앞에서는 모든 나무와 꽃이 자취를 감춰버리고 말지만, 아무 뜻 없이 자신의 존재마저 잊고 숲속을 거니는 시인에게는 가지와 이파리와 뿌리까지도 가슴속으로 파고든다.

그들에게서 아무것도 요구하지 않기 때문에 그들은 자신의 비밀을 송두리째 드러내 보인다. 그래서 '강촌 온갖 꽃은 먼 빛에 더욱 좋은' 것이다. 물끄러미 바라보는 시선, 멍청해 보이는 그 시인의 눈에 존재를 꿰뚫는 바늘보다 예리한 역설의 통찰력이 숨어 있음을 잊어서는 안 된다.

(1978. 6.)

종달새와 뜸부기

    구름보다도 높은 하늘에서 우는 새가 있다. 그래서 그 새 소리는 빛의 파편처럼 하늘 위에서 쏟아진다. 그것은 종달새이다. 태양이 떠오르는 것처럼 종달새들도 어둠을 밀치고 흘러나온다. 최초의 새벽빛을 우리에게 들려준다.

    그러나 뜸부기 소리는 가장 낮은 땅에서 울려온다. 논두렁이나 산모롱이의 지하에서 솟아 나오는 지하수와도 같은 노래이다. 발밑에서, 나무뿌리 밑에서 그것은 스며 나온다. 태양이 서녘 땅속으로 가라앉듯이 뜸북새들은 저녁에 으스름한 저녁의 어둠을 예고한다. 침몰하고 잠입한다.

    종달새는 너무 높은 곳에서 울기 때문에 우리는 그 새를 잘 볼 수 없다. 뜸북새는 너무 낮은 곳에서 울기 때문에 우리는 그 새를 잘 볼 수 없다. 두 마리의 새들은 새벽의 빛과 저녁의 어둠 그리고 높은 것과 낮은 것으로 대응되어 있지만, 다 같이 몸은 볼 수 없고 소리만을 들려주기에 하나의 예언처럼 느껴진다.

빛의 예고와 어둠의 예언. 서로 다른 새이다. 그러나 우리는 이 두 마리의 새를 그 노래를 다 함께 듣고 싶다. 하늘 위의 경쾌한 소리와 땅 밑의 침울한 노래를.

우리도 두 시인의 목소리를 갖고 싶다. 구름 뒤에서 우는 종달 새 같은 빛의 예언자가 필요한가 하면 논두렁 밑에서 우는 뜸부 기의 둔중한 어둠의 경고자를 똑같이 그리워한다.

뜸부기의 노래를 위해서 종달새를 몰아내서도 안 되며 종달새 의 노래를 사랑한다 해서 뜸부기를 죽여서도 안 된다.

가장 잘 소리내 우는 시인은 종달새와 뜸부기의 노래를 나누어 가질 때이다.

새벽빛이 이 지상에 다다르기 전에 종달새가 울듯이 시인은 닫 혀진 미래를 열어야 한다. 텅 빈 허공을 채우는 구름보다도 더 요 란한 울음으로 그 미래의 시간을 흔들어야 한다.

저녁의 잔광 속에서 어둠이 흙 속으로 침몰할 때 시인은 길고 긴 밤의 구속을 가르쳐주어야 한다. 올빼미보다 먼저 우는 새. 시인은 밤을 노래 하는 자가 아니라, 항상 밤의 도래를 시사하고 경고하는 존재이어야 한 다. 그래서 시인의 두 목소리는 하늘 위에서도 땅 밑에서도 들려온다.

그리고 우리는 그 노랫소리를 통해 새벽이 어떻게 깨어나며 밤 이 어떤 모습으로 다가오는지를 안다. 시인은 명랑한 종달새이며 서글픈 뜸부기이다.

(1978. 7.)

햇빛의 축배에 담긴 추상의 술

여름의 정오正午에는 모든 존재가 그 절정에 이른다. 바늘 끝 같은 햇살은 직립의 자세를 하고 공기는 그 운동을 정지한다. 그늘까지도 증발해버려서 모든 풍경은 그 입체성을 상실하고 추상화한다. 영혼도 육체도 하얀 구름처럼 허공 위에 뜬다.

생의 극치, 빛의 극치, 열기의 극치, 녹색의 극치…… 죽음과 마찬가지로 존재하는 것의 극치 속에도 정적이 있다.

해변가의 여인이여. 살갗에 숨어 있는 멜라닌의 검은 색소를 두려워하는가? 올리브유를 아무리 바를지라도 살 속으로 파고드는 태양의 색소를 막을 수는 없다. 바다라 할지라도 여름의 정오正午 속에서는 그 빛을 바꾼다. 원색으로 분리되어 지금껏 잠재해 있던 청색과 백색은 양극으로 대립된다. 극단화한 색채는 현실의 구상적인 혼색과 그 형태를 부정한다. 낭떠러지의 황토흙은 핏빛 적색으로 바뀌고, 회색의 바위들은 은빛으로 변모하고, 흑갈색의 흙들은 황색의 원색으로 진동한다.

욕망의 빛도 모두 그러하다. 소리의 세계에서도 화음은 파괴되어 단음만이 남는다. 언어는 수식어나 양보조사나, 불투명성을 추방한다. 그래서 그것은 기호로 바뀌어간다. 이렇게 해서 여름의 추상작용은 일상적인 감각을 박탈하고 모든 것을 환각幻覺으로 바꿔놓는다.

예술의 추상성을 경험하고 또 이해하기 위해서 우리는 여름의 정오 그 바다로 가야 한다. 존재의 절정 위에 있는 것을 보기 위해서 우리는 그 색소가 변모하는 과정과, 그늘이 없는 비현실의 물체들을 관망해야 한다.

언어가 의미 없는 주문이 되고, 음악이 칠음계七音階에서 떠나 공기처럼 진동하고, 조각과 회화가 구상적인 형태에서 벗어나 원형질로 돌변하는 것을 여름의 유리컵 속에 담아야 한다.

여름 정오正午의 추상작용 속에서만 말라르메의 이리스꽃은 핀다. 그것은 학명으로 피는 꽃이요, 풀들이다.

이 여름의 시학을 위해서 우리에겐 길고 긴 휴가의 철이 온다. 노동으로부터 해방된 존재의 충족을 위해서 우리는 햇빛의 축배에 담긴 추상의 술을 마시고 도취한다.

(1978. 8.)

새로운 소리를 듣는 회로

당신의 마음은 우주의 전파를 잡는 수신기여야 한다. 모든 감각은 예민한 안테나처럼 생의 지붕보다 한 치라도 높이 솟아 있어야 한다. 그리고 모든 의식은 증폭기 구실을 해야 한다. 땅 밑에서 우는 벌레 소리보다 더 미세한 소리라 할지라도 그것을 수백 배 수천 배로 울릴 수 있어야 한다. 거기에서 당신의 음악은 탄생된다.

육안으로만 보이는 세계, 그리고 보통 귀로 들을 수 있는 소리만이 당신의 현실이라 고집해서는 안 된다. 그 말이 믿어지지 않으면 한밤중에 FM수신기 앞에 앉아 있는 것으로 족하다. 당신은 아무것도 들을 수 없을 것이다. 단지 쥐가 천장에 덜거덕거리는 소리 아니면, 골목을 지나는 바람 소리 정도이다. 그런데 스위치를 돌리는 순간, 당신은 영혼을 울리는 바흐의 토카타나, 비발디의 아름다운 〈사계〉의 선율을 들을 수 있다.

당신이 라디오를 켜기 이전에도 그 어둠의 방 안에는 끝없이 선율을 담은 전파가 흐르고 있었을 것이다. 다만 그것을 당신의 귀로 들을 수 없었던 것뿐이다.

마찬가지이다. 우주의 모든 것은 당신을 향해서 무수한 의미를 발신하고 있다. 그것은 깊은 땅속에서도 오며 구름 뒤 하늘 위에서도 온다. 라디오의 전파처럼 그것들은 긴급한 뉴스를 보내기도 하고 아름다운 음악이나 웃음소리를 띄우기도 한다.

시인은 그것들의 전파를 잡기 위해서 특수한 회로를 고안해 내야 한다. 그 회로에 따라서 잡히는 전파도 있고 그냥 영원히 놓쳐 버리는 소리들도 있다.

그리고 그 소리를 재생하고 증폭장치로 확대시켜 보통 사람의 청각에까지 도달시키기 위해서는 가장 민감한 언어의 스피커를 가져야 한다.

그렇게 해서 당신은 귀로 들을 수 없는 소리와 눈으로 볼 수 없는 빛을 바로 이 현실의 방 안으로 끌어들인다. 그때 사람들은 FM의 음악 소리를 듣듯이 풀잎에서 이슬이 떨어지는 작은 붕괴의 소리까지도 들을 수 있을 것이다. 새로운 시의 수사학은 바로 전자공학에서의 새로운 회로 기술의 탐구와도 같다.

(1978. 9.)

VII

우리에게 한마디 말을

이 작은 기도를 들어주소서.

당신에게 바치는 제물은 단지 몇 다발 가난한 언어들—부끄럽게도 새벽 샘에서 길어온 물보다 맑고 깨끗하지도 못한 언어들입니다. 어린 양고기 같은 향내인들 어디 있겠습니까? 우리가 바칠 것은 오직 피의 밭에서 거둔 운율의 나락들밖에는 없나이다.

그러나 당신은 아실 겁니다. 벌써 여섯 해! 우리가 어디 바람과 서리를 가린 적이 있었습니까? 육신의 살을 도려내는 아픔일지라도 어디 그 정성을 버린 일이 있었습니까, 가슴 터지는 한숨 때문에 제단에 켠 촛불을 꺼뜨린 적이 있었습니까, 잠들 때라 할지라도 동정깃이 구겨지고, 옷고름이 풀어진 것을 보신 적이 있나이까?

당신은 아실 겁니다. 시인의 밭에는 자갈이 많고 잡초도 많습니다. 가뭄과 홍수도 끊일 날이 없지요. 하지만 한 톨의 나락을 위해서, 잠자지 않고, 발 뻗지 않고, 허리띠를 끄르질 않았지요.

기와집 담 너머로 남의 물건을 탐낸 적도 없었으며 비단옷을 입은 여자를 시새움하지도 않았나이다.

우리가 지닌 무딘 보습을 원망했을지라도 딱딱한 돌땅을 한탄하지 않았고, 어깨에 힘이 없음을 서러워했을지라도 무거운 돌짐을 향해 욕하지는 않았나이다.

그렇게 가꾸어 당신께 바친 제물, 해마다 드리는 치성, 그런데 어찌해서 기침 소리라도 한마디 응답이 없으십니까? 언제 우리가 왕후의 권세를 달라 했습니까? 황금·몰약을 주십사고 원했습니까? 배부른 음식을 달라고 보챘습니까?

천만 번 아닙니다. 당신에겐 다 복종해도 그 말만은 아닙니다. 그런데도 어찌해서 이 제물을 거두지 않았나이까?

다시 새 제단을 꾸미고 당신 앞에 이렇게 무릎을 꿇었나이다. 그리고 언제나 같은 소망—먼지가 되어 이 자리에서 금세 꺼질지라도 서툴게 쓴 이 한 줄의 시는, 새벽마다 종소리처럼 울리게 하소서. 그리고 꼭 한마디 말 '결코 너희들은 어리석은 자들이 아니라는 말과 시는 죽음보다 강하다'는 것, 그 한마디 말만 들려주소서.

(1978. 10.)

인간은 한 다리로 뛸 수 없다

인간에겐 왜 두 다리가 있는가? 어째서 오른발 왼발이 있는가? 걸음을 걸을 때마다 우리는 보행의 리듬을 느끼며 그렇게 반문한다. 한 다리가 정지할 때 또 하나의 다리가 움직인다. 휴지休止와 운동, 이 연속 속에서만 우리는 걸음을 걸을 수 있다.

인간은 캥거루가 아니기 때문에 두 다리를 동시에 움직일 수는 없다. 시의 리듬 역시 인간의 보행을 본뜬 것이다.

그러나 슬픈 일이다. 본래의 이 두 다리를 거부하고 한쪽 다리만으로 문학을 하려고 하고 경제와 처세를 꾀하려는 사람이 많다. 깨금발이 아니면 캥거루처럼 도약하려고 한다.

우리들이 내쉬는 숨결도 그렇지 않은가? 내쉬는 숨과 들이마시는 숨, 이 반대의 두 운동이 있을 때 호흡의 리듬이 생겨나며 비로소 우리의 심장은 고동칠 수 있다. 왜 내쉬려고만 하고 어째서 들이마시려고만 하는가?

인간에겐 역사와 신화의 두 다리가 있다. 역사는 먹고 자고 입는 일상의 울타리 속에서 움직이며, 신화는 사랑하고 노래하고 춤추는 초월의 언덕 위에서 행동한다. 밥은 역사의 양식이며 술은 신화의 양분이다.

그렇다. 역사화 진화는 인간의 시간을 지탱하는 두 다리이며, 그 교체 운동은 생의 길을 걸어가는 인간의 생애이다.

밥만으로 살 수 없지만, 술만 마시면서도 살아갈 수 없다. 옛날 그 중세가 신화의 한 다리만 남기고 역사의 다리를 절단한 암흑기였다면, 현대 문명의 신화는 죽고 역사의 다리만이 움직이는 또 하나의 암흑기이다.

한쪽 다리만으로는 걸을 수 없다. 인간은 짐승이 아니기 때문에 먹고 자는 문제만이 전부가 아니다. 잊어서는 안 될 것이다. 현실이 절박하다 해서 또 하나의 다리를 잘라버려서는 안 된다. 구름을 딛는 창조의 다리, 순수한 한 방울의 술이 주는 도취의 시간도 우리에게는 필요하다.

성聖과 속俗의 두 개의 다른 시간, 두 개의 다른 공간, 이 리듬 속에서만이 우리들 생을 걸어갈 수 있다. 깨금발로 뛰려는 자들에게, 시인이여, 올바른 보행자를 당신들의 운율로 가르쳐주어라. 그것이 그들의 솥뚜껑을 열어보는 일이다. 더 중요한 당신들의 사명이다.

(1978. 11.)

겨울에 태어난 사람은

　겨울에 태어난 사람은 울지 않는다. 눈물이 얼어붙으니까. 겨울에 태어난 사람은 웃지도 않는다. 바람 소리가 너무 크고 차가우니까. 다만 겨울에 태어난 사람은 한 방울의 피를 아끼듯, 자기 체온의 열기를 보존하기 위해서 애쓴다.

　눈보라가 치는 날, 누군가 황급하게 문을 두드린다 해도 절대로 빗장을 열어주지 말아라. 그건 골목을 지나는 바람 소리일 거라고, 백 번이라도 자신을 속이고 타일러라. 모른 체하거라. 그렇지 않으면 아랫목 구들이 식을 것이다.

　살아가기 힘겨운 겨울밤에는 개구리처럼 인색한 잠을 자야 한다. 자신의 꿈으로 자신의 생명을 양생해가는 동면의 비굴한 그 기법을 연습하거라. 얼어붙은 강물을 근심하지도 말 것이며, 타인의 얇은 속내의를 염려하지도 말 것이며, 눈사태에 가지가 찢기는 수목들의 수난도 아파하지 말 것이며, 아직 거두지도 못하고 들판에 버려둔 이삭들을 아쉬워하지도 말 것이다.

겨울에 태어난 사람은 에스키모 사람들처럼 얼음집을 짓는다. 털신 속에 자신의 두 발을 감추고 짐승 가죽으로 얼굴을 덮는다.

그러나 들어라. 첩첩이 닫아놓은 몸속의 피들이 포도주가 익듯 저절로 감미로운 향내로 발효해가는 저 소리를. 아무리 눈을 감아도 석류알처럼 무수한 태양들이 쏟아져 내리는 저 빛은 무엇이며, 아무리 문고리를 걸어도, 문풍지 소리같이 새어 들어오는 저 목소리는 대체 무엇인가?

겨울에 태어난 사람은 부동항不凍港의 배와 난류가 흐르는 바다를 꿈꾸기 때문이다. 다시 돛대를 올리고, 일제히 출항하는 선박들의 오색 깃발. 겨울에 태어난 사람은 그런 꿈으로만 살아갈 수 있다.

우리들의 시는 그 술독에서 익어가는 술이 되고, 문풍지의 소리로 기어들고, 불붙는 석탄처럼 딱딱한 화염이 되어 쏟아진다.

당신들의 동면 속으로.

(1978. 12.)

이럴 때 새해의 말은 시작된다

　너무 길어서 꿈으로도 다 채우지 못하는 겨울밤, 누군가의 손이라도 잡지 않으면 참으로 혼자서는 견디기 힘들어질 때, 털장갑을 껴도 손가락이 곱은 추위가 계속되고 또 계속될 때, 상처도 없는데 어디선가 끝없이 피가 흘러내리는 아픔을 느낄 때, 더 이상 얼굴을 알아볼 수 없게 퇴색해버린 기념 사진, 단추만 남기고 사그라져가는 옛날 제복과 신을 수 없게 된 칠피구두, 칠이 벗겨진 상자, 그렇게 낡은 것들을 쓰레기터에 버리고 돌아올 때, 양로원의 늙은이가 천장을 보며 자기 나이를 세고 있을 때, 종점, 빈 버스들이 늘어서 있는 도시의 변두리 길을 걷고 있을 때, 관객이 다들 떠나가버린 최종회의 극장이나 의자를 거꾸로 세워놓은 통금 전의 술집, 그런 공간 속에서 문득 자기 자신의 실루엣을 발견했을 때, 햇빛이 서쪽 하늘로 이동해가는 저녁 그러나 아직 가로등이 켜지지 않는 답답한 골목길을 지나고 있을 때, 마지막 남은 동전을 공중 전화통에 넣고 친구의 이름을 부를 때, 절망했을 때,

권태로울 때, 지루할 때, 캄캄해질 때, 벽에 부딪혔을 때—아! 이때 새해가 문득 열리는 그 기적을 보아라.

오랜 길을 걸어온 사람만이 그 빛을 볼 수 있고, 가장 어두운 밤을 보낸 자만이, 저 달력의 숫자를 읽을 수 있다.

새것은 가장 낡은 것 속에서 움트며 새것은 최종의 그 벽에서부터 시작하며 새것은 붕괴한 마지막 벽돌 위에서 다시 쌓여간다.

동쪽에서 뜨는 새벽의 햇빛이 서녘의 산마루에 먼저 비치듯 새로 시작하는 삶의 의미는 괴로움의 자리에 먼저 와 앉는다. 그러므로 누더기를 입었던 자만이 새해 아침에 설빔을 입을 수 있고, 죽을 먹던 자만이 설상에 담긴 떡국 맛을 안다.

그것은 온다. 갑자기 쏟아지는 눈처럼 오랜 시련을 덮기 위해서 순백의 색깔로 우리들 곁으로 온다. 새해 안녕하세요! 황급하게 답례를 하는 우리의 얼굴에서는 세숫비누 냄새가 풍겨온다. 조금 전까지만 해도 땀내였던 것이…… 이렇게 당신의 새해가 온다.

(1979. 1.)

향기로 사는 언어

  썩어가는 것은 악취가 있다. 특히 동물이 그렇다. 그렇기 때문에 부패는 직접 코로 맡을 수 있는 죄악이다. 어디에서고 악에서는 시신 썩는 냄새를 풍긴다. 그것은 공기를 오염시키고 사람의 폐부를 혼탁하게 하며 드디어는 생명을 질식시키고 말 것이다. 그렇기 때문에 부패는 전염된다. 혼자만의 악은 존재하지 않는다. 그것은 미세한 세균처럼 퍼져 선혈의 폐들을 파괴하고, 뛰는 심장의 고동을 무디게 한다.

  그러나 썩어가면서도 향내를 풍기는 것들이 있다. 대체로 식물이나 과실이 그러하다. 그렇기 때문에 어느 시인은 사과가 썩는 향내를 맡아야만 글을 쓸 수 있었다는 일화를 남기기도 했다. 나무의 죽음, 뿌리에서 잘려진 나무들은 결코 까마귀나 하이에나가 노리는 짐승들처럼 썩은 냄새를 풍기지 않는다. 향나무가 아니라도 모든 목재에서는 그윽한 내음을 발산한다. 나무들의 죽음과 열매들의 부패, 거기에는 모과처럼 피를 맑게 하고 숨통을 크게 열리게 하는 향기의 진동이 있다.

시인들의 언어에도 동물적인 것과 식물적인 것이 있다. 정치적인 언어들엔 동물 같은 이빨과 발톱이 있다. 그것은 뛰고 포효하고 도약한다. 힘이 있고 탄력이 있다. 그러나 이 신선한 동작들도 계절이 서너번 바뀌고 달이 떴다 지는 그 순환이 되풀이되면 악취를 내며 사그라져간다. 인간의 영혼까지 마비시키는 독소로 온 세계를 오염시킨다.

그러나 식물의 언어는 눈에 띄지 않게 성장한다. 요란스러운 소리를 내는 법도 없고 활갯짓을 하며 골짜기를 건너뛰는 법도 없다. 기척도 없이 조용히 존재하기 때문에, 어느 때는 그것이 곁에 있는 것처럼 보이지도 않는다. 그러나 시간이, 참으로 많은 시간이 그들을 멸한 후에도 식물의 언어는 그 존재를 멈추지 않는다. 하나의 향내로 남아 온통 이 공간을 충만케 한다. 살아 있는 것들에게 기묘한 흥분과 삶의 숨결을 증대시킨다. 사슴은 분명 동물이지만 식물의 가지를 닮은 뿔을 가진 탓인가, 그것은 죽어도 부패의 냄새만이 아니라 사향의 마술적인 냄새를 풍긴다.

시인들은 '식물의 언어'를 잊어서는 안 된다. '동물의 언어'에만 현혹되어서는 안 된다. 악취가 아니라 향내로 오래오래 살기 위해서는 향목처럼 그 가지를 뻗어야 한다. 그 향기는 폭력의 도끼나 톱으로 멸할 수 없다. '동물의 언어'만이 남고 '식물의 언어'가 존재 가치를 잃고 있는 이 산문의 시대에서 시인은 용기를 잃어서는 안 된다. 누구였던가? 한 톨의 보리알이 성당을 가득히 채운다고 노래한 사람은? 바로 그것은 이 시대에 시를 쓰는 외로운 당신이다.

(1979. 2.)

달빛과 도둑

처용處容의 하늘에는 달이 떠 있다. 그러나 처용의 방에는 아내를 빼앗아가는 도둑이 있다. 달이 높고 환한 밤일수록 처용의 방은 어둡고 답답하다. 달이 없거나, 그렇지 않으면 도둑이 없거나, 그 어느 한쪽만 없었더라면 처용은 춤을 추지 않았을 것이다.

달과 도둑이 함께 있는 밤의 시간, 그 모순을 지탱하는 유일한 언어는 춤 바로 그것이다.

땅에서는 늘 사랑이 도둑맞는다. 하늘의 달빛은 누구도 훔쳐갈 수 없지만 너무 먼 곳에 있어 아내처럼 함께 잠자리를 할 수가 없다.

처용의 발은 땅을 디디고 있고, 마음의 눈은 하늘을 향해 열려 있다. 그러므로 구름처럼 허공에 떠 있을 수도 없으며 바위처럼 땅에 주저앉아 천년이고 만년이고 그냥 잠들어 있을 수도 없다. 땅의 중력과 영혼의 부상―도둑이 있는 땅의 어둠과 달이 떠 있는 하늘의 빛, 그 사이에서 생겨날 수 있는 몸짓은 춤이 아니면 무엇이겠는가?

욕설의 언어는 시가 되고 분노의 폭력은 춤으로 바뀐다. 하늘의 달빛과 땅의 도둑을 알고 있는 자만이 참으로 이때의 언어를 들을 줄 알고 그 춤을 눈으로 직접 볼 수가 있다.

고뇌를 드리운 환희이며 절망과 어깨동무를 한 초월이다. 달빛이 없는 언어는 비명이거나 포효일 뿐이고, 그 동작은 쫓고 쫓기는 쟁투일 뿐이다.

사랑을 훔쳐간 도둑에 대한 분노, 그리고 그 복수에 대한 정감이 없는 언어는, 그 행동은 허공 속에서 맴돌다 사라지는 허망한 바람 소리이거나 구름의 율동은 될지언정, 처용의 춤이 될 수 없다.

시인들은 처용의 춤을 배워야 한다. 대체 옛날 서라벌의 그 달이 얼마나 밝고 아름다운 것이었기에, 처용은 도둑을 보고서도 춤을 추고 역신은 무릎을 꿇어 부끄러움을 알았는가?

고뇌를 자르는 칼은 달빛이고, 현실을 이기는 행동은 춤이다. 처용의 달을 다시 떠오르게 할 일이다.

내 사랑의 규방 속으로 기어 들어오는 온갖 것들, 매연과 콘크리트와 기름 묻은 철사와 지폐의 발암물질들. 그것들은, 우리의 침대 속에서 사랑과 꿈을 훔쳐가고, 생명의 푸른빛과 그 정절의 물을 오염시킨다. 현대의 독소들을 넉넉히 몰아내고 이길 수 있는 처용의 말과 춤을 배울 일이다.

시인들은 도둑과 달빛 사이에서 춤을 춘다.

(1979. 6.)

망각과의 투쟁

시인들은 무슨 기도를 할까? 시장터의 상인들은 더 많은 화폐를 얻기 위해 황금의 제단에 향불을 피우고, 전쟁터의 전사는 더 많은 훈장을 따기 위해 아테네 신전의 돌기둥을 두드린다. 정치가는 마치 집짓기 장난감처럼 아슬아슬한 권력을 한 층 한 층 쌓아올리기 위해, 그리고 그것이 흔들림에 붕괴하지 않도록 하기 위해, 권능의 우상 앞에서 주문을 욀 것이다.

변덕스러운 폭풍이나 성난 조류에 밀려나지 않으려고 해신海神을 향해 뱃사람들은 징을 두드리고 호랑이와 살쾡이가 두려운 나무꾼들은 성황당 장승을 향해 돌을 바친다. 그리고 사랑을 아쉬워하는 자들은 큐피드의 금빛 화살을 꿈꾸고, 굶주린 자들은 옛날 그 광야에 내렸던 기적의 떡을 기다릴 것이다. 마취실로 향하는 환자의 얼굴에는 단지 건강한 보행을 위해서, 형방刑房의 그늘 속에서 사는 수인囚人의 얼굴에는 단지 바깥바람을 위해서 수없이 가슴을 부빈다.

신들이 떠나버린 이 시대의 골짜기에도 기도의 많은 메아리들만은 아직도 저렇게 울려오고 있으리라. 그러나 시인은 무엇을 위해서 기도하는가? 화폐도 훈장도 권능의 그 휘장도 아닐 것이다. 바람이나 맹수를 걱정하는 기도도 아닐 것이며, 단지 허기진 사랑이나 배를 채우는 기적의 떡도 아닐 것이다.

시인의 기도는 오직 망각의 시간에 대한 싸움—땅 위에 쌓아두는 보물이 음흉한 벌레와 도둑과 그리고 녹들에 의해서 사그라져가듯이, 이 지상의 기억들도 그런 것이다. 구슬을 꿰는 여름 아침 햇살의 그 감동도, 가장 나직한 소리로 젖어드는 사랑의 첫마디 말도, 사별의 슬픔이나, 돌연한 그 만남의 충격들도 그 모든 것들은 망각의 나래를 달고 있다. 그래서 나비 떼보다도 더 가볍게 사라져버린다. 단지 그것을 잡아두기 위해서 시인들은 섬세한 언어의 거미줄을 짠다. 그리고 모든 사물들과 인상을 가벼운 그 의미의 그물로 사로잡는다. 망각의 나래가 움직이지 않도록……. 그러므로 시인의 기도는 아무리 사소한 것이라 할지라도 '잊지 않게 하옵소서'로 그 기도를 끝낸다. 언어와 망각의 사투에서 승리할 수 있는 영광을 달라고 기도할 것이다. 반석 위에 아로새긴 문자처럼 그의 시구가 영원히 사라지지 않기를.

그것을 알았음인가. 라틴어에서는 진실Veritas의 반대어가 거짓falsum이 아니라, 망각oblivio으로 되어 있다. 참으로 '진실'한 것은 '잊을 수가 없는 것'이기에 시인은 망각하지 않기 위해 언어의 제단 앞에 오늘도 향을 피운다.

(1979. 7.)

햇살의 그물에 걸린 여름 풍경들

어쩌다 본 적이 있을 것이다. 낮잠을 자다가 문득 눈을 떴을 때 여름 햇살이 그물처럼 팽팽하게 퍼져 내리는 것을. 무수한 나무 이파리들이 번쩍거리는 비늘을 세우고 꿈틀거리다가, 그 햇살의 그물에 걸리는 것을. 아니다. 이파리들만이 아니다. 그런 여름에는 모든 사물들이 물고기 떼처럼 헤엄치다가 투명한 그물코에 사로잡힌다. 바람까지도 그렇다.

목마르게 흐르는 냇물이나, 구름이 굴러가는 소리에 귀를 곤두세운 산들이나, 혹은 기하학적인 선들이 파편처럼 잘려나간 지붕들이라 할지라도 투망 속에 걸린 어군魚群처럼 일제히 지느러미를 파닥거린다. 그러고는 깊은 정적 속에서 그 형태와 빛깔과 소리가 빠져나가지 못한 채로 모든 행동을 정지한다.

스톱 모션에 걸린 풍경. 이때 우리는 우리의 의식과 시간까지도 강렬한 여름 햇살의 그물에 갇혀버리는 순간을 맛본다.

언어나 어떤 몸짓으로도 이 그물을 뚫고 나갈 수 없다. 아무리 민첩한 관념도 그 꼬리의 자유를 상실한 채 햇살 속으로 얽혀든다. 구름도 부력을 잃고 화석처럼 굳어버린 풍경.

교실에서 풀려난 어린아이들이 여름 과제장을 덮고 모래밭에서 공차기를 한다. 그러나 탄력으로 하늘에 솟아오른 흰 공도 허공 속에 찍혀 다시는 떨어지지 않는다.

수영복의 가벼운 옷차림으로 해변을 달리는 청동의 근육들을 보아라. 어느 한순간의 자세에서 그 몸짓의 곡선은 그대로 판화처럼 굳어버린다.

팔랑개비도, 굴러가던 바퀴도, 녹색의 삼각파도도, 뜨거운 햇살에 감겨버리면 꼼짝하지 못한다.

이 여름의 환상, 햇살의 그물에 걸려버린 여름의 그 풍경들을 본 적이 있는가?

시인이여. 여름의 시인이여. 땀을 흘려라. 그리고 그 여름 햇살 같은 시선으로 사물을 가둬라. 시간을 옮기는 바람까지도 그 그물의 시선으로 사로잡아라. 당신들의 시학을 그 순수한 열정을, 여름의 빛살 속에서 배워라.

(1979. 8.)

환희와 비탄을 동시에 지닌 얼굴

가을을 준비하시는 하나님. 당신의 얼굴은 아마도 환희와 슬픔의 두 가지 다른 표정을 짓고 계시겠지요. 말씀하시지 않아도 압니다. 당신이 손수 가꾸고 비와 바람과 햇빛으로 거두시는 그 많은 신비한 열매들과 어찌 겨루겠습니까마는, 시인들도 작은 방 안에서 언어의 열매들을 키워본 적이 있으니까요.

열매들이 익어 단물을 간직하고 곡식들이 양분을 부지런히 응축해갈 때, 당신은 완성이 곧 죽음이라는 것을 알고 계십니까. 어찌하여 모든 열매는 그 소망대로 성숙하면 곧 가지를 떠나야 하는 것입니까? 남남처럼 뿌리에서, 그 가지에서 죽음의 저편 세계 같은 낯선 땅으로 떨어져야 하는 것입니까?

환희와 비탄으로 가을을 준비하고 계신 하나님―당신은 지금 벌판과 숲에서 바쁜 일손을 마치고 땀을 식히고 계실 것입니다. 햇빛이 조금씩 기울어가고 얼마 안 있어 열매가 떨어진 황량한 숲에서는 바람 소리가 들려오겠지요.

괜찮습니다. 위로해주시지 않아도 알아요. 시인은 언제나 당신처럼 환희와 비탄 속에서 언어의 열매를 따고 그러다가 다 채우지 못한 광주리 곁에서 깊은 졸음에 잠기지만, 그 열매에는 내일이 잠들어 있는 씨앗들이 있으니까 외롭지 않습니다.

욕심 많은 사람들은 씨를 버리고 열매의 단맛만을 빨고 있습니다마는 하나님, 당신처럼 아파하는 시인들은 남몰래 그 씨들을 땅에 묻어둘 것입니다.

가을을 준비하고 계신 하나님, 우리들이 당신 곁에 있습니다. 너무 슬퍼하지 마세요.

가끔은 당신처럼 자신이 만든 것을 다시 지워버리고 애써 가꾼 열매가 땅에 떨어져 죽어가는 것을 우리들 시인들도 되풀이하고 있으니까요.

다만 우리에게 가르쳐주소서. 익지도 않고 떨어져버리는 낙과落果에게도 가을이란 것이 있는가를. 제발 우리에게 용기를 주옵소서. 우리의 죽음이 낙과落果가 아니라 하나의 성숙이라는 것을.

그러면 당신께서 주시는 그 길고 긴 겨울밤에도 우리는 결코 낙심하지 않을 겁니다. 썩어가는 과일 속에서 싱싱한 씨들이 숨어 있으므로 그것들과 함께 우리는 외롭지 않을 것입니다.

(1979. 9.)

VIII

언어의 공간에 걸려 있는 계단

　잔칫상이 아니라 마치 제단 앞에서 향불을 켜는 느낌으로 이 자리에 선다. 얻는 것보다 잃은 것이 많고 자랑보다 부끄러움이 많고 즐거움보다 서글픈 일이 많았던 까닭인가?

　언어는 고집센 나귀처럼 말을 듣지 않는다. 아무리 채찍질을 해도 무거운 역사의 짐을 싣고 가는 이 수레는 움직이지 않는다.

　언어는 깨진 거울처럼 아무리 닦아도 인간의 그리운 얼굴들을 그대로 비춰주질 않는다.

　언어는 찢어진 북. 온 세상의 마음을 두드리고 두드려도 어찌 그 소리가 사막을 건너고 저 험준한 산맥의 봉우리를 넘을 수 있을 것인가.

　언어는 십자가의 운명까지도 거부한다. 우리가 못 박혀야 할 자리를 달라고 해도 그것은 너무 높은 곳에 있지 않은가. 그러나 우리는 이 언어들을 버릴 수가 없다.

　지폐를 선택한 인간들과 총검에 의지한 인간들과 혹은 살덩어리를 소유하고 있는 그 많은 인간들—그들 틈에서 언어의 운명을 수용한 시인들은 그것을 통해서만이 자신의 존재 이유를 밝힐 수 있다. 그리고 그것이 지폐나 총검이나 살덩어리보다 영원하고 힘 있는 것임을 증명해야 한다.

심청이처럼 몸을 던져서라도 언어의 눈을 뜨게 하고 춘향이처럼 모진 매를 맞아서라도 언어와 다시 만나는 기다림을 성취해야 한다.

이 언어의 공간을 지키기 위해서 우리는 몇 번이나 은하수가 기울고 몇 번이나 강물이 얼었다 풀리는 계절을 보냈다.

목이 타도 물을 구걸하지는 않았다. 손이 시려도 남의 화톳불을 쬐지 않았다. 졸음이 와도 우리는 밤의 수면을 거부하였으며, 남들이 다 떠날 때에도 혼자 그 언어의 사원을 지키기 위해 차가운 돌 위에 누웠다.

계단은 아직 얼마나 더 남아 있는가. 겨우 계단 아래턱에 올라서서, 별과 구름을 관측하는 어리석음을 용서해달라. 그러나 언젠가는 이 어리석음이 현명한 자들이 걸어간 평지보다 더 넓은 지평을 약속하는 슬기가 될지 누가 아는가?

(1979. 10.)

돌이 되어가는 계절

돌이 되어간다. 늦가을에 핀 꽃들은 시들거나 지는 것이 아니라 그대로 돌이 된다. 강물도 돌이 되고 나무와 풀잎도 돌이 된다. 땅구멍으로 숨어버리는 뱀과 개구리도 주먹만 한 돌이 되고 털갈이를 한 새들의 가장 보드라운 깃털도 바위의 이끼가 된다.

11월의 도시와 벌판은 덧문들 닫듯이 눈을 감는다. 그래서 바위처럼 무거운 눈꺼풀로 남는다. 모든 사물의 기억이 화석으로 남고 빛을 좇던 생명의 예민한 수정체들도 살얼음이 덮인 호수처럼 굳어진다.

11월의 시인들이여. 당신의 연장은 더욱 단단해지지 않으면 안 된다. 암벽을 뚫는 징과 자갈이 많은 흙을 찍는 예리한 곡괭이가 있어야 한다. 사물의 내부로부터 빛을 채집하거나, 깊숙한 지층 밑에서 불을 사냥하지 않으면 안 된다.

외로운 계절이 왔다.

시인이여! 푸성귀가 자라는 5월이나, 아무 데서나 딸기처럼 물기 많은 열매가 열리던 6월의 들판을 생각하지 말라. 소나기가 내리고 햇볕이 쏟아지던 여름의 하늘과 구름을 생각하지 말라.

그때는 가벼운 손짓만으로도 열매를 따듯이 공기 속에서도 햇빛과 열기를 채집할 수 있었다. 바구니만 있으면 쉬운 언어로 구름 같은 언어로, 출렁거리는 물살이나 안개 같은 언어로 사물의 의미를 채울 수가 있었다.

그러나 이제 모든 빛과 열기는 구들장 밑에 있고 동면의 땅굴 같은 지층 밑에 있다. 파내야 한다. 돌이 되어가는 것들을 깨뜨려야만 한다. 쪼개고 헤집고 벗겨내지 않으면 속에 감춰진 기억의 빛을 찾아내지 못하리라.

11월의 시인들이여. 방패를 뚫는 창 같은 언어 없이는, 암반을 깨뜨리는 다이너마이트 같은 언어 없이는, 눈꺼풀 속에 감춰진 저 생명의 수정체들과 만나지 못한다.

채집의 세월이 아니다. 지금은 파내야만 하는 계절, 뚫어내야만 하는 계절, 열어젖혀야만 하는 11월이다. 새소리까지도 돌 속에 있고, 당신의 체온을 덥히는 태양까지도 땅속에 있다. 치열하거라. 시인이여, 사물들의 단단한 눈꺼풀을 열기 위해서 시인이여 치열하거라. 강물도 굳은 돌이 되는 11월이 왔다.

(1979. 11.)

이 연대의 마지막 밤

거대한 모래시계에서 흘러내리는 작은 한 알의 모래처럼 당신은 지금 연대의 마지막 밤의 통로를 지나고 있습니다. 당신은 낙엽을 쓸어모으듯 한 연대의 의미를 모아 한 가닥 연기로 태울 수도 있고, 혹은 술병을 기울여 마지막 남은 한 방울의 술까지 마셔버리듯 그것을 모두 다 비워버릴 수도 있을 것입니다.

인색한 수전노가 손때 묻은 동전을 한 닢 한 닢 헤아리듯 당신의 지문이 묻은 지나간 날의 의미들을 계산해볼 수도 있을 것이고, 그렇지 않으면 옛날 우리의 선생님들이 감쪽같이 흑판 위에 쓴 백묵 글씨를 지우듯이 이 연대의 문자를 닦아낼 수도 있을 것이고, 누더기 옷을 깁는 우리의 어머니들처럼 밤새껏 남루한 기억들을 모아 한 벌의 옷을 지을 수도 있을 것이며, 그렇지 않으면 나룻배를 젓는 사공처럼 시간의 흐름에 둥둥 떠다니면서 그 무서운 짐들을 옮겨 실을 수도 있을 것입니다.

그러나 당신, 나의 시인이시여. 지금 한 연대가 끝나는 이 마지막 밤에는 누에고치가 제 스스로 만든 고치 속으로 들어가듯 당신의 몸은 그 시간의 고치 속에 묻으십시오. 그리고 새 아침이 올 때, 나방이로 변신해 탈출하는 기적을 보여주시고 지금까지 땅을 기어다니던 그 몸이 가장 가벼운 나래가 되어 자유롭게 허공을 나는 기법을 가르쳐주십시오.

1979년, 1970년대의 길고 긴 나날들이 비단실이 되어 우리들 새로운 생의 의상을 지을 수 있게 하려면 당신은 부지런히 그 고치의 마지막 마무리를 하기 위해 노동을 하십시오.

어둠 속에 유폐되어 혼곤한 잠에 취해 있을 때, 누군가 당신을 부를 것입니다. 문을 열라고. 그러니 당신, 나의 시인이시여, 그것을 연기로 사르거나 술잔처럼 비우거나 동전처럼 헤아리거나 백묵 글씨처럼 지우지 마시고 가두어두십시오.

아! 그래야 우리는 다시 날 수가 있고 기적의 비상을 할 수 있는 마법을 익힐 수 있을 것입니다.

거대한 모래시계 속에서 흘러내리는 작은 한 알의 모래처럼 당신은 지금 1970년대 마지막 밤의 통로를 지나고 있지만 다시 모래시계는 뒤바뀌어 처음처럼 쏟아져 내릴 것입니다.

(1979. 12.)

아침을 맞이하는 방법

이제는 암울했던 밤의 이야기를 하지 맙시다. 자고 난 이불을 개키듯이 구겨진 기억들을 모두 시간의 장롱 속에 닫아두어야 합니다.

기지개만 켜지 말고 세수를 해야지요. 당신의 얼굴에는 밤이 지나간 폭력의 흔적과 어둠이 쌓인 기름때가 묻어 있습니다. 무력한 졸음을 분비하던 눈곱이 아직도 밝은 당신의 눈빛을 흐리게 합니다.

옹달샘처럼 고이는 아침의 이 시각, 청정한 새 빛을 두 손으로 떠서 잠에 취한 눈썹을 씻어야 합니다.

심호흡을 하십시오. 10년 동안이나 폐부 속에 습관처럼 붙어 있던 오탁汚濁의 먼지를 뱉어내야 합니다. 그리고 선지 같은 저 아침의 태양을 들이마십시오. 당신의 가슴이 깃발처럼 혹은 출항하는 배의 돛처럼 부풀어오르는 것을 느낄 겁니다.

무엇을 입으시겠습니까? 기성복들은 옷걸이 위에서 그냥 잠들어 있게 하십시오. 당신의 피부처럼 한 치의 눈금도 틀리지 않게 잘 맞는 새 옷이면 모두 다 좋습니다. 단추를 잠그세요. 당신을 강아지처럼 사슬로 묶어두었던 밤이 지나가지 않았습니까. 작은 태양같이 반짝거리는 금단추를 가슴 그득히 달고 아침의 거리로 나가야 합니다.

출발을 하는 것이지요. 그러면 구두끈을 매는 당신의 손이 바이올린의 현처럼 빛나는 것을 볼 수 있겠지요. 아! 이젠 그 손이 아닙니다. 자랑스럽게 깃대처럼 손을 치켜들고 인사를 합시다. "안녕하세요!" 아침인사를 합시다. 시계탑을 향해서, 어린이 놀이터, 미끄럼대를 향해서, 나뭇가지와 새와 흰 구름과 골목의 돌담들을 향해서 인사를 합시다.

그러면 돌이 새가 되고, 새가 구름이 되고, 구름이 태양이 되어 다시 그 태양이 당신의 이마 위로 온통 쏟아지다가 음표처럼 바람에 흩어져가는 것을 볼 수 있을 겁니다.

이제는 밤의 이야기를 하지 맙시다. 얼음에 덮인 골짜구니의 깊고 깊은 겨울 이야기도 하지 맙시다. 한숨과 눈물의 베개는 과거의 이불장 속에 올려놓고 구두끈을 맵시다.

1980년 1월 1일. 이 기상의 시각에 어서 아침을 맞이하는 방법을 배우십시오. 밤을 통과하는 기교를 버리고 그 자리에 출발의 사상을 배열해놔야 합니다. 아! 당신은 1980년대의 사람─자유인입니다.

(1980. 1.)

내면의 공간

달력이나 시계가 없었던 미개인들의 겨울을 생각해보라. 강은 얼어 그 흐름을 잃고 숲과 골짜기는 눈에 덮여 그 빛을 빼앗긴다. 어디를 보나 동결된 풍경에는 오늘과 내일의 시간을 잴 수 있는 변화란 것이 없다. 그들은 안타깝게 봄을 기다리면서도 그 겨울이 얼마큼 지났을까를, 그리고 대지가 다시 눈을 뜨고 일어서는 계절이 얼만큼 다가섰는가를 알 수가 없다.

그러나 블랙프트 인디언들은 슬기로운 방법으로 겨울이 지나가는 시간을 명백하게 측정해 낸다. 그들은 암들소를 사냥해서 그 배를 가른다. 그리고는 그 배 안에서 자라고 있는 태아의 발육단계를 살펴본다. 들소의 번식기는 봄철이기 때문에 태아의 발육 과정은 곧 생명의 달력장과 같은 구실을 한다.

그래서 블랙프트 인디언들은 암들소의 배 안에서 자라나고 있는 태아가 점차로 완성되어가는 모습에서 봄이 가까이 다가오는 그 숨결을—벌판에 다시 푸른 이파리가 돋고 얼어붙은 샘에서 다시 물이 흐르며 빈 가지와 풀잎에서 꽃들이 피어나는 봄 풍경의 예시를 읽는다.

들소의 태내胎內 공간을 통해서 그들은 지루한 겨울을 견뎌내는 인내심을 기르고 새로운 계절을 맞이하는 희망의 채비를 갖추는 것이다.

외계外界의 그 벌판이 동결해버린 때라 할지라도, 숲이 정적 속에 묻히고 새들이 깃을 접는 그 시간이라 할지라도 내면의 공간 속에서는 쉴 새 없이 생명의 율동이 시계추처럼 움직이고 있는 까닭이다.

시인들의 시간도 마찬가지이다. 문명의 의미와 인간의 운명을 역사의 벌판에서 직접 읽기가 힘들어질 때에도 그들은 블랙프트 인디언처럼 영혼의 내면 공간 속으로 시선을 옮긴다. 그래서 눈으로 보고 귀로 직접 들을 수 없는 생명의 변화를, 그 내면 속에서 달처럼 조용히 자라고 있는 의미의 태아를, 그 모든 묵시의 언어들을 끄집어낸다.

지금 우리는 문명의 벌판 위에 서 있다. 강철과 콘크리트로 동결된 이 물질주의의 들판과 산은 겨울의 빙하와 다를 것이 없다.

그러니 시인들은 들소 사냥을 떠나라. 그래서 생명을 잉태한 시각들을 찾아내야 한다. 문명의 빙하기가 지나고, 인간의 영혼이 다시 꽃처럼 부활하는 풍경을 시적인 내면 공간 속에서 보여주어야 한다.

(1980. 2.)

핀다는 것의 참된 의미

　상하常夏의 나라 아프리카에서 맨 처음 그 탐스러운 꽃들을 본 앙드레 지드는 황홀에 빠져 정신을 잃었다. 그것은 유럽의 꽃들보다 얼마나 더 크며 몇 배나 더 건강하고 또 원색적인 것이었던가! 부족함이 없는 태양빛 속에서 사시사철 피어나는 그 꽃들의 표정에서 그는 낙원의 부러운 풍경을 보았던 것이다.

　그러나 지드는 얼마 안 있어 아프리카의 그 꽃들에 대해서 곧 실망하고 만다. 언제 어디에서나 쉴 새 없이 피어나는 그 꽃들은 아무런 변화도 주지 않았기 때문이다. 똑같은 녹색의 이파리, 꼭 같은 줄기와 꼭 같은 색채들…… 겨울이란 것을 모르는 열대의 식물들은 아무리 싱싱하게 살아 있어도 화석처럼 굳어 있는 것과 다름없다.

　거기에는 꽃이 핀다는 감격이 없다. 얼어붙은 흙, 그 회색의 공간 속에서, 한겨울 동안 잠들어 있던 구근球根에서 여린 생명이 터져 나오는 그 긴장이 없다. 그래서 사람들은 추위와 정적 속에서 한 떨기 꽃들이 돌연히 개화하는 기적을 보지 못한다.

빈 뜰에서 피어나는 그 꽃이 진짜 꽃이다. 구근球根 속에서 겨울을 통과한 꽃이야말로 진짜로 필 줄을 안다.

핀다는 것은 침묵이 있었다는 것이다. 핀다는 것은 미리 그 앞에 죽음이 있었다는 것이다. 무엇인가 피어나기 위해서 그보다 먼저 어둠이 있어야 하고 닫혀지는 것, 숨겨져 있는 것, 결핍과 고통과 무無가 있어야만 한다.

그렇기 때문에 상하의 나라 적도의 땅에서는 꽃이 피는 진정한 아름다움을 모른다. 그것은 돌처럼 그냥 거기 그렇게 흩어져 있다. 눈과 얼음에 덮인 겨울 들판을 보지 못한 사람은, 흙덩이처럼 말라 굳어버린 구근을 보지 못한 사람은 또한 꽃들이 피어나는 그 참된 의미를 알 수 없을 것이다.

갈증이 있었을 때 비로소 물맛을 맛볼 수 있듯이 들판의 황량함이 있었을 때 비로소 우리는 꽃의 빛깔과 그 향훈의 참뜻을 소유할 수 있다. 핀다는 것은 바깥으로 생명을 연다는 것, 작은 배가 수평선을 향해 닻을 올리고, 새가 죽지를 벌려 하늘로 날아오르고, 마셨던 숨을 내쉬는 것……. 안이 있어야 바깥이 있듯이 질 줄 아는 자만이 비로소 필 줄 안다.

당신들, 시를 쓰는 그 사람들도 먼저 구근 속에 깊이 잠들 줄 알아야 한다. 겨울을 통과한 언어들만이 개화의 눈물겨운 그 빛과 아름다움을 보여줄 수 있다.

(1980. 3.)

시대가 만드는 시인의 상

로마의 시인 버질은 책상 앞에 앉아서 무엇인가를 쓰고 있다. 그 모습이 중세의 교회법학자와 같이 근엄하기만 하다. 13세기 때 고향 만토바에 세웠던 버질의 조상彫像이다.

그러나 백 년이 지난 뒤, 르네상스기에 만들어진 버질의 모습은 아주 판이하다. 버질은 자랑스럽게 서 있다. 책상 앞에 앉아 있었던 그는 광장으로 나와 있으며, 글을 쓰고 있던 그는 웅변가 같은 자세로 청중을 향해 무엇인가를 외치고 있다.

이것이 바로 '중세'와 '르네상스'의 차이라고 파노프스키는 말하고 있다. 똑같은 시인이지만 중세인이 생각한 버질은 방 안에 있었고, 앉아 있었고, 글을 쓰고 있었다. 그러나 르네상스인이 생각한 버질은 밖에 있었고, 서 있었고, 말하고 있었다. 중세의 버질은 혼자 있고 르네상스의 버질은 청중들과 함께 있다. 중세인이 만든 버질은 폐쇄적이고 내성적이었지만 르네상스인이 그려낸 버질은 개방적이고 행동적이었다.

앉아 있던 버질이 한번 일어서는 데 백 년이 걸렸고, 방 안에 있던 버질이 광장 밖으로 걸어나오는 데 또 몇백 년이 걸렸고, 혼자 글을 쓰던 버질이 대중들과 말하는 버질로 변하는 데 중세의 2천 년이 지나야만 했다. 우리도 한 시대 속에서 시인의 모습을 조각하고 있다. 아침마다 끌질을 하고 계절마다 그것을 구워내고 있다. 밀실에 앉아 있는 시인인가? 광장에 서서 외치는 시인인가?

어느 쪽 시인도 아니다. 우리가 욕심내는 그 시인의 모습은 밀실과 광장을 동시에 살고 있는 시인이며, 글을 쓰며 동시에 말을 하는 사람이며, 앉아 있는 것과 서 있는 것을 한꺼번에 할 수 있는 그런 시인이다.

그렇게 해서 시대의 시각과 그 특수한 자세에서 풀려나는 영원의 상이어야 한다. 어느 때든지 시인이 한 자세로 조각처럼 굳어 있다는 것은 슬픈 일이다. 360도 탁 트인 방위 속에서 꿈틀대며 움직이는 시인의 상像, 누워 있거나 앉아 있거나 서 있거나, 기어 다니거나 걷거나 뛰거나, 어느 한 동작이 아니라 그 모든 동작을 함께 갖는 움직이는 조상彫像이 되어야만 한다.

이 시대가 만드는 시인의 상像은 중세나 르네상스처럼 한 자세로 상징되는 조각이 아니라, 스크린이나 TV 화면의 그것처럼 움직이며 꿈틀대는 다양한 동작 속에 있는 것이다.

(1980. 4.)

나뭇잎의 시학

　네 발로 기어다니는 모든 짐승은 수평적인 자세를 하고 있다. 그러나 유독 인간만은 두 다리로 꼿꼿이 서서 다닐 수 있기 때문에 그 자세는 짐승과 다르다. 그 점에서 인간은 차라리 동물보다 수목에 더 가깝다.

　하늘을 향해 뻗어 올라가는 그 수직적인 자세는 인간에 있어서는 키요, 나무에 있어서는 줄기이다. 거기에는 다 같이 '높이'란 것을 지니고 있다. '높이'를 가진 생, 그것은 오직 사람과 나무만이 알고 있는 존재의 비밀이다. 그리고 뿌리는 발이요, 나뭇가지는 팔이 될 것이다. 그렇다면 저 푸른 이파리들은, 하늘로부터 부지런히 바람과 햇볕의 영양을 거둬들이는 그 이파리들은 인간의 손과 맞먹는 것이다.

　아니다. 나뭇잎들은 동시에 눈이기도 하다. 5월에 우리는 보지 않았는가? 토막난 가지에서 최초의 잎들이 피어나는 그 표정을—그것은 열리는 눈꺼풀이며 동공의 가장 맑은 수정체이다.

아니다. 나뭇잎들은 동시에 뇌수이기도 하다. 그것은 감수성이 가장 예민한 푸른 뇌세포들이 모여 있는 곳이다. 아무리 은은한 공기의 진동이라 할지라도 나뭇잎은 놓치는 법이 없다. 나무는 그 뇌수로 계절의 이행移行을 생각한다. 잎이 떨어진 겨울의 관목들이 망각 속에서 지내다가 5월이 되어 잎새 하나하나 필 때마다 신선한 기억들이 재생한다.

아니다. 나뭇잎은 동시에 수목의 잎이며 귀이다. 그 작은 잎들은 바람이 불면 노래를 부르기도 하고 잠이 되면 천체가 운행하는 우주의 소리를 듣기도 한다. 5월의 그 푸른 잎들은 여름의 소낙비 소리를 먼저 예언하고 또 듣는다. 그렇지 않고서야, 어떻게 저 많은 물기와 희열의 율동을 저리도 정확하게 재현해낼 수 있겠는가?

나무가 인간이라면 나무의 잎은 손이며 동시에 눈이고, 눈이면서 동시에 뇌수이며, 뇌이자 또한 입이요 귀이다. 보고 듣고 생각하고 말하고 끌어안는 그 많은 일을 나뭇잎들은 혼자서 한꺼번에 해낼 수가 있다.

지금 천 개의 눈이며 손바닥인 나뭇잎들이, 만 개의 잎이요 귀이며 머리인 나뭇잎들이 존재의 키와 그 높이를 증명하기 위해서 분수처럼 터져 나오고 있다. 5월의 새 이파리들은 나무의 생명 그 자체이다.

시인들에게도 5월이란 것이 있는가?

손과 눈과 귀와 그리고 뇌수의 역할을 동시에 하고 있는 기적
의 그 잎사귀가 있는가? 대답하지 말라. 당신들이 지금 지우고 또
쓰고, 쓰고는 또 지우는 그 숱한 언어들이야말로 바로 그 이파리
가 되는 의지의 연습이 아니겠는가. 그 많은 낙엽 다음에 보아라,
지금 5월처럼 새잎의 말들이 돋아나고 있다. 존재의 키와 그 높이
를 증명해주는 그 새잎의 말들이⋯⋯.

(1980. 5.)

이제서야 그것이 승리라는 것을

그때, 그 6월의 전쟁은 우리에게 가르쳐주었다. 언어는 포탄처럼 터질 수 없다는 것을. 무쇠는 언제나 육체보다 강했으며, 탱크의 무한 궤도, 그릴 박격포의 검은 포구砲口는 시인들의 말보다 수천 배나 위력이 있었다. '사랑'이라는 말, '젊음'이라는 말, 그리고 '내일'이라는 그 모든 말들이 총탄에 찢긴 깃발처럼 사라져가는 것을 보았다.

그때, 그 6월의 전쟁은 우리에게 가르쳐주었다. 시인의 언어란 위생병의 붕대보다도 쓸모가 없다는 것을. 무수한 파편에 찢겨 흐르고 또 흐르는 그 많은 피를 어떻게 지혈할 수 있었겠는가. 장미라는 말, 바다와 하얀 모래와 구름이라는 말……

아, 어떻게 그런 말들로 우리의 그 상처를 씻을 수 있겠는가?

그때, 그 6월의 전쟁은 우리에게 가르쳐주었다. 언어는 감자 껍질만도 못하다는 것을. 피난민 막사의 그 봇짐 속에는 남루한 담요와 몇 벌의 수저, 시레이션 깡통 속에 몰래 숨겨둔 우유 가루는 있어도 시집은 없었다.

그때, 그 6월의 전쟁은 우리에게 가르쳐주었다. 짐승처럼 살아가는 법을. 유탄에 맞지 않기 위해서 한 마리 구렁이처럼 뱃가죽을 흙에 대고 기어가는 포복의 기법을. 울부짖고 할퀴어지고 물어뜯고 더러는 헐떡거리다 눈치 빠르게 도망치는 짐승들의 뜨거운 숨결. 필요한 것은 말이 아니라 어금니와 발톱이었다.

그때, 그 6월의 전쟁은 우리에게 가르쳐주었다. 그것은 구름이 아니라 포연砲煙이고, 그것은 바람 소리가 아니라 비행기의 폭음이고, 그것은 여름 소낙비의 천둥소리가 아니라 폭탄이 작열하는 소리이고, 그것은 길가에 피어 있는 붉은 코스모스가 아니라 전사자들이 흘린 핏자국이라는 것을. 그러나 서른 해가 지난 지금 그때 그 6월의 전쟁은 우리에게 가르쳐주었다. 결국은 언어라는 것을. 전쟁의 피를 지혈하고 전쟁의 기아를 채우고, 전사자들에게 하나의 이름을 부여하는 것은 당신들이 선택하고 기록하는 그 언어들이라는 것을.

이제 부서진 탱크는 녹이 슬고 뇌관이 부서진 지뢰는 잡초 속에서 돌이 되어가고 있지만, 시인들의 언어는 활화산처럼 폭발한다. 위로하고 또 고발한다. 수류탄처럼 당신들이 던지는 그 한줌의 언어들은 원폭으로도 부술 수 없는 그 증오의 음모를 부숴버린다.

그때 그날은 그렇게도 무력했지만 서른 해가 지난 이제서야 그

것이 참된 승리라는 것을 6월의 전쟁을 우리에게 가르쳐주었다.

(1980. 6.)

시를 쓰려거든 여름 바다처럼

시를 쓰려거든 여름 바다처럼 하거라. 그 운韻은 출렁이는 파도에서 배울 것이며, 율조의 변화는 저 썰물과 밀물의 움직임에서 본뜰 것이다. 작은 물방울의 진동이 파도가 되고 그 파도의 진동이 바다 전체의 해류가 되는 신비하고 신비한 무한의 연속성으로 한 편의 시를 완성하거라.

당신의 언어는 늪처럼 썩어가는 물이 아니라, 소금기가 많은 바닷물이어야 한다. 그리고 시의 의미는 바닷물고기처럼 지느러미와 긴 꼬리를 지니고 있어야만 한다. 뭍에서 사는 짐승과 나무들은 표층表層 위로 모든 걸 드러내보이지만, 바다에서는 그렇지 않다. 작은 조개일망정 모래에 숨고, 해조海藻처럼 물고기 떼들은 심층의 바다 밑으로 유영한다. 이 심층 속에서만 시의 의미는 산호처럼 값비싸다.

시를 쓰려거든 여름 바다처럼 하거라. 뜨거운 태양 아래서도 바다는 대기처럼 쉽게 더워지지는 않는다. 늘 차갑게 있거라. 빛을 받아들이되 늘 차갑게 있거라. 구름이 흐르고 갈매기가 날더라도, 태풍이 바다의 표면을 뒤덮어놓는다 할지라도 해저의 고요함을 흔들 수는 없을 것이다. 그 고요 속에 닻을 내리는 연습을 하거라. 시를 쓴다는 것은 닻을 던지는 일과도 같은 것이니…….

시를 쓰려거든 여름 바다처럼 하거라. 바다에는 말뚝을 박을 수도 없고, 담장을 쌓을 수도 없다. 아무 자국도 남기지 않는다. 바다처럼 텅 비어 있는 공간이야말로 당신이 만드는 시의 자리이다. 역사까지도, 운명까지도 표지를 남길 수 없는 공간…… 그러나 그 넓은 바다가, 텅 빈 바다가 아주 작은 진주를 키운다. 캄캄한 어둠 속에서 초승달이 자라나고 있듯이 바다에서 한 톨의 진주가 커가고 있다.

시는 아무것도 하지 않지만 한 방울의 눈물을 키운다. 그것을 결정시키고 성장시킨다.

시를 쓰려거든 여름 바다처럼 하거라. 바다는 무한하지는 않지만 무한한 것처럼 보이려 한다.

당신의 시는 영원하지 않지만 영원한 것처럼 보이려 한다. 위대한 이 착각 때문에 거기서 헤엄치는 사람은 늘 행복하다.

(1980. 7.)

돌과 벽돌

헤세의 말투를 빌어 이야기하자면 아무리 보잘것없는 돌멩이라 할지라도 그것은 위대한 것이다. 왜냐하면 이 세상엔 그와 똑같이 생긴 돌이란 하나도 존재하지 않기 때문이다. 생긴 모양, 빛깔, 그 질감과 무게…… 만약에 그 돌이 이 지상에서 사라진다면 어느 것으로도 그 자리를 메울 수는 없다. 이 천지에 하나밖에 없는 것이므로 그렇게 돌 하나하나는 완성되어 있는 것이다. 따라서 그 존재의 의미도 남이 모방할 수 없는 독창성으로 충만해 있다.

쓸모로 따진다면 돌보다 벽돌이 더 귀할 것이다. 그러나 존재의 의미 그 자체를 따져본다면 아무리 하찮은 강가의 조약돌이라 할지라도 벽돌과 같은 저울에 달 수는 없을 것이다.

틀에서 찍혀 나오는 똑같은 규격과 똑같은 색채는 고유한 개체의 의미를 지니지 않고 있기 때문이다. 하나의 벽돌은 다른 벽돌로 얼마든지 대치할 수 있다.

같은 무기물이라 할지라도 어째서 돌이 벽돌보다 더 생명적으로 보이는가? 그리고 어째서 사람과 더 가깝게 느껴지는가 하는 이유도 거기에 있다.

도구란 아무리 값비싼 것이라 해도 기능을 빼고 나면 남는 것이 없다.

옛날 항아리는 술을 담는 용기의 기능을 빼앗겨도 그 존재의 의미를 상실하지 않는다. 도구적인 기능을 잃었을 때 오히려 이조 백자는 비로소 더 생명적인 것으로 바뀐다. 기계에서 찍혀 나오는 무수한 그 플라스틱 그릇과는 다르다.

벽돌 같은 언어로 시의 집을 지어서는 안 된다.

당신의 언어는 바위가 못 될지라도 돌멩이를 닮아야 한다. 쓸모가 없어도 단지 거기 그렇게 있는 것만으로도 넉넉히 우주의 한자리를 차지할 만한 의미를 획득해야 한다. 나무를 자르는 자에게는 망치가 무의미하고, 나무에 못질하는 자에게는 도끼가 무의미하다.

시의 집은 벽돌과 도구로 짓는 것이 아니다. 돌멩이 하나하나로 전체 돌무더기를 쌓아놓은 성황당 같은 것이다.

당신의 언어는 벽돌이 아니다. 그것은 돌멩이이다.

아무리 하찮아도 그것이 이 천지에서 없어지면 영원한 소멸이 되는 소중하고도 소중한 자연의 돌인 것이다.

강가에 쓸쓸하게 버려져 있다 해서 벽돌과 바꾸어서는 안 된다.

(1980. 8.)

코와 입술

아무리 깨진 불상을 봐도 우리는 별로 처절한 느낌을 받지 않는다. 원래가 불상은 둥글둥글한 것이기 때문에 파손되고 마멸된다 할지라도, 그 원형과 별로 달라질 것이 없기 때문이다. 특히 팔도 다리도 처음부터 소멸되어 있는 달마상達磨像에 이르러서는 더 말할 것이 없다.

입체적인 희랍의 조각들은 그렇지가 않다. 그들은 같은 인체라도 돌출되어 있는 부분을 강조한다. 그래서 불상과는 달리 비너스의 여신이나 다윗의 조각은 모두 코가 어느 시구의 표현대로 사막의 망루처럼 우뚝 솟아 있다. 그렇기 때문에 시간이 흐르고 역사가 변해 그 콧대가 마멸되고 파손되어버리면 그 모습은 형언할 수 없이 이지러지고 만다. 서구의 어느 박물관엘 가봐도 가장 많이 눈에 띄는 것은 코가 깨진 조각들이다.

불상은 깨지기 쉬운 코를 강조한 것이 아니라, 은은한 미소를 담고 있는 움푹 파인 입술에 그 특징을 지니고 있다. 그렇기 때문에 수천 년 동안 비와 바람에 닦여도, 배불정치拜佛政治로 인간의 손에 의해 상처를 입는다 해도, 그 입술에 어리는 미소만은 용케 살아남아 있다. 아니다. 그 마멸로 해서 오히려 더 깊이 패어진 입술은, 원래의 그것보다도 더 생생하게 살아나 보인다.

오래된 옛 석불일수록 그 미소는 생동감에 넘쳐 있다.

솟아나 있는 것, 튀어나온 것, 딱딱한 것, 말하자면 코로 상징되는 서구의 입체적인 문화는 그만큼 리얼리티가 있으면서도 깨지기 쉬운 것이다. 그러나 움푹 패어 있는 것, 은은한 것, 부드러운 것, 이를테면 입술로 표상되는 동양의 평면적 문화는 리얼리티는 적어도 그만큼 시간을 견딜 수 있는 것이다. 시인들이 쓰는 언어에도 '코' 같은 언어와 '입술' 같은 언어가 있을 것이다.

코의 언어가 자신을 내세우고 그 뜻을 주장하고 모든 것을 노출시키는 딱딱한 언어라면, 입술의 언어는 자신을 숨기고 받아들이고 모든 것을 감싸주는 부드러운 언어이다.

겉으로 보기에 '코'의 언어가 강한 것처럼 보이지만 조각의 경우처럼 도리어 질기게 살아남아 시간을 초월하는 그 힘은 '입술'의 언어에 있다.

시인들은 불상 앞에서 입술의 언어, 그 미소의 언어를 배워야 한다. 참으로 긍지에 가득 차 있는 것은 높은 콧대에 있는 것이 아니라, 저 바람과 비도 감히 침범하지 못한 바로 그 천년의 미소이다.

코는 역사의 것이지만 입술의 미소는 역사를 넘어선 영원의 것이기 때문이다.

(1980. 9.)

IX

매림梅林으로서의 문학

조조의 이야기이다. 뙤약볕에서 행진을 하던 군사들이 갈증 속에서 허덕이고 있었다. 그러나 어디를 가나 물은 없었다. 그대로 가다가는 모든 것이 패멸하고 말 것 같았다. 사기는 떨어지고 대오는 흩어질 것이었다. 언덕 하나만 더 넘으면 목적지에 이르겠지만 그때까지 버텨나갈 기력이 없는 것 같았다.

그때 조조는 그 위기의 순간 속에서 이렇게 외쳤다. "저 언덕만 넘으면 매림梅林이 있다"라고……. 그 말을 듣자 갑자기 병사들의 입에서는 침이 흘러나오기 시작했다. 침이 피어서 굳은 혓바닥이 다시 부드러워지고 타오르던 목이 적셔졌다.

매림은 그 맛이 시기 때문에 생각만 해도 침이 쏟아져 나온다고 한다. 조조는 바로 그 상상력의 힘을 빌려 갈증으로 쓰러져가는 병사들을 이끌고 위기의 그 언덕을 넘을 수 있었던 것이다.

우리들의 삶 역시 뙤약볕에서 행진하는 군사들과 같다. 욕망은 갈증처럼 불타오른다. 한 모금의 물을 아쉬워한다. 그러나 슬프게도 문학은 그러한 갈증을 직접 적셔주는 우물은 아니다. 굶주린 자에게는 한 줄의 시가 아니라 한 숟갈의 밥이 있어야 하며, 피 흘리는 상흔자傷痕者에겐 한 토막의 소설이 아니라, 한 발의 붕대가 급하다. 언어가 아니다. 사랑으로 뜨거워진 이마를 식히려면 그리운 사람의 그 손이 있어야 할 것이고, 노동으로 피곤해진 육신을 쉬게 하려면 푹신한 침상이 필요하다.

그러나 문학은 환상 속의 매실을 만들어주는 역할을 한다. 타오르는 삶의 갈증을 선인장처럼 자신의 내부에서 흐르는 물(침)로 치유하는 것, 그것이 바로 문학이라는 매림의 환상이다.

이것은 단순한 환상이 아니다. 매림의 상상이 실제로 침을 흐르게 하는 그 생리적 반응을 일으켜주듯이 상상의 언어들은 현실적인 행동의 힘으로 나타난다. 그래서 때로는 그것이 실제로 우물물보다도 더 많은 갈증을 씻어준다.

변명이 아니다. 나와 함께 많은 언덕을 넘어온 이웃 사람들, 나는 여러분들이 목말라할 때 한 모금의 물도 떠다 줄 수가 없다. 단지 내가 줄 수 있는 것은 그 '매림의 환상'뿐이다. 그러나 우리는 생의 갈증 속에서 이미 그 많은 언덕을 넘어왔다. 그것은 우물이 없어도 우리들 내면의 골짜기 어디엔가 침처럼 스스로 괴어 흘러가는 강이 있다는 증거이다. 가까이 오라. 목마른 친구들이여. 언덕 너머의 매림이 이곳에 있다.

(1980. 10.)

물과 얼음의 시학

물은 원래가 '돌'이라고 말한 사람이 있다. 다른 광석과 마찬가지로 자연 그대로의 물은 얼음이라는 단순한 결정체이다. 그 돌(얼음)은 아주 작은 열에도 금세 녹아버리기 때문에 '극지極地보다 위도가 낮은 지대에서는 모두 액체로 변한다.' 얼음이라는 광석이 녹아 흘러내린 것, 그것은 다름 아닌 물이다.

다른 광석들은 화산이라도 폭발해야 비로소 액체로 변하지만 모든 광석 중에서 가장 민감한 얼음이라는 그 돌만은 사소한 열이 스쳐 지나가도 금세 용암처럼 흘러내린다.

그렇기 때문에 물에서 열을 빼앗기만 하면 본래의 그 모습은 싸늘한 광석鑛石(얼음)으로 되돌아간다. 물과 얼음은 단지 열의 차이에 의해서 구분될 뿐이다.

망부석처럼 우뚝 서 있는 바위들이나 천 길 지층 밑에 잠들어 있는 보석들은 한 발자국도 움직이지 못하며, 그 형태조차도 제마음대로 바꿀 수가 없다. 그것이 물질의 부자유이며 곧 그것이 물질의 영원한 수면이다.

그러나 이러한 물질의 말뚝이 뽑히고 그 수면의 무거운 눈꺼풀이 열리는 것은 얼음이 물이 되는 순간뿐이다.

그래서 우리는 흘러가는 냇물에서 엄청난 바위들이 짐승처럼 재빨리 질주하는 그 기적을 보는 것이며, 폭포수나 분수의 물줄기에서는 보석들이 일제히 은빛 날개를 파닥이고 새처럼 날아오르는 것을 그리고 목청을 가다듬고 우짖는 것을 듣는 것이다.

물이 얼음이 된다는 것은 생명을 향해서 변신해가던 물질의 운동들이 정지된다는 것을 의미한다. 얼음은 곧 세계 자체가 돌이 되어간다는 것이다.

언어도 원래는 얼음(돌) 같은 것이다. 시인들의 열기가 그 위로 스쳐갈 때 비로소 민감한 언어의 광석들은 물이 된다. 물질에서 생명으로 이동해가는 네 발을 가진 돌, 날갯짓이 달린 광석인 물이 된다.

시인들이 침묵할 때 언어는 얼음이 되고, 세계는 존재의 눈꺼풀을 닫는다. 처음에 돌이었던 것들이 물이 되어 초원을 흘러내리는 광석들의 반짝이는 환상들이야말로 시인들이 언어에 대해서 갖는 꿈인 것이다.

(1980. 11.)

꿈의 투구

돈키호테는 기사 수업을 떠나기 전에 투구를 만들었다. 그러고
는 그것이 얼마나 튼튼한가 시험해보기 위해서 스스로 칼을 뽑아
내리친다. 물론 그것은 생철과 종이로 만든 것이라 일격에 박살
나고 만다.

실망한 돈키호테는 곧 투구를 다시 만들었다. 기사의 영예를
상징하는 투구가 쉽사리 배추 밑동처럼 잘려서야 되겠는가.

그는 공들여 만든 두 번째의 투구를 앞에 놓고 칼을 뽑았다. 그
러나 내리치려던 순간 돈키호테는 슬며시 칼을 거두며 이렇게 독
백한다.

"시험해볼 것도 없지. 이 세상에서 이렇게 훌륭한 투구가 또 어
디 있을라구……."

이 대목을 보면 돈키호테가 단순한 공상가만은 아니라는 사실
을 알 수 있다. 새롭게 만든 투구 역시 칼을 내리치기만 하면 단
번에 박살이 나게 될 것이라는 것을 그는 잘 알고 있다. 단지 그

는 그것을 확인하고 싶지 않은 것이다. 꿈속에서 빛나는 환상의 투구…… 그러니까 그가 만든 투구는 '현실의 투구'가 아니라 바로 '꿈의 투구'였기 때문이다.

물고기는 물속에서 헤엄칠 때만 그 은빛 지느러미가 싱싱하다. 그것을 물으로 끌어올리는 순간 그 빛은 사라지고 생명의 비늘들은 부서져 내린다.

돈키호테의 투구도 그와 같다. 그것은 꿈속에서만 빛난다. 천 번이고 만 번이고 아무리 공을 들여 만든 투구라 할지라도 그것으로부터 꿈을 빼앗으면 일시에 깨어지고 만다. 그렇기 때문에 물고기를 물속에 놓아두듯 꿈의 투구는 꿈속에 그냥 빛나도록 두어야 한다. 그것이 두 번째의 시험을 거부한 돈키호테의 신념이다.

'미쳐서 살았고, 깨어나서 죽은' 것이 바로 돈키호테의 삶이 아닌가.

예술가들도 때로 그러한 '꿈의 투구'를 만든다. 화가는 물감으로, 조각가는 돌로, 시인은 언어로 그것을 만들어낸다. 그 투구가 현실의 가난이나 추위의 칼날을 막아내기에는 너무나 무력하지만 그러나 그것은 우리에게 꿈꾸는 권리를 부여한다. 종이가 강철보다 더 강해지고, 실이 철사보다 더 질긴 꿈의 공간 속에서 예술가들은 영원한 불패不敗의 기사가 된다.

(1980. 12.)

조각보를 만드는 마음

조각보를 만들던 옛날 우리 할머니네들을 기억하라. 그분들은 옷을 마르고 남은 조각난 그 헝겊들을 결코 쓰레기통에 버리지 않았다. 아무리 쓸모없는 자투리라 할지라도, 마치 바다에서 따온 산호나 산에서 캔 옥돌이나 되는 것처럼 고이 간직한다.

그것들은 일시에 얻어지는 것이 아니다. 바느질을 할 때마다 우연히 그리고 조금씩 얻어지는 헝겊 쪼가리들. 그것을 얻기 위해서는 오랜 시간을 참고 견뎌야 한다. 그렇게 해서 색체와 형태가 제각기 다르고 크기와 결이 다양한 헝겊 쪼가리들이 모여진다.

그러면 이제 그 빛깔과 빛깔들이 어울리게 하고 저마다 다른 조각난 형태와 형태를 맞추어가는 배합의 슬기를 필요로 한다.

그분들은 주어진 소재 앞에서 묵묵히 순응한다. 그러나 단지 순응만 하는 것이 아니라, 그 제한된 색채와 형태를 구성의 의지와 혜지로써 극복해 간다.

보아라. 예기치 않던 그 빛의 만남과 그 모양들의 교묘한 접합을—거기에서 아름다운 무늬와 눈부신 색조를 띤 조각보가 완성된다. 옛날 우리 할머니네들은 이렇게 해서 또 다른 생의 면적을 얻어냈다.

버려진 헝겊들을 모아 조각보를 만드는 마음으로 그러한 슬기로 한 해를 보내는 이 순간을 생각해봐야 한다. 쓸모없었던 생활의 쪼가리들. 길거리에 버려두었던 시간의 무수한 파편, 그리고 이제는 기억 속에서도 멀리 사라져버린 사람들의 얼굴과 음성, 노동 뒤의 작은 휴식들……

무의미하게 찢겨나간 이 모든 생의 헝겊들을 그냥 버릴 것이 아니다. 모으고 배합해서 다시 구성을 해야 한다.

애초의 빛들을 가려내고 서로 만나게 해야 한다. 세모꼴과 네모꼴이 어울리게 하기 위해서는 그 빈칸을 메우는 또 다른 조각들을 찾아 내야 한다.

이렇게 해서 쓸모없는 나날들이 예기치 않던 현란한 한 연대年代의 조각보로 완성된다. 그것이 바로 우리의 시인이다.

옛날 우리 할머니네들은 조각보를 만들었고 오늘의 손주 녀석들은 시를 쓴다.

(1980. 송년호)

오늘 아침에 보는 모든 것들은

그래. 다시 또 그 설날이 온 거야. 마치 밤사이에 흰 눈이 내린 것처럼 그렇게 새로운 시간들이 뜰 가득히 쌓여 있어. 그리고 목숨 수 자나, 복 복 자를 찍은 설빔의 그 금박·은박처럼 태양은 몇 배나 더 눈부신 광채로 우리들의 아침을 꾸미고 있었지.

그렇지, 저것은 어제 보던 나뭇가지가 아니었어. 앙상한 삭정이만 남아 오들오들 떨고 서 있던 그 나뭇가지가 아니었어. 지금의 저 나목들은 하늘을 겨냥하는 활대처럼 팽팽하게 휘어져 있거나, 혹은 기쁨 때문에, 참을 수 없는 기쁨 때문에 체중을 상실한 발레리나처럼 위로 위로 솟구쳐 오르거나, 그것도 아니라면 속으로 기도하는 사람처럼 들리지 않는 목소리로 간절한 소망을 속삭이고 있거나…….

그리고 참, 저 집들도 어저께의 그것과는 달라. 아무리 창을 닫고 대문을 굳게 닫아걸어도, 아. 눈을 뜨고 일어나듯이, 오랜 잠에서 깨어나 머리 들고 일어나듯이, 밖으로 향해 눈꺼풀이 열리는 작은 기적들. 모든 문패의 이름들이 마치 호명을 받고 기립하는 것처럼 떳떳하게 걸어나오는 이 아침의 골목…… 지붕의 이제 남루한 생활을 부끄럽게 숨겨오던 덮개가 아니라, 새들의 깃, 또한 원광, 또는 새벽에 출항하는 목선木船들의 돛…….

그게 아니었어. 그보다도 우리들의 친구들을 봐야지. "새해 복 많이 받아요." 손을 잡고 흔드는 우리 이웃 사람들의 얼굴을 봐야지. 어저께 보던 그 사람들이 아니야. 노여운 일이 있어도 주먹을 쥐지 않아. 슬픈 일이 있어도 한숨을 쉬거나 고개를 숙이지 않아. 조끼 단추처럼 번쩍거리는 흰 이 사이로 새어나는 참신한 미소. 저 사람은 고개를 돌리고 칼을 갈던 사람들이 아니다. 치고 뻗고 채 가고 할퀴던 그 사람들이 아니다.

그래. 다시 또 그 설날이 온 거야. 마치 밤새 흰 눈이 내린 것처럼 그렇게 새로운 시간들이 나뭇가지 위로 지붕 위로 그리고 사람들의 얼굴과 가슴 위로 내리고 있어. 근하신년. 합창을 하듯이 한숨이 축복의 소리로 바뀌는 기적의 시간이 오고 있는 거야.

(1981. 1.)

100이라는 숫자가 의미하는 것

1자字부터 시작한 창간호가 이제 100이라는 숫자를 기록한 기념호가 되었다. 누가 수를 비시적非時的인 것이라고만 말할 수 있겠는가. 그것은 하나, 둘, 셋, 넷…… 어린애들이 목청껏 부르는 셈본 시간의 그 무심한 숫자들이 아니다. 침을 발라서 지폐를 헤아리는 전당포의 탐욕스러운 숫자들이 아니다. 숱한 서류와 증명서에 이름 대신 분류해놓은 기호의 숫자가 아니다.

여기 이 100이라는 숫자는 우리가 건너온 시간의 강, 우리가 넘어온 공간의 산들, 그래서 이윽고 우리가 도달한 어느 초원의 이름이다.

우리는 이 100이라는 숫자에서 온갖 새소리를 들을 수도 있고 꽃의 향내를 맡을 수도 있으며, 수목의 나이테처럼 아름다운 역사의 무늬를 볼 수도 있다. 반대로 이 100이라는 숫자는 허공을 스쳐가는 바람 소리이거나, 별똥이 떨어지는 그 짤막한 휘광이거나 또는 찢겨버린 깃발, 무너진 성벽, 다 타버린 모닥불의 재, 그런 회한의 한숨일 수도 있다.

그러므로 이 100이라는 숫자는 드라마의 말발굽 소리이며, 개선의 북소리이며, 막이 오르고 내릴 때마다 터져 나오는 손뼉 소리와 모멸의 함성이기도 하다.

그러나 우리에게 있어 이 100이라는 숫자가 뜻하는 진정한 의미는 무엇인가. 그것은 아마도, 충만해 있는 것은 텅 비어 있는 것과 같다는 역설의 논리일지도 모른다. 어둠 속에 어쩌다 햇빛이 새어 들어오면 우리는 그 빛의 다발을 선명하게 느낄 수 있지만, 일광이 충만한 정오의 광장에 나서면 단지 텅 비어 있는 공허밖에는 볼 수가 없다. 그 정오의 빛, 그것이 바로 100이라는 수가 아니겠는가.

아라비아 숫자로 100을 표기해보면 무無를 나타내는 0이 두 개씩 붙어 있다. 100은 모든 수가 끝나는 자리이며 동시에 시작하는 출발의 장소…… 그래서 우리는 다시 창간호 때처럼 최초의 1자를 뽑아들어야 하는 결의의 순간 속에 놓여 있다. 축배를 드는 시간이 아니라, 빈 잔마다 향기로운 술을 부어야만 하는 시간. 이것은 무덤이며 동시에 재생의 땅이다.

이 100이라는 숫자는 깃발이 나부끼고 있는 골인 지점이며 동시에 그 스타트 라인이다. 다시 줄지어 빛이 충만해 있는 무無의 기점에 섰다. 심호흡을 한다. 폐 속에 가라앉은 혼탁한 공기를 내뿜고 가슴을 편다.

그리고 또다시 고독한 장거리 주자가 되어 마치 처음의 그날처럼 첫발을 내딛는다. 100이라는 수의 배번背番을 달고…….

(1981. 2.)

봄의 어원학

'봄[春]'이란 말은 '보다[見]'에서 나온 말이라고 풀이하는 언어학자들이 있다. '얼다'에서 '얼음'이 나온 것처럼 '보다'라는 동사에서 '봄'이라는 명사가 생겨났다는 것이다. 그게 사실이라면 영어의 'spring'보다 우리의 봄이 훨씬 더 깊은 뜻을 지닌 사색적 언어라 할 수 있다. 영어의 봄은 '솟아오르다'의 뜻이다.

과연 긴 겨울잠에서 깨어난 개구리들처럼 봄철에는 모든 것들이 도약(스프링)한다. 추위에 움츠려 있던 생명들이 활기를 되찾고 튀어오른 것이 바로 봄의 새싹들이며, 꽃들이며, 얼음이 풀린 골짜기의 새물이다.

그러나 그것들은 어디까지나 봄의 물리적인 특징에 지나지 않는다.

그에 비하면 '봄'을 보는 계절로 특성 지은 한국어의 경우가 훨씬 내면적이고 함축적인 뜻을 지니고 있다는 사실을 알 수 있다. 봄은 단순한 도약 속에 있는 것이 아니라, 바로 그러한 생명의 활기를 바라보는 시선 속에서 그 참된 의미를 찾아볼 수 있다.

"본다는 것"은 하나의 의미를 나타낸 것이다. 보고 싶지 않은 것, 무의미한 것, 추악한 것, 그런 것들과 마주치면 우리는 눈을 감거나 다른 방향으로 돌려버린다. 적어도 우리가 무엇을 본다는 것은 우리가 그것을 선택했다는 것이며 동시에 그 가치를 찾아낸다는 것이다.

그렇기 때문에 죽어 있는 겨울 벌판은 바로 우리가 눈을 감아버린 세계이며, 꽃과 향기와 아지랑이가 피어오르는 봄의 뜰은 바로 우리가 눈을 뜨고 보는 세계이다. 우리가 보지 않을 때 모든 사물은 부재한다.

보려는 것, 보기를 원하는 것, 보고자 노력하는 것, 그래서 내 안에 숨어 있는 영혼과 그 밖에 있는 물질계를 시선의 통로에 의해 깊이 결합시키는 것, 그것이 봄의 어원학語源學이며 철학인 셈이다.

이제 3월이고 봄이다.

시인들이 눈을 뜨는 3월이다. 그리고 꽃들을 보아라. 강과 구름을 보아라. 새들이 날아가는 남쪽 나뭇가지들을 보아라.

보고 또 보아라. 창을 열듯이 눈을 열고 보거라. 시인들의 시선이 와 닿는 곳마다 봄은 더욱더 그 열기로 하여 뜨거워지고 꽃들의 채색은 더욱 짙어지고, 새의 날갯짓은 더욱 튼튼해진다.

그렇다. 꽃만 보고 봄이 왔다고 말하지 말라. 시인들이 그것을

볼 때까지는, 그리고 그것을 노래할 때까지는 아직 봄이 왔다고
말하지 말라.

(1981. 3.)

꽃은 불이다

한 시인의 환상에 의하면 꽃은 원초의 순수한 불이다.

처음에 인간들은 이 불과 함께 살아왔다. 생명의 불이 타오르는 동안 인간은 영원할 수가 있었다. 그러나 인간은 죄를 지었고 그 죄로 생명의 불로부터 멀어지기 시작했다. '불'과 사람 사이에는 두꺼운 벽이 생겨나고 역사가 흐를수록 그것은 더욱 두꺼워지기 시작한다.

사람들은 그 불을 상실한 뒤 인공의 불, 세속의 불, 우리들이 지금 사용하고 있는 그런 문명의 불을 만들어냈다. 그러나 그 불은 육체를 덥게 할 수는 있어도 영혼까지 따스하게 감싸줄 수는 없었다.

또 그 세속의 불은 파괴성이 강한 광기를 가지고 있어서 도처에서 생명을 불태우고 녹이고 끝내는 전쟁을 불러일으켰다.

원초의 생명적인 불은 평화와 영생의 힘이었으나, 더럽혀진 인간의 불은 전쟁과 파괴의 힘을 지니고 있었던 까닭이다. 모조模造

의 불로는 살아가기 힘들다.

그래서 사람은 추위 속의 존재로 바뀌게 되고 그 원시의 생명적인 불로부터 완전히 차단되면 목숨을 잃고 소멸해간다. 싸늘하게 식어버린 지각地殻 위에 인간은 서 있는 것이다. 그리고 한때 인간을 양생했던 그 생명의 순수한 불은 저 깊은 땅에서 겨우 타오르고 있을 뿐이다. 그러나 다행스럽게도 어쩌다 흙으로 덮인 그 원초의 '불'이 두꺼운 땅껍질을 뚫고 솟아오르는 수가 있다. 그것이 바로 꽃이다.

꽃줄기는 땅속에 숨겨진 신비한 불을 길어 올리는 지하의 관管이고, 꽃은 바로 그 관 끝에서 터져나온 지하의 불꽃이다. 그렇기 때문에 가장 꽃다운 꽃은 튤립이나 장미처럼 붉은빛으로 타오른다.

한 시인의 환상에 의하면 이렇게 꽃은 인간이 상실했던 원초의 불이었고, 그러한 이유로 우리는 꽃을 보면 그냥 즐거워지는 것이다.

추위 속에서 살고 있는 존재가 다시 광명하고 따스한 옛 세계를 추억할 수 있는 경우란 오직 원초의 불과 접했을 때이다. 꽃은 향내를 가진 불이며 동시에 손가락에 화상을 입히지 않는 추상의 열도를 지닌 불이며, 바람이 불어도 꺼지지 않는 불이다.

불순한 세속의 불과는 달리 그것은 연기 없는 불이며, 소리 없는 불이며, 화재 없는 불이다.

조용한 불, 얼어붙은 불 그러나 향기로 타오르며 번져가는 불…… 그것이 꽃이다. 이 신비한 원초의 그 불에서 시인들은 생명의 언어를 배우고 있다.

(1981. 4.)

5월의 푸른 둥지

시인은 한 마리의 새처럼 자유로이 날아다니는 상상의 공간을 가지고 있지만 그러기 위해서는 높은 나뭇가지 위에 그가 쉴 수 있는 둥지를 만들지 않으면 안 된다.

어떻게 둥지를 트는가. 새들이 하찮은 넝마쪼가리와 나뭇가지와 흙덩이를 주워 나르듯 시인들은 누구도 눈여겨보지 않는 기억의 폐물들을 모아 비로소 그 둥지를 만들어야 한다.

그렇다. 그것은 우리들이 어머니의 등에 업혀 최초로 바라보던 그 복숭아꽃 이파리며, 아버지가 무등을 태울 때 문득 쳐다보던, 높은 하늘의 그 흰 구름들이다. 그것은 굴렁쇠를 굴리며 지나간 골목길의 그림자이고, 호루라기 소리이고, 팔랑개비를 돌리던 어느 날 초여름의 바람 소리이다.

빗방울 소리이다. 결석한 날 진종일 어두운 방 안에 갇혀 37도 5분의 미열 속에서 기침을 하고 의사를 데리러 간 어머니는 아직 오시지 않는다. 아. 그때 창밖에서 떨어지고 있는 빗방울 소리…… 그리고 크레용처럼 많은 색채들을 기억해내야 한다. 그중에는 줄넘기를 하다가, 달음박질을 하다가, 무르팍을 깨뜨리고, 아픔 속에서 바라보던 핏방울의 그 붉은 빛깔이 있을 것이다. 유리구슬의 투명한 색채와 필통 속의 연필과 가을이면 몇 번이고 몇 번이고 노랗게 물들다가 떨어지는 은행잎들…… 가을 들판에서 피어오르는 마른 풀잎의 냄새. 과자가게에서 풍겨나오는 박하 냄새. 저녁 길거리를 지날 때마다 일몰처럼 번져가는 연기의 내음.

여름 강가에서 맨발로 뛰면 태양빛이 알알이 부서지는 모래알의 감촉을 느낀다. 또 모래를 움켜잡으면 가는 모래들이 간지럽게 흘러내리는 아슬아슬한 그 붕괴, 뺨에 와 닿는 어머니의 머리칼, 손등에 와 닿는 강아지의 혓바닥…… 쓸모없는 이 많은 감각의 기억들을 그냥 버려두어서는 안 된다. 유년시절에 최초로 만났던 사물들의 그 소리와 빛깔과 감촉과 그리고 내음들. 이런 것들을 다시 주워서 푸른 둥지를 틀지 않으면 안 된다. 이렇게 해서 시인들은 한 마라의 새처럼 현실의 허공 속을 자유로이 비상한다. 날다가 지쳤을 때, 밤이 그 방향을 가렸을 때, 폭풍우가 그 날갯깃을 꺾을 때 시인들은 자신이 만든 그 푸른 둥지로 돌아올 수가 있다. 패배나 도피가 아니다. 그 둥지에서 시인들은 알을 품는다. 날개를 가진 새로운 생명들이 차례로 태어나고 또 태어나는 새의 언어들—시인들은 5월이 되면 누구나 그 둥지를 트는 연습을 해야 한다.

(1981. 5.)

쌀과 머루와 누룩의 공간

고려 때의 가요 「청산별곡靑山別曲」에는 삶의 세 가지 공간이 음식물에 의해 상징적으로 제시되어 있다. '머루랑 다래랑 먹고 청산에 살으리랏다'와 '나마조개 구조개랑 먹고 바라(바다)에 살으리랏다'는 표현은 다 같이 문화적 공간에 대응되는 자연 공간을 의미하고 있다.

'머루·다래·조개·굴'은 인간이 농경農耕으로 재배하고 있는 곡식인 '쌀·보리·콩·조'와 대조된다. 그것들은 인간의 노동으로 가꾸어진 것이 아니라 본래부터 자연적으로 자라난 것이며, 논·밭이 아니라 태초의 그 산과 바다의 터전에서 나온 산물이다.

그러니까 머루·다래를 먹고 살겠다는 것은 쌀과 보리를 먹고 살아가는 문화적 공간의 인간적인 삶을 거부하겠다는 의미가 된다. '머루·다래'가 상징하고 있는 '자연 공간'은 야생의 세계, 인간과 동물이 서로 구별 없이 땅 위의 풀을 뜯는 원초적인 생명의 공간이 되는 것이다. 그것은 그냥 산이고 그냥 바다인 공간이며 조리법이 필요 없는 생식의 세계이다.

그러나 쌀과 보리는 자연 그대로의 땅에서는 얻어지지 않는다. 그것들은 논두렁·밭두렁 그 경계선의 엄격한 분할을 요구한다. 잡초를 뽑아내고 들짐승을 막는 울타리를 요구한다. 흙과 돌이 섞이지 않도록 물로 씻어내고 그것을 다시 불로 익히는 조리법을 요구한다.

그런데 「청산별곡」이 도달한 세계는 '쌀·보리'도 '머루·다래'도 아닌 제3의 공간이다. '조롱꽃 누룩이 매우잡사오니……'가 그것이다.

'누룩'은 무엇인가? 그것은 분명 곡식으로 빚은 것이지만 불로 익히는 것이 아니라 머루·다래처럼 저절로 발효하여 뜨는 것이다. 날것도 아니고, 불로 익힌 것도 아닌 누룩—자연적으로 발효해서 생겨나는 그 술은 자연과 문화의 두 공간이 융합된 별개의 새 공간을 상징하는 음식이 된다.

「청산별곡」처럼 시의 세계는 세 개의 공간, 머루·다래의 언어와 쌀·보리의 언어, 그리고 그것을 뛰어넘는 누룩의 언어에 의해서 이루어진다는 것을 오늘의 시인들도 배워야 한다.

(1981. 6.)

반딧불이와 문명

이제는 여름밤이 되어도 반딧불이를 구경할 수가 없다. 난무하는 반딧불이 때문에 오히려 밤하늘의 별들이 성글게 보인다는 그 유명한 두보杜甫의 시 〈견형화見螢火〉의 시대가 사라져가고 있는 모양이다.

도시의 여름밤만 그런 것이 아니다. 시골에 가도 그리고 옛날 반딧불이를 잡으려고 쫓아다니던 냇둑이나 숲이 그대로 있다 해도 좀처럼 반딧불이를 찾아볼 수가 없다. 농약 때문에 그것들이 절멸絶滅해가고 있다는 이야기다.

여름밤만 되어도 반딧불이가 날지 않는다는 것은 봄이 되어도 꽃들이 피어나지 않는다는 말과 같다. 그것도 일종의 사막인 셈이다. 그래서 일본에서는 양봉을 하듯이 반딧불이를 키운다. 인공적으로 양식된 이 가련한 벌레들은 문자 그대로 도시인들의 관광을 위해서 동경 가까운 공원에 뿌려진다.

콘크리트의 벽을 빠져나온 그 불행한 사람들은 수월찮은 입장

료를 지불하고서야 여름밤의 정취와 그 향수를 맛본다.

그렇다. 우리는 분명히 반딧불이가 죽어가고 있는 시대에 살고 있다.

스스로 자기의 몸을 연소시켜 어둠을 밝히는 신비한 불빛—그 것은 암흑 속에서도 서로가 서로를 알리고 확인하는 존재의 신호 인 것이다.

그렇기 때문에, 저 무덥고 어두운 공간 속에서도, 반딧불이는 자유롭게 날아다니며, 사랑과 생명을 교신할 수가 있다.

여름밤에 반딧불이를 잡으러 다니던 소년들은 커서 시인이 된 다. 그리고 열심히 자신의 외로운 생명을 반딧불이 같은 빛의 언 어로 바꾸는 연습을 한다. 빛을 바깥으로 구하는 것이 아니라 자 기 내부의 조직으로부터 스스로 발화시키는 신비한 그 조화를 배 우는 것이다.

짧고 덧없는 우리들 생의 그 여름밤에 한 점의 불빛으로 살아 남기 위해서, 그 존재의 교신술을 터득하기 위해서 시인들의 언 어는 불꽃 없는 반딧불이처럼 타올라야 한다.

반딧불이가 절멸해가는 시대, 그것은 곧 존재의 신호가 사라지 고 무더운 밤만이 남는 이 문명의 어둠을 상징한다. 그리고 그것 은 곧 시인이 부재하는 역사를 의미한다.

반딧불이여. 시인이여. 여름밤 하늘을 향해 날거라.

(1981. 7.)

'꽃의 사면'을 그리는 화법

"꽃을 그리려면, 땅에 구멍을 파고 그 안에 꽃을 놓고 위에서 내려다보아라. 그러면 '꽃의 사면四面'을 얻을 수 있을 것이다." 이 말은 동양화론의 길을 연 12세기 때의 곽희郭熙가 〈임천고지林泉高地〉에서 한 말이다.

우리는 언제나 꽃 앞에 서 있다. 그러기 때문에 꽃의 사면이 아니라 한 면밖에는 볼 수가 없다. 꽃을 바라보는 일순一瞬의 시점은 고정되어 있기 마련이다. 서양의 원근법은 바로 여기에서 생겨났다. 그러나 동양인들은 꽃의 전모를 그리고 싶어 한다. 그래서 내가 서 있는 자리에서만 바라본 꽃이 아니라 꽃 그 자체가 지니고 있는 완전한 모습을 보기 위해서는 꽃의 둘레를 빙글빙글 돌아다니며 관찰하지 않으면 안 된다. 그것이 작은 꽃이라면 가능한 일이지만, 만약 거대한 나무라면, 산이라면, 강이라면 우리는 그것을 어떻게 사면에서 동시에 관찰할 수 있을 것인가.

이러한 욕망에서 생겨난 것이 바로 그 꽃의 사면을 논한 곽희의 화론畫論인 셈이다.

산도 폭포수도 골짜기도 강물도 땅속에 판 구멍 안에 넣고 관찰하듯이 조감할 수 있다면 우리는 그 자연의 모든 사면을 얻을 수가 있다. 그러기 때문에 이따금 우리가 동양의 산수화를 보고 있으면 그 그림을 그린 사람이 마치 헬리콥터라도 타고 높은 창공 속에 있는 것처럼 느껴질 때가 많다. 화가는 준산원봉埈山遠峰을 위에서 내려다보듯이 그리고 있기 때문이다.

동양화에서는 집을 그리면 반드시 지붕 전체가 보이고 사람을 그리면 그 삿갓의 둘레가 보이고 담을 그리면 담 안의 광경이 훤히 드러나 보인다. 그림을 그린 사람이 땅 위에 말뚝처럼 있지 않다는 증거이다. 사물을 수평적으로만 관찰하고 있지 않다는 증거이다.

'꽃의 사면'을 그리기 위해서 그들은 마치 날개 돋친 새처럼 높은 허공 속을 날고 있다.

그렇다. 비행기가 없는 시대였지만, 옛날 우리 선조들이 그린 산수화를 보면 그들은 분명 구름 위에 있었고 그들은 분명 학처럼 날며 굽어보고 있었다. 네 발 달린 짐승이 아니라 날개 돋친 새의 그 자유로운 시점으로 나무와 꽃을 그리고 인생을, 운명을 그리려 했다.

곽희의 말대로 하자면 대체 그 영혼이 얼마나 높았기에 태산도 발밑에 파놓은 구멍 안에 들어갔는가. 가장 높은 산정, 그 절정보다도 더 높은 자리에 오르지 않고서는 참된 산을 그릴 수가 없는 것이다.

높이를 상실한 시인들이여, 원근법의 수평적 시선밖에는 모르는 시인들이여. '역사의 사면'을 그리고 싶거든 그 옛날 "꽃을 구멍에 파놓고 내려다보라"던 곽희의 말을 기억하거라. 육신의 키보다 좀 높은 영혼의 높은 키로 역사를 굽어보아라. 옛날 산수화를 그리듯 역사의 그림을 그리거라. '꽃의 사면'을 '역사의 사면'으로 바꿔놓는 화법을 배우거라.

(1981. 8.)

차와 술

차茶와 술에 의해서 물은 그 양성兩性의 세계를 보여주고 있다. 차는 깨어 있는 물이고 술은 잠들어 있는 물인 까닭이다.

전설에 의하면 차의 나무는 달마의 눈꺼풀에서 생겨난 것이라고 한다. 잠자지 않고 수도를 하던 달마가 어느 날 너무 졸음이 와서 자신도 모르게 깜박 졸았다고 한다. 그는 그것을 크게 뉘우치고는 다시는 수면 속에서 자신을 잃지 않기 위해 눈꺼풀을 도려내 뜰로 내던져버린다. 거기에서 싹이 나 나무 한 그루가 자라니 그것이 곧 차의 나무라는 것이다.

차는 잠을 몰아내는 각성의 물이다. 달마의 눈처럼 늘 깨어 있는 물, 사람들은 거기에서 수면의 유혹을 물리친다.

누룩이 뜨는 술은 반대로 인간의 정신을 몽롱하게 하고 막막하고 깊은 수면의 우물이 되는 것이다. 도려낸 눈꺼풀이 세계의 빛을 닫아버리고 심해의 해조처럼 흐느적거리는 눈꺼풀인 것이다.

우리들의 언어도 그와 같아서 때로는 차와도 같이 깨어 있는 물이 되기도 한다. 차의 문학과 술의 문학이 있는 것이다. 차의 문학은 1년 내내 달마처럼 부릅뜬 눈을 하고 벽을 쳐다본다. 아주 작은 개미 한 마리가 모래알을 굴리는 모습까지도 환히 환히 대낮의 태양처럼 지켜본다.

차의 문학은 수면을 거부하고 세계와 나를 가로막는 눈꺼풀을 도려내는 아픈 언어가 되는 것이다.

그러나 술의 문학은 아무 때 아무 곳에서나 뜨는 태백太白의 달이다. 망각하라고 망각하라고 혀 꼬부라진 소리로 슬픈 사람을 달래는 수심가이다. 눈물 앞에 안주 한 접시, 이제는 아무것도 보이지 않아 산인지 바다인지 모든 것들이 서로 끌어안고 수면의 이부자리를 펴는 음淫한 언어가 되는 것이다.

달마여. 태백이여. 당신들 무슨 믿음으로 지금 우리의 이 눈꺼풀이 되는 것입니까. 뜨라는 것입니까, 감으라는 것입니까. 우리의 언어가 때때로 눈 뜨고 일어서기도 하고 때때로 눈 감고 취해버리기도 하니 한 잔의 차와 한 잔의 술에 담긴 시론詩論의 참된 뜻을 알게 하소서.

(1981. 9.)

X

잔을 비우기 위한 잔치

고명한 선승禪僧에게 가르침을 받기 위해서 어느 날 손님 한 사람이 찾아왔다고 한다. 그 손님은 자기의 고민거리를 늘어놓기도 하고 포부를 말하기도 하고, 자기의 지난 일과 앞으로 겪을 일에 대해서 말한다. 그리고 선승禪僧에게 일일이 그 의견을 묻는 것이다.

그러나 선승은 아무 대답도 하지 않고 손님의 찻잔에 차를 따르기만 한다. 차가 가득 찼는데도 자꾸자꾸 따른다. 차는 넘쳐흐른다. 놀란 손님은 선승의 손을 잡고 말한다.

"잔이 가득 찼는데 어째서 자꾸 따르십니까."

그제야 선승은 입을 연다.

"이 찻잔과 마찬가지로 당신은 지금 자신의 생각으로 가득 차 있습니다. 우선 먼저 당신의 잔부터 비우십시오. 그렇지 않으면 어떻게 내가 선禪을 가르쳐드릴 수 있겠습니까."

본지를 창간한 지 아홉 돌이 된다. 동양에서 아홉이라는 수는 꽉 찬 수를 의미한다. 그것은 잔으로 칠 것 같으면 더 이상 한 방울도 더 채울 수 없이 철철 넘쳐나는 충만한 잔일 것이다.

그러니 쏟아버려야 한다. 아쉬움 없이 이 잔에 괴어 있는 9년 동안의 언어들을 그리고 그 바람과 햇빛으로부터 받은 모든 것들을 다 버려야 한다.

그런 까닭으로 우리들의 이 잔치에는 술이 없다. 용서하기 바란다. 단지 빈 잔이 마련되어 있을 뿐 노래도 춤도 없다. 그러나 당신은 알 것이다. 당신이 부를 노래와 당신이 꿈꾸는 사랑을 위해서 여기 내민 이 잔이 비어 있다는 것을……

이제 당신이 채울 차례다. 어느 시선詩仙이 마시던 향기로운 술이든 어느 순교자가 마시고 간 쓴 독주毒酒이든 다 좋다. 그것이 허망한 이슬이거나 겨울의 찬 빗방울이라 해도 원망하지 않으리라.

다만 한 가지, 이것만은 꼭 들어주기 바란다. 위선자가 되지 않도록 위함이니, 거짓 선지자가 되지 않기 위함이니 잔에 술을 따르기 전에 꼭 한마디만 말씀해달라.

"잔을 비우기 위해 지금 너희들이 버리는 그 술은 결코 쉰 포도주는 아니었느니라……"고.

(1981. 10.)

11월의 소리들

어디에선가 전화벨 소리가 울리고 있다. 아무도 받는 사람이 없는 빈방에서 열 번이고 스무 번이고 계속해서 울리는 전화 벨 소리—그것은 누가 무슨 이야기를 하려고 건 전화인가. 모두들 손가방을 챙기고 퇴근한 뒤의 빈 사무실 혹은 식구들이 외출하고 열쇠를 잠근 아파트의 방, 그렇지 않으면 통금시간에 의자를 거꾸로 올려놓은 폐점閉店의 다실茶室인가.

어디에선가 물 흐르는 소리가 들려온다. 아직은 겨울이 먼발치에서 기웃거리는 벌판이지만 끊일 듯 끊일 듯 영결永訣해가는 은은한 시냇물 소리—아니면 그것은 마지막 가을을 울고 있는 작은 풀벌레의 소리일지도 모른다. 아니다. 누가 수도꼭지를 잘 잠그지 않고 그대로 잠들었는가 보다. 밤이 이렇게 길고 무서리가 내리고 있는데 눈을 뜬 채 부시럭거리는 저 가냘픈 목소리는 대체 누구 보고 들으라는 이야긴가.

어디에선가 사람들이 걷고 있는 발소리가 들린다. 이 늦은 밤에 누군가를 찾고 있는 사람들인가. 급한 환자의 왕진을 청하기 위해서 의사를 찾으러 다니는 사람들인가. 개도 짖지 않는 밤에 썰렁한 어둠 속을 걷고 있는 발자국 소리가 끊임없이 들려오고 있다.

지금 들리는 그 소리들은 모두 환청일는지 모른다. 시를 쓰는 사람들은 가끔 그런 소리들을 듣는다. 전화가 걸려올 데도 없는데 전화벨 소리를 듣고 또 전화를 걸 사람도 없는데 다이얼을 돌려서 아무도 받지 않는 빈방에다가 전화벨 소리를 울리기도 한다.

무서리에 잔디도 얼어 죽는 초겨울 뜰에서도 벌레 소리를 듣는가 하면 다만 바람 소리뿐인데도 살아 있는 것처럼 꿈틀대며 흘러가는 물소리를 듣는다.

벽에 대고 엿듣는다. 시를 쓰는 사람은 모든 사람들이 잠들어 있는 밤에도 눈을 뜨고 길을 찾지 못하는 사람들의 발소리를 조심한다.

시를 쓰는 사람은 11월에, 가을도 겨울도 아닌 11월에 많은 소리를 듣는다. 빈방에서 울리고 있는 전화벨 소리를, 서리가 내리는 밤에 아직 얼지 않은 시냇물이 흐르는 소리를, 풀벌레 소리를, 급히 걸어가는 사람들의 발소리를……

시를 쓰는 사람들은 듣는다. 11월의 소리를.

(1981. 11.)

소유할 수 없는 것들을 위하여

누구도 물을 소유할 수는 없다. 이것을 '내 물'이라고 둑을 쌓고 웅덩이를 만들어도 결국 물은 흘러가버리는 것이기 때문이다. 잠시 맡을 수는 있어도 물은 영원히 소유할 수는 없다. 그것은 증발하고 순환하기 때문이다.

숲과 골짜기의 물이 따로 있고 들판과 강하江河의 물이 따로 있는 것은 아니다. 단지 그것은 한순간의 물에 지나지 않는다.

사람들은 옛날부터 물속에서 시간時間을 보았다. 흘러가는 강물 속에서 밤과 낮이 바뀌고 봄과 여름 그리고 가을과 겨울이 차례대로 오고 가는 것을 보았다. 그렇기 때문에 시간은 만인에게 있는 것이지만, 누구도 또한 그것을 소유할 수는 없는 것이다. 단지 그것들은 지나갈 뿐이다. 아침에 우는 새소리나 저녁에 물들어가는 노을처럼 그렇게 사라져가는 것이다.

사람들은 시간 속에서 언어를 본다. 언어의 의미 그리고 그것들의 발음은 시간 속에서 명멸한다. 어떠한 언어도 시간의 저편 언덕에서 존재할 수는 없는 것이다. 언어는 내 것도 아니며 네 것도 아니다. 조상들의 것이며 동시에 우리들의 것이자 또한 먼 내 자손들의 영혼을 담는 그릇이다. 시간은 과거와 현재와 미래의 연관 속에서만 비로소 꿈틀대고 움직이는 것처럼 언어는 동사動詞의 시제時制에서 그리고 그 역사의 문맥 속에서만 그 의미의 비늘들을 번쩍이고 헤엄칠 수가 있다.

지금 한 해가 사라져가고 있다. 강물처럼, 언어처럼……

그러나 슬퍼하지는 말자. 누구도 물과 시간과 언어를 소유할 수는 없는 것이니까. 잠시 맡을 수는 있어도 영원히 나의 품속에 가두어둘 수는 없는 것이니까.

그러므로 그것은 항상 신선하다. 소유할 수 없기 때문에, 내 것이며 동시에 네 것이기 때문에, 사라져버린 것이며 동시에 다가오는 것이기 때문에.

한 해가 그렇게 간다는 것은 즐거운 일이다. 신열身熱 속에서 집착하던 모든 것들이 그렇게 가버린다는 것은 즐거운 일이다. 물처럼, 시간처럼, 언어처럼 한 해가 그렇게 끝없이 증발해버리고 순환하고 문법의 한 시제 속에서 동사변화를 하듯 바뀌어버린다는 것은 시원스러운 하나의 구제이다.

아무리 탐욕스러운 사람도 이 엄청난 한 해의 시간과 그 의미를 소유하지 못한다는 사실, 그래서 언제부터인가 망년회라는 말

이 있었던 것처럼 잊어버리는 것으로 끝나버리는 한 해의 시간과
말이 있다는 것은 얼마나 행복한 것인가.

(1981. 12.)

설을 맞는 시인의 식탁

근하신년. 금박문자가 찍힌 연하장처럼 새해는 그냥 배달되는 것이 아니다. 바깥으로부터 오는 것이 아니다. 그것은 깊은 우물 속 샘솟는 물처럼 의식의 심층으로부터 온다. 아직 넘기지 않은 달력의 맨 첫 장 같은 의식의 공백 속에서만 새해의 햇빛은 쏟아진다.

당신의 시선은 황금의 화살촉이 되어 날아간다. 그것들은 일상의 나날 속에서 사그라져가고 때묻은 것들의 심장을 꿰뚫고, 새로운 생명들을 부여한다.

그래서 하루 세 끼마다 보아온 평범한 밥상 위에서도 기적은 일어난다. 밥알까지도, '하얀 진줏빛 작은 과실'로 열릴 것이며, 찌개가 끓는 뚝배기라 할지라도 향기로운 술을 담은 성반聖盤처럼 보일 것이다.

새해의 아침 식사를 위해 상 위에 가지런히 놓인 젓가락은 그 끝에서 신비한 음을 끌어내는 카라얀의 지휘봉이 된다. 은수저가 아니라도 손에 잡히는 모든 것들에서 은색의 광채를 볼 것이다.

시인이여. 친구여. 당신은 오늘 이 새해 아침에 무슨 상을 차리겠는가. 세배하러 온 손님과 겸상을 할 때 무슨 기적을 보여주겠는가. '최후의 만찬'이 아니라 '최초의 만찬'이 되는 당신의 그 잣칫상은 '계핏가루'요 '잣'이 떠 있는 수정과의 그 신선한 미각으로 넘쳐나야 한다.

그러기 위해서 시인이여, 당신의 언어는 오염된 강물 속에서도 꼬리를 치는 물고기가 되어야 하며 시들어가는 들판에서도 원시의 이빨을 가진 들쥐의 생명력을 지녀야 한다. 썩어가는 공기에 새로운 진동을 주는 아침 햇빛이 되어야 하고, 버리고 또 버리는 쓰레기를 쉴 새 없이 태워버리는 불꽃이 되어야 한다.

당신과 겸상하는 그 자리에선 누구나 돌상 앞에 선 아이처럼 경이의 눈을 뜨고 사물을 향해 다가서는 최초의 걸음마를 배우게 해야 할 것이다.

근하신년이라고 말해서는 안 된다. 새로운 날은 연하장처럼 배달되지 않는다는 것을 증명하기 위해서, 시인이여 정월의 언어는 우물처럼 깊고 깊은 의식의 심층으로부터 솟아나는 샘물이어야 한다.

(1982. 1.)

나목은 왜 아름다운가

당신은 형용사에 속아서는 안 된다. 그리고 하나의 움직임을 강조하고 있는 부사도 마찬가지다. 오히려 그것들은 명사나 동사의 조력자가 아니라 그 근본적인 의미를 은폐하는 음흉한 모함꾼이다.

나무를 생각해보면 알 것이다. 겨울의 나목裸木들을 생각해보면 알 것이다. 옛 시인 한 사람은 나뭇잎을 인생의 부귀와 영화라고 생각했다. 그랬기 때문에 그는 무성한 잎들이 지고 앙상한 가지만 남은 겨울의 나목에는 새도 와서 앉지 않는다고 한탄했다. 형용사와 부사밖에 몰랐던 시인이다.

역설이 아니다. 나목은 여름의 수목보다 더 아름답다. 오히려 그 느끼한 초록빛 잎사귀들이 모두 져버렸기 때문에, 지금껏 가려져 있던 그 섬세한 나무의 줄기들이 모두 풍경 속에서 존재하기 시작한다. 가지 하나하나가 비로소 분명한 선으로, 생명의 구도로 존재하게 되는 것이다. 진짜 생명의 본질은 화장품 냄새가 나는 피부에 있는 것이 아니다. 단지 숨쉬는 피부는 폐부와 심장을 에워싸고 있는 포장지에 지나지 않는다. 그러니 영혼은 더 말할 것이 있겠는가.

나목은 행복하게도 살아 있는 채로 내부에 있는 생명을 겉으로 드러내 보여준다. 해부도에서나 볼 수 있는 정맥과 동맥을 허공 속으로 끌어낸다. 그것들이 추운 겨울의 바람 속에서 떨고 있을 때, 우리는 영혼이 어떤 율동으로 움직이고 있는가를 똑똑히 볼 수 있다.

늙은 시인은 형용사나 부사를 버린다. 알몸뚱이의 명사, 수식 없는 동사를 찾아서 생의 자리를 마련한다. 새도 와서 앉지 않는 자리지만 그들은 그것이 행복인 것을 알고 있다.

나무는 어째서 여름의 기름진 이파리들을 잃고 나서야 비로소 그 본 줄기의 가지들이 존재하기 시작하는가를……. 그 역설을 아는 사람은 시를 쓸 수가 있다. 모든 상실을 통해서만이 도달할 수 있는 그 슬프고 행복한 시를.

(1982. 2.)

어머니의 그 자애로운 말투를

"하룻밤 푹 자고 아침에 일어나면 괜찮아질 거다." 이것은 어렸을 때 곧잘 어머니께서 하신 말씀이다. 하룻밤만 자고 일어나면 정말 작은 기적처럼 새 아침이 오고 아프던 머리가, 쓰라리던 새끼발가락이 말끔히 나아 있다. 파란 하늘에서는 종달새가 울고 엉겅퀴에는 영롱한 이슬이 맺혀 있다.

"걱정 말아라. 걱정 말아라. 하룻밤만 자고 나면 괜찮아질 거다." 그렇게 해서 많은 아침이 오고 또 오고 아팠던 일들은 앵두나무 가지를 흔들고 지나는 바람처럼 멀리 멀리 가버린다.

연필이 부러져 속상해하거나, 자치기에 져서 분해하거나, 강아지가 죽어 슬픈 일이 생길 때에도 어머니는 말씀하신다. "애야. 하룻밤만 자고 일어나면 아무렇지도 않을 걸 가지고 뭐 그러니." 그렇다. 베개를 적셨던 눈물 자국이 마르듯이, 밤사이에 근심들은 다 날아가버리고 영창 앞에는 흰 종잇장 같은 아침 햇살이 펼쳐지곤 한다.

아! 지금 이 아픔이, 이 괴로움이 옛날 어머니의 말씀처럼 하룻밤만 자고 일어나면 말끔히 잊혀지는 그런 것이었다면 얼마나 좋을까. 어머니, 어른이 되고 난 다음부터는, 아버지가 되고 난 다음부터는, 술주정꾼이 밤마다 울고 지나는 그 골목길을 지나다니고 난 다음부터는, 콩나물을 다듬듯이 돌아앉아서 남루한 지폐를 헤고 또 헤아리는 아내의 한숨을 듣고부터는, 조석으로 읽는 신문의 굵은 활자와 바겐세일의 백화점 선전탑의 붉은 풍선과 검은 굴뚝 연기를 한꺼번에 보고 난 다음부터는 다시는 그런 기적 같은 작은 아침들은 영영 오지 않습니다. 새가 울고 이슬이 매달리고 은종이 같은 햇살이 쏟아지는 그런 아침들은 영영 오지 않습니다.

하룻밤이 아니라 천 번 만 번 무수한 밤을 자고 또 자고 일어나도 더욱 짙어만 가는 아픔과 더욱 쌓여만 가는 근심만이 있습니다.

어머니, 그 비결을 저에게도 가르쳐주십시오. 하룻밤만 푹 자고 일어나면 거짓말처럼 평온한 아침이 오는…… 그런 비결을 몇 줄의 시로 쓸 수 있는 능력을 베풀어주소서. 그래서 지금 모든 사람들이 수천 수만의 밤과 그 잠으로도 다 풀 수 없는 괴로움과 우수를 단번에 씻어버리는 '말'의 증거를 보여주소서.

옛날 어린 시절 같은 아침을 다시 한 번 맞이할 수 있도록 우리 시인들이 어머니의 그 자애로운 말투를 배울 수 있게 하소서.

(1982. 3.)

4월에는 바람에도 빛깔을

겨울을 듣는 계절이라 한다면 봄은 보는 계절이라 할 수 있다. 봄이라는 말 자체가 '보다'라는 동사에서 나온 것인지도 모른다는 어원설語原設을 지니고 있다.

겨울철에는 문을 닫는다. 밖을 향한 시선을 두꺼운 벽으로 차단한다. 그렇기 때문에 눈은 닫히고 귀가 열린다. 방 안에 누워 빈 들판에 부는 바람 소리, 나뭇가지가 흔들리고 가랑잎이 구르는 소리를 듣는 것이 겨울의 평화이다. 듣는다는 것은 그만큼 수동적인 세계이기도 하다.

그러나 봄이 오면 창문을 연다. '입춘대길'의 춘春을 붙인 대문이 활짝 열린다. 피어나는 꽃을 보기 위해서 눈도 창문처럼 열린다. 마른 풀잎 속에서 움트는 아주 작은 풀싹이라 할지라도, 개미하나가 모래알 사이를 지난다 할지라도, 봄은 시선은 그것을 놓치지 않는다. 본다는 것은 방향을 가지고 있으며 무엇인가를 찾고, 선택하고, 분석하는 능동적인 힘인 것이다.

세상에는 귀로 쓰는 겨울의 시가 있는가 하면, 또 그와는 달리 눈으로 쓰는 봄의 시라는 것도 있다.

겨울의 시는 바람이 가르쳐주고, 봄의 시는 꽃이 인도한다.

겨울의 시는 고통이 낳고, 봄의 시는 환희에 의해서 탄생이 된다.

겨울의 시는 눕는 자리에서 성장하고, 봄의 시는 일어나서 걷는 걸음에서부터 시작된다.

겨울의 시는 운율의 시학에 의존해 있으며, 봄의 시는 이미지의 시학에 의해서 힘을 얻는다.

겨울의 시는 음악의 옆자리에 있고 관념의 문턱에 있으나, 봄의 시는 회화의 이웃집에 있으며 감성의 방석 위에 있다.

당신은 어느 시를 쓰든 관계치 말라. 그러나 4월에만은 봄의 시를 써라. 창문을 열듯이 눈을 열어보거라. 꽃의 윤곽 속에서 햇빛을 보고, 연둣빛 풀싹에서 지열地熱의 불꽃을 보거라.

그리고 시인이여, 바람까지도 아지랑이처럼 율동으로 보이는 4월, 4월에는 인간의 영혼이라 할지라도 한 송이 아름다운 꽃의 빛깔로 있게 하라.

(1982. 4.)

아날로그형과 디지털형

현대인은 두 가지 시계를 가지고 있다. 하나는 그 문자판 위를 바늘이 돌아가며 시간을 알리는 아날로그형이며, 또 하나는 직접 숫자가 나타나서 시간을 표시하는 디지털형이다.

아날로그형은 하루의 시간을 문자판에 공간화한 것이고, 그 위를 시침時針, 분침 그리고 초침이 돌아가도록 한 것이기 때문에, 시간을 총체적이고 영속적인 것으로 파악할 수가 있다. 우리는 전체를 통해 한 부분의 시간을 본다. 시침이나 분침을 보고 시간을 알아낸다는 것은 마치 하늘에 떠 있는 태양이나 달의 위치를 보고 그 시각을 알아내는 것과 같은 것이다. 그래서 바늘이 숫자로 바뀌어버린 디지털형의 시계는, 보는 시간이 읽는 시간으로 바뀐 것이기도 하다.

디지털 시계는 오직 지금의 시간만을 알려줄 뿐, 바늘이 시시각각으로 연출해내는 기하학적인 구조는 이미 존재하지 않는다. 따라서 그 시간은 단절적이고 점멸적點滅的인 것이다.

그렇다. 디지털 시계에서는 시간은 강물처럼 흘러가는 것이 아니다. 단지 깜빡이고 있을 뿐이다. 그 대신 디지털 시계는 초까지도 분명하게, 그리고 엄격하게 나타내서 보여준다.

아날로그형의 시계에서는, 시간은 대충 있는 것이다. 초침은 있어도 그것은 단지 시간이 고여 있지 않고 흘러가고 있음을, 말하자면 지금 시간이 움직이고 있음을 알려주는 신호일 뿐이다. 그리고 분침 역시 구름 사이를 지나가는 달처럼 어렴풋하게 5분 단위의 숫자를 지나간다.

그러나 디지털은 시간을 보는 그 애매성을 추방한다. 맞든 틀리든 거기에서의 시간은 초抄단위로 존재한다. 분명히 그리고 에누리 없이.

옛날의 전통 문화는 아날로그적인 것이요, 현대 문명은 디지털적인 것이다. 시인의 언어는 아날로그적인 것이요, 법률이나 과학의 그것은 디지털적인 것이다. 시골의 자연 풍경이나 구불구불한 논밭길은 아날로그적인 것이요, 도시의 네모난 스카이라인과 직선적인 가로街路는 디지털적인 것이다. 이름으로 사람을 부르는 것은 아날로그적인 것이요, 죄수처럼 번호로 호명되는 것은 디지털적인 것이다. 사랑하는 사람의 얼굴은 아날로그적인 것이요, 창구를 사이에 두고 만나는 관리의 얼굴은 디지털적인 것이다.

아니다. 그런 것만이 아니다. 그것이 아날로그이든 디지털이든 전자 시계는 시계의 주검인 것이다. 작은 심장과도 같은 태엽과 치차齒次를 가진 옛날의 그 시계들은 우리들의 곁에서 살아 있는 것처럼, 정말 살아 있는 벌레들이 숨을 쉬듯이 째깍거리며 시각을 새겨가고 있다. 그 시계들이 아무 소리도 없이 시간의 변화만을 알려주는 전자 시계로 바뀌어가면서, 시간은 생명적인 것으로부터 오로지 정확한 것만으로 그 의미가 바뀌어버린 것이다. 생명적인 모든 것을 까뭉개버리고 그 위에 정확성만이 탑처럼 쌓아올려진 현대 문명의 그 모습처럼…….

아날로그형의 인간들이 죽어가고 있다. 디지털형의 인간들만이 살아남는 시간들이 오고 있는 것인가.

(1982. 5.)

돌 하나하나를 쌓아올리듯

이슬 한 방울 한 방울이 모이면 냇물이 되고 바다가 된다. 이파리 하나하나가 모이면 나무가 되고 울창한 숲이 된다. 한 알의 모래들이 어울려 고비사막이 되고, 한 송이 한 송이의 눈이 쌓여 북극의 대설원이 된다.

티끌이 모여 태산이 된다는 말은 거짓이 아니다. 도시의 거대한 빌딩이라 할지라도 원래는 벽돌 한 조각이었고, 공장의 우람한 기계라 할지라도 처음엔 나사못 하나였으니, 그것은 아무리 큰 산이라 할지라도 풀 한 포기, 나무 한 그루인 것과 다를 것이 없다.

팔만대장경은 한 글자가 모여서 진리의 말이 된 것이고, 은하수는 별 한 개가 모여서 하늘의 빛이 된 것이다. 한 걸음이 천 리가 되듯 1초의 작은 시간들이 겹치고 쌓이고 되풀이되면서 영겁의 세월을 이루니 누가 감히 작은 것을 작은 것이라 하며 큰 것을 큰 것이라 부를 수 있겠는가.

그러나 어찌해서 사람만은 그렇지가 않은가. 한 사람 한 사람의 작은 사랑이 모여도 그 사랑은 바다를 이루지 못하고 숲과 은하수의 빛이 되지 못하니 세계의 어느 곳에선가 여전히 전쟁은 전쟁의 북을 두드리고 미움과 파괴는 미움과 파괴의 그 발톱을 세우고 있다.

어찌해서 사람만은 작은 것이 모여 큰 것이 되지 못하는가. 한 사람 한 사람의 용기와 힘이 모여서 만리장성 같은 저 절망의 철벽을 부수지 못하는가.

어찌해서 사람만은 겹치고 쌓이고 되풀이되어 영원한 생명을 이루지 못하는가. 작은 목숨들이 그냥 작은 목숨으로 꺼져가는 것을 우리는 본다. 냇물과 바다가 되지 못하는 이슬 한 방울, 은하수가 되지 못하는 별 한 조각, 숲이 되지 못한 작은 풀 한 포기의 인간들을……

시인들은 가슴을 열고 입을 열거라. 한 사람 한 사람의 작은 마음이 모여 천 리가 되고 영원이 되고 때로는 설원이거나 사막이 되는 별난 그 기적을 만들기 위해서 시인들은 벽돌일을 하듯이 말[言語]을 쌓아가거라.

(1982. 6.)

가시나무 위에서만 피는 꽃

『흥부전』의 한 대목에는 남의 매를 대신 맞아주고 그 대가로 먹을 양식을 구하려는 흥부의 안타까운 이야기가 적혀 있다. 그나마 매 품삯도 복이 없어서 그는 빈손으로 돌아오고 만다. 매를 맞도록 되어 있던 죄인이 관가에서 방면된 까닭이다.

아마도 『흥부전』에서 가장 심금을 울리는 장면이 있다면, 보리타작을 하느라고 사람들이 도리깨질하는 광경을 바라보면서 에그 이 동네는 매 풍년이 들었는데, 자기가 그 흔한 매 복조차 없다고 한탄하는 흥부의 모습일 것이다.

슬픔을 웃음의 오브라트로 싼 아이러니에는 풍자 이상의 절실한 리얼리티가 있다.

남의 매를 대신 맞아주는 일은 한국의 이야기만은 아니다. 옛날 영국 왕실에서는 플릭 맨이라 하여 전문적으로 매를 맞기 위해 고용된 '매꾼'이 있었다고 전한다. 황태자를 가르치는 선생은 장차 왕이 될 그에게 잘못이 있어도 매를 들 수가 없다. 그렇다고 그냥 놔두면 교육이 어려워진다. 그래서 황태자가 잘못하면 그가 보는 앞에서 대신 다른 아이를 매질했다는 것이다.

결국 자기 때문에 억울한 타인이 매를 맞는 것을 보고 황태자가 정신을 차리게 될 것이라는 간접 효과를 노린 것이다.

시인은 그리고 모든 예술가와 지성인들은 남의 매를 대신 맞아 주는 플릭 맨이라고 할 수 있다. 더구나 그들은 돈을 받기 위해서 남의 고통을 대신 지는 '매꾼'이 아니라 남의 매를 자진해서 맞으려 한다. 스스로 종아리를 걷어 올리고 피가 흘러나올 때까지 아픔을 받아들인다. 고통을 피하는 자가 아니라 그것을 거꾸로 찾아다니는 자이며 안전과 유락을 탐하는 자가 아니라 위험과 고난을 구하는 자들이다.

그렇다고 시인과 예술가들이 성자聖子의 얼굴을 하고 있는 것은 아니다. 오히려 성자의 반대쪽에 자리하고 있는 사람들일지도 모른다. 성자의 관冠까지도 마다하는 신 없는 그 순교자들이 최후로 바라는 보상은 대체 무엇인가.

험한 매자국과 거기에서 흐르는 핏속에서만 피어나는 장미를 얻기 위함이다. 장미는 가시나무 위에서만 예쁘게 피어나는 역설의 꽃인 까닭이다.

(1982. 7.)

아르고스의 배

전설에 의하면 인간이 맨 처음 바다 위에 띄운 배는 '아르고스'라고 한다. 그것은 인간이 비행기를 타고 하늘을 날 수 있던 근대인의 그 경이와 모험에 비길 수 있다.

신은 인간에게 아가미를 주지 않았다. 인간은 역시 다른 동물과 마찬가지로 육지에서 살도록 운명지어진 것이다. 그러나 '아르고스'의 배는 인간이 강이나 바다 위를 물고기처럼 다닐 수 있다는 것을 증명한 것이다.

배의 용골과 돛대는 인간의 아가미요, 빛나는 비늘이었다. 고대인들은 '배'를 만듦으로써 땅 바깥으로 나갈 수 있었고 그 생존의 한계를 넓힐 수가 있었다.

신은 아가미만이 아니라 인간에게 날개를 주지 않았다. 인간은 네 발 달린 짐승과 다름없이 땅에서 살도록 운명지어져 있었다.

그러나 근대인들은 비행기를 만들어 하늘을 날았다. 프로펠러는 인간도 새처럼 허공을 날아다닐 수 있다는 증명이었다. 그것은 인간의 날개요, 그 깃털이었다.

그래서 오직 인간만이 땅과 바다와 하늘의 세 공간 속에서 살고 있다. 땅에서는 '바퀴'가 물에서는 '배'가 하늘에서는 '비행기'가 인간의 다리 구실을 한다. 그것은 모두 인간이 만들어낸 것이다. 이 평범한 사실, 이 상식의 역사를 누가 모르겠는가. 그러나 사람들은 또 하나의 공간, 땅, 바다, 하늘의 외적 공간이 아니라 마음과 영혼의 내적 공간에서 살 수 있는 '배'와 '비행기'에 대해서는 별로 말하지 않는다.

표범이 바다를 여행할 수 없듯이 곰이 구름 위를 날 수 없듯이 모든 짐승들은 영혼의 내적 공간으로 들어갈 수가 없다. 익사를 하듯이 추락을 하듯이 이 신비한 정신의 공간 속에서는 어떤 동물도 살아갈 수가 없다.

단지 인간만이 그곳에 이를 수가 있고 그곳에서 헤엄치거나, 날아다니거나 자유로이 왕래할 수가 있다. '배'를 발견함으로써 바다를, 비행기를 만듦으로써 하늘을 그 생존의 땅으로 만든 것처럼…….

대체 그것은 무엇인가. 내면의 공간을 유영하는 배와 또는 그것을 비상하는 비행기는 무엇인가.

그것은 다름 아닌 언어이다. 언어가 있기 때문에 인간은 어느 짐승도 할 수 없는 그 영혼의 땅을 밟을 수가 있고 그 풍경을 바라볼 수가 있다.

그렇기 때문에 시인은 자랑스러운 바다의 항해사요, 하늘의 비행사이다. 시가 무엇인가를 시인이 누구인가를 알려면, 최초에 바다에 나타난 아르고스의 배와 처음으로 하늘에서 날개를 편 라이트 형제의 비행기를 생각해볼 일이다.

(1982. 8.)

시의 세 가지 언어

삼권분립三權分立을 정치학이 아니라 수사학修辭學으로 따져보면 어떻게 될 것인가. 뜻하지 않은 중대한 생의 구조를 발견하게 될 것이다. 우선 '사법司法'의 세계에서부터 따져보기로 하자. 재판관은 피고를 놓고 그의 죄를 밝힌다. 그가 다루고 있는 언어는 모두가 과거에 속해 있는 것뿐이다. 재판정에서 다루어지고 있는 사건은 벌써 그 이전에 만들어진 것이다. 이렇게 사법의 세계는 재판관의 언어로 되어 있고 재판관의 언어는 심문의 언어로 되어 있다. 그리고 그것은 이미 옛날에 저질렀던 일 그리고 이미 끝나버린 사건을 밝히는 '과거의 언어'인 것이다.

그러나 '입법'의 세계는 정반대이다. 의회에서는 심문이 아니라 심의를 한다. 앞으로 닥쳐올 것들을 위하여 언어들을 정비한다. 이를테면 예산을 심의하고 새로운 법안을 심의할 때 쓰는 말이 입법부의 수사학인 것이다. 의회의 창은 주로 미래를 향해 열려져 있다. 토의의 언어가 가장 빛을 발하게 되는 것은 오직 앞으로 태어나는 자의 이름을 지을 때인 것이다.

그렇다면 행정부의 언어란 어떤 것인가. '행정'은 법을 따지는 자도 아니며 법을 만드는 자도 아니다. 법 속에서 살아가면서 무엇인가를 연출하는 자이다. 행정의 언어는 연시적演示的인 말[語]이다. 그것은 항상 현재의 것이다. '지금' 그리고 '이 자리'를 지배하는 언어인 것이다.

그러고 보면 언어 역시 삼권분립의 질서 속에서 움직이고 있다는 것을 알 수 있다. 사법부의 언어는 '과거의 언어'이고, 입법부의 언어는 '미래의 언어'이고, 행정부의 언어는 '현재의 언어'이다. 또한 사법부의 언어는 '심문의 언어'이고 입법부의 언어는 '심의의 언어'이고 행정부의 언어는 '연시의 언어'이다.

그렇다면 언어를 다루는 세계에도 삼권분립은 있을 것이다. 시인은 이 역사와 현실 앞에서 이따금 법복法服을 입고 나타나기도 하며 때로는 입법자로서 사회봉을 두드리기도 하고 또는 지휘봉을 들고 역사 그 자체, 현실 그 자체를 연출해내기도 한다.

아니다. 시인은 재판관이 아니다. 의원이 아니다. 더더구나 관료가 아니다. 그들의 손에는 법전도 사회봉도 그리고 지휘봉도 없다. 그들은 삼권분립의 언어가 아니라 그것을 모두 통합해버린, 그래서 한 사람의 목청 속에 심문의 언어와 심의의 언어와 연출의 언어를, 그리고 과거, 미래, 현재의 언어를 한꺼번에 굴리는 탐욕한 전제주의자인 것이다. 아름다운 폭군인 것이다. 삼권에 의해서 언어는 분할되고 시에 의해서 그것은 통합된다.

(1982. 9.)

입김의 시

　무서리가 내린 동짓달 아침 밖으로 나와 숨을 쉬면 하얀 입김
이 서릴 것이니 시인이여, 그것이 당신의 시라고 하라.
　여름철 따스한 날에는 보이지 않던 입김이 어찌하려 안개나 구
름처럼 눈에 보이는가. 아주 작은 소리로 말한다 할지라도, 당신
이 말하는 것을 눈으로 볼 수 있는 까닭은 밖에 서리가 내린 탓이
다.
　당신의 숨이 36도 5분의 따스한 저 폐부로부터 생겨난다는 것
과, 당신의 말이 또한 그 따스한 열기를 가진 숨을 타고 생겨난다
는 것을, 동짓달 아침 밖에 나가보면 알 것이니, 시인이여 그것이
당신의 시라고 하라.
　개구리나 뱀들은 뜨거운 숨을 쉴 수가 없어, 동짓달이 되어 무
서리 내린 아침이면 땅속 깊이 숨을 뿐이다. 바깥세상이 바뀌어
기온이 내려가도 변함없는 체온을 가진 당신만이 여전히 뜨거운
숨으로 내 자신을 양생養生하고 있으니, 눈으로 볼 수 있는 입김처

럼 당신이 쓴 시는 비로소 표현의 하얀 안개에 둘러싸이리라.

세상이 식어가더라도 시인이여 겨우살이를 하지 말고, 아침마다 문門 밖으로 나와 그 뜨거운 입김으로 말하거라.

그러면 이파리가 떨어진 나목裸木의 가지들이거나, 흙 속에 얼어붙은 돌멩이들이거나, 담벽에 붙어 있는 시든 담쟁이덩굴이거나, 살얼음 사이로 몰래 몰래 흘러가는 도랑물이거나, 그것들은 심장 속에 태양을 갖고 있는 당신이 그리워 귀를 세워 들을 것이니, 시인이여 숨을 쉬듯 그렇게 시를 쓰거라.

눈도 손도 아니다. 언어는 혈관을 돌아 속을 지나지 않으면 그 열기를 가질 수 없고, 뽀얀 안개로 피어나지도 않는 법이니, 잊지 말아라, 당신의 말은 곧 당신의 숨이라는 것을……

무서리가 내린 동짓달 아침 밖으로 나와 숨을 쉬면 여름철에는 보이지 않던 하얀 입김이 서릴 것이니 시인이여, 그것이 당신의 시라고 하라.

(1982. 10.)

XI

강철의 무지개

겨울은 강철로 된 무지개인가 보다고 육사陸史는 노래했다. 겨울에는 꽃도 없고 새소리도 없지만, 그렇기 때문에 오히려 시인의 역할은 커지는 것이다. 얼어붙은 산하를 강철의 무지개로 만드는 것은 오직 시인의 창조적인 상상력으로만 가능해지는 까닭이다.

돌이라는 것, 바위라는 것 혹은 광석들을 생각해보라. 그것은 물이 얼면 얼음이 되는 것처럼, 생명을 상실한 존재의 얼음인 것이다.

생명은 가벼운 것이 아니겠는가. 그래서 나비는 '살아 있는 것'의 상징이 되는 것이다. 가볍고 유연하고 끝없이 공기처럼 날고 있다. 이 나비의 나래와 가장 대극적인 자리에 있는 것이 돌이요 바위이다.

그것은 움직임을 거부한다. 그 무게는 끝없이 아래로 가라앉으려 한다. 나비는 색채가 있지만, 바위는 회색빛이다. 모든 빛깔의 죽음인 회색이다.

겨울의 적막은 바위의 적막이다. 겨울의 추위는 바위의 냉기이다. 겨울의 무게와 겨울의 빛깔은 바위의 무게요 그 빛깔이다. 이 단단한 겨울이야말로 유연한 생을 가두는 강철의 빗장이다.

그러나 어느 외국 시인가는 바위의 저 깊숙한 내부 속에는 아직도 그것이 용암이었을 때의 뜨거운 열기를 간직하고 있다고 말한 적이 있다. 시인은 바위 속을 뚫고, 천년이고 만년이고 굳게 담은 그 내면의 심연을 들여다볼 줄 아는 사람이다.

겨울의 추위 속에서도 바위의 저 내면에 있는 최초의 열기가 있음을 우리는 안다. 그것은 변덕스러운 여름 소낙비도 아니요, 봄날의 나비처럼 그림자에 가까운 그 나래의 율동도 아니다. 강철 같은 무지개의 목숨이다.

겨울을 이긴 자의 목숨은 이 강철의 무지개와 태초의 순수한 열기를 지닐 수가 있다. 날씨가 추워졌다고 근심하는 당신에게 나는 지금의 2월이라는 것과 해빙의 날이 오기 전에 성급하게 시한 구절 적어 보낸다. '겨울은 강철로 된 무지개'라고 그리고 바위 속에는 아직도 식지 않는 불이 루비의 보석처럼 타오르고 있듯이 겨울 속에는 태초의 불꽃이 있다고.

(1983. 2.)

가을에 시를 쓴다

항아리에 먹을 것을 채우지 않아도 배부른 가을. 시인은 가을에 시를 쓴다. 그 배부름 속에 허기가 남아 있기 때문이다. 여물어가는 들곡식이나, 울타리 안에서 어제의 석양처럼 빨갛게 익어가는 감이나, 아침저녁으로 부는 까칠한 찬바람처럼 바늘 하나하나가 날카로워져가는 밤송이만으로 어떻게 이 가을의 시장기를 다 채울 수 있겠는가.

시가 필요할 것이다. 단풍이 든다는 것은 곧 겨울의 죽음이 다가온다는 슬픈 신호이다. 가을의 영광에는 서리가 있고 단풍 든 빨갛고 노란 극채색의 화사 속에선 검은 고목의 가지가 있다. 산다는 것과 죽는다는 것이 손등과 손바닥처럼 한 몸이 되는 가을. 이 가을은 시가 필요한 것이다.

모든 계절의 언어는 명사로 끝나지만 가을만은 그대로 동사로 쓰이기도 한다. '가을하다'는 말이 그렇지 않는가. 거두어들이는 것. 들판이 있는 것을 나의 곳간으로, 항아리로 거두어들이는 것.

가을은 밖에 있는 것을 안으로 끌어들이는 인칭 없는 동사인 것이다.

그래서 시인은 가을에 시를 쓴다. 보고 듣고 만지고 냄새 맡던 것들. 이 모든 것들은 바깥 들판에 있다. 높은 나뭇가지 위에 있다. 그러나 가을의 행동은 그것들을 모두 안으로 저장한다. 벼를 베고 털듯이 나뭇가지에서 영글어가는 단물의 과일을 따듯이 시인들은 신이 주신 것들을 받아들인다.

해가 짧아지리라. 가을은 밤을 예비하고 시인들은 가을에 시를 쓴다. 시는 대낮보다도 밤에 잘 써지기 때문이다. 어둠 속에는 많은 말들이 박쥐나 부엉이처럼 털깃을 세우고 날아다닌다. 낮에 보이지 않던 별들이 하나둘 솟아나는 것처럼 밤에는 많은 말들이 불을 켠다.

여름내 너무 짧은 밤으로 다 쓰지 못한 말들을 받아들이기 위해서 이제 가을밤은 자꾸 깊어져갈 것이다.

시인은 가을에 시를 쓴다.

그러나 시인이 쓰는 시 속에는 가을이 없다. 거기에는 벌써 겨울이 오고 찬 서리가 내리고 강물은 꽁꽁 얼어붙는다. 시인은 모자를 쓰고 가을처럼 일어선다. 기침을 하고 잠시 기웃거리다가, 빈 골목을 기웃거리다가 지팡이를 찾는다.

모든 사람이 가을을 포식하고 있을 때, 그는 시장기와 검은빛과 텅 빈 방 안의 공허를 느낀다.

시인은 가을바람처럼 떠난다. 시를 써놓고 떠난다. 나뭇잎이
가지를 떠나듯이 시로부터 떠난다. 시는 생성生成하고 시는 죽는
다. 가을의 모든 생명처럼.

(1983. 9.)

울음과 침묵

언어가 하나의 박달博達이요 표현이라고 한다면, 모든 언어는 '울음'으로 수렴될 수 있다. 왜냐하면 우리가 이 세상에 처음으로 태어날 때, 그 최초의 경이로운 전달과 표현의 말은 '울음소리'였기 때문이다.

세계를 향해서 자기 존재를 알리는 것. 그리고 자신이 살아 있는 생명 속에서 숨쉬고 있다는 것을 표현하는 것. 그 울음 속에서 우리들의 모든 언어들은 시작되었다.

그러나 울음소리보다도 먼저 존재했던 언어를 알고 있는가. 그 것은 아이가 모태 속에서 잠들어 있던 '침묵'이었을 것이 분명하다. 우리의 생명과 존재 그리고 그 세계는 양수 속에 둘러싸여 있는 태내에 있었고, 그 속에서는 울음조차도 울려오지 않는 곳이다. 그 세계인 어머니 몸과 하나로 융합되어 있기 때문에 전달도 표현도 필요 없는 자족적 상태 속에 있기 때문이다. 탯줄로 연결되어 있다. 인간의 전달傳達과 표현表現은 소리나 언어가 아니라 직접 몸과 몸으로 연결되어 있는 탯줄에 의해서 달성된다.

배고픔도 추위도 결핍도 서러움도 없는 공간, 태아를 감싸고 있는 체온은 그 생명의 온도와 일치한다. 에덴이란 바로 이 태내 공간이 아니겠는가. 그렇다면 아이들의 언어는 크게 두 가지로 표기되어 있다고 볼 수 있다. 침묵과 울음이 그것이다. 아이들은 울다가 어머니의 젖꼭지가 입에 닿으면 울음을 멈춘다. 그 침묵은 그의 욕망이 달성되고 불만의 가시가 뽑혔다는 전달이요, 그 표현이다. 이 세상에 태어난 뒤에도 이 침묵과 미소를 통해서 아이들은 태내의 공간 속에 있었던 언어를 본뜨는 것이다.

아이들만이겠는가. 시인들은 때때로 침묵의 언어를 배운다. 아무 말도 씌어 있지 않은 백지의 언어, 그것은 울던 아이가 어머니의 젖꼭지를 물 때처럼, 울음을 멈추게 하는 또 하나의 수사법이다.

크리스테바가 말하는 '어머니의 몸'으로서의 언어란 것도 결국은 그런 것이다.

그것은 분절의 언어가 아니라 융합의 언어이다.

울음과 침묵. 이 원초적인 문법에 의해서 우리는 우리의 생명과 그 세계를 표현한다. 세계가 나와 밀착되었을 때 탯줄의 언어인 침묵이 시작되고, 세계와 나가 분리되어 홀로 강보에 싸이게 될 때 울음의 언어가 시작된다.

울음을 끝없이 침묵으로 환원시키는 작업, 그것이 시인의 사명이기도 하다.

(1984. 2.)

돌팔매질을 하는 마음

그것이 돌이라면 아무리 작은 것이라 해도 거대한 수목보다도 더 무거운 무게를 지니고 있다. 돌은 근본적으로 땅 위에 있어도 지하에 속해 있는 것이기 때문이다.

뼈가 살 속에 묻혀 있듯이 모든 광석은 흙 속에 매몰되어 있다. 땅 위에 있는 자갈이나 바위 같은 것들은 이빨처럼 노출되어 있는 뼈에 지나지 않는 것이다.

누가 그 지하의 어둠이나 토압土壓을 꿈꾸지 않고 돌을 바라 볼 수 있을 것인가. 그러니까 바위를 들어 올려 산마루까지 굴려 올리던 시시포스의 노동은 그 자체가 이미 바위를 부정하는 행위라 할 수 있다. 지하에 있어야 할 것을 천상의 것으로 끌어올리는 반역. 시시포스의 형벌은 바로 바위를 구름으로 변환시키는 과업인 것이다.

어찌 신화 속의 형벌뿐이겠는가. 어렸을 적에 최초로 돌팔매질을 하던 마음을 다시 생각해보지 않겠는가. 우연히 길가에 구르고 있던 돌을 집어 올리던 때의 그 최초의 욕망, 그리고 그것을 멀리 그리고 높게 던지려던, 그 최초의 시도는 대체 무엇이었을까. 아무리 작은 돌이라 할지라도 돌을 집어 올리기 위해서 사람들은 자신의 근육을 감각하지 않으면 안 된다. 숨어버리는 것, 가라앉는 것, 묻히는 것, 그런 것들을 보면 사람들은 머리가 아니라 이두박근으로 생각하는 것이다.

그것이 돌을 보면 돌팔매질을 하고 싶어지는 이유이다. 날아가는 새들이 없는데도 왜 아이들은 돌을 집어 허공을 향해 던지려 하는가.

바위가 구름이 되고 돌멩이가 종달새로 바뀌는 몽상—포물선을 긋고 날아가는 돌의 중력 속에서, 아이들은 작은 시시포스가 되어 높은 산마루에 오르는 것이다.

시인들도 아이들처럼 때때로 돌팔매질을 하는 꿈을 꾼다.

한 가닥 꾸부러진 철책이 바람에 나부끼고
그 위에 셀로판지로 만든 구름이 하나
자욱한 풀벌레노래 발길로 차며
홀로 황량한 생각 버릴 곳 없어
허공에 띄우는 돌팔매 하나
기울어진 풍경의 장막 저쪽에
고독한 반원을 긋고 잠기어 간다.

김광균 씨도 그의 시 〈추일서정〉에서 이렇게 돌팔매질을 하고 있다. 돌팔매질의 공간 속에서는 무거운 철책이 풀잎처럼 바람에 나부끼기도 하고 구름도 셀로판지처럼 투명해져 증발된다. 그렇다, 그 시의 공간에서는 돌은 던져지는 것이 아니라 '띄우'는 것이.되고 떨어지는 것이 아니라 '잠겨 가는 것'이 된다.

돌팔매질을 하듯이 온갖 무거운 돌들을 던져야 할 것이다—당신의 구두, 당신의 양복단추를. 겨우내 땅속에 묻혀 있던 김칫독이나, 아이들이 힘겨워하는 책가방 같은 것들을. 억누르는 것들, 지하의 것들, 무명의 것들, 땅이 꺼지도록 내쉬는 무겁고 무거운 한숨.

그 많은 돌들을 집어 하늘로 던져야 할 것이다. 형벌 받은 시인들이 지금 시를 쓴다는 것은 돌팔매질을 하는 것과 같은 것이니, 시인들이여 날아가는 새들이 없어도 허공을 향해 당신들의 우울한 추상명사들을 내던질 일이다.

당신의 구두, 당신의 양복단추. 돌팔매질을 하듯 일절의 언어들을 하늘 높이 던지거라. 바위가 구름이 되어 떠다닐 때 당신의 형벌은 끝나는 것이니.

(1984. 7.)

대지도 잠들 때가 온 것이다

보티야크족은 공물을 굴에 갖다 놓는 풍습이 있다고 한다. 대지의 신에게 바치는 음식인 것이다. 그러나 가을이 되면 이러한 풍습은 중지된다. 그 이유는 일 년 중 이때가 되면 대지도 눈을 감고 조용히 잠들어야 한다고 생각했기 때문이다.

그렇다. 봄부터 대지는 부지런히 일했다. 마치 암탉이 알을 품어 깨듯이 대지는 그의 포근한 지열로 구근과 씨앗들을 움트게 했고, 천둥번개가 치는 여름에는 그것들의 뿌리에 생기를 주고 성장의 비밀들을 가르쳐준다.

그것은 거대한 자궁으로서, 온갖 것들을 끊임없이 분만한다. 식물만이 아니라 짐승이나 하늘을 나는 새까지도 대지의 튼튼한 어깨에 매달려 살아가고 있다.

인디언의 한 예언자는 농사짓는 일까지도 거부하라고 일렀다. 밭을 가는 노동 자체가 우리의 어머니인 대지를 할퀴는 죄라고 믿었던 탓이다.

"당신은 나에게 대지를 갈라고 요구하는가. 내가 칼을 들어 내 어머니의 가슴을 찢어야 한단 말인가. 그렇게 하면 내가 죽을 때 어머니는 그 가슴에 나를 편히 쉬게 해주겠는가. 당신은 나에게 돌을 파내라고 요구하는가. 당신은 나에게 풀을 자르고 땔감을 만들어 팔아서 백인들처럼 부자가 되라고 요구하는가. 그러나 어떻게 감히 어머니의 팔을 벨 수가 있단 말인가."

이렇게 그 예언자는 소리 높이 외쳤다.

인디언만이 아니라 루소도 그와 비슷한 말을 했다. 인간의 비극은 보습으로 땅을 가는 농경시대 때부터 생겨났다는 것이다. 흙을 파는 연장을 발견하는 순간 인간은 대지로부터 떠나는, 말하자면 어머니로부터 멀리 멀어지는 고아가 된다.

인간은 자기들이 태어난 어머니의 자궁을 파헤쳤다. 땅속에 들어 있는 돌들—그 광석과 보석을 캐내려는 욕심을 갖게 되었을 때, 인간은 대지에게 깊은 상처를 내기 시작했다.

아무것도 모르는 태아들도 태어날 때는 주먹을 꼭 틀어쥔다. 손가락으로 어머니의 자궁을 상처 낼까 두려워서이다. 그런데 인간은 지금 그 대지를 뚫어 굴을 만들고, 그 지표를 무너뜨려 콘크리트의 기둥을 세운다.

가을이 되어도 대지는 쉴 수가 없고 눈을 감을 수가 없다.

다만 인디언의 예언자나 루소와 같은 시인들만이, 대지의 살결 위에 난 상처의 아픔을 근심한다.

보티야크족처럼 시인들만이 가을이 되면, 대지를 편안히 쉬도록 한다. 대지를 깨우지 않기 위해서 아마도 작은 귓속말로 이야기할 것이고, 땅을 딛고 걸어가는 발걸음도 조심스러울 것이다.

그리고 대지가 눈을 감을 때 벌판의 색깔이 변하고 나뭇잎이 떨어지는 정적을 볼 것이다.

눈이 내리는 망각의 바람 속에서 며칠이고 몇 달이고 몸을 뒤척이는 대지의 잠꼬대를 들을 것이다.

시인들이 대지에서 꺼내는 것은 석탄이나 철이나 혹은 금강석과 루비가 아니라 잠자는 숨소리이다. 그러기에 시인들은 공물을 바치지도 않는다. 휴식의 언어, 무한한 생산력을 감춘 흙 속의 침묵이다.

어떻게 저 거친 검은 흙 속에 장미와 같은 붉은 빛깔이, 백합과 같은 흰빛이 그리고 온갖 초록빛이 잠들어 있는가. 그 겨울 꿈의 비밀을 훔쳐본다.

시인들은 대지와 함께 휴식할 때만이 그 흙 위에 작은 집을 지을 수 있을 것이다. 이제 대지를 잠들게 하자. 깊은 겨울 동안, 봄의 노동을 위해 편안히 꿈꿀 수 있게 하자.

밭 갈기를 거부하고 벌목의 도끼를 감추거라. 시인은 가을 들판에 나가, 이 대지의 이부자리를 펴거라.

(1984. 10.)

여름에 생각나는 것들

여름에는 굴렁쇠를 굴리며 놀던 하얀 길이 생각난다. 무슨 덩굴 같은 것, 갑자기 은빛 햇살처럼 쏟아지는 소낙비. 그리고 굴뚝 위에 걸려 있는 무지개가 생각난다.

여름에 생각나는 것들은 남들에게 이야기할 수가 없다. 낮잠을 자다가 대낮처럼 밝은 꿈을 꾼 것 같은 착각 혹은 그 기억이 언제나 땀을 흘리고 있기 때문이다. 여름의 기억들은 바다 위에 피어오르는 하얀 구름, 언덕 위에 꽂혀 있는 하얀 깃털, 이슬진 이파리 뒤에 숨어 있는 뱀딸기, 바람결에 잠시 들렸다가 사라지는 종달새 소리. 그래서 친한 사람끼리 몰래 주고받는 수상한 밀어密語이다.

뜨거운 공기가 팽창하면서 기구氣球처럼 상공으로 올라가듯이 여름에 생각나는 것들은 대지를 떠나려고 한다.

"배의 닻줄을 감듯이 누군가 이 기억들을 감아주게. 그러면 여름 새벽빛이 장밋빛 손가락을 바다에 담그던 그 비밀스럽던 기억과 바람개비가 낮잠 자는 아이의 손에서 빠져나와 하얀 구름이 되어 산등성이 위로 황급히 도망쳐 간 이야기를 들려줄 것이네. 맨드라미의 빨간 꽃잎이 닭 벼슬이 되어 장독대 위로 날아간 어느 여름방학의 오후에 있던 신기하고 신기한 이야기를 이야기해 주겠네.”

해변가에 상투어같이 널려 있던 조개껍질들이 빈집 속에 아침 햇살을 가득히 담고 다시 부활하는 기적을 나는 보았다.

그것은 여름방학 숙제가 다 끝나던 날 그리고 2주일 동안이나 계속되던 장마비가 말끔히 개어버린 정오의 일이었다.

풍경은 추상어같이 윤곽이 보이지 않고 사람들은 원시인들처럼 맨발로 뛰면서 몰이꾼들처럼 시간을 쫓아간다. 여름에 생각나는 것들은 수박처럼 깨뜨려 먹을 수도 없고 옹달샘 물처럼 퍼낼 수도 없다.

그것은 굴렁쇠였는가. 하얀 길이었는가. 소낙비였는가. 뱀딸기였는가. 못 먹는 뱀딸기였는가.

“여름에 생각나는 것들은 색종이를 오려붙이듯 그렇게 잡아둬야 하네. 그러면 자네는 시인이 될 걸세. 미치광이가 아니면 시인이 될 걸세. 그걸 보았기 때문일세. 시간이 잠시 녹아내리는 것을, 헛바퀴 돌듯 태양이 제자리에서 공전하는 것을 훔쳐보았기 때문일세.

　포첩망을 들고 자네가 잡던 것은 잠자리가 아니었네. 게으른 매미가 아니었네. 그것은 빛이었었고 바람이었었고 잠자는 돌, 잠자는 풀, 잠자는 구름이었네.”

　여름에는 하얀 굴렁쇠를 굴리며 놀던 생각이 난다.

(1985. 7.)

말로 찾는 열두 달

『문학사상』지의 창간과 함께 매달 권두언으로 칼럼 혹은 산문시 형태의 글을 발표했다. 그래서 1972년에서 1986년까지 한 달도 거르지 않고 써온 그 글 속에는 1970~1980년대의 한국 문화와 역사가 은유적으로 각인되어 있다. 무엇을 위해서 슬퍼하고 무엇 때문에 분노하고 무엇에 대해서 외로움과 용기를 가졌었는지 암호 같은 그 몇 개의 키워드와 이미지 속에서 지금도 선명하게 읽을 수 있을 것이다. 시사적인 글은 아니지만 그 글이 씌어진 시대적인 배경을 생각하면서 읽는다면 더욱 실감할 수 있을지 모른다.

하지만 일부인과 관계없이 인간의 영원한 문제들, 이를테면 자유, 상상력, 아름다움, 사랑과 평화 그리고 모든 창조의 열정에 대한 글이기 때문에, 편의상 발표 연대와 그 달을 밝히기는 했으나 하나하나가 주제를 갖고 있는 독립된 칼럼이나 시라고 생각하면 좋을 것이다. 동시에 이 글들은 젊은 날의 내 글쓰기를 위해

달마다 실행한 "한국말의 기동훈련"이라고도 할 수 있다. 혹은 무딘 납덩이로 금을 만들려고 한 연금술사의 실험이거나.

이 글들에 나오는 '시인'이라는 말은 전문적으로 시를 쓰는 사람만을 가리킨 것이 아니라 넓은 의미로 창조적인 작업을 하는 사람들을 총칭하는 은유로 생각하면 된다.

그리고 끝으로 여기 이 책은 문학세계사에서 『말』이라는 제목으로 간행되었던 것을 이어령 라이브러리 총서에 개정신판으로 재발간하게 된 것임을 밝혀둔다. 그동안 많은 도움을 주신 김종해 사장에게 깊이 감사한다.

2002년 10월
이어령

거부하는 몸짓으로 이 젊음을

젊은이라는 정체성

1950년대 그리고 1960년대 초기의 내 에세이에는 '세대론'들
이 많다. 글만이 아니라 내가 직접 참여하여 창간한 종합 잡지의
이름을 '세대世代'라고 이름 지은 것도, 그리고 '세계전후문제작
품집'을 기획 출판하게 된 것도 그런 행동의 단면을 나타낸다. 지
금 돌이켜보면 요즘 시청 광장이나 정부 청사 근처에 피켓을 들
고 나타나는 일인 데모처럼 초라하게 보인다. 그런데도 그와 동
시에 자랑스럽게 느껴지는 까닭은 '젊을 때 젊어보지 못한 사람
은 늙을 때 늙을 수도 없다'는 것이 지금까지의 내 생활 철학이기
때문이다.

거울을 들여다보며 여드름을 짜듯이 그런 아픈 마음으로 스스
로의 모습을 글로 썼다. 당시만 해도 전통이라는 이름 아래 '애늙
은이의 문화'가 판을 치던 때이고 그 의식은 우물 안 개구리와 다
름없는 폐쇄적 사회였다. 그랬기 때문에 나는 한국이라는 정체성
이전에 젊은이라는 정체성을 먼저 생각하지 않을 수 없었다. 그

것이 바로 미국의 비트 제너레이션beat generation, 영국의 앵그리 영 맨angry young men, 그리고 생 제르맹 데 프레Saint Germain des Pres 를 배회하는 프랑스의 젊은이들을 전면 배치하고 한국의 전후세대론을 펼쳤다. 그것이 바로 『흙 속에 저 바람 속에』보다 1년 앞서 신문에 연재한 연재 에세이 『오늘을 사는 세대』이다.

그러한 글들로 이른바 나는 20, 30대에 '젊은이의 기수'라는 별명을 얻었으며, '새 세대', '세대 교체', '청년 문화' 등의 키워드를 선도하는 역할을 했다. 상황은 많이 변했다. 40년 전의 그 글들은 이제 조금도 새롭지도 않으며 전위적인 것으로도 보이지 않을 것이다. 벌써 전설이요 신화가 되어버린 이야기들일 것이다. 그런데도 '오늘을 사는 세대'를 중심으로 여러 책에 풀어져 있던 세대론들을 한 권의 책으로 재편하다 보니 그때 그날의 이야기들이 더욱 소중하게 느껴진다.

지금은 실리콘밸리가 세계의 첨단 기술을 선도하는 벤처리스트의 메카지만 바로 그곳이 히피들의 발상지였다는 것을 잊어서는 안 되는 것과 같다. 거부하는 몸짓으로 '오늘을 사는 세대'의 문화적 패러다임은 21세기의 문화 패러다임과 가장 가까운 것이기 때문이다.

2003년 3월
이어령

I
다음에 오는 자들에게 보내는 편지

저 산과 강하를 향해 물어라

아들이여, 그렇게 실망하지 말아라. '수'를 받지 못했다 해서 그 시험지를 몰래 감추려고 할 것은 없다. 아직 너는 그 말뜻도 잘 모르고 있지 않은가? 생각해보면 한자를 배운 적도 없는 너희에게 수, 우, 미, 양, 가로 점수를 매기고 있는 어른들이 도리어 우스운 일이다.

나는 '수'를 받고 그냥 좋아하는 아이보다도 '가'를 받고 대체 이 '가'란 무슨 뜻이냐고 물을 줄 아는 아이의 머리를 쓰다듬어주고 싶다. 너희들은 어리다. 어떤 해답을 쓰기보다는 한창 무엇인가를 물어야 할 그런 나이인 것이다. 너희들이, 묻는 말에 잘 대답할 줄 아는 똑똑한 아이가 되기보다는 거꾸로 궁금증을 묻고 또 묻는 그런 바보스러운 아이이기를 희망한다.

원래 모르는 사람이 묻고, 아는 사람이 그 대답을 내리는 것이 이치에 어울리는 일이다. 그러나 초등학교에만 들어가도 이러한 이치는 정반대로 바뀌는 것이다. 즉 잘 아는 사람이 묻고 잘 모르는 사람이 대답을 해야만 되는 것, 그것이 시험이라는 제도이다.

시험을 치르는 습관 속에서 너희들은 '물음'의 의미를 상실해가고 있다. 중요한 것은 오직 '해답'뿐이라고 생각한다. 알고 싶다는 욕망보다는 경쟁에서 이겨야 한다는 승리에의 욕망이 앞서게 된다.

그러나 아들이여, 너희들은 결코 잊어서는 안 된다. 해답보다는 물음이 있는 곳에 새로운 삶이, 새로운 지식이, 그리고 새로운 운명의 문이 열린다는 것을 잊어서는 안 된다.

여러 가지 물음 속에서 여러 가지 인생이 나타난다. 물음은 하나의 덫인 것이다. 생의 의미를 잡는 하나의 덫인 것이다.

그렇다. 나는 너희들에게 옛날이야기 하나를 들려주어야만 될 것 같다. 옛날 긴 수염이 가슴을 덮는 노인 하나가 살고 있었다. 어느 날 그 노인은 길을 걷다가 어린아이 하나를 만나게 된다.

아이는 이렇게 물었다.

"할아버지는 주무실 때 그 긴 수염을 이불 속에 넣고 주무십니까, 꺼내놓고 주무십니까?"

노인은 대답을 하지 못했다.

그 긴 수염을 10년이나 길러왔고 수천 번 이불을 덮고 잤었지만, 그 수염을 어떻게 했었는지 기억나지 않았다. 그래서 노인은 오늘 밤 자보고 내일 아침에 알려주겠다고 대답한다. 그날 밤의 일이다. 노인은 수염을 이불 속에 넣고 자본다. 갑갑한 것이 옛날엔 꼭 바깥에 내놓고 잔 것 같다. 그래서 수염을 내놓고 잠을 자려고 해본다. 이번에는 허전하다. 즉 옛날엔 이불 속에 넣고 잔 것 같다.

밤새도록 그 노인은 이불 속에 수염을 넣었다 꺼냈다 하면서 잠 한숨 자질 못한다. 그 다음 날 아침 그 어린아이를 만났을 때에도 끝내 노인은 그 수염을 어떻게 하고 잠잤는지를 말해주지 못했다.

누구나 사람들은 이 노인처럼 세상을 살아가고 있다. 무의식적으로 세상을 기계적으로 살아가고 있을 때에는, 자기의 수염이지만 그 수염을 의식 못 하는 법이다. 제 것을 제가 모른다. 자기의 행위를 자기가 모른다. 거기에 물음이 있을 때 비로소 나는 불면의 밤 속에, 나 자신으로 돌아오게 되는 것이다.

행복한 잠보다는 이런 불면의 밤이 더욱 소중하다는 것을 너는 알아야 된다. 아들이여, 너는 내가 무엇을 말하고 싶은지를 알 것이다. 우리는 이 산하에 태어났다. 무의식 속에서 태어난 것이다. 참외를 고르듯이 혹은 네가 문구점에서 연필을 고르듯이 그렇게 선택해서 우리가 이 한국 땅에 태어난 것은 아니다.

그러기에 이 산하의 의미를 모르면서 내 얼굴, 내 이름을 모르면서 그냥 살아가는 사람이 너무나 많다.

아들이여, 그러나 우리는 먼저 묻자. 저 산하를 향해서 묻자. 우리가 어떻게 살아왔는지, 저 생의 산언덕에 무슨 꽃이 피며, 저 역사의 강하에 어떤 물결이 스치고 갔는지를 아들이여, 묻자.

조급히 해답을 얻으려고 시험을 치듯 연필 끝을 그렇게 빨지 않아도 좋다. 우선 묻고 또 묻는 것이다. 물음이란 답답한 것이다. 고통스러운 것이다. 그러나 이 고통을 피해서는 안 된다.

가까이 오라. 아들이여, 내일의 한국인이여. 어제와 오늘의 이 산하를 향해 물어라. 천년 후에 얻어지는 대답이라 할지라도 물어라. 메아리가 없어도 물어라.

화롯가의 겨울

날이 추워졌다. 계절은 끝없이 되풀이되지만, 그 계절을 사는 인간들은 두 번 다시 같은 계절을 살지 못한다. 아들이여, 너희들의 겨울은 벌써 저 할아버지와 할머니, 그리고 어머니와 아버지들이 살던 옛날의 그 겨울이 아니다. 도회지에서 자라나는 너희들은 겨울의 뜻을 잘 모르면서 세상을 살아가고 있는 것 같다. 지금 석유난로가 있는 그 자리나 혹은 라디에이터 박스가 있는 그 언저리에 옛날 같으면 으레 화로라는 것이 있었다. 그 화로는 물건이라기보다는 겨울의 한 식구라고 말하는 편이 어울릴지 모른다. 투박한 질화로라도 반질반질 손때가 묻어 길이 들어 있다. 어느 집엘 가나 다 비슷하게 생긴 상표 붙은 그런 석유스토브가 아니다.

아들이여, 그러나 너에게 지금 그 화로를 다시 준다면 그것이 석유스토브만큼 따뜻하지 않다고 불평을 할지 모른다. 재는 자꾸 식어간다. 긴 겨울밤을 지탱하기에 그 화로의 불은 너무나도 무력한 것이다. 꽂아놓은 인두로 아무리 토닥거리고 또 부젓가락으로 식은 재를 헤집고 헤집어도 화로 속의 불은 기름만 있으면 언제나 타는 그 많은 열기를 주지는 않을 것이다.

그러나 아들이여, 인간은 피부만을 덥혀주는 그런 난로만으로는 세상을 살아가기 힘든 법이다. 마음이나 영혼을 녹여주는 또 다른 불을 갈망할 때가 있다. 용광로에서 무쇠를 녹이는 그런 불로도 얼어붙은 사람의 마음을 녹여줄 수는 없다. 옛날의 화로가 우리에게 준 것은 결코 타다 남은 몇 개의 불덩어리가 내뿜는 그런 화력만은 아니었다.

그것이 빈약한 것이었기에 온 식구들은 화로의 둘레에 모여 앉는다. 손을 함께 모아야 한다. 생각해봐라. 손등이 터진 어머니의 그 손과 흙이나 기름이 묻은 아버지의 투박한 손과 시집갈 나이가 된 예쁜 누나의 손, 주먹이 큰 형님의 손, 조개껍데기 같은 동생의 손, 온 집안 식구의 손이 함께 어울린 그 손들. 아니다, 그중에 비어 있던 누군가의 손이 뒤늦게 나타나면 식구들은 모두 자리를 그에게 양보해준다. 화롯불을 주는 것이 아니라 정을 주는 것이다. 화롯불이 아니라 바로 그 정이 바깥의 찬바람 속에서 얼어붙은 그 손을 녹여주는 것이다.

아들이여, 어찌 손만을 마주 잡는 것으로 끝났겠는가? 그 화롯가에는 언제나 따스한 정담이 오고 간다. 지금 너희들이 석유스토브 곁에서 만화책을 보거나 혹은 텔레비전을 보는 그런 시각에 옛날 그 화롯가의 아이들은 할머니나 할아버지의 옛날이야기를 들었다.

정말 그렇다. 질화로의 불이 석유스토브만큼 따뜻하지 않다고 불평을 하듯이 너희들은 또 화롯가에서 듣는 그 옛날이야기의 내용 역시도 만화만큼, 텔레비전만큼 재미가 없다고 할 것이다. 그 이야기엔 우주를 날아다니며 신나게 모험을 하는 소년도 없으며 말을 타고 광활한 천지를 달리는 영웅도 없다.

대체로 화롯가에서 듣는 이야기들은 졸리고 따분하다. 피와 마음을 뒤끓게 하는 그런 열기가 없다. 대부분이 바보 이야기들이다. 옛날 옛적, 바보가 장가가는 이야기. 그렇지 않다 하더라도 그것이 도깨비 이야기든 꼬랑지 닷 발의 불여우 이야기든, 근본적으로 따지고 보면 모두가 다 못난 사람의 이야기다. 똑똑하지도 않고 힘이 세지도 않다. 남에게 속다가 남에게 학대를 당하다가 고생을 하다가 눈물을 흘리다가 억울한 꼴을 당하다가…… 그러다가 끝내는 잘 살다 죽었다는 싱거운 이야기다.

그러나 아들이여, 우리는 이런 이야기 없이 춥고 긴 겨울밤을 어떻게 살 수 있었겠는가? 화롯가의 그 옛날이야기, 바보 이야기 속에는 너희들의 만화책이나 텔레비전의 그 신나는 이야기가 갖고 있지 않은 '재 속에 숨겨져 있는 불', 바로 그 화롯불의 신화가 있다는 것을 알아야 한다.

훌륭한 사람, 똑똑한 사람……. 사람들은 누구나 그렇게 되기를 희망한다. 그러나 능력 있는 사람은 언제나 경계를 당하기 마련이고 무엇인가 곁의 사람에게 불안을 던진다. 속지 않을까? 피해를 당하지 않을까? 그러나 바보는 남에게 놀림을 받고 멸시를 당해도 그가 우리에게 주는 것은 겨울의 질화로 같은 따뜻한 인정이다. 바보 앞에서만은 누구나 다 무장을 해제하고 또 피곤한 경쟁심의 허리띠를 끄른다. 바보 이야기는 우리에게 언제나 푸근한 마음을 준다.

아들이여, 너희들이 화로의 정을 모르듯이 또한 바보 이야기 속에 담겨진 슬기를 모를 것이다. 너희들이 아는 것은 겉으로만 뜨거운 저 불이다. 겉으로 드러난 저 능력, 저 힘, 저 지배의 신화이다. 그러나 아들이여, 정말 춥고 긴 그 겨울밤을 이겨내는 것은 재 속에 숨겨진 질화로 속의 불덩어리이며, 바보의 무능 속에 숨겨진 슬기의 광명이다.

너에게 다시 질화로를 주마. 바보가 어떻게 슬기로운 사람을 물리치고 저 온달처럼 아리따운 공주를 맞이하는가, 그 옛날이야기를 들려주마.

김장과 발효 문화

왜 그랬는지 모르겠다. 집에서 김장을 하는 날이면 공연히 신이 났다. 김장을 담그는데 어린애들이, 더구나 머슴애들이 무슨 도움이 되었겠는가? 대개 어머니들은 거치적거린다고 애들을 밖으로 내쫓는다. 그런데도 한사코 무나 배추 더미 사이를, 널려 있는 장독들 사이를, 김장을 담가주러 온 여인들 사이를 눈치 없이 헤집고 다니다가 곧잘 구박을 당하곤 했다. 그래도 그것이 즐거웠다. 왜 그랬을까? 여자들이 그리고 어른들이 하는 일인데, 무엇 때문에 김장 담그는 날에는 꼭 그렇게 참견을 했던가? 배추꼬랑이를 얻어먹으려고 그랬는가? 그렇지 않으면 모처럼 찾아온 외갓집 식구들이 좋아서 그랬는가? 어린 마음이었지만 앞으로 올 그 겨울을 근심해서인가?

나는 그 이유를 모른다. 아들이여, 다만 내가 알고 있는 것은 그것이 하나의 계절을 위한 잔치, 그리고 생을 위한 한국인의 한 의식이기도 하다는 점이다. 김장은 혼자서는 하지 못한다. 김장을 담그기 위해서는 많은 사람들이 모여야 한다. 장꾼들처럼. 그것도 그냥 모여드는 것이 아니라 가장 가까운 이웃, 서로 떨어져 살던 그리운 사람들이 한 뜰 안에서 만나야 한다. 그렇다. 그들은 단순히 일만 도와주려고 온 것이 아니다. 만나서 이야기하고 푸념과 회포를 풀어놓는다. 그러면서도 그것은 음식을 먹으며 떠들어대는 칵테일파티 같은 것은 아니다. 모든 잔치는 사람들이 모여 음식을 먹는 것이지만 김장만은 정반대로 사람들이 모여 음식을 만들어주는 잔치인 것이다. 여자들만이 아니다. 남자들의 힘도 필요하다. 물을 길어주고 김장 구덩이를 파주어야 한다. 김장은 이렇게 인간의 협화協和를 필요로 한다.

분업이 무엇인지를 잘 몰랐던 한국인이었지만 김장을 담글 때만은 포드가 창안해낸 그 일관 작업처럼 씻는 사람, 절이는 사람, 양념을 하는 사람, 간을 맞추는 사람…… 이렇게 각기 다른 자기 몫을 가지고 전체의 작업에 참여하는 것이다. 그것은 작은 교향악단이다.

아들이여, 어느 나라에나 이런 김장의 풍속이 있는 것은 아니다. 근대화된 오늘이라 해도 김장은 아직도 한국 고유의 가족적인 생활 의식의 하나로 남아 있지 않은가? 그러므로 너희들은 어째서 한국에서만 '김장'이라는 것이 그토록 큰 생활의 비중을 차지하고 있는지 생각해보지 않으면 안 될 것이다.

어느 나라 사람이나 '먹는 것'은 다 같다. 그러나 먹는 방법과 양식이 다르다. 그것이 채소이든 육류이든 대개 사람들은 '날것'으로 그냥 먹거나 불에 익혀서 먹는다. 생식生食이 아니면 화식火食이다. 너는 알 것이다. 짐승을 잡아서 꼬챙이에 끼워 통째로 불에 구워 먹는 옛날 서양 사람들의 풍습을 말이다. 그들이 오늘날에도 즐겨 사용하는 바비큐란 것이 그것이다. 서양 사람들은 육류를 좋아했고, 그래서 또 그만큼 화식의 방법을 주로 썼다. 동양에서는 생식이 많다. 하늘이 주신 그대로의 것을 날것 채로 먹는 요리들이 많다. 옛날 원시인들이나 동양의 성자들은 대개가 다 생식을 했다.

아들이여, 한국인은 어떠한가? 생식과 화식을 주로 했다면 김장 같은 것은 필요하지 않았을 것이다. 한국인들은 김치든 깍두기든, 식혜나 장이나 술처럼 발효시켜서 먹는다. 저 김치 맛과 깍두기의 맛, 그리고 된장이나 동치미의 그 맛들은 모두가 생식이나 화식과는 달리 발효에서 생긴 독특한 미각을 우리에게 준다.

아들이여, 한국인의 정신을 이해하려면 바로 이 발효시켜서 먹는 그 음식의 미각이 어떤 것인가를 먼저 알아야 할 것이다.

서양 사람들이 무엇인가 발효시켜서 먹는 것은 '포도주' 정도에 지나지 않는다. 우리는 일상의 음식을 '포도주'를 담그듯이 담가 먹었던 것이다. 발효란 무엇인가? 아들이여, 대체 삭혀서 먹는다는 것은 무엇인가. 음식이 발효를 하자면 시간이 필요하다. 즉석에서는 만들지 못한다. 생식이나 화식은 그 자리에서 만들어

먹는 성급한 요리지만 김치나 깍두기는 날것으로 먹을 수 없다. 도저히 그 맛이 나지 않는다. 천천히 시간이 흘러 그것이 발효할 때까지 기다려야 한다. 역사적으로 보면 우리는 배고픈 민족이 었지만 이렇게 음식을 단숨에 날것으로 삼켜버리거나 불로 익혀서 먹으려 들지 않았다. 참았다. 침묵의 시간에서 저 날것들이 발효할 것을 기다렸다. 메주가 뜨는 것처럼 술이 익는 것처럼. 아니다, 하나의 감이 익는 것처럼 밤이 아람을 벌리는 것처럼 먹고 싶어도 침을 삼키며 절로 그것들이 스스로 익기를 기다렸다.

레비스트로스Claude Levi-Strauss라는 구조주의자構造主義者는 어떤 문화이든 그 구조를 살피기 위해선 미각소味覺素의 분절과 체계를 토대로 통찰해야만 된다고 했다. 그는 그것을 꿀과 담배라는 이항적인 대립 요소로 나타낸 적이 있다. 꿀은 날것인 채로 그냥 먹는 것이다. 인위성을 덧붙이지 않은 채 먹는 음식물이다. 신이 주신 그대로 완성된 요리이다. 그러나 담배는 생것으로는 먹을 수 없다. 완전히 불태워 재를 만들고 연기로 바꾸었을 때에만 비로소 인간에게 즐거움을 준다. 꿀이 생식의 극이라면 담배는 화식의 극이다.

그러나 레비스트로스에게 말하라. 우리에게는 중간적인 것, 자연 그대로이면서도 이미 날것 그대로의 자연이 아닌 것, 불로 지지고 태운 것이 아니라 스스로 화학적 변화 속에서 미각화味覺化된 발효의 '김치'가 있다는 것을 말하라.

한국인의 문화는 인공적인 것이 아니다. 문명의 상징인 불로 태워서 만든 인위적인 문화가 아니다. 그렇다고 '꿀'처럼 자연 그대로의 야만성을 수용하는 문화도 아니다.

우리는 자연을 발효시킨다. 스스로 변화하도록 하는 발효의 문화다. 김칫독처럼 정신을, 자연을, 물질을 담근다. 한국인이 만든 예술품이나 생활용품을 가만히 분석해보면 그것이 저 김칫독 속에서 나온 김치나 깍두기처럼 발효해서 얻어진 것임을 알 수 있을 것이다.

사랑도 인생도 죽음도 김장을 담그듯이 담가놓고 기다린다. 절로 뜰 때까지 참고 기다린다. 침묵의 시간 속에서 밀폐된 어두운 김칫독에서 익어가는 사상─김장은 한국인의 마음과 그 생활방식을 상징하는 생의 의식이요, 잔치이다.

아들이여, 성급하게 날것인 채로 삼키지 말라. 불로 익히지 말라. 발효시키지 않으면 안 된다. 절로 익어가는 그 생의 미각을 김장하듯이 그렇게 예비해두지 않으면 안 된다.

곰의 승리

김장독에서 무나 배추가 서서히 발효해가듯이, 그래서 이윽고 그 침묵의 시간 속에서 본래의 그 억센 푸성귀의 맛과 전연 다른 미각으로 변해가듯이, 아들이여 한국인의 마음도 그렇게 해서 성숙해간다는 것을 알아라.

너는 학교에서 단군신화를 들은 적이 있었을 것이다.

곰이 사람이 되는 그 이야기를 너희들은 그저 생쥐가 사람처럼 옷을 입고 다니는 미키 마우스 만화 같은 것이라고 생각할는지 모른다. 우선 창경원에 나가야 겨우 볼 수 있는 곰 자체가 너희들에겐 낯설기만 할 것이다. 그러나 아들이여, 다시 한 번 생각해보라.

어떻게 해서 저 미욱한 곰이 아리따운 웅녀가 되었는가? 어떻게 그 많은 뻣뻣한 짐승의 털이 다 뽑히고 신시神市의 새벽바람처럼 싱싱하기 짝이 없는 한 색시의 보드라운 살결로 변하게 되었는지를 생각해보라.

사람이 되게 해달라고 간절히 소망했던 곰에게 하느님은 어두운 동굴 속에 들어가 햇빛을 보지 말고 매운 마늘과 쑥만 먹고 백 일 동안 기름하라고 했다. 짐승이 인간이 되려면 무엇이 있어야 하는가? 더 큰 이빨인가? 날카로운 이빨인가? 더 큰 잔인성인가? 아니다. 아들이여, 곰보다도 힘이 세고 사나운 호랑이는 곰처럼 사람이 되고 싶어 동굴 속에 들어갔지만 끝내 인간이 되지 못했다는 것을 봐도 알 수 있지 않은가. 인간이 짐승보다 나은 것은 결코 이빨과 발톱의 그 흉포한 힘이 있기 때문이 아니다. 호랑이는 동굴의 어둠을, 쑥과 마늘의 역겨운 음식을 참아내지 못했다. 사나운 호랑이보다는 도리어 우직한 곰이 그보다는 더 끈기 있게 잘 참을 수 있었기 때문에, 저 찬란한 아침 햇살 속에서 한 인간으로 화신했던 것이다.

사람이란 무엇인가? 너희들에겐 어려운 문제인지 모르겠다. 그러나 한 가지 분명한 것은 너희들이 맨 처음 탯줄을 끊고 이 세상에 태어나 젖을 찾아 울었을 적에는 강아지나 돼지와 같은 짐승과 마찬가지였다는 사실이다. 사람은 처음부터 사람으로 있는 것이 아니다. 곰처럼 짐승의 상태에서 사람으로 되어가는 그런 존재이다. 가만히 돌아다보면 이 세상에는 아직도 짐승의 저 발톱과 이빨, 그리고 온몸의 흉측한 털을 벗지 못한 사람들이 얼마나 많은지 모른다.

단군신화처럼 나도, 그리고 너도 인간이 되려면 어두운 동굴에 갇혀서 쑥과 마늘을 먹는 고난과 숱한 시련을 이겨내지 않으면 안 된다. 무엇으로, 무슨 힘으로 갑갑한 어둠을 이겨낼 것인가? 쓴맛을 참고 견뎌낼 것인가?

더구나 동굴은 열려 있다. 언제고 나갈 수 있는 자유가 있다. 그러기에 호랑이는 도중에 그 굴을 빠져나가 영영 호랑이의 탈을 벗지 못하고 짐승의 모습으로 살아갈 수밖에 없다. 여기에 그 어려움이 있는 것이다. 당장 지금 인간이 되고 싶은 꿈을 버리기만 하면 자기는 그 고통을 겪지 않아도 된다. 그저 유혹과 싸우면서 스스로 동굴의 어둠을, 그 고통을 모두 운명처럼 온몸으로 끌어안을 때만 그 어둠을 이겨낼 수 있다.

사람이 짐승과 다른 것이 그것이다. 먹고 싶고 잠들고 싶고 물어뜯고 싶고 울부짖고 싶지만 인간은 짐승처럼 자기 욕망에 그대로 자기 몸을 내맡기지 않는다. 너 보았느냐, 식욕이 있을 때 점잔을 빼는 짐승을 보았느냐, 약한 토끼를 앞에 놓고도 그 생명을 유린하지 않는 맹수를 본 적이 있느냐. 내가 나와 싸운다. 그래서 짐승인 '나'를 이겨내는 '나'가 있다. 그런 '나'가 내 주인이 된다. 그것이 사람이다. 더 정확하게 말하면 한국인의 인간관이다.

단군신화만이 아니다. 춘향이도 처음에는 한 마리 곰에 지나지 않았다. 옥에 갇히기 전까지는 평범한 '동물로서의 여성'과 별로 다를 게 없다. 그러나 마치 저 곰이 동굴 속에서 어둠의 시련과 싸운 것처럼 춘향이는 옥에 갇혔을 때 비로소 아리따운 인간으로

화하여 아침의 햇살을 맞이한 것이다.

아들이여, 춘향의 옥은 곰의 동굴이다. 변학도의 매는 맵고 쓴 마늘이며, 쑥이다. 수청을 들기만 하면 춘향이는 그것을 모면할 수 있다. 어느 것을 선택하느냐, 그것은 자신의 자유이다.

춘향이가 정말 싸운 것은 바로 그 두 개의 나—옥의 어두움 속에서 이도령의 사랑을 지키려는 고난의 자기와, 고통을 피해 뛰어나가 변학도에게 술을 따르기만 하면 되는 안이한 '나'의 싸움이었다.

어떤 '나'가 이겼는지 너도 알 것이다. 반드시 이도령이 나타나지 않아도 좋았다. 춘향은 쉽게 살아가는 '나'보다 고난 속을 걷는 '나', 외로움 속에 있는 나를 선택했을 때, 수천 년 전 짐승의 탈을 벗은 저 웅녀처럼 밝은 신시의 아침에 환희의 눈물을 흘렸을 것이다.

아들이여, 너희들은 참는 버릇이 날로 없어져간다. 너의 아버지 때보다, 너의 할아버지 때보다 세상은 훨씬 편해져 있기 때문에 '참을성'의 의미도 그만큼 줄어든 것이다. 참을 필요도 없이 기계가, 편리한 도구가 너희들의 고통을 덜어준다.

형광등은 촛불처럼 껌벅거리지 않으며 너희들의 신발은 짚신처럼 껄끄럽거나 쉬 들리지 않는다. 너희들은 잘 걷지도 않는다. '동굴'의 의미를 너희들은 모른다.

옛날에는 아이들이 어른이 되려던 반드시 성년식이라는 의식을 거치지 않으면 안 되었다. 성년식의 구조는 곰의 동굴처럼 자기의 가족이나 마을로부터 떨어진 곳으로 가야 하고 거기에서 그 단절과 고통을 겪어야 했다. 참고 견디고 이겨낸다. 그래야만 상징적인 그 죽음을 통해서 재생再生을 하게 되고, 아이에서 어른이 되어 사회의 한 사람으로 인정받게 된다. 현대에도 너희들은 제각기 마음속에 이 성인식을 치러야만 비로소 어른이 되는 것이다.

아들이여, 다시 한 번 생각해보라. 인간의 참맛을 얻기 위해 푸성귀가 김장독에서 발효해가듯이 너희들도 너희들 자신을 어디엔가 가둘 줄 알아야 한다. 밤의 의미를 모르는 자는 아침의 의미도 또한 모르는 자이다.

잃어버린 어깨춤

아들이여, 너는 한국의 노래[詩]를 아는가? 자연을 읊은 그 노래들은 모두가 다 아름답고 평화롭다. 그래서 아마 너희들은 그 시인들이 편하고 안락한 환경 속에서 그런 노래를 불렀을 것이라고 상상할는지 모른다.

그러나 아들이여! 사실은 그런 노래일수록 대부분이 어둡고 쓸쓸한 고난의 땅에서 생겨난 것임을 알아야 한다. 여유가 없을 때 도리어 여유를 발견하고 절박한 고난 속에서 거꾸로 확 트인 평화의 세계를 이끌어내는 것이 한국인의 노래이며 그 슬기였다. 말하자면 지옥 속에서 천국을 얻는 마술이다.

시조 작가들이 무릉도원武陵桃源이라고 읊은 낙원들은 대개 유흥지가 아니라 유형지流刑地였다는 것을 기억해보면 알 것이다. 그들은 피크닉이나 관광여행을 간 것이 아니라 귀양길을 떠난 사람들이다. 당쟁이 심했던 조선조 때의 벼슬길은 곧 귀양길과 통하는 수가 많았다. 죄인들이 사는 유배지가 어떻게 극락일 수 있겠는가? 그곳이 지옥 같은 곳이었음을 너희들도 쉽게 상상할 수 있을 것이다.

그런데도 그들의 시를 읽어보면 귀양살이를 떠나는 그 죄수들이 마치 즐거운 피크닉을 가거나 알프스 산을 오르는 관광객처럼 그려져 있다. 황량한 유배지가 형벌의 땅이 아니라 무릉도원의 선경仙境으로 묘사된다. 지옥으로 보냈지만 그들은 그것이 천국이나 되는 것처럼 귀양살이 자체를 미화해버린 까닭이다.

아들이여, 옛 시조를 한번 조심스럽게 읽어보아라.

「백구가白鷗歌」 같은 것을 보면 그 작자가 스스로 벼슬을 버리고 시골로 돌아간 것인지, 관직을 박탈당하고 귀양 온 것인지 거의 식별할 수 없을 것이다.

세인트 헬레나의 유배지에서 거친 바다의 수평선을 바라보며 이를 갈고 눈물을 흘리며 땅을 치고 번뇌하던 나폴레옹의 모습을 생각해보자. 그는 패배와 지난날의 영광 사이에서 상처받은 야수처럼 울부짖고 있다. 만약 그를 귀양 보낸 적들이 이러한 나폴레옹의 모습을 구경했다면 회심의 미소를 지었을 일이다. 좁고 외로운 섬, 그리고 그를 에워싼 거친 바다를 저주하며 붉은 카펫이 깔려 있는 궁전과 영광의 군기를 다시 찾는 복수의 감정, 그것이 나폴레옹의 노래이다.

그러나 아들이여, 한국의 유형지에서는 전혀 다른 광경이 벌어진다. 그들은 눈물을 흘리지도 않으며 저주와 분노의 주먹도 쥐지 않는다. 한국의 세인트헬레나는 고요하고 화평한 밤에 휩싸인다. 도리어 그들은 귀양 오기 전의 과거(벼슬살이)를 뉘우치고 있는 것이다. 그리고 형벌의 땅에 주어진 쓸쓸한 산과 강을 사랑한다.

그곳이야말로 쫓겨온 곳이 아니라 자기가 찾아야만 했던 안식의 땅이라고 생각한다. 만약 신선처럼 앉아 '무릉도원이 예 아니냐'라고 노래 부르고 있는 그들을 귀양 보낸 그 정적들이 바라본다면 어떠한 생각이 들겠는가? 몸부림치며 탄식하는 나폴레옹을 바라보던 그들과는 달리 실망과 패배감마저도 느끼게 될지 모른다.

고생을 시키려고 귀양을 보냈는데도 형벌의 고난은커녕 흥겨운 「어부가漁父歌」나 「산중신곡山中新曲」을 부르고 있는 그 죄수들의 모습에서 야릇한 열등의식마저도 느끼게 되었을 일이다. 누가 승자이며 누가 패자인지조차도 모른다.

서양 사람들은 고난을 물리적인 힘으로 극복하려고 했지만 동양인은, 특히 한국인은 이렇게 고난을 화학적인 힘으로 중화시켜 버렸다. 이것이 고난을 받아들이는 동·서양의 커다란 차이점이라고 말할 수 있다.

귀양살이만이 아니었다. 가난을 대하는 태도도 마찬가지다. 그들은 초가삼간을 궁궐처럼 큰 집으로 만들기 위해 고생하지는 않았다. 그들이 노력한 것은 초가삼간 속에서도 어떻게 즐길 수 있느냐 하는 것이었으며, 그 가난 속에서도 어떠한 삶의 보람을 찾아낼 수 있느냐는 마음의 문제였다. 말하자면 빈곤에 자족하는 생활 철학이 부를 얻는 생활 경제학보다 우선하는 삶이었다.

귀양 간 선비들이 고독과 실의를 도리어 자연의 풍류로 바꾸었듯이 가난과 고통을 생활의 풍류로 옮겨놓았다. 귀양살이가 자연을 발견하는 시각이 되었듯이 빈곤은 야취野趣라는 멋의 미각을 준다. 가난해서 지붕을 해 일 수가 없다. 가난해서 앉아야 할 방석이 없고 밝혀야 할 등불이 없고 또 남루한 벽에는 바람을 막을 병풍이 없다. 그러나 그들은 절망했는가…….

결코 그렇지 않다. 그들의 노래를 들어보면 오히려 가난했기에 즐길 수 있는 '멋'이 생겨난다.

> 짚방석 내지 마라 낙엽엔들 못 앉으랴
> 솔불 혀지 마라 어제 진 달 돋아온다
> 아해야 박주 산채일망정 없다 말고 내어라

이 시조에서 보듯이 낙엽은 짚방석이 되고 달은 솔불이 된다. 가난은 이렇게 자연과 친해지는 계기가 된다. 빈곤은 극복되어야만 될 비극이 아니라 여기에서는 하나의 멋으로 바뀌어져 있다. 가난은 가장 값비싼 멋이기도 했다.

아들이여, 시조의 작자들이 고사리나물을 캐먹고 살았다 하여 불쌍하게 여기지 마라. 같은 산채라도 죽지 못해 하는 수 없이 뜯어먹는 그 맛과는 다른 것이었다. 그들은 고사리나물을 캐러 가는 것을 약초를 구하러 간다고 말하는 것이다.

대체 고난의 유형지에서 선경을 느끼고 쓰디쓴 가난의 그 산채에서 약초의 맛을 느끼는 한국인의 노래, 옛날 그 시조의 바닥에 깔려 있는 그 마음은 무엇인가?

아들이여, 그 노래를 들을 때 너는 무엇을 느끼는가? 그것은 바로 '흥'이다. 어깨춤이 나는 신바람이다.

슬픔도 가난도 억울함도, 그리고 외로움까지도 모두 '흥겨운 것'으로 승화되는 세계. 한국인에겐 이 신바람의 어깨춤이 있었기에 천년의 고난 속에서도 주름살을 펴고 살았던 것이다.

아들이여, 너는 어깨춤을 모른다. '신바람'이라는 것을 모른다. 고난을 화평으로, 가난을 멋으로 바꿀 줄 아는 저 정신의 화학적 연금술을 너는 모른다. 시조 한 가락을 읊어보거라. 잃어버린 너의 어깨춤을 다시 불러일으켜야 한다.

눈사람을 만들자

눈이 정말 많이 내린 날 아침, 아들이여 나는 너희들이 눈사람을 만들고 노는 것을 보았다. 나는 그때 처음으로 너희들을 위해 좀더 넓은 뜰을 마련해주지 못한 아버지의 무능을 가슴 아프게 생각했다.

도시의 뜰은 좁다. 눈사람을 만들기에는 그 공간이 넉넉지가 않다. 너희들도 그것을 잘 알 것이다. 눈사람을 만들려면 아직 사람의 발자국이 나지 않은 채 그대로 쌓여 있는 하얀 눈이 필요할 것이다. 그러나 도시의 눈은 내리자마자 더럽혀진다. 사람들의 흙 묻은 구두에 짓밟히고 자동차 바퀴에 찢기고 만다.

저 순수한 눈이 하늘에서 내려온 그대로 쌓일 만한 공간이 없는 것이다. 남아 있는 빈터가 없다. 지붕이나 먼 산의 능선에나 겨우 그 흔적을 남길 뿐이다.

그래서, 너희들이 만드는 눈사람은 언제 봐도 초라하다. 아버지가 너희들처럼 어렸을 때 만들었던 그 눈사람은 더 크고 더 깨끗하고 더 둥근 것이었다. 손만 시리지 않으면 얼마든지 큰 눈사람을 만들 수 있는 그 하얀 눈이 어디에고 깔려 있었다. 마당이 좁으면 길이 있고 길이 좁으면 들판이 있다. 사람의 발자국이 나지 않은 꿈같은 눈 벌판이 있다. 나는 너희들이 만든 주먹만 한 눈사람을 볼 적마다 너희들 자신의 모습을 보는 것 같아서 눈 내린 날 아침 모처럼 행복해지던 그 마음에 일말의 그늘이 서린다.

아들이여, 눈의 의미를 한번 생각해봐라. 너희들이 만든 눈사람이 좀 작다 해서, 그리고 좀 연탄재가 묻었다 해서 왜 그토록 내가 상심하고 있는가를 알게 될 것이다.

눈은 동화와도 같다. 아직도 이 세상에—문명으로 변질해버린 이 세상에, 옛날과 마찬가지로 하얀 눈송이가 내리는 것은 인간에 대한 신의 은총이 다하지 않았다는 증거이다.

눈의 빛은 희다. 사람들이 제일 많이 상실해버린 빛이 바로 그 눈송이 같은 백색인 것이다. 그것은 어린아이의 빛이며 탄생 이전에 있는 무의 빛, 고향의 빛이다.

사람들은 하얀 종이를 그대로 두지 않는다. 무엇인가를 쓰고 그림을 그리고 색을 칠한다. 사람들은 텅 빈 것을 보면 불안을 느낀다. 그래서 흰빛을 죽여가면서 살아가고 있다. 너희들이 이 세상에 제일 먼저 태어났을 그때에는 하나의 흰 눈이었다.

모든 것이 잠들어 있을 때 문득 기적처럼 내린 눈발처럼 너희들은 그렇게 이 세상으로 왔다. 마음도, 육체도 하얀 그대로였다.

그러나 시간이 흐르면서 너희들의 순수성은 밟히고 만다. 녹고, 그리고 진흙이 된다.

이것이 '순수'의 비극이다. 눈은 희기 때문에 금세 더럽혀지고 만다. 또 그것은 얼마나 쉽게 녹아버리는가. 많으면 그냥 밟히고 만다. 그 생명은 짧기만 하다. 하늘에서 지상으로 내려오는 순간, 눈의 순수성은 사라지고 만다.

아들이여, 때 묻지 않은 순수한 사람, 그리고 철없이 사는 어린 사람들은 눈사람과도 같은 것이다. 그것은 오래 이 땅에 머물러 있을 수가 없다. 나는 어렸을 때 내가 만든 그 눈사람이 녹아 없어져가는 것을 서러운 마음으로 바라본 적이 많았다. 자고 일어나면 그 눈사람은 조금씩 잦아들어가는 것이다. 형체가 무너져가고 그 빛깔이 변해간다. 눈부시게 찬란했던 은빛 눈송이는 잿빛으로 바뀌어간다. 가슴팍까지 올라왔던 눈사람의 키는 자고 일어날 때마다 한 치씩 줄어들어간다. 눈사람은 고난 속에서 근심을 갖고 사는 사람처럼 나날이 야위어간다.

아들이여, 내가 마지막 본 것은 무엇이었던가. 눈사람이 서 있던 그 자리에 남아 있던 것은 무엇이었는가. 어느 날 눈사람은 흔적도 없이 사라지고 거기에 남아 있었던 것은 까만 숯 덩어리, 눈사람의 그 검은 숯검정뿐이었다. 순수한 것은 모두 사라지고 더러운 흑색의 숯 덩어리밖에는 남아 있는 것이 없다. 어째서 깨끗하고 순결한 것은 그토록 쉬 없어지고 또 어째서 검고 더러운 것은 그토록 오래 남아 있는가.

눈사람이 눈사람인 채로, 백색의 대리석처럼 영원히 살아갈 수 있는 그런 세상은 없는 것일까?

아들이여, 이제야 내 마음을 알겠는가? 너희들이 만든 눈사람의 크기는 너희들에게 남아 있는 그 순수한 생명의 부피와도 같다. 그것은 바로 너희들의 운명과도 같은 것이다. 옛날 어린아이들이 만든 그 눈사람과 오탁의 도시 속에 너희들이 지금 만들고 있는 그 눈사람을 비교해보면 이 시대의 문명이 어떤 것인가를 너희들도 알 수 있을 것이다.

흰 눈이 내려서 쌓일 만한 빈터가 남아 있지 않다. 눈사람은 날로 왜소해져간다. 이왕 녹고 더럽혀질 것이라도 그 생명이 짧고 덧없는 것이라 해도 아들이여, 더 크고 깨끗한 하얀 눈사람을 만들지 않겠는가? 사람들의 구두에 아직 짓밟히지 않은 눈을 긁어모아 우리의 꿈보다도 더 큰 흰 눈사람을 만들지 않겠는가? 빨갛게 언 너희들의 손에 털장갑을 끼워주마. 어머니에게 부탁해서 더 따뜻하고 포근한 장갑을 떠달라고 하자.

아무리 바빠도 너희들이 눈사람을 뭉칠 때 아버지도 그냥 보고만은 있지 않겠다. 너희들을 도와줄 것이다. 옛날 그때처럼 입김으로 시린 손을 녹이며 하얗고 하얀 그 눈사람을 만들었다.

그리고 아들이여, 우리가 커다란 눈사람을 만들 수 있게 더 많은 함박눈을, 더 희고 아름다운 그 함박눈을 내려달라고 빌지 않겠는가? 하느님이 인간에의 사랑을 아직도 다 버리지 않았다면 오탁의 거리를 다시 번쩍이는 저 백설의 기쁨으로 덮어줄 것이다.

반디의 의미

'반디'라고 하면 아는 사람이 별로 많을 것 같지 않다. 대개는 다 그것을 개똥벌레라고 불렀으니까.

여름의 초저녁 어둠이 쌓이는 개울가나 숲속에는 으레 유성처럼 반딧불이가 날아다닌다. 아마 누구나 어린 시절에 그 신비한 불을 잡으려고 노래를 부르며 돌아다니던 여름밤의 추억을 가지고 있을 것이다.

그런데 우리는 추억의 환각과도 같은 그 아름다운 반디를 어째서 개똥벌레라고 불렀는지 알 수 없는 일이다. 반딧불이가 나에게 준 실망은 그 이름에서부터 시작되었는지 모른다. 그 이름만이 아니다. 어릴 적에 부르고 다니던 민요도 그 시정詩情이란 것을 찾아보기 힘들다. 모두가 반디를 잡자는 것뿐이다.

"개똥벌레 뻑뻑, 쇠똥벌레 뻑뻑, 윗물은 달고 아랫물은 쓰다." 가 아니면 "앞집의 개똥아, 뒷집의 복동아, 저 개천 이쪽저쪽 번쩍번쩍거린다. 자루자루 손에 들고 어서어서 잡으러 가자."이다.

정말 우리 국민은 자연을 사랑했을까? 꽃을 보면 꺾고 벌레를 보면 잡아 죽인다. 그리고 반딧불이를 떼내어 눈꺼풀이나 이마에 붙이고 도깨비장난을 한다.

더구나 선천宣川 지방의 민요를 들어보면 한국인의 빈곤 리얼리즘을 느끼게 된다. "갯띄벌기 똥똥 갯띄벌기 똥똥 우리 집에 붙었다. 날레 와서 밝혀라. 갯띄벌레 똥똥……." 석유등잔도 사치스럽던 옛날, 시골 아이들의 눈에는 개똥벌레가 낭만 이전에 어둠을 밝히는 등화의 이미지로밖에는 비쳐지지 않는다. 빗자루를 들고 여름 냇가를 지나도 반딧불이는 여전히 나에게 실망을 주었다. 점잖은 선생님들이 큰기침을 하며 교훈을 할 때마다 반딧불이의 이야기가 곧잘 오르내렸다.

가난한 중국의 한 선비 차윤車胤은 반딧불이를 잡아 비단 주머니에 넣어 그 불빛으로 책을 읽었다는 것이다. 그것은 면학의 상징이었다. 그래서 노트 표지에도, 필통에도, 배지에도 반딧불이가 그려져 있다. 그러나 면학의 감시자로 나타난 그 고상한 반딧불이도 여름밤 풀숲을 날아다니는 이슬 같은 그 불빛의 시정과는 거리가 먼 것이다.

나는 차윤을 존경할 수가 없었다. 반딧불이 아니라 형광등 밑에서 텔레비전을 보고 있는 너희들의 감각에 그 면학의 고사故事는 좀먹은 한적漢籍처럼 따분하게 보일지도 모른다는 뜻에서가 아니다.

차윤은 결코 시인은 아니었던 것 같다. 그는 생의 의미를 잘 몰랐던 것 같다. 어느 작가의 표현처럼 "별빛이 땅에 내려온 것처럼 보이는 반딧불"의 의미가 무엇인지를 알았더라면 차윤은 그것을 잡아 멋없는 책장을 넘길 수 없었을 일이다. 책의 언어보다도 더 많은 의미가 저 여름밤의 짧은 어두운 공간 속에서 날고 있다는 것을 그는 몰랐다.

만약 그가 책갈피 속에서 인생을 배우는 사람이 아니라, 피가 흐르는 생생한 현실 속에서 생활의 언어를 찾으려 한 사람이었더라면 아마 반딧불은 촛불의 대용물이 아니라 두보杜甫의 경우처럼 이런 시구로 변신되었을지도 모른다.

여름밤의 반딧불에 도리어 하늘의 별빛이 드뭇하도다.

—두보杜甫, 「견형화見螢火」

과학의 위력이 무엇인지를 알게 된 나이, 그래서 파브르의 『곤충기』를 읽기도 하고, 포접망을 들고 여름방학 숙제를 하기도 하고, 또 무지개가 결코 선녀의 다리가 아니라 빗방울이 떨어질 때 프리즘의 그 분광 작용에 의해서 생겨나는 것이라는 사실을 변성기의 굵은 목소리로 철없는 동생에게 뻐기며 설명을 하던 나이, 중학생이 된 그때에도 반딧불이는 여전히 나를 실망시켰다.

생물 선생의 말을 들어보면 반딧불이의 그 신비한 광채는 근본

적으로 더러운 흙탕물 속에서 소리치고 있는 개구리의 울음소리
와 다를 것이 없었다. 그 불빛은 암놈을 부르는 신호이기 때문이
다. 개구리가 소리로 짝을 부르는 것을 반디는 빛으로 알리는 것
뿐이다.

반딧불이가 어지럽게 난다. 껐다 켰다 하는 사랑의 등불이다. 그들은
제 몸을 태워서 빛을 발하여 짝을 부르며 나는 것이다. 날면서도 빛을
발하고 풀잎에 앉아서도 빛을 발하여 누구인지 모르나 그리운 짝을 청
하는 것이다.

이광수李光洙의 『사랑의 동명왕東明王』에 나오는 반딧불이의 묘
사도 생물 선생의 강의를 약간 분칠한 것에 지나지 않는다. 본능
적인 섹스의 등불을 이광수의 버릇인 플라토닉한 사랑의 등불로
바꿔놓은 그 이상의 감동을 주지 않는다.

그보다도 이런 과학적 안목으로 반딧불이를 보기 시작했던 무
렵에 나를 더욱 실망시킨 것은 셰익스피어의 작품이었다. 그가
쓴 『햄릿』의 1막 1장은 내가 그에 대해서 지니고 있던 존경심이
무너졌던 바로 그 1막 1장이기도 했다. 햄릿이 부왕의 유령을 만
나던 날 밤, 그 스릴 만점의 반딧불로 끝을 맺게 된다. 반딧불이
의 불빛이 꺼져가기 시작한 것을 보니 먼동이 트는 시각이 된 것
같다고 햄릿은 독백을 한다.

그 장면에 반딧불을 등장시킨 것은 과연 셰익스피어가 천재적인 시인이라는 것을 입증하고도 남는다. 그렇다. 분명히 반딧불은 새벽빛이 밝아오면 유령처럼 힘없이 꺼져간다. 유령이 나타났다 사라지는 비현실적인 장면은 리얼한 반딧불 묘사로 현실 이상의 사실감을 준다. 그러나 아들이여! 셰익스피어는 까마득히 잊어버리고 있었다.

반딧불이는 여름밤에 나타나는 벌레인데도 그 밤은 딱하게도 '살을 에는 추운 밤'으로 설정되어 있지 않던가? 추위가 빛 속으로 스며드는 밤에 반딧불이가 날고 있다는 것은 죽은 부왕이 유령이 되어 나타났다는 것 이상으로 비과학적인 일이다.

이렇게 나에게 있어서 반딧불이는 실망의 연속이었다. 반딧불의 참된 의미, 그리고 반딧불에 대한 나의 참된 시선의 발견은 내가 글을 쓰게 된 뒤부터의 일이다. 반딧불에 대한 궁금증은 곧 시의 언어에 대한 궁금증이기도 했다.

아들이여, 왜 우리는 시를 쓰는가. 저 시장 속에서 떠드는 일상인의 언어에서 시의 언어를 구분할 수 있게 하는 그 의미는 무엇인가. 반딧불이 나에게 가르쳐준 것은 바로 그런 물음에의 답이었다.

모든 짐승이나 벌레는 빛을 외부로부터 구한다. 태양과 달과 별과, 혹은 등화나 장작불로부터 빛을 구하는 것이다. 그러나 반디만은 제 몸에서 스스로 진리의 빛을 발한다. 아! 이 내면의 빛,

시인은 진리를 반사하는 자가 아니다. 진리의 햇빛 속에서 숨 쉬는 것이 아니라 스스로 진리의 빛을 발전發電한다. 자기 생명이 빛을 발전하는 모터가 되는 것이다.

그리고 반디는 모든 것이 어둠 속에 매몰될 때에도, 홀로 그 암흑의 심연 속에서 자기의 존재를 표현한다. 시인은 남을 비추기 전에 자기 존재를 알려주는 신호의 그 은밀한 수단을 알고 있다. 역사가, 현실이, 생활이, 가장 어려운 정치의 암흑기 속에서도 시인은 자기 존재를 결코 어둠 속에 그냥 파묻어두지 않는다. 자기 존재의 신호는 한곳에 못 박혀 있거나 맑은 궤도를 돌고 있는 죽은 전체의 빛과도 다르다. 끝없이 날고 또 날면서 생명의 곡선을, 변화무쌍한 그 곡선을 어둠의 공간 속에 내던진다. 그것은 살아 있는 생명의 등화요, 별이다.

하지만 반딧불은 더 슬픈 시인의 메타포를 지니고 있다. 반딧불은 연소하지 않는다. 화염도 없으며 연기도 열기도 없다. 반딧불은 초원을 불태울 수도 없으며 가장 얇은 살얼음도 녹일 수 없다. 싸늘한, 그리고 불꽃 없는 불, 비현실의 불이다. 그것은 죽어버린 불, 상징의 세계로 승화된 기호記號의 불이다.

시인의 언어는, 정치가나 법률가나 시장에서 그 값을 흥정하는 상인들의 언어보다도 현실성을 지니고 있지 않다. 상징화된 언어, 불꽃과 열기가 없는 언어, 그것은 하나의 반딧불에 지나지 않는다.

그래서 아들이여! 내 박물지의 반딧불난은 이렇게 적혀 있다.

"반딧불—그것은 시인의 언어이다. 어떤 암흑이나 폭풍도 그 불꽃을 끌 수는 없지만, 그것은 동시에 또 아무것도 불태울 수 없다. 생명과 죽음을 동시에 가진 불, 그것은 프로메테우스로부터 받은 그 불의 족보와는 분명 다른 또 하나의 불, 시인들의 영혼을 날게 하는 불빛이다."

배

　문헌상에 남아 있는 우리나라 작품 가운데 가장 오래된 것은 무엇인가라고 묻는다면 사람들은 으레 「황조가黃鳥歌」와 함께 「공후인箜篌引」을 손꼽게 될 것이다.

　전설적인 이야기지마는 중국에까지 소개된 그 「공후인」은 고조선인 여옥麗玉의 작품으로 널리 알려져 있다. 그런데 과연 이 시가가 우리나라 작품인가? 과연 여옥은 한국의 사포라고 할 수 있는가?

　이런 골치 아픈 논쟁은 국문학자에게 맡기고, 아들이여 우리는 우선 그 내용이 무엇인가부터 따져보아야겠다.

　여옥의 남편 곽리자고霍里子高는 어느 날 새벽 대동강에 배를 타려고 나갔다가 술병을 든 한 노인이 미친 듯 머리를 풀어헤치고 강 쪽으로 뛰어드는 것을 보았다. 그의 뒤에서는 강을 건너지 말라고 외치면서 그의 아내가 황급히 쫓아오고 있다. 그러나 아내의 만류를 뿌리치고 노인은 끝내 강 속으로 들어가 빠져 죽고 말았다. 아내는 남편을 삼켜버린 강가에서 목 놓아 울듯 슬픈 가락으로 공후를 뜯으며 노래를 부르고 자신도 강물 속에 몸을 던졌던 것이다.

남편이 돌아와 그 광경을 이야기하고 여옥은 그 여인의 모습과 노래를 상상하고 공후로써 이렇게 읊었다.

그대여 강물을
건너지 말라고 했더니
강물에 빠져 죽으니
그대여 이 노릇을 어찌하리오.

아들이여, 우리의 옛 선조가 맨 처음 썼다는 그 노래, 「공후인」은 결국 익사자의 노래가 아니냐고 너는 말할 것이다. 이 부부애의 갸륵함보다도, 또 왜 그 늙은이가 새벽바람에 물로 뛰어들었느냐 하는 미스터리보다도, 너의 관심을 끄는 것은 인간이 냇물川의 희생자로 그려져 있다는 점일 것 같다.

불행히도 신은 인간에게 아가미와 지느러미를 달아주지 않았기 때문에 이와 같은 비극이 생기게 된 것이다. 여옥이 그때 뜯은 공후의 가락이 얼마나 구슬픈 것이었는지 오늘의 우리로서는 알 도리가 없다. 그러나 아들이여, 우리가 지금도 분명히 추리할 수 있는 것은 '인간은 물고기가 아니기 때문에 강에 들어가면 익사하고 만다'는 엄연한 질서 앞에서 단지 그녀가 무릎을 꿇고 한탄 만 하고 있었을 것이라는 점이다. 그 정신의 자세가 문제다. 여옥 은 익사자를 향해 다만 눈물만을 뿌린다.

우리나라 최초의 시가가 강에 빠져 죽은 익사자의 눈물로 시작 되었다는 것은 우리나라 문학의 한 상징인지도 모른다. 왜냐하면 희랍[西歐]의 시가는 물에 빠지는 익사자의 노래가 아니라 그와는 정반대로 물을 정복하는 배의 이미지로부터 시작되어 있기 때문 이다. 참으로 대조적인 일이 아닌가?

희랍의 전설에 의하면 바다에 띄운 인류 최초의 배는 '아르고' 라고 되어 있다. 인간이 처음 이 세상에서 배를 만들어 첫 항해를 했다는 아르고의 그 전설은 호메로스의 시보다도 연치年齒가 훨 씬 더 높다. 희랍의 시인들은 물고기가 아니면서도 물고기보다 더 자유롭게 바다를 건너간 아르고의 그 감격적인 장면을 즐겨 시의 소재로 노래 불렀던 것이다.

「공후인」으로 시작된 우리나라의 시가가 강을 이별과 죽음의 상징으로 노래하여 「서경별곡西京別曲」에 이르면 "대동강 너븐디 몰라서 배를 내어놓았는다 사공아!"라는 원망을 하고 있지만 아 르고의 전설로 시작된 서양의 시가는 물결을 헤치고 항해하는 힘 찬 인간 승리의 상징으로 배를 예찬한다. 물론 '배'가 서구 문화 에 있어서 님을 실어간 이별의 슬픔으로 그려져 있지 않은 것은 아니다. 에우리피데스의 비극 『메데이아』의 서곡만 해도 이 세상에 배가 만들어진 것을 한탄하는 대목이 나온다. 그러나 아르고의 전설적 이미지를 계승한 그 많은 시가들은 한결같이 '인간의 자랑스러움'으로 가득 차 있다. 키케로가 고대 로마 시를 인용했다는 그 구절 하나만 봐도 짐작이 갈 것이다.

지금껏 배라는 것을 본 적이 없는 아키우스의 저 목동들이 먼 산마루에서 아르나우테스(아르고의 선원)들의 신적神的인 새로운 승용물乘用物을 보았을 적에 눈을 의심하고 놀라면서 이렇게 외쳤다.

오, 무슨 괴물인가?
으르렁거리며 소리도 그 울림도 굉장하게 저리도 미끄러져 달려오는 것은
큰 너울을 헤치고 소용돌이를 일으키며
바다를 걷어차고 불어젖히며 돌진해온다, 찢기운 구름처럼
폭풍에 날린 바윗덩이처럼.

이 힘찬 아르고의 묘사를 보면 서구 문학의 그 단단한 근육이 대체 어디에서 비롯된 것인가의 비밀을 캐낼 수가 있을 것이다. 여러 말이 필요 없다. 도라곤티우스의 『메데이아』의 한 구절을 읽는 것으로 족하다. 그는 아르고의 배를 상징하며 이렇게 외친다. "대체 인간이 풍우를 찌르며 바다를 건널 수 있다는 것을 일

찍이 누가 생각이라도 해보았을까?"

강물에 빠져 죽은 익사자의 시체를 향해 구슬피 우는 공후의 노래가 한국 시가의 한 전통을 이루고 있었다면, 서구의 시가는 물결을 걷어차고 돌진하는 아르고의 놀라운 모습이 그 에너지를 이루는 방전원放電源 구실을 했다고 해도 지나친 말이 아니다. '배'를 어떻게 노래 불렀느냐? 그것은 항해술의 문제가 아니라 바로 시학의 근본 문제를 이루는 것이라고 볼 수 있다.

배는 미지의 것을 열어준다. 한 번도 본 적이 없는 새로운 땅, 인간의 한계를 뛰어넘으려는 시적 상상력과 한 척의 배는 서로 떼어낼 수 없는 관련을 깊이 맺고 있는 까닭이다. 단테가 르네상스의 새벽을 알린 한 마리의 오만한 수탉이었다면 배는 바로 그 수탉의 목청이 된다.

단테는 『신곡La Divina Commedia』에서 오디세우스의 배를 노래함으로써 중세의 어둠에 한 구멍을 뚫었던 것이다.

"이 세계를 다 알고 싶다. 인간의 악도 인간의 가치도 다 알고 싶다. 햇빛이 이르지 못하는, 사람이 살지 않는 세계까지도 탐색하자."는 단테의 갈증―새것을, 미지의 것을 그리고 지식을 찾으려는 단테의 그 인간주의적 욕망은 끝없이 해양을 10년이나 표류했던 오디세우스의 배를 노래할 때 가장 여실히 드러난다.

귀여운 아들도 늙으신 아버지를 생각하는 정도

아내 페넬로페를 행복하게 해주려는 남편의 의무도 정도

지금은 내 마음속에 있는 이 격정에는 이길 수 없다

이 세계를 다 알고 싶다. 인간의 악, 인간의 가치도 다 알아내고 싶은

이 심정에는

그래서 나는 대해원을 향해 다시 돛을 올린다

한 척의 배와 언제나 나를 따르는 마음이 서로 같은 친구들을 데리고

단테의 오디세우스는 편안한 가정, 친숙한 고향에서 안주하지 않고 다시 떠나는 것이다. 오디세우스의 배는 바로 지식욕과 인간의 한계를 뛰어넘는 모험의 시 자체이다.

오디세우스는 농 플뤼 울트라Non Plus Ultra(이 이상 더 넘어가지 말라)라는 금제禁制의 문자가 적혀 있는 지브롤터 해협을 넘어서 대서양으로 넘어가 세계의 끝까지 가는 것이다.

"여러분들은 짐승같이 살려고 이 세상에 태어난 것이 아니다. 여러분은 지성을 구하고 덕을 따르기 위해 태어난 것이다."

미지의 바다에 두려움을 느끼고 있는 선원을 향해 이렇게 외치는 오디세우스의 모습은 앞으로 올 르네상스 인의 원형이라고 할 수 있을 것이다. 이러한 전통은 테니슨Alfred Tennyson으로 콘래드Joseph Conrad로 이어져 내려온다. 한마디로 서구의 인문주의적 문학 전통은 배의 이미지에 있다고 할 수 있는 것이다.

여기에 비해서 한국의 시는 배를 거부하는 전통, 익사의 두려

움으로 나타나 있지 않은가? "풍파에 놀란 사공 배를 팔아 말을
사니……"의 조선조 시조 한 수만 보아도 알 수 있을 것이다. 정
철鄭澈 역시 "허술한 배를 둔 사람들은 풍파를 조심하라"는 시조
를 남기고 있다.

배를 거부한 문학, 익사자의 문학, 그것은 인간의 한계를 뛰어
넘고 미지의 세계를 향해 발돋움하는 인문주의의 문학과는 달리
순응주의의 언어를 탄생시킨 것이라 볼 수 있다.

아들이여, 너희들은 너희들 시대를 위해 튼튼한 배를 만들거
라. 물에 빠지지 말거라.

담배와 소설

　소설은 담배와 밀접한 관련이 있다. 티보데Albert Thibaudet는 소설을 읽는 재미와 담배를 피우는 멋을 근대인의 특권이라고 말한 적이 있었다.

　희랍·로마 사람들은 현대인을 뺨칠 정도로 온갖 쾌락술을 다 알고 있던 천재들이었지만 소설과 담배에 관한 한 근대인의 뒷자리에 앉아야만 했던 것이다. 티보데의 말을 바꿔 말하면 담배를 피우는 풍습과 함께 소설이 탄생했다고 해도 과언이 아니다.

　담배의 원산지는 너희들도 알다시피 미 대륙이다. 그러니까 콜럼버스가 신대륙을 발견한 16세기 중엽에 이르러서야 그것이 유럽으로 전해졌다. 소박한 논리로 따져봐도 우리는 콜럼버스가 없었더라면 신대륙이 발견되지 않았고, 신대륙이 발견되지 않았더라면 담배가 전파되지 않았을 것이라는 사실을 알 수 있다. 그렇다면 대체 소설과 담배의 관계는 어떤 것인가. 소설 역시 아메리칸 인디언들의 산물이란 이야긴가. 성급한 논쟁보다도 소설의 역사를 살펴보면 너희들의 궁금증은 풀리게 될 것이다.

콜럼버스가 신대륙을 발견했다는 것은 단순한 개인의 모험이 아니다. 근대정신이 그 뒷받침이 된 것이며 근대인의 생활이 바로 콜럼버스의 배에 돛대를 달아준 것이라고 할 수 있다. 좀 더 구체적으로 말하면 근대시민의 등장과 함께 콜럼버스가 나타났고, 소설 역시 시민계급이 생겨나면서 창조된 문화 양식이다. 그러니까 담배와 소설을 낳은 어머니는 다 같이 르네상스 이후의 근대문명이라고 할 수 있는 것이다.

그 족보를 장황하게 늘어놓을 필요도 없이 우리는 그것을 직접 피부로 느낄 수가 있다. 아들이여, 너는 덴마크의 왕자 햄릿이 담배를 피우며 고민하는 장면을 생각할 수 있을 것인가? 죽느냐 사느냐의 그 심각한 고민과 줄담배를 피우며 초조하게 연기를 내뿜는 것은 아무래도 어색한 느낌을 줄 것이다.

담배 연기로 표현되는 고민이란 결코 그렇게 장중한 것은 못 된다. 내달이면 월급이 오를 것인가? 어떻게 하면 버스비를 줄일 수 있는가? 술집 외상값과 아이들 학자금을 무슨 수로 메워놓는가? 이런 자잘한 고민, 이를테면 소시민의 생활 감각에나 어울릴 수 있는 모습이다.

태우다 버린 담배 꽁초, 휴지통에 던져버리는 타다 남은 재……. 그것은 분명 햄릿과 같은 왕자의 것은 아니다. T. S. 엘리엇Eliot의 「프루프록의 연가The Love Song of J. Alfred Prufrock」의 한 대목에 나오는 저 지저분한 슬럼가, 와이셔츠 바람에 사글셋방의 창문으로 반쯤 몸을 내놓고 심심한 표정으로 무심히 내뿜고 있는 담배 연기……. 그렇다, 그것은 왕궁이 등장하는 혹은 트로이의 벌판이 등장하는 비극이나 서사시의 주인공과는 어울리지 않는다. 소설, 사소한 고뇌와 사소한 즐거움과 사소한 희망 속에 가슴을 지지고 사는 소시민들의 이야기, 소설 속의 인물들에게서 비로소 빛을 보는 소도구, 그것이 바로 담배다. 장부에 기장을 하고 있을 때, 신문을 읽을 때, 약속을 잘 지키지 않는 애인을 기다리고 있을 때, 변명을 할 때, 사장에게 야단을 맞고 사무실 책상으로 돌아올 때, 그리고 부부 싸움이 끝난 후, 아니면 기차나 버스를 기다릴 때 소설 속의 인물들이 예외 없이 담배를 피우거나 또는 담배를 비벼 끈다.

아들이여, 왕관을 쓰고 담배를 피운다고 생각해보자. 중세 기사들이 입는 그 갑옷을 입고 담배를 피운다고 생각해보자. 심각하게 보이기보다는 웃음이 먼저 터져나올 것이다. 담배는 소시민의 것이기에, 소설의 전매품이라고 말할 수 있는 근거가 바로 여기에 있는 것이다.

이 담배가 없었던들 전연 햇빛을 못 보았을 소설 가운데 하나가 바로 오 헨리O. Henry의 「20년 후After Twenty Years」일 것이다. 만약 오 헨리가 호메로스나 키케로 시대에 살았더라면 그의 위트가 제아무리 보석처럼 빛났다 해도 그런 이야기는 쓸 수 없었을 일이다.

「20년 후」라는 오 헨리의 단편은 그 소재 자체가 소시민들의 덧없는 변전變轉에서 비롯된 것이다. 뉴욕에서 태어난 평범한 두 친구, 그러나 20년 후에 서로 만났을 때에는 한 사람은 경관이요, 또 한 사람은 지명수배를 받고 있는 범인이다. 이 아이러니 자체가 담배 연기 같은 것이다. 그러나 무엇보다도 이 소설의 플롯 전개가 '담배'에 의존해 있다는 사실을 놓쳐서는 안 된다.

우선 첫대목을 보자. 상점 문도 다 닫히고 가등街燈도 없는 도시의 어느 뒷골목 어두운 거리를 경찰이 순찰을 돌고 있다. 그때 그 경찰은 불을 붙이지 않은 시가를 입에 물고 서성거리는 한 사람의 그림자를 발견한다. 그 친구는 "걱정 마세요, 경찰 나리. 나는 여기에서 친구를 기다리고 있는 중입니다. 20년 전 우리는 이곳에서 만나기로 기약했어요." 이렇게 말하면서 성냥불을 켜 담배에 불을 붙인다. 성냥불 속에서 날카로운 눈빛에 광대뼈가 튀어나온 그 남자의 얼굴이 드러난다. 오른쪽 눈썹에는 흉터가 있고 넥타이핀에는 커다란 다이아몬드가 박혀 있다.

물론 이 친구가 바로 20년 후에 서로 만나기로 하고 뉴욕을 떠난 보브이고 그 순찰 경찰은 그의 죽마고우인 지미 웰스였다. 지미는 그 친구를 자기 손으로 체포할 수가 없다. 다른 형사를 보내서 그를 체포하고는 이런 쪽지를 전한다.

"보브, 나는 약속 시간대로 그 장소엘 갔었지. 자네가 시가에 불을 붙이기 위해 성냥불을 그었을 때, 그것이 시카고에서 수배 중인 범인의 얼굴이라는 것을 알았다. 어떻게 내 손으로 포승을 지울 수 있었겠나? 그래서 이 형사를 보낸 거라네. 지미."

우선 기법상으로 볼 때 담배는 절대불가결의 역할을 한다. 이 두 사람이 만났을 때 그 장소에 환한 불빛이 있었더라면 단번에 그들은 서로의 얼굴을 알아보았을 것이다. 물론 그 범인은 변장을 했을 테니까 경찰이 된 지미는 몰라보았다 하더라도 보브는 그 경찰(친구)을 알아보았을 것이다. 그러면 이 이야기는 전연 달라진다.

그래서 오 헨리는 깜깜한 골목길, 서로 알아볼 수 없는 무대 장치에 이 두 사람을 올려놓아야만 했다. 그러고는 경찰(지미) 쪽에서만 범인이 된 그 친구를 알아볼 수 있게 해야 된다. 그 방법은 하나다. 즉 범인이 담배에 성냥을 그어 댈 때만 가능한 것이다. 그래야 한쪽의 얼굴에만 조명을 비출 수가 있다. 담배를 피우기 때문에 이 수법이 가능하다.

둘째, 담배는 단순한 기법상의 소도구가 된 것만은 아니다. 그 범인의 성격을 여실히 보여준다. 아무리 지독한 악한이라 해도 그 바탕은 평범한 소시민, 20년 전에 뉴욕을 떠난 그 소년인 것이다. 경찰을 보는 순간 가슴이 떨린다. 일부러 태연한 체해야 한다. 자기가 쫓기는 범인인 줄 알면서도 성냥불을 그어 대는 약점을 가진 인간인 것이다. 초조할 때, 불안할 때, 일부러 태연스럽게 꾸며 보이려 할 때 사람들은 담뱃불을 붙인다. 이런 인간상이 바로 근대의 소시민상인 것이다.

경찰이 된 지미 역시 마찬가지다. 그는 자기 업무에 착실한 시민인 것 같다. 그러면서도 자기 손으로 자기 친구를 체포할 만큼 냉혹한 직업정신을 지니고 있지 않다. 인간미가 있다. 그렇다고 자기 임무를 저버리고 친구를 그냥 놓아주고 도망치게 하는 인정주의자도 아니다.

이런 지미 역시 전형적인 소시민의 모습인 것이다. 겉으로 보면 하나는 범인이 되고 하나는 경찰이 된 것이 극단적인 대조를 이루고 있지만 알고 보면 다 같이 평범한 인간들이다. 선과 악 모두 담배 연기나 담뱃재같이 희미하게 그려져 있다. 다 같이 인간적인 약점을 가지고 있는 그들은 위대한 악인도 위대한 성인도 못 된다. 이것이 소설의 세계이며 소설에서만 여실히 부각될 수 있는 인간상이라 할 수 있다.

구조주의자 레비스트로스는 말한다. '꿀과 담배', 인간의 음식을 보면 꿀처럼 그냥 그 형태대로 직접 먹을 수 있는 꿀이 있는가 하면 담배처럼 태워서 재가 되게 함으로써 피울 수 있는 담배가 있다고. 그래서 '꿀'과 '담배'는 문화의 가장 대립적인 구조를 뜻하는 상징물이 된다는 것이다. 꿀은 자연적인 삶이요, 담배는 문명적인 삶이다. 그렇다면 우리는 이렇게 부를 수 있을 것이다. 시는 꿀이요, 소설은 담배다. 소설의 본질은 끝없이 하강해가는 파멸과 부정의 세계를 파헤치는 문명의 미학이라고.

무릎을 깨뜨리지 않고는

아들이여, 누가 너에게 인체에서 가장 미운 곳이 어디냐고 물으면 어떻게 대답할 것인가. 아마 너는 무르팍이라고 말할지도 모른다. 옛 조상 때부터 내려온 전통적인 그 사고에 젖어 있는 사람이라면 모두들 그렇게 대답하는지 모른다.

나는 너의 말을 부정하지는 않겠다. 못생긴 사람의 얼굴을 가리켜 '무르팍처럼 생겼다'고 하는 표현은 오래전부터 우리의 귀에 익은 말이다. 사실 무릎 어디를 보나 균형이 잡혀져 있지 않다. 사물과 사물을 얽은 하나의 굵은 쇠사슬이거나 혹은 나사못 같은 인상을 준다.

미니스커트를 저주하는 사람들 가운데에는, 무르팍의 비미학적非美學的 구조를 그 이유로 삼고 있는 경우도 있다. 인류의 천재들은 옛날부터 여러 가지 형태의 의상을 고안해냈지만 감히 여성의 무릎을 드러내놓을 생각은 하지 않았던 것 같다.

윤리적인 터부가 아니라 그것은 미적인 터부였기 때문이다. 생각해보라. 보수적인 중세기에도 여인들은 젖가슴을 노출시켰었다. 여성의 가장 큰 비밀인 유방까지도 서슴지 않고 드러낸 사람들이 무릎쯤 내어놓기를 꺼렸겠는가?

그러나 아들이여!

너도 알 것이다. 미감美感은 때론 수치심을 없앤다. 밀로의 비너스 조각을 보고 누가 수치심을 느낄 것인가? 같은 나신이지만, 그 정교하고 우아하며 균형 잡힌 비너스의 미감은 나체를 노출시키면서도 동시에 그 수치심을 덜어주고 있다. 문제는 무릎이 유방보다도 아름답지 못했다는 점에서 누구도 그것을 노출시키기를 꺼렸던 것이다.

너는 이렇게 말해도 좋다.

현대인은 미감을 상실한 것이다. 미를 복수하는 시대이다. 꽃밭에 쳐져 있는 철조망을 보라고, 아름다운 창에 감옥과 같은 쇠창살이 늘어서 있는 것을 보라고, 저 숲속에, 요정들의 놀이터였던 저 신비한 숲속에 시꺼먼 공장의 굴뚝을, 광고 선전판을, 광산의 추악한 동굴을, 그리고 철골의 전봇대와 송신탑을 세운 그 모든 아이러니가 미를 복수하기 위한 문명의 장난이 아니겠는가? 그러므로 미니스커트를 퍼뜨린 데사이 너도 틀림없이 그런 부류에 속하는 마조히스트라고 주장한대도 난 할 말이 없다.

너의 생각은 옳다. 무릎은 감춰주어야 했을 것이다. 인간을 창조했다는 여호와의 하나님 체면을 위해서도 미완성이며 또한 치

졸하기 짝이 없는 무릎의 형태는 숨겨두었어야 옳았을 것이다. 미니스커트의 유행은 미적 센스가 마비된 현대인의 유행이라고 한대도 할 말이 없다.

아들이여!

또 너는 말할 것이다. 무릎에는 상처가 있다. 누구에게나 무릎을 가만히 들여다보면 흉터가 있다. 흉터가 있다는 것은 밤이 어둡다는 말처럼 상식적인 것이기에, 당신은 금세 그 말이 무엇을 의미하는 것인가를 알 것이다.

무릎에 흉터를 갖지 않은 사람은 없다. 백옥의 티처럼, 완전한 미를 갖춘 여인도 무릎에는 작은 흉터가 있는 것이다. 너는 기억할 것이다. 네가 어렸을 때 무릎을 다치고 울던 일을 기억할 것이다. 대체 무릎에 빨간 머큐로크롬을 칠하지 않고 누가 제 발로 안심하고 보행할 수 있는 어른이 된 사람이 있을 것인가?

아들이여!

너는 넘어지면서 걸음마를 배웠다. 길에는 얼마나 많은 돌부리들이 널려 있었던가? 언덕길은 또 얼마나 가파르고 풀밭은 어쩌면 그렇게 미끄러웠는가?

어려서 우리는 이 길을 걸어야 했던 것이다. 그러다가 서툰 그 걸음걸이 때문에 엎어지고 무릎을 다치고 쓰라린 선지피를 흘려야만 했다. 이것이 무릎의 상흔을 지니고 있는 우리들의 기억이다.

아들이여, 이 상흔을 기억해주기 바란다. 무릎이 인체에서 제일 못생긴 부분이라는 말에 동의하면서도 영혼의 창문이라는 눈보다도, 다마스커스의 사막에 우뚝 솟은 망루 같다는 코보다도, 곧잘 사람들이 앵두에 비유하기를 좋아하는 입술보다도 그것이 더욱 아름답다는 나의 역설을 비웃지 말아라.

아들이여, 그 상흔 때문에 무릎은 아름다울 수가 있는 것이다. 좌절의 경험, 엎드러지고 또 엎드러지면서 이 대지를 굳건히 디디고 한 발 한 발 걸어갔던 그 보행의 기억을 지니고 있기 때문에 그 무릎은 아름다운 것이다. 네가 만약 부모의 손에 매달려서 이 땅을 걸었더라면 너는 무릎을 다치지 않았을 것이다.

그러나 아들이여, 우리는 홀로 걷기를 희망했으며, 스스로 보행할 수 있는 자유를 얻기 위해서 부모의 손에서 벗어나야만 했었다. 힘없는 두 다리로 대지 위에 홀로 서는 법을 익혔으며 혼자 걷기 위해서 그 무릎을 수없이 깨뜨렸었다.

대체 무릎에 상처 없는 사람이 어디 있겠는가? "성城이여 계절이여"라고 랭보Arthur Rimbaud는 영탄한다. 그리고 "상처 없는 영혼이 어디 있느냐"고 묻는다. 그러나 그 영혼을 무릎이란 산문적인 용어로 퇴고할 것을 나는 희망하고 있다.

"상흔 없는 무릎이 어디 있느냐"고⋯⋯.

아들이여, 너는 자라나고 있다. 그리고 너는 이제 홀로 서서 저 아스팔트길을 시장市場과 음모와 권력의 바리케이드가 쳐져 있는 저 광장을 넘어 너의 초원을 향해 걷지 않으면 안 될 나이가 된 것이다. 또 한 번 아버지의 손을 뿌리치고 너는 혼자 보행 연습을 하지 않으면 안 될 때가 온 것이다.

너의 다리에는 아직 힘이 없고 걸음걸이는 겁을 집어먹은 것처럼 위태하다. 더구나 네가 걷고자 하는 이 길에는 너무나 많은 가시가, 말뚝이, 깨진 유리 조각이나 자갈들이 널려 있구나. 너는 몇 발짝 걷지 않아 곧 쓰러질 것이고 무릎을 깨뜨릴 것이다.

아들이여.

피가 흐르는 것을 볼 것이다. 허물이 벗겨진 쓰라린 무릎의 상처가 아물기 전에 또 너는 엎어질 것이다. 아! 그러나 아들이여, 너는 다시 일어난다. 침몰한 태양이 고개를 들고 우리들의 새벽에 또다시 떠오르는 그 의지를 우리는 잘 알고 있기 때문이다. 무릎의 피를 두려워해서는 안 된다. 무릎의 상처 없이 너는 이 현실의 길에서 홀로 걸을 수 있는 자유를 얻지 못한다. 좌절은 두려운 것이 아니다. 좌절할 수 있기에 사람들은 너를 젊음이라고 부른다.

아들이여, 너는 아름다운 무릎을 가지고 있다. 젊음의 훈장인 무릎의 상흔을 지니고 있다. 왜 쓰러지는 것을 두려워하는가. 너의 정신의 무릎에는, 행동의 무릎에는 머큐로크롬도 바를 수 없다. 상처에서 흐르는 피를 의식의 혓바닥으로 핥지 않으면 안 될 것이다.

아들이여.

이제 헤어질 때가 되었다. 네가 내 곁을 떠날 때가 온 것이다. 나는 너에게 걷기를 권유한다. 잠시도 한곳에 머물러 있어서는 안 된다. 지쳐 쓰러질 때까지 걷고 또 걷기를 권유한다. 너의 보행이 한 발짝 한 발짝씩 움직일 때마다 그 생의 풍경도 조금씩 변할 것이다. 새로운 풍경이 나타날 것이다.

아들이여.

너의 발걸음을 옮길 때 언덕에 가려졌던 나무들을 볼 것이다. 지평선 너머로 아물거리던 집과 호수와 숲이 조금씩 그 윤곽을 뚜렷이 나타낼 것이다.

이렇게 걷는 것이다. 쓰러지면서 걷는 것이다. 다시 일어나서 걷는 것이다. 지칠 때까지 너는 걷고, 그러다가 거짓말처럼 언젠가는 참으로 넓은 바다에 이를 것이다. 조용한 초원, 오직 미풍뿐인 그런 생의 초원이 나타날지 모른다.

아들이여, 너는 그때 이미 젊지 않다. 너의 다리는 나약하지 않다. 그 작은 돌부리에 다쳐 쓰러지지는 않을 것이다.

그러나 아들이여!

무릎을 보아라. 수없는 상흔이 거기 찍혀 있으리라. 아프고도 자랑스러운 상처들이 있었으리라. 혼자 걷질 못한 사람은, 그래서 무릎을 다쳐본 기억이 없는 사람은, 그래서 피를 흘리며 대지를 밀고 일어나보지 못한 사람은 절대로 절대로 느낄 수 없는 희열을 맛볼 것이다.

　그때 만약 누가 너에게 인간의 몸에서 어느 부분이 가장 아름다운가를 묻거든 너는 서슴지 말고 이렇게 대답하거라.

　무릎, 상처가 있는 그 무르팍, 아픈 기억을 가졌던 무르팍. 이것이 가장 아름답다고…….

　아들이여!

　정말 네가 떠날 때가 되었구나. 걸어라, 무릎을 깨뜨리는 아픔을 향해서 혼자서 걸어가거라.

스핑크스를 향해서 대답하라

아들이여.

너는 혼돈을 두려워하고 있다. 네온이 밝은 빛을 던지는 도시가 저 원시의 정글보다도 더 어둡게 느껴진다고 한탄을 하고 있다. 너의 어두운 비관은 정당한 것일 수도 있다.

그러나 아들이여. 옛날 희랍신화에 나오는 테베의 골짜기를 생각해보자. 거기에서는 많은 길손들이 죽고 있었다. 스핑크스라는 인두사신人頭獅身의 괴물이 그 길목을 가로막고 있었기 때문이다. 그러나 우리가 더욱 조심해서 생각할 일은 스핑크스가 하나의 폭력으로 사람들을 살해한 것이 아니라는 점이다.

너는 스핑크스가 사람들을 죽이기 전에 먼저 무엇인가를 물었다는 것을 기억해두어야만 한다. 그 길손들에게 암호와도 같은 수수께끼를 던지고 그것을 풀지 못했을 때만 그는 인간의 생명을 빼앗았다. 테베의 골짜기에서 죽어간 사람들은 스핑크스만을 저주할 수가 없을 것이다.

왜냐하면 그 물음에 답변할 만한 지성의 능력이 있었더라면 결코 생명을 잃지는 않았을 것이고 무사히 그 골짜기를 지나갈 수 있는 통행의 자유를 얻을 수 있었을 것이 아니겠는가.

더구나 스핑크스의 수수께끼의 해답은 아이로니컬하게도 바로 자기 자신인 '인간'이라는 것이었다. '아침에는 네 다리, 낮에는 두 다리, 밤에는 세 다리로 걷는 동물'이 무엇이냐는 것이었다. 그것은 어렸을 때는 기어다니고 커서는 걸어다니고 늙어서는 지팡이를 짚고 다니는 인생의 그 아침과 대낮과 저녁이었던 것이다.

너희들은 스핑크스의 짓궂은 장난을 미워해서는 안 된다. 도리어 우리가 한탄해야 할 것은 인간이 인간 스스로의 아침과 대낮과 저녁의 운명을 모르고 지낸 그 어리석음이 아니겠는가.

해답은 먼 데 있지 않다. 자신과 가장 가까운 자신의 내부에 있었다. 오이디푸스는 이 수수께끼를 풀 수 있었기 때문에 스핑크스를 퇴치할 수 있었고 테베의 마을에 이르러 그곳의 통치자가 될 수 있었다.

이 신화는 옛날이야기의 한 추억으로 끝나버린 것일까? 너는 아니라고 말해야 한다. 우리는 누구나가 다 그 테베의 상징적인 골짜기의 길에 이르는 나그네들이라고 말해야 된다.

아들이여. 생각하면 참으로 우리는 먼 길을 걸어온 것 같다.

현대라는 이 시점이야말로 가장 좁고 험한 골짜기가 아니고 무엇이겠는가? 여기서 우리는 모두가 스핑크스를 대면하고 있고, 그것은 우리에게 풀리지 않는 어려운 수수께끼를 던지고 있는 것이다.

다만 오늘날의 그 스핑크스는 인두사신의 괴기한 모습을 하고 있지 않다는 점만은 다르다. 그것은 높은 굴뚝을 가진 공장일 수도 있고, 권력자들이 모이는 어느 집회장일 수도 있고, 황금의 시장이거나 혹은 그 많은 이웃들의 얼굴일 수도 있다.

그것들을 묻는다. 인간의 존재, 그 존재의 비밀들을 묻는다. 현대의 그 수수께끼는 컴퓨터와 같은 정교한 기계를 가지고서도 답변하기 어려운 난문이다.

각자의 작은 그 영혼 속에 깃든 자의식, 그리고 그 지성의 힘에 의해서만 오이디푸스처럼 떳떳이 대답할 수 있을 것이다. 그리고 인간이라는 그 해답을 그들 앞에 보이면서 우리는 현대를 지나는 통행의 권리를 얻어야 한다.

얼마나 많은 사람들이 지금 죽어가고 있는 것일까? 현대의 골짜기를 통과하지 못하고 쓰러지고 있는 것일까? 공장에서 시장에서 아황산가스의 안개 낀 도시에서, 콘크리트와 철과 비닐과 서류철과 굴뚝 밑에서 지금 사람들이 죽고 있다.

그래서 인간의 마음은 지금 옛날 테베 시처럼 날로 황폐해져가고 있다. 이 시대의 나그네들은 현대의 난문, 그 괴물의 수수께끼를 피해서 살려고만 한다. 그 물음을 풀 수 있는 지성의 결여! 자신의 이름조차 모르고 지내는 그 어려움 때문이다.

아들이여! 너도 그것을 알 것이다. 권력이나 금력으로는 결코 오늘의 그 스핑크스를 퇴치할 수 없다는 것을…… 인생의 아침과 대낮과 저녁의 비밀은 원수폭原水爆과 같은 물리적 힘으로도 깨뜨릴 수 없을 것이다.

너는 현대의 지성이 한낱 이력서의 몇 줄을 메우기 위해 존재하는 것처럼 생각된다고 말할 것이다. 이 조리 없는 사회와 대면할수록 지성의 비력非力을 느낀다고 말할 것이다. 대체 저 하늘을 찌를 듯한 마천루, 홍수처럼 밀리는 상품들, 그리고 태산을 움직이는 트랙터와 탱크와 권력자의 그 서슬 푸른 퍼레이드……. 얼마나 지성의 힘이 무력하게만 보이는가? 그렇다고 야만인처럼 북이나 두드리고 춤을 추면서 관능의 숲을 지나야 하는 것이 도리어 현대의 리얼리즘이라고 착각해서는 안 될 것이다.

보이지 않는가? 어두운 골짜기로 지금 무수한 인간들이 추락하여 생명을 상실해가고 있는 것이 보이지 않는가. '인간'이라는 그 해답을 얻지 못했기 때문에 동물 같은 탐욕 속에서, 기계 같은 반복 속에서, 폭약 같은 자폭의 불꽃 속에서 현대의 나그네들이 쓰러져가고 있는 것을 너는 볼 것이다…… 아들이여.

우리는 지금 테베의 위험한 골짜기를 지나고 있다. 우리는 눈으로 볼 수조차 없는 스핑크스를 만나리라. 그리고 우리는 메커니즘의 폭력과 그 괴물들이 던지는 물음 앞에 서 있는 것이다.

"너는 무엇인가?"

"지금 네가 행위하고 있는 그 의미는 무엇인가?"

"너는 왜 책을 읽고, 지폐를 세고, 왜 싸우고, 왜 머뭇거리고, 왜 사랑하는가?"

"대체 생활한다는 것이 무엇인가?"

이러한 수수께끼를 풀 수 있는 지성이 너에게 결여되어 있다면 영원히 너는 '인간의 마을'로 돌아갈 수는 없으리라.

아들이여! 대답하라. 현대의 골짜기를 지나가는 행동의 자유를 얻기 위해서…….

아들이여, 대답하라. 그건 '사람'이라고 대답하거라.

그 대답을 얻기 위해서 우리는 지성을 가장 필요로 하는 시대에 살고 있는 것이다.

백두산에 올라가 외쳐라

아들이여, 왜 내가 너를 두려워할 것인가

아들이여, 왜 내가 너를 두려워할 것인가?

연필을 빨고 빨아도 풀리지 않는 수학의 숙제 문제를 가져와도 나는 너에게 그 해답을 쉽게 써줄 수 있을 것이다.

아들이여, 왜 내가 너를 두려워할 것인가?

너에게 바람개비와 인형과 이젠 도시에서 구하기 어려운 연이라 해도 나는 너를 위해 그것을 만들어줄 수도 있다.

가난한 아버지지만, 겨울이면 너에게 털옷 한 벌쯤은 사줄 수 있지 않은가? 고사리 같은 너의 손가락이 얼지 않도록 엄마는 밤을 새워 털장갑을 떠줄 수도 있지 않은가?

아들이여, 너의 하루를 위해 이른 아침 나는 꽃밭에 물을 준다. 이슬에 담긴 여름 아침이, 그 평화와 행복이 강아지처럼 뛰어다니는 것을 너도 본 적이 있지 않은가?

가을에, 비록 답답한 도시의 골목일망정 가을에, 나는 너의 손을 잡고 단풍이 든 설악산이나 풋밤이 여무는 너의 외갓집 시골 들판을 거닐 수가 있다.

아들이여, 그런데 왜 내가 너의 눈과 마주친다 해서 두려움을 느낄 것인가?

지리책에서만 배운 내 땅

지리책에서만 베우는 백두산이 거기 있고, 뗏목의 노래가 울리는 압록강 250리의 강줄기가 거기 있다.

금강산을 아는가, 바위가 꽃보다 곱고 폭포가 명주 비단 필보다도 아름답다는 금강산 산봉우리의 풍광을 아는가.

아들이여 아는가. 동해의 푸른 파도가 밀리는 하얀 명사십리 위에 핏방울처럼 맺혀가는 해당화의 향기를.

약산에 피는 진달래, 부전고원 호숫가에 피는 고산식물들의 그 이상한 꽃들을…….

그것을 아는가, 나의 아들이여. 원산으로, 혹은 평양으로 너는 배낭을 메고 수학여행을 떠날 수도 있었을 것이다. 네가 왜 그것을 모르는가를, 네가 왜 그것을 할 수 없는가를 아들이여 묻지 말아라.

못난 아버지의 허물을 묻지 말아라. 조금씩 어른스러운 목소리로 변성해가는 너의 말소리를 들을 때마다 아빠가 왜 이처럼 너를 두려워하는가를 묻지 말아라.

너희들에게 저 산하의 또 다른 고향을 보여주지 못한 아빠의 죄를 묻지 말아라.

폭죽이 터지는 그날이 올 때까지 아들이여 기다려다오. 네가 흔드는 이 깃발이 구름보다 높게 저 하늘을 덮는 날까지 기다려다오.

아들이여 그때까지 묻지 말아라. 어떻게 하여 또 하나의 고향을 잃었는가를, 할아버지의 무덤이 어디 있고, 금강산 봉우리가 어떻게 생겼는가고…….

아들이여 기다려다오. 언젠가 훗날 저 산하로 우리는 갈 것이다. 맑게 갠 어느 일요일, 우리는 '돌아오지 않는 다리'를 넘어 잊혔던 산하를 찾을 것이다.

그때 엄마는 너를 위해 새 옷을 마련해줄 것이다. 아빠는 너를 위해 새 신발을 마련해줄 것이다.

그때 너는 말하라. 우리가 자유를 지키기 위해 손마디에서 얼마나 많은 피가 흘렀으며 숭고한 인간의 사랑을 위해 가슴에 몇 번이나 멍이 들었던가를……. 멀고 먼 저 산하를 보기 위해서는 바로 너의 발밑에 깔린 한 줌의 흙부터 들여다봐야 한다는 것을 그때서야 너는 알 일이다.

자연과 역사를 아는 길

아들이여, 너는 역사라는 것을 알 것이다. 자연에는 국경도 없고 금제의 말뚝도, 푯말도 없다. 봄이 오면 여름이, 여름이 지나면 또 가을이, 그리고 가을 다음에는 하얀 눈이 쏟아지는 겨울이 온다. 이것이 자연의 순서이다.

그러나 아들이여, 인간이 만든 계절, 그 역사는 그렇게 단순하지가 않다. 역사가 만든 산맥은 태백산보다 더 높고 깊다. 인간의 역사가 만든 강은 압록강이나 대동강 물보다 더 깊고 넓다.

우리는 자연이 만든 땅과 역사가 만든 땅, 이 두 개의 땅에서 살고 있는 것이다. 욕망도 행동도 자연과 역사의 두 개로 갈라져 있다. 이 역사의 의미를 너는 알지 않으면 안 되는 것이다. 사람은 병 때문에 죽지만 때로는 감옥에서, 전쟁에서 죽기도 한다. 자연이 인간의 생명을 빼앗듯이, 역사도 또한 인간의 생명을 뺏는다.

네가 어른이 되면 자연과 역사의 두 갈래 심연 속에서 방황하고 있는 인간의 얼굴을 알게 될 것이다.

아침에 너는 한술의 밥을 뜰 것이다. 밥 한 그릇에 담긴 자연의 섭리를 너는 맛본다. 하늘에서 햇볕이 내려쬐지 않았더라면, 그리고 때를 맞추어 저 소낙비들이 뿌리지 않았더라면 대체 한 톨의 쌀이 어떻게 우리 식탁으로 오를 수 있었을 것인가.

그러나 아들이여, 그것만으로 아침에 온 식구가 한 식탁에서 이렇게 한술의 밥을 먹게 되는 것은 아니다. 곡식은 공장으로, 공장에서 다시 시장으로 나온다. 거기엔 인간들의 법과 제도와 화폐가 있다. 하늘은 한 톨의 곡식을 여물게 할 수 있으나 하늘이 우리에게 직접 그것을 나눠줄 수는 없다. 하늘의 손과 인간의 손, 네가 지금 밥 한 그릇을 대하는 이 순간 속에도 인간의 역사는 그 곁을 흐르며 너의 숟가락을 지배한다.

역사의 숙제

아들이여, 북쪽의 저 산하도 그렇다. 그것은 자연 속에 있지만 동시에 역사에 속해 있다. 저 산하에 꽃을 피우고 강물을 흐르게 하는 것은 자연의 힘이지만, 그것을 보고 또 자유로이 통행할 수 있는 그 생활은 역사의 권한이다.

할아버지 그리고 너의 아버지들이 저질러놓은 잘못은 바로 이 역사의 몫을 제대로 알지 못한 데 있다. 너의 할아버지들과 그리고 아버지들은 곧은 대나무와 겨울에도 시들지 않는 전나무와, 서리 속에서도 피는 국화, 그리고 학이 날고 해오라기가 조는 저 강가의 자연을 아는 데는 천재들이었지만, 인간들이 피부를 맞대고 사는 역사—강철의 무기와 서류와 기계와 배가 오고 가는 세계의 바다, 그 거센 바다에 부는 역사의 바람은 잘 알지를 못했다.

그렇기 때문에 지금 같은 봄 날씨에 같은 진달래가 피어도 꽃의 의미는 서로 달라졌고, 옛날과 다름없이 저 산하에는 새가 울지만 새의 울음소리는 어제의 것이 아니다.

이제 너는 알 것이다, 아들이여. 역사란 얼마나 가혹한 운명인가를…… 동시에 역사란 또 얼마나 희망이 있는 것인가. 네가 아무리 통곡을 하며 애원한다 하더라도 세계의 온 인류가 북을 치고 부른다 하더라도 가는 계절을 잠시도 멈출 수 없으며, 떠가는 구름을 순간이라도 묶어둘 수는 없다. 하지만 역사는 인간의 의지와 마음과 그 슬기에 의해서 얼마든지 고쳐질 수도 있고 바꿀 수도 있다. 그것은 찰흙과도 같다. 너는 이 찰흙 같은 역사에 너의 마음을 빚을 수 있다. 그 찰흙으로 호랑이를 만들 수도 있고 비둘기를 구워낼 수도 있다. 그것이 자유인 것이다. 그것이 너의 책임이며 희망인 것이다.

사랑과 자유가 저 산하를 녹인다

아들이여! 아버지가 하지 못한 것을 네가 하기 위해서는, 그리고 아버지가 버리고 온 땅에 네가 새로운 씨앗을 다시 뿌리기 위해서는, 사랑과 자유가 무엇인가를 알고 그리고 실천해야만 한다. 사랑은 분열이 아니라 교향곡과도 같은 화합이다. 남이 흘리는 피를 너의 아픔으로 견뎌야 하는 것이다. 사랑은 하나의 돌로 향할 수도 있고, 봄날에 솟아나는 달래마늘같이 조그만 풀 한 포기에 쏠릴 수도 있고, 그렇지 않으면 저 때 묻은 지폐나 술과 향수와 보석으로 향할 수도 있다.

그러나 가장 어렵고 귀중한 사랑, 그것은 바로 인간에 대한 것이다.

가끔 동생과 싸우는 네가 나를 얼마나 실망시켰는가를 너는 알 것이다. 인간이기 때문에 질투를 하고, 미워하고, 경쟁을 하고, 침을 뱉는다. 그러나 대체 이러한 싸움 속에서 동생의 몫을 네가 소유해본 적이 있는가? 동생의 몫을 네가 완전히 얻는 것은 네가 손톱으로 얼굴을 할퀼 때가 아니라, 그 녀석의 머리를 쓰다듬을 때, 그 녀석의 코를 씻어주고 무릎에 난 상처를 싸매줄 때이다. 그때 너는 아우의 눈빛을 볼 수 있을 것이다. 그는 너의 마음속으로 들어와 눕는다. 그는 너의 바깥에서 서성대는 것이 아니라 너의 은밀한 심장 속에 핏방울처럼 몰입해 들어온다. 너는 그렇게 해서 동생의 필통보다, 동생의 인형보다 더 큰 것을 송두리째 가질 수가 있다.

사랑은 강요에 의해서 얻어질 수 없다. 사랑만은 시켜서 되는 것이 아니다. 그렇기 때문에 사랑의 꽃은 자유의 꽃밭에서만 필 수 있다는 것을 알아야 한다.

우리는 그런 사랑과 자유를 위해서 많은 시련을 겪어야만 했다.

북쪽의 산하에 없는 것이 바로 그 사랑과 자유이다. 그들은 서로 감시하며, 서로 이를 갈며, 서로 증오하면서 한 지붕을 떠받들고 있다. 북쪽의 차가운 얼음을 녹이고 불꽃이 없는 그 싸늘한 아궁이에 다시 인간의 장작불을 지피기 위해서 아들이여, 너는 그들에게 사랑과 자유의 의미를 알려주어야만 한다.

백두산에 올라가 외쳐라

아들이여, 나는 너를 두려워한다. 죄인처럼 너의 앞에 서기를 부끄러워한다.

나는 너를 보낼 수 있다. 아프리카의 밀림이나 미국의 요세미티나 파리의 센 강과 알프스의 몽블랑을 구경시킬 수도 있다. 네가 원한다면 스위스의 호숫가에서 낚시질을 시킬 수도 있고 스페인의 투우 경기장에서 너와 내기를 할 수도 있다. 천 리나 만 리나 그보다도 더 멀리 떨어진 곳이라 할지라도 아들이여, 나는 너의 손을 잡고 동으로 서로 남으로 북으로 긴 여행을 할 수 있다.

그러나 아들이여, 백 리도 못 되는 곳, 멀어야 천 리도 안 떨어진 저 산하에 너를 데리고 갈 수는 없다. 그러나 못난 아버지를 탓하지 말아라. 왜냐하면 벌써 역사는 너희들의 것이 되고 있다. 너희들을 키우기 위해서 아빠는 외치고 싶은 것이 있어도 제대로 외치지 못했다. 욕망이 있어 뛰고 싶어도 뛰지를 못했다. 너희들이 잠들어 있는 얼굴을 보면 아들이여, 다만 나는 너희들의 바람을 막아주는 병풍이 되어야 한다고 생각한 탓이다.

울타리를 지키다가, 부엌에서 끓는 찌개 냄비를 지키다가, 해마다 자라나는 너희들 바지를 장만하려다가 넓은 그 세계와 꿈도 이상도 진실도 조금씩 잃어버리고 말았다. 책상에 앉아 책장만을 넘기며 그 긴 세월을 넘겨왔을 뿐이다.

아들이여, 아버지의 검은 머리에, 하나씩 둘씩 흰 새치가 생겨나는 것을 보았느냐. 잠시 분노하다가 비굴하게 웃어버리는 아버지의 그 입술을 본 적이 있느냐. 주먹을 쥐다가도 바둑알을 잡듯 그렇게 힘없이 펴지는 손가락을 보았느냐.

그러나 아들이여, 죽어도 비굴하게 늙어가는 아버지의 새치머리를 뽑아달라고 너희들에게 부탁하지는 않을 것이다. 긴 겨울밤에 아픈 마음을 달래기 위해 술을 사러 내보내는 잔심부름은 죽어도 시키지 않겠다. 오징어 다리나 들고 아빠의 방문을 여는 그런 자식으로 너희들을 키우지는 않을 것이다.

이제 역사는 너희들의 것이다. 저 산하는 너희들의 것이다.

다만 눈물도 마른 먼 훗날, 너희들이 백두산에 올라 외치는 메아리 소리를 듣고 싶다. 가는귀가 먹은 팔순 노인이 되어도 나는 그 소리를 천 리 밖에서도 들을 수 있을 것이다.

'이 산하에 내가 왔노라'고, '여기에도 자유의 우물이 솟고 사람의 해돋이가 번져가고 있다'고. 그 땅을 다시 확인하여 오랜 세월의 망각을 깨뜨려다오. 그리하여 영변의 진달래를 피어나게 하

라. 금강산 봉우리마다 푸른 녹색의 파도를 일게 하라. 부전고원의 잠든 호수에 자유의 배를 띄우고 압록강에 새 역사의 뗏목을 흐르게 하라.

아들이여, 왜 내가 너를 두려워하겠는가?

숨바꼭질

아들이여, 너희들이 잃어버린 놀이가 무엇인 줄 아는가? 10년 전만 하더라도 어디를 가나 숨바꼭질을 하며 노는 아이들을 볼 수가 있었다. 대추나무가 서 있는 시골 마당을 지나다가 혹은 연탄재가 널려 있는 도시의 골목길을 지나다가 문득 옛날에 부르던 숨바꼭질의 그 정다운 노랫소리를 들을 수가 있었다. "꼭꼭 숨어라 머리카락 보일라." 합창을 하듯이 바람결을 타고 들려오는 목소리는 어느 때 들어도 저 시골의 밝은 우물을 생각하게 한다.

그러나 아들이여, 나는 너희들이 숨바꼭질을 하며 노는 것을 본 적이 없다. 도시에서도 시골에서도 너희들은 이제 그런 놀이에 대해서는 흥미를 갖고 있지 않은 것 같다. 숨바꼭질을 모르며 자라나는 너희들의 얼굴에서 나는 우리가 지금 무엇을 상실해가고 있는지 그 시대의 표정을 본다. 너희들에겐 이미 몸을 숨기고 놀 만한 장소가 남아 있지 않다. 헛간이나 장독대나 으슥하고 그늘진 빈터 같은 것이 없어져버린 시대 속에서 너희들은 살고 있다. 아스팔트와 콘크리트의 그 직선적인 공간에는 그늘이 없다. 숨을 구석이 없을 것이다.

아들이여! 그런 이유보다도 더 슬픈 것이 있다. 숨바꼭질은 '찾아내는 재미'와 '숨는 재미' 이것이 그 놀이를 즐겁게 한다. '술래'도 '숨는 자'도 거기에는 하나의 숨 막히는 긴장과 참을성이 있다.

그러나 아들이여, 오늘날 사람들은 '숨고 찾는' 그 재미를 잃고 만 것이다. 너희들이 숨바꼭질의 놀이를 상실하기 전에 벌써 사람들은 자신을 숨기고, 또 남을 찾아다니는 그 정신의 문화를 상실한 까닭이다.

옛날에는 남의 눈에 띄지 않도록 다락 속 같은, 장독 틈바구니 같은, 으슥한 마룻장 밑과도 같은 어두운 구석에 자신의 존재를 숨겨온 문화란 것이 있었다. 모든 예술과 철학과 종교는 숨는 자의 그 외로운 그늘 속에서 창조되었던 것이다. 디오게네스는 통속에 숨었고, 공명孔明은 와룡강臥龍崗 초당草堂에 숨었고, 릴케는 뮈조트의 고성古城 속에 숨었다.

그러나 아들이여, 숨는 자가 있으면 그것을 찾아내는 슬기로운 술래들이 있었음을 잊어서는 안 된다. 알렉산더는 디오게네스를, 유비劉備는 공명을 찾으러 다녔다. 권력 있는 정치가와 돈 많은 부자들은 숨은 자를 찾는 그 술래의 구실을 하고 있었다. 위대한 사회와 그 문화는 이 즐거운 숨바꼭질의 논리에서 생겨난다는 것을 너는 아는가?

그러나, 아들이여 보아라. 이제는 아무도 갑갑하게 숨으려 하지 않는다. 누구도 귀찮게 찾으려 하지 않는다.

"꼭꼭 숨어라 머리카락 보일라."

이런 노래가 들려오지 않는 이 시대의 의미를 너는 아는가?

자동식 장난감

너의 장난감 상자를 들여다본다. 성한 것이 없구나. 자동차의 바퀴는 어디 갔는가. 로봇의 다리는 언제 떨어져나갔는가. 귀여운 털북숭이 곰은 이제 더 이상 북을 두드리지 않고, 태엽이 끊긴 발레리나들은 다시 흥겹게 춤을 추지 않는구나. 조용한 침묵이―잔치가 끝난 뒷자리 같은 그런 침묵이 너의 장난감 상자 속에 피어 있는 것을 나는 본다.

그러나 너희들의 꿈보다도 더 단명한 장난감을 향해 울지 말아라. 아름다운 것들은 그렇게 신속한 몸짓으로 우리 곁을 떠나지 않던가. 봄이 어찌 여름보다 길며 가을이 저 고난의 겨울보다 더 날짜가 많겠는가? 고난의 현실은 환상의 꿈보다 언제나 길다. 더구나 너희들의 장난감은 처음부터 죽어 있었던 것이라는 생각이 나를 괴롭힌다. 그것은 모두가 비닐로 되어 있었고 또 배터리로 움직이는 자동식 장난감이다. 이미 그것은 장난감이 아니다.

너희들이 수고할 필요도 없이 그것들은 혼자서 굴러가고, 혼자서 춤추며, 혼자서 소리를 낸다. 기능적이고 편리하다. 작은 기계에 지나지 않는다. 다만 너희들은 공장의 기사들처럼 스위치를 누르기만 하면 된다. 팔짱을 끼고 멀찍이 떨어져 보기만 하면 된다.

그러나 아들이여! 정말 장난감이란 편리한 기계가 아니다. 조금씩은 불편해야 된다. 연鳶이 애드벌룬 같은 것이라면 무슨 재미로 그것을 날리겠는가.

가난했던 옛날, 비닐이란 것이 없었던 옛날, 자동식이란 것이 없었던 옛날, 그때의 장난감들은 결코 그런 것이 아니었다. 그것은 편리한 것이 아니라 오히려 고통을 주는 장난감이었다.

팽이를 치기 위해서는 처음부터 팽이를 만드는 수고를 해야만 했다. 헛간에서 몰래 톱과 낫을 훔쳐와야 했고, 위험한 그 연장으로 나무를 깎고 다듬어야 했던 것이다. 며칠이고 며칠이고 길을 들이고 또 팽이채를 얻기 위해서는 누이의 반짇고리를 뒤지다가 꾸지람을 들어야 한다.

더구나 그것은 자동식이 아니다. 겨울날 언 손을 입김으로 녹이며 팽이채를 휘둘러야 한다. 작은 하나의 기쁨을 얻기 위해서, 소리를 내고 돌아가는 그 팽이의 율동을 위해서, 그보다 더 많은 고통이 있어야만 한다. 아니다! 고통 그 자체가 장난감의 즐거움이었다.

팽이뿐이었겠는가. 비닐이 아니라 풀로 만드는 꼭두각시 인형

하나에도 그런 것이 있었다. 예쁘지도 않고 신기하지도 않지만, 손으로 만든 그 장난감은 백화점 포장지가 없는 자연의 선물이었고 고통 속에서 얻어지는 창조의 선물이었다.

자동식 장난감의 상자 속에서는 고난의 의미, 창조의 의미, 그리고 그 갈망의 의미를 발견할 수가 없다. 작은 너의 힘으로 돌아가는 팽이를 쳐라, 아들이여.

호주머니 속의 행복

옛날 형荊나라 사람이 활을 잃었다. 그런데 찾으려고 하지 않았다. 사람들은 그 이유를 물었다.

"형나라 사람이 잃은 것을 형나라 사람이 주울 것이 아닌가? 무엇 때문에 굳이 내가 찾으려고 애쓸 것인가?"

이것이 그의 대답이었다.

이 말을 듣고 공자孔子가 말했다.

"왜 하필 형나라 사람인가? '형'이란 말을 빼는 것이 어떤가? 사람이 잃은 것을 사람이 주울 것이라고……."

이 말을 듣고 노자老子가 말했다.

"하필 왜 사람인가? '사람' 자를 빼는 것이 어떤가? 어차피 천지天地에 있는 것, 천지의 것이 아닌가?"

아들이여, 이 이야기가 너에게는 좀 어려울는지 모른다. 그러나 네 키가 커가는 것이 너의 모든 성장이 아니라는 것을 알아야 한다.

몸의 성장은 첫 담배를 피울 무렵만 되어도 곧 정지하고 만다. 더 이상 키는 자라지 않으며, 발은 한번 맞춘 그 신발보다 더 커지질 않을 것이다. 그러나 인간의 마음은 죽을 때까지 자란다. 작은 물방울이 시냇물이 되고 시냇물이 바다가 되듯이 인간의 의식도 끝없이 넓은 것으로 확대되어가는 하나의 물방울이다.

'나'의 테두리에서 성장이 멎은 사람은 잃어버린 활을 애통해할 것이다. 자기 호주머니 속에 들어 있는 것만이 자기 것이라고 생각한다. 그의 슬픔이나 행복은 언제나 자기 호주머니 속에 있다.

그러나 활을 잃고도 탄식하지 않은 그 형나라 사람의 마음은 나라의 땅만큼 넓다. '내'가 '나라'로 확대되어 있다. 부富를 그리고 영광을 제 집 곳간에 쌓이는 볏섬으로는 이미 계산하지 않는 사람이다. 아들이여, 그런데도 공자는 무엇이라고 말했는가? 아직도 그 형나라 사람은 소인小人에 지나지 않는다. 진리는 국경의 성벽에서 끝나지 않는다. 그것을 아는 사람은 그보다 넓은 인류의 마음을 가지고 세상을 본다. 여기에서도 또 의식의 테두리는 멈추지 않는다.

노자는 공자를 비웃는다. 하필 왜 인간을 내세우는가? 천지의 것, 그의 마음은 우주만큼 넓어지기를 원한다. '나'에게서 '국가'로, '국가'에서 '인류'로, '인류'의 입장에서 다시 '우주'로, 마음의 영역은 자라며 확대되어간다. 이 마음의 울타리가 넓어짐에 따라서 너의 작은 가치의 세계도 달라지는 것이며 슬퍼하고 즐거워하는 그 감정의 지평도 바뀌어간다.

아들이여, 이따금 나는 네가 발톱을 깎고 있는 것을 볼 때가 있다. 네가 하루하루 커가는 것이 대견스럽다. 그러나 아들이여, 너의 마음도 그렇게 자라고 있는가. 우주의 공간만큼 넓어져갈 것인가. 네 호주머니 속에 든 그 딱지에만 집념하지 말라. 한 뼘도 되지 않는 그 호주머니 속에 너의 인생과 행복을 채우려고 하지 말아라.

너를 떠난 자리, 나라를 떠난 자리, 인간을 떠난 자리, 그 자리가 어떤 것인지 나는 모른다. 그러나 그것은 분명 죽음보다도 서러움이 될 수 없는, 가장 넓은 세상일 것이다. 너의 영혼과 그 생명의 집을 그런 세상 위에 짓거라. 그 집은 쓰러지지 않을 것이다.

장부를 적는 마음

너도 『로빈슨 크루소The Life and Strange Surprising Adventures of Rob-inson Crusoe of York』의 이야기를 알고 있을 것이다. 그러나 너는 만화책을 읽듯이 고도孤島에 표류한 그 사람의 모험담에만 호기심을 품었을는지 모른다. 사람들은 로빈슨 크루소가 원시인처럼 냄비를 만들거나 혹은 식인종의 발자국을 보고 놀라는 그런 이야기만을 화제로 삼고 있다. 그래서 현대판 페르난데스의 섬 사람들은 부서진 냄비 조각을 주워다가 로빈슨 크루소가 만든 것이라고 관광객에게 팔고 있었다.

그러나 아들이여, 놀라지 마라. 오리노코 만에 가지 않아도 너는 매일 밤 로빈슨 크루소의 그 모습을 바라볼 수가 있다.

너는 보지 않는가? 밤마다 가계부를 펼쳐놓고, 끝없이 무엇인가 기록해가고 있는 어머니의 모습을 보지 않는가?

로빈슨 크루소가 난파선에서 제일 먼저 주워온 것은 장부와 잉크, 그리고 펜이었다. 집을 짓기 전에, 사냥을 다니기 전에 그가 그 섬에서 맨 처음 한 것은 매일같이 장부를 기록하는 일이었다. 그래서 얀 코트라는 학자는 그 소설 전체가 장부의 한 기록이라고 부른 적이 있다.

"참으로 한탄할 만한 이 상황에서 얻은 나의 경험은, 어떤 상태에서도 희망을 발견할 수 있다는 것이며, 따라서 선과 악의 차인 잔고差引殘高난을 흑자로 기장할 수 있다는 사실이었다."라는 그 소설 속의 구절 하나만 보아도 그 말은 거짓이 아닌 것 같다.

아들이여! 우리는 지금 이 도시 속에서 표류하고 있다. 제각기 외로운 섬 속에서 홀로 떠돌고 있는 것이다. 짐승의 발자국을 보면 도리어 희망이 생기지마는 거꾸로 사람의 발자국을 보고는 공포에 떨었던 로빈슨―로빈슨 크루소는 짐승보다, 굶주림보다, 비바람보다 낯선 사람들을 더욱 무서워하고 있다.

그에게 남아 있는 것은 마치 상인들이 계산을 하고 있듯이, 혹은 우리의 가난한 어머니들이 수입과 지출의 차인잔고를 가계부에 적어가고 있듯이 그 생활의 의미를 대조하며 장부에 기록해가는 의지였다.

절망과 희망을, 악과 선을, 선과 추를, 그리고 유리한 점과 불리한 점을 공평하게 대조해서 보태고 빼내는 일이었다. 어떻게 하면 표류생활의 그 장부에 희망과 선과 미의 흑자가 나도록 하는가? 그것이 로빈슨 크루소가 생존해가는 유일한 의미였다.

아들이여! 깊은 밤에 가계부를 적고 있는 어머니의 모습을 보아라. 콩나물과 양말과 주말週末의 유흥비와, 지붕을 고치고 막힌 하수도를 뚫는 자잘한 생활들, 눈물 같은 생활의 숫자가 적혀가는 것을 너는 아는가?

아들이여! 너는 도시에 표류하고 있는 로빈슨 크루소이다. 백지의 장부 속에 너는 너의 생에 대한 손익계산을 하라. 그것이 너의 모험담인 것이다.

먼지가 쌓이는 곳

너희들은 어째서 책상 밑이나 혹은 장롱 밑을 뒤지기를 그렇게 좋아하는가. 그러나 나는 먼지투성이가 된 너희들을 향해서 어머니처럼 꾸짖고 싶지는 않다.

아들이여, 너희들은 어리기 때문에 신기한 것을 좋아한다. 남들이 가보지 못한 지도에 없는 모험의 땅을 생각한다. 그러나 대체 어디에 보물섬이 있고 마녀가 사는 숲이 있겠는가. 너희들이 찾아갈 수 있는 그 폐허의 성은 기껏해야 사람들의 시선이 닿지 않는 저 더러운 장롱 구석이 아니면 빈 선반 같은 곳이다.

거기에서 너희들은 무엇을 발견하는가? 그것은 마법에 걸린 공주도 악룡惡龍도 아니고, 보물의 동굴은 더더욱 아니다. 한 치씩이나 쌓인 그 잿빛 먼지일 것이다. 그 먼지 속에서 찾아낼 수 있는 것은 깨진 약병이 아니면 동강 난 연필 같은 폐품들에 지나지 않는다.

그러나 아들이여, 실망하지 말아라. 네 손과 옷에 묻은 한 움큼의 먼지, 그 먼지의 의미를 너는 발견할 것이다. 사람들의 관심에서 멀어진 장소에는, 그리고 시선이 닿지 않는 그 구석에는, 동작이 없어 고정되어버린 꽃병 밑이나 벽에 못 박힌 사진틀 너머에는 으레 먼지가 쌓여 있다. 빗자루가 미치지 않는 망각의 공간, 그 죽어버린 공간 속에는 죽음의 먼지가 있을 것이다. 움직이지 않는 것, 거부하지 않고 한자리에 못 박혀 있는 것, 그 정물에 묻어 있는 것은 권태와 게으름의 먼지이다. 시선이 차단된 곳, 관심에서 멀리 떨어져나간 곳, 거기에는 부패의 먼지가 끝없이 쌓여가고 있다.

아들이여! 너는 이 먼지의 의미를 알지 않으면 안 된다. 먼지는 우박처럼 내리지 않는다. 아주 서서히 그리고 바스락거리는 소리도 없이 잊혀진 생활의 공간 속에 쌓여가고 있다.

그것은 아무것도 알 수 없는 시간 위에서 암처럼 조용히 번져간다. 그것은 무장한 적병들처럼 함성을 지르고 나타나지도 않는다. 폭탄처럼 일시에 폭발하지도 않을 것이며 다른 바이러스처럼 신열을 일으키거나 기침 소리를 내지도 않을 것이다.

먼지는 그렇게 서서히, 그렇게 소리 없이 활발한 것들을, 빛깔 있는 것들을, 윤기 있는 것들을, 그리고 신선한 모든 생명들을 덮어버린다.

그렇다. 너는 먼지를 거부하지 않으면 안 된다. 이미 어른들의 시선이나 동작이 이르지 못하는 생의 구석, 그 죽어버린 장소에 쌓이는 먼지를 들추어내지 않으면 안 된다. 그것이 용 사냥을 하러 떠나는 왕자들의 이야기다. 너희들은 어른들이 잊고 사는 저 장롱 밑의 먼지를 쓸어내기 위해서 푸성귀처럼 새파란 눈을 뜨고 빗자루를 들어라. 네가 옷을 버린다 해서 내가 왜 너를 꾸짖을 것인가.

물맛을 아는가

　너희들은 코카콜라와 펩시콜라의 시대 속에서 살고 있다. 콜라의 맛, 그것은 엄격하게 말해서 음료수의 맛도 아니다. 텔레비전이나 라디오에서 끊임없이 흘러나오는 선전의 맛에 지나지 않는다. 아들이여! 내가 왜 과장을 하겠는가. 너희들이 지금 목을 축이고 있는 콜라의 맛만을 보고 어느 쪽이 과연 코카콜라인지 펩시콜라인지를 알아맞힐 수 있겠는가? 그런데도 가끔 너희들은 코카냐 펩시냐로 싸우는 일이 많다. 어느 쪽 CM 맛을 더 좋아하는가? 그러한 의견의 차이에 지나지 않는다는 것을 나는 알고 있다.

　아들이여, 콜라 속에서 숨 쉬는 아들이여. 너희들은 물맛을 모를 것이다. 유리컵이 아니다. '목숨 수壽' 자나 '복 복福' 자가 찍힌 하얀 사기그릇에 담겨진 한 모금의 그 물맛을 너는 모를 것이다. 그 맹물에는 콜라와 같은 빛깔도 없고 넘쳐흐르는 수포도 없고 향기도 감미도 없다. 아무 맛도 없을 것이다. 무색, 무미, 무취. 그렇다. 그것은 텅 비어 있는 무無다. 한 모금 냉수의 맛은 아무것도 없는 무의 액체, 목을 만족시킬 만한 매력도, 긴장도 없는 액체다.

그러나 아들이여, 너희들은 언젠가 물맛을 알게 될 때가 올 것이다. 물맛을 알기 위해서 너희들은 먼저 갈증을 갖지 않으면 안 된다. 체온계의 수은이 37.5도의 눈금을 지나는 신열이 날 때, 혹은 한밤중에 문득 눈이 뜨이고 타는 갈증이 침을 마르게 할 때, 사막같이 먼 길을 걸을 때 너희들은 갈증 속에 빠지게 된다.

무엇인가 조난을 당했을 때만이 사람들은 비로소 한 모금의 물맛을 알게 될 것이다. 무의 그 액체 속에서 공작의 날개보다도 찬란한 색채가, 사향보다도 향기로운 냄새가, 가나안의 꿀보다도 짙은 감미가 나타날 것이다. 갈증의 부름 소리를 듣고 그 숨어 있던 물맛이 마치 알라딘의 램프 속에서 나타난 신비한 거인처럼 너희 앞에 나타나리라.

아들이여, 목이 탈수록 물은 맛이 있다. 정직하게 말하자면 우리는 갈증을 통해서만 숨어 있는 물맛의 보석을 광부들처럼 발굴해낼 수가 있다.

콜라 맛밖에는 모르는 아들이여! 인간의 생활은 맹물과도 같다는 것을 알아두어라. 그것은 무의 액체다. 다만 생의 갈증을 느낀 자만이 그 맛없는 액체에서 경이의 미각과 향기와 푸른빛을 맛볼 것이다. 콜라와 같은 채색된 생을 찾을 것이 아니라 물맛을 발견하기 위해 먼저 생의 조난자가 되어라, 아들이여.

연필을 쥐듯이

몰래 너희들의 필통을 열어본다. 쓰다 만 연필들이 꼭 너희 형제들처럼 제각기 키가 다른 것이 우습다. 큰 놈 작은 놈…… 층층이 길이가 다른 연필 토막을 보면서 문득 나는 그것들이 살아 있는 것 같은 착각을 느낀다. 아들이여 생각해보라. 같은 물건이라도 시간과 함께 조금씩 소모되면서 사라져가는 것들—그러한 물건에서는 이상한 애정을 느낄 수 있지 않은가?

너는 어른들처럼 볼펜이나 만년필을 갖고 싶어 한다. 그러나 볼펜은 연필처럼 아무리 써도 키가 줄어드는 법이 없다.

조금씩 소모되어가는 그 과정을 볼 수 없는 것이다. 그러다가 텅 비어버려서 더 이상 글씨를 쓸 수 없게 되었을 때 우리는 문득 그것이 어느덧 껍데기만 남은 채 죽어버렸다는 것을 느끼게 된다. 이러한 볼펜에서는 애정이란 것을 맛볼 수 없다.

타오르는 촛불을 보아라, 아들이여. 어두운 공간에서 촛불은 자기가 소모되어가는 것만큼씩 광명을 뿌리면서 타들어간다. 우리는 그 촛불에서 시간이라는 것을 느낀다. 촛불과 내 곁을 똑같이 강물처럼 흘러가고 있는 시간을 바라볼 수가 있다. 그러나 전깃불은 그렇지가 않다. 전구는 언제고 같은 형태 속에서 빛을 토해내고 있다.

우리는 소모되어가고 있는 그 시간을 느낄 수 없다. 그러다가 오랜 시간이 흐르면 갑작스레 끊어지고 만다.

그러기에 우리는 촛불과 같이 있을 수 있지만 전구는 저만큼 홀로 떨어진 공간에서 하나의 추상체처럼 존재하고 있는 것이다.

너는 연필을 깎는다. 그것으로 글씨를 쓰고 그림을 그린다. 너의 공부 시간과 함께 연필의 키도 자꾸 작아진다. 오늘과 내일의 그 키가 다르다. 잦아들어가는 연필의 그 소모 속에서 너는 너의 사라진 시간을 볼 것이다.

손으로 잡을 수조차 없이 닳아 없어진 연필 토막을 아직도 버리지 않고 필통 속에 넣어두었구나. 아들이여, 너의 그 마음을 누가 인색하다고 비웃을 것인가? 물건을 절약하는 경제적인 의미 이상의 것을 나는 안다.

시골길을 지나다가 오래된 옛날 기와집을 보면 자기가 살던 집이 아니라도 고향을 보는 것처럼 다감하지 않던가? 그리운 것들이 살고 있다. 닳고 닳은 문지방, 마멸돼 들어가는 문고리의 침묵, 기울어져가는 기둥과 많은 발자취가 남아 있는 댓돌, 그리고 슬래브가 아니라 파랗게 이끼가 돋은 기와…… 우리는 우리와 함께 사라져간 시간을 본다. 아들이여, 너의 연필을 쥐듯이 소모해 가는 모든 것들을 잡아라. 갑작스레 꺼져버리는 볼펜이나 전구에는 애정이란 것이 없다. 시간의 흐름을 함께 느낄 때 우리는 줄어 있는 물건에서도 생명을 본다.

놀부의 박

놀부를 너무 비웃지 말아라. 우리는 흥부보다도 놀부에게서 더 많은 것을 배울 수 있기 때문이다. 네 동생의 뺨을 주걱으로 치라는 말이 아니다. 옹기장수의 지게를 받쳐놓은 그 작대기를 발로 걷어차는 심술을 배우라는 말이 아니다. 옛날이야기가 아닌 현실에서는 흥부의 박 같은 것을 결코 찾아볼 수 없다. 선한 자에게나 악한 자에게나, 그 생활의 울타리에 열리는 것은 '놀부의 박'인 것이다.

사람들은 언제나 기대를 갖고 박을 탄다. 학교라는 박, 결혼이라는 박, 직장이라는 박…… 그러나 대체 누가 거기에서 기대하지 않던 재보財寶를 얻었던가? 환멸과 더 큰 고통밖에는 나오지 않는다. 기대는 언제나 배신을 당하기 위해서 탐스럽게 열린다. 너도 알 것이다. 일요일은 일주일마다 온다. 그러나 모든 일요일은 토요일 밤에 생각하던 그런 일요일이 아니다.

아들이여, 개인의 생활만이 그런 것은 아니다. 인간의 역사 그 자체가 '놀부의 박'들이었다. 역사의 갈피를 조금만 들추어보아도 인간은 마치 실망하기 위해서 그 문화의 박을 길러온 것 같다.

공해公害란 말을 너도 들었을 것이다. 행복의 꿈속에서 한 세기 동안을 자라온 저 탐스러운 산업주의의 박을 탔을 때 거기에서 나온 것은 무엇이었던가? 매연과 소음과 모든 생명을 오염시키는 그 공해였다.

아들이여, 그러나 놀부는 박 하나만을 타고 만 것이 아니다. 그렇게 환멸과 고통을 당하고서도 또 하나의 기대를 향해서 그는 톱질을 한다. 당하고 또 당해도 놀부는 박 열세 개를 모두 탔던 것이다. 그 의지를 너도 배우지 않으면 안 된다. '나에게 또 하나의 박을…….' 그는 환멸 속에서 다시 톱질을 한다. 박 속에서 무엇이 나오는가가 중요한 것이 아니다.

박을 타는 기대, 좌절하지 않고 무수히 톱질을 하는 그 행위만이 우리에게 남아 있는 희망인 것이다. 놀부도 알았을 것이다. 남아 있는 저 박 속에 들어 있는 것은 하나의 어둠이며, 텅 빈 무이며, 영혼과 육체에 깊은 상흔을 내는 절망이라는 것을 그도 알았을 것이다. 그것을 향해 다시 희망을 품고 덤벼드는 놀부는 이미악한 자도, 선한 자도 아니다. 인간의 운명 그 자체인 것이다.

아들이여, 놀부의 박은 판도라의 상자와도 같다. 닫힌 상자를 여는 것, 불행의 상자를 다시 타는 것, 이 무익하고 어리석은 열정을 너는 사랑하지 않으면 안 된다. 어째서 악한 자에게만 열세

개의 박을 모두 타는 놀부의 의지가 있어야 하는가? 선한 자에게
도 그런 열정을 주어야 한다. 아들이여 슬픔이, 괴로움이, 그리고
아픔이 있어도 너에게 주어진 운명의 박을 향해 톱질을 하거라.

바다에 던져진 병

무전이란 것이 없었던 외로운 시대의 그 항해를 너는 아느냐? 대양 속에서 배가 표류를 하고 난파를 했을 때, 선원들이 마지막 순간에 무엇을 했는지 너는 아느냐! 짐승들처럼 그냥 바다의 물거품 속으로 사라졌다고 생각하느냐. 아니다. 그렇지 않다. 선원들은 자기가 침몰하기 전에 먼저 빈 술병을 파도 위에 던졌다. 그 술병에 들어 있는 것은 꽃다발처럼 마음을 들뜨게 하던 샴페인도 아니고 생의 쾌락을 들끓게 한 럼주도 아니다. 이미 술은 마셔졌고 향내도 도취도 사라진 빈 술병이다. 다만 그들이 쓴 마지막 편지가 그 속에 밀봉되어 있는 것이다.

그들이 겪은 항해의 지식을, 파도와의 투쟁을, 낯선 바다의 공포와 그 위험을…… 그들은 썼다. 어떻게 그들이 죽어가고 있는가를, 마지막 본 바다에 대하여, 사랑하는 사람들의 추억에 대하여, 고통과 외로움의 그 의미에 대하여, 미래의 항해자들에 대하여…… 그들은 이름을 적고 날짜를 적는다. 그렇게 쓴 그들의 언어가 술병 속에 가득 차 있다.

너 그것을 아느냐? 그 병을 바다에 던지던 선원들의 마음이 어떤 것인지를 아느냐? 방향 없는 조류에 띄운 그 병들이, 수십 년이고 수백 년이고 해도에도 없는 바다 위를 끝없이 표류해다닐지도 모른다는 것을 그들도 알 것이다. 어느 산호초엔가 부딪혀 깨져버릴지도 모른다는 것을 알 것이다. 여기에서 항구는 너무 멀고, 바다는 그렇게 인적 없이 넓다는 것을 어째서 그들이 몰랐겠는가? 그런데도 너 아느냐? 편지를 쓰던 그들의 마음을, 그것을 빈 병에 넣어 바다에 던지던 그 마음을…… 너 아느냐. 그것을 노래 부른 알프레드 비니Alfred Vigny의 그 아름다운 시구를.

> 그는 미소 짓는다.
> 이 깨지기 쉬운 병이
> 그의 사상과 이름을
> 항구까지 날라줄 것을 생각하고
> 또 미지의 섬에서
> 대지를 확장한 것을, 새로운 별을 지표 삼아 거기에 운명을 맡긴 것을
> 신은 무심한 바다에 배를 난파시키는 것을 용납해도
> 사상의 난파는 용서하지 않는다는 것을,
> 그리하여 한 개의 병을 가지고 죽음을 이긴 것을 생각하며.

바다에 병을 던지듯 그렇게 시를 쓴 비니의 그 마음을 너 아느냐?

아들이여! 가까이 오라. 추운 밤에 난롯불도 없이 밤을 새워가며 글을 쓰고 있는 아버지의 얼굴을 보아라. 그 옛날 항로를 찾아다니던 구식 수부水夫와도 같은 그 옷차림을 비웃지 말라. 마시고 난 텅 빈 술병에 글을 적고 암흑의 바다에 그것을 던지는 아버지의 어리석은 꿈을 위해서 아들이여, 잠시 나의 언 손을 너의 입김으로 녹여주지 않겠는가? 오늘밤은 유난히 춥구나.

우산을 받쳐 쓰고

밖에 비가 내리고 있는 풍경을 보면 전능하다는 저 하느님도 별 수 없는 센티멘털리스트인 것 같다. 모든 것이 울고 있다. 구성진 빗방울이 뿌리는 날에는 콘크리트와 철강과 유리 조각뿐인 도시의 빌딩도 우수에 젖는다. 메마른 아스팔트에도 그림자가 어른거린다.

자동차들은 역마차 같은 표정으로 빗속을 달리고 있다. 빗발 속의 헤드라이트와 빨간 미등은 눈으로 보는 마리화나다. 단조한 그 빗소리가 그렇고, 축축한 그 습기가 그렇고, 시야를 흐리게 하는 회색의 그림자들이 그렇다. 비가 적시는 것은 굳은 땅만이 아닌 것이다.

비가 오면 사람들은 우산을 편다. 제각기 우산을 편다. 우산은 아주 작은 공간을 만들어준다. 비를 피할 수 있는 아주 작은 공간, 도시 사람들은 이 공간 속에 숨어서 걷는다. 백 사람이 함께 이 길을 걷고 있어도, 천 사람이 떼를 지어 같은 하늘 밑에서 움직인다 해도 우산은 한 사람, 한 사람을 떼어놓는다. 비에 젖지 않으려고 제각기 펼쳐 든 그 우산은 자기 몸 하나만을 지켜주고 있다. 우산만큼씩 한 고독이, 그리고 우수가 사람들을 감싸주고 있다. 그것은 단절된 그 개인의 영토이다.

아들이여, 비가 오는 날이면 알 것이다. 우산으로 만들어진 그 작은 공간 속에서 자기가 혼자 걷고 있다는 것을 알 것이다. 우산 속의 주민은 단 한 사람이다. 갑작스레 지紙우산의 넓이만큼 축소되어버린 하늘 밑에서 정치도 법률도 윤리도, 아니다, 남과 이야기하는 언어까지도 소멸되고 만다.

내가 왕이고 신하이다. 내가 말을 하고 내가 듣는다. 우산을 잡은 손이 자기 세계를 떠받치고 있는 기둥이다.

아들이여, 비가 오는 날이면 알 것이다. 아버지와 아들이라 해도 한 우산을 같이 받고 걸을 수 없다는 것을 알 것이다. 내 키는 너무 크고 네 키는 너무 작다.

이따금 둘이서 한 우산을 받쳐 쓰고 간다 해도, 비를 막을 수 있는 공간은 한 사람 몫밖에 되지 않는다.

비가 오는 날이면 알 것이다. 아무리 하늘만큼 넓은 우산이 있다 하더라도 남들의 머리 위에 떨어지는 저 비를 막아줄 수 없다는 것을 알 것이다. 자기 혼자서 자기 우산을 받을 수밖에 없다는 숙명을 알 것이다. 더구나 너의 손에 든 그 작은 우산이 산과 강과 이 도시를 적시는 비를 막을 수 없다는 것을 알 것이다.

이렇게 비가 내리고 있는 것을 보면 전능하신 하느님도 외로운 것 같다. 아들이여, 비가 오는 날이면 알 것이다. 하느님이 이 지상에 내려온다 하더라도 비가 오면 자기 몸 하나밖에는 가릴 수 없는 그 우산을 받쳐야 한다는 것을……

이 삶의 광택

나는 후회한다. 너에게 포마이카 책상을 사준 것을 지금 후회하고 있다. 그냥 나무 책상이었더라면 좋았을 걸 그랬다. 어렸을 적에 내가 쓰던 책상은 거친 참나무로 만든 것이었다. 심심할 때, 어려운 숙제가 풀리지 않을 때, 그리고 바깥에서 비가 내리고 있을 때 나는 그 참나무 책상을 길들이기 위해서 마른걸레질을 했다. 백 번이고 천 번이고 문지른다. 그렇게 해서 손때가 묻고 반질반질해진 그 책상의 광택 위에는 상기한 내 얼굴이 거울처럼 어른거린다.

너의 매끄러운 포마이카 책상은 처음부터 번쩍거리는 광택을 가지고 있다. 그것은 길들일 수가 없을 것이다. 다만 물걸레로 씻어내는 수고만 하면 된다.

그러나 결코 너의 포마이카 책상은 옛날의 그 참나무 책상이 지니고 있던 심오한 광택, 나무의 목질 그 밑바닥으로부터 배어나온 그런 광택의 의미를 너에게 가르쳐줄 수 없을 것이다.

책상만이 아니었다. 옛날 사람들은 무엇이든 손으로 문지르고 닦아서 광택을 내는 버릇을 가지고 있었다. 청동화로나 놋그릇들을 그렇게 닦아서 길을 들였다. 마룻바닥을, 장롱을, 솥뚜껑을, 문설주를, 그들은 정성스럽게 문질러 윤택이 흐르게 했던 것이다. 거기에는 오랜 참을성으로 얻어진 이상한 만족감과 희열이란 것이 있다.

아들이여, 그러나 나는 네가 무엇을 닦는 것을 본 적이 없다. 옛날 애들처럼 제복 단추나 배지를 윤기 나게 하는 것을 본 적이 없다. 그럴 필요가 없기 때문인지도 모른다.

스테인리스 그릇이나 양은솥은 너의 포마이카 책상처럼 처음부터 인공적인 광택을 지니고 있어서 길들일 필요가 없고 또 길들일 수도 없는 것이다.

아들이여, 무엇인가 요즈음 사람들이 참을성 있게 닦고 또 닦아서 사물로부터 광택을 끄집어내는 일을 볼 수 있다면 그것은 구두닦이 정도가 아닐까 싶다. 카뮈Albert Camus라는 프랑스의 소설가는 슈샤인보이들이 일하는 모습을 보고 무한한 희열을 느낀다.

구두닦이 아이들이 부드러운 솔질을 하고 구두에 최종적인 광택을 낼 때, 사람들은 그 순간 그 놀라운 작업이 끝났거니 생각할지 모른다. 그러나 그때 바로 그 악착스러운 손이 다시 반짝거리는 구두 표면에 구두약을 칠해 광을 죽이고 또 문질러 가죽 뒷면까지 구두약이 배어들게 하고 구둣솔 밑으로 가죽 맨 깊은 곳에서 빚어지는 이중의, 정말 최종 적인 광택을 솟아나게 한다.

아들이여. 우리도 이 생활에서 그런 빛을 끄집어낼 수는 없는 것일까? 그것은 화공약품이 아니다. 우리는 그렇게밖에는 영혼 의 그 광택을 끄집어낼 수 없다. 투박한 나무에서, 거친 쇠에서 그 내면의 빛을 솟아나게 하는 자는 종교와 예술의 희열이 무엇 인가를 아는 사람이다.

II
오늘을 사는 세대

세대의 의미

세대는 태양이다. 어둠 속에서 솟아오르는 밝고 싱싱한 햇살처럼 그것은 탄생한다.

그래서 거기 또 하나 새로운 시간이 마련되는 것이다. 그것을 사람들은 오늘이라고 부른다. 태양이 떠올라야 오늘이 있듯이 새로운 세대가 탄생되는 곳에 오늘의 역사, 오늘의 생활이 있다. 그러나 태양의 운명은 그렇게 떠오르던 것처럼 또한 그렇게 침몰해가야만 한다.

아침의 신선한 광채가, 정오 속에서 작열하던 열도가 이윽고는 회색의 시각 속에 싸여 침몰해가지 않으면 안 된다.

한 아름의 추억을 간직한 일몰의 잔광은 장엄하게 그러나 슬프게 크나큰 고독의 빛을 띠고 소멸되어간다. 그것이 바로 한 세대의 의미다.

영원히 중천에 머물러 있는 태양이 있을 수 없듯이 언제나 같은 지상에서 생활하는 세대란 없다. 그러기에 세대는 '어제'도

'내일'도 아닌 '오늘'을 살 뿐이다. 오늘이 지나면 내일의 태양이 다시 떠오르듯 낯선 또 하나의 세대가 온다. 인간은 이렇게 탄생에서 사망에 이르기까지 주어진 한 세대를 살고 갈 뿐이다.

세대는 바람이다. 바람은 계절을 만들고 그 기상 속에서 일정한 방향과 속도를 잡는다. 때로는 죽었던 대지에 푸른 잎을 피우기도 하고 때로는 거센 폭풍으로 비와 눈보라를 휘몰아쳐오기도 한다.

미풍微風이 있는가 하면 선풍旋風이 있고, 열풍熱風이 있는가 하면 서릿발처럼 찬바람도 있다. 그렇다. 세대는 바람과도 같다. 스쳐왔다 스쳐가는 무수한 의미의 저 바람, 그것처럼 모든 세대는 인간의 계절과 그 기상을 만든다.

어느 세대는 인류의 역사에 아름다운 꽃을 피게 했으며, 어느 세대는 이 사회에 숱한 비극의 낙엽을 뿌리고 간다. 세대마다 그 세대 특유의 방향과 속도가 있기 때문이다.

세대는 강물이다.

강물은 잠시도 쉬지 않고 흐른다. 그 물결은 잔잔하게 흐르다가 소용돌이치기도 하고 낭떠러지가 있으면 폭포를 이루어 숱한 물거품을 일게도 한다. 탁수로 흐릴 때도 있으며 푸르게 맑을 때도 있다.

세대의 강하.

물굽이처럼 감돌아 흐르는 세대의 물결.

그것을 우리는 역사의 사조라고도 하고 유행이라고도 하며, 풍속이라고도 표현한다. 그 세대의 조류는 누구도 막을 수 없는 힘을 가지고 굽이쳐 흐른다. 그 도도한 물결에 떠서 인간의 문명은, 역사는, 사회는 이곳에 이르렀다. 더구나 그 줄기는 하나가 아니다. 여러 갈래의 줄기가 하나로 합류했다가 다시 여러 갈래로 제각기 갈리어 흐르는 수도 있다.

말하자면 세대의 강하는 외줄기가 아니라 세대끼리 뜻을 같이하여 하나의 흐름을 이어가기도 하고 혹은 세대와 세대가 등을 지고 방향이 다른 물꼬를 터서 분기分岐해가는 일도 있지 않던가?

그렇다면 오늘 저 세대의 태양은 어떻게 빛나고 있으며, 그 세대의 바람은 어떻게 불고 있으며, 그 세대의 강물이 어떠한 율동으로 움직이고 있는가를 보자.

태양이 침몰하기 전에, 그리고 강물이 바다로 나서기 전에 보자, 오늘을 사는 세대를.

비와 젊음과 태양

태양이라고 다 빛나는 것은 아니다. 구름이 끼고 비가 오는 날이면 그 태양은 상장喪章처럼 침울하고 어둡다. 전후의 이 세대는 바로 그러한 태양, 비 오는 날에 태어난 젊음들이었다.

행킨Edward Hankin의 표현을 빌리자면, "어쩌다가 태어난 것이 마침 비 오는 날에 태어난 불쌍한 하루살이"의 그 비극과도 같다.

흐와스코Marek Hlasko의 소설 『제8요일』은 비 오는 날에 청춘을 상실한 그 하루살이들 세대의 운명을 구체적으로, 그러나 아주 상징적으로 그린 작품이다.

전후의 바르샤바는 폐허였다. 그곳의 젊은이들은 애인과 사랑할 한 칸의 방을 찾아다니지 않으면 안 된다. 그러나 그들만의 세계를 마련해주는 사면이—아니 삼면만이라도 벽으로 둘러싸인 그 장소도 그들에게는 허락되지 않는다.

그래서 애인들은 일요일을 기다린다. 숲으로라도 가야 했기 때문이다. 하지만 고대하던 그날 일요일엔 비가 내렸다. 절망한 소녀 아그네시카는 그리하여 우산도 없이 비 오는 거리를 헤매고 우연히 만난 낯선 남자에게 자포자기의 몸을 맡겨버리고 만다. 흙탕물처럼 쏟아지는 비가 그녀의 젊음을 짓밟은 것이다. 이름을 묻는 낯선 남자에게 아그네시카는 이렇게 말한다.

"좋은 대로 부르세요. 그냥 달링이라고 부르는 것이 좋겠군요. 그 말은 아무 의미가 없고 누구에게나 들어맞거든요. 아마 당신의 고양이를 그렇게 불러도 어울릴 거예요. 그렇지 않으면 나의 보물 스위트 하트, 매춘부, 조그만 태양…… 아무거라도 좋잖아요. 하지만 조그만 태양이라고 부르는 것이 제일 낫겠군요. 우리는 비 오는 날에 만났고 그만큼 햇빛이 아쉬웠던 거죠. 그래요. 그게 제일 좋아요. 조그만 태양이라고 그렇게 불러주세요."

아그네시카는—끝내 젊음의 자리를 허락받지 못한 아그네시카는 스스로 조그만 태양이 되려고 한다. 어두운 구름장과 빗발 속에서 잃어버린 햇빛을 찾고 싶은 것이다.

아그네시카의 꿈을, 휴일을, 사랑을 박탈해간 비 오는 날의 이미지야말로 전후의 세대를 지배하고 있는 그 기상도이다.

아직도 비가 쏟아지고 있다.

인간의 세계처럼 어둡게

우리들의 상실처럼 검게—아직도 비가 쏟아지고 있다.[1]

이렇게 노래 부른 이디스 시트웰Edith Sitwell의 시처럼 그것은 전쟁과 그리고 전후에도 평화를 회복하지 못한 불안이다.

밤이 가면 낮이 오리라고 믿는 것처럼 전쟁이 끝나면 평화가 깃들 것이라고 사람들은 생각해왔다. 1차 대전만 해도, 스페인 동란만 해도 총성이 멎으면 평화의 종소리가 울려왔다.

헤밍웨이Ernest Hemingway만 하더라도 비록 '누구를 위한 종소리냐'고 회의는 했지만 그래도 포연이 가신 뒤에 울려온 그 종소리 자체만은 부정하지 않았던 것이다.

그러나 2차 대전에는 사르트르Jean Paul Sartre의 말대로 전쟁은 끝났어도 평화의 종은 울려오지 않았고 축복의 깃발은 나부끼지 않았다. 동서의 냉전—원폭의 버섯구름—사상적 지남력指南力의 상실—그리고 탄흔을 붕대로 감은 기계문명의 대중사회—이와 같은 불길한 빗방울들이 전후의 세대로부터 태양을, 그리고 젊음의 그 자리를 박탈해간 것이다.

1) 이디스 시트웰의 시 「아직도 비가 내린다Still falls the rain」에 나오는 한 구절. 그녀는 전쟁의 폭격을 비로 상징해주고 있다.

그러나 로스트 제너레이션lost generation은 비 오는 하늘만을 향해서 탄식했지만 2차 대전 후의 세대는 그 침울한 하늘에 인조의 태양을 만들기 위해서 노력한다.

헤밍웨이의 『무기여 잘 있거라A Farewell to Arms』의 주인공은 비 오는 날에 애인과 만나서 역시 그렇게 비가 내리는 날 그와 헤어진다.

오늘도 역시 로스트 제너레이션의 그때처럼 젊은이의 광장에 비가 내린다. 하지만 그들은 비를 맞으며 거리를 헤매는 것이 아니라, 스스로 우수를 불사르는 불꽃이 되려 한다.

그러므로 비 오는 날에 탄생한 전후의 젊음들은 아그네시카처럼 상실한 햇빛을 아쉬워하며 스스로 조그만 태양이라고 불러주기를 희망했다.

그러나 사람들[旣成世代]은 그들을 조그만 태양이 아니라 전후파戰後派라는 조소 섞인 이름으로 불렀던 것이다.

순응과 케 세라 세라

「케 세라 세라Que sera sera」라는 노래가 있다. 어떻게 들으면 동요처럼 명랑하기도 하고 또 어떻게 들으면 애수의 한숨처럼 들리기도 한다.

"When I was just a little girl……."

무심코 부르는 그 가사에 귀를 기울여보면 무언가 우리의 가슴을 뭉클하게 한다.

> 내 어렸던 소녀의 시절
> 나는 엄마에게 물었노라
> 내가 크면 무엇이 될 거냐고
> 미인이 될까요, 부자가 될까요.
> 그때 엄마가 말하기를 케 세라 세라
> 무엇인가 되겠지, 무엇인가 되겠지
> 미래란 우리가 알 수 없는 것

케 세라 세라

어린 소녀는 미래의 생에 대한 꿈을 지니고 있다. 소녀에게 있어 미래는 시계 태엽 속에서 물리적으로 움직이고 있는 것이 아니라 아름다운 상상 속에서, 뜨거운 심장 속에서 약동하는 것이다. 그러나 어머니[既成世代]는 소녀에게 가르쳐준다. 케 세라 세라―운명은 피할 수 없는 것이라고, 미래는 인간의 꿈과 아무런 관계없이 기계적으로 다가서는 것이라고, 인간은 다만 그것을 기다릴 뿐이며 맞이할 따름이라고.

소녀는 미래를 의지형意志形으로 말하고 어머니는 미래를 단순형으로 말한다. 그렇게 해서 인생을 생각하는 소녀의 문법은 의지미래형에서 단순미래형으로 바뀌어간다. 인생을 채 살아보기도 전에 체념과 순응부터 배운 세대, 그것이 「케 세라 세라」의 노래를 부르고 있는 전후파 세대다.

운명만이 아니라 현실과 사회와 모든 질서에서 결코 인간은 피할 수 없다는 패배의 미학, 그 순응주의 속에서 오늘의 세대는 자라났다.

어머니만이 어린 소녀들에게 '케 세라'라고 말했을까? 그렇지 않다. 모든 것들이 그렇게 가르쳐주었다. 전쟁의 포연, 공장의 톱니바퀴, 별빛을 가린 도시의 스카이라인, 그리고 숫자의 법칙과 유니폼의 규격이 그것을 가르쳤다.

현대의 계절은 어린아이가 자라 청춘이 되는 것이 아니라 그것을 그냥 건너뛰고 곧장 늙은이가 되게 한다. 20대의 세대는 있어도 젊음은 없다. 여기에 대해서 사회학자 화이트Willam Whyte[2)]는 흥미 있는 보고를 하고 있다. 학생들에게 미국 베스트셀러 『케인 호의 반란The Caine Mutiny』을 읽히고 그 반응을 조사해본 것이다.

태풍을 만난 케인 호의 함장 퀴그는 편집증 환자였다. 이 위기 속에서 퀴그 함장은 겁을 집어먹고 도리어 위험한 방향으로 뱃머리를 돌리라고 지시한다. 그의 말대로 하면 배는 부서지고 말 것이다. 배의 안전을 위해서 부함장 마릭은 반란의 선봉에 서서 함장을 감금해버린다.

그래서 군함은 무사히 귀항했지만 마릭은 군법회의에 회부된다. 결과는 무죄였고 마릭을 위해서 케인 호의 장교들은 무죄 방면 축하 파티까지 열어주었다. 그러나 파티의 테이블 스피치에서 어제까지 마릭을 옹호해주었던 변호사 그린월드는 뜻밖에도 이렇게 말했다.

"사실 나는 마릭이 아니라 퀴그 함장 편을 들었어야 옳았을 것이다. 왜냐하면 마릭이 상관의 말에 따르지 않고 반항을 했다는

2)　화이트의 저서 『조직 인간The Orgnization Man』 참조. 콜린 윌슨Colin Wilson은 『패배의 시대The Age of Defeat』라는 평론집에서 이 여론조사를 인용하여 현대 문명 속에서 젊은이들이 무기력하게 순응주의에 빠져가는 현상을 분석한 적이 있다.

것은 어쨌든 옳지 않은 일이기 때문이다."

이러한 내용에 대해서 미국의 대학생들은 과연 누구의 편을 들었던가? 놀라운 일은 열여섯 명의 학생 가운데 열다섯 명이 함장 퀴그를 옹호하고 마릭을 비난했던 것이다.

'주위 사정이 어쨌든, 어디까지나 인간은 질서에 순응해야 된다'는 의견이었다. 만약 20년 전의 학생들이었다면 정반대로 마릭의 편을 들었을 것이고, 그를 영웅이라고까지 말했을 것을……. 화이트의 의견대로 오늘날의 순응주의가, 즉 조직 인간의 시대 풍조가 젊은 학생들에게까지 번져나가고 있음을 알 수 있다. 과연 인간은 유순한 동물, 순응하기 쉬운 동물인가? 여기에 이 세대의 고민이 있다.

케 세라냐? 아니면 모험과 도전이냐?

서커스단의 곰

피리를 불면 서커스단의 곰은 춤을 춘다. 오색 무늬의 옷을 감고 흥겨운 율동으로 춤을 춘다. 그것은 이미 야생의 곰이 아니다. 천막이 그의 하늘이고 늘 박수를 치는 저 관객들이 그의 숲이다. 동굴도 시냇물 소리도 잃어버렸다.

그 대신 그는 곡예의 기술을 배웠고 인사하는 예법도 알고 있는 것이다. 춤을 추기만 하면 먹을 것을 걱정할 필요도 없고 적의 내습을 두려워할 까닭도 없다.

그러나 서커스단의 곰은 행복했던가? 춤을 출 때 정말로 곰은 흥겨웠던가? 어떻게 해서 야생의 곰을 길들였는지를 알고 있는 사람은, 그에게 춤을 가르친 곡예사들은, 그리고 조건반사의 이론을 만든 파블로프Ivan Pavlov는 누구보다도 그 비밀을 잘 알고 있을 것이다.

서커스단의 곰은 자기 마음으로 춤을 배운 것이 아니다. 조건 도야條件陶冶의 기계적인 되풀이를 통해서 그런 관습을 익히게 된 것이다.

뜨거운 철판에 곰을 올려놓으면 자연히 그것은 춤을 추듯 발을 구르게 된다. 뜨거움을 참지 못하기 때문이다. 그럴 때마다 옆에서 피리를 불어준다. 이러한 일을 수없이 반복하면 소위 그 파블로프의 조건반사라는 것이 생겨나게 된다.

뜨거운 철판을 놓지 않고도 이젠 피리만 불어도 곰은 기계적으로 발을 구르고 뛰는 것이다. 그렇게 해서 곰은 서커스의 무대에 오르게 된다. 그러니까 사실에 있어선 제 흥을 가지고 춤을 추는 것이 아니라 피리 소리의 단순한 조건반사로서의 기계적 율동이다.

그것은 하나의 비극일망정 춤은 아니다. 행복도 감동도 없는 춤, 그러한 춤은 인간에게도 있다.

헉슬리Aldous Huxley는 미래소설 『멋진 신세계Brave New World』에서 서커스단의 곰처럼 되어버릴 인간의 운명을 예견했다. 공동, 획일, 안정의 유토피아를 꿈꾸는 현대의 메커니즘은 점차로 인간을 기계화해가고 있기 때문이다.

헉슬리의 환상적인 인간의 미래상, 포드 기원紀元 632년[3]에는 인간은 이미 어머니의 뱃속에서 태어나지 않는다. 포드식 조립공

---

3) 헉슬리는 예수의 탄생으로 신세기가 시작된 것처럼 현대 메커니즘의 상징인 자동차왕 포드를 새로운 세기의 분수령으로 삼고 있다. 현대의 메시아는 포드라는 풍자이다.

장의 어두운 인공부화실에서 기계 병아리처럼 깨어난다는 것이
다.

유리병 속에서 획일적으로 대량 생산된 아이들은 서커스단의
곰들처럼 일정한 조건도야로 길들여진다. 전기 자극으로 일체의
인간 인격, 그 감정과 의식이 완전한 형태로 기계화된다. 그래서
용감한 신세계의 주민들은 슬픔도 불행도 불안도 없다. 피리 소
리가 울리면 뜻 없이 춤을 추기만 하면 된다. 안락하다. 근심이
없다. 고통도 없다. 그러나 과연 그들은 행복한가?

헉슬리는 멕시코에 있는 야만인 보호구역에서 우연히 런던으
로, 말하자면 메커니즘의 유토피아로 발을 들여놓은 야만인 존(조
건도야를 받지 않은 인간)을 통해서 비판하고 있다. 야만인 존은 야생의
곰과 같다. 그는 춤추는 서커스단의 길들인 곰들, 그 기계화한 인
간의 춤[生活]에 의혹을 품는다. 오히려 존의 머릿속에서는 우연히
읽었던 셰익스피어 전집 제1권의 그 아름다운 언어들이 잊히지
않는다.

존은 모친에 대한 애정도 없고 육체적인 쾌락 밖에는 연애란
것도, 격렬한 열정과 모험도 모르고 있는 그 인간들에게 놀라움
을 느낀다. 그리하여 안락만을 주장하고 있는 유토피아의 그 통
제관統制官에게 이렇게 대든다.

"나는 안락 같은 것은 원치 않는다. 내가 욕망하는 것은 신이
다. 시다. 참된 위험이며 자유이며 선이며 또한 죄이다."

이렇게 외친 존은 기계문명의 유토피아를 거부하고 외로운 섬, 등대의 폐허 속에서 고독하게 지내려 한다. 그러나 문명 세계는 그를 고독하게 내버려두지도 않는다. 신문기자들이 찾아오고 매일같이 구경꾼들이 모여든다. 드디어 존은 목을 매어 죽고 만다.

헉슬리의 이 소설은 미래가 아니라 바로 오늘날의 기계문명이 내포한 맹점을 풍자한 것이다.

여기 옛날 그 야만한 숲의 생활을 그리워하는 서커스단의 곰들이 있다. 그들은 춤을 거부하고 텐트 밖으로 뛰어나가려고 한다. 그것이 바로 문명에의 순응에 반발하고 성스러운 야만인을 자처하는 비트족들이다.

백색의 흑인

노먼 메일러Norman Mailer는 문명에의 순응을 거부하는 미국의 젊은 세대를 백색의 흑인이라고 했다. 얼굴빛은 희어도 그들의 운명은, 그리고 마음과 입김은 흑인들과 같다는 것이다.

카뮈가 지중해의 자연과 결혼한 것처럼 메일러는 동물원에서 풍기는 생기와 같은 흑인가黑人街의 그 야만과 결혼했다. 그리하여 새로운 종류의 모험이 시작된 것이다.[4]

링컨의 세대는 흑인을 해방시켜주었지만 그러나 이제 비트의 세대에 있어서는 거꾸로 흑인이 백인을 해방시켜주려는 것이다. 문명 사회의 빈혈로부터……;

왜냐하면 흑인들이야말로 문명의 이방인으로서 살아온 모험

---

[4] 노먼 메일러는 "야만인을 적극적으로 긍정한다."고 말했다. 그 이유는 개인적인 폭력의 행위가 국가의 집단 폭력보다 우선한다는 것을 믿기 위해서는 인간성에 대한 원시적인 열정이 필요하기 때문이라는 것이다.

자들이기 때문이다. '그들은 계율을 자기의 현실에 적응시키며 심야와 행위를 찾아 방황하는 도시의 모험자'들이다.

흑인은 많은 강을 노래 부른다는 휴즈Langston Hughes의 시처럼 흑인에겐 땅속에서 샘솟는 생명의 근원이 강하처럼 흐른다. 그리고 또 그들은 태어나면서부터 굴욕과 위험을 이웃하며 살아왔기에 어떠한 경험도 그들에게는 우연적일 수가 없다.

백인에게는 뿌리와 같은 안전한 고향이 있고 일을 끝내면 돌아갈 즐거운 가정이 있다. 그리하여 「홈 스위트 홈Home Sweet Home」의 노래를 합창할 때 수백만의 흑인들은 「러닝 스피리추얼스Running Spirituals」나 숨찬 「샤우트송Shout Song」을 불러왔다.[5]

캐롤라이나 앨라배마의 평원 폭양 밑에서 목화송이나 담뱃잎을 따던 그들의 조상 때부터 그들은 끊임없는 굴욕의 생활을 보내든지 아니면 끊임없이 위험 속을 살아가든지 그 어느 한쪽을 택하는 수밖에 없었다. 그러므로 그들이 산다는 것은 싸운다는 것, 싸우는 것 이외의 아무것도 아니라는 것을 가슴속 밑바닥으로부터 이해한 것이다.

칸트Immanuel Kant나 때 묻은 교과서에서 인생을 배운 것이 아니라, 내리치는 생활의 채찍 밑에서 학대와 위험 속에서 피부와

5) 「러닝 스피리추얼스」: 뛰어가면서 노래 부르는 흑인 영가.
  「샤우트송」: 외치듯이 부르는 노래.

심장으로 그것을 배웠다.

흑인들은 또한 원시 생명의 불꽃을 가지고 있다. 토요일 밤의 향락과 절망하지 않는 육체와 회의를 모르는 생명력의 비밀을 알고 있다. 육체를 거세한 백인 문명. 결코 그 속에서는 찾아볼 수 없는 생명의 진액이 검은 피부 밑을 흐르고 있다.

1936년의 올림픽 게임에서 우수 민족을 자랑하던 독일이 미국에 패했을 때 나치스는 변명했다.

"우리는 짐승과 경주해서 진 것뿐이다. 사람들끼리의 게임에서는 우리가 이긴 것이다."

미국 선수들 사이에 흑인들이 많이 끼어 있었기 때문이다. 그러나 흑인에게 가해진 이 모욕이야말로 비트의 세대에겐 도리어 매혹적인 사실이 아니었던가. 문명에 지치고 교양에 억눌린 오늘의 세대—문명이라는 조건도야에 의해서 길들여진 이 세대에 있어, 흑색 피부의 동물적 활력은 먼 옛날의 향수처럼 그렇게 느껴지는 것이다. 거기에서 어떤 해방감을 맛본다.

즐겨 백색의 흑인이나 성스러운 야만인이 되고자 하는 비트족은 새벽의 흑인가와 같은 야만적 생명력을 찾아 모험의 길을 떠났다.

그리하여 기계의 백인 노예들은 옛날, 목화송이를 따면서 혹은 짐마차를 몰면서 고뇌 속에서도 즐겁게 노래 부르던 흑인 노예들처럼 나이트클럽의 자동전축 속에 동전을 집어던지며 광란의 재즈를 노래 부른다.

슬픈 일이 있어도 괴로움이 있어도 흰 이빨을 드러내놓고 웃음 웃는
니그로의 표정처럼…….
나는 보았다.
우리들 세대의 가장 훌륭한 친구들이 광기에 싸여……
새벽녘 흑인가에서 격렬한 한 봉지 마약을 찾아 무거운 발걸음을 끌
고 헤매는 것을…….[6]

그들은 이렇게 새벽녘 흑인가에서 무엇인가 새로운 인생의 아
침을 찾으려 하고 있다.

---

[6] 비트 문학의 기수 앨런 긴즈버그Allen Ginsberg의 시 「울부짖음Howl」에 나오는 1절. 그의
시는 표제 그대로 외치듯이 씌어져 있고 휘트먼Walt Whitman과 같은 힘찬 산문시적 리듬을
지니고 있다.

재즈의 신화

"노래를 부르면 잠이 잘 온다. 악한들에겐 노래가 없다."

히틀러의 산장 소파의 베갯잇에는 이러한 시의 대구가 수놓아져 있다고 한다. 나치스가 죽음의 탱고라는 음악을 작곡하여 그 연주에 맞추어 유태인들을 처형한 것을 보면 히틀러의 음악열은 과연 거짓이 아니었던 것 같다. 다만 베갯잇의 문자를 이렇게 수정만 하면 된다. 악한들에게도 노래가 있다고.

과연 음악 없는 인간은 상상할 수가 없다. 악한들에게는 악한의 노래가 있고 성자들에게는 성자의 노래가 있다. 그러기에 어느 면에서는 음악이 신분증보다 더 정확할 때가 있다. 어떤 음악을 사랑하느냐에 따라 그 사람의 연령, 직업, 교양, 인생관 등을 알아낼 수 있기 때문이다. 더구나 음악은 세대를 구분하는 척도가 된다.

라디오 앞에 모여 앉은 여러 세대를 생각해보라. 할아버지는 국악 팬이고 40대의 아버지는 흘러간 멜로디 「황성옛터」의 팬이다. 고등학교에 다니는 아들 녀석은 재즈나 샹송을 들으려 하고 얼치기 세대인 30대의 삼촌쯤은 클래식 아워의 편.

그런데 지금 문제가 되고 있는 것은 다름이 아닌 재즈 음악이다.[7]

냇 킹 콜Nat King Cole이나 폴 앵카Paul Anka 같은 재즈 싱어는 젊은 세대의 왕처럼 군림했다. 심지어 프랭크 시나트라Frank Sinatra는 아이 못 낳는 부인에게 재즈를 불러줘 회임케 한 기적까지 낳았다. 비트족은 바로 이 재즈의 신도들이며 거기에서 어떤 숙명과 같은, 그리고 종교적인 열반 같은 것을 느끼고 있는 모양이다.

비트 문학의 바이블이라고 하는 케루악Jack Kerouac의 『길 위에서On the Road』를 보면 그들이 눈먼 재즈 피아니스트 조지 시어링George Shearing을 신처럼 떠받들고 있다는 것을 알 수 있다.

소나기처럼 터져나오는 계음, 숨 돌릴 수 없이 바닷물처럼 밀려드는 리듬. 열광한 딘(『길 위에서』의 주인공)은 "멋지다. 저것이 진짜 시어링이다. 신神이다, 신"이라고 땀을 흘리며 고함을 친다. 그리고 연주를 끝내고 시어링이 나가자, 그는 그가 앉았던 피아노의 빈 의자를 가리키면서 "신이 앉았던 의자야."라고 말하는 것이다.

---

7) 재즈는 블루스에서 생겨난 것이며 블루스는 흑인 음악에서 생겨났다. 쿼드룬quadroon이라고 하면 흑백의 4분의 1 혼혈아를 뜻한다. 재즈는 음악의 쿼드룬인 셈이니 그 음악에는 야생적인 흑인의 피가 감돌고 있는 것이다.

작자 케루악은 재즈 연주의 무대를 마치 제단과도 같이 묘사하고 있다. 사막의 대상隊商을 그려놓은 벽화에 통소의 누런 그림자가 어른거리는 그 무대를 바라보면서 신이 떠나간 후의 정적을 느끼는 것이다.

그것은 "비 오는 밤! 비 오는 밤의 신화였다."라고 케루악은 적고 있다.

비트는 재즈를 사랑하는 데에서 그치지 않고 재즈를 모르는 자들을 증오한다. 더 정확하게 말하자면 그들은 재즈를 이해하는 자들을 힙hip이라고 부르고 재즈를 이해하지 못하는 자들을 스퀘어square라고 부르는 것이다.

그들이 머무르는 산장의 소파에는 이와 같은 대구가 수놓아져 있을지도 모른다.

"재즈를 아는 자만이 인생을 안다. 샌님들에겐 재즈가 없다."

단순한 농담이 아니라 비트족들은 재즈를 이해하느냐 그렇지 않느냐 하는 것으로 인생을 대하는 태도를 양분하려고 든다.

'미친 듯이 살고 미친 듯이 떠벌리고 미친 듯이 구원을 바라고 별하늘에 거미줄처럼 폭발하는 저 꿈같은 노랑 불꽃처럼 타고 또 타고 푸른 불꽃을 퉁기며 만인의 감탄을 자아내는' 그러한 힙스터만이, 혹은 '토굴 속의 바위를 밀고 지하에서 올라오는 인간처럼 우울을 안고 사는 신흥 비트족들'만이 재즈를 사랑하고 이해한다는 것이다.

즉흥적으로 터져나오는 트럼펫, 쫓기듯이 굴러가는 피아노, 빗발치듯 단조한 드럼, 웃는 듯한 트롬본…… 싱커페이트된 4분의 4박자의 그 전율적인 리듬과 숨 돌릴 틈도 없이 휘몰아치는 재즈의 비트는 곧 광열 없이는 살 수 없는 비트족의 호흡이다.

시속 100마일의 인생

인생을 속도에 의해서 규정한다는 것은 어쩐지 교통순경의 사고방식을 닮은 것 같아 우습다. 그러나 분명히 세대에도 시속이란 것이 있고 이 시속의 한계가 곧 세대의 한계라고 말할 수 있다.

피에르 루이스Pierre Louÿs의 말마따나 과연 희랍인들은 인생의 쾌락이 무엇인지 알고 있었던 것 같다.

현대인이, 그들이 모르고 있던 쾌락을 발견해낸 것이 있다면 겨우 담배 정도라는 것이다. 그러나 스피드의 쾌락에 있어서 희랍인은 현대인을 따를 수 없다.

벤허와 같이 아무리 우수한 채리엇 경주자라 할지라도 30마일의 속도감밖에 맛볼 수 없었을 것 같다. 쾌락의 천재들인 희랍인들도 스피드의 한계만은 어찌할 수 없었던 것 같다.

달구지나 타고 다니던 구세기의 세대는 말할 것도 없고 자동차가 생긴 후인 20세기 전반기의 세대라 할지라도 비트족의 스피드를 상상할 수 없었다(물론 파일럿이나 프로 자동차 레이서들은 차항에서 제외되어야 한다). 샌님들의 세대는 아무리 빠르게 달릴 수 있는 자동차를 주어도 스스로 겁에 질려서 감히 80마일 이상의 스피드를 내지 못한다. 또 그렇게 달릴 필요성도 느끼지 않는다.

그러나 비트족들은 시속 100마일의 스피드 속에서 살고 있는 것이다. 말하자면 이 세대의 시속은 100마일이며 그 100마일의 현기증 나는 속도감 속에서 그들은 인생을 산다.

투르게네프Ivan Turgenev의 안개 낀 황량한 초원으로 끝없이 떠나가는 루진과 그 뒤를 쫓아가는 연인은 기껏해야 시속 5마일 속에서 살아가던 세기말 세대의 사람들이다.

그것에 비해서 자동차를 타고 100마일의 초속으로 내달리는 파스칼 프티와 역시 그러한 속력으로 추격해가는 그 애인 자크 샤리에의 「위험한 고빗길Les Tricheurs」의 세대는 그 비극에 있어서도 농도가 다르다. 또 장 콕토Jean Cocteau의 『앙팡 테리블』은 비트에 비하여 얼마나 초라한 속도였던가?

앙팡 테리블enfant terrible(무서운 아이)은 지상의 그 권태에서 벗어나기 위하여 그리고 현기증을 느끼기 위해서 '놀이'란 것을 발견한다. 그것은 땅 위에서 숨 가쁘게 맴돌다가 정신을 잃고 그 자리에 쓰러지는 장난이다.

그러고는 그 어지러움의 쾌감을 감상하는 것이다. 그 기분은 비트족과 비슷하지만 스케일이나 그 속도감(어지러움)은 비교도 되지 않는다.

'시속 100마일로 달려라!'라고 소리치는 비트족의 그것은 어떤 세대의 시속으로도 따질 수가 없다. 케루악의 소설 『길 위에서』의 딘(비트족의 파이어니어)은 남의 차를 빌려 타고 시속 110마일로 달리고 있다. 뒤떨어지는 유니언 퍼시픽의 유선형 열차를 달빛 속에서 흘겨보면서 미친 듯이 질주한다. 무슨 급한 볼일이 있는 것도 아니다. 쫓기는 일이 있는 것도 아니다. 그냥 달리기 위해서 달린다.

말하자면 그것은 시속 110마일의 방랑길, 덴버에서 시카고까지 대륙을 가로지르는 방랑이었다. 불과 한 시간에 달려버리는…….[8]

세속의 고뇌에서 탈출하기 위하여 요트에 의지하고 지중해를 방랑하던 모파상Guy de Maupassant의 그 모험에 감탄을 보냈던 자가 누구냐?비트를 모르던 때의 전설에 불과하다.

무엇 때문에 그들은 그렇게도 서두르는가. 불과 2초 동안이면 차도 인간의 형해形骸도 찾을 수 없는 그 충돌을 무릅쓰고 어째서 그들은 100마일의 시속 속에서 젊음을 불사르려고 하는가?

---

[8] 방랑이라고 하면 행운유수行雲流水란 말처럼 지팡이를 짚고 느릿느릿 떠돌아다니는 것이다. 그러나 비트족, 즉 오늘의 그 방랑자들은 번갯불처럼 초속으로 달린다는 데에 그 세대적인 차이가 있다.

갱이나 자동차 도둑으로 오인되어 경찰의 눈총을 받으면서도 그들은 그렇게 달리지 않으면 안 된다는 것이다.

운명보다 빠르게, 고뇌보다 가볍게, 그리고 우울을 향해서 빰을 갈기듯, 그렇게 시간 속에 달려야만 한다.

비트족뿐이랴. 독일의 PS족, 파리의 로큰롤족, 그리고 가까운 일본의 번개족들도 모두 시속 100마일의 인생을 살고 있다.

나그네처럼 산다

우리나라에는 나그네라고 하면 으레 쓸쓸하고 외로운 것으로
되어 있다. 그리고 생의 패배자와 동의어로 쓰일 경우도 있다.

유행가를 들어도 여행과 관계된 기차, 기적, 주막과 같은 말은
모두 한숨처럼 처량한 가락으로 읊어진다.

> 강나루 건너서
> 밀밭 길을
>
> 구름에 달 가듯이
> 가는 나그네
>
> 길은 외줄기
> 남도 삼백 리

목월木月의 그 시에 있어서도 나그네의 모습은 여전히 슬프기만 하다.

객수客愁란 말이 있듯이 동양인의 여행은 곧 고향을 못 잊어 하는 시름이며 생활에서의 추방을 뜻하는 외로움이다. 하물며 유랑의 몸은 말할 것도 없다. 그것은 비극의 운명, 김삿갓처럼 패자의 낭만일 따름이다.[9]

그러나 유목민과 상인과 해적의 전통을 지닌 서양인들에게 있어서는 여행과 유랑은 도리어 생의 기쁨이며 희망이 된다. 객수가 아니라 객희客喜라고나 할까.

때 묻은 생활, 권태의 풍속, 단조한 그 풍경을 박차고 먼 지평을 향해 길을 떠난다는 것은 하나의 해방이며 자유이며 기대인 것이다.

그러기에 베르길리우스Vergilius는 "운명이 내게 내 멋대로 살게 허용한다면 나는 안장 위에서 보내기를 택하겠다."라고 말했으며, 호라티우스Horatius는 "태양의 화염이 맹위를 떨치는 지역이나 흑운黑雲이 덮인 지역, 혹한의 지대를 방문하는 자는 행복하여라."라고 노래 부르고 있다.

---

9) 두보의 시에는 '객수하회착客愁下會着'의 어구처럼 나그네의 시름을 읊은 것이 많다. 나그네는 자의에 의해서 여행하는 것이라기보다는 한곳에 살 수 없어 떠돌아다니는 추방자일 경우가 많았다.

파우스트의 인생은 '뛰어나오라, 그래서 자유로워라'라는 편력(여행)의 출발로부터 시작되는 것이며, 보들레르Charles Baudelaire의 행복 또한 「여행에의 초대」속에서 실현되는 것이다.

여기에서 인생에 대한 두 가지 태도가 생겨난다. 전통과 관례와 안정 속에 뿌리를 박고 식물처럼 조용히 인생을 살아가는 것을 행복으로 생각하는 경우와 인습에서 벗어나 자유분방하게 항상 새로움을, 변화를, 위험을 찾는 그 움직임의 생 속에서 행복을 구하는 경우이다.

그러니까 전자는 방랑자를 생의 패자라고 생각하는 사람이며, 후자는 그것을 거꾸로 생의 승리자라고 보는 사람들이다. 그러나 민스트럴minstrel(음유시인)의 계절은 끝나가고 있다. 행운의 성배를 찾던 중세의 기사들도, 성지를 찾아 방황하던 순례자pilgrim의 시대도 이젠 아닌 것이다.

동양인이든 서양인이든 오늘의 인간들은 생활이라는 덫에 걸려 프로메테우스의 사지처럼 사슬에 묶여 있다. 이 현대는 근속 50년의 빛나는 표창을 받고 쓸쓸히 미소 짓는 저 늙은 모범사원들의 편이다. 그들은 한곳에 뿌리박고 살아왔다. 똑같은 시각 속에, 똑같은 거리를 지나 똑같은 의자와 똑같은 장부를 들추면서, 그들은 한 생애를 지내온 것이다.

월요일 다음에는 화요일이 오고 화요일이 지나면 수요일이 온다. 그러다가 월말이면 봉급을 타고 다시 똑같은 그 되풀이를 시작한다. 그들은 그것을 안전이라고 이름했다.

변화가 있다면 얼굴에 하나씩 주름살이 끼는 것이고 흰 머리칼이 불어나는 것이다. 현대인에게 있어 그 직장은, 가정은, 생활은 로빈슨 크루소의 표류도와도 같다.

그리하여 비트족은 문명의 집시가 되기를 결심했다. '나그네처럼 인생을 살자'는 것이 그들의 구호가 된 것이다. 그들의 현주소는 커피 갤러리가 아니면 노상이다.

노상—이것이 비트족의 고향이며 비트족의 집이다. 여행자에게는 많은 물건이 필요 없다. 철제 캐비닛이나 응접실의 안락의자나 면도 도구까지도 거추장스러운 것. 나그네처럼 길 위에서 살기 위해서는 우선 가난해야 된다. 소유에 대한 집념을 버려야 한다.[10]

그리고 앵비타시옹 오 부아야주L'Invitation au voyage(여행에의 초대), 그들은 유쾌하다. '부랑자들과 함께 포도를 먹고 만화책을 읽으면서' 겨울엔 남쪽으로, 여름엔 북쪽으로 온 나라를 떠도는 나그네—그저 별하늘을 찾아 서부 일대를 정처 없이 자꾸만 떠돌아다니는 그런 족속이다.

---

10) 소유한다는 것은 거기 머물러 있다는 것을 의미한다. 그래서 지드André Gide는 소유하지 말라고 했다. 소유는 구속이기 때문이다.

길의 철학

비트의 젊은 세대들은 나그네처럼 산다고 했다. 움직이는 생을 살기 위해서 그들은 노상에서 사랑을 하고, 노상에서 인생을 생각하고, 노상에서 죽음을 만난다. 서재 속에서, 어느 온실의 화분 곁에서 생각하고 듣는 인생이 아니라 직접 보고 행동하고 감각하는 생이다.

파스칼Blaise Pascal은 팔과 다리가 없는 인간은 상상할 수 있어도 머리 없는 사람은 생각할 수 없다고 했다. 그만큼 그는 인생에 있어서 사색(머리)의 비중을 무겁게 본 것이다.

그러나 비트들은 머리가 아니라 다리로, 직접적인 그 체험으로 인생을 보고 감각한다. 노상에서 삶을 얻고 또한 인생을 배운다. 케루악의 소설 『길 위에서』는 그러한 방랑자들에 의해서 수놓아진 인간 풍경인 것이다. 지리책을 펴놓고 인간의 풍속과 거리를 재는 것이 아니라 노상의 로드 사인과 더불어 그것을 생활하는 삶이다. 현대 문명은 인간의 체험을 모두 간접적으로 만들었다.

현장에서 눈으로 보고 귀로 듣던 것은 옛날의 풍속, 지금은 매스컴이라든가 사진이라든가 혹은 영화와 같은 매체에 의해서 그것들을 이해한다.[11]

현대인은 소문 속에서 산다. 비트는 그것이 인생이 아니요, 인생의 그늘이라고 생각한다. 그리하여 그들은 메피스토펠레스가 속삭이는 그 소리를…… "사색만 하고 앉아 있는 놈들은 악령에 끌리어 회색의 벌판 속에 공전하는 가축들입니다. 그 바깥에는 훌륭한 녹색의 목장이 있는데도"라고 유혹하는 그 메피스토펠레스의 목소리를 듣고 있다. 그리고 또 그들은 "서책을 불살라버려라. 강변의 모래들이 아름답다고 읽는 것만으로 만족할 수는 없다. 원컨대 맨발로 그것을 느끼고 싶은 것이다. 어떠한 지식도 우선 감각을 통해서 받아들인 것이 아니면 아무 값어치도 없다."는 지드 행동론行動論에 북을 두드린다.[12]

그리하여 비트족의 용어로서 '힙'이라고 하면 직접 사물의 경험을 통해서 인생을 이해하는 사람들을 뜻한 것이고, '스퀘어'라고 하면 책이나 혹은 남의 말을 듣고 간접적으로 인생을 사는 사

---

11) 매스미디어는 인간의 사고방식뿐만 아니라 가치의 기준까지도 지배한다. 미녀를 보는 데에도 반드시 현대인들은 잡지 표지나, 은막에 나오는 여배우의 얼굴형이 기준이 되는 것이다.

12) "모든 책들은 다 읽혀졌다. 그러나 육체는 슬프다."라고 말한 말라르메Stéphane Mal-larméé도 마찬가지다.

람들을 뜻한다. 전자가 바로 비트족들이며 후자가 곧 그들이 증오하는 문명의 순응자들이다. 그들은 생각한다, 생의 황금빛 나무는 서재나 사무실이 아니고 길 위에 있다고……

여기에서 길의 철학이 생겨난다. 길! 길은 떠나라고 있는 것이다. 움직이라고 있는 것이다. 사통팔달로 뚫린 그 길에는 길처럼 많은 인생들이 있다. 모든 인생을 소유하기 위해서는 모든 길을 가야 한다. 케루악의 『길 위에서』는 제목 그대로 길의 이야기다.[13]

딘(『길 위에서』의 주인공)의 기도는 길에의 기도였던 것이다. 달릴 수 있는 차만 있다면 끝없이 타고 길을 간다는 소망이다. 멕시코까지 내려가도 또 길은 파나마로 뻗는다. 길이 거기에서 끝난다 하더라도 7피트나 되는 인디언들이 코카인을 먹고 사는 남아메리카의 맨 끝까지 갈 수 있는 또 하나의 길이 없다고 누가 말하랴.

"그렇지! 자네하고 나하고 말야 샐, 이런 차를 갖고서 온 세계를 이해하고 돌아다닐 수 있을 거야. 길은 결국에 가서 온 세계하고 통할 수 있으니 말야. 가지 못할 곳이 어디 있어……"

딘의 이러한 희망은 곧 비트의 무지개인 것이다.

길에는 권태가 없고 침체가 없다. 생의 다양성, 졸린 듯한 데이

---

13) "방랑과 변화를 사랑한다는 것은 생명이 있다는 증거이거니"(R. 바그너Wagner)라는 말이 옛날에도 있었다. 그러나 그것을 생활화한 세대는 바로 현대에 와서 등장했다.

번 포드의 고요함이 있는가 하면, 붉은 태양과 신기한 나무들과 초록색 식물 사이로 강이 흐르는 일리노이주의 열정이 있다.

거대하고 건조한 서부, 틀림없이 아가씨들과 키스할 수 있는 멕시코. 움직이라, 움직이면 그것들을 볼 수 있다. 영화에서나 볼 수 있는 그 크나큰 시에라마드레 산맥을 안고 있는 그 대륙, 정글 그리고 사막, 고원지대…… 그러다 보면 패라힌의 인디언들 틈에서 세계가 어떠한 곳인지를 배우고 원시적인 비탄에 잠긴 휴머니티의 가장 중요한 요소를 배울 수 있는 그러한 장소를 달려가는 듯한 환각을 맛보리라.

비트는 길 위에서 이론의 회색 아닌 생의 푸른 가지를 꺾으려 한다. 길의 끝에는 '아담이 젖을 먹고 가르침을 받았던 바리의 동굴에서와 마찬가지로 똑같은 멕시코의 동굴에서 똑같은 그런 눈초리로 내다보는 인디언의 시선'이 있다.

길의 끝은 길의 시초이다.

아르곤 축력기

비트족의 방계傍系 황소 리(소설 『길 위에서』에 나오는 인물)가 애용하고 있는 것으로 아르곤 축력기란 것이 있다.

이름은 꽤 어마어마하지만 사실은 한 사람이 의자에 들어가 앉을 만한 크기의 평범한 통이다. 재목이 한 겹, 금속이 한 겹, 재목이 또 한 겹인 이 통은 대기 속의 아르곤을 흡수해두었다가 인체에 그대로 흡수시켜준다는 것이다.

라이히Ferdinand Reich에 의하면 아르곤이란 대기 속에서 진동하고 있는 원자인데 이것이 생명의 원리를 이루어준다는 것이다. 이 아르곤이 부족하면 암에 걸린다. 그리고 생명력이 쇠퇴해진다.

인간의 문명을 거부하고 자연으로 돌아가라고 외쳤던 루소Jean Jacques Rousseau가 아마 미국에서 예수처럼 부활했다면 틀림없이 이 아르곤 축력기의 세일즈맨이 되었을 것이다. 그리고 통 속의 철학자 디오게네스는 그의 충실한 동업자로서 멋진 실력을 보였을 것 같다.

말하자면 비트족들은 루소주의자들처럼 원시적 생명력을 동경하고 생의 푸른 목장 속에 뛰어들려고 노력한다.

대기 속에서 진동하고 있는 아르곤을 구하기 위해서, 건강한 육신을 위해서 초자연적인 신비와 황홀감을 맛보기 위해서, 그들은 재즈를 듣고 스피드를 즐기고 무전여행을 하고, 흑인이나 인디언이나 멕시코의 원시적 정열에 도취하기도 했다.

심지어는 동양의 신비주의가 그들의 아르곤이 되는 수가 있다. 비트는 선불교를 신봉하기도 하는 것이니까······.[14]

그러니까 비트족들은 "하느님은 왜 이 세상을 이렇게도 쓸쓸하게 만드셨을까?"라고 한탄하면서도 결코 허무주의에 빠져 창백한 병자가 되기를 거부한다.

인생은 사랑할 만한 가치가 있다고 생각한다. 짧은 시각 속에서 되도록 많은 생을 탐닉하려면 서둘러야 된다는 것을 알고 있다. 그것이 옛날 폐병파로 불렸던 파리한 19세기의 데카당과 다른 점이다.

그들의 세대는 의문부의 세대였지만 생의 아르곤을 찾는 비트는 감탄부感歎符의 세대다. 인생 만사를 긍정하며, 아무것에도 구

---

14) 비트족들은 zen(선禪)을 숭상한다. 케루악의 소설 중에는 zen의 세계를 취급한 것이 있으며, 실제로 그들은 선불교 신자들처럼 정좌하여 명상을 하기도 한다.

애되는 데가 없이, 숨기는 데가 없이 '끝없이 앞뒤로 흔들며 마치 육상선수 그루초 마르크스처럼 번개같이 두 다리를 놀리며 인생을 달리는 세대'인 것이다.

어두운 지하실 속에서 한숨과 눈물로 사는 '파리한 니힐리스트'가 아니라 100미터를 10초로 끊고 푸른 벌판을 달리는 건강한 니힐리스트들이다. 비트의 인생에는 근육이 있다.

미국의 넓은 대륙의 초원과 미시시피 강과 로키 산맥 같은 자연은 그들에게 있어 하나의 거대한 아르곤 축력기라고 할 수 있다.

알몸뚱이가 되어 향긋한 풀 냄새와 신선한 퇴비 냄새, 그리고 따뜻한 강물 냄새를 맡으며 사는 비트의 야만인들은 '신종 미국 성인聖人의 대정력'을 지니고 있다. 그들의 눈에 비친 도시인들은 그냥 애처롭기만 하다.

샐(비트 견습생)이 무전여행을 마치고 뉴욕으로 돌아왔을 때 그는 광란의 거리를 보며 이렇게 생각한다.

"뺏고 받고 주고 한숨짓다가 결국은 롱아일랜드 시티 서쪽의 그 무서운 공동묘지에 파묻히고 말 무수한 사람들이 그래도 돈을 몇 푼 벌어보겠다고 서로 비비적거리는 거리……"라고.

그러나 비트의 세대가 용이하게 세대를 긍정할 수 있고 그렇게 쉽사리 자연으로 돌아갈 수 있었던가? 이미 한 세기 전의 루소만 하더라도 '자연으로 돌아가라'고 했지만 본인은 파리의 살롱을 떠나는 데에 얼마나 고심했던가?

그리고 비니[15]는 아르카디아(자연의 유토피아)를 동경했지만 결국 바퀴가 달린 회전하는 집을 상상해내어 그 속에서 이상적인 여성과 평생을 지낸다는 공상적 시구로써 자위하지 않았던가?

비트족도 타임스 스퀘어를 지날 때는 자신이 한낱 유령에 불과한 것임을 느낀다.

결국 햇빛이 내리쬐는 허심한 마당에서 아르곤 축력기 속에 발가벗고 들어앉아 고개를 내밀고 있는 기괴한 모습. 그것이 바로 비트의 희극적 초상인지도 모른다.

---

15) Alfred de Vigny(1797~1863): 프랑스의 시인, 소설가, 극작가. 초기 낭만파의 주도자로 『고금시편Poèmes Antigues et Modernes』, 『숙명Les des Tinées』 등의 시집이 있다.

도시의 우수

"전원田園은 신이 만들고 도시는 악마가 만들었다."는 속담이 있다. 그러나 전원을 예찬하면서 어쩔 수 없이 도시의 화려한 마력에 말려들어가는 것이 또한 인간의 모습이다.

슈펭글러Oswald Spengler의 표현을 빌리자면 메갈로폴리스mega-alopolis(거대 도시)에는 죽음을 간직한 아름다움과 저항하기 어려운 매력이 도사리고 있는 것이다.

이집트에는 왕위로부터 추방되어 로마의 더러운 도시의 상층 셋방살이 신세로 떨어진 왕이 있었다. 그것처럼 오늘의 인간들은 그의 고향을 버리고 도시의 셋방살이 생활로 전락하고 만 것이다. 자진해서 그들은 도시라는 그 괴물의 밥이 되었다. 그리하여 지방과 농촌은 인적 없는 황폐 속에서 지쳐 죽어가고, 그 대신 대도시의 괴물은 수백만 인의 선혈을 빨고 비대해져갔다.

사람들은 '자기 고향 땅으로 돌아가느니보다 차라리 포장한 대

로상에서 죽기를 희망했기 때문이다.'16)

1870년과 1950년 사이에 런던의 인구는 400만으로부터 900만으로 늘었고 뉴욕은 100만에서 800만으로, 그리고 베를린은 80만에서 450만의 인구로 증가되었다.

'누구든지 야반에 뉴욕 마천루의 전등빛이 비쳐 보이는 저 센트럴파크의 호숫가에 서본 일이 있는 사람이면, 또는 사크르퀘르 계단에 서서 별이 총총 빛나는 밤하늘의 아름다움이 부럽지 않은 파리의 시가지를 내려다본 사람'이면 메갈로폴리스의 광채 속에서도 실은 멸망의 운명을 겪고 있는 현대인의 그 역설적 나락의 어둠을 이해하게 될 것이다.

비트족도 결국은 현대 도시의 검은 심장 속에서 움직이는 그 혈구血球에 지나지 않는다. 잃어가는 개성, 위축되어가는 생명력, 상실해가는 육체의 근육을 아무리 회복해보려고 기를 써도 도시는 성벽처럼 그들을 감금한다.

이 리얼리티를 어떻게 거부할 수 있을 것인가? 메트로폴리탄의 우수를 휘파람을 불듯 그렇게 가볍게 넘길 수 있단 말인가?

물론 그들은 샌프란시스코의 일각에 그들만의 마을(아티스트 콜로

---

16) "지옥은 꼭 런던을 닮은 도시였다."라고 퍼시 셸리는 말한 적이 있다. 그리고 도시는 지옥인 줄 알면서도 누구나가 거기에서 살려고 하고, 지옥은 무엇인 줄 모르면서도 누구나가 가기를 꺼린다는 점에 서로 다른 차이가 있다.

니)을 만들어 생활하고 있지만 초록빛 베레, 텁수룩한 턱수염, 때 묻은 스포츠 셔츠에 샌들을 끌고 보도를 활보하고 있지만 궁극적으로 그들은 도시생활의 양식에서 벗어날 수가 없다.

인간과 자연을 가속도적으로 분리해가는 도시의 불안 속에서 생의 환희를 재생한다는 것은 아무래도 정상적인 상태로는 어려울 것이다. 마치 골리앗과 다윗의 대적과 같은 것이며, 더구나 그 다윗은 신의 가호와 기적마저도 잃고 있다.

오늘을 사는 세대, 비트족의 생태가 단순한 기행으로밖에 보이지 않는 이유도 여기에 있다.

비트들이 불결한 삼류 카페에 모여 앉아 벽에는 유치하고 괴상한 낙서를 하고 마약과 술에 취하여 광태를 벌이는 것은 거의 타락한 부랑자와 구별되지 않는다. 비트의 아류들은 겨드랑 밑에 '卍'자 문신을 하고 다니며 여자 같으면 파마를 하지 않은 생머리를 어깨까지 늘어뜨리고 검은 리본에 검은 슬랙스, 검은 스타킹 그리고 검은 플랫 구두를 신고 다닌다. 검은빛은 죽음을 상징한 것이라는 이야기다.

이러한 비트족의 아류를 구경하기 위해 샌프란시스코에 관광버스가 생겨나게 된 것을, 노스 비치에 살인 사건이 일어났을 때 경찰이 비트에 그 혐의를 두었던 것을…… 그리고 비트가 영화 상품이 되고 비트닉스beatniks란 말이 버릇없이 노는 건달을 뜻하는 유행어가 된 것을 비트의 기수 케루악은 비탄하고 있지만, 하는 수 없는 일이다. 대도시의 그 어두운 밤 속에서 그들이 생의 눈을 떴을 때, 청춘의 감격을 발견했을 때 벌써 때는 늦었던 것이다.

생의 환희는 광란이 되지 않을 수 없었고, 반항은 타락이 되지 않을 수 없었고, 개성의 회복은 도리어 기행기태寄行寄態로 바뀔 수밖에 없었다. 그만큼 현대는 복잡하고 어려운 시대이다.

넝마주이의 시대

비트족들이 웅성거리는 샌프란시스코 삼류 카페에는 이런 블루스가 유행되고 있는 모양이다.

"죽어서 천당에 갈 생각 말고 코카콜라로 시작해서 위스키로 끝을 내요……."

그것은 순간을 도취 속에서 살아가는 향락주의자들의 노래다. 외견상 오늘의 젊은이들은 대개 그러한 무드 속에서 그 어려운 시대와 대면하고 있는 것 같다. 비트의 세대가 구하고 있는 행복이란 것도 다름 아닌 이 생의 광열과 그 도취인 듯이 보인다. 이 도취의 순간을 그들은 녹색의 시간이라고 부르고 있다.

무엇인가 말로는 설명될 수 없는 상태, 장사치들의 은어로 말하면 소위 그 나쁜 '녹수綠樹'라고 불리는 마약을 먹고 난 후의 상태를 추구하고 있는 젊음이다. 이 마취된 황홀경 속에서 인생의

의미를, 그 실존을, 그 비극을 긍정하고 이해하려고 든다.[17]

비트란 말 자체가 그런 것이다. 비트란 용어는 한마디로 풀 수 없는 스핑크스의 미소를 머금고 있다. 생이란 그 자체가 그러하듯이 비트란 그 말 속에는 분류하기 어려운 각종 의미의 원소들이 얽혀 있기 때문이다. 그러나 그 의미의 심장을 이루고 있는 부분은 바로 그 녹색의 시간과 공통되는 이미지를 갖고 있는 것이다.

비트는 재즈 음악 용어로서 박절拍節을 뜻한다. 그리고 한편으로는 패배(녹초가 되어버리는 것)의 뜻을 갖고 있다. 그런가 하면 비어티픽beatific, 즉 축복을 주는…… 행복에 빛나는…… 신의 지복至福과 같은 의미도 내포하고 있다.

더구나 비트닉beatnik이란 말은 비트에 스푸트니크sputnik(소련 인공위성의 이름)의 닉이란 어휘를 갖다 붙인 것으로 한층 복잡하다.

하지만 재즈 박절이든 녹초가 되어버린 상태이든 종교적 열반과 같은 행복이든 그것이 결국은 어떤 도취의 상태를 뜻하고 있는 것만은 분명하다.

그러나 비트의 진정한 목적은 생에의 도취에 있는 것이 아니라 그 도취 속에서 무엇인가 자기를 형성시키려는 데에 있다.

말하자면 도취는 하나의 활주로일 뿐이지 해결은 아니다. 여기에 비트의 양심이 있고 휴머니티와의 약속이 있다.

17) 비트의 후배 격인 히피족 역시 LSD의 환각제를 복용하고 있다.

"현재, 즉 과거도 미래도 계획된 의도도 추억도 아무것도 없는 그 거대한 현재 속에서 사람이 생존을 계속하는 그 경험의 영역을 탐구해보자는 것이다."

그래서 자기를 해명하고, 거짓 없는 진짜 자기의 얼굴을 비추어보자는 것이다. 거기에서 인간은 더 이상 움직일 수 없게 될 때까지 걸어가야 하며, 온 정력을 다하여 끊임없이 엄습해오는 대소大小의 용기와 예측할 수 없는 사태를 돌파해나가겠다는 모험이다.

회전의자에 앉아서 마른기침이나 하고 사는 허위의 인간들…… 달러 주머니 밑에서 미다스 왕의 손가락을 닮아가는 사람들…… 그저 세계를 파괴할 생각에만 골몰해 있는 과학자들…… 그리고 틈만 있으면 이놈은 무슨 법 조목으로 옭아넣을 수 있는가 하는 궁리만 하다가 세상을 하직하는 법관들…….

그리고 또 보다 큰 냉장고와 보다 편한 욕실이 딸린 집으로 이사할 생각만 하는 속물, 말하자면 열심히 인생의 가면을 쓰는 골샌님들과 이별하고 하루하루를 녹색의 시간 속에서 살아보자는 것이다.

찢기어나간 생활의 넝마 조각들을 하나하나 주워 모아 융단을 짜는 것처럼, 그렇게 흘러간 날과 날들은 그래도 다채롭고 복잡한 무늬의 넝마 융단(생의 의미)을 형성해낸다.[18]

---

18) 케루악의 『길 위에서』를 보면 인생의 의미를 넝마 조각을 주워 융단을 짜가는 것에

결국 이 어려운 시대 속에서 넝마주이처럼 한 가닥 한 가닥 감격의 자기 분신들을 주워 모으기 위해서 비트는 강해야 한다. 폭풍을 향해서 등불을 내밀고 '나보다 네가 더 강한 것이라면 어디 이 등불을 꺼보아라'라고 외치는 반항자이어야 한다.

그러기에 비트는 울지 않는다. 비트는 하품하지 않는다. 비트는 순응하지 않는다. 지나간 세대들처럼 화장한 얼굴에 가면을 쓰고 곡예사처럼 인생을 살지 않는다.

비유한 대목이 나온다.

공간과 세대

배가 난파했다. 두 청년과 여성 하나가 간신히 헤엄쳐 살아났다. 그나마 무인도였다. 그러나 인간이 만나는 자리엔 언제나 생활이 있고 이야기가 있다. 그들이 표착해온 순간에서부터 이 쓸쓸한 무인도에는 조그만 사회와 역사 하나가 생겨나게 된 셈이다.

어떤 일들이 벌어졌을까? 이야기는 여러 갈래로 갈라질 수 있다. 왜냐하면 이들이 어느 나라 사람이냐 하는 데에 따라, 그 기묘한 삼각관계의 전개 방식도 달라질 것이기 때문이다.

만약 그들이 스페인 사람이었다면 그 이야기는 투우와 같이 열정적인, 그리고 비극적인 방향으로 뻗어갈 것이다. 말하자면 두 청년은 여성 하나를 놓고 결투를 시작한다. 한 사람은 쓰러지고 한 사람은 카르멘을 얻는다.

그러나 그들이 이탈리아 사람이었다면 이야기는 또 달라진다. 열정적인 이탈리아 여인들은 그렇게 수동적인 사랑은 하지 않는다. 남자들이 싸우기 전에 야음을 타서 방해자를 해치우고 자기가 좋아하는 청년과 사랑을 맺을 것이다.

혈기가 뜨거운 남구南歐의 민족과는 달리 미국인의 경우라면 아무 말썽도 생겨나지 않는다. 무인도는 평온하다. 미국인들은 어디를 가나 돈벌이 궁리로 도대체 비즈니스 이외의 것엔 관심을 두지 않기 때문이다.

또한 대영제국의 시민이었더라도 삼각관계의 드라마는 없다. 영국인들은 오만하고 또 예의를 찾는 신사들이라 자진해서 자기 소개를 하는 법이 없다. 낯선 사람끼리 모여 소개해줄 사람이 없으면 몇십 년을 가도 서로 말하지도 않고 아는 체도 하지 않는다. 무인도의 그들도 그랬을 것이니까.

프랑스 인이었대도 유혈극은 생기지 않는다. 그들은 언제나 이해심이 많고 눈치가 빨라서 두 사람이 한 여인을 놓고도 적당히 서로 편리하게 사랑해갈 것이기 때문이다.

자기 희생의 미덕을 알고 있는 동양인이라면 이야기는 한층 더 복잡해진다. 그중 한 청년이 양보를 할 것이다. 여자 하나를 놓고 서로 싸운다는 것은 대장부의 일이 아니라고. 그리하여 남아 있는 두 사람의 행복을 빌며 바다 속으로 몸을 던진다. 그러나 또 한 청년도 그 뒤를 따라 투신자살한다. 숭고한 우정을 역시 죽음으로 보답하자는 것이다.

그러자 이번에는 여자도 물속으로 뛰어든다. 여필종부女必從夫

의 열녀 정신으로……. 그리하여 무인도는 다시 그 옛날의 무인
도로서 막을 내린다.

이 유머와 마찬가지로 민족성에 따라서, 공간의 시차에 따라서
오늘을 사는 세대의 이야기도 여러 갈래로 갈라져야 한다.

같은 반항, 같은 몸부림이라도 그것은 국민이 걸어온 역사나
환경에 따라서 뉘앙스가 달라진다. 현대라고 하는 공통분모는 같
지만, 나라마다 세대 기질의 그 분자는 조금씩 다를 것이다.

영국의 젊은이를 상징하는 앵그리 영 맨은 미국의 비트와 여러
모로 유사한 데가 많다. 순응을 거부하고 인간의 개성과 그 생명
력을 복권復權하려는 세대의 지평은 서로 한 둘레의 것이라고 할
수 있다. 하지만 그 분노의 목소리나 반항의 제스처와 그 대상은
좀 더 다른 점이 있다.

대서양 양안兩岸에서 생겨난 비트와 앵그리 영 맨은 신화의 구
름을 일게 했다. 이제는 저 서안西岸에 뜬 노여운 젊은이들을 보기
로 하자.

유니언 잭[英國旗] 위에는 해가 저물 날이 없다던 대영제국도
2차 대전 후에는 급격히 판도가 많이 변했다. 옛날의 식민지는 하
나씩 떨어져나가고 빅토리아 왕조의 꿈은 퇴색해가기 시작했다.

이 위대한 그러나 쓸쓸한 석양 속에서 태어난 그 젊은이들이
지금 무엇을 생각하고 있는 것일까? 비트에겐 알몸뚱이로 메이
플라워를 타고 건너와 거친 대륙을 개척해가던 그 이민들의 정력

이 아직도 꿈틀거리고 있다.

그러나 회색의 런던, 그것처럼 노쇠하기만 한, 그리고 추억을 홍차처럼 마시고 사는 이름만의 대영제국의 청춘들에게도 그런 발랄한 힘이 있는 것일까? 영국의 젊은이들, 그 도련님들의 모습을 부각해보자.

안개에의 도전

1956년 5월 8일, 침울한 회색의 런던에도 붉은 제라늄 꽃들이 피어나기 시작할 그 무렵이었다. 로열 코트 극장에서는 조그만 기적 하나가 생겨났다. 극이 끝나고 막이 내려지자 관객석에서는 열광적인 박수가 터져나왔고 한편에서는 조소 섞인 야유도 튀어나왔다. 관객들은 제각기 찬반으로 나뉘어 논쟁을 벌였고 왕관처럼 근엄한 『타임스』도 드디어 사설난을 통하여 그 화제 속으로 끼어들었다. 대체 무슨 극이 상연되었기에 사람들은 그처럼 떠들썩했던가?

셰익스피어의 극이 아니면 좀처럼 거들떠보지도 않는다는 런던 시민들로부터 그와 같은 폭발적 인기를 얻은 행운아는 누구였던가? 그것은 실상 하나의 기적에 속하는 일이었다.

거의 무명작가나 다름없고 삼류 배우에 지나지 않던 존 오스본John Osborne이 『성난 얼굴로 돌아보라Look Back in Anger』라는 3막 5장의 희곡 한 편을 상연하여 문자 그대로 하룻밤 사이에 유명해진 것이기 때문이다. 그렇게 해서 그는 바이런George Gordon Byron

의 기록을 깨뜨렸던 것이다.

오스본은 한때 어머니와 둘이서 1주 22실링 6펜스를 가지고 살아가야만 했던 가난뱅이였다. 버몬트 학교에서는 교장에게 대들어 퇴학을 당한 불량학생이었으며, 예의 그 극이 상연될 그 전날까지는 형편없는 실업자였다. 그러나 뜻밖에도 분노의 얼굴로 돌아다본 오스본에게 운명의 여신은 황금의 열쇠를 내민 것이다.

그리고 5월 8일은 오스본 개인의 기념일로만 끝나지 않았다. 『아라비안 나이트』의 알라딘의 램프 속에서 나온 거인처럼 이 희곡 속에서 영국의 분노하는 세대가 나타나게 되었기 때문이다.

『타임스』의 사설도 지적하고 있듯이 『성난 얼굴로 돌아보라』라는 그 작품이 반드시 예술적 가치 때문에 시비의 대상이 된 것은 아니다. 그 극의 주인공 성난 지미 포터가 영국의 신세대를 대표하는 것이냐 그렇지 않으냐의 논쟁 때문이었다.

결국 승리는 오스본의 것이었다. 누가 무어라고 하든 앵그리 영 맨(성난 젊은이)이라는 유행어와 함께 지미 포터는 영국의 현 20대를 상징하는 영웅이 된 것이다. 원래 영국은 보수적이고 전통적이며 약간은 위선적인 안개로 적당히 카무플라주되어 있는 나라다. 마치 터너William Turner의 그림처럼 안개가 있기 때문에 도리어 런던은 아름답게 보인다.[19]

19) 영국의 화가 터너는 19세기 최고의 풍경화가로서 언제나 안개 낀 풍경을 그렸다. 오

청명한 날씨의 런던은 지저분하고 음산하고 그 독특한 스모그에 더러워져 노후한 건물들이 그대로 노출되어 나타나기 때문이다. 안개는 어렴풋하게 그 약점을 덮는다. 신비하고 꿈결 같은 자욱한 안개의 베일 속에서만 그것은 시적일 수 있다.

오랫동안 영국 사람들은 교양이라든지, 신사도라든지, 체면이라든지 하는 그 안개로 자신들의 약점을, 생의 비탄을, 그리고 현실의 추악함을 적당히 위장해왔던 것이다. 하지만 그 안개가 얼마나 답답하고 지루하고 중압적인가 하는 것을 알고 있는 일군一群의 사람들이 있다.

18세기의 스크리블리러스 클럽 회원의 문인들이 영국인의 위장, 말하자면 위선에 찬 속물들을 난타하기 위해서 풍자소설을 쓰게 된 동기도 거기에 있다.

그래서 스위프트Jonathan Swift는 『걸리버 여행기The Gulliver's Travels』를 쓰고 포프Alexander Pope는 『우인열전The Dunciad』을 쓰고 또 게이John Gay는 『거지 오페라The Beggar's Opera』를 썼다. 그 회원의 한 사람 아버스넛John Arbuthnot은 본래 의사였지만 『존 불의 역사The History of John Bull』를 썼다.

존 불은 물론 주인공의 이름이지만 그 뜻을 풀이하면 거세하지

스카 와일드는 터너가 안개를 그려주기 전까지 런던 사람들은 그것의 아름다움을 모르고 있었다고 말한 적이 있다.

않은 황소, 말하자면 영국 속물을 야유한 욕이었다. 그때부터 사람들은 영국인을 존 불이라고 했다. 와일드Oscar Wilde도 쇼George Bernard Shaw도 안개의 그 가면을 쓰고 한없이 근엄한 체하고 살아가는 영국의 위선자들을 통박했었다.

와일드가 조국을 떠나 파리의 하숙방에서 쓸쓸하게 운명한 것도 원인은 영국식 속물들에 대한 증오였다.

1956년 5월 8일 정식으로 탄생한 노여운 젊은이들도 영국의 안개를 향해 다이너마이트 같은 분노를 터뜨렸다. 오스본은 바로 그 심지였던 것이다.

삼손의 분노

삼손은 힘이 장사인 이스라엘의 영웅이었다. 여우 꼬리에 관솔 불을 달아 펠리시테 인의 보리밭과 올리브의 언덕을 모두 불태웠다.

이스라엘 사람들이 펠리시테 인의 지배하에서 숨도 제대로 쉬지 못했던 그 옛날의 이야기다.

암벽에 묶어맨 동아줄을 끊어 당나귀 뼈 하나로 천 사람의 펠리시테 인을 쳐 죽였고 성에 갇히면 그 대문을 기둥째 뽑아 산정山頂에다 내버렸다. 삼손의 괴력 앞에서 공포에 떨지 않는 펠리시테 인은 한 사람도 없었다.

삼손에겐 사랑하는 애인 델릴라가 있었다.

그는 끔찍이도 그녀를 사랑했지만 델릴라는 펠리시테 인이 준 은 3천 냥을 받고 그를 배반했다. 삼손이 머리를 깎이면 괴력을 상실한다는 비밀을 안 것이다. 델릴라의 무릎을 베고 잠들었던 삼손은 드디어 머리카락을 깎이고 말았다. 힘을 잃은 삼손은 펠리시테 인에게 사로잡혀 가자 땅으로 끌려가고 두 눈까지 **뽑혔다.**

슬픈 가자의 밤이었다. 머리를 깎이고 눈알을 뽑힌 삼손은 옛날의 그 영웅이 아니라 어두운 감옥 속에서 청동의 사슬을 끌며 눈 가린 망아지처럼 연자방아를 돌려야 하는 노예가 된 것이다.

힘을 잃고 노예로 전락해버린 삼손, 그것이 바로 현대인의 운명이라고 말하는 사람들이 있다. 인간은 힘을 잃었다. 종교의 힘, 개성의 힘, 사랑의 힘, 옛날 사람들은 무엇인가 인간의 힘을 믿고 있었다.

영웅의 시대였었다. 대륙을 끊어 운하를 파듯이 생명의 운하를 파기 위해서 그들은 무엇에든 열중했었다. 그때는 인간이 삼손처럼 자신을 가지고 있었고 자기를 개척하는 세찬 행동력이 있었다.

그러나 영웅들은 공룡들처럼 화석만 남기고 소멸해버렸다. 이제는 머리 깎인 삼손만이 남아 평범하고 권태롭고 무기력한 나날 속에서 생활이라는 연자방아를 돌리고 있다.

절망, 몰개성, 타락—현대에서 생활한다는 것은 단순한 캘린더의 되풀이에 지나지 않는다. 인간의 긍지도 개성에의 신뢰도 없이 눈먼 삼손들은 맷돌을 돌리고 있을 뿐이다.

버킹엄 궁전에도, 다우닝 가 10번지[20]에도, 아파트 가街나 슬럼

---

20) 영국 총리의 관저. 마치 화이트 하우스라는 말이 미국 대통령을 상징하듯 그 관저의 주소로 영국 총리를 암시하는 말.

가나 공장이나 학교나 하이드파크도 맷돌을 돌리고 있는 삼손뿐이다.

지미 포터는 머리 깎인 삼손들을 보고 분노한다.

"밤낮 하는 수작을 되풀이할 뿐이군. 살기가 좋고 특권도 없어져버린 황야에 서서 에드워드 왕조의 황혼을 기름진 눈으로 돌아다보는 꼴이라니……."

말하자면 신념도 없고 자신도 없고 기운도 없고 그저 천편일률적인 생을 분노도 느끼지 않고 맹종하고 있는 기성세대에의 불신감이다. 20세기의 영웅 앵그리 영 맨은 진정한 자기 생을 찾아 용감하게 살 줄 아는 영웅이 되고 싶은 것이다. 신문을 읽고 차를 마시고 다림질을 하고…… 그러다가 판에 박힌 듯한 의식의 되풀이 속에서 그들의 젊음도 그냥 지나가버리고 말 것이라는 불안이었다.

그리하여 다곤신神의 제일祭日에 유흥거리로 끌려나온 삼손이, 펠리시테 인의 조소 속에서 신전의 기둥을 끌어안고 "아 여호와여! 한 번만 저를 돌보아주십시오. 아 신이여, 단 한 번이라도 좋으니 나에게 다시 힘을 주십시오. 잃어버린 두 눈 가운데 한 개만을 위해서도 펠리시테 인에게 복수를 하게 해주십시오."라고 분노의 기도를 드리는 것처럼, 그리하여 드디어는 힘이 부활한 삼손이 펠리시테 인의 성전 기둥을 뽑아 팽개치는 것처럼, 앵그리 영 맨은 이렇게 외친다.

"아 잠시라도 좋으니 뭔가 참되게 인간다운 일에 열중해보면 좋겠다. 열중하게 되기만 하면…… 따뜻하고 떨리는 음성으로 할렐루야! 나는 살고 있다."라고…….

그렇다면 대체 앵그리 영 맨에게 있어 델릴라는 누구이며 펠리시테 인은 누구인가? 물론 그 가자는 영국 런던이겠지만…….

미국화에의 노여움

험구가險口家로서도 관록이 있는 세기말의 작가 오스카 와일드
는 미국에 대해서 꽤 익살맞은 욕설을 퍼부은 일이 있다.

"미국 대륙은 애초부터 발견되지 않았던 편이 좋았을 것"이라
든지, "착한 미국인이 죽으면 파리로 가고 악한 미국인이 죽으면
다시 미국 땅에 태어난다."는 유머는 모두 오스카 와일드가 만들
어낸 특산물들이다.

독설가 버나드 쇼도 와일드의 솜씨에 뒤지지 않는다. 미국인을
희화화해서 꼬집는 일은 버나드 쇼에겐 하나의 취미에 속하는 일
인 것 같다. 그가 미국을 방문했을 때의 그 제일성第一聲부터가 그
런 것이었다. 뉴욕 항구에 우뚝 서 있는 자유의 여신상을 보고 쇼
는 처음으로 한 번 탄복했다는 것이다. 왜냐하면 자기와 같은 풍
자가도 도저히 그런 자리에다 자유의 여신상을 세울 생각은 하지
못했을 것이라는 이야기다. 물론 그것은 칭찬이 아니라, 항구의
풍경과 불균형을 이룬 자유의 여신상을 비꼬아서 한 소리다.

사방으로 다니며 헐뜯기만 하는 버나드 쇼에게 미국의 신문들은 악감을 품고 일절 그의 방문 기사를 취급하지 않았다. 다만 모 지방 신문 하나가 그의 방문 기사를 쓴 일이 있었는데 그 내용은 다음과 같은 것이었다.

"버나드 쇼 부인이 본 고장을 방문하게 되었다. 동행인은 그녀의 남편 버나드 쇼 씨이다."

그러니까 그 지방 신문은 그런 기사를 냄으로써 버나드 쇼에게 점잖은 복수를 가한 셈이다. 이러한 일화를 보더라도 쇼와 미국과의 관계를 짐작할 수 있다.

현대 작가 그레이엄 그린Graham Green도 『조용한 미국인Quiet American』이라는 소설을 썼다. 표제는 '조용한 미국인'이었지만 그 반응은 결코 조용한 것이 못 되었다. 그는 그 소설을 통해서 외면으로는 말 한마디 없는 조용한 미국인이 뒷구멍으로는 온갖 정치적 분쟁을 꾸미고 돌아다니는 것을 시니컬하게 야유했기 때문이다. 그 덕택(?)인진 몰라도 그레이엄 그린은 미국 입국 허가를 조용히 거절당한 일까지 있다.

독립전쟁 이후로 영국인들은 미국에 대해서 어떤 편견을 품어 온 것이 사실이다. 그러나 미국을 보는 그 시선의 각도는 세대에 따라 조금씩 차이가 있다.

와일드의 시대에는 왕년의 식민지국에 대한 우월감을 가지고 미국을 보았고, 버나드 쇼의 세대에는 신흥 자본주의 국가의 그

천박성을 비판적으로 본 것이었다.

그리고 그레이엄 그린의 세대는 다분히 정치성을 띤 색안경으로 미국의 외교정책을 내다본 것이다. 그리하여 미국에 대한 영국의 시니시즘cynicism(냉소주의)은 세대에 따라 서로 달리 나타나 있다고 할 수 있다.

그러나 영국의 젊은 세대, 즉 앵그리 영 맨의 미국관은 와일드적인 것도 아니며 버나드 쇼나 그레이엄 그린의 그것과도 다르다.

그들은 허물어져가는 에드워드 왕조 시대의 생활—'자기 집에서 만든 케이크를 먹고 크리켓을 하고 한여름 긴긴 낮에 시집을 옆에 끼고, 빳빳한 리넨의 풀 냄새를 풍기는 옷을 입고 로맨틱하게 지내던', 말하자면 자기 세계를 가질 수 있었던 그 시대의 생활에 그리움을 느끼는 것이다.

그들은 아메리카적인 세계에서 산다는 것이 얼마나 평범하고 멋없는 일이냐고 항변한다. 가만히 있다가는 영국의 자손들이 결국 미국 사람이 다 되어버리고 말 것이라는 것이다. 지미 포터는 아메리카화한 획일적인 오늘의 영국 생활에 대해서 성내고 있다.

같은 앵그리 영 맨의 비평가인 콜린 윌슨도 그의 저서 『패배의 시대』를 주로 미국 사회학자의 이론을 배경으로 하여 전개시켜 가고 있다. 왜냐하면 미국적 사회는 현대 인간의 문명이 걸어가는 필연적인 귀결점이요, 미구에는 곧 그것이 영국의 운명이 될 것이라는 생각에서다.

지나간 세대들이 퍼부은 미국에의 냉소는 바다 건너의 것이었지만, 앵그리 영 맨의 세대에 와서는 곧 자기 자신들 것이 되어버렸다.

고독한 카멜레온

미국의 로큰롤 영화 「백만 달러의 리듬」이 영국에 수입돼 상영되었을 때 전국 각처의 영화관에서는 상상 외의 난폭한 광태가 벌어졌었던 모양이다. 틴에이저들은 좌석 사이의 통로나 스테이지 위에 마구 뛰어올라가 춤을 추었다. 그것을 제지하면 폭력으로 저항했다. 그러고 보면 그것이 영화관인지 댄스홀인지 체육관인지 분간할 재간이 없었을 것이다.

말런 브랜도Marlon Brando 주연의 「난폭자The Wild One」는 결국 영국에 와서 상영 금지가 되었지만 그것은 홍로점설紅爐點雪의 대책에 불과한 것이었다.

영국의 젊은이들은 미국의 인기 가수나 배우들의 영향 밑에서 자라가고 있으며, 영국의 사회 자체가 이미 미국과 같은 타인지향적 성격 속에서 발전해가고 있기 때문이다. 이따금 미국이란 말과 동의어로 쓰이고 있는 타인지향적 사회란 무엇을 의미하는 것일까?

그것은 영화, 텔레비전 그리고 시네 사인, 광고와 유행의 물결이 지배하고 있는 대중사회를 뜻하는 것이다.

이러한 사회에 있어서 인간은 하나의 뜬 거품과도 같은 것이며 기계의 나사못과 같은 것이며 텅 빈 허수아비와 같은 것이다. 개성을 지니고 살아가는 것이 아니라 러시아워의 물결에 밀려 흘러가듯이 타인들을 따라서 그냥 움직이고 있는 삶이다.

'내가 무엇을 생각하는가?' 하는 것보다도 '남이 어떻게 생각하는가?' 하는 물음에 더 관심을 팔고 있는 사회. 남들이 짧은 스커트를 입기 때문에 나도 역시 그러한 짧은 스커트를 입고, 남들이 럭스 비누를 쓰고 있기 때문에 나도 그 상표의 비누를 택한다는 그런 사회다.

멕시코 전쟁의 용사 데비 크로켓Davy Crockett을 소재로 한 텔레비전 프로가 성공하자 그 이름을 따서 만든 상품이 300종이나 쏟아져 나왔고, 그 결과 미국인의 호주머니에서 30억 달러의 돈을 긁어내게 되었다는 이야기만 들어도 유행의 본질이 무엇인가를 알 수 있다.

타인과 동화해가는 카멜레온의 슬픈 계절이다.

자기가 좋아한다 하더라도 남들이 싫어하면 같이 싫어해야 하고, 남들이 좋아하는 것이면 싫어도 그것을 좋아해야만 하는 것이 타인지향 사회의 풍속이다. 뿐만 아니라 인간은 쇼윈도의 마네킹처럼 자기를 타인에게 전시하기 위해서 살아간다. 내가 원하기 때문이 아니라 남들이 원하고 있기 때문에 행동한다.

해마다 신형 자동차가 생겨난다. 뉴 스타일! 뉴 스타일! 단추에 서부터 집에 이르기까지 끝없는 뉴 스타일이 고안된다. 타인지향적 사회의 인간들은 낡아서 구두를 버리는 것이 아니라 유행에 뒤지기 때문에 그것을 바꾸어버린다. 옷도 핸드백도 모자도 마찬가지다. 땀을 흘려 벌어가지고는 이 뉴 스타일이라는 끝없는 경주에다 버린다.

인간이란 말보다는 소비하는 기계이며 패션복의 사진이라는 편이 정확할지 모른다. 이것이 소위 번영 속의 빈곤이라는 것이다. 보다 더 새로운 것을, 보다 더 좋은 것을 찾는 타인지향적 인간들은 언제나 걸인인 셈이다. 아무리 벌어도 끝이 없다.

나는 없다. 아무리 큰 소리로 통곡하고 아무리 큰 소리로 웃어대도 저 거대한 사회의 물결엔 파문이 일지 않는 것이다. 오만한 급행열차가 시골역을 묵살하고 지나가는 것처럼 사회는 한 개인의 운명과 탄식 앞에서 멈춰서지도 않고 눈길 한번 던지지도 않는다. 조직과 집단의 상징인 전쟁터[軍隊]가 그대로 하나의 사회로 화한 상태다.

메가란 말은 어떤 단위의 백만 배를 의미하는 기호다. 대중사회의 인간들은 바로 이 메가의 속에서 산다. 옛날의 사회는 한 개인이 그 구성 단위였지만 메가들, 메가사이클, 메가데스[21]란 말

---

21) 메가데스란 말은 백만 명의 죽음이란 뜻이다. 옛날에는 사망자를 한 사람씩 계산했지

처럼 이제는 메가(백만 명)가 그 한 단위를 이루고 있는 셈이다. 이러한 대중사회에 있어서 나의 존재를, 그 개성을 드러낸다는 것은 곧 폭력이며 자살이다. 자기표현이 대對사회적으로 나타난 것이 폭력이고 자기 내부로 향한 것이 자살인 것이다.

앵그리 영 맨은 삼손의 머리를 깎은 델릴라가 바로 이 타인지향적(미국적) 대중사회라고 믿고 있다. 그래서 그들의 분노는 그 대중사회의 풍속으로 향한다. 더 구체적으로 말하면 주체성을 잃은 개인과 그 사회에의 분노다. 지미 포터는 노여움 속에서 빈정거리고 있다.

영국인은 "요리는 프랑스에서, 정치는 모스크바에서, 도덕은 포트사이드[22]서 배워 온다."고……

만 원폭전쟁 문명 속에선 집단 사망, 즉 백만 명을 한 단위로 삼는다.
22) 포트사이드Portsaid는 이집트의 수에즈 운하 북쪽 끝에 있는 도시이다.

제국의 황혼

영국은 변했다. 그 위대한 제국에 황혼의 우수가 깃들었다. 늙은이나 젊은이나 그들은 모두 탄식한다. '영국은 이제 마지막'이라고……. 그러나 제국의 황혼을 비켜선 두 그루의 나무가 있다.

하나는 '태양이 비치지 않는 이유를 이해 못 하고, 에드워드 왕조의 황량한 들판에 살아남아 있는 고목'이며 또 하나는 불모의 비탈에 서서 먼 지평을 내다보고 있는 어린 묘목이다.

전자는 전전戰前에 인도로부터 귀국한 사양족斜陽族 엘리슨 대령[23]과 같은 지나간 세대의 인간이며, 후자는 황혼 속에서 분노의 촉수를 내밀고 새로운 시대, 새로운 인생을 더듬는 지미 포터와 같은 앵그리 영 맨이다.

1914년에 영국을 떠난 엘리슨 대령이 식민지인 인도를 잃고 다시 영국에 돌아왔을 때(1947년) 이미 그것은 옛날의 제국이 아니

---

23) 『성난 얼굴로 돌아보라』의 한 인물.

었다. '산속의 긴 서늘한 저녁, 만물이 보랏빛에 빛나는 저녁의 행복'은 아무 데도 없었다.

엘리슨 대령은 허물어져가는 영국과 호흡을 같이하고 있다. 그래서 그는 그가 인도에서 떠나던 날, 더러운 열차가 혼잡하고 숨막히는 인도의 어느 정거장을 출발하던 날, 군악대가 이별의 주악을 해주던 날, 그의 황금시대도 종말의 피리어드를 찍은 것이다.

"이제 모든 것이 끝나버렸다."

이 실의 속에서 엘리슨 대령은 깨진 꿈만을 더듬고 있었다. 이것이 바로 추억을 파먹고 사는 영국의 신사들이다. 그러나 어린 묘목들은 제국의 종말을 눈물로만 장식하려 들지 않는다. 무엇인지 해야 되겠다는 것이다. 황혼을 불태우는 푸른 잎을 위해서 그들은 싸우지 않으면 안 된다는 피의 열도熱度를 지니고 있다.

그러나 지미 포터의 연인 헬레나의 말대로 이 어린 묘목들(앵그리 영 맨)에겐 이미 설 자리가 없다. 섹스에 관해서든, 정치에 관해서든, 다른 어떤 일에 관해서든 적당한 장소가 없다. 그들에게 잘못이 있다면 시대를 잘못 타고 나왔다는 것뿐이다.

그들은 고백하고 있다.

"우리 세대의 인간들이란 어떤 훌륭한 주의主義를 위해서 죽는다는 따위는 할 수 없다. 우리가 어렸을 때 지금의 30대, 40대 된 사람들이 전부 해치우고 말았으니까. 이제 멋지고 용감한 주의

같은 건 하나도 남아 있지 않다."라고.

그러면서도 무엇인지 새것을, 보람 있는 것을, 감격할 수 있는 것을 그들은 찾으려고 한다. 그것이 저 에드워드 왕조의 황량한 들판에 살아남은 고목과 다른 점이다. 고목들은 그냥 방관만 하고 서 있는 것이다. 더구나 디오르풍의 양복을 입고 성자연聖者然하는 속물들, 황혼을 여명으로 착각하고 있는 아첨꾼과 겁쟁이들, 그리고 또 산다는 괴로움에서 빠져나가려고 애쓰는 그 생의 도주자들에 대해서는 철저하게 반발한다. 이들이야말로 무너뜨려야 할 벽이며 분노의 침을 뱉어야 할 적이다.

휴처럼 늙은 어머니를 버리고, 황혼에 선 그 조국을 버리고 새로운 시대를 찾아 혼자 떠나가든지 그렇지 않으면 지미 포터처럼 잠자는 속물들에게 상스러운 욕설이라도 퍼부으면서 혹은 울분을 트럼펫으로 토하면서 분노의 길을 닦아가든지⋯⋯.

어쨌든 현상에 만족하며 평범하게 시원찮게 살아갈 수는 없다는 것이다. 제국의 황혼 속에서도 뿌리박을 땅을 찾아야 한다. 그러나 그 땅이란 싸구려 전세방 한 칸에 불과하다. 기껏해야 이 속에서 의자를 부수거나 연약한 여인들을 골려주거나 교회당 종소리에 흰 눈으로 흘겨보는 정도다.

그들은 '섹스에 관한 이야기를 할 때도 마치 음악의 수법에 관해서 이야기하고 있는 것같이 근엄한 표정'을 짓고 있는 그 어처구니없는 위선자들에게 반항하는 영웅들이지만 지금은 프랑스

혁명 시대가 아니다. 그것은 그들도 알고 있다. 그렇다고 이 정체 停滯한 상황 속에서 그냥 주저앉으랴.

'어차피 수채에 빠질 바에는 실크해트나 쓰고 가자'는, 말하자 면 수채에 빠지는 것을 걱정하는 것보다 실크해트가 바람에 날아 가는 것을 걱정하는 그 노신사[24)]의 뒤를 그들은 따를 수가 없는 것이다. 여기에 떨리는 어린 이파리의 고민이 있는 것이다.

불꽃은 있어도 광장은 없다.

24) E. H. 카Carr가 영국의 보수주의를 비판하는 대목 가운데서 든 예문.

회색의 기사

자기에게 주어진 고난의 몫, 그 절망의 운명을 송두리째 끌어안는 것, 피하거나 주저하는 일 없이 용감하게 그것을 걸머진다는 것, 이것이 현대의 영웅이다. 강철이 불 속에서 단련되듯이 그 고난과 절망 속에서 젊음은 단련된다. 앵그리 영 맨의 씨앗, 지미 포터는 어떻게 자라났던가? 지미는 아직 열 살밖에 안 되었을 때 죽음이 무엇인지를, 인생이 무엇인지를 알아버렸다.

무지개를 보고 가슴이 설레던 워즈워스William Wordsworth 시대의 소년은 죽어버린 지 오래다. 그는 스페인 전쟁에서 돌아온 아버지가 절망과 고독 속에서 서서히 죽음 속에 말려들어가는 비극을 지켜보고 있었던 것이다.

아무도 돌보아주지 않는 가운데서 조용히 죽는 날만을 기다리고 있는 그 가족들 틈에서 진심으로 그를 걱정하고 간호한 것은 열 살의 소년 지미 혼자였다. 그때 지미는 침대 가에 앉아서 아버지가 말을 한다든지, 책을 읽는다든지 할 때마다 눈물을 흘리지 않으려고 입술을 깨물었다.

죽어가는 인간의 달콤한 것 같은, 메스꺼운 것 같은 냄새를 맡으며 두 달 동안이나 병실 속에 갇혀 있었던 지미는 그래서 어렸을 때부터 분노가 무엇인지를 알게 되었다.

사랑에 대해서도, 배신에 대해서도, 죽음에 대해서도, 지미는 불과 열 살밖에 안 된 그 나이로 이미 인간이 한평생을 두고도 알 수 없는 일들을 배워버리고 만 것이다.

그러나 불행한 과거의 기억들, 그것이 바로 분노의 젊은이들에게는 한 필의 회색 말이었다. 그들은 그 말을 타고 낡은 질서라는 것에 대하여 용감한 공격을 시도하는 기사가 된 것이다. 분노라는 갑옷으로 무장하고……. 그러니까 그 회색 말을 탄 기사들은 절망의 영웅이요, 비극의 천재들이었다.

지미 포터가 아득한 옛날에 죽어가는 한 인간의 비통한 모습을 보고 자라난, 울지 않으려고 입술을 깨물며 자라난 그 회색 말의 기사 지미 포터가 최초로 무공을 세운 것은 침실이 여덟 개나 있는 성 가운데 유폐된 어느 공주를 구출해낸 것이었다.

말하자면 안온한 상류 가정에서 가족과 친구들에게 얽매여 있는 여성, 앨리슨을 그 울타리 밖으로 해방시켜준 일이다. 화려하고 점잖고 평화로운 듯한 그 상류 사회의 가정은 기실 시체실과 같이 생명들이 썩어가고 있는 곳이다.

지미 포터는 그와 같은 시체실(상류 사회의 가정) 속에서 미라가 되어가고 있는 앨리슨을 생의 황야 속으로 끌어냈다. 물론 그러기 위해서 이 회색의 기사는 피투성이 싸움을 해야만 했다. 앨리슨의 어머니, 그 소란스러운 암물소 같은 앨리슨의 어머니와 그리고 앨리슨 그 자신과……[25]

지미는 그 여성과 결혼하고 생이 무엇인지를, 진정한 삶의 고독과 환희가 무엇인지를, 분노한다는 것과 절망한다는 것과 그러면서도 앨리슨의 어머니와 같은 허수아비의 무리들과 투쟁해나가기 위해서는 얼마나 강한 힘이 필요한가를 가르쳐주려 한다.

그러나 불쌍한 숙녀 앨리슨은 거친 황야의 생활에 피로를 느끼고 다시 옛날의 성곽 속으로 되돌아가려 한다.

"지미는 어딘지 연약한 듯하면서도 불길처럼 타오르고 있었어. 그런 걸 지금까지 난 본 적이 없어. 마치 아름다운 갑옷을 입은 기사 이야기를 읽는 것 같았어……."라고 앨리슨은 고백하고 있으면서도 지미의 난폭한 생활을 이기지 못하고 그녀의 친정으로 돌아가버리고 만다. 앨리슨만이 아니다. 주위의 모든 사람들이 그렇게 모두 그의 곁에서 떠나가는 것이다. 회색 말을 탄 그

---

25) 앵그리 영 맨의 사랑이 단순한 성애性愛가 아니라는 것도 바로 이 점에 있다. 포터가 부잣집 딸 앨리슨과 사랑을 하고 동서까지 하는 과정은 상류 사회의 평온 속에서 썩어가는 인간에 분노를 느끼고 그들을 새로운 생의 벌판으로 끌어내리려는 모험의 하나라 할 수 있다. 그래서 앵그리 영 맨의 사랑은 대개 연상자年上者이거나 사회적 신분이 다른 남녀 사이에서 벌어지는 드라마일 경우가 않다.

기사의 황야 속에 겁쟁이들은, 남의 눈치나 보며 점잖을 부리기에만 바쁜 그 위선자들은 결코 머물러 있을 용기가 없기 때문이다.

그러기에 지미는 "어쩌면 난 이렇게 일생 동안 이별만 하고 지내게 될는지 모른다."고 한탄한다. 그럴수록 회색 말에 채찍을 대고 분노의 기사는 길 없는 황야를 내닫는다.

그것이 투쟁하는 세대, 앵그리 영 맨의 영웅들이다. 안일한 생을 박차고 스스로 진흙 바닥을 택하려는 그 세대의 고독과 용기이다.

황야의 반려

인간은 절망할 때 도피구를 찾는다. 사랑은 그럴 때마다 인생의 비상구처럼 그 문을 열었다. 연애지상주의자 브라우닝Robert Browning만이 아니라 즐겨 사람들은 그 불멸의 계단을 노래 부른다. 그러나 사랑은 하나지만 그 노래는 시대에 따라 다르고 개인에 따라 다르다.

프랑스의 샹송에도 그런 것이 있다. 피르망의 가사歌詞로서 「나는 사랑으로 죽노라」라는 샹송이 있는가 하면 거꾸로 샹송 가수 바이에의 화상곡華想曲에는 「사람은 사랑 때문에 죽진 않는다」라는 것이 있다.

노래의 싸움에서만 그칠 이야기는 아니다. 네르발Gérard de Nerval 같은 시인은 실제 여인은커녕 역사책에 나오는 시바의 여왕에게 애정을 품고 끝내는 그녀의 양말 대님이라고 전해지는 끈으로 목을 매어 자살한 일이 있다.

또 그와는 반대로 1,003명의 여인과 사랑을 하고서도 돈 후안

Don Juan은 벼락을 맞아 죽었을지언정 사랑 때문에 죽지 않았다. 사랑은 죽음과 가장 가까운 거리에 있는 듯이 보인다. 사랑의 감정은 때로 죽음의 감정과 통하기 때문이다. 원래 죽도록 사랑한다는 말이 사랑 고백의 최상급으로 사용되고 있는 것을 보면 '나는 사랑으로 죽노라'라고 노래 부른 피르망의 고백도 거짓은 아닌 것 같다. '역사상 사랑 때문에 죽은 사람들의 수는 아마 전쟁터에서 목숨을 버린 전사자에 못지않을 것 같다'는 말도 그렇게 지나친 허풍은 아닐 것 같다.

죽는 사랑이 아니라 죽이는 사랑도 있다. "모든 남자는 사랑하는 자를 죽이고 있다. 혹자는 증오의 눈초리로, 혹자는 달콤한 말로 죽이고 있다. 겁쟁이는 키스로 죽이고 용감한 자는 칼로 그것을 해치운다."는 오스카 와일드의 역설이 그것이다.

살로메는 애인 요한의 머리를 베어 은쟁반에 올려놓고 춤을 추었으며, 포피리아의 남성은 자기 연인을 그녀의 머리카락으로 목 졸라 죽였다. '여자는 약하기만 한 것, 아무리 몸부림쳐도 프라이드나 허영의 그물에서 벗어날 수 없는 것, 모든 것을 다 저버리고 내 곁에서만 영원히 머무를 수 없는 존재'라고 생각했기 때문이다.[26]

26) 로버트 브라우닝의 시 「포피리아의 연인Porphyria's Lover」은 한 남성이 자기 애인을 목 졸라 죽이는 이야기를 쓴 것이다. 질투나 불륜 때문이 아니라 연정이 가장 순결하고 지고

그뿐이다. '사랑은 위대한 교사다.'라고 말한 코르네유Pierre Corneille 시대의 사랑은 다분히 교육적인 것이었고 '사랑은 여인을 언제나 처녀가 되게 한다.'라고 생각한 빅토르 위고Victor Hugo의 애정론은 세탁비누와 같은 것이었다. 더러운 창녀, 마리옹도 진정한 사랑 앞에서는 순정으로 돌아가게 된다는 것이다.

앵그리 영 맨의 사랑은 어떠한가? 그들은 이미 '사랑으로 죽는다' 식의 피르망 샹송은 아니다. 질투 같은 것도 정절 같은 것도 요구하지 않는다.

그러니까 죽고 죽이는 사랑은 아니다. 단순한 섹스의 유희일까? 그런 뻔하기 짝이 없는 쾌락에 호기심을 둘 만큼 어리석지도 않다. 우등생 같은 얼굴을 하고 사랑을 독본 삼아 인생을 배울 만큼 천진하지도 않다.

털북숭이 빅토르 위고 할아버지처럼 사랑을 세탁비누 삼아 창녀의 때를 벗기는 일에도 매력이 없다. 도리어 숙녀보다는 그쪽이 더 매력이 있는 것이기 때문에…… 아니 도덕의 노예가 되어버릴 조화 같은 숙녀를 그들은 한층 더 증오하는 까닭이다.

그러나 사랑은 영원히 있는 것이다. 앵그리 영 맨도 사랑을 갈망한다. 다만 그 사랑의 노래가 다를 뿐이다. 그들의 구호는 자신을 속이지 않는 사랑이다. 사랑에는 현세의 사랑과 내세의 사랑

한 절정에 오를 때 그 행복을 영원한 것으로 하기 위해서 죽었다.

둘밖에 없다고 믿는 그들은 현세의 사랑을 택한다.

그런 사랑을 한다는 것은 결코 쉬운 일이 아니라고 생각한다. 왜냐하면 그릇된 일을 하지 않고서는 사랑이란 불가능한 것이기 때문이다. 체력도 필요하고 뱃심도 좋아야 하며 영혼에 진흙을 묻힐 각오가 되어 있어야 한다는 것이다. 결국 앵그리 영 맨의 사랑은 '황야에서의 사랑'이다.

앵그리 영 맨은 '어두컴컴한 숲속을 자기의 입김만 따라가는 늙은 한 마리 곰'과도 같다. 이 곰은 외로운 것이다. 그들 자신의 말마따나 '마음과 넋을 불태우는 사내다운 것을 존중하며 또 그와 같이 열렬한 무엇을 촉구하는' 그들에겐 메울 수 없는 고독이 있다.

'이 세상에서 제일 강하고 제일 굳세게 사는 자는 제일 고독한 자'이기 때문이다. 그러기에 황야의 반려가 필요했던 것이다.

그것이 그들의 사랑이었다.

사랑과 계급

신분이 낮은 자가 높은 계급에 있는 사람과 결혼함으로써 자기 신분을 높이려 드는 것을 하이퍼 개미라고 부른다.

옛날의 비련悲戀은 대개가 다 그러한 하이퍼 개미의 알에서 생겨난 눈물이었다. 천민으로 태어난 『적과 흑Rouge et le Noir』의 쥘리엥 소렐만 해도 그렇다.

레날 부인과 사랑을 하고 다시 귀족 집 딸과 결혼을 하려고 덤벼들다가 결국 소렐은 사형대 위에서 목숨을 잃는다. 앵그리 영맨의 사랑도 하나의 하이퍼 개미라고 말할 수 있다. 앵그리 영 맨들은 자기보다 신분이 높은 유복한 계급에 속해 있는 여인들과 사랑을 하고 결혼을 한다.

2차 대전의 야간 폭격과 복지국가 체제로서의 영국의 사회구조(계급)는 평균화되었다고 말하는 사람들이 있지만, 아직도 이 늙은 제국에는 계급이 엄존한다. 귀족은 말할 것도 없고 평민들 사이라 할지라도 어퍼 미들upper middle이니 로 미들low middle이니 하는 층계로 구분된다.

런던의 비르 가街와 진 가街를 대조적으로 그려낸 호가스William Hogarth의 풍자화는 아직도 영국 시민의 정신을 지배하고 있다. 앵그리 영 맨들은 값싼 진을 마시고 술주정을 하는 진 가(아웃사이더)의 주민들이다.

그런데 그들은 건너편 비르 가, 즉 인사이더27)의 양갓집 딸을 쫓아다닌다. 지미 포터는 인도 관료의 딸 앨리슨과 결혼했고 킹즐리 에이미스Kingsley Amis나 존 브레인John Braine의 소설 주인공들은 모두 자기보다 신분이 높은 상류 사회의 여인들과 사랑을 한다. 그러나 그것은 물구나무선 하이퍼 개미다. 신분이 높은 여인과 결혼해서 자기 지위를 높이고자 하는 것이 아니라 거꾸로 그들을 자기네들과 같은 낮은 계급으로 끌어내리고자 하는 것이기 때문이다. 그것은 걸인이 진흙 묻은 손으로 귀부인들의 거룩한 성장盛裝을 더럽히는 것과 같다. 다분히 반항적이고 복수적인 행위이지만 진흙 바닥에 그들을 끌어내림으로써 참된 생의 환락을 맛보이게 하려는 면도 없지 않다.

교양과 체면과 가문과 명예를 지키다가 인생이, 사랑이, 그리

---

27) 현세의 질서에 안주하여 그 속에 머물러 있는 사람을 인사이더라고 하고, 그 밖에 나와 있는 국외자局外者들을 아웃사이더라고 부른다. 앵그리 영 맨의 콜린 윌슨이 『아웃사이더The Outsider』라는 평론을 써서 센세이션을 일으키자 이 말은 현대의 유행어가 되어버렸다.

고 젊음이 무엇인지도 모르며 결혼을 하고 자식을 낳고 그러다가 그 조상의 관 밑에 누워버리는 것이 인사이더들의 순서다.

그러므로 앵그리 영 맨은 상류 사회의 신분 높은 여인들과 사랑(결혼)을 함으로써 인사이더에게 복수를 하고 한편으로는 그들에게 참된 아웃사이더의 생명을 불어넣어주자는 것이다. 그래서 황야의 생에 환락의 꽃을 피워보자는 심산인 것이다. 지미 포터와 결혼하게 된 앨리슨 자신도 "그가 나와 결혼한 것은 복수를 위해서일 것이다……."라고 말했다.

그러나 복수만을 위한 하이퍼 개미는 아니다. 지미 포터가 좋아하는 여성은 앨리슨의 말대로 모성과 그레시아의 창녀와 가정부 같은 것이 서로 혼합한 존재라고도 할 수 있지만 궁극적으로는 탁 트인 영혼의 소유자에 대한 공감(사랑)이다.

사회에 구애됨이 없이 오직 자기 신념을 가지고 살아가는 아웃사이더의 반려로서 부끄러움이 없는 존재—그러한 여성을 갈망하고 있다.

"나는 파괴된 정의일는지 모른다. 그러나 당신이 나를 사랑해주면 그런 건 문제도 되지 않는다."라고…… 지미 포터는 앨리슨에게 고백하고 있다.

이 깜찍한 앵그리 영 맨은 사회와 외면한 아웃사이더의 동굴 속에서 두 사람만의 고독을 꿈꾸고 있는 것이다. 다시 돌아온 아내 앨리슨에게 사랑의 설계를 이야기하는 앵그리 영 맨 지미 포터의 다음과 같은 말을 들어보라.

"곰 굴과 다람쥐 구멍에서 같이 살도록 합시다. 꿀을 마시고 호두를 까먹고 살아갑시다. 함께 노래도 하고 우리 자신과 포근한 나무와 동굴을 노래합시다. 당신은 내 털을 그 큰 눈으로 쳐다보고 내 발톱을 가지런히 잘라줘요⋯⋯."

세대의 교차로

두 줄기의 강물이 교차되어가는 자리—거기에 미국의 비트 제너레이션과 영국의 앵그리 영 맨이 있다. 미국은 1910년대의 도금시대鍍金時代를 지나 1920~30년대의 잃어버린 세대를 거쳐 1950년대의 비트로 접어들었고, 영국은 명랑한 1920년대와 도색桃色의 1930년대, 그리고 불안의 시대 1940년대를 지나서 노여운 세대로 들어서게 된 것이다.

그런데 전후의 풍토와 대중사회의 출현으로 영미 1950년대의 양 세대는 여러 가지 공통적인 성격을 띠고 있다. 잃어가는 개성을 부활시키려 하는 것이나 식어가는 생명력을 다시 불태우려 하는 것, 혹은 일상생활의 평범과 권태와 침체에서 벗어나려는 영웅적인 그 기질은 서로 맥을 같이하고 있다. 무엇인가 변화를 구하며 남성적인 불패不敗의 의지와 광활한 영혼, 열띤 반항의 몸가짐을 탐구하는 데에도 비슷한 점이 없지 않다. 다만 표현이 다르고 대상이 다를 뿐이다. 비트의 젊은 세대들이 날로 서부정신(개척

정신)을 상실해가고 있는 미국의 무기력에 불평을 늘어놓을 때 영국의 앵그리 영 맨은 광대한 식민지와 제국의 소멸을 성내고 있다. 비트들이 자동차를 집어타고 방랑을 되풀이할 때 앵그리 영 맨들은 이 직장에서 저 직장으로 떠돌아다닌다.

케루악의 노상은 자동차의 방랑기요, 존 웨인John Wain의 소설 『서둘러 내려오라Hurry on Down』는 직업의 방랑기라 할 수 있다. 그 주인공 램리는 『길 위에서』의 딘처럼 방랑한다. 유리창닦이, 밀수단의 앞잡이, 병원의 청소부, 스페어 운전사 등…… 그러한 순서로 직업을 전전하고 있다. 비트도 앵그리 영 맨도 안정을 싫어하는 편력의 생활, 보헤미안의 풍습 속에서 오늘을 산다.

사랑을 하는 데에 있어서도 마찬가지다. 비트는 남녀의 사랑을 '영혼의 교통'이라고 부른다. 실연을 한 샌님들이 어두운 방 안에 틀어박혀 울고 짜고 자살하는 따위는 철저하게 경멸한다. 만나면 놀고 헤어지면 그뿐이다.

『길 위에서』의 딘이 자기의 애인과 다른 친구가 놀아나도 태연한 것처럼 앵그리 영 맨의 지미 포터 역시 그의 아내가 친구와 포옹을 하고 키스를 해도 그냥 무관심한 표정을 짓는다.

정치에의 무관심도 마찬가지다. 비트가 정치적인 데모를 일으킨 것은 제17차 유엔총회 때 핵실험 금지를 외친 것뿐이다.

앵그리 영 맨도 정치에는 어지간히 무관심하다.

1940년대 영국의 젊은 세대는 꽤 부산하게 정치적 발언을 늘어놓았었지만 이들은 겨우 반여왕적反女王的인 언사나 토리(영국의 보수당)의 따분한 정책에 야유를 퍼붓는 정도였다.[28]

앵그리 영 맨 파의 거장 에이미스Kingsley Amis는 말하고 있다. "인텔리는 로맨틱한 것 이외로는 정치에 참가 못 한다."라고…… 비트나 앵그리 영 맨에게 정치적인 시험 문제를 내면 그 답안은 백지─영점을 면치 못할 것 같다.

비트가 해피엔딩으로 끝을 맺고 있는 것처럼 앵그리 영 맨의 인생관도 축복으로 끝난다. '비트는 승리한다'는 구호와 똑같이 '분노는 승리한다'라는 신념이 앵그리에게 있다. 그들의 소설이나 희곡은 언제나 해피엔딩으로 에필로그의 막을 내리고 있기 때문이다.

그러나 가재는 게 편이라 해서 가재가 곧 게일 수는 없다. 반항의 방향이나 그 출발에의 지평은 역시 다르다. 비트는 기계 문명의 첨단을 걷고 있는 미국의 세대이기 때문에 그들의 반항은 반문명적인 불꽃으로 타오르고 있으며 앵그리 영 맨은 역사적인 전통이 깊은 영국의 세대이기 때문에 그들의 분노는 반전통적인 것을 위해서 불을 뿜는다.

영국을 지배하고 있는 것은 정관사에 근엄한 대문자로 표기되

---

28) 앵그리 영 맨은 정치에 대해서 매우 소극적이지만 대개 노동당의 편을 들고 있다는 점에서 정치색이 전연 없는 것은 아니다.

고 있는 이스태블리시먼트Establishment다. 그것은 국교國敎란 뜻이지만 보통은 기성사회의 의미로 쓰이고 있는 말이다. 그래서 비트는 문명의 유니폼을 벗어던지려 하고, 앵그리 영 맨은 이스태블리시먼트의 낡은 제복을 찢어버리려고 한다.

여기에 비트와 앵그리 영 맨의 차이가 있다. 역시 앵그리 영 맨의 관심은 '……조용히 퍼진 런던 교외의 평야, 더러운 냇물에 떠 있는 배, 늘 똑같은 그 거리들, 크리켓의 시합이나 왕실의 결혼, 포스터, 실크해트를 쓴 신사, 트라팔가 광장의 비둘기, 붉은 버스, 푸른 옷을 입은 순경'—그 모든 것이 깊고 깊은 침체의 잠 속에 잠겨 있다는 데에 있다. 이 깊은 반복의 잠에서 깨려는 것. 그것이 앵그리 영 맨의 양심이다.

J3의 풍향계

　프랑스에서는 전후세대를 J3라고 한다. 프랑스에서는 2차 대전 때의 식량 배급의 종류를 J1…… J2…… J3……로 분류하고 있었는데, 그중 J3는 유아들에게 배당되는 식품 기호였다. 말하자면 J3의 식량 배급을 타 먹고 큰 아이들이 바로 전쟁 직후의 젊은 세대가 되었기 때문에 그런 유행어가 생겨났다. 로저 페르디낭의 『J3』라는 희곡이 상연되어 인기를 거두게 되자 그 말은 더욱더 대중화했던 모양이다. 아프레게르après-guerre(전후)라는 그 고지식한 말보다는 확실히 J3란 유행어가 실감 있다.

　지금 20대의 그 청년들은 '인간의 성장에 있어 가장 중요한 그 세월을 등화관제와 암시장과 경보와 유혈'의 한복판에서 J3의 보잘것없는 배급식품을 타 먹으며 자라났던 것이다. 물론 지금 30~40대의 세대들은 직접 전쟁의 포연 속에서 청춘을 제사 지냈기 때문에 그들보다 한층 불행했을는지 모른다.

　그들은 애인이 아니라, 아라공Louis Aragon의 시처럼 5월에 죽은 동지들을 위해서 노래 불렀다. 무자비한 하켄크로이츠의 그 녹색 제복의 군대와 저항하다가 혹은 루크레르 군이 아니면 포로수용소를 전전하면서 젊음을 객혈했다. '숨바꼭질이나 전쟁놀음을 하다가 곧장 레지스탕스라는 서부극에 참여했던 세대', 그것이 전중파戰中派의 비극이다.

그러나 그들에겐 불행할망정 뚜렷한 젊음의 표적이 있었다. 폭력과 싸운다는 것, 자유를 위해서 어둠을 불사른다는 것, 조국과 쓰러진 벗들을 위해서 오늘을 산다는 것—그러한 젊음의 표적이란 것이 있었다. 폭풍이지만 방향은 있다. 그들은 그것을 이성의 눈으로 바라볼 수 있었고 열정 속에서 그 풍속을 견딜 수도 있었다.

그러나 J3의 세대는 사정이 다르다. 그들은 직접 전쟁에 참여하지도 않았고 지하의 레지스탕스 운동에도 가담하지 않았다. 나이가 너무 어렸던 까닭이다. 열 살의 어린 몸으로 그들은 듣고만 있었다. 등화관제의 암흑의 거리, 그렇지 않으면 점령된 도시를 짓밟고 지나가는 군화의 발소리, 외마디 비명을 지르며 어느 폐허 속으로 끌려들어가는 여인들의 목소리, 계엄군이 법령을 알리는 라우드 스피커의 살벌한 목소리, 전사자 명단 앞에서 통곡하는 노파의 울음소리—그들은 그러한 소리를 듣고만 있었다.

마로니에의 잎들이 피고 크리시리느의 꽃이 방향을 풍겨도 그것은 계절 없는 밤이었다—J3는 방의 아이들이었으며 금제의 아이들이었다.

아니 더욱 더 나빴던 것은 전쟁이 끝나고 해방이 된 그때였었다. 포탄에 찢긴 채로 가로수가 그래도 서너 치씩 더 자란 것처럼 전쟁이 끝난 그때 그들도 자라 젊음의 마루턱을 향하고 있었다.

전쟁에서 돌아온 어른들은 무기를 들었던 두 손만 물끄러미 내려다보며 할 일을 모르고 있었다. 그들은 그 손으로 죽이는 일밖에는 아무것도 배운 것이 없었기 때문이다. 혼란, 실의, 굶주림…… 프랑스는 형식상으로는 전승국이었지만 실은 패전국과 다름이 없었기 때문에 미국과 영국의 전후 사회와는 그 상황이 달랐다.

전쟁을 치렀다 하더라도 미국이나 영국은 나라 바깥에서 싸웠다(물론 영국도 폭격을 당하고 있었기는 하나). 전선의 후방이란 것이 있었다.

그러나 프랑스의 J3들은 어린 몸으로 직접 그것을 겪었다. J3들이 처음 담배를 배웠을 때 그 담배는 점령군의 암시장에서 흘러나온 것이었으며, 첫사랑을 했을 때 끌어안았던 그 소녀는 이미 군인들에게 능욕당한 더럽혀진 몸이었다. 그들에겐 삶에 대한 신념도 꿈도 달콤한 희망도 남아 있지 않았던 것이다.

아르망티에르 출신 레옹 W의 전후파 청년 하나는 이렇게 고백하고 있다.

"공상의 나래를 편 것이란 오직 하늘의 요새라든지 특공대의 공격뿐이었던 그런 세대에 우리는 속해 있습니다. 그리고 우리들보다 연상의 사람들에게 있어서 세계가 그 희망의 문을 닫았던 그 시각에 우리는 그 세계를 향해서 눈을 떴던 것입니다. 우리들은 언제나 전재戰災를 받은 건물의 용재用材로 휴대기관총을 만들었으며, 뉴스 영화에서 군대들이 다루는 그 총질을 흉내냈습니다."

이것이 J3이다. 그들의 풍향계는 어느 하늘을 가리키고 있었던가.

무슨 리본을 달까

프랑스 여인의 나이를 알려면 머리 위를 보면 된다. 리본을 달고 있으면 스물다섯 살 미만이며, 보석이나 스페인 머리빗이나 혹은 포도송이를 달고 있으면 그녀는 틀림없이 스물다섯 살 이상이라는 것이다.

나이만이 아니라, 파리의 처녀들은 머리의 리본으로 자기의 의사를 표시하고 있다. 리본의 위치, 색채, 그리고 그 천에 따라 여러 가지 의미를 상징적으로 나타낸다.

그러나 왼쪽에 리본을 맨 파리지엔을 만나면 조심해야 된다. 그것은 하나의 경고, 즉 '나는 관심이 없어요. 귀찮게 굴지 마십시오'의 적신호이기 때문이다. 그와는 반대로 양쪽 머리에 두 개의 리본을 단 여성을 만나면 희망을 가져도 좋다. 그 리본은 '춤추러 가고 싶다'는 의사를 표시하고 있는 청신호이니까······.

위치만 보고 속단해서는 안 된다. 리본의 천과 무늬가 무엇인가를 알아내는 노력도 필요하다. 커다란 벨벳의 리본은 선량한 여자, 호박단 리본은 바람둥이, 점 무늬가 있는 리본은 명랑하고 쾌활한 기질, 가죽 리본은 아베크avec하기에 알맞은 여성이다.

구두끈이나 새틴 리본을 한 여인을 만나거든 마음이 있어도 참아야 한다. 그녀들은 심술쟁이가 아니면 남자를 괴롭히는 여인으로 자처하고 있다. 골치 아픈 존재들이다. 레이온 천의 리본은 순진한 성격을 나타낸 것이므로 그러한 여인들을 보면 너무 험하게 다루어서는 안 된다.

이와 같은 리본의 고해告解는 프랑스 인의 기질이 어떠한 것인가를 짐작하는 데에 도움을 준다. 프랑스 인은 영국인과는 달리 솔직한, 그리고 꾸밈없는 자기표현을 좋아한다. 영국인들은 자기 감정을 숨기는 것을 미덕으로 삼고 있지만 프랑스 인들은 도리어 그것을 악덕으로 생각한다.

'비밀은 마음의 재산'이라는 말이 있지만 적어도 파리지엔들에게는 그 말이 액면 그대로 통하지 않는다. 자기의 성격이나 감정을 그대로 리본 위에 드러내는 것처럼 그들은 무엇이든 밖으로 쏟아내놓는다.

열차칸에서 처음 만난 손님에게 자기 처가 바람을 피운 내밀한 이야기까지 털어놓는 것이 프랑스 인의 기질이라는 것이다. 솔직성, 그들은 그것을 용기보다도 지성보다도 의지보다도 명예나 도량이나 의무보다도 존중한다. 대학생들을 상대로 한 페뤼쇼Henri

Perruchot의 통계[29]를 보더라도 문과 학생이나 이공계 학생이나 모두 솔직함을 가장 좋아하는 모럴로 내세우고 있다.

영국 같으면 아마 명예심이나 위엄 같은 종목이 우위를 차지하고 있었을 것이다. 솔직함이란 무엇일까? 그것은 투명한 것이며, 그늘이 없는 것이며 타인의 시선에 구애됨이 없는 자유를 의미한다.

감출 필요가 없다는 것은 곧 남의 기분에 구속될 필요가 없다는 것과 통하는 말이다. 슬픈 것을 슬프다고 말하고 즐거운 것을 즐겁다고 말하는 것. 자기감정을 표현하는 데에 그들은 계산기를 동원하지 않는다.

이러한 솔직성 때문에 프랑스의 전후 세대는 어느 나라의 세대보다 그 행동이나 성격이나 생활에 있어 양성적이다. 그러기에 모든 사조나 유행의 시초는 프랑스로부터 시작된다. 미국의 비트나 영국의 앵그리 영 맨은 적어도 프랑스의 젊은 세대에 비해 10년이나 뒤지고 있는 것이다.

비트의 세대를 지배하고 있는 정신을 노먼 메일러는 미국적 실존주의라 했고, 앵그리 영 맨의 그것 역시 영국적 실존주의라고 표현하는 사람이 있다. 그러나 그 실존주의의 무드가 일상화한 것은 프랑스이며 그것이 젊은 세대를 휩쓴 시기는 전쟁 직후의

---

29) 앙리 페뤼쇼의 『프랑스의 청년』이라는 책자에 나온 여론조사에 의거.

일이다.

마음의 비밀을 리본으로 표시하고 다니는 파리지엔의 풍속, 그 솔직한 자기표현이 정점에 이른 세대, 그것이 J3이다.

타인의 시선에서 완전히 해방된 그들의 리본은……?

정치와 무관심

'예술은 파리, 정치는 시골' — 옛날부터 프랑스에는 이러한 고정관념이 있다. 정치는 시골뜨기들이나 하는 것이라는 이야기다. 귀부인들이 살롱에 앉아 정치 이야기를 한다는 것은 남의 집 스캔들을 말하는 것보다도 더 무교양한 행위로 평가되고 있다.

2차 대전을 겪고 나치의 공포를 체험했던 그들이었지만 프랑스의 젊은 세대들은 기성세대보다도 더 정치에 무관심하다. 정치라고 하기보다도 사회 일반에 대해서 그들은 별로 관심을 갖고 있지 않은 것이다.

1957년 3월, 징병검사를 받으러 온 3,500명의 장정에 대해서 퐁투아즈의 군수가 제출한 앙케트의 내용을 보면 젊은 세대의 정치적 식견이 거의 백지에 가깝다는 것을 알 수 있다.

총리의 이름을 모르고 있는 사람들이 85퍼센트나 되며, 주州의 대의사代議士 이름을 한 사람도 대지 못하고 있는 장정이 무려 97퍼센트를 차지하고 있었다. 그리고 프랑스에 의원議院이 몇 개 있는지 대의사(국회의원)란 무엇을 하는 사람들인지, 그것을 제대로 말할 수 있는 젊은이가 겨우 10퍼센트에 불과했다는 것이다. 물론 그들은 고등교육을 받은 청년들이다.

그 반면에 '최근 국내 일주 자전거 경주에서 우승한 사람은 누구냐'라는 물음에 대해서는 97퍼센트가 정확한 대답을 하고 있다. 프랑스 대통령이 화이트 하우스에 있고 클레망소Georges Clemenceau(제1차 세계대전을 승리로 이끈 프랑스 총리)가 보불전쟁(1870~71년의 독일과 프랑스 간 전쟁) 시대의 장군이라고 대답했던 청년들도 사이클 선수의 이름을 말하라는 물음의 정답은 신바람 나게 알아맞혔던 것이다.30)

그들은 한결같이 말하고 있다.

"우리들은 정치 같은 것에는 관계하지 않는다. 그 밖에 다른 할 일이 많기 때문이다."

여론조사에도 그런 경향이 나타나 있다. 학생들 가운데 선거의 기권자나 신문을 안 보는 수는 거의 반수를 차지하고 있다. 이 아폴리틱(무정치적無政治的)의 경향을 뒤집어보면 전후의 세대가 그만큼 자기중심적으로 되어가고 있으며, 되도록 사회와의 관계를 떠나 생 그 자체를 맛보자는 전후 세대의 기질이 드러나게 된다.

그들은 사회에 대한, 정치에 대한 뚜렷한 신념을 가지고 있지

30) 앙리 페뤼쇼의 프랑스 젊은이들에 대한 통계에 의한 것이다.

않다. 믿을 수 있는 것은 오직 그 사회의 바다에서 현존해 있는 자기 자신의 음성이며 숨결이며 심장 그것이다.[31]

개개인이 자기 행복을 발견하면서 살아가지 않으면 안 된다. 의회나 유네스코의 회의장에 자기 행복이, 생활이 잠자고 있는 것이 아니기 때문이다.

물론 사르트르는 전후 젊은이들의 정신적 풍토를 지배하고 있었다. 그러나 그들은 사르트르의 앙가주망engagement(사회 참여)에 대해서 동조하고 있는 것이 아니라 자기중심적인 허무한 실존의식에 매혹을 느끼고 있는 것 같다.

사르트르가 정당을 만들었을 때 당원이 불과 열 명도 모이지 않았다는 서글픈 에피소드가 그것을 증명하고 있다. 실존의 무드에만 젖어 있는 친구들인 것이다.

'역전불능逆轉不能의 절대적인 데카당'들은 오직 눈으로 볼 수 있는 것밖에는 믿지 않는다. 정치에만 무관심한 것이 아니라 자기 자신의 미래나 그 행동에 대해서까지 깊은 관심을 두지 않는다.

"우리에게는 이제 희망 같은 것은 없다. 젊음조차도⋯⋯. 우리

---

31) 그러나 이러한 정치적 무관심은 오늘날에 와서는 많은 변화를 일으켰다. 전후 세대에 대응하는 또 다른 세대가 이미 도래하고 있으며 그것은 스튜던트 파워로 상징되고 있다. 이 글을 쓰던 때와는 벌써 그 시대가 달라지고 말았다.

를 기다리고 있는 것은 절망의 심연뿐이다."라고 그들은 선언한다. 허탈, 자조, 신경질적인 도전, 망각…… 무엇인가 관심을 가지려 할 때 그들은 언제나 실망과 비극을 맛본다. 무관심하지 못하면 무관심한 체라도 해야 된다. 그것이 비극으로부터의 자기방어다. 이러한 무관심의 철학이 전후파의 젊음들이 지니고 있는 관심이다.

무관심의 관심―카뮈의 『이방인L'Étranger』이 전후 세대들에게 인기를 끈 것도 그 주인공 뫼르소의 그 초연한 무관심 때문이라고 말하는 비평가가 있다. 어머니가 죽은 것이 어제인지 오늘인지, 혹은 연인과의 결혼이 좋은 것인지 나쁜 것인지, 심지어 뫼르소는 살인까지도 무관심 속에서 자행하고 있다.

폭양 속에서 응시하는 J3의 시선은 회색 바탕의 자기 내면이다. 그들은 인생을 사는 방법을 영零의 벌판에서 시작하고 있다.

생 제르맹 데 프레

센 강 좌안에 학생가로 이름 높은 생 제르맹 데 프레가 있다. 동명同名의 유서 깊은 고색창연한 교회와 헌책방과, 그리고 음산한 카페들이 있는 곳이다.

중세기 학생들이 모여 놀았다는 지대이다. 그때는 그곳에 목장이 있었고 젊은 학생들은 거기에서 젊음을 즐겼다. 그래서 그 목장을 프레오 크레르(학생 목장)라고 불렀던 모양이다.

또한 그 목장에서는 결투가 있었다. 문예와 사랑과 진실을 지키기 위해서 그들은 그 넓은 초원에서 결투를 벌였다. 그때부터 '목장에 간다(Aller sur le pré)'는 말이 결투를 한다는 뜻으로 변하게 된 것이다.

고풍한 그 전설—이제는 라틴어로 인생을 말하던 크레르(학생)도, 푸른 초원의 목장도, 그리고 풍속도 모두 사라지고 말았다. 그러나 전후에 생 제르맹 데 프레는 다시 부활하여 젊음의 광장으로 각광을 받게 되었다.

오늘의 젊은이들에게 있어 생 제르맹 데 프레에 산재해 있는 바다카브(지하실)는 하나의 목장이었다.

　거기에서 그들은 그들의 젊음과 사랑과 허무를 불살랐으며 생과의 결투, 무와의 결투를 벌였던 것이다. 그리하여 생 제르맹 데 프레는 젊은 세대의 반역을 음모하는 아지트이며 실존파 청년들의 대명사로 군림했다.

　그들은 거부했던 것이다. 부르봉[32]의 말대로 프록코트에 오페라 모자를 쓰고 진주 넥타이핀을 번쩍거리며 거룩하게 드나드는 그 신사들과 그들의 오페라 좌座의 화려한 카페를 거부했다.

　그리고 그들은 선택했다. 무슨 짓을 해도 좋은 음산한 지하실을. 향수 냄새나 지폐 냄새가 아니라, 습한 하수도와 헌책의 곰팡내가 풍기는 생 제르맹 데 프레의 거리를……

　그들은 거기에서 모자를 추방했다. 머릿기름을 추방했다. 그 대신 이발소에 가는 횟수를 줄이기 위해서 머리를 길렀다고 했다. 노 넥타이에 검은 스웨터에 노동자와 같은 감색의 데님 바지, 그리고 뒷굽이 짜부라진, 그러나 그 밑창에는 이중, 삼중의 두꺼운 고무창을 댄 구두를 신고 값싼 바를 휩쓸고 다니는 지적 부랑아들이다.

　그러니까 생 제르맹 데 프레 족은 고급 복지로 빈틈없이 맞춘

---

32)　프랑스 전후파를 대표하는 에세이 『아버지 나도 한마디』의 저자.

양복을 혹시 더럽힐까 두려워 항상 마음을 졸이고 있는 오페라 가街[33]의 세대와는 다르다. 앉고 싶으면 아무 데나 가서 주저앉고 뒹굴고 싶으면 더러운 흙바닥에서라도 뒹군다. 그리고 향수 뿌린 손수건이 아니라 양복 소매로 그냥 얼굴이나 손을 닦아버리는 야인野人들, 도대체 옷이라든가 도덕이라든가 체면 따위에 눈치를 살피다가 인생의 반을 소비해버리는 속물의 풍속을 재연하고 싶지 않다는 태도다.

생 제르맹 데 프레에 모여드는 오늘의 그 젊은 세대들은 오직 내면의 불꽃에 의지하여 암흑의 발길을 비추려는 것이다.

비트족들이 서부의 도시 샌프란시스코에 모이는 것은 그 도시가 뉴욕이나 워싱턴과는 달리 비교적 문명의 요소에서 멀리 떨어져 있기 때문이다. 옛날의 아름다운 도시 모습이 잔존해 있는 곳이 샌프란시스코이다. 아직도 서부에는 미국의 원형과 쾌활한 낭만이 있다. 그것처럼 프랑스의 실존파 젊은이들이 생 제르맹 데 프레의 지하 바—즉 바 터부, 바 베르, 클뤼브 생 제르맹 데 프레, 크즈 루주 등의 허수룩한 바를 찾아 헤매는 까닭은, 그래도 거기에는 상업주의와 위선적인 부르주아의 기름 냄새가 덜 풍기는 까닭이다.

---

33) 오페라 가는 파리에서 가장 화려한 유행의 거리이다. 사교계의 중심지로서 상류사회의 인사들이 모여드는 곳이다. 한국의 명동쯤에 해당되는 거리.

그러므로 이들의 바가 차츰 관광객의 구경거리가 되고 부르주아의 냄새를 풍기게 되자 그들은 곧 그곳을 떠나 생 미셸Saint-Michel 광장[34] 부근으로 이동해버렸다.

　한때 시골의 여인들은 아무 준비도 없이 집을 뛰쳐나와서는 트렁크 하나를 들고 생 제르맹 데 프레를 찾아오곤 했다. 무엇인가 거기에는 새로운 사랑이 있으리라고 믿은 까닭이다. 비트족이 샌프란시스코에서 미국의 르네상스가 이루어진다고 생각했듯이 프랑스의 실존파 청년들은 생 제르맹 데 프레의 어두운 지하실 바에서 새로운 인간이 탄생되리라고 믿었는지도 모른다.

[34]　생 미셸 광장은 생 제르맹 데 프레에서 얼마 멀지 않은 곳에 있다. 그 역시 라틴 쿼터에 속하는 학생가이다.

자유라는 열병

마튀는 지중해의 피서지에서 소집장을 받았다. 출발을 앞둔 전날 밤 그는 센 강의 다리 위에서 돌연히 자살의 유혹을 받는다. 자유의 심연과 직면한 순간이다. 그는 두 손으로 돌난간을 움켜잡고 물 위로 몸을 기울인다. 한 번만 뛰면 된다. 물이 그를 삼켜버린다. 그러면 그의 자유는 물이 되어버릴 것이다. 그것은 휴식이다.

왜 그래서는 안 되는가? 그 이유 모를 자살, 그것도 하나의 절망일 것이다. 틀림없이 하나의 법, 하나의 선택, 하나의 모럴이다. 둘도 없는, 비교할 수조차 없는 하나의 행위, 그것은 일순간에 다리와 센 강을 빛낼 것이다. 그리하여 마튀는 몸을 내밀었다. 그러나 손은 돌을 놓지 않고 있었다. 손은 전신의 무게를 지탱하고 있었다. 왜 그래서는 안 되는가? 그대로 몸을 밑으로 떨어뜨려야 할 특별한 이유가 그에게는 없다. 그렇다고 그냥 있으라는 이유도 없다.

그리고 행위는 거기에, 그의 앞에, 검은 물 위에 던져져 있다. 그것은 그의 미래를 그리고 있다. 그를 잡아매고 있는 모든 끈들은 끊어져 있다. 무엇 하나 그를 이 세상에 잡아끌어 당길 것은 없다.

그것이야말로 무서운 자유였다. 그의 가슴속에서 미친 듯 심장이 고동치고 있는 것이 느껴졌다. 다만 하나의 소행, 손을 펴기만 하면 그것으로써 나는 마튀가 되는 것이다. 환각이 냇물 위로 느릿느릿 흐르고 있었다. 하늘과 다리가 무너져 사라졌다. 남아 있는 것은 그와 물뿐이다……. 나는 자살해가고 있다.

그때 문득 그는 자살을 하지 않으리라고 결심한다. 그는 그렇게 결정했다. 어차피 모든 일은 시험해보는 것이니까. 정신을 차리고 일어서자, 그는 죽어버린 별의 외피外皮 위를 걷고 있었다. 마튀는 생각한다. 죽는다는 것은 다음 일이라고…….

사르트르의 『자유에의 길Les Chemins de la liberté』 제2부 '유예猶豫'의 후반에 나오는 이야기다. 자살을 하나의 자유라고 생각한 도스토옙스키의 사상을 연장한 데에 지나지 않는다. 도스토옙스키는 키릴로프의 자살을 통해서 인간의 자유를 증명한 일이 있다. 자기가 자기 생명을 끊을 수 있다는 것, 그것은 곧 자기가 자기의 주인이 된다는 것이며 자기의 지배자가 된다는 것을 의미한다. 말하자면 자기의 의사는 누구든 막을 수 없고, 자기의 생명을 자신의 의사에 의해서 결정한다는 것, 그것이 다름 아닌 자유이다. '신이 없다면 인간은 무엇을 해도 허용된다'는 명제와 통한다.

도스토옙스키는 그러나 '신은 존재한다'라는 결론에 도달한다. 그러니까 인간은 이미 정해진 상태이며 어떤 한계성을 가지고 있다는 것이다.

그러나 사르트르는 그것마저도 부정해버린다. 인간은 백지와 같다. 인간은 만들어진 것이 아니라 만들어져간다는 이야기다. 그러니까 기존적인 모럴, 결정된 운명의 대본에 맞추어 움직이는 것이 아니라 무의 벌판에서 스스로 자기가 자기 길을 만들어가는 존재이다.

북으로 가든 서로 가든 그것은 오직 자기의 자유 속에 있다. 그러므로 모든 행위는 자신의 자유에서 결정되는 것이며 그 행위의 결과는 자기 자신이 책임을 져야만 한다. 이러한 『자유에의 길』이 열병처럼 프랑스의 젊은 세대를 앓게 했다. 자유의 열병을 앓는 세대, 그것이 바로 센 강 좌안에 자리 잡은 생 제르맹 데 프레에 모여드는 실존파의 젊음들이다.

주인에게 끌려다니는 개의 운명을 거부하는 데에서 그들의 도전이 시작된다. 똑같은 길, 똑같은 방향(보람)으로 가더라도 자기 주체성(자유)을 갖고 가야 된다는 것이다.

교과서에 그렇게 써 있으니까, 부모가 그렇게 말하고 있으니까, 목사나 선생이 그렇게 결정하고 있으니까 그 길을 가는 것이 아니라, 자기가 그것밖에는 선택할 수 없기 때문에 그렇게 행동했다고 말하고 싶은 것이다.

여기에서 갑작스러운 종교생활의 붕괴가 일어나게 되고 부모와 자식 사이에는 금이 가버렸다. 그들은 죽어버린 별의 외피 위에서 홀로 천공을 바라보며 자기 스스로 자기의 사는 방법을 배우려 한다.

옛날에는 청년들을 처음 만나면 그의 신분을 알기 위해서 '너의 아버지는 무엇을 하는가'라고 물었지만, 이제는 '너는 무엇을 하는가'라고 질문하게끔 되었다. 생 제르맹 데 프레의 '자유를 앓는 세대'—그들은 자기 자유를 시험하기 위해서 산다.

서둘러 살아라

옷은 인간의 역사다. 아담과 이브가 에덴의 낙원에서 추방되자마자 의상을 걸치는 습속이 생겼고 그 순간부터 인생 역사가 시작되었다. 선악과를 따먹은 후 인간에게 제일 먼저 변화를 가져온 것이 바로 의상이다. 그러니까 계절은 자연의 역사, 의상은 인간의 역사라고 말할 수 있다.

세대의 변화가 가장 현저하게, 그리고 가장 빨리 나타나는 것도 그 의상이다. 고래뼈로 만든 페티코트에 층층 주름이 잡힌 드레스를 입은 루이 왕조 시대의 인간들과 거의 전라全裸와 다름없는 비키니 스타일의 현대인을 비교해보면 스스로 세월의 흐름을 느끼게 될 것이다. 20세기 초에 미국에서는 기성세대에 반발하기 위해서 페리클레스 시대의 의상을 걸친 일군의 젊은이들이 나타나 경찰에 체포된 일까지 있었다. 세대가 바뀌면 그 의상의 풍습도 달라지게 마련이며, 그러한 의상의 변화 속에 세대의 기질이

반영되어 있다고 할 수 있다.[35]

부리에르는 신사를 정의하여 "양복점에서 지어주는 옷 그대로를 입고 다니는 사람"이라고 했다. 루소는 일부러 이 신사를 거부하기 위해서 이방인의 복장을 하고 다님으로써 세상 사람을 놀라게 했다.

그런데 파리의 일각 생 제르맹 데 프레 바의 근처엔 검정 구두에 푸른 작업복 바지, 자라 모가지의 스웨터, 그리고 새끼양 털로 칼라와 안을 댄 가죽 재킷을 입은 젊은이들이 출현하고 있다.

그들은 다름 아닌 실존파의 젊은이들을 뒤따라 나타난 파리의 로큰롤족들이다. 그 옷차림부터가 그러하듯 그들은 거칠고 매정하며 활동적이긴 하나 '생산적인 일'에는 흥미를 갖지 않는다. 자동전축에 동전을 연거푸 집어넣으면서 음악에 맞추어 손가락을 튕기는 것이 그들의 사업이다.

엘리엇은 그의 인생을 커피 스푼으로 재고 있었지만[36] 이들은 LP레코드의 장수로 인생을 재고 있는 친구들이다. 그들은 음악의 리듬과 로큰롤의 춤 속에서 어떤 해방감을 맛보려고 한다. 그

---

35) 여자의 의상 가운데 어느 부분을 강조하는가 하는 것으로 시대의 흐름을 엿볼 수 있다. 목덜미, 가슴, 허리…… 이러한 순서로 미니스커트에 이르렀는데 스커트의 다리 부분으로 의상의 미학이 하강해오고 있음을 알 수 있다.

36) 엘리엇의 시 「프루프록의 연가」에는 '나는 내 인생을 커피 스푼으로 재었노라'라는 시구가 나온다.

렇게라도 하지 않고서는 정열을 발산시킬 수가 없는 것이다.

곰팡이 난 책 속에도 바칼로레아baccalauréat[37])의 자격증에도, 어느 사무실의 의자 위에도 그 젊음을 불태울 만한 감격이 없는 것이다. 언젠가 사강Françoise Sagan도 "행복이란 무엇인가? 그것은 곧 열광적으로 살아간다는 것을 의미한다."라고 말한 일이 있다. 그러나 대체 현대의 생활 속에도 열광으로 헌신할 만한 무슨 일이 아직도 남아 있다고 생각하는가? 결국은 그들의 증언대로 '밤과 자동전축과 다소의 흥분'밖에는 사랑할 수 없게 된 세상이다.

기성세대들은 로큰롤을 추며 밤을 지새우는 젊음을 보고 한탄한다. 우리가 클 때는 그러지 않았다고……. 저들이 춤을 추고 음악에 도취하여 오토바이를 타고 무의미하게 거리를 질주하는 그 정력을 만약 카이로의 사막으로 돌린다면 수백 개의 피라미드를 쌓고도 남음이 있을 것이라고…….

그러나 그들은 또 이렇게 역습한다.

"오늘날의 시대는 당신네들의 시대와는 다릅니다. 시간이 없어요. 우리는 급히 서둘러서 빨리 살지 않으면 안 돼요. 그건 그렇고, 원자탄을 발명해내가지고 그것을 우리에게 밀어붙이고 있

---

37) 프랑스 고등학생들이 대학 입학시험을 치르기 위한 자격증을 얻으려고 보는 국가고시 제도.

는 것은 당신네 세대였어요…….”

그러니 그들은 개죽음을 하고 싶지 않다는 것이다. 영웅처럼 살다 죽자는 것이지만 그렇다고 나폴레옹이 되기 위해서 포병 장교를 지원하려 들지는 않는다. 그들이 말하는 영웅이란 아무것에도 속하지 않는 개성이니까.

차라리 로큰롤족들은 ‘인간’이라는 그 대열에서 빠져나오고 싶은 것이다. 그러기에 앵그리 영 맨의 지미 포터가 자기를 곰이라고 자처하고 애인을 다람쥐라고 부르듯이 이들은 생쥐, 벼룩, 장구벌레 등의 짐승 이름을 별명으로 삼아 행세하고 있다. 세대의 의상은 그렇게 바뀌었다.

트위스트 세대론

세대 교체가 가장 빠른 것은 춤이다. 춤의 스타일은 잠시도 머물러 있지 않는다. 1차 대전을 소재로 한 영화 「애수Waterloo Bridge」의 왈츠 춤을 보라! 촛불이 하나하나 꺼지면서 이별 노래의 그 흐느적거리는 음향에 맞추어 돌아가는 원무圓舞의 그 율동에는 옛날의 향수가 서려 있다.

이제는 맘보나 로큰롤을 추어도 신이 안 나서 소위 몸을 비틀고 열광에 몸부림치는 트위스트 춤이 나타났다. 춤은 곧 세대의 율동을 상징하는 것이며 세대의 감정을 그대로 고백하는 육체의 언어다.

그러기에 늙은 배우 장 마레Jean Marais는 스물다섯 살 이상의 남녀들은 트위스트 춤을 추지 못하도록 금지해야 한다고 주장했다. 그리고 프랑스의 나이트클럽에서는 탱고냐, 트위스트냐 하는 춤의 신구 시대 논쟁이 벌어졌던 일이 있다.

탱고파의 주장은 나는 밤을 새워 춤추기를 좋아하기 때문에 탱고가 좋다, 트위스트는 5분도 못 되어 나를 지치게 한다(페르난델 Fernandel, 50대의 배우)는 것이다. 한편 트위스트파의 주장은 어떤 초보자도 트위스트를 출 수 있다, 그러나 탱고를 마스터하자면 열성과 시간이 필요하다(롤랑 프티Roland Petit, 안무가)는 것이다. 그리고 절충파는 낭만을 따르기 위해서는 탱고를, 재미를 보기 위해서는 트위스트를(조르주 크낭)이라고 말하고 있다. 한편 신구세대의 중간에 끼어 있는 전중파戰中派, 『어둠 속의 총성』을 각색한 마르셀 에차드는 이렇게 한탄하고 있었다.

"나에게 탱고는 너무 늙었고, 트위스트는 너무 젊다."

이렇게 춤은 세대의 기질을 다루는 저울과 같은 것이다. 탱고냐, 트위스트냐? 여기에는 속일 수 없는 세대의 벽이 있다. 그렇다면 오늘의 세대가 탱고를 버리고 트위스트를 선택한 그 이유는 무엇일까?

이것이 곧 춤을 통해서 본 세대론이다. 확실히 트위스트에는 오늘의 세대를 상징하는 비밀의 열쇠가 있다.

첫째, 트위스트 춤은 간단하다는 것이다. 복잡한 기교가 필요 없고 까다로운 에티켓이 문제되지 않는다. 사강의 말대로 "트위스트 춤은 간단한 춤이다. 다만 상체를 목욕 후에 등을 수건으로 닦을 때처럼 비틀고, 발은 담뱃불을 비벼 끌 때처럼 밟으면 되는 것이다."

둘째로 트위스트는 여우 멜리나 메르쿠리Melina Mercouri의 말대로 파트너 없이도 홀로 출 수 있는 춤이기 때문이다. 옛날에는 춤이라 하면 사춘기의 남녀들이 사랑의 찬스를 잡기 위한 구실에 지나지 않는 것이었다. 그 그로테스크한 카트리르나 수상한 탱고가 모두 그러했다. 그러나 오늘의 댄스는 그 개념부터가 다르다.

그것은 옛날과는 전연 다른 감정에서 발생된 것이다. 약혼 상대를 찾기 위해서 춤을 추러 가는 것이 아니다. 그들은 리듬 중심의 음악에서 기쁨을 구하기 위해서, 황홀을, 그리고 자기 육체를 느끼기 위해서 춤을 춘다. 파트너가 문제가 아니다. 춤 그것이 문제이다.

셋째로 트위스트는 망아忘我라는 환희에의 행진곡이다. 언제나 새 세대의 움직임에 대해서 민감한 장 콕토는 트위스트를 이렇게 평하고 있다.

"이 춤을 추는 사람의 얼굴에 지친 기색이 나타날 때가 바로 춤의 재미가 절정에 달했을 때이다. 말하자면 격동하는 리듬 속에서 피로가 찾아오면 육신은 기진맥진해진다. 거기에서 망아의 환희와 도취의 허탈감에 사로잡힌다. 템포가 빠른 율동과 단조한 동작의 되풀이 속에서 일종의 자기최면에 걸려든다."

넷째로 트위스트에는 문명을 건너뛴 원시의 호흡이 있다.

오노르 보스텔은 그 춤이 흡사 타히티 섬 토인들의 구애 춤과 같다고 했다. 허리통이 40인치나 되는 뚱뚱보 여인이 허리둘레 36인치짜리 속치마를 입을 때 쓰는 몸짓과도 같은 트위스트의 몸부림에는 야생적인 생명력이 있다.

트위스트의 이러한 단순성, 고립성, 망아의 황홀감 그리고 야만성 등은 그대로 오늘의 세대가 구하고 있는 신앙들이다.

그러나 이제는 말썽 많던 트위스트의 물결도 지나고 파리에는 슬로프나 보사노바와 같은 새 형태의 춤이 생겨나고 있다.

로큰롤에 트위스트를 합쳐놓은 것 같은 춤이라 늙은 사람들은 배가 굳어 흉내조차 내기 어렵다는 것이다. 세대의 가장 말초적인 감각은 춤의 리듬을 타고 끊임없이 변하고 있다. 그들은 말한다. 신은 죽었다가 아니라, 탱고는 죽었다고……

파리의 여인

부인 잡지 『마리 프랑스』가 세계 여인들의 미점을 나열한 것을 보면 다음과 같이 되어 있다.

영국 여인의 신선新鮮

이탈리아 여인의 광휘光輝

멕시코 여인의 순정純情

인도 여인의 청랑淸朗

아라비아 여인의 위엄威嚴

티베트 여인의 건강健康

아메리카 여인의 레시rêcit

여기에 우리 춘향이의 미美가 누락된 것은 좀 섭섭한 일이지만 각국의 여성미를 그럴듯하게 지적한 공로는 인정해주어야 할 것 같다. 그런데 프랑스 여인의 미점은 무엇일까? 그들은 한결같이 그라세스[甘味], 엘레강스[優雅], 스피리튀엘[才質] 등등의 말을 사용하고 있다.

그러나 그라세스든 엘레간테든 파리지엔들은 어느 나라의 여성들보다도 청춘기가 짧다고 한다. 피었는가 하면 곧 시들어버리는 것이 그들의 운명이다. 프랑스 여인들의 체질은 스물대여섯이 되면 벌써 비대해져가기 때문이다.

파리에서 날씬한 몸매와 엘레강트elegante한 용모를 한 중년 부인을 발견한다는 것은 새벽하늘에서 별을 찾는 일보다도 어렵다는 이야기다. 그래서 지하철의 역이나 플랫폼이나 공원에는 10프랑만 던지면 언제나 몸무게를 달아볼 수 있는 자동체중계가 마련되어 있다. 맥주 통처럼 통통해져가는 파리의 여인들은 그 체중계에 올라서서 사라져가는 청춘의 비탄과 그 환멸을 잰다.

저울눈을 가리키는 그 바늘의 진동 속에서 그녀들은 얼마 남지 않은 젊음의 한계를 보는 것이다. 그러기에 파리지엔은 초조하지 않을 수 없다. 그러나 오늘의 프랑스 여성들은 옛날의 여성에 비해 적게 먹지만 체중은 도리어 불어가고 있다. 1900년도 프랑스 여성의 평균 체중은 52킬로그램이었으나, 요즈음의 평균 체중은 56킬로그램인 것이다. 바삐 서두르지 않으면 안 된다. 얼마 안 있으면 곧 비곗살이 붙을 것이고 뺨이 늘어지고 주름이 질 것이다.

그렇다고 절식을 할 수도 없다. 원래 프랑스 인들은 미식가들이기 때문에 미국인들처럼 절식을 할 만한 인내심이 없다. 식료

품 가게의 간판에도 '인생을 사는 즐거움'이란 것이 있는 걸 보면 그들은 먹는 것으로 이 세상의 즐거움을 누리고 있는 그런 족속임에 틀림없다.

또한 오늘의 파리지엥들은 파리를 내세울 만한 입장에 서 있지 않다. '유행의 나라', '미의 파리' 등등의 수식어도 이제는 노랗게 퇴색해가고 있으니까.

전후의 파리를 방문한 사람들은 모두 한탄하고 있다. 옛날의 파리가 아니라고. 파리는 변했다. 역사책이 한 장 넘어간 것이다. 파리의 그 사양斜陽을 보고 눈물을 흘렸다는 사람도 있다. 그들은 치약은 콜게이트, 커피는 네스카페, 화장수는 아쿠아 벨바, 만년필은 파커가 아니면 워터맨…… 전부가 메이드 인 유에스에이다.

한때는 그들이 미국인에게 '자유의 여신상'[38]을 선물하여 대국의 기풍으로 위로를 해주었던 것이지만, 이제는 거꾸로 그들의 상품에 의존해가고 있는 것이다. 파리지엥의 긍지는 어디에 있는가? 프랑스의 어느 학생은 "미국인은 그 호주머니뿐만 아니라 머릿속에도 추잉껌을 넣고 다닌다."라고 경멸을 하고 있지만, 그것부터가 사양에 선 공화국의 그 서글픈 열등의식을 뒤집어놓은 오만에 불과하다.

---

[38] 뉴욕 항구에 서 있는 자유의 여신상은 프랑스 인들이 미국의 독립을 지원하는 표시로 기증한 것이다. 에펠탑을 만든 기사 에펠이 그 철골공사를 직접 맡기도 했다.

이와 같은 두 개의 초조감, 즉 파리의 사양과 청춘의 사양(빨리 살이 찐다는 것)에 대한 초조감이 파리지엥의 생활을 성급하게 만들고 있다. 여기에 전후의 무질서까지 합쳐진다. 그래서 대개는 집을 뛰쳐나와 아파트 생활을 하거나 고독을 주체하지 못하고 곧 남자들의 팔에 안겨버린다. 그것도 한 남자가 아니라 소유할 수만 있다면, 가능성만 있다면 많은 남자와 먹고 마시고 생을 즐겨야 한다. 바쁜 것이다. 참을 수가 없는 것이다.

지중해의 소녀들은 고독의 반작용으로서 공연히 부산을 떨고 공연히 즐거운 듯한 제스처를 사용하고 있다.

『슬픔이여 안녕Bonjour tristesse』—사강은 인사를 한다. 고독이란 움직일 수가 없는, 그리고 지금 새삼스럽게 어쩔 도리가 없는, 그리고 누구에게도 전달 불가능한 자아를 의식하는 것이라고 말하는 사강은 자기와 외부 세계 사이의 분명한 육체적 일치 속에서만 인생을 사랑하려 든다.

지중해의 낙조여……

생과의 화해

새가 하늘을 난다. 그 텅 빈 공간 속을 날기 위해서 새는 끝없이 그 날개를 상하로 파닥이지 않으면 안 된다.

인간은 살고 있다. 허다한 인생을 살기 위해서 그 의식은 언제나 상하로 움직여야 한다. 말하자면 순응과 반항, 긍정과 부정의 율동이다. 어느 때는 '예스'라고 말하며 어느 때는 '노'라고 한다. 어느 때는 타인과 함께 섞이며 어느 때는 홀로 떨어져 산다. 결합과 분리, 그러한 모순의 날갯짓이 있기 때문에 도리어 인간은 지금까지 살아왔다.

세대의 교차도 그와 같다. 부정의 세대가 지나면 긍정의 세대가 오고, 증오의 계절이 지나면 사랑의 세월이 온다. 도주逃走의 세대 다음에는 복귀의 세대가, 그리고 밤의 세대가 사라지면 태양의 세대가 찾아온다.

전후 프랑스의 세대 J3나 생 제르맹 데 프레 파나 로큰롤족을 지배했던 감정은 다분히 혼란스럽고 퇴폐적이고 도발적인 것이었다. 그러나 한 알의 밀이, 생명의 싹이 트기 위해서는 먼저 썩지 않으면 안 된다. 어두운 지층에서 자기 해체를 이루는 고통을 맛보지 않으면 안 된다. 종기가 나으려면 곪아야 하고 터져야 한다.

그렇게 하지 않고서는 새살이 나올 수가 없다. 새로운 이파리, 새로운 살―전쟁이라는 폐허 속에서 프랑스의 젊은 세대는 진통을 겪었다. 페뤼쇼는 오늘날 프랑스에서 J3가 죽어가고 있음을 증명하고 있다.

그리고 비평가 기통은 오늘의 젊은 작가들이 강제수용소에서, 포로수용소에서, 그리고 심신의 비참을 몸으로 체험하면서 살아가던 그 지루한 날에서 벗어나고 있음을 증명해주고 있다. 그리고 그들은 마음속 깊이에서 인생을 긍정해가고 있는 것이다.

장 케롤의 소설 『나는 타인의 사랑을 살 것이다』 3부작이 그렇다. 제1부 「누군가 그대에게 말하고 있다」의 그 누구란 하나의 부랑자이다.

파리에서 살고 있는 무명의 무숙자無宿者로서 완전한 고독과 비참 속에서 생의 거점을 상실한 인간형이다. 그러나 케롤은 이러한 실의의 인물, 아무것도 소유하지 않고, 아무 장소에도 속해 있지 않은 이 생의 망명자를 생의 광장으로 끌어들인다.

기통의 표현을 빌리자면 예수가 나사로를 무덤에서 사랑의 힘으로 소생시키는 것처럼 부랑자, 제외자除外者, 이방인, 망명자, 반대자, 이러한 생의 도망자들이 그 실지失地를 회복하고 서서히 생의 광장 속으로 모여든다. 이것이 프랑스 문학의 새로운 경향이며 젊은이의 새로운 생활 태도라는 것이다. 그러나 우리는 잊어서는 안 된다. 그것이 단순한 현실에의 귀순이라고 생각해서는 안 된다. J3와 로큰롤족들의 몸부림이 덧없는 악몽 같은 혼란이라고 생각해서는 안 된다. 그들은 불도저처럼 밝은 건물을 밀어버리고 거기에 꽃씨를 뿌릴 터전을 닦아놓은 젊음들이었기 때문이다.

뒤러의 소설 『공원』은 인간애의 행복을 통한 개인의 행복을 그린 작품이다. 두 사람의 고독한 인간, 여행 중의 세일즈맨과 가정부가 공원 벤치에 앉아 속삭이는 대화가 이 소설의 골자다.

그들은 한 세계에 살고 있는 두 사람의 이방인이며, 거점 없는 부랑자들이다. 그러기에 그들의 대화는 참된 대화일 수가 있다. 왜냐하면 독백(고독)을 할 수 있는 자만이 대화를 할 수 있기 때문이다.

대화란 나와 너 사이에 교통되는 이야기이다. 내가 없으면 너도 있을 수 없다. 우선 내가 나일 때 너와 이야기를 할 수 있는 것이다. 그리하여 그 대화를 통해 두 사람 사이에 하나의 관계가 만들어지고, 이 관계 속에서 그들은 고독에 종지부를 찍을 수 있게 되는 것이다.

그래서 생과의 화해가 이루어진다. 이것이 새로운 세대의 모럴이다. 대화를 얻기 위해서 독백(단절)을 배우고 화해를 위해서 별리別離를 하는 것, 이 역설적인 긍정이 오늘의 젊음들이 지니고 있는 슬기다.

어떻게 헤어지지 않고 화해할 수 있으며 어떻게 독백을 모르며 대화할 수 있는가? 이 생의 화해는 옛날 같은 생의 순응이 아니다.

생의 심장을 향해서

누구나 20대가 되면 청춘이었다. 꽃이 피는 것처럼 그렇게 자연발생적인 젊음을 누릴 수가 있다. 그러나 요즈음은 그렇지 않다. 환영을 갖는 것은 청춘의 특권이었지만 그들에겐 환영이 허락되어 있지 않다. 반항은 젊음의 동의어이지만 그들은 반항의 거점도 잃었다.

모험은 청소년의 깃발이지만 그들의 기旗는 찢어지고 말았다. 요즈음의 젊음은 생활을 앞둔 집행유예의 상태가 아니면 마치 은퇴한 철도국원처럼 플롯 놀음이나 하고 대개는 파리에서 스무 살이라는 그 아름다운 우연을 그냥 지나치고 만다. 온실 속에 심겨진 게으른 화초—이미 생의 온도가 없다. 젊음의 야심이란? LP세트, 아름다운 아내와 착한 아들, 전기세탁기, 자동차, 좀 큰 것이면 사하라 사막에 물을 대는 것, 말하자면 길들여질 대로 길들여진 가축의 이상理想이다.

가지고 싶다. 가지고 싶다. 그들은 모든 것을 갖고 싶다고 생각한다. 그러나 무엇을 위해서 살고 있으며 또한 왜 죽어가는가 하는 문제를 참되게 이해하려는 열정은 없다.

오페라글라스를 통하여 세상을 내다보고 있는 그들은 벌써 동맥경화증에 걸려 있는 것이다. 물질의 모험은 있어도 정신의 모험은 없다. 현대의 젊은 세대는 벌써 젊으려고 하지 않는다.

젊다는 것을 망각하려고 노력한다. 아름다운 소녀와 초원에서 웃으며 뒹군다거나 사과를 깨물며 돌아다니지 않는다. 그것보다는 빨리 조직 속에 들어가 유니폼을 입고 이익의 분배를 받으려고 한다.

젊은 여성을 보아도 세포의 동지[39]나 아프리카의 구보 횡단이나 중동 8일간 여행의 친구쯤으로밖에 생각지 않는다. 그러므로 현대의 상황 속에서 젊음은 이미 자연발생적인 것이 아니다. 젊음이 되려고 노력하는 젊음, 이것이 오늘을 사는 세대의 특징이다.

애써 젊음을 소유하려 들지 않으면 젊음이 될 수 없는 세상, 젊음은 이제 쟁취해야만 되는 것이다. 호적상으로 그냥 젊은이가 되는 것이 아니라 스스로 젊은이가 되고자 하는 투쟁 속에서만 일생에 한 번밖에 없는 그 세대를 살 수가 있는 것이다. 잃어버린

---

39) 프랑스 청년들의 유행어. 이성異性이란 결국 같은 세포가 분열된 것이니까 이런 표현이 생긴 것이다.

젊음을 찾기 위해서 그들은 오늘의 젊음 그것에 도전한다. 이 얼마나 슬픈 아이러니냐!

젊음에 도전하는 젊음. 사회의 속박에서 벗어나고, 부모의 손에서 떠나버린 젊은이들, 감격과 정신에 가득 차서 정신의 굴종을 거부하는 젊은이들, 그리고 무엇보다도 멋진 모험과 사랑을 좇는 젊은이들…… 이러한 젊은이가 되기 위해서는 문명에, 사회에, 그 조직에 마취되어버린 잠자는 또 하나의 젊음을 일깨워야 되는 것이다. 조레스 라타프랭이라는 한 청년은 그 도전의 자기 업적표를 이렇게 작성해놓고 있다.

일곱 살 때 코라포[對獨協力者]의 등에 침을 뱉었다. 열세 살 때 교회의 벽에 오줌을 누었다. 열네 살 때 도로를 횡단하는 데 손을 좀 빌려달라는 늙은 사제에게 욕을 퍼부었다.[40]

반항의 씨앗을 이렇게 길러 그는 젊은이가 되었다는 것이다. 비트나 앵그리 영 맨이나 프랑스의 생 제르맹 데 프레의 청년들은 젊음을 배우는 아마추어란 면에서 서로 공통적인 걸음을 걷고 있다.

[40] 이 항項은 「프랑스 젊은이의 편지」를 토대로 해서 쓴 것이다. 그들이 주장하고 있는 사상이나, 그 어법을 인용부호 없이 인용한 것은 전체의 톤을 살리기 위한 것이었다.

한 방향에서 바람은 불지 않는다. 동시에 서에서 혹은 북에서 남에서 일시에 바람이 몰아쳐온다. 그러므로 그들의 정신적인 풍향계가 일정한 방향을 가리키지 않고 미친 듯이 회전하고 있어도 너무 욕하지 말라. 그래도 녹슬어 굳어버린 풍향기보다는 나은 것이니까.

다만 한 가지 프랑스의 젊은 세대가 영국이나 미국의 그들보다 색다른 점이 있다면 한층 지적이라는 것이다. 비트나 앵그리는 내셔널리즘에 빠져서, 비트는 잃어가는 서부의 신화를, 앵그리는 상실한 식민지를 향해서 행진하고 있지만, 프랑스의 젊은이들은 세계의 심장을 향해서 행진한다.

알제리에 대한 젊은이의 태도가 그것을 증명한다.

폭력의 종지부

미국 군대가 독일의 마우트하우젠 강제수용소를 점령하고 그 소장 집을 수사했을 때 조그만 일기장 하나가 발견되었다. 그것은 소장의 아들인 열세 살 소년의 것이었다. 그런데 그 노트에는 자기의 생일에 아버지(소장)로부터 받은 선물의 내용이 적혀 있었다.

보병 총 1개

탄약 200발

유태인 40명을 사살해도 좋다는 허가장

짤막한 그러나 놀라운 이 실화 한 토막은 히틀러의 나치스 밑에서 그 소년이 어떠한 모습과 피로 자라났는가를 상징해준다. 제3제국의 잔인한 그 살인의 쾌락은 아이들의 생일 선물이 되었다.

이 소년의 일기장과 안네 프랑크의 일기를 대조해보면 나치스의 비정한 폭력의 신화 밑에서 독버섯처럼 자란 독일 소년들의 생활이 나타나게 된다.

인정이라든지 사랑이라든지 서늘한 저녁 식탁의 평화 같은 것은 먼 옛날의 동화책이었다. 셰스데커의 완장, 군가, 게르만 민족의 찬송가, 유태인의 학살, 그들은 그러한 깃발과 국호 밑에서 자라났다. 잔인하다는 것이 최대의 미덕으로 통해 있던 야만의 군단들에게 어린이의 낭만은 차압되었던 것이다. 폭력은 그들의 완구였으며, 증오는 화단의 꽃이었다. 히틀러 유겐트─그들이 보고 느끼고 행동하고 생활한 것은 모두가 이미 인간의 것은 아니었다.

음악도 베토벤의 것이 아니었으며, 하나의 시도 그것은 괴테나 노발리스Novalis의 것이 아니었다. 그림은 포스터요, 사진은 콧수염을 단 히틀러의 얼굴뿐이었다. 사람들은 '생각하는 것'이 아니라 생각되어지고 있었다.

사고가 강요되던 시절, 개성도 법도 밀실도 없는 세상에서, 소년들은 방처럼 똑같은 사상의 틀에서 찍혀나왔다. 비헤르트Ernst Wiechert[41]는 그의 단편 「판사」에서 휴머니티를 잃고 점점 미쳐가는 사회와 그 권력에 묶여 로봇처럼 변질해가는 슬픈 인간 군상을 조용히 고발하고 있다. 많은 우정들이 무너져버리고 있는 이 시대에는 아무도 인간의 가슴을 찾지 않고 있었다.

---

41) 독일의 작가. 『독일전후문제작품집』을 참조할 것.

밤낮없이 테러가 일어나고 있었다. 판사는 자기의 어린 아들이 딸기밭에서 그의 옛 동무를 쏘아 죽였다는 사실을 알게 된다. 사상이 다른 배반자라는 이유로 그의 친구를 해치웠고, 그렇기 때문에 경찰에서도 검찰에서도 그 소년을 체포하지 않았다. 오히려 이 살인자는 훈장을 받아야 할 입장에 놓여 있으니까…… 그것을 그 판사는, 아버지는 알고 있었다. 판사는 믿을 수가 없었다. 보드라운 입술로 어머니의 젖을 빨고, 고사리 같은 손으로 꽃을 따기도 하고, 장난감 풍차를 만들던 그 아이가 커서 그 손으로 살인을 했다는 것이 믿어지지 않았다.

세상은 그렇게 변하고 있었던 것이다. 판사는 마치 위협을 하듯이 요란스럽게 울려나오는 방송의 행진곡을 들으면서 그 아들에게 최후의 법정이 있는 곳으로 가자고 말한다. 죽은 소년의 관 앞으로 그를 데리고 가서 조용히 고해를 시킨다. 그것이 그 당시의 유일한 재판이었다. 왜냐하면 히틀러의 밑에서는 법이 없었기 때문이다. 그리고 판사는 사직서를 썼다. 판사로 있어야 한다면 법이 있어야 한다. 법이 있어야 한다면 재판이 있어야 한다. 만일 재판이 없다면 법도 판사도 들어갈 장소가 없다.

폭력의 시대에 늙은 판사는 갔다. 이제는 테러리스트의 계절, 고사리 같은 손으로 사람의 가슴을 겨누어 총질을 하는 젊은이들이 그 자리에 대신 들어선다. 그러나 역사의 레퍼토리는 죽음과 피와 비정非情의 노래만은 아니었다.

베를린의 함락과 함께 새로운 음악이 탄생한다. 나치 독일의 상황은 바뀌고 베를린에는 두 개의 금이 쳐진다. 그곳에도 전후의 해방감과 인간 회복의 노래가 합창되고 있었지만, 국토는 양단되고 정신의 지도도 분할되어버리고 말았다.

한옆에는 휴머니티의 자각과 축복, 그리고 또 한옆으로는 정치적인 불안과 패전국의 상흔이 남아 있다. 독일의 젊은 세대는 폭력의 신화와 그 비정의 역사가 끝나는 종지부 바로 그 다음에 연속되어 주어主語 없는 문장이었던 것이다.

살인자의 세대는 갔지만 아직 완전한 자유의 세대는 나타나지 않았고, 공포의 초상 히틀러는 사라졌지만 새로운 마음의 초상은 아직 발견되지 않았다. 서독의 젊은이도 예외일 수 없다.

셰스데커의 완장을 찢은 오늘의 그 젊은이들은 멀고 먼 새로운 지평을 향해 방랑한다.

덫에 걸린 세대

히틀러의 부관이며 악의 천재라는 마르틴 보르만Martin Bor-mann의 딸이 결혼을 하게 되었을 때 기자를 향해서 이런 말을 했다.

"검소하고 모범적인 기독교도의 생활과 정숙한 아내, 그리고 바랄 수 있다면 많은 애들의 어머니가 되어서 우리 아버지의 죄를 속죄하고 싶다……."

그리고 그녀는 무명의 고등학교 교사와 결혼을 했다. 별로 대수롭지도 않은 이야기지만 여기에 바로 독일의 한 젊은 세대의 마음이 기록되어 있는지도 모른다. 말하자면 독일의 전후 세대는 무엇인가 그들의 아버지(기성세대)가 저질렀던 잘못을 뉘우치고 그것을 속죄하려는 감정 속에서 살고 있다. 말하자면 속죄의 세대이다.

히틀러의 세대에서는 가장 작고 가장 귀중한 것을 잊고 있었다. 결혼을 하고 평화롭게 가정을 꾸미고 착한 어머니나 아버지로서 이 세상을 살아나가는 평범한 소시민의 생활을 그들은 짓밟았던 것이다.

무엇인가 위대한 것을 찾다가, 민족이라든지 투쟁이라든지 하는 것을 찾다가 실상 그 울타리 안의 진리를 저버리고 만 것이다. 히틀러는 사랑과 결혼도 우수한 게르만 민족의 창건을 위해서 있는 것이라고 생각했다. 나치는 모두 히틀러의 아이이기 때문에 자기를 낳아준 부모를 부정하도록 훈련되어 있었다. 그렇기 때문에 그들의 속죄의식은 도리어 큰 데서 작은 것으로, 비범한 데서 평범한 것으로 돌아오는 일이다.

마르틴 보르만의 딸처럼 '성실한 아내가 되는 것', '착한 어머니가 되는 것', '조용히 세상을 살아가는 것', 그것이 곧 지난날의 과오를 씻는 속죄 행위였다.

공허한 광장에서 식탁이 있고 서재가 있고 정원이 있는 그 가정의 울타리로 돌아오는 세대. 집단에서 개인으로, 민족에서 가정으로 그 시선을 돌이킨 세대이다. 그러나 그 속죄의 길이란 단순치 않다. 그동안 버려졌던 개인의 내면은 폐허와 같은 것이었다.

마치 중세기의 암흑기 속에서 잃어버렸던 그네들의 고대(희랍)를 발견하고 놀란 것처럼, 전후의 젊은 세대들은 나치스 밑에서 버림받았던 토마스 만Thomas Mann, 릴케Rainer Maria Rilke, 프란츠 카프카Franz Kafka, 고트프리트 벤Gottfried Benn을 찾았다.

오랫동안 금제의 봉인이 붙어 있던 생명의 물음 '나는 무엇인가? 나는 어디서 왔고 어디로 갈 것인가? 내가 여기 살고 있는 까닭이 무엇인가?' 이러한 물음에 직면하게 되었던 것이다.

항상 우리(民族)란 말만 지껄여야 했던 그들에게 비로소 나라는 음성이 들리기 시작한 것이다. 그러므로 젊은 세대들은 '잃어버린 자아'를 찾아서 길을 떠났고 서서히 그 모험 속으로 뛰어들어 갔다. 그래서 젊은 작가들은 역시 그들의 반항의 깃발을 치켜들었다.

젊은 여류 작가 잉게보르크 바흐만Ingeborg Bachmann은 그녀의 소설 『알레스』에서 인간 사회 구조 아래서 형성되고 마멸되고 변화되어가는 한 젊은이의 반항을 나타냈으며, 그 자신이 2천여 년 전에 형성된 논리 원칙을 가지고 사고할 수 없고, 재래식 선악 구별의 윤리 규정을 수긍할 수 없다고 기성의 질서에 저항하고 있는 것이다.

그러나 그들은 이런 반항이 싸늘한 벽에 부딪혀 있음을 알고 있다.

"그들 반항의 종장終章은 마치 폐쇄된 출입구에 내걸린 고시문, 폐문과 같이 막다른 골목의 절망과 만나게 된다. 절대적인 부정, 그것밖에는 없다."

어디에 빛이 있는지, 어디에 새로 찾은 젊음의 의자가 놓여 있는지 그들은 아직 알지 못하고 있다. 오마 앤더슨은 이러한 독일의 젊은이들을 '덫에 걸린 세대'라고 이름했다.

한 마리의 쥐나 산짐승처럼 덫에 걸려 움직일 수가 없는 세대. 열리지 않은 폐문 앞에 서 있는 세대. 그들은 자기 본성을 표현할 수 있는 하나의 언어, 하나의 행위를 찾기 위해서 몸부림치지만 덫은 움직이지 않는다.

이것은 나치스의 덫과는 다르다. 그 덫은 외부에 있는 것이 아니라 바로 자기 내부에 있는 것이니까……

섹스의 홍수

독일에서는 심야에 오토바이나 자동차를 타고 풀 스피드로 달리는 청년들을 PS라고 부른다. PS는 마력이란 뜻으로 자동차나 오토바이의 엔진을 나타내는 기호이다. 미국의 비트족과 마찬가지로 그들은 초속도의 쾌감 속에서 인공적인 해방감을 맛본다. 실상 이러한 PS들을 비트, 앵그리 영 맨, 프랑스의 J3와 거의 구별할 수가 없다. PS의 독일 젊은이들은 그들과 마찬가지로 정치에 무관심하다.

독일이 분할국가의 상태에 있는 것도, 베를린이 붉은 바다에 떠 있는 고도 같은 존재라는 것도 거의 안중에 없다. 그들의 정치적 의견은 아주 단순해서 정치 외교는 코니 할아버지(아데나워 총리의 별명)에게 맡기고 국제 문제는 미국에 맡겨두면 된다는 그 정도다. 그들은 그런 골치 아픈 일에 간섭하려 들지 않는다. 그들이 열광하는 것은 카니발, 축제 같은 것이다. 그리하여 해마다 수십만 가까운 사생아가 생겨나고 있다.

옛날 세대와 오늘의 그 세대를 표면적으로 비교해볼 때 가장 큰 차이는 사랑에 관한 것이다. 옛날에는 은근하고 달콤하고 신비한 사랑이란 게 있었다. 그러나 라인 강의 수상한 정열을 타고 난 독일 사람에게는 노발리스의 『푸른 꽃Heinrich von Ofterdingen』과 같이 언제나 사랑은 몽환적인 것이었다.[42]

그 옛날 독일의 학생들은 맥주와 사랑과 결투 속에서 젊음을 보낸 로맨티시스트들이었다. 사랑은 멀리 떨어져 있을수록, 그 결합이 불가능할수록 한결 아름다웠던 법이다.

단테의 마음속에서 영원했던 베아트리체의 초상이 그러했고, 성불구가 된 아벨라르와 엘로이즈의 연정이 그러했다. 그리고 로테와 베르테르의 사랑도…….

그것은 은은한 풀의 향기다. 코에다 대고 맡으려고 하면 사라지고 외면을 하면 다시 풍겨 나오는 그 풀의 향내음이다. 그러기에 섹스는 사랑의 무덤이며 밤이었다. 그러나 오늘의 사랑은 도리어 직접적인 섹스의 교섭으로부터 시작된다. 섹스는 사랑의 종점이 아니라 개찰구이다.

정신의 결합에서 육체의 결합을 이루던 그 사랑의 순서는 19세

---

42) 이러한 사랑을 중세적 사랑이라고 부른다. 중세의 사랑은 주로 기사들이 주군의 아내를 흠모하는 것이었기 때문에 도저히 현세적인 사랑이 될 수 없다. 그러므로 자연히 환상적 사랑으로밖에 나갈 수가 없다.

기에 끝났다. 이제는 그것이 뒤집혀서 육체의 결합 끝에 정신이 교통된다.

오늘의 남녀관계는 모두 간접적인 것이 되어버렸다. 아무도 이제는 긴 사랑의 편지를 쓰기 위해서 밤을 새우지 않는다. 전화의 다이얼을 돌려 직접 육성으로 마음을 전달한다.

그리고 1920년대만 해도 유럽의 어느 지역에서든 여성들은 모두가 엄한 가족의 눈초리 밑에서 자라났다. 그러다가 그 여인은 지참금이나 유산의 한 기부자寄附者로서 남자와 결혼했었다.

드라이저Theodore Dreiser의 소설 『시스터 캐리Sister Carrie』가 음서라 하여 판금되었던 것은 불과 수십 년 전 이야기다. 그러나 지금은 젊은 남녀를 가두었던 도덕과 위선의 울타리가 무너지고 말았다. 그래서 남녀가 서로 만나는 그 자리는 보다 직접적인 곳에 있다. 사랑을 고백하고 침대로 들어가는 것이 아니라 침대에서 일어나 사랑을 고백하는 것이 젊음의 풍속처럼 되어버렸다.

섹스는 현대인의 유일한 해방이며 도피처다. 섹스 뒤의 허탈감 속에서 대화를 시작하는 것이 오늘의 로맨스이다. 이러한 섹스의 범람은 독일의 전후 세대에 있어 한층 더 뚜렷하다.

유럽에서 가장 몸을 쉽게 허락하는 것이 독일 여성이라는 말이 있다. 그러한 독일 여성의 기질이 한결 성의 개방을 용이하게 했다. 또 독일의 남학생들은 관능적인 미에 예민하다. 여성의 화장 관化粧觀을 두고 보아도 알 수 있다. 프랑스의 남학생 가운데 64퍼센트는 여인들이 립스틱을 바르는 것을 싫어하고 있지만 독일의 남학생들은 그것을 열렬히 찬미하고 있다.

'여성의 입술 위에 칠한 입술연지는 여자라는 항구를 찾아드는 남자의 배를 안내하는 등대와 같다'는 것이다.

덫에 걸린 베르테르의 후예들은 이제 권총 자살 같은 것은 하지 않는다. 섹스의 홍수, PS는 유쾌하게 그 위를 질주한다.

차차차 스커트

"스커트에 반쯤 가려진 여자의 다리는 모든 남성들에게 하나의 꿈이었다. 그러나 무릎 위까지 거침없이 올라가는 짧은 스커트가 유행되고부터 모든 여성들의 다리는 밤 귀신이 되어버렸다. 이제 숨김없이 드러나 보이는 그 다리에 꿈을 간직할 수 없다는 것이 남성들의 한 슬픔이다"(가스통 모드).

프랑스의 제임스 딘이라고 불리는 배우는 짧은 스커트를 입는 여성들의 유행에 깊은 한숨을 내쉬고 있다.

영국에서는 이런 짧은 스커트를 입고 다니는 여인들을 야야걸[43]이라고 부른다. "모두 짧구나 야야!"라는 히트곡의 가사에서 비롯된 말이다. 야야걸들은 무릎에서 20센티 이상이나 올라간 스

---

[43] 1950년대만 해도 미니스커트란 말은 쓰지 않았다. 그러나 명칭은 어찌 되었건 미니스커트의 발상지는 영국이다. 속설로는 스커트의 길이가 길수록 세금을 많이 부과했기 때문에 미니 풍조가 생겨났다고 말하는 사람도 있다.

커트를 입고 트위스트 식으로 런던 거리를 활보한다.

독일에서도 누구나 무릎 위까지 올라오는 치마를 입는 것이 상례로 되어 있으며, 스페인이나 이탈리아나 네덜란드의 스커트는 모두 무릎 이상이라는 이야기다. 어째서 오늘의 여성들은 날이 갈수록 육체를 드러내 보이려 하는 것일까?

조이스 브러더스Joyce Brothers 박사는 현대 여성의 그 같은 노출증을 아주 점잖게 연구해본 결과 다음과 같은 결론을 얻었다. 노출증의 근원은 프랑스 리비에라 해변에 있는 것이 아니라 심리적인 데에 그 원인이 있다는 것이다. 현대 문화는 남녀의 성적 구별을 둔화시켰으며, D. H. 로렌스Laurence 식으로 말해서 성을 위축시킨 죄를 범했다. 그래서 여인들은 자기가 여성이라는 것을 표현하기 위한 반발적인 욕구를 품게 되었다는 것이다.

사회학자의 연구를 보아도 현대 사회는 남녀의 성별을 혼합시키고 있으며, 그 결과로 여성들은 남성을 닮아가고 남성들은 또한 여성적으로 되어가고 있다는 것이다. 생활 면에 있어서 남녀가 맡은 그 기능이 비슷해져가고 있기 때문이다. 그러한 까닭에 여인들은 되도록 많은 면적의 육체를 노출시킴으로써 성적 관심의 쇠퇴를 부활시키려고 노력하고 있다. 이것이 바로 비키니족이며 야야걸이다.

마치 말런 브랜도처럼 남성은 드라이한 몸가짐 속에서 스스로 자기가 남성인 것을 표현하려 들고, 여성은 육체를 드러냄으로써 자기가 여성인 것을 강조하려 든다.

성적인 자기표현, 그것도 결국은 현대 문명에 도전하는 한 수단이며 유럽의 새로운 세대의 풍속이라고 볼 수 있다. 육체의 인위적인 강조, 이것도 현대 비극의 하나임이 분명하다.

그러나 그것보다도 한층 더 복잡한 것은 이러한 풍속이 아프리카로 혹은 동양으로 휘몰아쳐오는 현상이다. 아프리카에서는 차차차 스커트, 소위 그 유럽풍 짧은 치마의 유행으로 법적 투쟁까지 벌어지고 있다.

신생 공화국 우간다의 부소카족 추장은 무릎이 보이는 여성의 스커트에 격노하여 그것을 금지시켜버렸다. 그러나 국민들이 이 부당성을 법에 호소하자 법원은 그것이 개인의 자유를 침해하는 명령이라 하여 무효 판결을 내렸다. 이래서 차차차 스커트는 승리를 거두었지만 그 고민은 아직도 남아 있는 것이다. 아프리카에서도 브러더스 박사가 지적하고 있는 것 같은 그런 현대 문명과 현대 사회의 구조를 찾아볼 수 있는 것일까?

그들에게도 성의 쇠퇴, 양성의 둔화에 반발하고자 하는 무의식적 심리가 내재하는 것일까? 적어도 유럽의 여성이 육체를 노출시키고 있는 것과 같은 그 내면적 필연성이 그들에게는 없는 것이다. 그럼에도 불구하고 유럽의 풍속은 개화라는 이름과 함께 아프리카의 젊은, 그러나 여전히 검은 그 세대를 지배하고 있다.

차차차 스커트만이 아니다. 중앙아프리카의 처녀들은 검은 살결에 화장을 하느라고 정신을 잃고 있다. 두프나 팜시스 상표의 크림은 마치 그것을 바르면 백인 여성이라도 되는 것처럼 선전되고 있다.

비 오는 날에도 선글라스를 쓰고 다니는 그들의 추태를 보고 자의식이 강한 그곳 학생들은 열등의식의 세계적 공개라고 자기 비난을 퍼붓고 있지만, 그 정도의 소리는 바그너의 오페라 도중에 못이 하나 떨어진 잡음에 불과하다. 여전히 그들은 검은 피부에 로션을 바를 것이며 차차차 스커트의 길이는 짧아질 것이다.

동양의 외로운 반도 한국의 우리는 어떠한가?

GI 문화

동양에는 역사가 없다고 했다. 단순한 되풀이, 수동적인 변화밖에 없다고 했다. 동양인의 표정 그것처럼 그 역사는 단조한 평면 위에서 정체하고 있었다.

역사가 없으면 세대도 없다. 할아버지가 입던 옷을 아버지가 입고, 아버지가 입다 버린 것을 그 자식이 입는다. 그러다가 옛날 화려했던 옷은 조각보처럼 남루해지고 그 색채는 바래고 만다. 그것을 사람들은 '아시아적 정체'라고 부른다.

한국도 예외일 수는 없다. 변화가 있었다면 외세의 그 풍향뿐이었다. 서풍이 불면 서로 휩쓸리고 북풍이 불면 북으로 기운다. 외세의 변화, 그것이 곧 세대를 구분 짓는 변화처럼 되어 있다.

생각하면 알 것이다. 초가가 발전해서 빌딩이 된 것이 아닌 것처럼, 짚신이 진전해서 구두가 된 것이 아닌 것처럼, 바지저고리가 변하여 양복이 되고, 우마차가 바뀌어서 자동차가 된 것이 아닌 것처럼, 지나간 세대의 정신이 주체적으로 발전 계승되어 오늘의 세대가 된 것은 아니다.

중국 문화 속에서 자란 세대가 지나면 이번에는 일본 문화에서 큰 세대가 나타나게 되고, 그것이 다시 사라지게 되자 미국 문화에 눈을 뜬 또 다른 세대가 움튼다. 여기에 한국 세대의 특수성이 있다. 비트나 앵그리나 PS나 생 제르맹 데 프레를 키운 그 세대의 조건과는 근본적으로 다르다.

교과서 첫 장 하나만 보아도 그렇다. 지금 50대 이상은 천지현황天地玄黃부터 배우고 자랐으며 30, 40대는 '아카이 아카이 히노마루노하타ァカイ ァカイ ヒノマルノ ハタ(붉고 붉은 일장기)'를 외웠다. 해방된 후에는 '바둑아 바둑아 이리 와 나하고 놀자'이다.

이것 하나만 가지고 비교하더라도 세대를 움직이는 정신의 지주가 어떻게 변천되어왔는지를 짐작할 수 있다. 천지현황은 그 문자 자체가 한자이며 내용도 자연본위 사상의 중국 문화에 근거를 두고 있는 세계다.

그리고 '아카이 아카이 히노마루노하타'는 일본 문자이며 또한 일본 제국주의를 상징한다. 그런 교육을 받고 자란 세대는 자기도 모르는 사이에 국방색 게이터로 정신을 조아려갔다. '바둑아……'에 와서 비로소 제 나라 문자, 그리고 자유로운 유희와 평화의 정신을 배우게 된 것이다.

그러나 바둑이와 놀자는 말은 아무래도 무엇인가 석연치 않다. 우리에게 강조되어야 할 부분은 인간 대 인간의 놀이, 즉 민주 사회에 있어서의 인간관계이다. 해방은 되었지만 아직 그 방면에 자의식을 갖지 못했던 것 같다. 초등학교 교과서의 첫 페이지에 '복남아, 순이야 나하고 놀자'로 되지 않고 '바둑아 바둑아 이리 와'로 된 것은 우연한 것인지 몰라도 그때의 우리 상황을 암시한 것이라고 볼 수도 있다.

중국의 봉건주의와 일본의 제국주의가 물러갔지만 아직 자유로운 개방적 사회민주적 인간관계는 형성되어 있지 못했다.

초등학교 아이들이 '바둑아……'를 욀 때마다 무엇인지 아직도 폐쇄적인 이미지가 떠오른다. 거리에서 뛰어노는 아이가 아니라 대문 안에서 개하고 벗하며 노는 고독한 아이들……. 교과서 구절 하나를 붙잡고 늘어지자는 것은 아니다.

우리도 모르는 사이에 작용하고 있는 무의식, 거기에 아직도 초가지붕처럼, 다다미처럼 남아 있는 구시대의 사고방식이 잔존해 있는 시대를 찾아볼 수 있다는 말이다.

거기에 서구의 문화가 밀려왔다. 우리는 그때 링컨의 민주주의 정신보다도 추잉껌을 씹는 방법부터 먼저 배웠다. 레이션 박스와 양부인의 몸치장 속에서 눈치껏 배워온 서구 문명, 그것은 GI 문화요, PX 문화가 아니었던가. 그리하여 또 하나 바람의 세대가 등장한다.

피부를 스치고 지나가는 바람 같은 문화가 키워놓은 세대—그러나 4천 년의 정체된 잠이 저 붉은 루주와 매니큐어 뒤에서 여전히 코를 골고 있음을……

 지프를 보며 헬로라고 외치며 자란 그 아이들의 운명 속에도 그 침묵이 누워 있다.

배낭의 세대

모든 사람이 귀환하고 있었다. 상해에서, 만주에서, 태평양 건너에서, 일본에서 모두들 돌아오고 있었다. 학병, 징병, 이민, 망명객—사방으로 흩어졌던 사람들이 별의별 신화를 안고 돌아오고 있었다. 그중에는 범법자도 있었고 배신자도 있었고 혁명가와 애국자도 있었다. 이것이 소위 해방 전의 세대였다.

그것을 우리는 배낭의 세대, 귀환의 세대라고 부를 수 있다. 배낭을 메고 떠돌아다니다가 그렇게 낡은 배낭을 짊어진 채 돌아온 그들—그들은 그 속에서 형체가 다르고 색채가 다른 고물들을 꺼내어 털어놓기 시작했다.

시대에 뒤떨어진 민족지상주의도 나왔고 퇴색한 1910년대의 볼셰비즘도 튀어나왔다. 경상도 사투리 식의 억센 악센트의 영어와 더불어 데모크라시가 쏟아져나왔는가 하면, 상해의 어두운 뒷골목에서 판치던 테러도 나왔다. 이 초라한 배낭의 선물이 그대로 진기하게만 여겨졌던 시대이다. 내핍의 시대—그 전쟁 중에 굶주린 것은 육체만이 아니었다.

그 정신에도 거미줄이 쳐졌던 시대.

자고 깨면 신궁에 참배를 하고 국민선서를 외고 솔뿌리를 캐고 밤에는 또 등화관제와 방공훈련……. 이러한 일을 되풀이하다가 그들은 지성이 무엇인지 인생이, 사랑이, 생활이 무엇인지를 몰랐던 시대이다.

그래도 그 배낭을 메고 돌아다니던 사람들은 바깥바람을 쐴 수 있었기 때문에 이 공백의 날을 보내던 사람들보다는 어떤 꿈을 꿀 수가 있었다. 해외에서의 귀환자들이 해방 후의 세대를 지배하게 된 이유가 거기에 있다.

가리지 않고 탐식했다. 사상을, 밥을, 사치품을 흡사 걸인처럼 탐식했다. 놋그릇이나 밥숟갈을 모아 포탄을 만드는 그 시절이 아니라 이제는 포탄과 탱크와 대포를 부수어 생활용품을 만들게 된 시대라고 생각했었다. 그러나 이 배낭의 세대는, 귀환의 세대는 거기에서 그냥 머물러 혼돈만을 만들었다. 새로운 세대는 아직도 탄생되지 않았던 것이다.

그러니까 오늘의 40대 이상은 서성거리다가 인생을 낭비한 사람들이며 소문이나 퍼뜨리면서 살아가던 풍문의 세대라 할 수 있다. 사랑도 변변히 해보지 못하고 공부도 정치 운동도 얼치기였다. 무엇엔가 끌려다니던 그들은 자아의 뿌리를 박을 곳이 없었다. 연애시를 쓰는 데에도 애국이란 말이 필요했다. 그러므로 해방의 꿈은 합성주合成酒에 취한 것 같은 상태였다.

이 과거의 세대에 남아 있는 모럴은 구세대의 잔설에 불과한 것이다. 그들의 애국관이나 민족관은 모두 자기희생을 미덕으로만 생각한 혈서적인 사고방식 속에서 전개되었다.

그들은 자기 해체의 과정을 밟지 못하고 오로지 자기 보존에만 급급했기 때문에 실존적인 개인의 자유, 일상적 생으로부터 벗어날 수 없었다.

진정한 인간의식이 그들에게 있었던가? 자의식의 지성이 그들에게 있었던가.

민족이라는 허깨비, 애국이라는 관념적 열병 속에서 유령처럼 떠돌아다녔을 뿐이다. 그러기에 그들이 떠들고 있는 애국애족은 실상 인간 부재의 공허한 비각碑閣의 문자였는지도 모른다.

헤겔의 말대로 동양인들은 자유가 무엇인지를 몰랐기에 자유가 없어도 별로 고통과 불편을 느끼지 않고 살아왔다. 그렇게 피부색이 누런 동양인이었다.

이러한 배낭의 세대 다음에 온 것이 6·25의 동란과 함께 생겨난 그 전후의 세대이다. 피난열차에 실려가던 젊음, 고향의 감나무가 포탄에 찢기어가고 아이의 시체가 길바닥에 늘어져 있었던 그날, 예광탄曳光彈처럼 밤하늘을 긋고 지나간 젊음의 흔적, 그 속에서 4천 년 동안 잠자던 한국의 낡은 역사가 붕괴되어가고 있었다.

권선징악이라든지 틀에 박힌 애국애족이라는 낡은 환상이 깨지고 있음을 보고 들었다. 그들은 배낭을 집어던졌다. 고물상에서 매매되던 모럴과 서뿔 상대로 단련된 위선의 교양과 결별하고 초토 속에서 머리를 든 것이다.

GI 문화와 배낭의 문화에 대한 저항의 반동자로서 오늘을 사는 세대는 잿더미 위에 자기 초상화를 그린다.

풍선을 띄우는 세대

오늘의 30대는 그때 참호 속에 있었다.[44] 그때 그들은 미처 다 읽지 못한 시집을 버려두고 어느 능선의 포화 속에서 포복하고 있었다.

그때 그들은 생각하고 있었다. 학살된 노모의 얼굴과, 시레이션 박스에 젊음을 판 어느 소녀의 가느다란 목덜미와, 뚜쟁이가 되어버린 고아의 손과, 사지가 찢기어나간 그 모든 인간의 형체를 생각하고 있었다. 아니, 자신의 얼굴과 팔과 동체가 제각기 떨어져나가는 환상이었다.

그것은 동치미 국물이나 마시고 화롯불을 따라 마을을 다니던 그때의 한국은 아니었다. 그러나 그게 내 조국이라는 것을, 그게 인간이라는 것을, 그게 한 현실이라는 것을 그들은 알았다. 그것

---

44) 이 글은 1962년에 씌어진 것이다. 그러므로 '오늘의 30대'란 6·25전쟁 때 젊음을 맞이한 세대를 뜻한 것이다.

은 상실의 슬픔이 아니라 도리어 발견의 고통이었다. 일시에 파묻혀 있던 비극이 머리를 들고 일어선 것이다.

학교에서 배운 수학 공식으로는, 헛기침을 잘하던 그 역사 선생이 가르친 지식으로는, 교정에서 목마를 건너뛰던 체육시간의 근육만으로는 그들에게 덮쳐온 생의 그 난파를 어찌할 수 없었다.

붕괴한 것은 도시의 빌딩과 시골 논두렁길만이 아니라, 정신 그것의 기둥이었던 것이다.

저 길은 조용한 저녁의 산책을 위해 마련된 것이 아니며, 저 언덕의 푸른 녹음은 생의 밀어를 위해서 뻗어 있는 것이 아니었다. 별도, 하늘도 그러했다. 그것들은 모두 살육과 통하는 길이었으며 도구였다.

나무는 한낱 적병의 눈으로부터 내 몸을 가리는 엄폐물이었고 별은 나침반의 대용물이었다. 초원은 비행장이 되고, 하늘은 제트기의 비행운飛行雲을 위해서 존재하는 것이었다.

방아쇠의 싸늘한 촉감 속에서도 그들은 자신을 느끼지 못했다. 타인처럼 감각되었던 나, 나는 아무 데도 없었다. 그들이 외웠던 한마디 말은 'nothing'이었다.

나싱nothing, 이 무無의 발견—그들은 행동을 뒷받침할 생애에의 신념도 열정도 '무' 그것이었다. 무수한 시체들, 어느 시체는 미소를 띠고 있는 것도 있고, 또 어느 시체는 증오와 분노로 입술을 깨물고 있는 것도 있었다.

대체 죽음보다도 더 오래 남아 있는 그 미소는 누구를 위한 미소였으며, 그 분노에 찬 입술은 또 누구를 향해 있는 것인지 알 수가 없다. 6월의 전쟁은 낡은 노트의 문자를 지우는 지우개처럼 의식 속에 남아 있는 생의 의미를 말소해갔다. 다만 자살할 수 없다는 것. 그것은 비굴이며 패배라는 마지막 모럴이 있어 그들은 살고 있었다. '무'였기에 더욱 그 생은 농도가 짙다.

이러한 젊음들에게, 즉 전쟁의 체험, 그 생의 밑바닥과 직접 대면함으로써 기존적인 모든 질서의 허위성을 알아낸 그 젊음들에게 하루를 산다는 것은 하나의 풍선을 띄우는 일과도 같은 것이었다.

허공[無]을 향해서 역시 그렇게 텅 빈 생의 풍선을 날려보내는 무의미의 되풀이, 어느 기류에선가 파열되어버릴 젊음의 나날들이었다.

그때 그런 세대의 심정을 30대의 시인 신동문辛東門은 시집 『풍선과 제3포복』 속에서 이렇게 고백하고 있다.

오늘 나는 무엇을 믿어야 하느냐? 무엇을 기다려야 하느냐? 이젠 습성처럼 풍선을 띄우며 보람을 걸어보며 내일을 꿈꾸어보나 우리에겐 아무도 내일이 없다. 그리고 그것을 기다릴 나에게만 기다려주지 않는 것은 나의 숙명이리라. 기다리다 남을 것은 하늘뿐이고 펑 하고 터져버릴 운명을 깨친 현기증 때문에 나는 어지러이 비실댈 따름인가? 비실대며 어떻게 나는 오늘을 견뎌야 하느냐?

공군기지에서는 기상을 관측하기 위해서 수시로 풍선을 띄운다. 공기의 밀도가 희박한 고공으로 올라갈수록 팽창해가던 풍선은 파열하여 사라진다. 이러한 체험을 그는 자신의 세대 그것과 유추하여 상징화했던 것이다.

풍선을 띄우는 세대.

무의 하늘에 펑 하고 터져버리는 그 풍선(생활)의 파워를 보기 위해서 그들은 현기증과 비실거리는 몸짓으로 하루하루를 살았다.

실의, 허탈, 공허, 무의미…… 풍선이 터지고 있다. 무의 고공 속에서 젊음의 풍선들이 터지고 있다.

사보텐의 세대

하나의 꽃이 피기 위해서는, 하나의 나뭇잎이 싹트기 위해서는 숱한 바람과 비와 그리고 자연의 모든 섭리가 깃들어야 한다. 적당한 수분, 적당한 햇볕, 적당한 토양이 필요할 것이다.

그러기에 저 숲의 초목들은 자연의 모든 풍경과 밀접한 관련을 맺고 화합되어 있다. 그러나 사막에 서 있는 사보텐(선인장)을 생각해보라. 건조한 바람과 메마른 모래밭, 그 갈증과 폭양은 그에게 어떤 삶을 주었던가? 어디를 보나 생을 보증할 아무런 자애가 없다. 그러기에 사보텐은 외계에 의존된 생이 아니라 고립 속에서 스스로 삶의 방법을 배운 고독자이다.

자기 생의 근원을 외부에서는 찾을 길이 없다. 자신의 내부에 양분과 그 수분을 간직해두지 않으면 안 될 것이다.

그리하여 그 이파리는 가시가 되고 나무줄기는 둥글게 부풀어 올랐다. 생명의 수액을 외부에 빼앗기지 않기 위해서 사보텐은 반항하는 몸짓으로 붉은 지평을 향해 서 있다.

비정, 고립, 강인…… 이것이 사보텐의 생리이다. 안으로 크나큰 갈증을 품고 밖으로는 살벌한 가시를 내뻗고 있는 사보텐엔 무엇인가 저주의 표정과 분노에 찬 독기가 있다.

그러면서도 거친 사막에 외로운 그림자를 드리우고 서 있는 그 모습은 비장하다. 전쟁고아, 펨프, 하우스 보이, 슈샤인 보이…… 이러한 몇 개의 음울한 명사와 더불어 탄생한 한국의 전후 세대(20대)야말로 생명의 갈증 속에서 외롭게 자라난 사보텐들이다.

그들이 자란 풍토가, 생활과 생리가 또한 그러했다. 그들은 그 이전의 어느 세대보다도 가족(부모)과 인연이 멀다.

전쟁과 사회적인 불안 속에서 어른들은 우선 자기 살 일에 바빴다. 그들을 돌볼 겨를이 없었던 것이다. 그리고 가족 제도의 급격한 붕괴 속에서 그들은 혼자 생의 걸음마를 배우지 않으면 안 되었다.

모유의 세대는 사라지고 고무젖꼭지를 빨며 자라나는 분유의 세대가 온 것이다. 고아나 직업 소년은 말할 것도 없고, 유복한 가정에서 자란 아이라 해도 따스한 어머니의 젖가슴을 독점할 수가 없다. 옛날의 어머니, 특히 한국의 어머니들은 모든 시간과 애정과 희망을 어린 자녀들에게만 쏟아부었던 것이다. 유달리 모성애가 강한 탓만은 아니었다.

지난날 한국의 여성들에게 생활의 즐거움과 그 가능성이 허용된 부분이 있다면, 오직 그것은 자녀를 키우는 일밖에 없었기 때문이다. 시어머니의 학대와 남편의 횡포 밑에서도 그들이 소유하고 길들일 수 있는 것은 자녀에의 애정과 혼수로 가지고 온 자개장롱 정도였다.

그러나 사정은 달라졌다. 이제는 결혼한 여인도 직장을 가질 수 있게 되었으며 여유만 있다면 한국의 어머니도 자유부인이나 계마담이 되어버린다. 그러므로 20년 전의 아이에 비해 그들은 한결 외롭게 자라났다. 온실이 아니라 사막이었다. 어느 거리의 쇼윈도 앞에서, 유행가가 흘러나오는 어느 라디오방의 으슥한 골목길에서, 빌딩과 시장과 역두驛頭와 하수도와 극장가와 나이트 카바레의 등불 아래서 그들은 생을 구걸하며 고아처럼 홀로 자랐다.

일선 지방의 토굴 속에서 양부인들과 살고 있는 송병수宋炳洙의 「쇼리 킴」이 그러했고, 손창섭孫晶涉의 「소년」에 나오는 창훈과, 김광식金光植의 「백호白虎 그룹」의 하이틴들의 생활이 모두 그렇다.

그들은 하나의 가시를 가지고 있다. 비정하고 거칠고 메말라 있다. 어른보다도 냉엄하고 깜찍하다. 단순이니 순진이니 하는 동심의 특허 용어가 이들에게는 적용되지 않는다. 버릇이 없고, 믿음이 없고, 무서움과 부끄러움이 없다.

하지만 그러한 가시를 뒤집어보면 하나의 갈증이, 생과 사랑의 그 애틋한 갈증이 서려 있는 것이다. 끝없는 목마름이 있었기에 그들의 초상과 행동에는 무분별한 폭력의 가시가 돋게 된 것이다.

가시와 갈증을 갖고 혼자 살아가는 20대의 그 세대는, 무의 벌판에서 사보텐처럼 서 있다. 모래바람이 부는 먼 지평을 발돋움하면서 자신이 스스로 그 신화를 만들어간다. 그리하여 사보텐에도 꽃은 핀다.

젊음의 조건

서기원徐基源의 소설에 「상속자」라는 것이 있다. 장마철, 비가 내리고 있는 고가古家에는 무엇이 썩고 있는 듯한 냄새가 풍긴다. 무덥고 후텁지근하고 답답하고 정체되어 있는 고가의 분위기 속에서 종손인 소년은 드디어 집을 뛰쳐나온다.

가문만 따지고 앉아 있는 완고한 할아버지며, 유전인 간질병을 앓다가 강에 빠져 죽은 아우며, 그리고 광 속에 먼지 묻은 홍패紅牌와 남날개와 녹슨 연장들이며…… 이러한 모든 낡은 유산을 버리고 소년은 시골집을 탈출하는 것이다. 그의 손에는 다만 투명한 음향이 울리는 옥지환玉指環 하나가 쥐어져 있을 뿐이다. 모든 상속들 가운데 소년은 이 옥지환 하나만을 선택한 것이다.

상속 거부자―이것이 오늘을 사는 한국의 그 세대적인 운명이라고 할 수 있다. 무더운 공기와 유전병과 질식할 것 같은 인습의 중압에서 벗어나려는 탈출에의 욕망―그러나 무엇인지 확실히 그 가치를 알 수 없어도 옥지환과 같은 전통의 정수 하나만은 몸에 지니려고 노력하는 세대—그것이 바로 새로운 세대의 정신적인 좌표인지도 모른다. 우리가 물려받은 유산이란 장마철의 고가처럼 무덥고 답답한 것이다.

그러나 어디로 뛰쳐나가랴? 통일호를 타고 달리면 불과 여덟 시간 만에 끝에서 끝까지 달릴 수 있는 국토, 밤 12시만 되면 봉쇄되어버리는 통금의 거리, 실업, 기아, 붉은 산, 사태진 강하…… 어디로 뛰쳐나가랴.

비트족이나 PS족처럼 차를 몰고 100마일로 달린다는 것도 있을 수 없다. 우선 차가 없고, 그렇게 달릴 하이웨이가 없고, 그렇게 광활한 대지가 없다. J3들처럼 사랑을 할까? 그것도 어려운 일이다. 산은 입산 금지의 말뚝이 꽂혀 있고, 남녀가 자유롭게 산책할 길도 공원도 로큰롤에도 취할 지하 카페도 없다.

아니, 사랑보다도 정치적인 관심이 더 크지 않고서는 이 세상을 살아갈 수가 없는 것이다. 남들은 정치 같은 것을 말하지 않고서도 잘들 살아가고 있지만 이 나라 세대들은 플래카드를 들고 구호를 외치다가 젊은 날을 보내버린다.

앵그리 영 맨처럼 위대한 왕조로 인한 그 과거의 꿈도 없으니 분노할 프라이드도 변변치 않다. 역사책은 누더기와 피와 눈물로 젖어 있다. 회상해야 할 낙원이 어디 있는가? 문명에의 반발도 또한 그렇다. 트랙터가 아니라 아직도 호미로 밭을 갈고 지게와 우마차의 신세를 지고 있는 우리들이다. 기계의 횡포보다는 혜택에 굶주려 있는 우리들이다. 돌아갈 자연도 또한 없다. 인분 냄새가 풍기는 그 전원에 서서 누가 자연의 낡은 공기를 예찬했던가? 흙에는 더 큰 부자유가 있는 것이다.

메커니즘에 흐른 회사의 그 조직보다도 엄격한 질서가 그곳에 있다. 비가 오지 않으면 논밭은 모래밭이 되고, 비가 오면 이제는 강으로 변한다. 하늘만 믿고 사는 숙명, 메커니즘의 노예보다 더 큰 천명의 노예들이 하늘을 우러러보며 살고 있다.

또한 이 세대는 자기 목소리, 자기 제스처, 자기 표정을 지닐 수가 없는 것이다.

'버릇없다'는 말을 분석해보라. 버릇은 관습이란 뜻이며 동시에 예의란 뜻이 된다. 관습이 곧 모럴로 통해 있는 이 사회에서는 구세대의 관습을 부정할 때 곧 그것이 부도덕한 것으로 나타나게 된다. 얼마나 그 반항은 어렵고 고독한 것이냐?

토착적인 관습이 생의 모럴을 지배하고 있는 노인왕국老人王國의 이 사회에서는 젊다는 것이 곧 하나의 죄인 것이다. 이 땅의 새로운 세대의 그 모험은 비트와 앵그리와 J3나 PS보다 한결 어렵고 고통스럽다. 그러나 금제된 젊음을 탈환하는 용기는 지금 시작되어가고 있다. 4월의 분노와 행동은 단지 정치적인 것만은 아니다.

개인의식, 순응에의 거부, 열정과 분노의 표정, 그리고 행동의 모험, 반항—비록 지역과 조건은 달라도 외국의 그 젊은 세대와 정신의 호흡이 통하는 점이 있다.

두 개의 소리

지금 두 개의 소리가 들려오고 있다. 하나의 목소리는 늙은 유럽의 젊은이들이 외치는 목소리이며, 또 하나의 목소리는 오랫동안 그들의 지배하에서 살아왔던 아프리카와 아시아의 원주민들이 부르짖는 젊은 목소리이다. 이 두 목소리는 서로 다르면서도 하나의 비장한 어조로 통일되어가고 있다.

생 제르맹 데 프레의 어두운 지하실에서 혹은 샌프란시스코의 어느 슬럼가에서, 런던 브리지와 힐튼호텔 부근에서, 지금 유럽 문명에 절망한 젊은이들이 자기상실에서 벗어나기 위해서 소리 지르고 있다.

"장 콕토는 46시간 중 자기 자신에 대해서만 지껄이는 파리에 짜증을 내고 있었다. 그리고 유럽은 또 어떠한가? 또 초超유럽적인 저 괴물 북아메리카는 얼마나 소란스러운 요설이냐! 자유, 평등, 우애, 애정, 명예, 조국."

그들은 그렇게 떠들고 있었지만 한옆에서 동시에 '깜둥이, 유태인 놈, 알제리의 쥐새끼……'라는 인종차별적인 언사를 거침없이 지껄이고 있었다. 이 위선의 가면과, 모순의 문명과, 분열된 모럴을 보고 유럽의 젊은이들은 환멸을 느꼈던 것이다.

그들은 사르트르의 증언대로 그들의 조상이 하나의 착취자이며 폭력자였음을 알고 있다. 점잖은 그들의 아버지들이 안색이 나쁜 저 아시아인의, 남미나 아프리카의 짐승 같은 토착민들의 눈물과 땀을 빼앗은 도둑들이었음을 알았다. 석유와 황금과 금속 자원들을 빼앗아다가 유럽인은 숙녀들의 호사한 침실과 공장을 만들었다.

이 약탈자들은 그들의 폭력 때문에 오늘날 하나의 도덕적인 분열증에 걸려 있으며, 부메랑의 시대에 살고 있는 것이다. 부메랑이란 오스트레일리아 원주민들의 사냥 도구로, 그것을 던지면 날아갔다가 다시 자기에게로 돌아오게 되어 있다.

사르트르는 이 부메랑의 시대—즉 아시아나 아프리카 인에 가했던 유럽인의 폭력이 이제는 거꾸로 자기에게 가해지고 있는 제3폭력기의 도래에 대해서 말하고 있다. 도처에서 백인들은 복수를 당하고 있다는 것이다

아프리카의 흑인들은 백인 여인을 겁탈하고 있으며, 알제리의 흑인들은 식민 지배자들의 주택과 자동차를 습격하고 있다. 자기가 던진 부메랑의 폭력이 자기들 가슴으로 되돌아오고 있는 것이다.

유럽의 젊은이들, 비트든 앵그리든 J3이든, 그들은 이러한 상황에서 역사의 방향감각을 상실했던 것이다. 유럽 문명의 모순은 날이 갈수록 입을 벌려 거기 나락의 절벽을 만들고 있다.

그리하여 그들의 외침은 유럽이라는 낡은 망령의 늪으로부터 빠져나가려는 인간의 절규이다. 불이 붙고 있는데도 현상 유지에만 급급한 기성 사회에의 도전이다.

트위스트를 추고 술주정이나 하고 자동차를 몰고 달리는 젊은이들이지만, 거기에는 회한과 비약과 공범자가 될 수 없다는 인류에의 양심이 파도치고 있는 것이다. 잃어버린 인간의 고향을 회억回憶하는 귀환자들의 기도이다.

또 하나는, 종의 자식들이 눈을 뜨고 일어서는 목소리이다. 아비는 슬픈 종들이었다. 고향을 빼앗기고 마음까지 도둑질당한 어리석은 종들의 자식이었다. 우리도 그러한 아프로에이지언Af-ro-Asian의 하나이다. 젊은 세대는 그것을 알고 있다. 서구제의 일용품을 쓰면서 서구제의 팸플릿을 읽으면서 우리는 눈을 떠갔다. 이 얼마나 서글픈 아이러니냐?

서구의 젊은 세대는 그 역사와 문명의 짐을 내려놓으려 하고 있다. 소위 저개발국인 아프로에이지언의 젊은 주민들은 그 역사의 짐을 이용하여 그들에게 도전하려고 한다.

인간이, 생활이 무엇인가를 안 것이다. 그러므로 그 두 목소리는 다 같이 인간의 심장에서부터 울려나오는 것이다. 콜타르나 황금으로 도금된 인조의 심장이 아니라, 핏방울이 뚝뚝 떨어지는, 여기 이렇게 팔딱이고 있는 그 심장의 목소리이다.

숫자나, 제도나 낡은 수신책으로는 표현될 수 없는 실존하는 생명, 그것의 부르짖음인 것이다. 그러기에 그 두 목소리는 보다 단순하고, 보다 가식이 없고, 보다 거친 야성의, 원시의, 근본적인 본래의 목소리이다.

문화의 변성기를 거치지 않은 태아의 울음소리와도 같다. 일체의 것을 부정하고, 일체의 것과 단절하고 제로에서 출발하는, 참된 인간의 역사가 시작되는 개막의 서곡이다.

결론을 위한 몇 개의 아포리즘

오늘의 세대는 거부한다.

언제나 눈물로 젖어 있는 노파의 얼굴과 조용히 죽음을 기다리고 있는 도살장의 가축과 봄밤의 초승달과 거미줄에 얽힌 나비와 피를 토하며 노래 부르다 죽어가는 나이팅게일과 구성진 낙숫물 소리와 기타와 같이 목이 긴 소녀와 움직이지 않는 호수의 물과 사양의 언덕에 선 포플러의 긴 그림자와…… 그렇게 감상적이고 운명적이고 연약한 모든 패배주의를 거부한다.

오늘의 세대는 경멸한다.

사과를 따먹은 이브에게 모든 잘못을 돌리려는 성직자의 한숨과 넝마처럼 애국을 팔고 다니는 정치가의 연설집과 사장에게서 받은 모욕의 분풀이로 지나가는 강아지를 발길로 걷어차는 하급 사무원의 반항과 불규칙동사 변화를 외다가 데이트를 잊어버린 장학생과 눈물을 현미경으로 분석하고 앉아 있는 위생학자와…… 모든 위선자와 그 비겁자들을 경멸한다.

오늘의 세대는 증오한다.

원폭의 검은 버섯구름, 히틀러의 콧수염과 경호차 뒤에서 코를 후비고 앉아 있는 자들과 훈장을 위해서 어린이들을 향해 포구를 돌리는 폭력자와 서커스 단장의 회초리와 플래카드와 의미 없는 횃불과 호루라기 소리와 미다스 왕 같은 장사치의 이중장부와 인간의 얼굴에 손톱자국을 남겨놓은 그 모든 억압자를 증오한다.

오늘의 세대는 또한 부정한다.

모든 것을 하나로 만들려는 유니폼을, 꿀벌들의 사회를, 기계의 나사못처럼 움직이는 조직을, 트럼프나 주사위처럼 그렇게 던져진 결정론을 부정한다. 그 대신 오늘을 사는 세대는 자유와 해방과 무의 색채인 그 하늘을, 광활한 벌판의 지평을 믿는다.

그리하여 오늘의 세대는 사랑한다.

구획도 말뚝도 박혀 있지 않은 초원, 여름에 그을린 청동색 근육, 파도처럼 항상 움직이는 율동, 그리고 영화의 예고편처럼 줄거리 없이 나타났다가는 사라지는 감정의 그 에센스, 설명 없는 긴장과 생의 한 컷, 외국어로 사랑을 고백하지 않고 몸으로 직접 그것을 호소하는 여인, 그런 것들을 우리는 사랑한다.

여름의 소낙비와 태양을 사랑한다. 갑충의 껍데기처럼 단단한 생활을 사랑한다. 유산 탕진자와 기진맥진한 마라톤 선수가 마지막 테이프를 끊으며 웃음 짓는 그러한 표정을 좋아한다.

오늘의 세대는 옹호한다.

사드 백작과 백치의 웃음을, 사보텐의 강렬한 꽃과 한낮의 정적을 옹호한다. 또한 젊은이의 실수를 옹호한다. 한 번밖에 없는 젊음의 특권을 옹호한다.

체념하지 않는 시시포스의 노동을 옹호하며 프로메테우스의 간肝을 옹호한다.

오늘의 세대는 발견하려고 한다. 끝없는 자기 부패 속에서 아름다운 진주알이 결정되는 그 신비를 모색한다. 처마 밑의 그런 너저분한 파랑새가 아니라 정말 멀고 먼 나라에 숨어 있는 파랑새를 찾으러 길을 떠난다.

오늘의 세대는 기성의 용을 퇴치하는 기사이며 어디엔가 숨어 있을 성배를 찾아 모험을 되풀이하는 원탁의 기사다.

어제도 내일도 아닌 오늘을 산다. 오늘을 살지 못하는 사람에겐 내일도 어제도 없다.

오늘을 산다.

회전목마처럼 순간순간을 자르며 오늘을 산다.

III
세계의 청년 문화

여권의 의미

　먼저 내 여권을 보여주겠다. 그것은 24페이지짜리 검은 표지의 수첩이지만 세계의 의미는 바로 이 작은 종이로부터 시작한다. '220528' 이것이 생명의 콜사인과 같은 나의 여권번호다. 발급일 1970년 11월 11일, 유효기간, 도래일…… 1971년 5월 11일, 목적지…… 미국, 프랑스, 영국, 스위스, 덴마크, 이탈리아, 스웨덴, 노르웨이, 독일, 인도, 태국, 자유중국, 일본…… 그리고 거기에는 철인鐵印과 스탬프와 사인과 인지가 붙어 있다. 바깥에 있는 저 많은 바다와 산과 그 도시들을 지나기 위해서는 그 여권이 언제나 내 심장과 함께 있어야 한다.

　세계는 넓고 막연하며 환상적인 것처럼 생각되지만, 실은 이렇게 엄격하고 분명한 종이의 얄팍한 갈피 속에 갇혀 있는 것이다. 그러니까 커피 잔으로 자기 인생을 잰다고 말한 시인이 있듯이 종이 위에 도장이 찍힌 비자의 그 부피로 나그네는 세계의 의미를 잰다.

초등학교 의자에 앉아서 배운 세계는 공처럼 둥근 것이었다. 그러나 세계를 직접 여행해보면 지구는 결코 둥근 것이 아니라 제각기 모가 나고 턱이 진 무수한 층계 같은 것이라고 생각하게 되는 이유도 거기에 있다.

지금은 축구장같이 커다란 항공기가 여객들을 단번에 5백 명씩이나 싣고 떠다니는 점보제트기의 시대다. 교통술交通術은 세계를 하나의 촌락으로 변하게 했다. 그러나 통행의 자유는 화륜선火輪船을 타고 항구를 돌아다니는 시절보다 더욱 제한되어가고 있는 시대다. 패스포트(여권)란 말 자체가 그렇지 않은가? 그 원뜻을 보면 그것이 항구port를 통과pass하던 시절에 생겨난 말임을 알 수 있다. 한 세기 전의 먼지 낀 말이 현대의 유행어와 나란히 어깨동무를 하고 통용되고 있다.

어째서 나는 세계의 젊은이를 이야기하기 전에 공항 관리들 같은 굳은 표정으로 여권 이야기를 하는가? 그 변명을 위해서 나는 이런 조크를 들려주지 않으면 안 될 것이다.

어느 젊은 여행자가 비자 없이 미국의 국제공항에 내렸다. 그는 그때 입국을 거부하는 이민국 관리를 향해 큰 소리로 항의했다는 것이다.

"여보시오, 당신네들의 선조가 이 미국으로 건너올 때, 그래 인디언들에게 비자를 받고 들어왔단 말이야?"

이것은 실화가 아닐는지 모른다. 그러나 이 조크는 실화 이상으로 진실한 의미를 지니고 있다.

처음 인간이 살던 세계는 푸른 초원과도 같은 것이었다. 말뚝도 철조망도 세관도, 자잘한 서류 같은 것으로 움직이는 도장의 위력 같은 것도 없었다. 이 푸른 초원에 담을 쌓아올리는 공사, 인종이라든가 신분이라든가 화폐라든가 제도라든가 사상이라든가 하는 철조망을 두르는 공사, 이것이 지금까지 인간이 땀을 흘려온 문명의 공사였다. 그래서 여권의 한계 속에 세계의 한계라는 것이 있게 된다.

그러나 나는 이야기하고 싶다. 여권 없이 도달하는 세계, 여권 없이 함께 숨 쉬는 세계의 시민, 다만 '젊은이'라는 패스포트만으로 피부색과 국적과 언어와, 그리고 신분을 뛰어넘고 세계의 광활한 초원을 갈망하는 젊은이들의 풍습, 색다른 그들의 공화국에 대해서 말하고 싶다.

색다른 카우보이들

뉴욕의 맨해튼에서 만난 크리슈나의 행렬 속에서도 나는 그러한 젊은이들의 모습을 찾아볼 수 있었다.

'세계의 모든 돈은 미국으로 흘러오고 미국의 모든 돈은 뉴욕으로 흘러온다'는 말도 있듯이 그 중심지인 맨해튼의 마천루들은 현대 문명의 거인처럼 솟아 있다. 이 번화한 거리에서 삭발한 백인들이 노란 가사袈裟를 둘러쓰고 마치 밀림의 토인들처럼 북을 치고 방울을 흔들고 주문을 외며 춤추고 지나는 광경을 볼 수 있다는 것은 코끼리가 하늘로 날아다니는 것처럼 믿기지 않는 일이다. 그러나 이것은 미국의 어디에서고 볼 수 있는 장면이다. 생각해보면 그렇게 놀라운 것도 아니다.

백인들이 인디언들로부터 36달러어치의 물건을 주고 샀다는 그 맨해튼이 오늘날 세계 제1의 도시로 변한 것을 생각해보면 미국의 크리슈나 교도들이 부르고 다니는 그 노랫소리가 훨씬 더 이해하기 쉬울지 모른다.

"하레 크리슈나 하레 크리슈나 크레슈나 크레슈나 하레하레 하레라마 하레라마 라마라마 하레하레."

한 시간이고 두 시간이고 우리나라의 무당과 마찬가지로 미친 듯이 발을 구르고 손을 흔들면서 이런 노래를 부르고 다니는 미국의 그 젊은이들을 불과 5년 전만 해도 누가 감히 상상이라도 할 수 있었겠는가?

크리슈나족으로 불리는 미국의 이 색다른 카우보이들을 우리는 대체 어떻게 보아야 할 것인가?

차양이 넓은 모자는 삭발로 바뀌고 권총은 북과 꽹과리가 되었다. 재즈를 부르던 투가 아직 남아 있기는 하나 분명 그것은 우리가 듣던 미국의 그 노래가 아니다.

벗이여, 나는 불행하게도 인도 종교의 하나인 이 크리슈나교에 대해서 별로 아는 것이 없다. 그들이 주장하고 있는 박티나바키요가도 나는 체험해본 적이 없다. 또 그들이 말하는 열반의 희열이 술에 취한 상태와 어떻게 다른지를 감히 나는 이야기할 수가 없다. 그러나 벗이여, 나는 당신들에게 한 가지 사실만은 분명히 말할 수 있을 것 같다. 미국의 젊은이들이 어째서 동양의 향불에 조금씩 취해가고 있는가를…….

크리슈나의 젊은이들이 외치는 주문의 참된 의미를 알려면 오늘의 문명 그 자체가 지닌 주문부터 알아보아야 할 것이다.

크리슈나의 행렬을 이해하려면 우선 밀집한 고층 빌딩이 옥수

수밭 고랑처럼 뻗어 있는 뉴욕의 거리를 보지 않으면 안 될 것이다. 지금 이 순간에도 거기에는 낡은 건물이 보다 높고 큰 새 빌딩으로 바뀌어가는, 스카이라인의 변화가 일어나고 있다. 한 치라도 높이 하늘로 솟아나야 하는 것이 뉴욕의 생명이요, 율법이요, 신화인 까닭이다.

그래서 내가 뉴욕에 들렀을 때는 벌써 엠파이어스테이트 빌딩이 마천루의 왕은 아니었다. 1931년부터 40년 동안이나 누려온 세계 최고의 그 챔피언 벨트가 새로운 월드트레이드센터로 넘겨지고 있는 중이었다.

102층이 110층으로, 387미터의 높이가 450미터로 뉴욕의 키는 다시 높아진 것이다.

남산보다도 높게 솟아오른, 준공 직전의 월드트레이드센터. 그 검은 거인을 바라보면서 나는 두 개의 다른 목소리를 들을 수 있었다. 하나는 파울로 파슨과 같은 전통적인 미국 기성인들의 목소리다.

그들은 마천루의 이야기를 끝없이 뻗어가는 진보의 이야기로 듣고 있다. 최초에 세워졌던 마천루는 이미 그 자태를 감추고, 그 땅에 미국의 모든 도시 스카이라인을 보다 높게 바꾸어가는 새로운 빌딩들이 들어선다. 그러한 마천루야말로 미국의 상징이라고 그들은 말하고 있는 것이다.

그것은 미국 국민의 진취적인 기질과 일을 해나가는 활력, 그리고 쉬지 않고 올라가고 또 올라가려는 불굴의 정신을 의미한다. 그들은 거기에서 자신의 힘과 영광을 보는 것이다.

그러나 또 다른 목소리가 크리슈나와 같은 젊은 행렬의 북소리에서 들려오고 있다. 그들은 거대하고 웅장한 마천루에서 도리어 현대의 공허를 발견한다. 할아버지나 아버지 때처럼 그들은 결코 낙천적인 눈으로만 그것을 바라볼 수가 없는 것이다.

그들은 지금까지 빌딩의 높이로만 솟아오른 미국의 활력에 자랑보다는 어떤 과오를 느끼고 있는 것 같았다.

인간의 참된 진보와 그 끝없는 진취성은 철골 속에서 구해지는 것이 아니라는 것을 말하고 싶어 한다. 그들이 조금씩 영혼의 높이에 대해서 관심을 돌리기 시작한 까닭이다. 엠파이어스테이트 빌딩보다 100미터가 더 높은 빌딩이 세워지고 있는 시대에 인간 영혼의 키는 그보다 몇 배나 더 왜소하게 움츠러들고 있음을 안 것이다.

'정신의 높이'를 쌓아올리려 할 때에는 월드트레이드센터를 건축한 프리퍼블리케이션prepublication 공법의 과학 기술이 무의미할 것이다.

한 층도 쌓아올리기 전에 금세 좌절되어버리는 무력감. 그래서 크리슈나 운동에 참가하고 있는 젊은 미국인들은 정신의 건축을 동양에서 배워야 한다고 믿고 있다.

동양은 물질 개발의 후진국이요, 정신 개발의 선진국이기 때문이다. 『바가바드기타』의 옛 경전을 읽은 그들은 과학 기술을 어떻게 생각하느냐는 질문에 그것은 하나의 수영 방법에 지나지 않는다고 대답할 줄 안다.

이 물질 세계는 거친 바다와 같다는 것이다. 누구나 그 바다 속에서는 생명의 호흡을 할 수 없다. 그렇기 때문에 파도를 헤치기 위해 허우적거린다. 출세를 한다는 것, 돈을 번다는 것, 과학적인 지식과 기술이 그런 것을 도와줄지는 모른다. 마치 수영 방법처럼…….

그러나 남보다 수영을 잘한다는 것이 궁극적으로 무슨 의미가 있느냐고 반문한다. 결국 조금 멀리 가다가 익사하고 말 것이라는 이야기다.

"우리가 추구하는 것은 이 바다의 물 자체를 없애자는 것입니다. 그것이 바로 박티bhakti(신애信愛)입니다."

크리슈나 무브먼트의 선전 책자를 팔고 있던 젊은 친구는 이렇게 말하면서, 왜 자기가 이 이방의 종교에 더 친근감을 느끼는지를 설명해주려고 애쓴다.

가톨릭이든 프로테스탄트든, 기성 종교는 어떤 체제 속에 못박혀 그 생명력을 상실하고 있다는 것이다. 미국의 젊은이들은 천국행정 기구표라는 익살맞은 카드를 만들어 놀기도 한다.

여호와신 옆에는 감사원과 고문관실이 있고 그 밑에는 각각 정보부와 기적부奇蹟部 같은 것들이 있다. 프로모션에 자격심사부,

그리고 대천사 관리국장도 있는 것이다. 우리는 거기에서 체제화되고 조직화된 기성 종교의 이미지를 불신하는 젊음의 반항을 읽어볼 수 있다.

그러나 미국에서 크리슈나교와 같은 신흥 종교가 일어나고 있는 이유는 결코 이러한 논리만으로는 풀이될 수 없을는지 모른다.

이웃을 사랑하라는 청교도 정신은 미국인들이 믿고 대를 물려 가르쳐준 종교였지만 인디언을 죽이고 흑인을 학대한 역사 속에서 미국이 개척되어왔고 부흥되어온 것은 사실이다.

만민은 평등하고 자유라는 민주주의가 미국의 정치 이념을 상징하는 사상임에는 틀림없다. 그러나 카스트 제도처럼 엄격한 인종의 벽이라는 게 바로 오늘의 미국을 형성해왔던 것도 사실이다.

이러한 모순과 위선에 대해서 오늘의 미국 젊은이들은, 무엇인가 때 묻지 않은 새로운 언어를 찾아내려고 애쓴다. 그 막연한 무드 속에 한줄기 동양의 향내가 그들의 코를 스치고 지나간다. 영어로 사랑love이라고 말하기보다는 박티bhakti라고 할 때, 해피라고 말하기보다는 니르바나nirvana(열반)라고 말할 때 그들은 어떤 순수성을 느끼게 되는지도 모를 일이다. 그래서 현대 문명에 지친 그들에게 동양이란 한낱 이그조티시즘exoticism(이국 취미)의 콜라 한 잔에 지나지 않을 수 없다.

그 때문에 미국의 틴에이저들이 크리슈나교의 의식을 흉내내기 위해서 해를 쳐다보다가 눈이 멀어버리는 사태까지 빚어진 일도 있는 것이다. 제단에 피우는 인도의 만수향萬壽香이 향수 같은 기능으로 전락하기도 한다. 미국의 젊은이들 사이에는 향香에 불을 댕기고 그 연기 냄새를 맡고 다니는 것이 유행하기도 한다.

점성술에 대한 매혹도, 젠[禪]도, 요가 붐도 마찬가지다. 요가가 미국에서 붐을 일으키고 있다 해서 그것을 곧 동양정신과 결부한다는 것도 우스운 일이다. 그보다도 요가가 미국에서 어떻게 변질되어버렸느냐 하는 것에 더 주목할 필요가 있다.

요가는 본뜻으로도 고행이란 뜻을 지니고 있다. 세속적인 욕망을 멸하게 하는 것, 육체로부터 해방되어 정신의 무한한 창조력을 얻는 기술이다. 즉 '요가란 심적 작용의 지멸止滅'이다.

그런데 미국에서 요가 붐이 일고 그것이 널리 보급이 되어가고 있는 이유는 무엇인가? 뚱뚱한 여인들이 모양을 내기 위한 다이어트로, 너무 먹기만 하다가 영양 과다로 고혈압에 걸린 사람들이 혈압을 내리기 위해서, 혹은 정력 증진의 방법으로 요가는 인기를 모으고 있다. 요가는 물질적인 쾌락과 세속적 욕망의 부채 구실을 한다.

이렇게 미국식으로 오해된 동양은 동양의 것과는 정반대의 것으로 미다스 왕의 손가락에 닿은 꽃처럼 황금빛으로 변해버린다. 정신 수도를 목적으로 한 것이 도리어 물질적 쾌락의 방편으로 바뀌어버린 그 예에서 한국의 태권도 붐도 제외될 수 없다.

그러나 서구 사상이 동양에 건너와 왜곡된 것과 마찬가지로 동양 사상인들 서양에 건너가 하루아침에 제 빛깔, 향기대로 꽃필 수가 있겠는가? 밤의 어둠이 남아 있지 않은 새벽이 대체 어디 있는가?

미국 속에 타오르는 동양의 향불이 아직은 파티장에서 풍겨나오는 샤넬 5의 향수 같은 구실을 대신하고 있는지 모른다. 그러나 그 향내를 맡기 위해 모여든 미국의 젊은이들, 우리는 거기에서 '정신의 건축술'이라는 새 공법을 갈망하는 서양의 새로운 세대들을 본다.

자동식 만세

구태의연하게 포크와 나이프를 두 손에 들고 여전히 전근대적인 수동식으로 식사를 하고 있는 미국인들의 생활을 보면 좀 이상스러운 생각이 든다.

사실 식사 방법을 제외하고는 미국인이 무엇인가 수동식으로 일을 하고 있는 광경이란 좀처럼 구경할 수 없는 노릇이기 때문이다.

모두가 오토메이션이다. 가장 시적인 것에 속하는 잔디나 꽃밭에 물을 주는 일까지도 그들은 자동식 기계로 한다. 그러니까 문을 여닫는 것, 구두를 닦는 것, 면도를 하고 자동차를 타고 그리고 모든 사무를 보는 일에 '오토매틱'이란 관형사가 따라다니는 것은 당연한 일이다. 심지어 칫솔까지 자동식이 있다.

자동식 덕분에 나처럼 게으르고 영어 회화가 서툰 나그네에게 미국은 다시없는 에덴동산이다. '자동식'이란 말과 '무인無人'이란 말은 동의어와 마찬가지니까 일일이 사람을 상대하여 인사를 나누지 않아도 된다. 우표나 담배를 사는 데서부터 시작해 때 묻은 속옷을 빠는 일까지 소위 그 무인 자동판매기에 코인만 집어넣으면 된다.

사람들은 아마 이렇게 항의할는지 모른다.

'그에 맞는 잔돈이 없으면 어떻게 하는가? 그것을 바꾸러 가자면 두 번 수고를 해야 하니 더 불편하지 않겠는가?'

옳은 말이다. 나도 처음엔 그렇게 생각했었다. 그러나 첫째, 편하게 살기 위해서 또 다른 불편을 만들어내는 것이 바로 우리가 부러워하는 미국식(현대 문명)이니까 할 수 없는 일이고, 둘째, 자동판매기 옆에는 으레 또 자동 환전기란 것이 있으니까 자동을 자동으로 해결해버리면 된다.

그러나 미국의 유머에는 이런 것이 있다. 멕시코 사람이 미국으로 건너가 금방 백만장자가 되었다. 그는, 총각이 쿼터 달러 (25센트짜리 동전)를 집어넣고 단추를 누르면 여자 하나가 튀어나오는 아내 자동판매기를 만들어낸 것이다. 그런데 그보다 뒤늦게 미국으로 건너온 이탈리아 사람 하나는 아내 자동판매기의 원리를 뒤집어서 간단히 천만장자가 되었다. 즉 그는 아내를 집어넣고 단추를 누르면 25센트짜리 동전이 나오는 자동판매기를 만들었던 것이다.

나는 미국에서 자동판매기를 사용할 때마다 이 유머가 생각나서 이따금 혼자 웃곤 했다.

가정이나 한 사회가 거대한 자동 기계처럼 돌아가고 있는 미국, 그 기계 속을 들여다보면 아내를 25센트짜리 동전으로 바꾸고 싶어 하는 사람이 많듯이 원만하게 잘 돌아가지 않는 인간들의 고뇌가 숨어 있다. 그들은 자동식 때문에 불편을 참고 견디는, 그 '어려운 생'의 가치를 망각하는 수가 많은 것 같다.

메이시 백화점 구경을 하고 다닐 때 나는 솔직히 말해서 자동 장치가 붙어 있는 그 많은 물건들이 부러웠다. 그러나 그중에서 단 한 가지, 주어도 사양하고 싶은 물건 하나가 있었던 것도 또한 솔직한 심정이다. 그것은 자동으로 움직이는 전기 요람이었다.

"요람을 흔드는 손, 그것이 세계를 지배한다."는 유명한 격언이 나에게는 뜻밖에도 하나의 예언처럼 느껴졌다.

이 격언은 요람을 흔들어 아이들을 잠재우고 있는 사랑의 손, 여성의 손, 어머니의 그 손 안에 세계가, 그리고 인간의 미래가 맡겨져 있다는 것을 뜻하려 한 것이다. 그러나 요람을 흔드는 손은 어머니가 아니라 바로 그 자동식 기계이다. 과연 자동식 기계의 손이 지금 세계를 지배하고 있지 않은가? 오늘날 2천만을 헤아리는 미국의 틴에이저들은 대부분이 어머니의 손에 의하여 흔들리는 요람이 아니라 전기 자동 장치로 흔들리는 그 요람 속에서 성장하게 된 아이들이다. 좀 현학적인 로자크의 말을 빌리자면 그들은 '테크노크라시스 차일드technocracies child(기술관료 사회의 아이들)'인 셈이다.

극단적인 예로 미국의 부엌을 들여다보자. 나와 같은 나그네의 자격으로는 도저히 뚫고 들어갈 수 없는 벽 속에 미국 가정의 부엌이 숨어 있다. 보통 친한 손님 아니고서는 부엌 구경을 못 한다. 그만큼 그들은 부엌을 가정의 성역으로 알고 있다. 그뿐만 아니라 미국의 부엌 시설은 세계의 어느 부엌보다도 편리하고 깨끗하다. 값으로 쳐도 일금 5천 달러짜리가 수두룩하다.

흡사 정밀기계 공장에 전기상회를 합쳐놓은 것 같은 오토매틱 시스템으로 꽉 짜여 있는 부엌…… 그러나 미국의 남성들은 무엇이라고 불평하는가?

세계 최고의 5천 달러짜리 부엌에서 세계에서 제일 맛없는 음식을 만들어내는 사람이 바로 미국의 여성이라는 것이다. 지저분하고 불편하지만 질화로에다 어머니가 끓여주는 된장찌개 맛 속에서 자라나는 한국 아이들에 비해, 편하고 깨끗하지만 식품 공장에서 나온 통조림 같은, 자동식 가스레인지에서 익혀져 나오는 음식을 먹고 자라는 미국의 틴에이저…… 그들은 정반대의 극단에서 시소를 타고 있는 것과 같다는 생각이 든다.

부엌의 음식이 모두 편리한 오토메이션으로 되어 있기 때문에 도리어 어머니의 손길이 느껴지는 음식을 먹지 못하는 이 역설, 그것이 미국 가정의 상징이고 동시에 미국 틴에이저의 풍속을 설명할 수 있는 암호 해독표라는 생각이 든다. 미국 아이들만큼 가정적으로 자라나는 아이들도 없으며 그들만큼 가정을 모르고 자라나는 아이들도 또한 드문 것이다.

미국 가정에 있어서 아이들의 지위는 옛날 세자 책봉을 받은 왕자 못지않다. 퍼킨슨의 말대로 가족계획이라는 걸 몰라, 보통 한 식구가 열 명에서 스무 명까지 되어 가정이 아니라 흡사 사립 초등학교 같았다는 빅토리아 왕조 시대와는 달리 "Stop at two(둘만 낳고 말라)"라는 표어가 유행하고 있는 오늘날의 미국 가정에선 우선 아이들의 수가 적다.

좀 떠들고 장난이 심해도 소음 공해의 우려가 없다. 그리고 수가 적어 부모가 호령을 하지 않아도 된다는 이유와 함께 미래지향적인 개척민들의 전통으로 봐서도 미국 아이들은 단연 가정의 보배다.

그런데도 틴에이저들은 18세가 되기를 원한다. 법적으로 독립할 수 있는 나이이기 때문이다. 미국의 틴에이저들은 편한 가정에서 벗어날 수 있는 구실만 있으면 그것이 록 뮤직이든 마리화나든 무엇이든 곧 심취해버린다. 왜냐하면 미국의 가정은 자동 기계처럼 편하기는 하나 똑같은 것의 되풀이기 때문이다. 어느 10대 소녀는 이렇게 말한다.

"진정한 사랑이 무엇인지, 이런 것은 엄마에게 물어볼 수 없답니다. 엄마도 지금 나와 똑같이 사랑 때문에 고민하고 있는 중이니까요."

부모들은 '데이트를 하고 집에 몇 시까지 들어와야 한다'는 시간을 가르쳐줄 수 있어도, 침대의 이불 속 온도가 얼마나 되어야 인체에 가장 쾌적한가는 해결해주어도, 사랑의 이해, 침대 속에서 잠 못 드는 생의 고뇌에 대해서는 거의 의사소통이 안 된다.

미국의 40대와 10대는 똑같은 청춘이란 말이 있는 것을 봐도 알 수 있다. 아이들이 10대가 될 나이면 부모는 40대에 들어선다. 미국에서 40대라면 재산, 사회적 지위, 그리고 모든 것이 안정되는 나이이다. 제2의 여드름이 돋기에 바쁘다. 부모들은 자동식으로 아이들이 자라나도록 하지만 인생은 자동식 장치로 처리하기엔 너무도 예외가 많고 너무도 복잡하여 고장이 잦은 기계이다.

컴퓨터가 데이트를 알선해주어도 그 결과는 과오투성이라 지금 미국에서는 그를 에워싼 소송이 한창 벌어지고 있는 중이다. 그래서 젊은이들 사이에는 직접 플래카드를 들고 데이트 대상을 구하러 다니는 슬픈 데모(?)도 일어나고 있다. 정보 사회라고 하면서 데이트 상대를 구하는 정보는 그렇게도 후진적이다.

결론은 무엇인가? 미국의 어린이들은 전통적으로 허클베리 핀의 기질을 갖고 있다. 그들이 원하는 것은 안전이 아니라 방랑이며, 위험이며, 이상이다. 원래 미국인은 그 마음속에 보이지 않는 술을 지닌 국민이라고 평한 사람도 있다. 술을 마시지 않고서도 영원히 도취하는 국민, 무엇엔가 도취되지 않고서는 살 수 없는 허클베리 핀의 모험이 그들의 전통이다.

자동식으로 상징되는 테크노크라시는 그와 정반대 쪽의 골대로 공을 굴려 차고 있는 것이다. 이러한 역설 속에서 빚어진 것이 미국의 틴에이저들이며 그들이 형성해가고 있는 '반문화counter-culture' 경향이다. 대체 그들의 반문화 경향은 어떠한 것들인가?

새로운 부족의 탄생

　브로드웨이에서 공연된 「네 자신의 것」이라는 쇼는 무대 배경에 비치는 두 장의 컬러 슬라이드로 끝이 난다.

　한 장의 슬라이드는 미켈란젤로가 그린 여호와신이고 또 하나는 달력에 그려진 예수님의 얼굴이다. 그러고는 이런 대화가 오간다.

　　신 : 아들이여.

　　예수 : 예, 아버지.

　　신 : 대체 언제 그 머리를 깎을 작정이냐(When you gonna get hair cut)?

　관객석에서는 폭소가 터져나오고 막은 서서히 내려온다. 그러나 쇼는 끝나도 현실의 드라마는 바로 여기에서부터 막이 오른다. 세대 간의 단절이 두 개의 다른 생활양식과 문화를 만들어내고 그것이 서로 갈등을 일으키고 있기 때문이다. 미국인이란 하나의 동질성, 그것이 두 개로 분열되어 있는 시대에 있다.

젊은이들의 문화는 이를테면 새로운 부족의 탄생을 의미한다. 백인들이 처음 미국에 상륙하였을 때 그들은 무엇을 보았는가?

아메리칸 인디언들은 헤어스타일도, 음악도, 말씨도 그리고 생활양식의 모든 것이 자기네들 것과는 전혀 다른 것에 속해 있었다.

젊은이들의 반문화란 것도 마찬가지다. 기성 문화와는 별개 종목의 문화라 할 수 있다. 헤어스타일도 옷차림도 그들이 즐기고 듣는 춤이나 노래까지 마치 앵글로색슨족과 아메리칸 인디언의 문화만큼 이질적이다. 그리고 그들의 반문화를 지탱하고 있는 것을 한마디로 상징한다면 '환각 문화'라고 표현할 수 있을 것 같다.

젊은이들이 만나면 인지와 중지를 펴서 'V' 자 형을 만들어 보인다. 그것은 자기네들이 서로 같은 문화에 속해 있는 종족인가를 확인해보려는 신호다. 'V' 자는 여러 가지 것을 의미한다. 정치적으로는 반체제와 반전을, 그리고 실생활에서는 마리화나를 의미하는 사인이다. 서로 'V' 자를 나타내면 그 순간부터 그들은 국적이나 인종에 관계없이 흉금을 터놓는다. 드럭drug 체험을 가졌다는 것만으로 그들은 하나의 동질성을 발견하게 되는 까닭이다.

또 다른 젊은이들의 인사말에는 "우드스탁에 있었느냐(Were you at Woodstock?)"는 것이 있다. 우드스탁은 1969년에 록 뮤직의 제전이 벌어졌던 곳이다.

40만의 젊은이들이 모여서 3일 동안 '평화와 음악'의 축제를 벌인 이 들판은 청년 문화의 미사일 기지라고 할 수 있다. '마리화나를 피우느냐, 록 뮤직을 좋아하느냐'는 물음은 결국 '당신은 환각 문화의 의미를 알고 있는 사람인가?'라는 것과 같은 말이다.

록 뮤직의 특성은 '순수', '단순', '엑스터시'이다. 마리화나의 작용도 마찬가지라고 한다. 사용자들은 마리화나를 피우고 약효가 나타나면 죽은 땅이 생물처럼 리듬으로 가득 차고 수목 안에 숨어 있는 생명을 눈으로 볼 수 있다고 말한다.

이 비현실적 체험이 현 체제에 억압돼 있는 그들의 긴장을 완화하고, 불순수한 욕망을 순수하고 단순하게 만들며, 기계적인 생활을 엑스터시의 생명감으로 바꿔놓는다는 것이다.

그래서 그들은 마리화나를 피우는 것을 여행trip이라고 한다. 그것은 정신의 여행이며 이 여행을 통해서 자기 고향(생활)의 의미를 새롭게 바라볼 수 있다는 것이다. 그들의 은어를 봐도 기분 좋은 상태를 'good trip', 기분 나쁘게 취하는 것을 'bad trip'이라고 표현한다.

마리화나 흡연에 대한 반응 체제를 봐도 세대의 단층은 뚜렷하다. 대개 나이 많은 사람들은 마리화나 흡연을 형식적이고 체제적인 면에서 비판하고 있다.

미국의 젊은이들이 마리화나를 많이 피우는 것을 어떻게 생각하느냐고 물었을 때, 40대 이상은 '그것은 법으로 금지되어 있으니까 나쁘다'라고 말하는 사람들이 대부분이다.

그러나 20대의 젊은이들은 사용자가 아니라 해도 마리화나를 법으로 금지하는 법의 모순에 도전한다.

첫째는 학생들의 60퍼센트 가까이가 피우고 있는 마리화나를 법으로 금지하고 있다는 것은 미국의 젊은이들을 모두 범법자로 만드는 것과 같고, 결과적으로는 재수 없는 사람만이 걸려드는 것과 마찬가지니까 법의 평등성이 상실되어 있다는 이야기다.

그뿐 아니라 마리화나 LSD의 원료는 대마만이 아니다. 하와이언 우드로즈, 짐슨위드, 그리고 나팔꽃 씨, 심지어 텍사스 주를 상징하는 꽃인 블루보닛이란 꽃과 고속도로 주변에 얼마든지 피어 있는 스카치 브룸의 꽃씨도 환각제의 원료이다.

그런 꽃들은 가정의 뜰에서도 기를 수 있다. 환각제를 불법화하려면 이 많은 식물 자체를 근절시킬 수 있어야 한다. 그것이 현실적으로 가능한가라고 그들은 반문하고 있다.

환각제 사용이 과연 해로우냐 그렇지 않으냐의 반응 역시 마찬가지다. 40대 이상은 그것을 모르핀과 같은 마약과 동일시한다. 그러나 젊은이들은 습관성도 없고 인체에 해를 주지도 않는다고 주장한다. 그보다는 술이나 담배가 훨씬 더 해롭다고 역습을 하고 있다.

술에 취한 사람은 기물을 부수고 폭행을 하지만 마리화나는 도리어 인간을 명상에 잠기게 하여 식물처럼 잠잠하게 만들지 않느냐는 것이다.

또 어른들은 마리화나가 모르핀과 다르다 해도 장복長服하면 인체에 해를 주고 중독성도 생겨난다는 의사의 말을 믿고 있다. 그러면 또 젊은이들은 이렇게 반론을 한다.

"의학자의 말을 들어보면 인간이 먹는 음식 가운데 대부분이 암의 원인이라고 말하지 않던가? 어떤 것이든, 오래 먹어서 중독증에 걸리지 않는 것이 어디 있느냐? 히피들이 모여 사는 헤이트 애슈베리에는 거의 모두가 환각제 사용자들이지만 모르핀을 맞는 사람은 거의 없다. 해로우니까 맞지 않는다. 불법이냐 아니냐가 문제가 아니라 환각제가 유해하냐 무해하냐에 따라 그 복용자가 늘 수도 줄 수도 있다. 지금 환각제 사용자가 늘어나고 있는 것은 그것이 해롭지 않다는 증거가 아니겠는가?"

나는 미국을 여행하는 동안 어느 편 의견이 옳고 그른지, 그러한 문제보다도 어째서 환각제가 반문화의 원동력 구실을 하느냐에 더 많은 관심을 갖게 되었다.

미국의 기성 문화는 인간의 비전이나 상상력을 극도로 위축시켜가고 있다. 외적인 자유, 외적인 풍요, 외적인 즐거움은 끝없이 팽창해가지만 개인의 내적인 자유, 내적 풍요, 내적 즐거움엔 거의 거미줄이 쳐져 있다.

환각제뿐 아니라, 젊은이들의 반문화 가운데는 인간 자체를 탐구하고 현실을 뛰어넘는 비전으로서 오히려 이 현실을 이해하려는 욕구가 불타오르고 있는 것같이 보였다. 어느 젊은이는 그것을 이렇게 증언하고 있었다.

"어른들은 마리화나보다 몇 배나 더 심한 돈과 출세의 중독증에 걸려 있습니다. 인간은 누구나 무엇인가에 중독되어버리고 마는 환자들이죠. 우리가 선택할 수 있는 것은 어느 환각을 좇느냐는 것입니다. 아버지처럼 돈이나 전쟁 환각에 취해 자신을 상실하는 것보다 나는 생명의 환각에 취하여 나 자신의 의미를 확대하고 싶습니다. 그 환각이란 미와 평화와 사랑입니다. 아직은 내게 이 굳건한 체제를 부술 만한 힘은 없어요. 환각제는 나의 무력無力을 도와줍니다."

환각 문화는 현실에서의 도피를 의미하는 것이 아니라 진지한 인간 추구의 명상이라는 게 그들의 변명이었다.

기계와 장발의 칵테일

택시가 파업 중이라 버스를 타고 그리니치 빌리지 근처에 있는 워싱턴 광장엘 갔다. 그래서 내가 먼저 인사를 나눈 것은 히피가 아니라 시내버스의 그 지붕마다 붙이고 다니는 커다란 선전 간판의 문자들이었다.

'In a world of chug chug thinking, our company goes beep beep(척척 생각하는 세계에서 빕빕 일하는 우리 회사).'

흡사 다윈의 생존경쟁 이론을 뒷받침하기 위해 만들어진 것만 같은 뉴욕의 거리. 정말 사람들의 머리는 피스톤처럼 척척 돌지 않으면 안 된다. 그리고 전류처럼 재빨리 빕빕 일을 해야만 살 수 있다. 그것이 이른바 기능주의 사회에서 트로피를 차지하는 비결이다.

그러나 워싱턴 광장에만 와도 이미 그러한 선전문에 찍힌 자랑스러운 문자들은 하나의 웃음거리가 되는 것 같다.

척척 생각하는 세계가 아니라 그것은 꿈꾸듯이 환각에 잠겨 있는 세계이다. 무전 신호처럼 빕빕 소리를 내는 세계가 아니라 북소리와 기타와 야만인 같은 기성奇聲을 흘리는 세계다.

젊은 남녀가 참새들처럼 조르르 돌담에 걸터앉아서 기타를 치고 노래를 부른다. 흑인과 백인들이 북 하나를 사이에 두고 잔디밭에서 춤을 추기도 한다.

그렇다고 워싱턴 광장이 히피들만의 순례지라고 생각한다면 큰 오해인 것 같다. 노인들도 있고 어린아이도 있다. 젊은이라 할지라도 자기를 결코 히피로 자처하지는 않는다.

"당신이 나를 히피라고 생각한다면 바로 내가 히피가 되는 것이지요. 그러나 남들이 무엇이라고 부르든 나는 그저 이 음악과 사랑과 방황과 피플(이웃 사람들)을 좋아한답니다."

기타를 치고 있는 젊은이에게 히피에 대한 질문을 했을 때에도 그는 그렇게 대답할 뿐이었다.

"당신은 미국의 어느 곳에서도 히피를 볼 수 있을 것입니다. 그러나 미국의 어느 곳에 가봐도 신문에서 떠들어대는 그런 히피를 만나기는 힘들 것입니다. 저 사람은 여자고 저 사람은 흑인이고 저 사람은 부자고 저 사람은 무슨 노조에 속해 있고…… 어른들(이스태블리시먼트)은 사람들을 보면 우선 이렇게 분류를 해놓아야만 안심하지요. 젊은이의 머리를 보고 저건 히피다, 히피가 아니다 하는 것도 바로 그런 분류의 하나에 지나지 않습니다. 오토바이를 탄 젊은이들을 보면 그들은 곧 헬스 에인절hell's angel이라고 믿거든요."

나는 그의 말과 관계없이 계속해서 히피를 찾아보려고 무조건 머리를 길게 기른 친구를 찾아다닌다. 그야말로 척척 생각하고 빕빕 움직이면서 사진을 찍기도 하고 데려다가 이야기를 시켜보기도 했다.

그러나 과연 그들이 내가 글을 쓰기 위해 필요로 하고 있는 진짜 히피인지 아닌지 알 수 없다는 생각이 들었다.

어떤 친구는 "젊은이들이 머리를 기르고 다니는 이유가 무엇이냐."라고 하니까 "당신네들이 머리를 짧게 깎고 다니는 이유가 무엇이냐."고 반문하기도 했다.

심지어 경찰을 봐도 그렇다. 그리니치 빌리지에서 히피들이 모이는 본고장이 어디냐고 경찰에게 길을 묻자, 그는 자기 머리를 가리키면서 "여보시오, 여기도 히피 하나가 있지 않소."라고 농담을 했다.

그의 머리가 정말 그렇게 긴 것은 아니었지만, 어쩌면 히피가 되고 싶은 마음이 있었는지도 모른다.

그러나 그들이 히피든 아니든 내가 만난 그 젊은이들에게서 공통적으로 발견할 수 있는 특징은 어른들이 생각하고 있는 것처럼 생활의 발전을 '텔레비전 화면의 인치로 잴 것이 아니라'는 확신이었다.

지난 세대들이 인생의 목표로 삼은 것은 19인치 텔레비전을

24인치 텔레비전으로 바꿔나가는 것 같은 경제적 안정이었다.

그 이상과 행복의 골문은 보다 풍요한 생활이었다는 것이다. 그러나 그들은 '그래서 어쩌자는 거냐(So what?)'고 회의한다.

무엇이 과연 발전인가, 이러한 가치관의 코페르니쿠스적 전환으로서 그들은 새로운 라이프 스타일을 주장하고 있다. 그리고 그것이 자기네들만의 생각이 아닌 증거로 오리건주의 예를 들었다.

거기에서는 지금 발전이 아니라 도리어 어떻게 하면 발전을 막을 수 있는가 하는 문제로 고민을 하기 시작했다는 것이다. 그래서 고속도로 건설의 중단, 공장 허가 제한, 관광객 사절 같은 반발전反發展 운동이 벌어지고 있다고 한다.

히피를 보고 또 그들의 이야기를 들을 때마다 나는 거대한 미국, 너무 살이 쪄서 고혈압에 걸린 그 미국이 머리에 떠올랐다. 그리고 그러한 미국이 체중을 내리기 위해서 다이어트를 하고 있는 것, 그것이 히피의 카운터컬처인 것 같다는 느낌이 들었다. 히피들이 타고 다니는 차는 대부분이 소형 폴크스바겐이다. 거기에 꽃을 꽂고 다닌다.

30만 킬로미터나 떨어진 달나라에서 우주인이 무엇을 하고 있는가는 안방에 앉아서 구경하고 있으면서도 아파트의 바로 옆방에 살고 있는 이웃 사람이 살해를 당해도 모르는 것이 미국 도시인의 생활이다.

그러나 히피들은 자기네들끼리 공동체를 만들어 이웃과 한 식구처럼 살고 있다. 타오스에 가면 자급자족하며 공동생활을 하고 있는 히피들을 볼 수가 있다.

기성 사회인들이 모양을 내고 깨끗한 것을 추구하고 있을 때 그들은 더러운 것을(사실 그들의 옷차림은 흡사 거지와 같다) 택하며, 기성 사회인들이 머리를 짧게 깎으면 그들은 그것을 기른다.

기성 사회인들이 술을 마시고 담배를 피우면 그들은 마리화나와 LSD를 취한다. 기성 사회인들이 고도의 기술을 사용해 조직화된 공장에서 물건을 만들어낼 때 그들은 혼자서 원시적인 수공업으로 샌들을 만든다. 기성 사회인이 경찰과 재판소를 위해 있을 때 그들은 죄수와 비난받는 자의 편에 선다. 기성 사회의 생활 방식을 역으로 살고 있는 히피들의 그러한 반문화가 현존하는 미국 문화를 근본적으로 바꿔놓을 수 있을지는 의심이 간다.

그러나 적어도 이런 반문화 속에서 고혈압에 걸린 미국의 기성 문화는 다이어트를 할 수 있게 될 것이다.

히피들은 이미 상업화된 그리니치 빌리지를 떠나 샌프란시스코의 헤이트 애슈베리로 이주해갔지만, 나는 이제 특정 지역이 아니라 기성 문화 전체로 깊숙이 파고 들어간 히피들의 영향력을 찾아볼 수 있었다. 가구를 고르는 취향이나 상품에까지도……

젊은이의 지진

잠잠하던 땅이 갈라지고 진동과 폭발을 일으키는 것을 우리는 지진earthquake이라고 한다.

그런데 1968년과 1969년 사이에 미국에서의 색다른 지진이 일어났다. 굳건하게 자리 잡고 있던 대학 캠퍼스들이 갑작스레 뒤흔들리기 시작한 것이다. 그래서 스튜던트 파워란 말과 함께 '유스퀘이크'란 신어新語가 등장하게 되었다. 땅이 흔들리는 것이 지진이니까 청년들이 흔들리는 것은 '청년진youthquake'이 되는 셈이다. 그러나 내가 컬럼비아대학이나 하버드대학을 방문한 것은 이미 그 유스퀘이크가 가라앉아 여진조차 느낄 수 없을 때였다.

다만 캠퍼스 부근에 있는 건물 유리창들만이 두꺼운 철망을 덮어쓰고 아직도 언제 날아올지 모르는 데모대의 투석을 겁내고 있는 소심한 광경이 눈에 띄었을 뿐이다.

스튜던트 파워의 대본산이라고 불리는 캘리포니아의 버클리대학도 마찬가지였다. 마침 시험기간이라 캠퍼스 안에는 개들만이 제 세상 만난 듯 어슬렁거리고 다녔다. 그런데 버클리대학의 그 개야말로 유스퀘이크를 이해하는 데 많은 도움을 준다는 사실을 나는 곧 발견하게 되었다.

미국의 개들은 권세가 당당하다.

개를 위한 미용사와 패션 디자이너가 있는가 하면 신경질 잘 부리는 개를 위해 견공 전문의 정신과 의사까지 등장하고 있다.

개 공동묘지에 가면 500달러짜리 비석이 서 있고 그 관의 최소 가격이 300달러가 넘는다고 한다. 그러니 그 장례식 또한 거창하지 않을 수 없다. 미국 텔레비전을 보면 개 먹이 광고가 우리나라의 소화제 광고보다도 더 요란스럽다.

말이 개 먹이지 사람 요리보다도 더 까다롭다는 이야기다. 왜냐하면 개의 식성에만 맞춰서도 안 되고, 그 음식을 주는 인간의 기호에도 맞춰야 하기 때문이다.

음식 냄새로부터 씹는 소리에 이르기까지 양쪽 눈치를 다 봐야 하니 그것을 알맞게 조정하자면 보통 힘이 드는 게 아니란다.

그런데 버클리대학의 그 개들은 텔레비전의 화려한 광고와는 인연이 먼 개들이다. 미장원에도 갈 수 없고 정신과 의사의 고객도 될 수 없는 일종의 주인 없는 개, 소외된 개들이다. 일정한 이름도 없다. 버클리대학 학생들도 주인 없는 이 개들을 그냥 '샘'이라고 부른다.

샘은 학생들을 따라 등교하고 점심때만 되면 학생 식당에 가서

샌드위치 몇 조각을 얻어먹는다. 강의가 끝나 캠퍼스가 텅 빌 무렵이면 샘들의 일과도 또한 끝난다.

그러나 놀랍게도 이 샘들 가운데 하나가 영예의 학사증을 받을 뻔했다는 것이다. 짓궂은 대학생 하나가 샘을 자기 대학에 입학시켜놓고 꼬박꼬박 등록금을 내주었다.

수강도 시험도 모두 그 학생이 대리로 이수해준 것이다. 비록 학교 측의 거부로 졸업은 못 했지만 문서상으로 이 샘이 버클리대학의 어엿한 동창생이 된 것만은 사실이다.

나는 아직도 이것이 학생들이 꾸며낸 단순한 농담인지 혹은 실화인지 확언할 수 없다. 그러나 이야기를 통해서 학생들이 왜 데모를 일으키고 소란을 피웠는지 그 원인의 하나를 찾아볼 수 있었다.

사회와 마찬가지로 고도로 조직화되고 기계화된 오늘날의 대학 체제 속에서 학생들도 버클리대학의 주인 없는 개처럼 소외되어 있다.

생명력을 상실한 대학 캠퍼스에 남아 있는 것은 형식주의와 권위주의의 해골탑이다. 그렇기에 제도에 맞추기만 하면 인간 아닌 개도 대학 졸업의 영예를 차지할 수 있다는 것이다.

학생 하나는 이렇게 자신의 불만을 토로하고 있었다.

"학생들은 학생들이 원하는 공부를 하는 것이 아니라 커리큘럼 제도에 맞추기 위해서 공부를 해주고 있는 격이다."

"사회는 변하고 있다. 우리가 요구하고 있는 것은 죽은 지식이 아니라 생의 갈증을 적셔주는 한 잔의 우물물이다."

"누가 너의 아들이 생선을 달라고 할 때 뱀을 줄 것이며"라는 성서의 구절과 정반대되는 현상이 대학에서 일어나고 있다. 학생은 생선을 달라는데 대학은 뱀을 가져다 먹으라고 주는 것이다. 그래서 하버드대학에서는 학생 소요가 일어난 뒤에 "교육은 엑스터시(황홀감)여야 한다."라는 새로운 표어까지 등장하게 되었는지도 모른다.

학생들의 이야기를 들어보면, 대학의 낡은 체제만이 그들의 공격 대상은 아닌 것 같다.

'Make love, not war'라는 슬로건처럼 학생들의 이상주의는 동맥경화증에 걸린 사회의 굳어버린 체제에 대한 전면적인 거부로 나타난다. 그것이 때로는 반전 시위로 번지기도 하고 빈민 문제에 대한 항의로 발전되기도 한다.

"뉴 라이프 스타일, 뉴 라이프 스타일! 우리가 무엇을 외치든지 그것은 30대 이상의 사람들과는 다른 방식으로 이 세상을 살아가고 싶다는 말입니다."

이렇게 주장하고 있는 학생들의 이야기를 들어보면, 어째서 이공계보다 인문계에 속하는 학생들이 더 많이 데모에 참가하고 있는지 이해가 간다.

대학의 개혁을 내세운 운동이 사회 개혁으로 확대되어간 그 통로에서 우리는 기술의 개발보다도 모럴의 개발이 더 중요하다는 젊은이들의 한 시선을 느낄 수가 있다.

그러나 대부분의 학생들은 폭력에 의한 래디컬리스트의 데모에 회의적인 태도를 나타내고 있었다. 스튜던트 파워라고 하면 어쩐지 럭비 선수와 같은 학생들이 연상되지만 실제로 내가 보고 만난 미국 대학생들의 그 인상은 어린아이처럼 귀엽고 천진난만한 것이었다.

하버드나 버클리 같은 대학 캠퍼스를 돌아다니다 보면 초등학교 신입생처럼 등에 배낭 같은 것을 메고 다니는 대학생들이 많은 데 놀라지 않을 수 없다.

고교생이든 대학생이든 남학생이든 여학생이든 책가방을 손에 들지 않고 등에 메고 다니는 것이 요즘 대유행이라는 것이다.

15달러에서 25달러짜리 냅색knapsack(배낭)이 학교 주변의 상점에서 불티나게 팔리고 있다.

"가방을 들면 손이 부자유스럽다. 냅색은 두 손을 자유롭게 한다."

"기분이 내키면 우리는 언제 어디를 향해 떠날지도 모른다. 한 곳에 묶여 있지 않은 방랑자의 생활 태도, 그것이 냅색의 상징이다."

"록 페스티벌에 갈 때 또는 데모를 할 때 손에 가방을 들고 다니면 불편하다. 그러므로 필요한 것은 무엇이든 등에 짊어지고 세상을 살자는 것이다."

"이 냅색에는 내가 생활하는 데 필요한 최소한의 물건들이 들어있다. 칫솔, 담요, 책, 플래시, 셔츠, 양말, 담배…… 이것만 등에 짊어지면 이 지구가 다 내 집이나 다름없다. 이것은 자유의 바람을 향해 올린 나의 돛이다."

등 뒤에 생활을 짊어지고 두 손을 자유롭게 움직이고 싶다는 그들의 모습에서 나는 미국인다운 천진성과 그 행동성의 의미를 찾아볼 수 있었다. 스튜던트 파워의 근원도 거기에 있는 것 같았다.

젊은이가 좋아하는 것들

　기타는 젊은이들의 악기다. 옛날 카우보이들은 권총을 차고 다녔지만 오늘날 젊은이들은 기타를 들고 다닌다. 세계의 어느 곳엘 가도 젊은이들이 모여 있는 곳에서는 기타 소리와 노랫소리가 들려온다. 공원에서 광장에서 심지어 공항 라운지에서도……. 어른들은 그러한 젊은이들을 보고 말세가 가까워졌다고 한탄한다.

　그러나 이상스럽지 않은가? 정말 한숨을 쉬어야 할 사람은, 사람을 죽이는 권총을 허리띠처럼 두르고 다니던 옛날의 그 젊은이들이었다. 기타는 사람을 죽이지 않는다. 기타의 노래는 권총 소리처럼 피를 흘리게 하는 것이 아니라 거꾸로 사랑을 움트게 한다.

　어째서 기타는 젊은이들의 무기가 된 것일까? 기타는 피아노처럼 무겁지 않다. 특정한 장소에 얽매여 있지 않다. 사람이 가는 곳이면 어디에고 따라다닐 수 있다. 한곳에 머물러 있기를 거부하는 악기다. 기타는 바이올린처럼 까다롭지 않다. 바이올린은 신경질적이다. 바이올린을 켜려면 손, 턱…… 등 온몸이 굳어진다. 무엇보다도 바이올린을 켜면서는 노래를 부를 수 없다.

그러나 기타는 애인처럼 몸에 안긴다. 기타는 포옹의 자세를 요구한다. 기타는 서서도 칠 수 있고 앉아서도 칠 수 있다. 명상하는 자세로 혹은 춤추는 자세로도 칠 수가 있다. 가장 자유로운 악기다.

기타는 협동의 악기다. 독주가 아니라 반주 악기다. 춤과 노래의 참여를 요구한다. 그것은 청각의 리듬과 육체의 리듬으로 각각 분리해놓는 다른 악기처럼 고립적인 것이 아니다. 그 소리 역시 깨끗하게 다듬어진 것이 아니라 히피의 머리처럼 흩어져 얽혀있다.

젊은이들은 옛날 어른들이 좋아했던 바이올린이나 피아노 같은 고전적인 악기보다는 기타 편을 택한다. 그것은 바로 사랑과 평화와 자유로운 몸짓과 협화, 그리고 함께 어울려 사는 '인볼브먼트involvement의 문화를 상징하는 것이 아닐까?

오늘의 젊은이들은 낙서를 좋아한다. 프랑스에서는 파리약처럼 누르기만 하면 분출하는 자동식 페인트 깡통이 많이 팔리고 있다. 원래의 용도는 칠이 벗겨진 자동차나 벽에 칠하는 것이지만 낙서용으로 더 인기가 있다.

힘 안 들이고 벽 위에 붓글씨처럼 큼직한 낙서를 할 수 있기 때문이다. 파리에 눈이 내리면 자동차는 움직이는 플래카드로 변한다. 지붕이나 유리창에 하얗게 쌓인 눈은 백지가 되고 손가락은 크레용이 된다. 그래서 프랑스에는 전국 대학 캠퍼스를 순례하면서 낙서를 수집해 책 한 권을 출판한 '낙서 전문가'가 나타나기도 한다.

대통령을 넷이나 배출한 명문 하버드대학의 변소에도 'Today is pig, tomorrow is bacon' 정도의 낙서는 얼마든지 발견할 수 있다. 지하철의 벽도 그들에겐 낙서판이다.

"이 여인은 왜 이렇게 웃고 있을까요?"

"왜냐하면 여기에 맛있는 술이 있기 때문이죠."

이런 포스터도 젊은이들에겐 술보다 낙서에 취하게 하는 자극제가 된다. 그들은 술 이름을 지우고 이렇게 개작改作해놓는다.

"왜냐하면 오늘밤 보이프렌드와 데이트가 있기 때문에……."

사회가, 세계가 그들의 낙서판이다. 왜 그들은 낙서를 좋아하는가? 이렇게 물으면 '거기에 벽이 있기 때문에……'라고 말한다. '거기에 어둠이 있기 때문'이라고 말한다.

문자 그대로 해석할 수도 있고 상징적으로 풀이될 수도 있다. 사회의 벽과 공백과 어둠과…… 이런 것들에 도전하기 위해서 그들은 낙서를 한다.

낙서에는 서명이 필요 없다. 어른들은 자기 서명이 붙는 글, 영원히 남는 글, 돈이 생기는 글…… 이런 글을 쓰려고 하기 때문에 거짓말을 선택한다. 점잖은 말을 고르고 권위 있는 말을 고르고,

비평가의 구미에 맞는 소심한 말을 고른다.

그러나 낙서에는 위선이 없다. 교과서의 언어가 아니라 그것은 거리의 언어다. 내일 지워질지 모르는 것이기에 오직 오늘에 정직해야 한다. 숨어서 쓰는 글이기에, 자기의 체면 때문에 거짓을 말할 필요도 없다.

눈과 함께 녹아버리는 낙서, 종이와 함께 퇴색하는 낙서, 매연과 함께 사그라져가는 낙서…… 그것이 바로 오늘의 젊은이들이 지니고 있는 마음의 표현이다. 그러므로 낙서에는 체제란 것이 없다. 다만 승인받을 수 없는 언어가, 폭발하는 발산이 있을 뿐이다. 이 낙서 문화가 승화된 것이 바로 젊은이들 사이에서 유행하고 있는 '언더그라운드 컬처(지하 문화)'가 아니겠는가?

서양 사람들은 앉는 데에도 도구를 필요로 한다. 그것이 바로 의자라는 것이다. 의자생활이 서양인의 생활이며 서양인의 문화이다. 그러나 오늘의 젊은이들은 집 안에서도, 거리에서도, 학교에서도 땅바닥에 그냥 앉는 것을 좋아한다.

의자가 있어도 마룻바닥에, 흙 위에, 카펫 위에 좌선을 하는 고행승처럼 털퍼덕 주저앉는다. 그래서 '히피'란 '히프로 생활하는 사람'이라는 새로운 해석까지 나오고 있다.

젊은이들은 말한다.

"의자에 앉아 있는 것은 정말 앉아 있는 것이 아니다. 그것은 다음 동작을 위한 대비 자세에 지나지 않는다. 의자에 걸터앉은 사람은 금세 일어설 것만을 생각한다. 마치 문을 열고 누가 권총을 들이대면 어쩌나 하는 불안이 늘 의자 곁에 맴돌고 있다. 의자야말로 일어서기 편하도록 고안된 도구가 아닌가? 무엇 때문에 앉으면서 일어설 생각을 하는가? 왜 그렇게 쫓기는가? 히프를 땅에 대고 앉아 있으면 명상을 할 수가 있다. 그것이 정말 앉은 것이며 그것이 정말 쉬는 것이다. 땅 위에 앉으면 내면의 행동이 시작된다."

오를리 공항에서였다. 안개 때문에 모든 비행기가 네 시간이나 연발을 했다. 어른들은 시계를 보고 알림판을 보고 공항 의자에 앉았다 일어섰다 야단들이다. 그러나 장발의 젊은이들은 공항 라운지 바닥에 그냥 주저앉아 노래를 하거나 트럼프를 하거나 명상에 잠겨, 태연스러웠다.

"앞으로의 문화는 히프를 땅에 대고 인생을 생각하는 문화여야만 한다……. 서양 문명의 잘못은 히프를 대지로부터 떨어뜨려 놓았을 때 생겨난 것이다. 그 부지런한 사람들이 부지런하게 인류를 멸망으로 이끌어가고 있다."

오늘의 젊은이들은 행동과 함께 명상의 의미를 추구한다. 그래서 동양의 신선들이나 선객처럼 짚방석도 없이 흙 위에 앉아 있기를 좋아한다.

지금까지 서양은 외부의 세계만을 정복하기 위해서 히프를 땅 위에 대고 사는 생활을 거부해왔다. 그것이 콜럼버스의 항해였고 식민지 개척이었고 월세계 탐험이었다.

그들은 항상 서 있고 항상 지구의 표면을 걷는다. 서양의 젊은 이들이 땅 위에 앉기 시작했다는 것은 외면의 행동에서 내면의 행동으로 문명의 키를 돌리고 있다는 것을 의미한다. 이제 그들도 히프를 땅 위에 대고 돌아다볼 줄 아는 정신의 여행술(想像)을 터득한 것이다.

미국이든 유럽이든 젊은이들이 잘 쓰는 말 중에 '인볼브먼트'란 것이 있다. 안에 휩싸인다는 뜻이다. 밖에서 관찰하고 분석하고 따지는 것이 아니라 자기가 그 속으로 들어간다는 뜻이다. 지드의 말이 생각나지 않는가?

"백사장을 보며 아름답다고 말하는 것이 아니라 그 모래를 직접 자기 발로 느끼는 인생, 이것이 인볼브먼트다. 사회에서 일어나는 일, 친구끼리 사귀는 일, 자연을 대하는 태도…… 모든 면에서 젊은이들은 그 안으로 들어가기를 희망한다."

옛날 어른들은 책 읽듯이 인생을 읽어온 것이지 인생을 몸으로 받아들인 게 아니었다는 거다.

그래서 세계의 젊은이들은 맨발 벗고 다닌다. 구두를 신으면 땅을, 자신의 그 보행을 느낄 수가 없다는 것이다. 맨발이 아니면 샌들을 신고 다닌다. 마치 옛날 희랍의 철인(哲人)들처럼.

외부와 나를 단절하는 것을 원치 않는다. 그 사이에 무엇이 끼어드는 것을 원치 않는다. 인볼브먼트, 마치 자궁 속에 있는 아이

처럼 환경 속에 휩싸여 살기를 원하는 젊은이들이 맨발로 인생을
걷고 싶어 한다.

어느 교수는 이렇게 말했다.

"학생 자살률이 해마다 줄어가고 있다. 왜 그럴까?"

몇 년 전만 해도 캠퍼스 안에서 혹은 거리에서 대학생들은 서
로 만나면 '하이!'라고 손만 들고 그냥 스쳐 지나갔다. 제각기 자
기 할 일만 했다.

그런데 요즘엔 그렇지가 않다. 어디에서고 떼를 지어 대화를
나눈다. 친구든 아니든 그들은 흉금을 터놓고 이야기한다. 옛날
보다 학원생활에 보다 깊이 인볼브되어 있다는 증거다.

프랑스의 학생들은 이런 농담을 했다.

"나는 마르크시스트다. 카를 마르크스Karl Marx가 아니라 그루
초 마르크스Groucho Marx를 신봉한다는 말이다."

그루초 마르크스는 미국의 쇼맨이다. 단순한 쇼맨이 아니라 사
회풍자가다. 이론가가 아니라 생활 속의 사상가, 노래와 재담과
쇼를 겸한 텔레비전의 영웅인 것이다.

천박해서가 아니다. 젊은이들은 딱딱한 카를 마르크스의 이론
보다, 오히려 생활 속에 인볼브된 그루초 마르크스에게서 인간을
느낀다. 기술과 이론은 인간을 소외시킨다. 합리주의는 언제나
밖에 서서 관찰만 한다. 젊은이들은 맨발의 사상, 느끼는 사상,
인간의 심장과 같이 고동치는 교양을 갈구한다.

맨발로 느끼는 문화, 그것이 팝 컬처다. 팝pop이란 말은 파퓰러 popular에서 나온 말이라고 한다. 그러나 젊은이들에게 팝아트, 팝 사이언스, 팝송의 그 팝이 무엇을 의미하는 것인가라고 물으면 '팝콘'의 팝이라고 말하며 웃는다.

거리에서 먹는 팝콘, 극장에서, 공원에서, 어디에서고 손쉽게 먹는 것. 생生도 사상도 호주머니 속에 있는 것이어야 한다. 아니 무엇이 터질 때 생겨나는 소리, 팝은 의성어다. 의미를 갖지 않은 경쾌한 의성어다.

생명의 소리, 감각의 소리, 눈뜨는 소리, 껍질을 깨뜨리고 터져 나오는 소리가 그 '팝'이다. 팝, 팝, 팝. 그것은 맨발로 땅을 걷고 있는 간지러운 소리다. 피가 통하는 소리다. 생에 밀착(인볼브)되어 살아가는 소리다.

젊은이들은 건실하다. 겉으로 보기에는 타락한 것 같다. 환각 제를 먹고 목적도 없이 떠돌아다니고 지저분한 꼴을 하고 다니 고 데모를 하고 철없는 소리를 지껄이고 버릇이 없고 염치가 없 고…… 그러나 그들은 말한다.

"어른들은 위선 속에서 살고 있다. 우리는 그게 무엇인지 모르 지만 우리가 원하는 생을 그대로 살고 있을 뿐이다."

가령 10년 전만 해도 'American boy-money-girl=0'라는 조 크가 있었지만 지금은 그렇지가 않다. 'American boy-mon-ey-girl=Hippy'다.

히피는 돈(물질)과 여자(육체적 쾌락)만을 추구하는 생을 거부하는 데서부터 시작된다. 히피가 좋다는 이야기가 아니다.

어른들보다는 건실한 생명의식을 갖고 있다는 말이다. 지금까지 선善도 청결도 부富도 모두가 겉으로만 드러나 있었다. 그 안을 들여다보면 엉망이다. 겉은 깨끗하지만 속은 더럽다. 오늘의 젊은이는 반대이다. 겉은 더럽고 속은 깨끗하다. 그들은 다만 거지와 옷을 바꿔 입은, 마크 트웨인의 동화 속에 나오는 왕자다.

히피가 없는 나라가 행복한 나라는 아니다. 유럽에서 히피가 없는 나라는 스페인이다. 아시아에는 일본을 제외하곤 히피가 없다. 겉으로 보면 얼마나 건실한가? 스페인이나 동남아의 여러 나라에는 히피가 없기 때문에 그 사회가 썩지 않았다고 말할 것인가?

젊은이들이 히피처럼 되기를 나는 원치 않는다. 그러나 더욱 원치 않는 것은 히피조차 나올 수 없는 획일화된 그 사회, 굳어버린 그 사회다. 자신自信이 있는 사회, 꿈틀대는 사회에 히피가 있고 젊음이 있다.

참으로 깊은 혼란, 그리고 참으로 위험 속에 직면한 사회는 젊은이가 겉늙어버린 사회, 할아버지와 아버지와 아들이 사물을 다 똑같이 보고 세상을 다 똑같이 살아가는 사회다. 진리는 언제나 반대어에서 또 한 걸음 앞서가는 것이기 때문이다.

히피의 바람은 불 것인가

한국에도 히피족이 생길 것인가? 외국에서 유행하는 것이면 사흘이 멀다 하고 뒤쫓는 나라이지만 이 물음에 대해서는 선뜻 대답하기 힘들 것 같다. 아무리 유행이라고 해도 우리 형편을 볼 때 쉽사리 히피들의 생활을 모방하기 어려운 점들이 많은 것 같다.

우선 히피가 나오려면 그 사회가 경제적으로 부유해야 된다. 미국의 히피들은 거의 모두가 중류 이상의 집안 자제들이다. 물질적 생활을 경멸하면서 일정한 일자리 없이 LSD를 마시며 떠돌아다녀도 그들에겐 먹을 것과 입을 것이 있다. 우리나라 같으면 히피 생활 3일 만에 아사하고 말 일이다.

그리고 한국에 대가족주의가 시퍼렇게 살아 있는 한 멋대로 히피 선언을 하지 못할 것이다. 밖에 나오면 급진적인 젊은이들도 집 안에 들어가면 팔순 노인처럼 보수주의자가 된다. 젊은이들끼리 모여 히피촌을 만들어낼 수 있는 것은 미국이 핵가족 사회이기 때문에 가능한 것이다.

그러나 그런 것은 모두가 지엽적인 이유밖에 되지 못한다. 한국에 히피족이 생길 수 없는 가장 큰 이유는, 젊은이들이 처해 있는 근본적인 사회 풍토가 다르기 때문이다. 히피들은 호수처럼 괴어 있는 미국 사회의 그 안정성에 대해 구역질을 느낀다. 빈틈없이 돌아가고 있는 기계적인 생활, 고도로 조직화된 대학 사회, 판에 박힌 듯한 합리주의적 제도의 울타리에서, 히피들은 도리어 그러한 안정성으로부터 하나의 정신적 모험을 구하고 있는 것이다. 그들은 변화를 추구한다. 하나의 어지러움과 영혼의 상처를 찾으려 한다.

그러나 정반대로 우리 사회는 변화가 너무 많아 걱정이다. 모든 제도가 사흘이 멀다 하고 곤두박질한다. 다방이 바가 되고, 판잣집 자리에 빌딩이 서고, 몇만 원짜리 집이 자고 깨면 수십 배로 뛰고, 버스 정류장이 도깨비불처럼 이리 옮겼다 저리 옮겼다 야단이고……. 안정에 권태를 느끼는 히피도 이곳에 오면 혼비백산할 지경이다. 신문을 보고 있으면 활자들이 고고 춤을 추고 있는 것 같아 현기증이 날 지경이다. 고마운 일이 아닌가? 히피처럼 LSD를 마시지 않아도 우리는 변화무쌍한 환각 속에서 취한 것처럼 살아가고 있으니 말이다.

한국에서는 적어도 히피의 바람만은 근심하지 않아도 좋다.

젊음은 공처럼 튀어오른다

그대로 두려무나

혼란한 시대에 내가 나 자신을 발견했을 때

수녀 마리아는 내게로 와서

슬기로운 말을 가르쳐주셨죠.

그대로 두려무나.

(......)

상처받은 사람들이

슬픔에 찬 세상을 살아가고 있을 때

한 가지 대답이 있을 것이다.

그대로 두려무나.

(......)

When I find myself in times of trouble

Mother Mary comes to me

Speaking words of wisdom

Let it be

(……)

And when the broken hearted people

Living in the world of grief

There will be an answer

Let it be.

(……)

이것은 비틀스가 부른 「Let it be」의 가사이다. 1970년대 초에 들어서면서 세계의 젊은이들은 이 노래를 열광적으로 부르고 다닌다. 어떤 사람은 왜 이 노래가 그토록 인기를 끌게 되었는가를 밝히기 위해서 'Let it be'란 말을 다음과 같이 풀이하고 있다.

첫째, 그것은 고난이 있을 때 신을 부르는 소리 같고, 둘째, 아니면 현대인의 특징인 'Stay cool, no matter(남의 일에 덤벼들지 않고 초연하게, 그리고 아무 일도 없다는 듯이 세상을 살아가려는 태도)'를 상징하는 의미를 지니고 있다. 이러한 무드가 오늘의 젊은이들을 휩쓸고 있다는 것이다.

하지만 그보다도 더욱 신기하고 모순적인 현상을 우리는 이 노래에서 발견할 수 있을 것이다. 논리로는 설명할 수가 없다. 퍼내도 퍼내도 영원히 새 물이 솟아나는 옹달샘 같은 의미가 'Let it be'란 그 말 가운데 숨겨져 있기 때문이다.

고난과 슬픔에 젖은 세계에서 그들이 오직 믿고 있는 해답은 그런 것들을 그냥 거기 있게 놓아두라는 무력한 해답이다. 눈물도 부정도 아픔도 모두 그 자리에 그냥 있으라는 것이다. 생도 죽음도 다 함께 있으라는 것이다.

증권회사에 몰려드는 군중의 아우성도, 슬럼가의 어느 교회당 찬 마룻바닥에 몇 시간이고 꿇어 엎드린 그 기도도, 함께 있으라는 것이다. 푸른 하늘을 가리는 매연과 꽃의 향기도 다 그렇게 있으라는 것이다.

가사만 보면 산전수전 다 겪은 팔십 먹은 노인들이나 한숨처럼 부름 직한 노래가 아니겠는가? 그런데 맨주먹으로 표범이라도 때려죽일 만큼 팔팔한 젊은이들이 이를 부른다. 그래서 이렇게 초연하고 해탈한 듯한 가사를 숨이 넘어갈 듯한 열정, 외치는 듯한 그 고함소리로 부르고 있는 것이다. 얼마나 큰 모순인가, 축구경기를 하듯이 허무한, 무기력한, 쿨한 그 언어의 공을 차고 있는 젊은이들은……

여기에 현대 젊은이들의 한 모습이 있다. 그들은 서재에 앉아서 허무를 이야기하지 않는다. 그들의 체념은 과격한 행동으로 열정으로 발산된다.

자연으로 돌아가라고 한 루소나 소로Henry David Thoreau의 사상을 옛날 세대의 젊은이들은 난방 시설이 잘되어 있는 도시의 어느 도서관이나 풀밭이 아닌 푹신한 쿠션 위에서 즐겼다. 그러나 오늘의 히피들은 사상을 읽지 않고 행동한다. 오늘의 문명과 그 사회 체제가 마땅치 않다고 불평을 털어놓는 것이 아니라 그들이 스스로 하나의 문명을, 하나의 사회를 만들어가기를 희망한다.

나이 사십이 된 어른들은 탄력을 잃은 물체와도 같기 때문에 벽에 부딪히면 부서지고 만다. 그러나 젊은이들은 탄력을 가진 공처럼 문명과 사회 체제의 벽에 맞부딪혔을 때 그 반대 방향으로 튀어나올 줄을 안다.

우리가 오늘의 젊음을 이해하기 위해서는 공의 법칙에 대해서 알아볼 필요가 있다.

공과 원추의 인생

벽에 부딪혔을 때 유리컵처럼 부서지지 않고 튀어나오기 위해서 먼저 그 공은 둥근 모양을 해야 한다. 손에 공을 들고 보아라. 어느 곳이나 그 지점은 시작이며 동시에 끝이다. 공에는 길이나 집이나 혹은 여러 가지 사물들처럼 어떤 중심이라든가 시작과 끝, 그리고 앞뒤라는 것이 존재하지 않는다.

어른들은, 잘 길들여진 회사 중역들은, 명사 동정난에 곧잘 오르내리는 학자나 정치가나 기술자들은 결코 공처럼 둥근 생을 가지고 있지는 않을 것이다. 그들은 많은 인생의 가능성 가운데 어느 하나의 목적을 선택한다.

생의 목표는 둥근 것이 아니라 하나의 초점, 모든 것이 그 점을 향해 칼끝처럼 집약되어 있다. 이들에게 있어서 인생은 공이 아니라 원추인 셈이다. 그들은 뾰족하고 강인한 끝을 가지고 있다. 인생의 많은 의미 가운데 어떤 사람은 돈이라는 하나의 의미를 원추의 정점으로 삼고 있다.

해변가를 거니는 발바닥의 신선한 쾌감이나, 횔덜린Friedrich Hölderlin의 시 구절을 읽으며 밤을 새우는 감격이나, 아이들을 열두 명이나 거느리고 세상을 살아가는 가난한 이웃들에 대한 근심이나, 혹은 가진 것은 없어도 밀레의 「만종」처럼 노동이 끝난 황혼의 들판에서 기도를 드릴 줄 아는 인생의 평화, 첫눈이 내린 길을 밟고 지나가는 기쁨, 축축한 빗발 속에서 우산을 함께 받고 가는 우정과 믿음, 그 많은 인생의 즐거움과 아픔과 그 진·선·미 들이 오직 돈이라는 그 한 가지 목적만으로 집중되어 있다.

우리는 권력을 추구하는 점잖은 정치가나, 비록 그것이 신성한 것이라 할지라도 오직 하나의 신만을 믿고 있는 목사들에 대해서도 이와 똑같은 말을 할 수 있을 것이다.

인생에서 오직 한 가지만을 선택하고 그것만을 향해 질주하고 있는 인생은, 공처럼 둥글지 아니하고 원추처럼 뾰족한 끝을 갖고 있기에, 그것은 벽을 뚫기도 하고 벽에 못 박혀버리기도 한다.

그러한 사람들은 모두가 기성 문화 속에서 확고한 사회적 위치를 차지하게 된 성공자, 출세자, 남들이 손가락을 입에 물고 부러워하는 명사들이다. 이러한 어른들은 사회 체제의 벽 속에 깊숙이 박혀 있다. 그들은 더 깊숙이 박히기를 원할 뿐이지 튀어나올 줄을 모른다.

젊은이들—오늘의 문명에 도전하며 밝은 윤리를 향해 피켓을 들고 있는 현대의 젊은이들은, 그와는 달리 생의 표면이 둥근 것이다. 국가도, 종교도, 미美도, 개인적인 사랑이나 욕망도 그것은 다 같이 같은 구면球面에 찍힌 점에 지나지 않는다. 어느 것이 중심이고, 어느 것이 시작이고, 어느 것이 끝이라고 말할 수 없다.

젊은이들이 쓰고 있는 유행어 하나만 보더라도 거기에는 뚜렷하고 단일한 한 가지만의 의미가 거부되어 있다.

히피란 말 자체가 그렇다. 인생을 원추로 삼고 있는 기성인들은 히피란 말을 풀이하기에 진땀을 흘리고 있다.

히피는 재즈 용어의 'hip(장단을 맞추는)'이 어원이라고도 하고, 또 어떤 사람은 'hipped(매혹된, 열중된)'에서 비롯된 말이라고도 한다. 심지어 'hip(엉덩이)'에서 온 말로 히피들은 환각제를 먹고 주저앉아 엉덩이로 여행하는 자들이라는 뜻이라고 풀이하는 사람도 있다. 또는 happy란 말의 변형어라고 하기도 한다.

기성인들은 인생과 마찬가지로 그 언어를 사용하는 데에 있어서도 뚜렷한 하나의 의미가 규정되어야 안심하는 사람들이다. 그러나 히피를 보고 히피의 뜻이 무어냐고 물으면 그들은 '히피는 바로 히피다'라고밖에는 대답하지 않는다.

그들이 쓰는 언어는 하나의 의미로 규정될 수 없는 둥근 공과 같은 것이기 때문이다. 히피는 장단을 맞춘다는 재즈 용어이며, 동시에 열중한다거나 행복하다는 뜻이며, 엉덩이라는 뜻이며, 그런 모든 것의 총체이다.

히피들이 쓰고 있는 말을 한 가지 의미로 규정하려 한다는 것은 마치 공을 들고 어느 면이 시작이고, 어느 면이 끝이라고 규정하려 드는 것과 같다. 의미가 있고 존재가 있는 것이 아니라, 존재가 있고 그 존재의 의미가 생겨난다. 때문에 히피는 히피라고밖에 달리 말할 수가 없다.

그렇기 때문에 기성인들은 오늘의 젊은이들이 인생에 대해 어떠한 목표도 야망도 뚜렷한 정견도 가지고 있지 않은 것처럼 보인다고 한탄한다.

현대의 젊은이들은 반항을 하되 그 이유가 없고, 행동을 하되 목표가 없고, 무엇인가를 주장하고는 있으나 그 귀결점이 없다고 비난을 한다.

사실 미국의 히피들을 볼 때, 그들은 월남전에 대해서 말할 때나 성性에 대해서 말할 때나 그 어조에는 아무런 변화가 없다. 어느 것이 더 중요하고 어느 것이 더 행동의 기준이 되어 있는지 그것을 찾아내기 힘들 것이다.

이 가치의 다양화, 모든 것을 받아들이고 또한 모든 것을 거부하는, 말하자면 인생을 구형球形으로 살려고 하는 그 긴장감이 있기 때문에, 그것은 벽에 영영 꽂혀버리거나 혹은 부서져버리지 않고 그 반대 방향으로 튀어나올 수가 있다.

현대의 젊은이들이 한곳에 지그시 안정된 자세로 앉아 있지 않고 끝없이 동요하며 끝없이 흔들리며 끝없이 변화하는 까닭은 그들이 구형 인생이기 때문이다.

공은 물체 가운데 가장 불안한 형태를 하고 있으나 동시에 가장 긴장된 모습을 하고 있다. 공은 한곳에 머물러 있기에는 가장 불편한 존재이다. 둥근 공은 머물러 있는 것이 아니라 굴러다니도록 운명이 정해져 있는 존재인 까닭이다.

3S·3D의 세대

다시 공을 들고 들여다보라. 공 속에 무엇이 들어 있는가? 공은 텅 비어 있다. 그 안에 아무것도 가진 것이 없기에 그것은 벽에 부딪혀도 부서지거나 박히지 않고 반대 방향으로 튀어나올 수가 있는 것이다.

이 '텅 비어 있음', 이것이 현대의 젊은이들에게 나타나 있는 바로 그 환각제 문화이다. 히피와 같은 현대의 젊은이들을 흔히 3S·3D 세대로 풀이하는 사람들이 많다.

3S는 Speed(속도)·Sex(성)·Sound(음악), 그리고 3D는 Drink(마시는 것)·Drug(약물, 마리화나 같은 환각제)·Dream(꿈)이다.

확실히 오늘의 젊은이들은 그들의 아버지나 어머니 때보다 섹스 면에 있어서 대담하고 솔직하다. 청교도의 나라인 미국에는 매년 아버지를 모르는 사생아가 20만 명씩 태어나고 있다. 이 숫자는 한 해에 태어난 전 미국의 어린아이들 20명 가운데 한 명이 사생아라는 것을 의미한다.

그들에게 있어 섹스란 하나의 대화, 가장 자연스러운 온몸의 표현 방법이다. 윤리가 있고 성이 있는 것이 아니라 성이 있고 다음에 그 윤리가 따른다.

스피드에 있어서도 마찬가지다. 현대의 자동차 문화로 젊은이들은 머스탱이나 오토바이를 타고 질주한다. 일정한 목적도 없이 시속 100마일로 달린다.

그들은 모든 면에서 때 묻은 현실로부터 벗어나는 빠른 속도감 속에서 자신의 생명을 확인한다.

사운드, 이상한 타악기, 소음에 가까운 외침, 기타, 자동차의 폭음, 쉴 사이 없이 쏟아지는 그 소리 속에서 젊은이들은 환희를 찾는다.

팝송은 현대 젊은이들의 메시아이다. 마치 청각이 둔한 늙은이처럼 오늘의 젊은이들은 무엇이든 그 소리가 크게 울려야 가슴이 시원하다. 소리에 관한 한 그들은 팔십 먹은 노인과 취미가 같다.

그리고 그들은 마시고 취한다. 이 취한 상태에서 실종된 꿈과 만난다. 그것으로도 안 되면 마리화나를 피워 신비하고 환각적인 꿈의 세계를 인공적으로 만들어낸다. 옛날의 젊은이들은 여드름처럼 꿈이 절로 돋아났지만 요즈음의 젊은이들은 억지로라도 만들어내야 된다.

미국에는 마리화나를 피우는 젊은이들이 많아 마리화나용 특수 성냥까지 나돌고 있다. 젊은이들이 성냥을 달라면, '시거랫 오어 그래스(담배용이오, 환각제용이오)?'라고 물을 정도다.

또한 젊은이들이 마리화나를 사용하고 있기 때문에 월남전에서는 부상병의 수혈에 큰 곤란을 겪었다. 왜냐하면 마리화나 사용자의 피는 남에게 수혈할 수 없기 때문이다.

이렇게 3S·3D로 상징되는 젊은이의 공통된 본질은 무엇인가? 그것이 스피드든, 섹스이든, 사운드이든, 마리화나이든 공통적인 것은 환각적인 황홀경의 추구라는 것을 알 수 있다. 일종의 사이키델릭 문화(최면술적 문화)라고 부를 수 있다.

사이키델릭은 결국 공 속에 든 텅 빈 무無, 그 바람이라고 할 수 있다. 현실의 유有를 환각의 바람으로, 진공 상태의 그 무로 돌렸을 때 그들은 벽에 부딪히고도 튀어나올 수가 있다. 그들은 의식을 텅 빈 바람으로 채운다.

그러면 이런 공의 가치는 무엇인가? 공은 화병이나 구두나 책상 같은 실용성이 없다. 그것은 아무것도 생산하지 않는다. 아무런 공리적 용도도 가지고 있지 않다. 마치 장난감처럼 실제 생활에는 무용하기 이를 데 없는 물건이다. 오늘의 젊은이들을 기성사회나 그 생활 면에서 볼 때 그 역시 아무런 값어치도 없어 보인다. 하지만 공은 우리에게 반작용의 의미를 가르쳐준다.

이미 있는 문명과 그 사회 속에서 튀어나오는 탄력, 그 모순과 비생명력에서 반발하고 튀어나오는 반작용의 신화를 가르쳐준다.

이 반작용이 있기 때문에 인간의 문명과 사회는 하나의 갈등과 조화를 향해 그 방향타를 돌리는 새로운 도전을 받게 된다.

모든 것이 벽에 부딪혀 부서지고 그냥 꽂혀버리기만 한다면 새로운 역사의 운동은 정지되고 말 것이다.

장난감을 잃은 아이들

"장난감은 어른들의 꿈, 아이들의 현실"이라는 말이 있다. 달리 생각해보면, '아이들의 꿈'이라고 해야 옳을지 모르지만 그것은 어디까지나 어른들의 견해다.

장난감은 아이들의 현실적인 환경이 된다. 어른들에게는 장난감으로 보이는 것도 아이들에게는 진짜의 것과 다름이 없다. 비행기를 가지고 놀 때 그들은 정말 그 비행기를 타고 하늘을 난다. 자동차도, 권총도 마찬가지다. 애들의 세계에서는 상상과 현실이 어른처럼 서로 분리되어 있지 않기 때문이다. 아프리카의 토인들이 꿈과 현실을 분간하지 못해 꿈속에서 돈을 빌려주고 다음 날 아침에 정말 빚을 받으러 가는 것과도 같다. 그렇기 때문에 아이들의 장난감은 단순한 환각이 아니라, 실제로 영향력을 주는 현실의 환경물로 보아야 한다. 교육심리학자들이 장난감을 중시하는 이유도 거기에 있다. 미국 장난감 중에는 사회봉사에 관계된 것, 시민 교육과 뗄 수 없는 것들이 많다. 소방차라든가, 교통 신호등, 하이웨이, 패트롤카 등이 유난히 많다. 아이들은 그런 장난감을 통해서 사회에 봉사하는 시민정신을 익혀간다.

장난감은 정신적인 걸음마다. 그래서 장난감의 색채, 재료의 선택, 안정도, 상징성까지 전문가의 세심한 배려가 있어야 한다. 서너 살 먹은 아이들은 어머니의 젖을 빠는 본능이 있기 때문에 장난감의 페인트에 유해 색소가 있는지 조심해야 되고, 대여섯 살 먹은 아이들은 던지기를 좋아하기 때문에 장난감의 재료에 되도록 위험성이 적어야 한다.

이런 면에서 볼 때, 한국의 장난감은 거의 무방비 상태라 해도 과언이 아니다. 어른들이 겪고 있는 현실과 마찬가지로 아이들의 현실인 장난감 세계에도 불신·불안·위험투성이다. 딱총 화약을 사탕인 줄 알고 깨문 어린 남매가 중상을 입었다. 얼마 전에도 딱총 화약 때문에 아이들이 화상을 입고, 화재가 일어나는 사태가 벌어졌었다. 고무풍선이 입에 걸려 질식사하는 일도 많다.

우선 화약을 사용한 장난감은 일체 판금 조처를 시켜야겠다.

그리고 비교육적이고 아동심리에 해를 끼치는 장난감도 엄격히 다스려야만 한다. 장난감은 아이들의 현실이라는 점을 잊어서는 안 된다.

안경 쓴 10대

안경이 이 땅에 처음 들어왔을 때, 사람들은 그것을 개화경이라 불렀다. 주석을 달 것도 없이 당시엔 근대화를 일러 개화라 했었고, 새로운 서양 문명에 접한 지식인들을 개화꾼이라고 했다. 안경은 이렇게 눈이 나쁜 사람을 위한 필수품이라기보다도 근대의 상징과 멋을 위한 사치품이었다. 그러므로 안경점을 찾아가는 손님들은 대부분이 도수 없는 안경알에 금테를 요구하는 '댄디'들이었다.

그 뒤로부터 안경의 역사에도 변화가 생겼다. 그러면 그 특징은 무엇인가? 한마디로 말하자면 안경 인구의 연령이 자꾸 내려가서 요즈음엔 '꼬마' 고객들이 몰려들고 있다는 점이다.

물론 장난감 안경 이야기가 아니다. 렌즈의 도수도 높아 어질어질한 근시안들이 초등학교 아이들 중에도 급격히 늘어나는 기현상이 벌어지고 있는 것이다. 대학쯤 되면 안경을 안 쓴 사람이 도리어 이상하게 느껴질 정도이다.

이러다가는 '국민 개화경'의 근대화 시대로 접어들지 않을까

걱정이다. 왜 이렇게 자꾸 눈이 나빠지는가. 더구나 어린아이들까지도 안경을 써야 되는 이 기현상은 어디에서 비롯된 것인가? 쓰러져가는 출판사의 경기를 볼 때 독서열 때문이라고도 말할 수 없다. TV의 영향일까? 혹은 자극적인 도시의 밀집 간판 때문일까? 그러나 한 가지 분명한 것은, 어린아이들이 모여 만화책을 읽고 있는 속칭 만홧가게라는 곳을 들여다보면 그 비밀의 일단이 풀릴 것도 같다. 아편굴처럼 어두컴컴한 판잣집 속에서 떼를 지어 읽고 있는 그 불량 만화책의 인쇄 상태를 살펴보자.

그리고서도 시력을 버리지 않는다면 그것은 눈이 아니라 유리알이라고 해야 할 것이다. 경찰에서는 불량 만화를 추방하고 만홧가게도 단속하는 모양이다. 여지껏 눈이 나빴던 탓으로 당국자들은 그동안 그것을 못 봤는가. 행차 뒤에 나팔을 불고 있는 어른들부터 개화경을 좀 쓰고 세상을 내다봐야겠다.

아이들의 수학 공부

두통이 생길 때 파스칼은 약을 먹는 대신에 수학 문제를 풀었다고 한다. 그리고 발레리Paul Valéry 같은 시인은 무엇인가 깊이 사고할 일이 있으면 대수 문제를 놓곤 씨름을 했다고 전한다. 수학은 순수하고 엄정하다. 일사불란한 수학적 논리의 세계에는 협잡이나 비약이나 어거지 같은 것이 있을 수 없다.

티 없이 맑은 지성의 세계, 합리주의의 왕관 같은 세계…… 그
래서 수학을 일러 '과학의 여왕'이라고 말한 사람도 있다. 수학이
발달하지 않은 곳에 문명의 꽃이 핀 일을 우리는 보지 못했다. 이
집트나 바빌론의 고대 문명은 바로 수학의 뜰 위에 핀 꽃들이었
다. 그리고 고대의 철학자들은 모두가 수학자였다고 해도 과언이
아니다.

한국의 문화는 어떠했는가?

아무리 아전인수로 따진다 해도 그것은 수학이 없는 문화였던
것 같다. 사고의 추상화와 합리성보다는 눈치로 세상을 관측하
는 직관이 더 발달한 사회라고나 할까? 그 증거로 지금 농촌 사람
들에겐 수 관념이 희박하다. 고개를 넘기 전에 길을 물어도 십 리
요, 고개를 넘고 한참 가도 십 리다. 더구나 소수점 이하의 수를
따진다는 것은 쩨쩨한 소인들의 짓이라고 경멸당하기 쉽다. 한국
인의 계산법은 오십보백보인 격이다.

4, 5, 6학년의 시험 결과를 보면 평균 55.2점으로 매우 저조하
다는 것이다. 더구나 여러 학과목 중에서도 한심스러운 것은 수
학이라 한다. 그러나 이렇게 수학 점수가 나쁘다는 것이 결코 우
연한 일은 아닐 것 같다.

부조리한 이 사회 현상을 보자. '하나에 하나를 보태면 둘이 된
다'는 수학 공식이 어디에서고 제대로 통하는 데가 없다. 주먹구
구로, 억지춘향으로 세상을 살아가고 있다. 그래서 이런 농담도

생겨났다. 회사의 경리 사원을 채용하는 구두시험에서 2+2=4라고 말한 응시자들은 모두 낙제를 했는데 그중 한 사람이 겨우 합격되었다는 것이다. 그는 시험관이 2+2는 몇이냐고 물었을 때, 4라고 답하지 않고, "뭐라고 대답해드릴까요? 원하시는 대로 해드리겠습니다."라고 말했기 때문이다. 숫자의 조작으로 상징되는 그 모순과 불합리한 현실을 보고 자란 아이들이 어떻게 수학을 잘할 수 있을 것인가. 머리의 구조 자체가 이미 수학적이지 못한 사람들이 판을 치는 한, 아이들의 수학 점수가 나쁘다고 야단칠 용기가 없다.

유치원 파워

'블랙 파워'니 '스튜던트 파워'니 하는 말이 유행하고 있지만, 미국에는 또 하나의 파워가 있다. '킨더가튼 파워'가 그것이다. 우리말로 번역하면 '유치원 파워'라고나 할까? 어쨌든 미국 사회를 움직이는 잠재적인 세력 가운데 하나가 젖먹이 아이들이라는 것은 꽤 재미있다. 킨더가튼 파워라니 아이들이 우유병을 들고 데모를 한다는 말일까? 무슨 식견이 있어 벌써부터 어린것들이 어른들의 기성 사회에 간섭을 한단 말인가? 물론 그런 뜻이 아니다. 아이들은 가만히 있어도 어른들이 눈치를 보고 벌벌 떤다. 그 증거로 미국 가정은 우리와는 달리 어린애들이 중심이 되어 있다. 애들이 이야기를 하면 온 가족이 귀를 기울여야 하고, 그들이 무엇을 하든 어른들은 관심 깊게 바라봐야 한다. 아이들은 영웅인 것이다.

그만큼 애들을 소중히 여기는 사회다. 단적인 증거로 미국의 베스트셀러 통계를 보면, 1위에서 5위까지의 논픽션물은 거의 모두가 육아에 관한 책들로 채워져 있다. 그뿐 아니라 어른들의 사회라 해도 어린애다운 것을 미덕으로 삼고 있다. 동양의 군자들은 어린것을 어리석은 것으로 보았고, 유치하다고 생각해왔다.

아이들을 존중한다는 것은 곧 미래에 대한 희망을 지니고 산다는 것과 다름없는 이야기다. 우리나라엔 전통적으로 경로 사상은 있었어도 킨더가튼 파워 같은 것은 일찍이 존재해본 일이 없다. '어린이날'부터가 수상쩍다. 그날 하루만 아이들을 떠받들어주고는 1년 내내 내버려두는 '어린이날'은 기껏해야 성인들의 체면 유지용 장식물이다.

어른들의 놀이터는 많다. 요정이나 기원이나 다방이나, 아니 푸른 잔디의 저 골프장이나…… 모두가 어른들의 놀이터인데 아이들은 골목길에서 지나가는 자동차 눈치를 살피며 공 던지기를 한다. '어린이 놀이터'가 없는 사회는 그대로 유아성이 없는 사회이다. 말하자면 순진성을 상실한 사회이며 미래의 희망을 저버린 사회인 것이다. 어린이날에 생소한 구호만 외칠 것이 아니라, 골프장을 어린이 놀이터로 바꿀 만한 실천 행동으로 이날을 기념할 일이다.

어떻게 놀리는가, 그것이 문제다

초등학교의 여름방학이 시작되었다. 입시 지옥에서 해방된 어린이들의 방학은 한결 더 신나고 즐거운 것이다. 과중한 여름방학숙제도 부과하지 않을 방침이라고 하니 어린이들에겐 이제 여름의 태양과 바다만 있으면 된다.

그러나 어떻게 공부시키느냐 하는 것보다도 어린이들을 어떻게 잘 놀리느냐 하는 것이 한층 더 어렵다는 사실을 잊어서는 안 된다. 가축도 가두어 기르는 것보다는 내놓고 기르는 편이 한층 더 힘이 든다. 아이들을 자유롭게 키운다는 미국의 경우만 해도 그렇다. 미국의 부모들은 아이들이 카우보이 영화나 우주 탐험의 공상만화극을 보는 것을 싫어하는 경향이 있다. 공부는 하지 않고 TV 앞에 앉아 있는 것을 시간 낭비라고 생각하는 까닭이다.

그래서 TV 프로듀서들은 카우보이 영화를 '아메리칸 사극'이라고 칭하고, 공상만화를 '과학극'이라고 부른다. 눈 가리고 아웅하는 격이지만, 그래야 부모들의 비난을 덜 산다는 것이다. 아이들은 늘 억압되어 있다. '아이들에게 있어 어른들은 언제나 이길 수 없는 지배계급'이다. 이런 욕구불만을 '놀이'를 통해 해소해주는 것이 교육 이상으로 중요하다. 아이들의 성장에는 영양 이상으로 심리적인 긴장 해소가 필요하다. 그래서 아이들의 과자는 칼로리보다는 씹는 맛, 즉 이로 씹을 때 나는 바삭바삭 하는 소리가 훨씬 발육에 좋다는 심리학자의 보고도 있다. 적대심이나 욕구불만을, 씹는 그 쾌감과 소리로 달랠 수 있기 때문이다.

어른들이 생각하고 있는 것보다 아이들은 훨씬 파괴적이고 공격적이다. 아이들은 장난감을 가지고 논다기보다, 그것을 부수는 재미를 즐기고 있다고 하는 편이 옳을는지도 모른다. 결국 한마디로 말해서 아이들은 개구쟁이가 정상이라는 점을 잊지 말라는 이야기다.

우리는 너무 아이들을 점잖게 기르려고 한다. 그런 아이들이 커서 무슨 창의력을 발휘하겠는가? 여름 한 철만이라도 좋으니, 안전이 허락하는 범위 안에서 우리의 아이들도 좀 개구쟁이로 놀 수 있게 자유를 주어야겠다.

콩 심은 데 콩 난다

아들 3형제를 불러놓고 아버지는 근엄한 표정으로 설교를 시작했다.

"너희들이 스무 살이 될 때까지 담배를 피우지 않으면 그 대가로 승용차 한 대씩을 사주겠다. 자신이 있는지 자기의 의향을 말해라."

그러자 고등학교에 다니는 맏아들이 말했다.

"약속만 꼭 지켜주신다면 한번 해보겠습니다."

다음에 중학교 다니는 둘째 놈이 말한다.

"스무 살은 곤란하고…… 한두 살쯤 줄여줄 수 없어요?"

막내 차례가 됐다. 그 꼬마는 한숨을 크게 내쉬더니

"아버지, 그런 말을 왜 진작 하지 않았어요!"

그러니까 꼬마는 벌써 담배를 피우고 있었던 모양이다.

이 조크는 나이가 아래로 내려갈수록 아이들이 더욱 깜찍해지고 있는 현대 사회의 풍조를 비꼰 것이다.

10대 미성년자의 문제는 세계적인 골칫거리다. 심지어 '틴로지teenlogy(십대학)'라는 괴상한 유행어까지 대두되고 있는 형편이다. 사고방식도, 행동 방식도, 성격이나 감각이나 그 논리의식들도 성인 사회의 그것과는 판이하다. 그렇다고 강 건너 불구경하듯이 '요즘 아이들은……' 하고 혀만 차고 있을 수는 없다.

고물상을 턴 강도범을 잡고 보니, 대학 진학을 앞둔 고등학생들이었다. 집안도 도둑질을 할 만큼 어렵지 않고 또 가정도 정상적인 편이란 것이다. 며칠 전에는 유치원에서 '산토끼' 춤이나 추고 있을 그런 꼬마가 '금고를 따는 전문가'였다는 충격적인 뉴스가 있었다. 드러난 것이 이 정도지 10대의 범죄는 장마철의 독버섯처럼 번져가고 있는 눈치다.

단순히 용돈 때문에 앞날이 바다 같은 학생이 강도질을 하는 세상. 그러나 이 한숨은 10대를 향하여 내쉴 것이 아니라 바로 오늘날의 성인들이 자신들을 향해 내쉬어야 할 것이다. 죄악을 밥 먹듯이 저지르고 있는 사회에서 10대 아이들은 이제 죄의식마저도 마비 상태에 빠져 있는 것이다. 부모들은 윽박만 지를 줄 알지 성장해가는 아이들의 고민을 깊이 이해할 생각은 하지 않고 있다. 가속도의 법칙과 '콩 심은 데 콩 나고 팥 심은 데 팥 난다.'는 그 속담이, 세대 문제에서라고 예외는 아닐 것이다.

청소년 순결 교육

우리가 살고 있는 현대는 여러 가지 모순을 잉태하고 있다. 무엇보다도 인간의 성장 과정을 한번 생각해보자. 어려서는 우유를 먹기 때문에 옛날처럼 모유의 부족에서 오는 영양실조 현상이 일어나지 않는다. 그리고 의학의 발달과 스포츠의 보급은 한층 육체적인 발육을 빠르게 한다. 조기 사망률은 비교도 안 될 만큼 줄어들었다.

그래서 현대인들은 옛날에 비해 신체 발육이 빨라 일찍 성숙한다. 구체적인 예를 들자면, 여자의 경우 옛날 같으면 16세쯤 되어야 초경을 했지만, 지금은 3, 4년이 빨라 평균 14세를 하회하고 있다. 그러니까 오늘날의 초등학교 상급생이면 옛날의 여중생과 신체 발육이 동등한 셈이다.

그런데 정신 면에서는 한결 떨어지는 역현상이 일어나고 있다. 16세만 넘으면 올드미스 소리를 들었던 과거와는 달리 지금은 26세의 신부들이 수두룩하다. 남성 역시 마찬가지다. 여드름자국이 다 시들어버린 25세의 대학 졸업생들이, 사회에서는 아직 초년병으로서 어른 대접을 받지 못하고 있다. 천지현황을 읽던 시절에는 며느리를 볼 생각을 하고 있을 나이다.

이런 모순 때문에 현대 젊은이의 성 문제 역시 여러 가지 부조화를 나타내고 있다. 육체적으론 일찍 어른이 되고 사회적으론 늦게 어른이 된다. 점차 넓어지는 이 갭은 젊은이에 대한 편견도 증대시켜가고 있다. 중고등학생을 누구나 어린아이로 보지만 실은 춘향이와 같은 나이이며, 로미오와 줄리엣보다 육체적으로는 훨씬 어른이다. 가정에서나 사회에서나 어른들은 그들의 현실을 무시하고 일방적으로 아이들 취급만 하고 있다. 이 때문에 영화 「초원의 빛Splendor in the Grass」에서처럼 노이로제에 걸리는 학생들이 많아진다.

앞으로 여중고 학생들에게 순결 교육을 실시한다고 한다. 어차피 성의 문제를 논어, 맹자의 책갈피 속에만 가두어둘 수는 없는 노릇이다. 현실적으로 순결 교육을 실시할 단계에 이른 것만은 부정할 수 없다. 성의 무지에서 오는 과실이, 성을 알기 때문에 저지르는 피해보다 크기 때문이다. 외면한다고 해서 해결될 것이 아니다. 그러나 무엇을 가르치는가보다 어떻게 가르치는가로 순결 교육은 크게 달라진다. 외국 예를 보더라도 가르치는 교사의 몰지각 때문에 말썽이 생기는 일이 허다하다. 처음으로 실시되는 '순결 교육'이니 우선 교육자부터 교육을 먼저 받아야 하겠다.

점잖지 못한 글

지금까지 써온 글 가운데서 '젊음'의 문제를 다룬 글만을 모아 여기 새로 한 권을 엮는다. 이미 지상에 발표되었고, 또 단행본 속에 수록된 적이 있는 글들이지만, 그것들을 모두 모아 한 실로 꿰어본 것은 이번이 처음이다. 새로 쓰는 일도 중요하지만, 그에 못지않게 새로 정리하는 작업도 필요하다고 느꼈기 때문이다.

사람은 태어나 죽을 때까지 각기 다른 '나이'를 갖게 된다. 분명한 것이 있다면 사람은 누구나 한 생애에 있어 똑같은 나이를 두 번 다시 가질 수 없다는 사실이다.

그리고 그 나이와 마찬가지로 '똑같은 나'도 또한 없다는 것이다. 스물두 살 때의 '나'는 서른세 살 때의 '나'가 아니며 마흔세 살의 '나'는 예순여섯의 '나'가 아닌 것이다.

머리에 새치가 하나 더 늘어나고 눈언저리에 잔주름이 더 잡혔다거나 하는 모습의 그 변화만이 아니다. 느끼고 생각하고 행동하는 모든 것들이 나무의 나이테처럼 자신의 의식 속에 뚜렷한 무늬를 그려가고 있기 때문이다.

그런데도 불구하고 한국의 젊은이들은 제 나이를 살지 못하는 경우가 많았다. '점잖다'는 말이 '젊지 아니하다'의 준말에서 비롯되었다는 것을 모르는 사람이 있겠는가? '점잖은 것'만을 추구하던 문화 속에서는 '젊은이'가 '애늙은이'로 전락되는 수가 많았던 까닭이다. 그래서 젊음을 젊음으로 살아보지 못한 사람들은 제대로 늙을 줄도 모르게 된다. 젊어서는 열심히 늙어지려고 애쓰고, 늙어지면 또 기를 쓰고 젊어지려고 하는 역설적 삶을 살아가는 비극이 생긴다.

'젊음'을 '젊음'으로서 살아가기 위해서는 누군가가 '점잖지 못한 글'을 써야만 했던 것이다.

나의 글 가운데 '젊음'을 주제로 한 것들이 비교적 많은 비중을 차지하게 된 것도 그 '점잖지 못한 글'의 역할을 자청해서 맡으려고 한 탓이다. 이미 나는 1970년대의 '청년 문화 논쟁'이 일기 이전인 1960년대에 '청년 문화론'을 써왔으며, 히피 문화가 일기 전에 이미 그 같은 징후를 「오늘을 사는 세대」라는 연재 에세이에 밝혔다.

지금 그 글들을 보면 옛날 사진첩의 내 얼굴을 들여다보고 있는 것 같아 생소한 느낌마저 든다. 그러나 두 번 같은 나이를 살 수 없듯이 글 쓰는 사람은 두 번 같은 글을 쓸 수가 없다. 그러므로 여기 실린 이 글들은 젊음에 대한 글이 아니라 '젊음' 그 자체라고 하는 편이 정직할 것이다. 젊음이 갖고 있는 열정, 성급함, 그리고 모험과 반역…… 장점에서 결점까지 글 자체가 그대로 보여주고 있다.

외국의 젊은이들 풍속도는 지금 오늘의 우리 젊은이들의 일상이 되려고 한다. 히피 문화는 사라진 전설이 아니라 오히려 앞으로 다가올 기상 예고이기도 한 것이다. 마찬가지로 옛사람들의 '젊음'은 나이와 함께 변질해가는 것이 아니라 영원한 '젊음' 그것으로 남는다. '젊음'이란 말에는 일부인日附印이 찍혀 있지 않다.

이 영원한 '젊음'의 의미가 무엇인지를 밝혀보려 했던 나의 시도 역시 일부인이 찍히지 않기를 희망하면서 이 책을 엮었다.

이어령 비평의 세대론적 의미에 관한 일고찰

방민호 | 문학평론가·서울대학교 교수

1. 이어령의 이상 연구

이어령의 이상李箱 연구는 전후문학에 접근하는 데 긴요한 자료이다. 세대론적인 함의를 내포하고 있기 때문이다.

「이상론—순수의식의 뇌성牢城과 그 파벽破壁」(《문리대학보》, 1955. 9.), 「나르시스의 학살—이상의 시와 그 난해성」(《신세계》, 1956. 10, 1957. 1.), 「속續 나르시스의 학살—이상의 시와 그 난해성」(《자유문학》, 1957. 7.), 「이상의 소설과 기교」(《문예》, 1959. 10.) 등으로 이어지는 일련의 논문을 통해 이어령은 이상을 극적으로 상기시키는데, 이는 구세대 문학인들에 대한 그의 비판의식과 긴밀히 연관되어 있었다. 그 밖에 이상에 관한 당시 이어령의 관심을 보여주는 글로 「묘비 없는 무덤 앞에서—추도追悼 이상 이십주기」(《경향신문》, 1957. 4. 17.) 및 「이상의 문학—그의 이십주기에」(《연합신문》, 1959. 4. 18.~19.) 등이 있다.

그에게 있어 이상은 아나크로니스트anachronist(시대착오자)들에 의해 잊혀진 아이코노클래스트(iconoclast·우상파괴자)였다.

그러나 상箱의 슬픈 죽음은 오히려 왜경의 가혹한 학대와 음산한 감방의 공기와, 병균의 잠식에서 입은 육체적 죽음이 아니요, 그의 '오해받은 예술과 인격'으로 인한 정신적인 죽음이었던 것이다. 홍진紅塵의 상식과 낡은 관습을 그대로 추종하는 아나크로니스트들의 독소적 분비물이 그의 정신을 무참히도 매몰시키고 말았다.

「이상론—순수의식의 뇌성과 그 파벽」,《문리대학보》, 1955. 9., 144쪽)

그렇다면 그 아나크로니스트들이란 누구인가. 이를 확인할 수 있는 대목이 있다.

현대에 생존하는 불우의 시인들, 그리고 이상李箱—그러한 나르시스에게 함부로 투석投石한 속중俗衆들 가운데 나는 가장 인상적인 한 사람의 이름만은 잊을 수가 없다. 더구나 그것이 바로 우리 친애하는 비평가 조연현趙演鉉 씨였다는 데 적잖이 슬퍼하지 않을 수 없다.

그러나 나는 씨가 일찍이 「근대정신의 해체」라는 평문 속에서 이 가녀린 나르시스(李箱)를 학살하려던 사실을 그대로 과過할 수 없으니 부득이 씨에게 살인적이라는 좀 가혹한 칭호를 부여하지 않을 수 없다.

「나르시스의 학살—이상의 시와 그 난해성」,《신세계》, 1956. 10., 240쪽)

조연현에 대한 비판은, 물론 이상의 문학에 대한 해석 및 평가 상의 견해 차이에서 비롯된 것으로 이해할 수도 있다. 실제로 「나르시스의 학살―이상의 시와 그 난해성」 및 「속 나르시스의 학살―이상의 시와 그 난해성」은 조연현의 「근대정신의 해체」(《문예》, 1949. 11.)가 제기한 '통일적인 주체의 부재'와 다음을 논박하는 데 상당 부분을 할애하고 있다.

　그러나 이상의 시가 난해한 것은 그의 정신보다도 그 표현의 난해가 더 많이 작용되고 있는 것이다. 이것이 이상의 시를 이중으로 난해한 것으로 만들고 있는 표면상의 이유의 하나가 되고 있으나, 근본적인 원인은 자기의 파편적인 감정이나 형상으로서 자기의 통일된 전체적인 의미나 내용으로 삼아버리지 않을 수 없었다는 데 있는 것이며, 그가 자기의 파편적인 감정이나 형상으로서 자기의 전체적인, 통일된 의미나 내용으로 삼아오지 않을 수 없었다는 것은 이상의 확립된 전체적인 통일된 자기가 없었다는 것을 입증해주는 것이다. 그러면 이처럼 확립되고 전체적으로 통일된 자기가 없었다는 것은 무엇을 의미하는 것인가. 그것은 이상의 주체가 확립되어 있지 않았다는 것을 의미하는 것이며, 그의 통일된 전체적인 의미와 내용을 대신한 그의 파편적이며 지엽적인 모든 것은 그러한 주체의 확립이 없는 이상의 여러 분신의 한 표현이었다는 것을 말해주는 것이다.

(조연현, 「문학과 사상」, 《세계문학사》, 1949, 90~91쪽)

특히 그는, 조연현이 「실화失花」를 주체의 해체를 보여주는 작품으로 평가한 데 대해, 이는 「날개의 시학적 재비판」의 논리를 모방한 데 지나지 않는다고 가혹하게 비판한다.

김문집金文輯이 이상李箱을 평하여(「날개의 시학적 재비판」) '나', '그', '이상'의 삼분신三分身들에 대하여 논술한 바 있는데 아마 씨는 그 말에서 '뉴턴의 사과'에서와도 같이 굉장한 계시를 얻으려고 하는 눈치인 모양이다.

(「나르시스의 학살」, 241쪽)

그에게 「실화」는 "절대 애정과 서정의 꽃을 잃어버린 이상의 비극…… 그와 같은 사실을 냉철한 지성의 눈으로 투시해낸 소설(윗글, 같은 쪽)"이다. 조연현이 이상에서 '근대정신의 주체적 붕괴'를 보았다면 그는 현대 세계의 일상성에 침윤되지 않으려는 완고한 주체, 그 지성을 보고 있는 셈이다. 그러나 이 같은 차이는 단순한 해석 및 평가 이상의 의미를 내포하고 있다.

앞에서 살펴본 것처럼 그에 의해서 이상은 우상파괴의 순교자로 위치지어진다. 동시에 이상은 현대사의 순교자이기도 했다. 그에 의하면 현대인은 '이미 존재하고 있는 자기'와 '의식자意識者로서의 자기' 사이의 상극 대립이 절정에 달한 이들이다. 그는 이를 '선악과의 신화'를 빌려 설명한다. 에덴에서 추방당한 인간은 자기를 의식하지 않을 수 없는 존재가 되었고 그 의식이 절정에

달한 현대에 이르러 그 상극 대립의 비극 역시 절정에 이르렀다. 이상의 예술은 '개인의 병적 성격에서 표출된 분비물이 아니라 전 인류, 현대인의 고민이며 그 비극 앞에서 이루어진 것'(「이상론」, 147쪽)이다.

여기서 중요한 것은 그 현대사 인식일 것이다. 그의 설명에 의하면 역사는 '에덴으로부터의 추방―현대 이전―현대'라는 세 단계를 거친다. 인간은 본래 목적과 모럴을 부여받지 못한 피조물이지만 자기를 의식하지 않을 수 없는 존재로 에덴으로부터 추방되었다. 그 '최초의 시간' 이래 역사는 '이미 존재하고 있는 자기'와 '의식자로서의 자기' 사이의 상극 대립의 과정일 뿐이다. '현대 이전'과 '현대'는 그 비극의 정도에서만 양적으로 구별될 뿐 근본적으로는 동일하다. 각각의 시대가 갖는 질적 차이는 모두 사상捨象된다. 역사는 동일한 비극의 반복, 심화 과정이다. 이 같은 추상적 역사관은 전후 세대 문학의 특징을 역사 및 현실의 추상화로 이해하는 일련의 견해와 관련하여 이해할 필요가 있다. 김동환의 「한국 전후소설에 나타난 현실의 추상화 방법 연구」(『한국의 전후문학』, 태학사, 1991)는 그 한 예다. 이 논문에서 김동환은 전후 작가들이 현실 인식을 주로 추상화의 방법을 통해 표현했다고 보면서 그 대표적인 유형으로 사소설의 선택과 '일상성' 속의 고백(손창섭), 현실의 알레고리화(장용학) 등을 들고 있다.

모더니즘의 시간의식으로 유추해볼 수 있는 이 같은 시각은 역사로부터의 초월을 지향한다는 점에서 김동리, 서정주, 조연현으로 대변되는 구세대 문학인들의 그것과 상통하는 면이 없지 않다. 그러나 김동리, 서정주 등이 전통주의, 동양주의에 근거하고 있다면, 그 신화적 사고에서 볼 수 있듯이, 이어령의 그것은 전통단절론, 보편주의(서구주의)의 시각을 보인다는 점에서 구별된다. 이 점은 이후의 과정을 통해서 더욱 분명하게 나타난다.

2. 문협 정통파와의 세대적 거리

김동리, 서정주를 중심으로 하는 이른바 '문협 정통파' 문인들의 전통주의를 확인해볼 수 있는 글의 하나로 김동리의 「한국 문학의 방향—새로운 정신 원천으로서의 동양」(《서울신문》, 1957. 6. 13.~17.)이 있다. 여기서 김동리는 한국 문학의 목표가 '세계문학의 일환으로서의 근대문학'(「한국 문학의 방향」, 1957. 6. 14.)을 성취하는 데 있다 하고, 그 방법으로 세 조목을 든다. 이는 다음과 같다.

첫째, 한국 문학은 뒤떨어지고 있는 '거리'를 접어내야 한다. 둘째, 선진국(문단)의 우수한 문인들이 피하고 있는 모든 새로운 시도, 유파, 경향들에 대하여 부단한 관심과 비판의 눈을 게을리하지 말아야 한다. 셋째, 모방이나 추종으로 5년이나 10년 뒤에 그들을 따라잡으려 하지 말고 동양의 전통 속에서 새로운 것을 찾아냄으로써 20년이나 30년 뒤에 그들을 훨씬 앞서버려야 한다. 이 가운데 가장 중요한 것은 세 번째 항목이다. 이 대목에서 그는 이상李箱을 들어 모방과 추종의 한계를 설명하는데, 이는 이어령이 이상의 의의를 강조한 것과 좋은 대조를 이룬다.

나는 일찍이 본난本欄을 통하여 '우리가 만약 신기新奇를 위하여 신기를 좇는다면 20년 전의 이상李箱에 있어 이미 충분히 실패한 것이다.'라는 의미의 말을 한 적이 있다.

…… 이상이 실패했다는 것은 한국 안의 모더니스트나 어떠한 모더니즘 문학가에 비하여 떨어진다거나 실패했다는 뜻이 아니다. 오히려 그와 반대로 나는 한국의 모더니즘 문학자 가운데서는 그가 제일인자第一人者요 그의 문학이 제일 성공한 편이라고 본다.

그러나 내가 그를 두고 실패했다고 하는 것은 그 기준이 다르다. 나는 우리의 문학이 어느덧 도달해야 할 목표를 '세계문학'에 두고 있다. 앞으로 유능한 번역가가 나와서 우리의 지금까지의 문학작품 가운데서 또는 앞으로 생산될 우수한 작품을 세계 각국어로 번역하는 경우, 그 결과가 당당히 세계의 우수한 작가와 겨눌 수 있다거나 그를 능가할 수 있어야 할 것이다.

그럴 경우 이상의 문학은 그들이 이십 년대에 있어 충분히 시험한 다다이즘이나 쉬르레알리즘의 에피고넨이란 낙인을 찍히게 될 것이다. 이상이 가지고 있는 스타일 면의 신기성新奇性이나 내용 면의 자극성이란 오늘의 일부 청년들에게 있어서는 무척 '신기'하고 '자극적'일지 모

르나 이것을 이미 치르고 난 사람(특히 서구인)들에게 있어서는 무척 케케
묵고 낡은 것으로밖에 보이지 않기 때문이다.

　이러한 의미에서 그의 문학은 이미 충분히 실패한 것이다.

(윗글, 1957. 6. 14.)

　그는 서양문학이 혼돈과 불안에서 벗어나지 못하고 있음을
지적한 후, "결국 세계는 동양주의로 나아가는 길이 남아 있을
뿐"(윗글, 1957. 6. 17.)이라고 단정한다. "우리가 진실로 세계문학에
역할할 수 있고 세계문학을 능가하여 오히려 선구적인 문학이 될
수 있는 길은 …… 그들이 아직도 이십 년이나 삼십 년 뒤에 겨
우 그 첫 관문을 열게 될 동양의 정신 원천을 충분히 섭취함으로
써만 이루어질 수 있을 것"(윗글, 같은 쪽)이라는 것이다. 이같은 동양
주의는 김동리 자신의 창작 및 비평 작업에 일관된 태도이다. 이
상은 한낱 서구 문학사조를 뒤늦게 추수하는 에피고넨일 뿐이다.
한국 문학이 세계적인 근대문학으로 발돋움할 수 있는 길은 동양
주의로 나아가는 방법 외에 없다.

　이같은 절대적인 동양주의로부터 이어령은 어느 정도의 거리
에 있을까. 뜻밖에도 그는 비평 활동의 초기에는 오히려 김동리
와 유사한 관점을 취하고 있음이 확인된다. 예를 들어, 「동양의
하늘」(《한국일보》, 1956. 1. 19.~20.)에서 그는 '동양적인 요소'가 현대적
위기의 출구라며, "나지막이 가라앉은 서양의 하늘은 이러한 흑

거부하는 몸짓으로 이 젊음을　691

운黑雲과 황혼과 저기압으로 밀폐되었고 질식할 것같이 답답한 이 기압권 속에서 헤어나지 못하는 서구의 현대인들은 마침내 모두가 정신질환자가 되어버린 것이다." "우리는 지금 이러한 구라파의 황혼을 바라보고 있다. 그러나 그것은 남의 일만은 아니었다. 우리 동양의 하늘로 행하여 금시금시 확대해오는 황혼이며 흑운일 것이다." "동양의 하늘을 향해 피로한 시선을 돌려야 한다. 현대의 위기는 서양적인 사고 형식과 생활 양상에 기인된 것이기 때문에 이제 그와는 다른 동양적인 요소에서 그 출구를 발견할 가능성을 지녀야 할 것이다."(「동양의 하늘」, 1956. 1. 19.) "동양정신을 우리 문학의 주체로 삼아야 할 것"이라고 주장하고 있다.(윗글, 1956. 1. 20.)

이는 그의 보편주의의 완강성 여부를 의심케 하는 것이지만, 「우리 문화의 반성 ― 신화 없는 민족」(《경향신문》, 1957. 3. 13.~15.), 「주어 없는 비극 ― 이 세대의 어둠을 향하여」(《조선일보》 1958. 2. 10.~11.) 등에서 볼 수 있듯 점차 전통단절론 및 보편주의의 시각을 보이게 된다. 두 평론을 통해서 나타나는 이어령의 전통 부재의식은 극히 심각하다.

"한국에 신화가 없다는 것은 한국의 민족이 민족적 자아를 소유하지 못했다는 슬픈 증거이며 또한 내적 생활의 빈곤성과 무력성을 방증하는 서글픈 현상이다."(「우리 문화의 반성」)라든가, "그러나 우리들은 우리들의 주어를 상실하고 있습니다. 그렇기 때문에 우리 세대는, 말하자면 우리들의 과제는, 전前 역사의 긴 문장과, 또 하나의 짧은 우리 문장을 연결하는 접속사와, 그 다음에 올 주어를 찾는 바로 그 작업입니다. ……분명히 우리 앞에서 하나의 문장은 끝났습니다."(「주어 없는 비극」) 등은, 주어진 역사적 상황을 황지荒地로 이해하는 그 특유의 극단적인 전통단절론을 확인해준다.

「현대의 신라인들―외국문학에 대한 우리의 자세」(《경향신문》, 1958. 4. 22.~23.)는 그 같은 시각이 가장 신랄하게 표현된 평문이다.

김동리의 「한국 문학의 방향」을 염두에 두고 있음이 분명한 이 글에서 그는 김동리, 황순원, 조연현 등을 "국수주의 제복을 입은 문인"(「현대의 신라인들」, 1958. 4. 22.)들이라 비판한다. 그들의 "신라의 꿈"(윗글, 같은 쪽)이 한국 문학에 벽이 되고 있다는 것이다. "신라인"이 되기 위해서 서양 것이면 다 기휘忌諱하고 있음이 분명(윗글, 같은 쪽)하다."는 것이다. 그러나 개성은 그런 배타적 태도 속에서 배양되지 않는다. 그것은 오히려 지드의 언명처럼 우선 범용凡庸해지는 데서 얻어진다. 소심한 경계심으로 말미암아 수용을 꺼릴 때 오히려 '사상의 밀무역'(윗글, 1958. 4. 23.)이 시작된다. 외국 사조에 정면으로 부딪치지 못하고 피상적으로만 사상을 이해하는 풍토가 조성된다. 그러나 "정말 주체의식이 강한 사람은 결코 배타적일 수 없"(윗글, 같은 쪽)다는 것이다. 그의 결론은 이러하다.

즉 "국수주의적 편견을 가지고 무작정 외국 사조를 기휘하려드는 현대의 신라인들이 우리 문학을 지배한다면 우리는 영원한 세계의 고아로서 외롭게 될 것" "…… 하늘이 나의 가슴으로 오듯 그것이 아무리 무한한 것이라도 좋다. 그래서 그 가운데 우리는 우리의 운명을 결정해야 된다. 그것이 비판이고 그것이 우리의 개성이다. 그때 나의 얼굴 나의 음성은 절로 형성되어갈 것이다."(윗글, 같은 쪽) 등이다.

그는 개성, 곧 한국 문학의 독자성을 확보하기 위해서는 어떤 "무한한 것"이라도 적극적으로 받아들여야 한다고 말한다. 그러나 "나의 얼굴 나의 음성은 절로 형성"될 것이라는 마지막 결론에서 볼 수 있듯, 한국 문학이 어떤 성격의 문학이 되어야 하는가의 해답은 마련되지 않았음을 볼 수 있다. 곧 외국 문학의 개방적 수용이라는 원론에서 벗어나지 못하고 있다. 이는 절대적인 전통주의에 대해 한정이 분명치 않은 보편주의로 대응함에 그친 것이다. 또 이는 결국 두 사람의 시각 사이에 어떤 공유점을 찾아보기 힘들다는 것을 의미하는바, 이는 앞으로 살펴볼 논쟁의 성격을 시사해주는 것이 아닐까 한다. 즉 이어령의 구세대 비판은 그 도전적이고 신랄한 태도에도 불구하고, 스스로의 결핍(정체성의 문제에 대한 사유)으로 말미암아, 구세대의 결핍(보편성에 대한 사유)에 대한 직접적인 반정립으로서만 기능했다. 이후 그가 '신인의 패배'(「패배한 신인들」,《동아일보》, 1959. 6. 30.~7. 1.)를 선언하지 않을 수 없었음은 바로 이 때문이었다. 정체성의 문제에 관한 사유가 없이는 구세대 문학의 진정한 극복이란 불가능했다.

3. 구세대 문학인 비판의 함의

이어령의 비평적 활동의 상당 부분을 차지하는 것이 바로 구세대 문학(인)에 대한 비판 및 그들과의 논쟁이다. 1950년대 중반 이후 내내 이 같은 활동은 지속적으로 전개되고 있다. 이를 정리해 보면 다음과 같다. 먼저 구세대 문학(인)에 대한 비판으로는 위에서 검토한 평문들 외에 「우상의 파괴 — 문학적 혁명기를 위하여」(《한국일보》 1956. 5. 6.), 「화전민 지대 — 신세대의 문학을 위한 각서」(《경향신문》, 1957. 1. 11.~12.), 「모래의 성을 밟지 마십시오 — 선배 문인들에게 말한다」(《서울신문》, 1958. 3. 13.), 「시련기의 피의 밭 — 구세대의 문인과 성장하는 신인들의 대결」(《연합신문》, 1958. 6. 22.) 등이 있다. 이어령은 이와 같은 비평 작업과 함께 조연현, 염상섭, 서정주, 김동리, 이무영 등 구세대 문학인들과 차례로 논쟁을 벌이는데, 관계된 평론을 정리하면 다음과 같다.

가. 조연현과의 논쟁

조연현, 「민족적 특성과 인류적 보편성」(《문학예술》, 1957. 8. 조연현의 평론집 『문학과 그 주변』에는 '전통의 개념과 그 가치'로 제목이 바뀌어 게재되어 있다).

이어령, 「토인과 생맥주 — 전통의 터너미노로지」(《연합신문》, 1958. 1. 10.~12.).

나. 염상섭과의 논쟁aplle

염상섭, 「문학도 함께 늙는가」(《동아일보》, 1958. 6. 1.).

이어령, 「문학과 젊음―'문학도 함께 늙는가'를 읽고」(《경향신문》, 1958. 6. 21.~22.).

염상섭, 「소설과 인생―문학은 언제나 아름답고 젊어야 한다」(《서울신문》, 1958. 7. 14.).

다. 서정주와의 논쟁

이어령, 「조롱을 여시오―시인 서정주 선생님께」(《경향신문》, 1958. 10. 15.).

서정주, 「나와 시의 신인들―이어령 씨에게」(《경향신문》, 1958. 10. 18.).

라. 김동리와의 논쟁

이어령, 「1958년의 소설 총평」(《사상계》, 1958. 12.).

김동리, 「본격작품의 풍작기―불건전한 비평 태도의 지양 가기」(《서울신문》, 1959. 1. 9.).

김우종, 「중간소설론을 비평함―김동리 씨의 발언에 대하여」(《조선일보》, 1959. 1. 23.).

김동리, 「논쟁 조건과 좌표 문제―김우종 씨의 소론과 관련하여」(《조선일보》, 1959. 2. 1.~2.).

이어령, 「영원한 모순―김동리 씨에게 묻는다」(《경향신문》, 1959. 2.

9~10.).

원형갑, 「금단의 무기—이어령 씨의 '영원한 모순'을 읽고」(《연합신문》, 1959. 2. 15.~16.)

김동리, 「좌표 이전과 모래알과—이어령 씨에게 답한다」(《경향신문》, 1959. 2. 18.~19.).

이어령, 「못 박힌 기독은 대답 없다—다시 김동리 씨에게」(《세계일보》, 1959. 2. 20.~21.).

이어령, 「논쟁의 초점—다시 김동리 씨에게」(《경향신문》, 1959. 2. 25.~28.).

김동리, 「초점, 이탈치 말라—비평의 논리와 윤리적 책임」(《경향신문》, 1959. 3. 5.~6.).

이어령, 「희극을 원하는가」(《경향신문》, 1959. 3. 12.~14.).

박영준, 「문학비평의 윤리성—의식적인 개인감정을 버리라」(《동아일보》, 1959. 3. 20.).

이철범, 「언쟁이냐 논쟁이냐—김동리 씨와 이어령 씨의 논쟁을 보고」(《세계일보》, 1959. 3. 28.)

임순철, 「서글픈 만용이 아니었기를—독자로서 김동리·이어령 양 씨에게 말한다」(《경향신문》, 1959. 3. 30.).

그러나 논쟁의 중심에는 역시 김동리가 있다. 위에서 볼 수 있듯, 다른 문학인들은 그와의 논쟁을 우회하거나 침묵했던 데 반해, 이 논쟁은 신세대 비평에 대한 김동리의 비판으로 인해 촉발되었고 이로써 논쟁은 범문단적인 성격을 띠게 되었다.

김동리는 1959년의 문학을 전망하는 자리에서 소설 문단에 대해서는, "소설 문단에서 가장 현실적인 문제는 본격소설과 통속소설의 문제"(「본격작품의 풍작기」)라며, 두 부류의 소설이 "……우리나라와 같이 현격한 위치에서 대치되어 있는 것은 후진後進 문단의 불건전한 양상에 지나지 않는 것"(윗글)이라고 전제하면서도, 다분히 희망 섞인 전망을 한 반면, 시 및 비평 부문에 대해서는 그 질적 수준을 문제 삼았다. 특히 비평에 대해서는 원칙론에 있어 이렇다 할 문장이 없음, 시평이나 작품평이 졸렬함, 특히 월평과 총평에 문제가 있음을 지적한 후, "가뜩이나 뒤떨어진 비평문학이 더구나 내일의 문단을 담당해야 할 신인들이 스스로 평단의 권위와 신뢰성을 이렇게 여지없이 짓밟고 있으니 이맛살이 찌푸려지지 않을 수 없다. 1959년도에 있어서는 이러한 불건전한 비평 태도도 지양되어야 할 것이다."(윗글)라는 문장으로 글을 맺었다. 이어령의 구세대 비판이 1958년에 집중되어 있다는 사실을 볼 때, 이는 다분히 의도적인 발언이었다. 이에 대해 당시 신세대 비평군을 이루고 있던 김우종, 이철범, 이어령 등이 반발한 것은 자연스럽다. 그러나 역시 이어령이 중심적인 역할을 했다.

「중간소설론을 비평함」을 통해 김우종은 '중간소설론'을 비평한다는 다소 빗나간 논점으로 김동리에 대한 반박을 피했다. "중간소설은 본격문학 또는 순문학에도 속하는 한편 대중들에게도 널리 이해된다는 대중성을 띠고 있는 것을 의미"(「중간소설론을 비평함」)한다며, 김동리의 글의 지엽에 해당하는 부분을 비판하는 데 많은 분량을 할애했던 것이다. 그러나 이는 그 개념부터 잘못된 것이라는, 김동리의 날카로운 반비판에 직면하고 만다.(「논쟁 조건과 좌표 문제」)

김우종의 소론이 갖는 의미는 논쟁 확대의 계기가 되었다는 점이다.

아실 만한 분께서 이렇게 단정하시는 근거를 구태여 캐고 싶지는 않지만, 어떤 작품을 '실존문학'이라고도 규정하고, '극한의식'이라고도 하고, 이어령 씨가 정확히 지적한 것처럼 '우리말도 잘 모르는 문학'을 '지성적'이라고 하신 최근 얼마 동안의 그분의 경향을 살펴보던 나로서도 너무나 그분을 지금까지 존경해왔으니만큼 어떤 배신 같은 데서 느끼는 설움도 너무나 큰 것이다. 십여 년 전에 김모金某의 '당黨의 문학'에 대항하여 본격문학을 수호한 가장 큰 공로자 김동리 씨는 지금 스스로의 손으로 조금씩 조금씩 그 본격문학을 무너뜨리고 있다.(「중간소설론을 비평함」)

「논쟁 조건과 좌표 문제」를 통해 김동리는 김우종의 논점이 첫째, 중간소설에 관한 것, 둘째, 일련의 작품들에 관한 '실존적',

'극한의식', '지성적' 하는 자신의 평가에 관한 것, 젊은 비평가들을 근거 없이 비난했다는 것 등이라고 정리한 후, 이들 각각에 대해 상세한 반론을 꾀했다. 먼저, 중간소설을 '가장 이상적인 소설'(「중간소설론을 비평함」)로 간주한 김우종의 견해가 전연 잘못된 것이라고 비판한 그는, 문학작품들에 대한 평가의 문제로 넘어가 더욱 신랄한 어조로 젊은 비평가들의 문장을 문제 삼았다.

　　내가 그 작품에 '실존성'을 지적한 것은 한말숙 씨의 「신화의 단애」다. '극한의식'을 인정한 것은 추식秋湜 씨의 『인간제대』(작품집)와 유주현 씨의 「언덕을 향하여」에 대해서다. 그리고 '지성적'은 오상원 씨의 작풍을 두고 한 말이다. 이것은, 소설을 알고 이러한 용어들의 어의를 알고 여기 지적한 작품들을 읽은 사람이라면 나의 판단이 정확하고 정당하다는 것을 알게 될 것이다. '……우리말도 모르는' 문장이란 것이 '우리말도 서투른' 또는 '생경한 직역체의 문장'을 의미한 것이라면 그것을 그렇게 말한 사람이나 그것을 '정확한 지적'이라고 하는 김우종 씨들이야말로 '우리말도 모르는' 비평가들일 것이다. 왜 그러냐 하면 이 사람들의 문장이야말로 '우리말도 서투른 생경한 직역체의' 것이 얼마든지 수두룩하기 때문이다. '우리말도 모르는 문장'으로 비평가도 된다면 '우리말도 모르는 문장'이 어째서 '지성적'일 수는 없단 말이냐. 내가 보기에는 평론이야말로 보다 더 직접적으로 '지성적'에 관련된 것이다. 그리고 또 내가 보기에는 한국의 어떠한 작가도 오늘의 이러한 신인 비평가들만큼 '우리말도 모르'지는 않는 것 같다.

(「논쟁 조건과 좌표 문제」, 1959. 2. 2.)

세 번째로 그는 특정지에 실린 작품들만을 중심으로 비평을 행하는 문제를 입증할 만한 재료가 산적해 있다고 했지만, 이후의 논쟁 과정에서는 이는 더 이상 문제가 될 수 없었다. 한국어 문장의 문제가 제기된 이상 다른 문제는 관심의 대상이 될 수 없었을 것이다. 이 문제야말로 작가이든 평론가이든 신세대 문학인 공통의 '아킬레스건'인 까닭이다.

자연스럽게 논쟁에 연루된 이어령은 「영원한 모순」을 통해 김동리가 제기한 두 번째의 논점을 중심으로 반론을 꾀한다. 그의 반론의 초점은 김동리가 끌어들인 개념들의 이해가 정확한가를 묻는 데 있었다. 김동리가 한국어 문장을 문제 삼은 것에 지식의 정확성으로 맞선 것이다. 이 대립 속에 주체성과 보편성이라는 신구 세대 문학인들의 대립 구도가 내재해 있음은 물론이다.

그는 오상원의 문장에 관해서는, 언어의 '코노테이션connotation'과 '디노테이션denotation'의 문제 및 언어의 '정서적 사용'과 '서술적 사용'으로부터 '지성적 문장'의 의미를 해명한다. 또 「신화의 단애」에 대해서는, '실존성'이라는 개념어의 존재 여부를 의심하고 있다. 마지막으로 「인간제대」에 관해서도 마찬가지이다. 그는 '극한의식'이라는 말의 철학적인 의미로부터 이 작품에 대한 김동리의 평가가 부당하다는 결론을 이끌어낸다. 다음은 이를 분명하게 보여주는 문장들이다.

가) 한마디로 지성적 문장이란 서술이 정확한 문장이다. 언어의 '코노테이션'이 아니라 '디노테이션'에 있어서 말이다.

(「영원한 모순」. 1959. 2. 9.)

나) 리처즈는 언어의 기능을 '정서적 사용'과 '서술적 사용'으로 양분하고 있는데, 씨의 능숙이란 말은 '언어의 정서적 사용'에다가만 표준을 두고 한 소리다.

(윗글, 1959. 2. 10.)

다) 김동리 씨의 '실존성'이란 말부터 물어보지 않으면 안 된다. 나는 '실재성實在性'이라는 철학 용어를 들어본 일은 있어도 '실존성實存性'이라는 용어는 동리 씨로부터 처음 들었기 때문이다. '실존'과 '실존성'은 어떻게 다른가. '실존' 밑에 '성性'을 붙일 수 있다면 원어로는 어떻게 되느냐. 구체적으로 제시해주기 바란다.

(윗글, 같은 쪽)

라) 씨가 애용하는 좌표란 말과 같이 '극한의식'이란 것도 일종의 번역어다. ……즉 '극한의식'이라는 개념은 서구의 문화적 문맥 위에 서

있는 것이다. 그러므로 씨는 이 '극한의식grenzsituation' 이라는 말이 야스퍼스의 실존철학의 용어에서 비롯된 것임을 잘 알고 있을 것이다.

(윗글, 같은 쪽)

그러나 이처럼 비평이 한국어 문장에 미흡하다는 김동리의 비판에 지식의 정확성으로 대응한 탓에, 이후의 논쟁은 신구 세대의 본질적 차이를 드러내지 못한 채 용어를 둘러싼 지리한 공방과 감정 대립으로 치달을 수밖에 없었다. 「좌표 이전과 모래알과」에서 김동리는 오상원의 작풍이 지성적이라 평했던 것인데, 이어령은 그의 생경한 용어 몇 개로 이를 비판하고 있다고 다시 비판했다. 본래 김동리의 비판 대상이 된 이어령의 오상원 비판의 내용은 다음과 같다.

그리고 씨의 문장이 너무도 조잡해서 읽을 기력이 없다. 씨는 항변할지도 모른다. "산문 문장이란 사상을 운반하는 '바퀴'와 같은 것이다. 중요한 것은 사상(주제)이다." 그러나 씨 역시 '기름 안 친 **빽빽한 바퀴**'는 원하지 않을 것이다. 일례를 들면 씨가 '미묘한 웃음'이라는 똑같은 말을 자주 되풀이해서 쓴다든가…… '한눈도 주지 않고', '허공에 눈주고 있다가', '기사를 이리저리 눈주어가다가' 투의 부자연한 말…… 이라든가 '혼돈된 갈등'이라는 말에서처럼 동일한 의미를 중복해 쓴 것이라든가…… 그리고 또 '무기미'니…… '과연 진범은 누구', '체포된 범

거부하는 몸짓으로 이 젊음을 703

죄자는 진범이 아닌 듯' 등의 해득하기 곤란한 말을 쓰는 것이라든가 '스쳐 지나가고 마저 있었다', '깨물고 마저 있었다' 등의 외국말 비슷한 사투리라든가…… 까다롭기 짝이 없는 그 많은 어법은 기름 치지 않은 바퀴처럼 **빽빽**하기만 하다. 그러고서야 어디 사상이래도 운반할 수 있을 것인가. 세련된 문장을 써주었으면 피차에 고맙겠다. 문장력의 빈약함이 옥에 붙은 한 점의 티니까…….

(「1958년의 소설 총평」, 《사상계》, 1958. 12. 345쪽)

직접 관련은 적으나 그의 평론집 『저항의 문학』(경지사, 1959)에 실린 「1958년의 작가 장황」에도 참고할 만한 대목이 있다.

이러한 예는 오상원 씨에게도 있다. 씨는 「피리어드」에서 '그'라는 대명사로 불리는 한 인물과 '낙오병'이라고 그냥 막연하게 범칭한 인물의 두 주인공을 그리고 있다. 그가 이 두 인물에 고유명사를 부여하지 않고 범칭으로서 지칭한 의도는 충분히 납득될 수 있다. 그러나 그러한 막연한 지칭 때문에 다음과 같은 문장은 몹시 애매하다. ……여기에 '그'는 '낙오병'의 '그'인지, '그'라는 '그'인지 애매하다. 물론 따지면 곧 알 수 있다. 하지만 '그'라는 대명사는 낙오병을 가리킬 수도 있는 대명사이기 때문에 여간 혼돈하기 쉬운 것이 아니다. 더구나 이 '낙오병'과 '그'와의 대화는 이 소설의 핵심이 되는 장면인데, 이 애매한 지칭 때문에 몹시 까다롭고 답답해졌다는 것은, 씨가 '언어의 경제經濟'

가 무엇인지를 아직 모르고 있다는 증거다.

(『저항의 문학』, 292~293쪽)

이 대목의 앞에서 그는 신인들의 문장이 갖는 맹점을 다음과 같이 지적하고 있다.

앞서 인예引例한 신인들의 감각적 문장의 개척이라든지, 지금 말한 '비허구적' 소설이라든지 하는 것은 자칫하면 산문으로서의 정확성을 상실하여 애매성에 빠지게 될는지도 모른다는 점이다. 정확성—이것 은 평범하지만 극히 중요한 산문의 생명이 되는 부분이다. 산문의 기초 는 사물의 분할성分割性에 있다.

(같은 책, 290~291쪽)

그런 방식으로 문장을 들어 오상원이 지성적이라는 견해를 비 판할 수 있다면, 「사반나의 풍경」과 「녹색 우화집」에 그와 유사 한 생경한 말들을 쓴 바 있는 이어령 또한 지성적이지 못하다고 간주할 수 있다는 것이다. 또한 '실존성'이라는 용어에 대해서는 하이데거의 용례를 들어 그 존재를 적시함으로써 역으로 이어령 의 지식의 한계를 드러내고자 했다. 해당 부분은 다음과 같다.

하이데거의 주저 『존재와 시간』에 나오는 철학술어哲學術語다. 독일어원어로는 'Existenzialitat(Den Zusammenhang dieser Strukturen nennen wir die Existenzialitat-s. 12. 1935년판)'라 하며 실존철학을 입에 담는 사람으로서 이 말이 있느니 없느니 한다면 어이가 없어서 그 사람의 얼굴을 빤히 쳐다 보게 된다.

이와 함께 「좌표 이전과 모래알과」에서 인상적인 대목은 '극한 의식'에 관한 부분이다.

> 야스퍼스와 말로 사이에, 말로와 카뮈 사이에, 극한의식의 좌표 차이 가 있는 것처럼 그보다 좀 더 추식 씨와의 사이엔 차이가 있어 마땅하 다. 「부랑아」의 따라지 소년들이나 「인간제대」의 막다른 골목은 씨의 말대로 직업이나 식량으로써 우선 해결될는지 모르나 그러한 극한적 인 끝끝(따라지와 막다른 골목)에서 인생을 대결하는 추씨의 내적 체험 속에 한국적인(유씨의 경우 비슷하게) 그리고 추씨적인 극한의식이 도사리고 있는 것이다.
>
> (윗글, 같은 쪽)

다시 문제의 초점이 '한국적인' 것으로 옮아와 있다는 것을 발 견할 수 있다. 곧 대립의 근저에는 언제나 이 문제가 놓여 있다. 그렇다면 이어령은 이 '한국적인' '극한의식'이라는 것을 어떻게 받아들였던가. 「논쟁의 초점」을 통해 그는 「신화의 단애」가 실존주의와 관련이 없음을 자세하게 논증했고, 논쟁의 씨앗이 된 김동리의 평가는 《현대문학》통권 30호에 게재되어 있다.

예의 '극한의식'과 관련하여 다음과 같이 논박한다.

> 한 작품을 곤충분류학자처럼 무슨 '적', 무슨 '이즘'이라고 간단히 규정해버리는 김동리 씨의 그 기계주의적 안이한 비평 방법이 여지껏 우리 평단을 지배해왔던 고정관념이 아니었던가. 확실한 내용은 없고 이름만 붙어다니는 '제삼 휴머니즘', '순수문학' 등등의 '딱지비평'에 나는 엄숙하게 항거하는 것이다.
>
> (「논쟁의 초점」, 1959. 2. 28.)

결국 이어령에게 김동리의 방식처럼 '한국적인' 것을 강조하는 태도는 그 배타성으로 말미암아 외국 문학을, 그 실상을 이해하지 못한 채 외면적으로만 수용하게 할 뿐이다. 그러나 이 같은 비판으로도 이원적인 대립은 전혀 해소되지 않는다. 일방은 일방의 결핍된 요소를 근거로 논리적 타당성을 주장할 뿐이다. 이후 논쟁이 "……얻은 결론은 지금까지의 과도기적 신인과는 다른 의미의 신인(평론)이 더 나와야 한다는 것뿐이다."(「초점, 이탈치 말라」, 1959. 3. 6.)라는 새로운 신인에의 '대망'과 "그렇다. 무릎을 꿇고 빌 수 있을 만한 선배라도 있으면 참말로 행복하겠다"(「희극을 원하는가」, 1959. 3. 14.)라는 선배 세대에의 '절망'으로 일단락된 것은 이 같은 사정과 무관하지 않을 것이다.

4. 전통부정론의 의미와 한계

염상섭이나 서정주는 우회적으로 논의를 비켜갔고, 김동리와의 논쟁은 본질적인 차이를 드러내지 못한 채 일단락되었다면, 그보다 일찍 치러진, 그리고 공방의 형태로 진행되지는 않은, 조연현과의 논쟁은 전통에 관한 심각한 견해 차이를 보인다는 점에서 주목할 만하다. 전통에 대한 이어령의 견해는 「우상의 파괴」, 「화전민 지대」 등을 통해 극명히 나타나는바, 그것은 구세대 부정일 뿐만 아니라 한국적 전통 자체의 부정을 의미한다고까지 생각할 수 있다. 「우상의 파괴」에서 그는, "지금은 모든 것이 새로이 출발해야 될 전환기인 것이다. 낡은 것을 거부하는 혁명의 우상을 파괴하라! 우리들은 슬픈 '아이코노클래스트'. 그리하여 아무래도 새로운 감동의 비약이 있어야겠다."(「우상의 파괴」, 《한국일보》. 1956. 5. 6.)라고 선언하면서, 그 우상들을 '미신의 우상', '사기사詐欺師의 우상', '우매愚昧의 우상', '영아의 우상'들로 나누어 제시했다. 그 각각은 김동리, 조향趙鄕, 이무영李無影, 최일수崔一秀 등으로 대변되었다. 또 「화전민 지대」에서는 스스로의 세대를 화전민에 비유하면서, '지난 세대의 문학인들'에게 폐허의 시대의 책임을 묻고는, 문학의 힘으로써 현대의 위기로부터 벗어나야 함을 역설했다.

정말 현실을 대오하고 각성한 인간은 이상스럽게도 숙명주의자다. 그러나 형해形骸와 같은 숙명 앞에는 환상이 있다. 현실의 습지에서 족생簇生된 환상의 버섯이 있다. 문학이 신화의 창조라면 신화는 숙명의 인간에게 부여하는 환상의 창조. 그러므로 환상에 의한 구제救濟는 신화에 의한 구제이며 문학의 '매직'에 의한 구제다.

(「화전민 지대」, 1957. 1. 12.)

상상의 힘이 현대 문명에 의해 훼손된 인간성을 순수한 형태로 돌려주리라는 것이다.

그러나 이와 같은 단절의 논리만으로는 새로운 세대의 존재적 당위성을 설득력 있게 입증할 수 없다. 부정이 아닌 긍정의 논리가, 이상李箱의 존재만이 아닌 전통의 발견이 필요하다. 「우리 문화의 반성」, 「주어 없는 비극」 등은 그 같은 단절론, 전통부정론의 위험성을 보여준다. 그같은 전통 부재의식은 "한국의 현실은 안에서 발생된 것이 아니라 언제나 밖에서 오는 것이었으며 한국의 문화는 한국의 생활과 유리된 허공 속에서 부동하는 한 개의 곡도[幻]에 지나지 않았다."(「신화 없는 민족」, 1957. 3. 13.)에서 절정을 이룬다.

「토인과 생맥주」는 그와 같은 인식의 필요성 속에서 쓰였다. 그 바로 직전에 쓰인 조연현의 「민족문학과 세계문학」(『자유신문』, 1958. 1. 1.~2.)이 그를 다시 자극했을 가능성도 없지 않으나, 그 직접적인 의식이 대상이 된 것은 역시 「민족적 특성과 인류적 보편성—서정주와 김동리의 전통에 대한 태도를 중심으로」이다.

이 글은 '민족적 특성과 인류적 보편성'이 "이 두 개의 개념적 차이에도 불구하고 이 둘은 개별의 세계가 아니라 동일한 하나의 세계이다."(「민족적 특성과 인류적 보편성」, 《현대문학》, 1957. 8, 178쪽)라는 결론 속에서, 이를 서정주와 김동리의 문학을 통해 입증하고자 했다. 즉 서정주와 김동리의 문학은 그 출발에 있어서는 반전통의 입장과 전통적인 입장으로 상치相馳되어 있었다. 그러나 해방 이후에 두 사람은 우연히도 그와는 정반대의 지향을 보여주었다. 즉 서정주는 전통의 입장으로 돌아온 반면에, 김동리는 인류적인 보편성을 지향하는 것으로 나아갔다. 그렇다면 두 사람의 문학적 출발과 현재의 지향은 서로 상반된 것인가. 그는 괴테의 논리를 빌려 다음과 같이 쓰고 있다.

그것은 무엇이냐 하면 '가장 민족적인 것은 가장 세계적인 것이며 가장 세계적인 것은 가장 민족적인 것'이라는 괴테의 말이다. 세계적인 것을 지향했던 서정주가 필연적으로 한국적, 동양적인 세계로 귀결되고, 한국적인 결실을 가지려 했던 김동리가 필연적으로 세계적인 것을 지향하게 된 것은 괴테의 말처럼 민족적인 것만이 세계적인 것이 될 수 있고 세계적인 것은 언제나 민족적인 것이었던 필연의 과정을 벗어날 수 없었던 까닭이다. 이렇게 볼 때 서정주와 김동리는 그 문학적 출발에 있어서나 현재의 지향에 있어서나 서로 상반된 것이 아니라 동일한 노선 위에 있었던 것임을 알 수 있게 된다. 이것은 곧 민족적인 특성은 그대로 인류적인 보편성에 통하는 것이며 인류적인 보편성의 구체적인 내용이 민족적 특성임을 증언하는 것이 된다.

(윗글, 185쪽)

이른바 '문협 정통파'를 이루는 '트라이앵글'의 이데올로기를 대변하고 있는 듯한 이 글은, 그럼에도 전통에 대한 이해의 문제에 있어 몇 가지 난점을 안고 있다. 그에 의하면 "전통이란 단순한 과거의 유물이 아니라 과거를 지배해왔고, 현재에 작용하면서 미래를 다시 좌우할 힘으로서 변모해가는 불멸의 근원적, 주관적인 역량"(윗글, 177쪽)이다. 그 전통은, 개인적인 소산이라기보다는 집단적인 소산이라는 점, 민족은 인류를 형성하는 종족적 운명 공동체인 기본적 집단이라는 점, 민족적 특성만이 전통의 구체적인 세력이며 그 내용이라는 점 등으로 말미암아, 민족적 특성 위에 그 기초를 둔다. 다시 그는 서정주의 초기 시를 해명하는 과정에서 다음과 같이 '전통적인 것'의 의미를 구체화한다.

이곳에서 우리가 생각할 수 있는 것은 정관적, 정신적, 윤리적, 도덕적인 것이 전통적인 것이라면, 행동적, 육감적인 것은 친서구적親西歐的인 것으로서 한국이나 동양의 전통적인 요소와는 이질적인 것이며 반

윤리적, 반도덕적인 것이 반전통적인 것임은 더 말할 것도 없다는 사실
이다.

(윗글, 179쪽)

여기서 다음과 같은 의문이 제기될 수 있다. 전통은 민족적인
특성 위에만 기초를 두는 것인가. 또 정관적, 정신적, 윤리적인
것을 한국과 동양만의 전통으로 간주해야 하는가 등이 그것이다.
전자는 그의 견해가 민족주의적, 국수주의적인 것이 아닌가를 묻
고, 후자는 이른바 오리엔탈리즘의 편견을 합리화한 것이 아닌가
를 묻는다. '오리엔탈리즘'의 프리즘을 통해 보이는 동양이란 신
비로우면서도 비합리적인 관념에 의해 지배되는 세계다. "시인
이든 학자이든 간에 오리엔탈리스트란 동양에 대하여 말하고 동
양에 관하여 서술하며 동양의 신비스러운 것을 서양을 위하여 파
헤치는 인간이라고 하는 사실, 곧 그러한 외면성이야말로 오리엔
탈리즘의 전제 조건인 것이다."(E. W. 사이드Said, 박홍규 역, 『오리엔탈리즘』,
교보문고, 1991, 47쪽)

그렇다면 서정주와 김동리의 문학은 그처럼 타자적 시선으로
자기를 본 문학이 아니라, 독자적인 시선으로 자기를 이해하는
문학이라고 할 수 있는가 하는 문제가 남는다. 과연 그들의 문학
의 '토속성'은 진정한 의미에서의 동양적인 전통으로 자리매김
될 수 있는 것일까.

한편 「토인과 생맥주」를 통해 이어령은 조연현의 전통관을 '토속적 전통관'으로 규정하며 신랄한 비판을 행한다. 그에 의하면 조연현의 전통주의는 '로컬리즘' 내지 '프로빈셜리즘'에 지나지 않는다.(「토인과 생맥주」,《연합신문》, 1958. 1. 11.)

그러나 '토속(관습)'과 '문화'는 다르고, '풍속성', '지방성'과 '전통성'도 서로 다르다. 문학에서의 전통이란 '고전작품'의 문제이지 '지방색의 특성' 문제가 아니기 때문이다.(윗글, 같은 쪽)

그는 이를 엘리엇의 전통론을 빌려 설명하고자 했다.

엘리엇이 주장하는 전통은 영문학이라든가 하는 개국 특유의 전통—지방적인 것이 아니라 구주歐洲 문화를 꿰뚫는 고전적 교양이다.

즉 그 전통이란 각국 문학으로 하여금 그 지방성을 탈각脫却시키려고 노력하는 말하자면 '매슈 아널드Matthew Arnold의 지적知的 연맹의 실현인 것이다.'

이것을 기저基底로 생각할 때 전통주의는 바로 대對 프로빈셜리즘(지방 감정地方感情)을 지향하는 운동임을 알 수 있다. 쉽게 말해서 전통이 문학에 있어 문제되는 것은, 개인적 재능 또는 개인적 취미, 일정한 시대, 일정한 공간(지방)에 한 작가가 속박된다면, 진정한 문학의 위대성을 발휘할 수 없게 되겠기 때문이다.

(윗글, 1958. 1. 12.)

이와 같은 관점에 따르면 서정주와 김동리의 문학은 어떻게 평가될 수 있을까.

　반전통적 문학은 반한국적, 나아가서는 반동양적인 문학이 아니라 '개성적', '주견적主見的', 따라서 '지방적', '시대적'이라는 것을 알 것이다. 뿐만 아니라 김동리의 「무녀도」가 '전통'에 입각한 작품이 아니라는 것도 알 수 있을 것이다. 왜냐하면 「무녀도」에는 최소한 불교 사상도 그렇다고 한국이나 중국의 고전작품의 어느 뚜렷한 영향 밑에서도 이루어진 것이 아니라 다만 향토색만을 지니고 있다는 점에서다.

(윗글, 같은 쪽)

　김동리의 작품은 전연 전통적인 작품이 아니라 단지 지방적인 작품이 된다. 지방주의를 전통주의와 혼동할 수는 없기 때문이다. 그는 더 나아가 "서구인이 동양에 관심을 가지듯이 동양인이 서구의 문화에 관심을 기울이는 것이, 그리고 보면 진정한 전통주의의 국극적局極的 방법이 될 것"(윗글, 같은 쪽)이라고까지 단언한다. "동양인은(동양의 고전과 아울러) 서구의 고전에 접했을 때 비로소 동양적인 '로컬리즘'에서 벗어날 수 있기 때문"(윗글, 같은 쪽)이다.

　이상의 논리가 갖는 장점은 앞에서도 잠깐 지적했듯이 전통부재론 또는 '우상'파괴론에서 한발 벗어나 전통의 개념 및 그 지속을 추구했다는 점이다. 뿐만 아니라 토속성, 지방성을 강조하는 전통주의의 한계를 드러냄에 있어서도, 엘리엇의 전통론에서 논리를 빌린 것은 설득력이 있다.

기실, 전통의 기초를 불변의 민족으로부터 찾음은 민족이라는 관념 자체가 역사적으로 형성되어온 것이라는 사실에 비추어보면 타당하지 못하다. 또한 그 '민족적 전통'이라는 것도 전혀 민족적이지 않은 여러 기원으로부터 형성된 것이라는 점 또한 잘 알려져 있다. 그렇다면 이어령의 전통주의에는 문제가 없는 것일까. 그가 말하는 '서양의 고전'이라는 것 또한 이미 고전으로 해석된 것. 다시 말해 그것을 고전으로 명명한 자의 가치 판단이 개입되어 있는 것일진대, 그렇다면 그것을 수용하는 자의 주체적 가치 판단의 문제가 남아 있을 것이다.

그러므로 조연현이나 김동리가 구상한 전통주의라는 것이 지방주의라는 혐의로부터 자유로울 수 없다면, 그의 보편으로서의 전통이라는 것은 역으로 비주체적이라는 비판에 직면할 수 있다. 또한 그는 이 글에서 동양적 고전의 섭렵을 언급하고 있는데, 그렇다면 그는 이상을 비롯한 몇몇 외에 어떤 동양적, 한국적인 고전의 비판적인 계승을 생각했던 것일까. 결론적으로 엘리엇의 전통론은 주체적 시각의 결여라는 근본적인 문제를 단지 잠정적으로만 해결해준 듯하다.

그런 점에서 그는 전후 세대 문학의 한 전형을 보여주었다 해도 과언이 아니다. 구세대를 전면적으로 부정하며 새로운 세대의 문학을 꿈꾸는 그의 논쟁적 비평 과정은 자기 인식의 결여라는 그 세대 특유의 한계를 드러내고 있는 것으로 보인다. 이상李箱 외에는 어떤 의미 있는 전통도 발견하지 못한 채 서구문학 전통을 무제한적으로 수용하고자 하는 태도만으로는, 비록 토속성을 강조하는 지방주의에 머물렀다 해도 한국적 전통을 강조하는 조연현, 김동리, 서정주의 문학에 비견될 만한 생산적인 대안을 창조할 수 없었을 것이다. 긴 논쟁 과정의 말미에 발표한「패배한 신인들」에서 그는 손창섭, 장용학, 선우휘, 송병수 등 신인들의 너무 이른 매너리즘을 비판한다. (「패배한 신인」,《동아일보》, 1959. 6. 30.)

그러나 그 패배의 진정한 원인의 하나는 바로 앞선 세대와의 관계 속에서만 자신의 위치를 이해할 수 있었던, 세대론적 시각의 함정, 자기 인식의 결여일 것이다. 그렇다고 해서 이것이 곧 이어령의 시야의 결핍을 의미하지만은 않는다. 그의 비평은 그 같은 세계적 한계의 논리적 표현이었던 때문이다.

— 박동규 선생 회갑 기념 논문집『한국 전후문학의 분석적 연구』(월인, 1997. 308쪽).

방민호

서울대 국어국문학과를 졸업하였다. 논문 「채만식 문학에 나타난 식민지적 현실 대응 양상」으로 동 대학원에서 박사 학위를 받았다. 평론 「현실을 바라보는 세 개의 논리」로 1994년에 《창작과 비평》에서 수여하는 제1회 창비신인평론상을 수상해 등단하였으며, 저서로는 문학비평집 『비평의 도그마를 넘어』, 『성찰과 모색』, 『감각과 언어의 크레바스』 등이 있다.

이어령 작품 연보

문단 : 등단 이전 활동

「이상론-순수의식의 뇌성(牢城)과 그 파벽(破壁)」	서울대 《문리대 학보》 3권, 2호	1955.9.
「우상의 파괴」	《한국일보》	1956.5.6.

데뷔작

「현대시의 UMGEBUNG(環圍)와 UMWELT(環界) -시비평방법론서설」	《문학예술》 10월호	1956.10.
「비유법논고」	《문학예술》 11,12월호	1956.11.

* 백철 추천을 받아 평론가로 등단

논문

평론·논문

1.	「이상론-순수의식의 뇌성(牢城)과 그 파벽(破壁)」	서울대 《문리대 학보》 3권, 2호	1955.9.
2.	「현대시의 UMGEBUNG와 UMWELT-시비평방 법론서설」	《문학예술》 10월호	1956
3.	「비유법논고」	《문학예술》 11,12월호	1956
4.	「카타르시스문학론」	《문학예술》 8~12월호	1957
5.	「소설의 아펠레이션 연구」	《문학예술》 8~12월호	1957

학위논문

단평

국내신문

56. 「半島性의 상실과 회복의 역사」	《한국일보》 광복50년 신년특집 특별기고	1995.1.4.
57. 「한국언론의 새로운 도전」	《조선일보》 75주년 기념특집	1995.3.5.
58. 「대고려전시회의 의미」	《중앙일보》	1995.7.
59. 「이인화의 역사소설」	《동아일보》	1995.7.
60. 「한국문화 50년」	《조선일보》 광복50년 특집	1995.8.1.

외 다수

외국신문

| 1. 「通商から通信へ」 | 《朝日新聞》 교토포럼 主題論文抄 | 1992.9. |
| 2. 「亞細亞の歌をうたう時代」 | 《朝日新聞》 | 1994.2.13. |

외 다수

국내잡지

1. 「마호가니의 계절」	《예술집단》 2호	1955.2.
2. 「사반나의 풍경」	《문학》 1호	1956.7.
3. 「나르시스의 학살 – 이상의 시와 그 난해성」	《신세계》	1956.10.
4. 「비평과 푸로파간다」	영남대 《嶺文》 14호	1956.10.
5. 「기초문학함수론 – 비평문학의 방법과 그 기준」	《사상계》	1957.9.~10.
6. 「무엇에 대하여 저항하는가 – 오늘의 문학과 그 근거」	《신군상》	1958.1.
7. 「실존주의 문학의 길」	《자유공론》	1958.4.
8. 「현대작가의 책임」	《자유문학》	1958.4.
9. 「한국소설의 현재의 장래 – 주로 해방후의 세 작가를 중심으로」	《지성》 1호	1958.6.
10. 「시와 속박」	《현대시》 2집	1958.9.
11. 「작가의 현실참여」	《문학평론》 1호	1959.1.
12. 「방황하는 오늘의 작가들에게 – 작가적 사명」	《문학논평》 2호	1959.2.
13. 「자유문학상을 향하여」	《문학논평》	1959.3.
14. 「고독한 오솔길 – 소월시를 말한다」	《신문예》	1959.8.~9.

43. 「이상문학의 출발점」	《문학사상》	1975.9.
44. 「분단기의 문학」	《정경문화》	1979.6.
45. 「미와 자유와 희망의 시인 – 일리리스의 문학세계」	《충청문장》 32호	1979.10.
46. 「말 속의 한국문화」	《삶과꿈》 연재	1994.9~1995.6.
외 다수		

외국잡지

| 1. 「亞細亞人の共生」 | 《Forsight》新潮社 | 1992.10. |
| 외 다수 | | |

대담

1. 「일본인론 – 대담:金容雲」	《경향신문》	1982.8.19.~26.
2. 「가부도 논쟁도 없는 무관심 속의 '방황' – 대담:金璟東」	《조선일보》	1983.10.1.
3. 「해방 40년, 한국여성의 삶 – "지금이 한국여성사의 터닝포인트" – 특집대담:정용석」	《여성동아》	1985.8.
4. 「21세기 아시아의 문화 – 신년석학대담:梅原猛」	《문학사상》 1월호, MBC TV 1일 방영	1996.1.
외 다수		

세미나 주제발표

1. 「神奈川 사이언스파크 국제심포지움」	KSP 주최(일본)	1994.2.13.
2. 「新潟 아시아 문화제」	新潟縣 주최(일본)	1994.7.10.
3. 「순수문학과 참여문학」(한국문학인대회)	한국일보사 주최	1994.5.24.
4. 「카오스 이론과 한국 정보문화」(한·중·일 아시아 포럼)	한백연구소 주최	1995.1.29.
5. 「멀티미디어 시대의 출판」	출판협회	1995.6.28.
6. 「21세기의 메디아론」	중앙일보사 주최	1995.7.7.
7. 「도자기와 총의 문화」(한일문화공동심포지움)	한국관광공사 주최(후쿠오카)	1995.7.9.

8. 「역사의 대전환」(한일국제심포지움)	중앙일보 역사연구소	1995.8.10.
9. 「한일의 미래」	동아일보, 아사히신문 공동주최	1995.9.10.
10. 「춘향전」과 '忠臣藏'의 비교연구」(한일국제심포지엄)	한림대·일본문화연구소 주최	1995.10.
외 다수		

기조강연

1. 「로스엔젤러스 한미박물관 건립」	(L.A.)	1995.1.28.
2. 「하와이 50년 한국문화」	우먼스클럽 주최(하와이)	1995.7.5.
외 다수		

저서(단행본)

평론·논문

1. 『저항의 문학』	경지사	1959
2. 『지성의 오솔길』	동양출판사	1960
3. 『전후문학의 새 물결』	신구문화사	1962
4. 『통금시대의 문학』	삼중당	1966
* 『축소지향의 일본인』	갑인출판사	1982
* '縮み志向の日本人'의 한국어판		
5. 『縮み志向の日本人』(원문: 일어판)	学生社	1982
6. 『俳句で日本を讀む』(원문: 일어판)	PHP	1983
7. 『고전을 읽는 법』	갑인출판사	1985
8. 『세계문학에의 길』	갑인출판사	1985
9. 『신화속의 한국인』	갑인출판사	1985
10. 『지성채집』	나남	1986
11. 『장미밭의 전쟁』	기린원	1986

소설

시

| 『다시 한번 날게 하소서』 | 성안당 | 2022 |
| 『눈물 한 방울』 | 김영사 | 2022 |

칼럼집

| 1. 『차 한 잔의 사상』 | 삼중당 | 1967 |
| 2. 『오늘보다 긴 이야기』 | 기린원 | 1986 |

편저

1. 『한국작가전기연구』	동화출판공사	1975
2. 『이상 소설 전작집 1,2』	갑인출판사	1977
3. 『이상 수필 전작집』	갑인출판사	1977
4. 『이상 시 전작집』	갑인출판사	1978
5. 『현대세계수필문학 63선』	문학사상사	1978
6. 『이어령 대표 에세이집 상,하』	고려원	1980
7. 『문장백과대사전』	금성출판사	1988
8. 『뉴에이스 문장사전』	금성출판사	1988
9. 『한국문학연구사전』	우석	1990
10. 『에센스 한국단편문학』	한양출판	1993
11. 『한국 단편 문학 1-9』	모음사	1993
12. 『한국의 명문』	월간조선	2001
13. 『뜻으로 읽는 한국어 사전』	문학사상사	2002
14. 『매화』	생각의나무	2003
15. 『사군자와 세한삼우』	종이나라(전5권)	2006

    1. 매화

    2. 난초

    3. 국화

    4. 대나무

    5. 소나무

| 16. 『십이지신 호랑이』 | 생각의나무 | 2009 |

8. 『느껴야 움직인다』	시공미디어		2013
9. 『지우개 달린 연필』	시공미디어		2013
10. 『길을 묻다』	시공미디어		2013

일본어 저서

* 『縮み志向の日本人』(원문: 일어판)	学生社		1982
* 『俳句で日本を讀む』(원문: 일어판)	PHP		1983
* 『ふろしき文化のポスト・モダン』(원문: 일어판)	中央公論社		1989
* 『蛙はなぜ古池に飛びこんだのか』(원문: 일어판)	学生社		1993
* 『ジャンケン文明論』(원문: 일어판)	新潮社		2005
* 『東と西』(대담집, 공저:司馬遼太郎 編, 원문: 일어판)	朝日新聞社		1994. 9

번역서

『흙 속에 저 바람 속에』의 외국어판

1. * 『In This Earth and In That Wind』　　　RAS-KB　　　　　　　1967
   (David I. Steinberg 역) 영어판

2. * 『斯土斯風』(陳寧寧 역) 대만판　　　　　源成文化圖書供應社　　1976

3. * 『恨の文化論』(裵康煥 역) 일본어판　　　学生社　　　　　　　1978

4. * 『韓國人的心』 중국어판　　　　　　　　山侏人民出版社　　　　2007

5. * 『B TEX KPAЯX HA TEX BETPAX』　　　나탈리스출판사　　　　2011
   (이리나 카사트키나, 정인순 역) 러시아어판

『縮み志向の日本人』의 외국어판

6. * 『Smaller is Better』(Robert N. Huey 역) 영어판　Kodansha　　　1984

7. * 『Miniaturisation et Productivité Japonaise』　Masson　　　　　　1984
   불어판

8. * 『日本人的縮小意识』 중국어판　　　　　山侏人民出版社　　　　2003

9. * 『환각의 다리』『Blessures D'Avril』 불어판　ACTES SUD　　　　1994

10. * 「장군의 수염」『The General's Beard』(Brother　Homa & Sekey Books　2002
    Anthony of Taizé 역) 영어판

11. * 『디지로그』『デヅログ』(宮本尙寬 역) 일본어판　サンマーク出版　　2007

12. * 『우리문화 박물지』『KOREA STYLE』 영어판　디자인하우스　　　2009

공저

1. 『종합국문연구』　　　　　　　　　　　선진문화사　　　　　　1955

2. 『고전의 바다』(정병욱과 공저)　　　　　현암사　　　　　　　　1977

3. 『멋과 미』　　　　　　　　　　　　　　삼성출판사　　　　　　1992

4. 『김치 천년의 맛』　　　　　　　　　　　디자인하우스　　　　　1996

5. 『나를 매혹시킨 한 편의 시1』　　　　　문학사상사　　　　　　1999

6. 『당신의 아이는 행복한가요』　　　　　　디자인하우스　　　　　2001

7. 『휴일의 에세이』　　　　　　　　　　　문학사상사　　　　　　2003

8. 『논술만점 GUIDE』　　　　　　　　　　월간조선사　　　　　　2005

9. 『글로벌 시대의 한국과 한국인』　　　　아카넷　　　　　　　　2007

전집

편집 후기

지성의 숲을 걷기 위한 길 안내

34종 24권 5개 컬렉션으로 분류, 10년 만에 완간

이어령이라는 지성의 숲은 넓고 깊어서 그 시작과 끝을 가늠하기 어렵다. 자칫 길을 잃을 수도 있어서 길 안내가 필요한 이유다. '이어령 전집'의 기획과 구성의 과정, 그리고 작품들의 의미 등을 독자들께 간략하게나마 소개하고자 한다. (편집자 주)

북이십일이 이어령 선생님과 전집을 출간하기로 하고 정식으로 계약을 맺은 것은 2014년 3월 17일이었다. 2023년 2월에 '이어령 전집'이 34종 24권으로 완간된 것은 10년 만의 성과였다. 자료조사를 거쳐 1차로 선정한 작품은 50권이었다. 2000년 이전에 출간한 단행본들을 전집으로 묶으며 가려 뽑은 작품들을 5개의 컬렉션으로 분류했고, 내용의 성격이 비슷한 경우에는 한데 묶어서 합본 호를 만든다는 원칙을 세웠다. 이어령 선생님께서 독자들의 부담을 고려하여 직접 최종적으로 압축한 리스트는 34권이었다.

평론집 『저항의 문학』이 베스트셀러 컬렉션(16종 10권)의 출발이다. 이어령 선생님의 첫 책이자 혁명적 언어 혁신과 문학관을 담은 책으로

738

1950년대 한국 문단에 일대 파란을 일으킨 명저였다. 두 번째 책은 국내 최초로 한국 문화론의 기치를 들었다고 평가받은 『말로 찾는 열두 달』과 『오늘을 사는 세대』를 뼈대로 편집한 세대론 『거부하는 몸짓으로 이 젊음을』으로, 이 두 권을 합본 호로 묶었다. 베스트셀러 컬렉션의 세 번째 책은 박정희 독재를 비판하는 우화를 담은 액자소설 「장군의 수염」, 보카치오의 『데카메론』 형식을 빌려온 「전쟁 데카메론」, 스탕달의 단편 「바니나 바니니」를 해석하여 다시 쓴 한국 최초의 포스트모던 소설 「환각의 다리」 등 중·단편소설들을 한데 묶었다. 한국 출판 최초의 대형 베스트셀러 에세이 『흙 속에 저 바람 속에』와 긍정과 희망의 한국인상에 대해서 설파한 『오늘보다 긴 이야기』는 합본하여 네 번째로 묶었으며, 일본 문화비평사에 큰 획을 그은 기념비적 작품으로 일본문화론 100년의 10대 고전으로 선정된 『축소지향의 일본인』은 베스트셀러 컬렉션의 다섯 번째 책이다.

여섯 번째는 한국어로 쓰인 가장 아름다운 자전 에세이에 속하는 『하나의 나뭇잎이 흔들릴 때』와 1970년대에 신문 연재 에세이로 쓴 글들을 모아 엮은 문화·문명 비평 에세이 『현대인이 잃어버린 것들』을 함께 묶었다. 일곱 번째는 문학 저널리즘의 월평 및 신문·잡지에 실렸던 평문들로 구성된 『지성의 오솔길』인데 1956년 5월 6일 《한국일보》에 실려 문단에 충격을 준 「우상의 파괴」가 수록되어 있다.

한국어 뜻풀이와 단군신화를 분석한 『뜻으로 읽는 한국어사전』과 『신화 속의 한국정신』은 베스트셀러 컬렉션의 여덟 번째로, 20대의 젊은이에게 들려주고 싶은 말을 엮은 책『젊은이여 한국을 이야기하자』는 아홉 번째로, 외국 풍물에 대한 비판적 안목이 돋보이는 이어령 선생님의 첫 번째 기행문집『바람이 불어오는 곳』은 열 번째 베스트셀러 컬렉션으로 묶었다.

이어령 선생님은 뛰어난 비평가이자, 소설가이자, 시인이자, 희곡작가였다. 그는 남들이 가지 않은 길을 가고자 했다. 그 결과물인 크리에이티브 컬렉션(2권)은 이어령 선생님의 장편소설과 희곡집으로 구성되어 있다.『둥지 속의 날개』는 1983년《한국경제신문》에 연재했던 문명비평적인 장편소설로 10만 부 이상 팔린 베스트셀러이고, 원래 상하권으로 나뉘어 나왔던 것을 한 권으로 합본했다.『기적을 파는 백화점』은 한국 현대문학의 고전이 된 희곡들로 채워졌다. 수록작 중「세 번은 짧게 세 번은 길게」는 1981년에 김호선 감독이 영화로 만들어 제18회 백상예술대상 감독상, 제2회 영화평론가협회 작품상을 수상했고, TV 단막극으로도 만들어졌다.

아카데믹 컬렉션(5종 4권)에는 이어령 선생님의 비평문을 한데 모았다. 1950년대에 데뷔해 1970년대까지 문단의 논객으로 활동한 이어령 선생님이 당대의 문학가들과 벌인 문학 논쟁을 담은『장미밭의 전쟁』은 지금도 여전히 관심을 끈다. 호메로스에서 헤밍웨이까지 이어령 선생님과 함께 고전 읽기 여행을 떠나는『진리는 나그네』와 한국의 시가문학을 통해서 본 한국문화론『노래여 천년의 노래여』는 합본 호로 묶었다. 한국인이 사랑하는 김소월, 윤동주, 한용운, 서정주 등의 시를 기호론적 접근법으로 다시 읽는 『시 다시 읽기』는 이어령 선생님의 학문적 통찰이 빛나는 책이다. 아울러 박사학위 논문이기도 했던 『공간의 기호학』은 한국 문학이론사에서 빼놓을 수 없는 명저다.

사회문화론 컬렉션(5종 4권)은 이어령 선생님의 우리 사회와 문화에 대한 관심을 담았다. 칼럼니스트 이어령 선생님의 진면목이 드러난 책 『차한 잔의 사상』은 20대에 《서울신문》의 '삼각주'로 출발하여 《경향신문》의 '여적', 《중앙일보》의 '분수대', 《조선일보》의 '만물상' 등을 통해 발표한 명칼럼들이 수록되어 있다. 『어머니와 아이가 만드는 세상』은 「천년을 달리는 아이」, 「천년을 만드는 엄마」를 한데 묶은 책으로, 새천년의 새 시대를 살아갈 아이와 엄마에게 띄우는 지침서다. 아울러 이어령 선생님의 산문시들을 엮어 만든 『시와 함께 살다』를 이와 함께 합본 호로 묶었다. 『저 물레에서 운명의 실이』는 1970년대에 신문에 연재한 여성론을 펴낸 책으로 『사씨남정기』, 『춘향전』, 『이춘풍전』을 통해 전통사상에 입각한 한국 여인, 한국인 전체에 대한 본성을 분석했다. 『일본문화와 상인정신』은 일본의 상인정신을 통해 본 일본문화 비평론이다.

한국문화론 컬렉션(5종 4권)은 한국문화에 대한 본격 비평을 모았다. 『기업과 문화의 충격』은 기업문화의 혁신을 강조한 기업문화 개론서다. 『푸는 문화 신바람의 문화』는 '신바람', '풀이'라는 키워드를 통해 고금의 예화와 일화, 우리말의 어휘와 생활 문화 등 다양한 범위 속에서 우리 문화를 분석했고, '붉은 악마', '문명전쟁', '정치문화', '한류문화' 등의 4가지 코드로 문화를 진단한 『문화 코드』와 합본 호로 묶었다. 한국과 일본 지식인들의 대담 모음집 『세계 지성과의 대화』와 이화여대 교수직을 내려놓으면서 각계각층 인사들과 나눈 대담집 『나, 너 그리고 나눔』이 이 컬렉션의 대미를 장식한다.

2022년 2월 26일, 편집과 고증의 과정을 거치는 중에 이어령 선생님이 돌아가신 것은 출간 작업의 커다란 난관이었다. 최신판 '저자의 말'을 수록할 수 없게 된 데다가 적잖은 원고 내용의 저자 확인이 필요한 부분이 있었으니 난관이 아닐 수 없었다. 다행히 유족 측에서는 이어령 선생님의 부인이신 영인문학관 강인숙 관장님이 마지막 교정과 확인을 맡아주셨다. 밤샘도 마다하지 않으면서 꼼꼼하게 오류를 점검해주신 강인숙 관장님에게 이 지면을 빌려 감사의 말씀을 드린다.

KI신서 10639
이어령 전집 02

말로 찾는 열두 달·거부하는 몸짓으로 이 젊음을

1판 1쇄 인쇄 2023년 2월 17일
1판 1쇄 발행 2023년 2월 26일

지은이 이어령
펴낸이 김영곤
펴낸곳 (주)북이십일 21세기북스

TF팀 이사 신승철
TF팀 이종배
출판마케팅영업본부장 민안기
마케팅1팀 배상현 한경화 김신우 강효원
출판영업팀 최명열 김다운
제작팀 이영민 권경민
진행·디자인 다함미디어 | 함성주 유예지 권성희
교정교열 구경미 김도언 김문숙 박은경 송복란 이진규 이충미 임수현 정미용 최아림

출판등록 2000년 5월 6일 제406-2003-061호
주소 (10881) 경기도 파주시 회동길 201(문발동)
대표전화 031-955-2100 **팩스** 031-955-2151 **이메일** book21@book21.co.kr

© 이어령, 2023

ISBN 978-89-509-3823-9 04810

(주)북이십일 경계를 허무는 콘텐츠 리더

21세기북스 채널에서 도서 정보와 다양한 영상자료, 이벤트를 만나세요!
페이스북 facebook.com/jiinpill21 포스트 post.naver.com/21c_editors
인스타그램 instagram.com/jiinpill21 홈페이지 www.book21.com
유튜브 youtube.com/book21pub